넙치 1

Der Butt

Der Butt
by Günter Grass

세계문학전집 63

넙치 1

Der Butt

권터 그라스

김재혁 옮김

민음사

일러두기

1 본문의 각주는 모두 옮긴이주이다.

차례

헬레네 그라스를 위하여

첫째 달

셋째 유방

일제빌은 소금을 더 쳤다. 잉태가 이루어지기 전에 콩과 배를 곁들인 숫양의 어깻죽지 고기 요리가 있었다. 때가 10월 초순이었으므로. 식사를 하던 중 그녀는 음식을 입안에 가득 물고서 이렇게 말했다. "지금 바로 침대로 갈까요, 아니면 그 전에 먼저 우리의 역사가 언제 어디서 어떻게 시작되었는지 들려줄래요?"

지금까지 나는 언제나 내 모습 그대로였다. 일제빌 역시 처음부터 이 세상에 있어 왔다. 신석기 시대가 끝나 갈 즈음에 있었던 우리의 첫 다툼을 나는 기억한다. 그때는 하느님이 인간의 몸을 하고 이 세상에 태어나기 이천 년 전쯤으로 여러 신화에서 날것과 익힌 것이 구별되기 시작하던 때였다. 오늘 콩과 배를 곁들인 숫양 고기를 식탁에 차리기 전에 그녀와 내가 그녀와 내 자식들에 관해 점점 긴박하게 언성을 높여 가며 다투었듯이, 그때도 우리는 신석기 시대의 어휘를 써 가면서 바이크셀강 어귀의 늪지대에서 그녀의 아홉 자식들 가운데 적어도 셋은 내 아이라고 주장하면서 싸웠던 것이다. 그러나 나는 그 싸움에서 지고 말았다. 나는 부지런히 혀를 움직여 대면서 차례대로 몇 가지 원초적인 소리를 내 보았지만, '아버지'라는 멋진 낱말을 만들어 내지는 못했다. 단지 '어머니'라는 소리만 낼 수 있었다. 당시에 일제빌은 아우아라는 이름으로 불렸다. 나 역시 다르게 불렸다. 하지만 일제빌은 자신은 아우아가 아니었다고 우겨 댄다.

나는 숫양의 어깻죽지 살에 마늘 반 조각을 끼워 넣고, 버터를 넣어 삶아 낸 배를 연푸른 빛깔의 삶은 강낭콩들 사이에 박았다. 일제빌은 여전히 입안에 음식물을 가득 문 채, 의사의 충고대로 피임약을 화장실 변기에 던져 버렸기 때문에 우리의 밤일이 당장 효험을 보이거나 제대로 될 것이라고 말했다. 나는 그 말을 잠자리 일이 무엇보다 우선이며 신석기 시대의 여자 요리사 이야기는 그다음 문제라는 뜻으로 알아들었다.

그리하여 우리는 침대에 누워 언제나 그랬듯이 팔과 다리로 서로를 얽어 부둥켜안았다. 내가 그녀 위로 올라가기도 했고, 그녀가 내 위로 올라오기도 했다. 우리는 그렇게 평등했다. 물론 일제빌은 안으로 밀고 들어오는 남성의 특권이 밀고 들어오는 것을 거부하는 여성의 하찮은 특권과는 비교가 되지 않는다고 말했다. 그러나 우리는 사랑으로 아이를 만들기 때문에 우리의 감정은 모든 것을 포괄했으며, 그 결과 우리의 감정은 시간과 째깍대는 시간의 흐름에서 벗어나, 다시 말해 속세의 모든 노곤한 피로에서 해방되어 드넓어진 공간 속에서 하나의 우주적인 합일에 이르렀다. 마치 균형이라도 이루려는 듯이 그녀의 감정이 뿔을 들이밀며 나의 감정 안으로 돌진해 들어왔다. 그리하여 우리의 능력은 두 배로 커졌다.

배와 강낭콩을 곁들인 숫양 고기가 식탁에 올라오기 전에는, 대구 대가리를 뭉글해지도록 끓여 만든 일제빌의 생선 수프가 여자 요리사들이 내 안에 머물 때마다 언제나 나를 산욕(產褥)으로 초대했던 예의 그 촉진력을 갖고 있었던 것 같다. 왜냐하면 그때마다 우연인지 아니면 의도적이었는지 모르지만, 다른 어떤 첨가물 없이도 그 일이 잘 되었기 때문이다. 내가 마치 떨어져 나가듯 다시 그녀의 몸에서 빠져나오자 일제빌은 눈곱만큼의 의심도 없이 말했다. "자, 이번에는 사내아이일 거예요."

꿀풀은 잊을 수가 없다. 소금물에 삶은 감자나, 옛날부터 전해 내려온 방식대로 기장을 가미한 꿀풀 말이다. 숫양의 고기는 언제나 약간 덥힌 접시를 사용하여 먹는 것이 바람직하다. 그럼에도 우리들의 키스는—이런 비밀을 누설해도 괜찮다면—피지(皮脂)로 뒤범벅이 되었다. 일제빌이 풍조목 꽃봉오리와 서양자초를 넣어 푸른빛을 낸 생선 수프에는 대구 눈알이 하얗게 떠 있었으며 행운을 점지해 주고 있었다.

일이 제대로 끝났다고 여겨졌을 때, 우리는 침대에 누워 이불을 덮은 채 각자 담배를 피우며 상상의 날개를 펼쳤다. (나는 시간의 계단을 따라 아래로 도망쳤다.) 일제빌이 말했다. "이제는 아무래도 식기세척기가 있어야겠어요."

그녀가 남녀의 역할 바꾸기에 대해 또 다른 엉뚱한 생각—"나는 당신이 임신한 모습을 보고 싶어요!"—을 하기 전에, 나는 그녀에게 아우아와 아우아의 세 개의 유방 이야기를 들려주었다.

일제빌, 내 말을 믿어 줘. 그녀는 세 개의 유방을 갖고 있었어. 자연적으로 그렇게 된 거야. 정말로, 세 개였어. 물론 그녀만 그런 것은 아니었어. 모든 여자들은 유방이 다 세 개였어. 그리고 내 기억이 정확하다면, 석기 시대에는 모든 여인이 아우아, 아우아, 아우아라고 불렸어. 그리고 우리 남자들은 모두 에데크라 불렸어. 서로 혼동되기 십상이었지. 그리고 아우아들도 모두 똑같았어. 하나, 둘, 셋. 태초에 우리는 그 이상의 숫자는 셀 수 없었어. 아니, 더 아래쪽도 아니고 그렇다고 더 위쪽도 아닌 중간에 놓여 있었어. 물론 세 개의 유방은 모두 크기가 똑같았고 풍경에서 보는 것처럼 언덕 모양을 이루고 있었어. 셋으로부터 다수(多數)가 시작된 거야. 다양성, 일련의 순서, 연쇄, 신화가 시작되는 거야. 그렇지만 당신이 지금 열등감을 느낄 필요는 없어. 나중에 우리는 열등감 같은 것을 갖게 되었어. 우리의 이웃으로 강의 동쪽에 사는 피콜, 페르쿤과 함께 프루체족의 신(神)이 된 포트림프는 고환이 세 개였다는 거야. 그래, 당신 말이 맞아. 유방 셋은 많아. 아니, 많아 보이고 또 보면 볼수록 더욱 많아 보여. 그것은 넘침을 의미하고, 낭비를 알리는 것이며, 영원히 포만감을 약속하는 것이니까 말야. 그러나 자세히 살펴보면 그것은 비정상이야. 그렇지만 어쨌든 생각해 볼 만한 일이야.

확실해. 당신은 틀림없이 이렇게 말할 거야. 그것은 남성들의 허무맹랑한 소망이 빚어낸 산물이라고 말야. 물론 해부학적으로 본다면 불가능할지 모르지만, 어쨌든 신화가 아직 그림자를 드리우고 있던 그 시절에 아우아는 분명히 세 개의 유방을 갖고 있었어. 그리고 정말로 오늘날에는 셋째 유방이 없는 경우가 자주 보이지. 내 말뜻은 무언가가 부족하다는 거야. 바로 그 세 번째 것 말이야. 그렇다고 당장 그렇게 흥분하지는 말아. 그래. 내가 그걸 예찬하려는 것은 아니니까. 물론 둘만 있으면 충분해. 일제빌, 나를 믿겠지. 나는 원칙적으로 둘로 만족해. 나는 바보가 아니니 괜히 숫자에 끌려다니지는 않아. 이번에는 당신이 피임약을 쓰지 않은 데다가, 생선 수프까지 먹었으니 일이 잘 되었을 게 분명해. 이제 머지않아 당신의 두 개의 유방이 오히려 아우아의 세 개의 유방보다도 더 무거워질 테니까 나는 더 이상 바랄 것이 없을 정도로 만족해.

셋째 유방은 언제나 과잉이었어. 따지고 보면 심술궂은 자연이 부린 장난에 불과할 뿐이야. 맹장처럼 쓸데없는 거야. 나는 나 자신에게 이렇게 물어보고 싶어. 도대체 이 유방 이야기가 뭐가 어쨌다는 건가? 남자들의 예의 그 유방 집착증이란 뭐란 말인가? 태초의 거인과 같은 유모를 갈구하는 남자들의 부르짖음이란 도대체 무언가? 그래 좋아, 아우아는 그 뒤에 여신이 되었고, 자신의 유방 셋을 찰흙으로 손바닥만 하게 빛어 증거로 남겨 두었어. 그렇지만 다른 여신들은—예를 들면 인도의 칼리 여신—네 개 혹은 그 이상의 팔을 갖고 있었어. 거기에는 실용적인 의미가 담겨 있어. 이에 반해 그리스의 모신(母神)들—데메테르와 헤라—은 정상적인 사지를 갖고 있으면서도 수천 년 동안 신 노릇을 해 왔어. 내가 본 모든 신들은, 물론 신들의 모습을 본뜬 조각상들이긴 하지만 모두 세 번째 눈을 달고 있었어. 그것도 이마에 말이야. 나는 그런 선물은 절대로 받고 싶지 않아.

대체로 셋이란 숫자는 그 자체가 담고 있는 것보다 더 많은 것을 기대하게 만들어. 유방이 하나밖에 없었다는 아마존 여인족의 이야기가 모자람의 표현인 것과 마찬가지로 유방을 셋이나 가졌던 아우아는 넘침의 표현이야. 오늘날 여권 운동가들이 곧잘 극단으로 빠지는 것도 이것과 맥락을 같이하는 거지. 그렇다고 당장 언짢게 생각하지는 마. 나는 여성해방 운동가들 편이니까 말이야. 그리고 일제빌, 날 믿어 줘, 정말로 나는 둘이면 충분해. 어떤 의사든 당신에게 그 사실을 증명해 줄 거야. 그리고 우리의 아이도, 사내아이가 아니라도, 틀림없이 둘로 만족할 거야. '아하'라니 대체 무슨 소리야! 남자들이야말로 머리가 돌았어. 그래서 그들은 점점 더 많은 유방을 원하는 거야. 그때 나와 함께 지내던 여자 요리사들은 모두 당신처럼, 왼쪽과 오른쪽에 유방을 각각 하나씩만 갖고 있었어. 메스트비나도 둘, 아그네스도 둘, 아만다 보이케도 둘이었고, 조피 로트촐 역시 두 개의, 조그만 모카 커피통 같은 감동적인 동그란 유방을 갖고 있었어. 그리고 요리를 담당하던 수녀원장 마르가레테 루쉬는 자신의 거대한 젖꼭지로 돈 많은 귀족 에버하르트 페르버를 침대에서 질식시켰어. 그러니까 있는 이야기만 하기로 해. 이 모든 것은 꿈 이상의 것이니까 말야. 그렇지만 허무맹랑한 꿈만은 아니야! 그렇다고 해서 당장 싸움을 시작하지는 마. 그래도 잠깐 꿈을 꿀 수 있는 것 아니겠어. 그렇지 않아?

한마디로 우스꽝스러울 뿐이야. 이 모든 것에 대한, 그리고 이 아무것도 아닌 것에 대한 질투라는 것 말이야. 우리는 어디로 가는가! 계획이라든가 유토피아 같은 것이 없다면 얼마나 비참한 운명이겠어! 그러면 나는 더 이상 백지 위에 연필로 세 차례 둥글게 선을 그릴 수 없을 거야. 그러면 예술은 언제나 '맞습니다', '물론입니다'라는 말만 해야 할 거야. 일제빌, 부탁이야, 한번이라도 좋으니 이성을 좀 가져 보도록 해. 그 전체는 하나의 이념이라고 말할 수 있어. 여자의 가슴에 대한 잘못된 이념에서 잘못된 차원이 자라나는 거야. 다시 말해서 잉여의 유방이 자라나는 거란 말이야. 당신은 그것을 변증법적으로 이해해야만 해. 로마의 암늑대를 한번 생각해 봐. '자연의 젖가슴'이라는 표현도 말이야. 그리고 숫자에 관해서 말하자면 삼위일체의 하느님에 대해서도 한번 생각해 봐. 아니면 동화에 나오는 세 가지 소원을 한번 생각해 봐. 갑자기 왜 그런 생각을 하느냐고? 그건 내가 원하는 것이라고? 당신은 그렇게 생각해? 그렇게 말야. 당신은 그렇게 생각하냐고.

그래, 좋아. 인정해. 나는 허전한 느낌이 들 때마다 늘 셋째 유방을 떠올리곤 해. 그것이 괜시리 그런 것이 아님은 분명해.

우리 남자들이 왜 그토록 여자의 유방에 집착하는지, 그리고 어째서 그렇게 일찍 젖을 떼이고 목말라하는지, 그 이유는 분명히 있어. 그 원인은 당신들한테 있음이 분명해. 아니, 원인은 당신들한테 있을 가능성이 있어. 당신들은 유방이 달려 있다는 것을, 늘 조금이라도 더 달려 있다는 것을 중요하게, 아니 너무 중요하게 생각하기 때문이야. 유방 따위는 달려 있게 내버려둬. 제기랄! 아냐, 당신 것은 그렇지 않아. 그러나 당신 것도 시간이 지나면 분명히 그렇게 될 거야. 아만다의 것도 달려 있었고, 레나의 유방도 이미 일찍부터 달려 있었어. 그리고 나는 정말이지 그 유방들을 사랑하고, 사랑하고, 또 사랑했어. 물론 그것이 꼭 약간 더 많거나 적은 유방일 필요는 없었어. 이를테면 당신의 엉덩이와 그 옴폭 들어간 부분에서도 나는 마찬가지로 아름다움을 발견할 수 있었어. 하지만 절대 세 부분으로 나누어진 것을 원하지는 않았어. 혹은 그 밖의 다른 둥근 것에서도 마찬가지야. 이제 당신의 배가 공처럼 둥글게 부풀어 오르면, 당신의 배는 이 세상에 자리를 차지하고 있는 모든 것의 상징이 될 거야. 어쩌면 우리는 더 많은 것이 존재한다는 사실을 망각했는지도 몰라. 세 번째의 어떤 것 말이야. 또한 그 밖에 정치적으로도 가능한 어떤 것 말이야.

하여튼 아우아는 셋을 가지고 있었어. 유방이 셋인 나의 아우아. 그리고 당신 역시 유방을 하나 더 갖고 있었어. 신석기 시대 당시에는 말이야. 일제빌. 한번 돌이켜 생각해 봐. 우리 이야기가 어떻게 시작되었는지 말이야.

내 안에 있는 (아홉 아니면 열하나쯤 되는) 여자 요리사들은 모두가 순전한 콤플렉스와 지나친 모성 집착증의 일반적인 사례로서 안락의자에나 어울리는 존재들이지 이들을 부엌일 이야기에 등장시키기에는 적합하지 않다는 추측이 설득력이 있다고 하더라도, 나는 내 안에 세 들어 사는 이 여자들의 권리를 지켜 주지 않으면 안 된다. 아홉 또는 열한 명쯤 되는 그들은 처음부터 그곳에 있어 왔으며 이제는 모두 내 안에서 뛰쳐나오려고 한다. 내가 그들의 권리를 옹호하려는 까닭은, 그들이 너무나도 오랫동안 내 가슴속에 토박이 토착민으로서 혹은 콤플렉스로서 있어 왔고, 지금까지 그 이름도 역사도 없는 상태로 머물러 있기 때문이다. 또한 그들이 거의 매 순간 말없이 참기만 해 왔고 그렇게 자신들의 주장을 제대로 내세우지 못했기 때문이다.—그렇지만 나는 그들이 지배적인 위치에 있었다고 말한다.—그러자 일제빌은 그들은 착취당하고 억압당했다고 말한다.—그들이 거상(巨商)들과 독일 기사단, 수도원장들과 감독관들을 위해, 언제나 오직 갑옷과 승려복과 헐렁한 바지를 입은 사내들을 위해 뜨개질을 했으며, 사내들을 위해 신발을 만들었고 탁 소리가 나는 바지 멜빵을 한 사내들을 위해 요리를 비롯하여 다른 많은 일들을 해 왔기 때문이기도 하다. 그리고 그 밖에 그들이 나를 제외한 모든 남자들에게 복수하기를 원하기 때문이기도 하다. 아니, 일제빌의 말대로, 그들이 해방되고 싶어 하기 때문이다.

그들은 그렇게 되어야 한다! 그들은 우리 모든 남성들을 그리고 또한 그들의 내면에 있는 요리사—나는 분명히 그렇게 될 것이다.—를 왜소한 사내로 만들어야 한다. 그들은 지난 세월 동안 퇴락의 길을 걸어온 부권(父權)으로부터 특권과 권력에 물들지 않은, 갓 만들어 끈적거릴 정도로 새로운 남성의 모습을 창조할 수 있을 것이다. 왜냐하면 남자 없이는 아무 일도 할 수 없기 때문이다.

"유감스럽게도 아직은 안 돼요!" 일제빌은 그녀가 직접 만든 생선 수프에 우리가 숟가락을 댔을 때 말했다. 그리고 강낭콩과 배를 곁들인 숫양의 어깻죽지 살을 먹고 나자, 그녀는 내가 나의 여자 요리사들을 내 안에 잉태하고 있을 수 있도록 아홉 달의 시간을 허락해 주었다. 그렇게 해서 우리 두 사람은 각각 동등한 기간을 나누어 가졌다. 내가 먼저 무슨 요리를 만들든지 간에, 내 안에 있는 여자 요리사는 소금을 좀 더 칠 것이다.

나는 무엇에 대해서 쓰는가

식사와 뒷맛에 대해서.
덧붙여서, 초대받지 않았거나,
아니면 백 년이나 늦게 온 손님들에 대해서.
눌러 짠 레몬즙을 바라는 고등어의 마음에 대해서.
모든 물고기들 중 넙치에 대해서 쓰련다.

나는 잉여에 대해서 쓰련다.

금식에 대해서, 탐식가들이 왜 금식을 만들었는가에 대하여.
부잣집 식탁에 오른 쇠고기의 영양가에 대하여.
기름과 똥과 소금과 궁핍에 대하여.
정신은 어떻게 쓸개즙처럼 쓴맛이 되었으며
배는 어쩌다가 정신병에 걸리게 되었는지,
나는—산더미 같은 기장 더미 속에서—
교훈적으로 서술하련다.

나는 유방에 대해서 쓰련다.
임신한 일제빌(오이지를 먹고 싶어 하는 그녀)에 대하여
임신해 있는 동안 나는 쓰련다.
물어뜯은 마지막 빵 조각에 대해서,
빵, 치즈, 호두, 포도주를 먹고 마시면서
친구와 함께 보낸 시간에 대해서.
(우리는 우적우적 씹어 대면서 하느님과 세계에 대해서,
그리고 늘 걱정거리인 먹는 일에 대해서 말했다.)

나는 굶주림에 대하여, 그것이 어떻게 서술되고
어떻게 문자를 통해 유포되었는지에 대해 쓰련다.
캘커타로 향해 가는 길에 나는
향료에 대해서(그때 바스쿠 다 가마와 나는
후추 값이 떨어지게 만들었다.) 쓰련다.

생선에 대해서. 날것과 조리한 것,

축 늘어진 것, 흐무러진 것, 오므라든 것, 사그라진 것.
매일 먹는 죽에 대해서,
그 밖에 먹기 좋게 씹어 놓은 것. 날짜가 확실한 역사에 대해서,
탄넨베르크, 비트슈토크, 콜린 전투에 대해서,
그 밖에 남는 모든 것들에 대하여 나는 기록하련다.
뼈와 껍데기, 내장, 소시지에 대해서.

가득 찬 접시 앞에서 느끼는 구역질에 대하여
훌륭한 맛에 대하여,
우유(우유가 어떻게 응고되는가)에 대하여.
순무와 석탄과 감자의 승리에 대하여
나는 내일 쓰련다.
혹은 어제의 잔여물이 오늘부터
화석으로 변한 다음에 쓰련다.

나는 무엇에 대해 쓰는가. 달걀에 대해서.
걱정과 베이컨, 불사르는 사랑, 못과 밧줄에 대해서,
수프 속의 너무 많은 머리카락과 말 때문에 생긴 싸움에 대해서.
전기가 더 이상 들어오지 않았을 때,
냉장고에 무슨 일이 생겼는가에 대해서.
말끔히 먹어 치운 식탁에 둘러앉은 우리 모두에 대하여
나는 쓰련다.

너와 나 그리고 목에 걸린 생선 가시에 대해서도.

아홉 명의 여자 요리사와 그 밖의 여자 요리사

내 안에 있는 첫 번째 여자 요리사—내 안에 있다는 표현을 쓴 이유는, 나는 내 안에 웅크리고 있다가 밖으로 뛰쳐나오려는 여자 요리사들에 대해서만 이야기할 수 있기 때문이다.—는 아우아라고 불렸으며 세 개의 유방을 갖고 있었다. 그것은 석기 시대의 일이었다. 그 당시 우리 남자들은 중요한 존재가 되지 못했다. 왜냐하면 아우아가 우리 남자들을 위해 불을, 하늘에 있는 늑대에게서 세 개의 불붙은 숯을 슬쩍 훔쳐 와 어딘가에—그녀의 혀 밑이었는지도 모른다.—숨겨 두었기 때문이다. 그런 다음 아우아는 아울러 고기구이용 꼬챙이를 구해 와 우리들에게 푹 익힌 것과 날것을 구분하는 법을 가르쳐 주었다. 아우아의 통치는 부드러웠다. 석기 시대 여인들은 갓난아이들을 젖으로 달랜 다음 석기 시대 사내들을 젖가슴에 품었다. 그래서 남자들은 버둥대거나 꾀바른 생각으로 땀을 빼지 않고, 얌전하고 멍청한 존재가 되었다. 이것은 여러모로 도움이 되었다.

그래서 우리 남자들은 모두 항상 배가 불렀다. 그 뒤 미래가 시작된 후로 우리 남자들이 그처럼 배가 부른 적은 결코 없었다. 우리는 항상 젖먹이로서 그녀에게 매달려 있었다. 젖은 우리를 위해 항상 넘쳐흘렀다. 한번도 이만하면 되었다는

니, 혹은 그 이상을 요구하는 것은 지나치다느니 하는 말은 없었다. 어떤 실용적인 고무 젖꼭지로도 그처럼 풍부한 젖을 제공할 수는 없었다. 언제나 수유기(授乳期)였다.

아우아는 모든 어머니들에게 영양식으로 으깬 도토리와 알 밴 철갑상어, 그리고 암고라니의 특수한 신경선(神經腺)으로 만든 죽을 먹도록 규정해 놓았기 때문에, 석기 시대 여인들은 젖먹이가 없을 때도 젖을 펑펑 쏟았다. 그 때문에 젖을 두고 싸움이 나지도 않았으며 젖 먹는 시간도 각각 배정되어 있었다. 그처럼 시간에 맞추어 젖을 먹었으므로 우리들은 이빨도 나지 않았고 머리로 들이받는 버릇도 없었다. 그 결과 남자가 상당히 남아돌게 되었다. 여자들은 남자들에 비해 소모가 많았으므로 남자들보다 훨씬 더 빨리 죽어 갔다. 수유기 동안 우리 남자들은 거의 할 일이 없었다. 사냥을 하거나, 물고기를 잡거나, 아니면 돌도끼를 만드는 일이 전부였다. 우리가 엄격한 규율에 따라 이러한 일에 종사함으로써, 젖을 먹이고 보살피는 일로 우리를 지배하는 여인들을 정복할 수 있었는지도 모른다.

그 밖에 석기 시대에는 여인들이 아이들을 '어여, 어여' 하고 불렀다. 어머니들이 부르면 남자들은 '응야, 응야' 하고 대답했다. 아버지란 존재는 없던 시절이었다. 모권(母權)만이 통용되었다.

더할 나위 없이 몸과 마음이 편한 선사 시대였다. 그런데 그때 유감스럽게도 누군가가, 물론 말할 것도 없이 한 사나이가 느닷없이 돌을 녹여 금속을 추출해 모래 주형에 부어 넣을 생각을 하게 되었다. 그것을 위해 아우아가 불을 훔쳐 낸 것은 분명 아니었다. 그래서 그녀가 우리들에게 젖을 주지 않겠다고 위협했지만, 청동기 시대와 그에 뒤이은 남자들의 혹독한 지배 시대의 도래를 막을 수는 없었다. 물론 그로 인해 약간 지체가 되기는 했다.

내 안에 있다가 밖으로 나오려 하는 두 번째 여자 요리사는 비가라고 불렸으며, 이미 세 개의 유방을 갖고 있지 않았다. 때는 철기 시대였다. 그러나 비가는 우리를 물고기가 풍부한 늪지대에서 떠나지 못하게 했으며 유랑하는 게르만 유목민 무리와 함께 역사를 일으키려는 우리를 붙들어 미숙한 상태에 머물러 있게 했다. 우리들은 다만 갈색무늬토기를 만드는 게르만인들의 솜씨를 훔쳐볼 뿐이었다. 그리고 그들이 서둘러 떠나느라 남기고 간 쇠 도가니들을 모아들여야만 했다. 때는 비가가 통치하던 시대였고, 그녀는 요리를 하면서 불에 잘 견디는 항아리를 필요로 했기 때문이다.

그때는 고라니와 물소들의 숫자가 많이 줄어든 까닭에 남자들은 모두 어부가 되었다. 그녀는 그들을 위해 대구와 철갑상어, 가시고기, 연어 따위를 요리해 주었고, 황어와 칠성장어, 손가락만 한 잉어, 그리고 작고 맛있는 발트해의 청어를 석쇠 위에 올려놓고 요리했다. 우리는 그동안 곁눈질로 익힌 솜씨로 게르만인의 고철을 이용해 얼마든지 석쇠를 만들 수 있었다. 비가는 딱부리눈을 한 대구의 대가리가 바스러질 때까지 끓여 진한 국물을 만든 다음, 그때는 아직 기장이라는 것이 알려지지 않았을 때였으므로, 대신 늪에서 자라는 풀들의 씨를 빻아 넣고 저어서 물고기 수프를 만들어 냈다. 비가는, 우리 남자들에게 세 개의 유방을 가진 여신으로 전해져 오고 있는 아우아를 기리기라도 하려는 듯, 늘 젖먹이가 딸려 있는 터라 자신의 유방에서 젖을 짜서 물고기 수프에 넣곤 했다.

포만감을 느끼지 못한 우리 남자들은 안절부절못했으며 게르만인들 특유의 불안감에 전염된 것 같았다. 먼 곳에 대한 그리움이 고개를 들기 시작했다. 우리들은 키가 큰 나무들 위로 기어 올라가거나 모래언덕에 올라서서 눈을 가늘게 뜨고 먼 지평선을 바라보며 혹시라도 무언가가, 새로운 그 무엇이 다가오지는 않을까 눈이 빠지도록 기다렸다. 나는 비가 곁에 영원히 숯쟁이나 토탄 채굴자 신세로 머물기를 거부하고, 마침내 게르만의 고이트들—우리는 고트족을 그렇게 불렀다.—과 함께 훌쩍 그곳을 떠났다. 그러나 나는 멀리 가지도 못하고 발에 병이 났다. 아니, 그보다는 비가의 젖을 탄 물고기 수프가 그리웠기 때문에, 더 이상 늦을세라 돌아오고 말았다.

비가는 나의 행동을 용서해 주었다. 배고픔과 배고픔 사이에서 모든 역사는 잊힌다는 사실을 그녀는 알고 있었다. "게르만족은." 하고 그녀가 말했다. "여자들이 하는 말을 들으려 하지 않아. 그렇기 때문에 그들은 어디를 가든 언젠가는 망하고 말 거야."

나는 비가를 위해 생선뼈를 갈아서 빗을 만들어 주었다. 그것은 말을 할 줄 아는 넙치가 내게 현명하게 충고해 주었기 때문이다. 아우아가 통치하던 시절, 나는 얕은 물가에서 넙치 한 마리를 낚았다가 그냥 놓아준 적이 있었다. 말하는 넙치는 그 자체가 하나의 역사였다. 넙치가 내 옆에서 충고를 해 준 이후로 남자들의 일이 진보를 이룩하게 되었다.

내 안에 있는 세 번째 여자 요리사는 메스트비나라고 불렀다. 그녀는 아우아와 비가가 우리 남자들을 어린애처럼 다정하게 돌보아 주던 바이크셀강 어귀의 늪 사이, 발트해 연안 산등성이의 너도밤나무 숲 발치, 해안과 이동 사구(砂丘) 뒤편을 다스렸다. '바다와 면한 땅'이라는 뜻의 포모르체에 사는 메스트비나의 백성들은 그 때문에 모두 어부였는데, 이들은 이미 당근을 재배할 줄 알았으며, 이웃 프로이센인들은 그들을 '포메라니아인'이라고 불렀다.

그들은 수양버들 요새에서 살았다. 그런 이름이 붙은 까닭은 그들의 주거지를 빙 돌아가면서 수양버들을 엮어 만든 울타리가 프로이센인들의 침입으로부터 그들을 보호해 주었기 때문이다. 메스트비나는 요리사인 동시에 사제이기도 했다. 그녀는 아우아에 대한 숭배를 더없이 경건한 의식으로 승화시켰다. 우리가 세례를 받아야 했을 때, 그녀는 이교도적인 것에 기독교적인 것을 넣고서 오랫동안 푹 삶아서 결국에는 가톨릭적인 세례가 되게 만들었다.

메스트비나에게 나는 양의 옆구리 고기를 대 주는 목동이면서 동시에 그녀가 차려주는 성찬을 받는 주교였다. 요리할 때마다 그녀의 목에 매달려 생선 국물 위에서 대롱대는 호박

(琥珀) 목걸이는, 내가 바닷가에 나갔다가 하나씩 주워 온 호박들을 불에 달군 철사로 구멍을 뚫은 다음 목걸이를 만들 때 쓰는 주문을 외면서 실에 꿰어 만든 것이었다. 그런데 어느 날 목걸이의 끈이 끊어지면서 그녀가 끓이고 있던 대구 대가리 수프 속으로 일곱 개의 호박이 빠졌고, 나는 아달베르트 주교로서 그 수프를 숟가락으로 떠먹었다. 그것을 먹은 나는 아시마타이의 우리에서 뛰쳐나온 숫염소처럼 뜀박질을 하게 되었다.

나중에 사람들은 잠시 내가 역할을 맡았던 프라하의 아달베르트 주교를 성인 명부에 올렸다. 그러나 여기서 내가 말하려는 것은 메스트비나에 대해서이다. 그녀는 그 자리에서 나를 죽이고 나서, 남자들에게는 통상적인 수공업만을 조장했다. 내가 서기 997년 4월의 사건을 넙치에게 이야기하자, 넙치는 이렇게 나를 꾸짖었다. "그것은 월권 행위다! 마침내 너희들이 모두 전사(戰士)로 모습을 바꾸어야 할 때가 되었다. 살생은 남자들이나 할 일이다. 이것은 너무도 분명한 사실이다. 너희들은 절대적인 해결책의 모색을 포기해서는 안 된다. 절대 석기 시대로 되돌아가는 일이 있어서는 안 된다. 여자들은 좀 더 내면적으로 종교 생활에나 힘써야 한다. 부엌이나 잘 다스리면 그만이다."

내 안에 있는 네 번째 여자 요리사는 차라리 없애 버리고 싶을 정도로 두려운 존재이다. 그녀는 이제 더 이상 그물 요새에서 온건하게 지배하던 포메라니아 어부의 아내가 아니었다.

도시가 건설되기 시작하면서부터 그녀는 어느 수공업자의 아내가 되었다. 그녀는 몬타우의 도로테아라고 불렸다. 그 까닭은 그녀가 바이크셀 강가에 있는 몬타우라는 마을에서 태어났기 때문이었다.

나는 그녀를 헐뜯고 싶지 않다. 물론 그처럼 오랜 선사 시대 동안 여인들의 보살핌을 받을 만큼 받았으니 이제부터는 남자들이 남자의 일은 남자다운 근력으로 처리하고, 여자들은 부엌일 이외에 시간이 남으면 교회도 가지 말고 집에서 종교 생활이나 해야 할 것이라고 한, 말하는 넙치의 충고는 전성기 고딕 시대의 분위기로 볼 때 나의 도로테아에게 정확하게 맞는 이야기이다. 그녀가 사람들로부터 성녀로 높이 추앙받고 있었지만 사실 그녀는 마녀나 사탄의 정부(情婦)에 지나지 않았다고 내가 말한다고 해서, 페스트가 창궐하던 그 시기에 나를 탓할 사람은 아무도 없었다. 더욱이 그 시절에는 마녀와 성녀가 같은 일을 하는 것으로 간주되었다.

도로테아는 14세기를 대표할 만한 전형적인 여인이기는 했지만, 그녀가 속이 메스꺼울 정도로 기름기가 번지르르한 화려함을 탐하던 그 시대의 요리법에 끼친 공헌은 너무나 한쪽에 치우친 것이었다. 왜냐하면 도로테아는 사순절 음식을 일년 내내 먹도록 해 놓았기 때문이다. 성(聖) 마틴일, 성 요한일, 성촉절, 그리고 그 밖에 다른 큰 축일(祝日)에도 예외가 아니었다. 그녀의 밥그릇에서는 기름에 볶은 곡식의 낟알조차 찾아볼 수 없었다. 기장을 불릴 때도 그녀는 한번도 우유를 쓰지 않고 늘 물만 사용했다. 불콩과 잿빛 완두로 음식을 만들 때도 조그만 뼈다귀의 뼛조각 하나 들어가지 않았다. 생선을 사용하는 것도 순무와 파, 참소리쟁이, 상추 등과 섞어 데친 요리를 만들 때뿐이었다. 그녀의 양념에 대해서 좀 더 이야기하겠다. 그녀가 어떤 환각을 보고 빵 반죽의 한가운데에 어떻게 예수 그리스도의 심장을 넣고 굽도록 했는가. 어떤 고해성사가 그녀에게 달콤했으며, 그녀는 고해성사 할 때 무릎을 꿇어가면서 어떻게 완두를 말랑말랑하게 만들었는가. 그리고 그녀는 무엇을 갈구하였으며, 아름다운 그녀의 모습을 더욱 드높여 준 것은 무엇인가. 넙치는 왜 나에게 충고를 했는가. 그러나 넙치의 충고는 이미 나에게 아무런 도움이 되지 않았다. 왜냐하면 그녀가 나를 파멸시켰기 때문이다. 그 마녀가.

뚱보 그레트라는 이름으로도 불린 마르가레테 루쉬가 내 안에 웅크리고 앉은 다섯 번째 여자 요리사이다. 이 세상에 그녀처럼 웃음이 헤픈 여자도 없었다. 늘 웃음바다였다. 갓 잡아서 아직 체온이 따뜻한, 피가 뚝뚝 떨어지는 거위를 자신의 피둥피둥한 양 무릎 사이에 끼우고 마구 털을 잡아 뜯어, 구름 같은 거위 털에 파묻히면서도 그녀는 교황과 루터에 대해 떠들어 대며 배꼽을 쥐고 웃었다. 그녀는 신성로마제국과 독일, 폴란드의 왕관, 싸움으로 갈가리 찢어진 길드, 한자동맹의 군주들, 올리바 수도원의 수도원장, 멍청한 농부, 초라한 기사 등, 헐렁한 바지나 조끼, 수도복 아니면 갑옷 따위를 입고서 이른바 진리를 표방하고 다니는 모든 인간들을 비웃었다. 그녀는 그녀가 살고 있는 세기에 대해 조소를 보냈다.

그녀가 줄기차게 웃으면서 열한 마리나 되는 거위의 털을 한 마리 한 마리씩 뽑는 동안, 그녀의 주방 심부름꾼이며 그녀가 내던지는 숟가락의 목표물이기도 한 나는, 입으로 힘껏 바람을 불어 거위 깃털들이 공중에 계속 떠돌아다니게 해야 했다. 나는 그런 것쯤은 이미 익히고 있었다. 깃털을 입으로 세차게 불어서 땅에 떨어지지 않고 공중에 떠다니게 하는 것쯤은 말이다.

거위 털을 뽑는 그 여자 요리사는 본래 성 비르기트 수녀원의 원장으로, 자기 침대에 맞기만 하면 아무 남자나 불러들이는 자유분방한 수녀들 중의 하나였다. 당시 프란체스코회의 어린 수도사였던 나도 성 삼위일체 교회에서 저녁 예배를 보던 중 그녀에게 불려 갔다. 뚱보 그레트는 덩치가 어찌나 크던지 수많은 남자들이 그녀의 품속에서 행방불명이 되었다. 귀족 가문의 젊은이들쯤은 그녀에게는 버터 모양의 머리를 한 아스파라거스처럼 식전에 먹는 전채(前菜)에 불과했다. 그녀는 올리바 수도원의 원장을 뒤룩뒤룩 살이 찌게 해서 죽게 만들었다. 그녀가 목사 헤게의 왼쪽 고환을 물어뜯었다는 설도 있다. 그다음은 귀족 페르버의 차례였다. 그 사람은 굳이 가톨릭 신도로 남았는데, 그 까닭은 마르가레테가 후추를 친 숫양의 혀에 통통한 완두를 곁들여 만든 요리를 포기하고 싶지 않았기 때문이다. 그다음 그녀는 신교도들에게도 관심을 표명했다. 그래서 그녀는 축제일이 되면 순서를 정해 놓고 길드 상인들을 위해 요리를 마련했다. 바토리 왕에 의해 도시가 포위되었을 당시에는 우리는 보다 안전한 장벽 앞쪽에 자리를 잡고 폴란드식으로 야전 취사를 했다. 나는 그녀와 함께 누워 몸을 부비며 따뜻하게 몸을 녹였다. 그녀와 함께 있으면서 나는 포근함을 느꼈다. 그녀는 나를 자물쇠로 채워 놓듯 안전하게 보호해 주었다. 그녀는 나를 완벽하게 덮어 주는 기름 덩어리였다.

넙치의 말에 따르면 뚱보 그레트는 떠벌리기 좋아하는 그의 취향에 맞는 여자였다. 그녀는 남자들이 필사적으로 밀가루 장사나 세금 징수, 길드, 면죄부 거래 등에 매달려 갈수록 더욱더 복잡한 방법을 동원하여 서로를 찌르고, 성경 구절이나 꼬치꼬치 따지면서 스스로를 소모시키고 있는 동안 이와 같은 생사를 건 심심풀이 광경을 지켜보며 실컷 웃으면서 건강을 한껏 도모했다. "그녀가 마음만 먹었다면." 하고 넙치는 말했다. "그녀는 언제고 아우아 시절의 지배력을 다시 보여줄 수 있었을 거야."

내 안에 있는 여섯 번째 여자 요리사——내 안의 여자 요리사들은 서로 밀치고 나오려고 야단인데, 그들의 숫자는 아홉, 또는 그 이상이다.——도 마찬가지로 거위의 털을 뽑기는 했지만 그렇게 웃지는 않았다. 그 거위는 귀리를 먹여 살을 찌운 비육 거위였다. 스웨덴인들이 자리를 뜨면서 두고 간 그 거위는 등이 불에 그을려 있었다. 그 후 스웨덴인들이 (정확히 성 마르틴일에) 돌아왔을 때는 휘휘 저어 놓은 한 주발의 거위 피밖에 남아 있지 않았다. 그 피는 그녀가 목, 염통, 위장, 날개 따위의 잡동사니와 수프용 근채류 및 잘게 썬 배 조각들을 신맛이 나도록 한데 버무릴 때 쓰려고 남겨 둔 것이었다.

거위 우리 바로 뒤쪽, 사과나무 아래서 — 나중에 이곳에 수많은 거위들이 하늘을 향해 부리를 곤두세운 채 대롱대롱 매달리게 될 터인데 — 아그네스는 거위 털을 뽑으며 짤막한 노래를 불렀다. 지루한 그녀의 노랫말은 바람에 날렸다. 스웨덴인들의 행패를 호소하는 그녀의 노랫소리는 11월의 어느 하루 내내 거위의 깃털과 함께 하늘에서 떠돌았다. 아, 슬픔의 골짜기여!

그것은 아그네스가 아직 어린애로서 카슈비아인일 때의 일이었다. 나중에 그녀가 도시 사람이 되어 화가 묄러를 위해 요리를 하게 되었을 즈음엔 스웨덴인들은 그들의 왕 구스타프 아돌프와 함께 어딘가로 떠나 버리고 없었다. 그 대신 뤼첸 전투가 끝난 지 사 년이 된 어느 날, 시인이며 외교관이었던 마르틴 오피츠가 기나긴 전쟁으로 파김치가 되어 단치히에 도착했다.

"아그네스는." 하고 말하는 넙치가 말했다. — 그때 내가 이 영리한 체하는 물고기에게 화가 묄러로서 물었는지, 아니면 시인 오피츠로서 물었는지는 확실치 않다. — "너희들의 아그네스는 본디 모든 것을 한데 아우르는 사랑만을 할 수 있는 그런 부류의 여자이다. 즉, 그녀는 자신이 사랑하는 남자를 위해 요리를 한다. 그런데 그녀는 너희들 둘 가운데 한 사람에게는 푹 삶은 간을, 다른 한 사람에게는 쓰디쓴 쓸개를 각각 정성스레 요리해 주기 때문에 너희들은, 너희들의 생각으로는 그녀의 나누어진 사랑을, 그러나 내가 보기에는 그녀의 두 배의 사랑을 느끼면서 식탁에 앉고 삐걱대는 침대 소리를 들을 것이다."

그녀는 화가 묄러의 딸을 하나 낳았다. 하지만 내가 페스트에 걸려 식은땀을 뻘뻘 흘리자, 아그네스는 나를 위해 거위의 보들보들한 깃털을 잔뜩 넣어 임종의 베개를 만들어 주었다. 그녀는 그처럼 착한 여자였다. 하지만 나는 한번도 그녀의 착한 마음씨를 제대로 시로 옮겨 내지 못했다. 내가 쓴 시는 영주들을 위한 아부의 말과 속세의 고통에 대한 우화들뿐이었다. 아그네스가 만들어 준 닭고기 수프, 송아지 지라 고기, 오트밀, 그리고 이와 비슷한 종류의 치료식에 대해 한번도 감칠맛 나는 시를 지어 주지 못했다. 그녀를 위한 시는 나중에라도 꼭 써야 할 것이다.

내 안에 있는 일곱 번째 여자 요리사는 아만다 보이케라는 이름을 가졌다. 그녀와 그녀의 딸들이 모여 앉아 시기마다 다른 물건 값을 비교하며 수다를 떨어 댈 때, 그녀의 모습은 내게 그중에서 특히 뚜렷하게 각인되었다. 반면에 나는 한번도 서슴없이 이렇게 말할 수 없었다. "그래, 아그네스는 바로 이렇게 생겼어." 왜냐하면 아그네스는 항상 슬픈 듯한 얼굴이면서도 그 모습이 매번 달랐으며, 오피츠와 묄러 사이를 오락가락하며 마음을 빼앗긴 것 같았기 때문이다. 그렇지만 아만다의 외모는 쉽게 그릴 수 있다. 그래, 그녀의 얼굴은 감자를 닮았다. 다시 말해 그녀의 얼굴에는 언제나 감자의 아름다움이 서려 있었다. 둥근 모습만 닮은 것이 아니었다. 그녀의 살결 역시 흙이 내는 광채를 발했으며, 저장된 감자 위에 살포시 드리우는, 손으로 잡을 수 있는 행복의 은은한 빛을 띠고 있었다. 무엇보다 얼굴이 감자처럼 크고 둥근 까닭에 상대적으로 그녀의 두 눈은 작아 보였으며 짙은 눈썹에 의해 돋보이지 않고 부풀어 오른 가장자리의 한가운데에 박혀 있었다. 또한 그녀의 입 역시 도톰한 입술의 빨간빛이 아닌 카슈비아의 모래흙같이 담담한 색조를 띠고 있어 자연이 한창 기분이 좋을 때 빚어낸 것 같았다. 볼록하게 튀어나온 두 입술 사이에서는 언제라도 불베, 브루케, 룽켈[1] 같은 말들이 터져 나올 것만 같았다. 아만다와 입을 맞추는 것은 마치 대지로부터, 카슈비아를 유명하게 만든 저 메마른 감자밭과 키스를 하는 것과 같았다. 그 입맞춤은 순간적으로 사라지고 마는 것이 아니라 껍질째 삶은 감자처럼 우리에게 포만감을 주었다.

메스트비나가 미소를 지으면 3월의 수양버들 가지가 반짝였다. 반면에 몬타우의 도로테아가 미소를 지으면 아이들의 코에 매달린 콧물이 얼어서 고드름이 되었다. 그리고 나의 아그네스의 미소에는 죽음을 향한 그리움이 배어 있어 나에게 죽음을 맛있는 것으로 만들어 주었다. 그러나 아만다가 나를 향해 미소를 지을 때면 그녀의 입에서는 감자 껍질을 줄줄이 벗기듯 감자가 기장을 이긴 이야기가 계속해서 흘러나왔다. 그녀는 이야기꽃을 피우느라 엄지손가락을 베는 줄도 몰랐다. 아만다가 프로이센 왕국의 국유지인 추카우에서 요리사로 일

---

1) 순무나 평지를 나타내는 말.

할 때 그녀는 매일 칠십 명의 일꾼들과 하녀들, 날품팔이꾼, 농업 노동자들, 늙은 소작농들을 위해 식사를 준비해야 했다.

"그녀를 위해 기념비를 세워 주어야 한다." 넙치가 말했다. "폴란드가 두 번째로 분할되고 도처에 기근이 기승을 부려 도토리마저도 시중에서 거래되던 시절 아만다 보이케가 아니었더라면 프로이센에 감자가 들어오지 못했을 테니 말이다. 그녀는 일개 여인에 불과했지만 역사를 창조해 낸 것이다. 참으로 놀라운 일이 아닌가? 놀랍기 그지없다!"

내 안에 있는 여덟 번째 여자 요리사는 뼈에 사무치도록 간절히 남자가 되어 혁명적인 그 시대의 분위기에 맞게 진취적인 가슴으로 바리케이드 위에 서 있고 싶어 했다. 주변에 많은 남자들이 (그리고 내가) 있었지만 조피 로트촐은 평생 동안 수절을 하고 독신으로 지냈다. 그녀가 사랑한 남자는 말을 더듬던 고등학생 프리드리히 바르톨디뿐이었다. 그는 자코뱅당의 음모 활동에 연루되어 사형 선고를 받았다. 당시 그의 나이는 겨우 열일곱이었고, 조피는 열네 살이었다. 두 사람의 어린 나이를 가엾게 생각한 프로이센의 루이제 여왕은 사형을 종신형으로 감형시켜 주었다. 사십 년이 지나서야 조피는 늙은 여인의 몸으로, 아니 더 정확하게 말하자면 늙은 처녀의 몸으로 병들어 그라우덴츠 감옥에서 석방된 그녀의 프리츠와 재회했다. 조피는 그를 위해 약초 맛을 낸 식초에 절인 송아지 머리와, 살구버섯을 곁들인 돼지 복부 살, 붉은 포도주에 담근 토끼 내장 등의 요리를 내놓았다. 그러나 그녀가 아무리 그를 선동하고 인류를 위한 드높은 목표를 그에게 인식시켜 주어도 그는 이젠 아무것도 하려 들지 않았다. 그는 다만 담배나 한 대 맛있게 빨고 싶어 했다.

나는 그녀에 대해서 잘 알고 있었다. 어렸을 때부터 나는 조피와 함께 추카우 근방의 숲들을 모두 뒤지며 버섯을 따러 다녔다. 그녀는 버섯의 이름을 하나하나 다 알고 있었다. 싸리버섯과 독이 있는 비단버섯, 그리고 아니스송이버섯 등등. 이것들은 침엽수들이 썩은 땅에서 은밀한 마녀의 원을 그리며 자라는 버섯들이었다. 돌버섯은 군데군데 퍼져 있었다. 우산버섯도 분명하게 알게 되었다. 혁명과 관련된 서적들을 닥치는 대로 읽느라 수습할 수 없을 정도로 눈이 근시가 되어 버렸지만 조피는 버섯들을 한눈에 식별해 냈다.

나중에 그녀는 성모 마리아 성당의 주임 신부였던 블레히를 위해 요리를 했고 그 뒤에는 나폴레옹 밑에서 총독을 지낸 라프 장군을 위해 처음에는 열성적으로 요리를 해서 바치다가 뒤에는 음모를 꾸미는 요리를 했는데, 그 당시 바로 내가 블레히 신부였고—그녀는 나로부터 끝내 도망치고 말았다.—또한 이어서 그녀가 특별한 버섯 요리로 자리에서 내쫓으려 한 총독 라프였다.

조피는 사람의 마음을 감동시킬 줄 아는 여자였다. 그녀는 지하실이든 계단이든 아니면 부엌이든 어디서나 노래를 불렀다. "북 치는 세 젊은이!"를. 그녀의 목소리는 언제나 뛰어났다. 마치 몬타우의 도로테아가 천상의 과중한 압력을 이 세상에 쏟아붓는 것 같았다. "조피 때부터." 말하는 넙치가 말했다.

"요리가 엉망진창이 되어 버렸어. 언제나 혁명 중이었거든." (그리고 나의 일제빌의 시선도 그녀처럼 도전적이다.)

내 안에 있는 아홉 번째 여자 요리사는 여덟 번째 여자 요리사인 조피 로트촐이 세상을 뜬 1849년 가을에 태어났다. 그래서 마치 조피 로트촐이 혁명의 깃발을 레나 슈투베에게 넘겨주려 한 것같이 여겨졌다. 또한 청상과부가 된 레나 슈투베가—그녀는 어린 나이에 닻 만드는 대장장이와 결혼했는데, 그녀의 남편은 1870~1871년의 보불전쟁 때 파리 근교에서 사망했다.—빈민 급식소 일을 맡아 가난한 사람들에게 말없이 수프를 나누어 주면서 국자 밑으로 사회주의의 꿈을 키웠다는 것은 부인할 수 없는 사실이다. 그러나 레나의 목소리에는 힘이 없었다. 그녀는 아무도 선동하지 않았다. 그녀는 도무지 열광할 줄을 몰랐다. 그녀는 성경을 하도 많이 읽어서 그 내용을 훤히 꿰뚫고 있었지만, 그것을 현실적으로 실천에 옮길 엄두를 내지는 못했다.

레나 슈투베가 두 번째 결혼을 했을 때 그녀는 이미 성숙한 여인이었다. (그녀의 첫 남편과 마찬가지로 닻 만드는 사람이었던) 나는 그녀보다 나이가 열 살이나 아래였다. 그렇지만 나 역시 그렇게 팔팔하지 못했으며, 고백건대, 술꾼이었다.

그녀는 파업수당 지급창구를 관리하고 있었는데 나한테 돈을 빼앗기지 않으려고 안간힘을 다했다. 그녀는 나의 매질을 무던히도 잘 견뎌 냈으며, 내가 다시 그녀에게 손찌검한 것을 뼈저리게 뉘우치며 그녀에게 굴종적인 태도를 보이면 나를 다독거려 주었다. 레나는 나보다 오래 살았다. 왜냐하면 내가 1914년에 향토 방위군에 차출되어 동프로이센 전선으로 간 후, 그녀는 다시 과부가 되었기 때문이다.

그 뒤로 그녀는 수프를 나누어 주는 일만 했다. 보리 수프, 양배추 완두 수프, 감자 수프 등등. 빈민 급식소에서, 자선의 집에서, 유행성 감기가 기세를 떨치던 1917년 겨울에는 야전 취사차에서, 그 후로는 노동자 구호소에서. 그리고 나중에 나치가 등장하여 동절기 빈민 구제 사업을 펼치고 일요일에는 간소한 냄비 요리로 식사를 하도록 권장했을 때에도 그녀는 폭삭 늙은 몸으로 여전히 커다란 국자를 들고 열심히 수프를 나누어 주었다.

나는 아직 어린 소년의 모습으로—다시 나타나 호기심에 가득 찬 눈길로—레나를 살펴보았다. 한가운데에 가르마를 탄 그녀의 백발과 수프를 나누어 줄 때의 특이한 몸놀림을 살펴보았다. 그것은 마치 신으로부터 부름을 받은 듯 진지하고 자비심이 넘치는 여인의 모습이었다. 넙치는 본래 레나 슈투베는 비정치적인 여자였다고 말했다. 그녀가 쓴 『프롤레타리아식 요리책』을 제외한다면 말이다. 그 책은 비스마르크의 사회주의자 법이 폐지된 후 출판사를 못 만나 아직 원고 상태로 있었다.

"이것 좀 봐." 넙치는 말했다. "만약에 그 책이 나왔더라면 그 책은 사람들의 의식을 바꾸고 새로운 의식을 창조할 수도 있었을 거야. 사실 당시에는 부르주아 계급을 위한 요리책들은 수도 없이 많이 나와 있었지만 프롤레타리아를 위한 요리

책은 한 권도 없었거든. 그래서 노동자 계급은 가진 것이 없으면서도 부르주아식으로 요리를 만들어 먹을 수밖에 없었어. 그러니까 당신도 열 번째나 열한 번째 요리사를 찾기에 앞서 레나 슈투베가 남겨 놓은 원고를 인용하는 편이 좋을 것 같군. 결국 당신은 사회민주당원이니까."

내 안에 있는 열 번째와 열한 번째 여자 요리사는 아직 그 모습이 뚜렷하지 않다. 내가 그들을 너무 잘 알기 때문이다. 텅 빈 종이 위에 남아 있는 것은 그들의 이름뿐이다. 빌리(원래 이름은 지빌레였다.)를 나는 60년대의 어느 예수 승천일에 잃었다. 이날은 베를린을 비롯하여 곳곳에서 '아버지의 날'로 떠들썩하게 축제를 벌이는 날이다. 그단스크의 레닌 조선소(예전의 명칭은 단치히 시샤우 조선소)에 있는 구내식당에서 일하는 마리아와 나는 친척 간이다.

나는 빌리와 마리아가 나를 졸라 댄다는 것을 인정한다. 그러나 넙치가 내게 연대순에 따르라고 충고했고 또 내 안에는 여자 요리사들이 한꺼번에 많이 들어 있었기 때문에, 1962년 6월 그루네발트와 테겔 숲, 슈판다우, 브리츠, 그리고 반제 호수 등지에서 순전히 남자들만의 축제로 떠들썩하던 '아버지의 날'을 살펴보는 것보다는, 먼저—특히 지금 나의 여자 요리사인 일제빌이 몹시 다그치고 있기 때문에—신석기 시대의 여자 요리사 아우아의 세 유방부터 파악하는 것이 훨씬 용이할 것 같다. 너무나 많이 누적된 과거로 인해 변비를 앓고 있다가 이제 마침내 그 과거를 배설하려는 사람은—1970년 12월 모든 신문에 대서특필된 폴란드의 여러 항구에서 일어난 부두 노동자들의 폭동이 시기상으로 자신에게 더 가까운 사건이기는 해도—메스트비나의 호박 목걸이에 관한 이야기부터 하고 싶은 법이다.

다음은 누구나 다 아는 이야기. 기장에 얽힌 이야기이다. 농노 신분의 농부는 자신에게 남아 있는 것 중에서 무엇을 먹었는가? 뚱보 그레트는 어떤 식단표를 짜서 수도원 원장들을 잡아먹어도 좋을 만큼 살찌게 만들었나? 후추 가격이 폭락했을 때 무슨 일이 벌어졌는가? 가난한 사람들을 위한 럼포드 수프, 덩이잎버섯은 어떻게 정치적인 것이 되었는가. 완두콩 소시지의 발명과 그로 인해 프로이센 군대가 강력해졌던 일. 왜 프롤레타리아들은 부르주아 계급처럼 먹고 싶어 했는가. 단식포[2]를 갉아 먹는다 함은 무슨 뜻인가. "하지만 어쩌면." 넙치가 비뚤어진 입으로 선생처럼 말했다. "우리는 여자들이 역사에서 어떤 몫을 했는지—이를테면 감자가 승리를 거둘 때—역사로부터 배울 수 있을 것이다."

아우아

그리고 내가 만약 세 개의 유방을 마주할 수 있다면,

---

2) 사순절의 단식 기간 중 제단 앞에 거는 직물. '단식포를 갉아 먹는다.'는 표현은 굶주림에 시달린다는 뜻으로 쓰인다.

그리고 이 젖꼭지뿐 아니라 다른 젖꼭지도 안다면,
그리고 늘 나누어져 이중적이 되지 않는다면
그리고 두 가지 사이에서 선택하지 않아도 된다면
그리고 다시는 양자택일의 갈림길에 처하지 않아도 된다면
그리고 쌍둥이에 대해 미움을 갖지 않을 수 있다면
그리고 그 밖의 다른 소망을 품지 않을 수 있다면…….

그러나 나는 오직 다른 선택만을 하며
다른 젖꼭지에 더 매달린다.
쌍둥이를 나는 시기한다.
그 밖의 내 소원은 늘 이분되어 있다.
나는 반에 반을 더해서야 전체가 된다.
언제나 그 사이에서 나의 선택은 이루어진다.

오로지 도자기를 통해서만(연대 역시 확실치 않고),
아우아가, 삼위일체의 근원인
여신이 존재했다고 전해진다.
세 개 중 하나(언제나 세 번째 것)는 안다,
첫째 것의 약속과 둘째 것의 거부를.

누가 너를 너절하게 만들고, 우리를 가난하게 했던가?
누가 말했던가, 둘이면 충분하다고?
그때부터 다이어트와 식량 배급이 생겼지.

넙치는 어떻게 잡혔나

아니야, 일제빌! 내가 당신에게 허무맹랑한 동화나 들려주려는 것은 결코 아니야. 정말로 나는 지금부터 화가 필리프 오토 룽게가 받아써 놓은 또 다른 진리에 관해서 기억을 더듬어 종이 위에 기술할 거야. 나는 그것을 잿더미 속에서 한 자 한 자 판독해 내지 않으면 안 돼. 왜냐하면 어떤 노파가 1805년 여름에 그 화가에게 들려주어 그가 받아 적은 그 이야기들이, 보름달이 뜬 어느 날 밤 노루 목초지와 숲속 연못 사이에서 불타 버렸기 때문이지. 남자들은 그렇게 해서 가부장제를 지키려고 했어. 그렇기 때문에 그림 형제는 「어부와 그의 아내」의 뤼겐 판 원고만을 동화 시장에 내놓았던 거야. 그 후로 어부의 아내 일제빌은 언제나 더 많이 갖고 소유하고 지배하려 드는 심술궂고 못된 여인의 전형이 되었어. 그래서 어부에게 잡혔다가 다시 풀려난 넙치는 그녀에게 계속해서 많은 것을 제공하지 않으면 안 되었던 거야. 좀 더 큰 오두막, 석조 가옥, 왕이 사는 궁전, 황제의 권력, 그리고 교황의 성좌까지 말이야. 마침내 일제빌은 태양을 뜨고 지게 하는 신의 권능마저도 탐하기에 이르렀어. 그 때문에 한없이 탐욕스러운 일제빌과 그녀의 더없이 착한 남편은 벌을 받아, 다시 그 '요강 단지'라는 별명이 붙은 오두막에서 서로 살을 맞대고 살아야 했던 거야. 정말이지, 절대 만족할 줄 모르는 심술궂은 계집이었어. 목구멍이 포도청 같은 계집이었어. 언제나 욕망에 사로잡혀 있었지. 그림 형제의 책에 쓰여 있는 일제빌은 바로 이런 모습이야.

따라서 내가 여기에 공개하는 나의 일제빌은 그림 형제의 이야기에 대한 살아 있는 반증(反證)이 될 거야. 그리고 넙치도 이렇게 말했어. 지금이야말로 그 동화의 원판을 출간하여 모든 일제빌들의 명예를 회복시키고 넙치 자신이 교활하게 사람들 사이에 퍼뜨려 놓은, 여성 혐오적인 선전 동화를 반박해야 할 적당한 시기라고 말이야. 그래, 철저히 말야. 나를 믿어, 여보. 싸움을 시작해서 득이 될 건 하나도 없어. 그래, 당신 생각이 옳아. 지금까지 당신 생각이 언제나 옳았어. 우리가 싸움을 시작하기도 전에 이미 당신이 이긴 거야.

때는 석기 시대가 끝나 갈 무렵이었다. 숫자가 붙지 않은 어느 날이었다. 그땐 우리가 아직 선이나 눈금을 그릴 줄 모르던 때였다. 다만 우리는 달이 여위었다가 다시 차는 것을 두려움 속에 바라볼 뿐이었다. 무언가 미리 생각한 것을 정확한 시간에 맞추어 하는 일은 없었다. 날짜라는 것이 없었기 때문이다. 따라서 어떤 사람이 너무 늦게 온다거나 무슨 일이 너무 늦는다거나 하는 일은 있을 수가 없었다.

해가 나다가 구름이 낀, 때를 알 수 없는 어느 날 나는 그 넙치를 잡았다. 비스툴레강이 강바닥의 모양새를 다양하게 바꾸어 가며 드넓은 바다와 만나는 지점에 나는 뱀장어나 잡을 요량으로 바구니 어살을 놓아두었던 것이다. 당시 우리는 그물이라는 것을 아직 알지 못했다. 낚싯바늘과 미끼를 이용해 고기를 낚는 것도 아직 흔하지 않던 시절이었다. 나의 기억이 닿는 곳까지 거슬러 올라가 보면—마지막 빙하 시대가 내 기억의 발길을 막는다.—우리는 언제나 나뭇가지를 날카롭게 깎아 만든 창으로, 그리고 나중에는 활과 화살을 써서 고기를 잡았다. 강의 지류에서 농어, 가시고기, 강꼬치고기, 뱀장어, 칠성장어 등을 잡았으며, 연어가 강물을 따라 내려오는 시절엔 연어를 잡았다. 발트해의 큰 파도에 울퉁불퉁한 해안의 사구가 쓸려 나가는 지점에서 우리는 따뜻한 얕은 물의 모래 속에 즐겨 몸을 숨기는 가자미류를 창으로 찔러 잡았다. 그것은 넙치, 봉치, 가자미 등이었다.

아우아가 수양버들 가지로 바구니 짜는 법을 우리에게 가르쳐 주고 나서야 우리는 우연히 바구니를 어살로 사용해도 괜찮겠다는 생각을 하게 되었다. 그렇다. 우리 남자들은 기발한 생각을 해 내는 경우가 드물었다. 살을 다 갉아 먹은 고라니 뼈가 가득 든 바구니를, 뒤에 라두네로 불리다가 훨씬 뒤에는 라다우네라는 이름으로 불린 강 지류에 있는 갈대밭의 물속에 담가 두게 하여 물살에 뼈에 붙어 있던 섬유질과 힘줄의 잔해가 씻겨 나가게 한 것도 아우아였다. 그렇게 해서 아우아는 고라니 뼈와 순록 뼈를 취사 도구로뿐만 아니라 제기(祭器)로도 사용했다.

어느 정도 시간이 흐른 뒤 바구니를 물속에서 건져 올리면 뱀장어 몇 마리만 가까스로 도망칠 뿐, 잡다한 물고기들과 함께 팔뚝만 한 다섯 마리의 물고기가 바구니 속에 갇힌 채 반들대는 뼈다귀 사이에서 팔딱대고 있었다. 이런 일은 계속 반복되었고, 그에 따라 고기 잡는 기술은 점점 발전해 나갔다. 그렇게 해서 아우아는 마침내 어살을 발명했다. 또한 아우아는 그로부터 이백 년 뒤에는 늪에 사는 새들의 차골(叉骨)로 인류 최초의 낚싯바늘을 만들었다. 그리고 그녀가 지시하는 대로, 마치 운명처럼 내려진 그녀의 감독을 받으면서 우리 남자들은 입구 쪽이 좁게 만들어진 바구니를 짰다. 이렇게 만든 바구니에다가 나중에 우리는 우리 자신의 발상으로—아우아가 영원히 우리 후견인이 될 수는 없었던 까닭에—처음엔 하나의 바구니를, 그다음엔 두 개의 바구니를 잇대어 놓았다. 이렇게 바구니를 이중 삼중으로 잇대어 놓음으로써 뱀장어가 도망가지 못하도록 만들 수 있었다. 우리는 유연성이 좋은 긴 버들가지로 복잡한 구조의 어살을 만들었다. 그 작업은 이미 정교한 수준에 이르러 있었다. 이것 역시 우리는 아우아의 도움을 받지 않고서 해냈다.

그때부터 우리는 훨씬 많은 고기를 잡았다. 고기가 남아돌았다. 우리는 우묵한 버들가지에 물고기를 넣고 처음으로 훈제를 만들어 보았다. 뱀장어와 어살은 한 쌍의 개념이 되었으며, 나는 이곳저곳에 기호를 남겨야 한다는 생각에 사로잡혀 이 두 가지를 그림으로 그려 놓았다. 나는 어살을 놓은 뒤 해안을 떠나기에 앞서 젖은 모래 위에다 끝이 뾰족한 조개 껍질로 그림을 그렸다. 그것은 이를테면 정교하게 만든 버들가지 어살 안에서 꿈틀대고 있는 뱀장어의 모습이었다. 그리고 만약에 내가 살던 곳이 평지의 늪지대가 아니고 산악 지대여서 곳곳에 동굴이 있었더라면, 나는 틀림없이 어살 속의 뱀장어를 동굴 벽화로 남겨 놓았을 것이다. "이것은 북동 유럽의 어업 문화를 묘사한 신석기 시대의 암벽 벽화로서, 뼈와 호박(琥

珀)에 그림을 남긴 남스칸디나비아의 마글레모스 문화와 유사성이 있군요." 우리 시대에 와 있는 넙치는 이렇게 말할 것이다. 넙치는 처음부터 문화를 중요시했다.

아우아는 그 일, 즉 기호를 남기거나, 그림 그리는 일을 할 줄 몰랐다. 다만 그녀는 내가 모래 위에 그려 놓은 그림들을 보고 아름답다고 하면서 그것들을 제의(祭儀)에 쓰면 좋겠다고 했다. 그녀는 내가 그녀의 모습과 세 개의 유방을 멋지게 그려놓는 것은 좋아했으나, 내가 아무 생각 없이 재미 삼아 다섯 개의 바구니를 이어 만든 고기 어살을 바닷가 모래 위에 그릴 때면, 바구니 다섯 개로 만든 어살도 쓰지 못하게 하고 그것을 그림으로 그리지도 못하게 했다. 아우아가 그녀의 세 개의 유방으로 정립시킨 셋이라는 기본 가치를 넘어서는 일은 허용되지 않았던 것이다. 또 한번 그처럼 그녀가 나의 그림 그리기를 격하게 중단시킨 일이 있었다. 그것은 내가 뱀장어 어살에 걸린 넙치를 그렸을 때였다. 아우아는 점차 모신(母神)의 분노를 폭발시킬 지경에까지 이르렀다. 그와 같은 것을 그녀는 한번도 본 적이 없으며, 그녀가 한번도 보지 못했으므로 그런 형상은 존재할 수 없는 것이고, 따라서 그것은 모두 꾸며 낸 것이지 사실이 아니라고 점차 말의 강도를 높여 갔다.

아우아가 주재한 여성 위원회로부터 나는 엄한 처벌의 위협과 함께 다시는 뱀장어 어살에 걸린 넙치를 그리지 말라는 명령을 받았다. 그렇지만 나는 그들 몰래 넙치 그리는 일을 계속했다. 내가 하루에 세 번씩 나의 욕망을 채워 주는 젖의 금지를 모신이 내리는 벌로써 두려워하도록 교육을 받았음에도 그런 행동을 보인 것은 내게 넙치의 존재가 더 강해 보였기 때문이다. 내가 "넙치님." 하고 부르기만 하면 넙치는 언제 어느 때고 나타나 내게 말을 들려주었다. 그는 이렇게 말했다. "그 여자는 자기 존재를, 언제나 자기 존재만을 확인하려고 해. 그 여자의 손길 바깥에 있는 것은 무엇이든 금기로 되어 있어. 하지만 젊은 친구, 예술이란 금지시킬 수 있는 게 아냐."

하느님이 인간의 몸을 빌려 이 세상에 내려오기 약 3세기 전쯤——아니 컴퓨터가 정확하게 계산해 낸 바에 따르면 기원전 2211년 5월 3일 금요일이었다고 한다.——동풍이 불고 구름이 군데군데 흩어져 떠 있던 신석기 시대의 어느 날, 하나의 사건이 발생했다. 그 사건은 나중에 가부장제도를 정당화하기 위해 동화로 날조되었다. 그것이 지금도 나의 일제빌의 마음을 상하게 하고 있다.

나는 아직 어렸지만 얼굴에는 벌써 수염이 나 있었다. 그날 늦은 오후에 나는, 이른 아침에, 그러니까 그날의 첫 번째 젖을 먹기도 전에 놓아둔, 삼중으로 입구를 좁혀 가며 만든 바구니 어살을 꺼내러 갔다. (내가 그 당시 즐겨 물고기를 잡던 장소를 어림짐작해 보면, 그곳은 지금 9번 전차로 편안하게 갈 수 있는 유명한 호이부데 해수욕장 근방인 것 같다.) 나의 그림 솜씨 덕분에 나는 아우아로부터 중간에 한번 더 젖을 얻어먹는 특별한 사랑을 받았다. 그렇기 때문에 나는 뱀장어 어살에 넙치가 걸려 있는 것을 보는 순간 금방 이렇게 생각했다. 이 넙치를 아우아에게 갖다주자. 그러면 그녀는 평소 하던 방식대로 이 물고기를 물에 씻은 상추 잎에 싸서 뜨거운 재 속에 넣어 굽겠지.

바로 그때 넙치가 말을 했다.

물고기가 비뚤어진 입으로 내게 말을 걸어왔다는 사실에 내가 놀랐는지, 아니면 크고 납작하게 생긴 물고기가 뱀장어 어살에 잡혔다는 명백한 사실에 내가 놀랐는지는 확실하지 않다. 어쨌든 나는 "안녕하시오, 젊은 친구!"라는 그의 인사말에 어떻게 물고기가 놀랍게도 말을 할 수 있느냐고 물어보지 못했다. 오히려 나는 그처럼 크고 납작하게 생긴 물고기가 어떻게 세 개의 좁은 바구니 주둥이를 통과해서 어살의 안쪽까지 들어갈 수 있었는지 알고 싶었다.

넙치가 이야기를 시작했다. 처음부터 넙치는 훈계조로, 모든 것을 다 알고 있다는 우월감을 가지고 말을 했다. 그 때문에 딱딱 끊어지는 말투로 말을 했음에도 그의 말은 강단에서 내려다보며 학생을 꾸짖는 교수나 성가신 아버지의 말처럼 콧소리로 횡설수설하는 것처럼 들렸다. 넙치는 나와 이야기를 나누고 싶었다고 말했다. 그것은 어리석은 (혹은 당시에 그는 이미 '여자 같은'이라고 말했다) 호기심이 발동했기 때문이 아니라, 남성적인 의지를 가지고 충분히 생각한 뒤에 내린 결정에 따른 것이라고 했다. 결론적으로 말해 신석기 시대를 훨씬 넘어서는 몇 가지 인식이 있으니, 이제 그것을 전지(全知)한 물고기인 그가, 오로지 여자의 품속에서 양육되어 모든 것이 유치한 수준에 머물러 있는 어리석은 남자이자 어부인 나에게 전해 줄 것이라고 말했다. 만일의 경우를 생각해서 그는 발트해 연안의 사투리를 배워 두었다고 했다. 비교적 짧은 기간 동안에 그는 모든 것을 설득할 수 있는 재빠른 혀의 놀림을 충분히 익혔다고 말했다. 그래서 '포무헬'이나 '루트리히카이트' 같은 발음도 할 수 있다고 했다. 따라서 언어상의 문제 때문에 우리의 대화가 실패하는 경우는 없을 것이라고 말했다. 하지만 그는 버들가지 바구니 속에 계속해서 있으려니 너무 비좁은 느낌이 든다고 말했다.

내가 넙치를 삼중으로 된 어살에서 꺼내 모래밭에 안전하게 내려놓자, 넙치는 먼저 이렇게 말했다. "고맙네, 젊은 친구!" 그런 다음 이렇게 말을 이었다. "물론 나는 내 결정으로 인해 내가 어떤 위험에 처하게 될지 알고 있어. 내 고기 맛이 훌륭하다는 것도 나는 잘 알고 있고. 그리고 소문을 통해서 나는 너희 남자들을 품속에 안아 다스리는 여인들이 다양한 요리법을 개발하여 황어는 버들가지 꼬챙이에 꿰어 굽고, 뱀장어와 강꼬치고기, 가시고기, 주먹만 한 가자미는 빨갛게 달군 돌 위에다 굽고, 나 정도 되는 크기의 물고기는 나뭇잎에 싸서 완전히 익은 상태에서 물기가 돌 때까지 뜨거운 재 속에 파묻어 둔다는 것도 알고 있지. 많이 먹어라! 내가 맛있는 고기라니 기분은 좋군. 그렇지만 자네를 위해, 다시 말해 남자들의 일을 위해 언제든지 기꺼이 조언자의 역할을 하겠다는 나의 제안을 받아들이는 것이 나를 구워서 먹는 것보다 훨씬 값진 일임을 알아 줘. 간단히 말하겠어. 젊은 친구, 나를 다시 풀어 줘. 자네가 부르기만 하면 언제든지 다시 달려올 테니. 자네가 관용을 베푼다면 내가 세상 곳곳을 다니면서 수집한 여러 가지 정보를 알려 주지. 나와 같거나 비슷한 종류의 우리 넙치들은 모든 바다와 모든 해안을 제 집처럼 자유롭게 드나들고 있거든. 나는 자네에게 어떤 충고가 필요한지도 알고 있어. 너희 발트해의 남자들처럼 권리를 박탈당한 사람들에게는 나의 격려가 필요해. 예술가로서 고통 속에서도 그림을 그릴 줄 알고, 영속적이고 의미심장한 형식을 추구하는 자네라면, 나의 영원한 약속이 당장 먹고 나면 남는 것이 아무것도 없는 한 마리 생선보다 훨씬 가치 있는 일이라는 것을 알아야 할 거야. 그리고 내 말을 믿지 못하겠다면, 젊은 친구, 자네에게 '남아일언중천금(男兒一言重千金)'이라는 격언이 나의 첫 번째 신조임을 고백하겠네."

맞아. 나는 넙치의 말에 완전히 넘어갔어. 그가 내게 그런 말을 걸어온 순간부터 나는 나 자신을 느꼈어. 나도 의미 있는 존재로 여겨졌어. 지금까지의 자신을 넘어서는 것. 이 같은 자의식의 생성. 그때부터 이미 나는 자신을 중요하게 여기기 시작했어. 하지만 지금도—내 말을 믿어 줘, 일제빌.—의구심이 남아 있어. 나는 그 말하는 넙치를, 내게 그토록 많은 약속을 한 넙치를 한번 시험해 보고 싶었어. 그래서 나는 그를 얕은 물에다 풀어 주고 나서 곧장 그의 뒤에 대고 이렇게 소리쳤어. "넙치님! 어서 돌아와 보세요! 당신께 물어볼 게 있어요."

그러자 넙치는 내가 그를 풀어 주었던 곳에서 발트해를 박차고 뛰어올라 나의 두 손바닥 안으로 들어왔어. "무슨 일인가, 젊은 친구? 자네 말이라면 언제든지 들어주겠네. 제 아무리 폭풍이 몰아치고 파도가 거세도 말일세."

"그러나." 나는 넙치에게 말했어. "만약에 지금 우리가 아우아의 보살핌을 전혀 고통으로 느끼지 않는다면 어떻게 하겠습니까? 만일 우리가 지금 잘 지내고 있어서 아무런 부족함도 느끼지 않는다면? 이것은 사실입니다. 우리는 필요한 것은 언제나 얻을 수 있거든요. 우리에게 부족한 것이라고는 아무것도 없어요. 우리가 잘못을 저지르고서 핑계를 대도 젖을 주지 않는 경우는 거의 없어요. 우리는 하루에 세 번씩 젖을 먹을 수 있어요. 심지어 다 늙어 빠진 노인들에게도 틀림없이 젖을 먹여 주지요. 지금까지 언제나 그래 왔습니다. 구석기 시대에도 마찬가지였어요. 어쨌든 마지막 빙하기가 끝난 뒤로는 줄곧 그래 왔어요. 젖가슴은 늘 우리를 받아 줍니다. 우리는 늘 배가 불러 만족스럽고 어머니의 품속 같은 따스함을 느끼고 있어요. 우리는 늘 따스한 손길을 받고 있습니다. 우리는 어떤 일에 대해 찬반을 결정할 필요가 전혀 없습니다. 우리는 아무런 책임감도 느끼지 않으며 우리가 하고 싶은 대로 하면서 살아갈 수 있어요. 물론, 가끔 불안 같은 것을 느낄 때도 있긴 있어요. 강물은 어디서 흘러오는지 알고 싶거나, 해가 뜨는 저 강 건너편에서는 무슨 일이 일어나고 있는지 알고 싶을 때 그렇습니다. 그리고 우리가 지금 우리에게 허락된 것보다 더 많은 숫자를 셀 수 있는지도 알고 싶어요. 또 사물의 의미에 대한 궁금증도 있습니다. 내 말뜻은, 지금 우리가 이렇게 하고 있는 일, 그리고 언제나 똑같은 사물이 지금 현재의 모습을 넘어서 그 밖의 다른 무엇이 될 수는 없느냐는 것입니다. 아우아는 언제나 이렇게 말합니다. 모든 것은 있는 그대로의 모습뿐이라고 말입니다. 그래도 우리가 궁금해하면서 미심쩍어하면 그녀는 금방 우리에게 젖을 물려 줍니다. 그러면 불안감과 궁금증이 씻은 듯이 사라지곤 하지요. 반면에, 넙치님, 넙치님은 우리를 불안하게 만들고 있어요. 당신은 애매모호하게 말하거든요. 도대체 그게 무엇인가요? 정보라는 건가요? 그렇다면 어서 말해 주세요. 강물은 어디서 흘러오는 건가요? 세 개 이상의 어살을 잇대어 놓을 수 있는 고장도 있나요? 그리고 지금 우리 눈에 보이는 사물은 그 이상의 다른 의미를 갖고 있나요? 이를테면 불 같은 것 말입니다. 우리는 아우아가 우리를 위해 마지막 빙하기가 끝난 직후 하늘에서 불붙은 숯 덩어리 세 개를 가져온 것으로만 알고 있습니다. 그녀는 불이란 참으로 좋은 것이라고 말합니다. 불에다 날고기와 생선, 근채류와 버섯을 구워 먹을 수 있고, 게다가 불 주위에 둘러앉아서 불을 쬐며 이야기도 나눌 수 있기 때문이라는 거예요. 그렇다면, 넙치님, 물어보고 싶습니다. 불은 이런 것 외에 또 무슨 일을 할 수 있나요?"

그러자 넙치가 대답해 주었어. 그는 강의 양쪽에 살고 있는 유목민 무리에 대한 이야기를 들려주었어. 그들에게도 그들의 아우아가 있다고 했어. 물론 그녀가 에우아 또는 아이아라고 불리기는 했지만 말야. 넙치는 다른 여러 강들과 훨씬 큰 바다에 대한 이야기도 해 주었어. 그는 마치 '헤엄치는 신문'처럼 내게 소식을 전해 주고, 여러 가지 영웅 이야기와 신화를 들려주었어. 넙치는 포세이돈이라는 신이 논평을 가한 제우스 신의 말에 대해 나를 위해 다시 평을 해 주었어. 여러 여신들에 대한 설명도 해 주었어. 그중 한 여신의 이름은 헤라였어. 그러나 그가 실용적이고 기술적인 이야기를 들려줄 때도, 나는 그의 말을 거의 이해하지 못했어. 그는 내게 생전 처음으로 금속에 대해 이야기해 주었어. 금속이라는 것은 불로 돌을 녹여서 만들 수 있는 것으로, 그다음에 사형(砂型)에 부어 식히면 다시 단단해지는 물질이라고 말했어. "명심하게, 젊은 친구! 금속을 단련해서 날카로운 창과 도끼를 만들 수 있다네."

넙치는 비뚤어진 입으로 '돌도끼 시대의 종말'을 예고하고 나서, 내게 근처 내륙의 구릉으로 가는 길을 알려 주었어. 그곳은 훗날 발트 능선이라고 이름 붙여진 곳으로, 그곳에서 많지는 않지만 금속을 함유하고 있는 암석을 발견할 수 있을 거라고 했어. 그리고 그로부터 사흘 뒤 그가 약속한 대로—"넙치님, 바다에 계신 넙치님!" 하고—그를 다시 부르자, 넙치는 스웨덴에서 가져온 듯한 광석 표본을 가지고 다시 나타났어. 그것을 그는 아가미 윗주머니에 숨겨서 가지고 왔어.

"이제 용기를 내라!" 넙치가 소리쳤어. "이것들을 가져가서 완전히 녹이도록 해라. 너희들은 거기서 구리를 얻을 것이다. 그뿐만 아니라 너희들은 불에서 진보와 분리와 결단과 남성 특유의 의미를 발견하게 될 것이다. 불, 그것은 따뜻함과 음식의 요리만을 의미하진 않아. 불 속에서는 비전이 날름거리고, 불은 정화하는 작용을 한다. 불에서는 탁탁 불꽃이 튀어나온다. 불, 그것은 이상이요 미래야. 다른 고장의 강가에서는 벌써 미래가 시작되었다. 남자들은 뚜렷한 목적 의식을 갖고서 그곳의 아우아나 에우아의 생각 따위는 개의치 않고 스스로의 힘으로 미래를 정복하고 있다. 너희들만이 아직도 젖에 매달려 자장가를 듣고 있어. 너희들은 늙어서 노인이 될 때까지 줄곧 젖먹이들이야. 이젠 프로메테우스처럼 불을 소유해야 할 때야. 젊은 친구, 어부 신세로 만족하지 말고, 대장장이가 되어라!"

(아, 일제빌, 차라리 모든 금속이 지금까지 산속에 그냥 묻혀 있었더라면 좋았을 것을.) 이른바 사냥이라는 것을 나갔다가 우리는―우리는 창으로 멧돼지를 잡기도 했다.―뒷날 '치강켄 산맥'이라고 불린 구릉 지대에서 넙치가 갖다주었던 광석 표본과 똑같은 암석을 발견하게 되었다. 우리는 곧 구리 도끼와 몇 자루의 칼과 금속제 창을 갖게 되었다. 우리는 그것들을 들고 돌아다니면서 으스댔다. 여자들은 이 새로운 물건에 손을 갖다 대는 순간 차가워서 몸서리를 치며 킬킬거렸다. 벌써부터 장신구를 만들어 달라는 주문이 들어오기 시작했다. 그때 아우아가 끼어들었다.

그녀는 화가 머리끝까지 치솟아 다짜고짜 다시는 젖을 주지 않겠다고 위협했다. 우리 에데크들은 곤혹스러운 심문을 견뎌야 했다. 어디서 이런 갑작스러운 지식을 얻었는가? 평소에 에데크들은 쓸모 있는 생각이란 못하지 않는가. 불이 무엇에 봉사하느냐 하는 것은 오로지 그녀, 즉 우두머리 아우아가 결정할 사항이라는 것이었다. 근본적으로 이 새로운 금속제 물건들의 효용 가치에 대해서는 반대하지 않으나―그중에는 내가 이 세상에서 처음으로 만든 부엌칼도 있었다.—이처럼 갑작스러운 자립적 행동은 도가 지나친 것이라고 했다.

다른 에데크들이 나의 죄를 인정하는 눈길로 나를 지목했기 때문에 모든 혐의가 나에게 집중되었다. 나는 그 우연한 사건들을 그럴듯한 거짓말로 둘러대고서 넙치 이야기는 꺼내지 않았다. 그 벌로 나는 추운 겨울 동안 어떤 여자의 젖도 먹을 수 없었으며 따뜻한 옷가지 하나 얻어 입을 수 없었다. 엄한 금속 사용 금지령이 내려졌다. 그때부터 불을 본래의 목적과 다른 곳에 사용하는 것도 금지되었다. 그들은 구리 도끼와 몇 자루의 칼과 창들을, 내가 모래 위에 그려 놓고 조개껍질까지 박아 넣은 아우아의 세 개의 유방 주위로 발을 구르면서 빙빙 돌며 춤을 추는 의식을 끝낸 뒤 라두네강 물속으로 던져 버렸다. 다시는 금속을 쓰지 않겠다는 절규와 함께. (내 말을 믿어 줘, 일제빌, 돌도끼를 다시 손에 잡는 일은 정말 쉬운 일이 아니었어.)

하지만 내가 절망에 빠져 바닷속의 넙치를 불렀을 때, 넙치는 산더미 같은 파도를 일으키며 폭풍우 치는 바다보다 더 큰 소리로 이렇게 외쳤다. "그렇게 낙담할 필요는 없다. 도대체 너는 전혀 모르고 있었단 말인가, 이 젊은 친구야? 지배욕에 눈이 멀어 모든 금속을 저주하는 아우아가, 그러니까 세 개의 유방을 가진 선사시대 여성의 화신이며 무엇이든 다 삼켜 버리는 커다란 음부를 가진 성스러운 모신(母神)인 너희들의 아우아가, 사실은 네가 그녀를 기쁘게 해 주려고 구리를 벼리고 단련하여 날을 세운 그 부엌칼을 주방용으로 사용하는 고라니 뼈들 틈에 감추어 두었다는 사실을 말이다. 그녀는 남몰래 그 칼을 사용하고 있어. 네가 그녀의 금지령에도 불구하고 내 모습을 모래 위에 그렸듯이 말야. 너를 돌보아 준다고 하는 그 아우아는 약삭빠른 요물이야! 너희들은 이제 탯줄을 끊어야 한다. 그것도 다름 아닌 그 부엌칼로 끊어야 해. 그 여자를 죽여라, 젊은 친구, 그 여자를 죽이라고!"

(그렇지 않아, 일제빌. 나는 지금까지 폭력을 사용하지 않았어. 나중에 아우아를 찌른 것도 내가 아니었어. 나는 언제나 아우아를 숭배했어. 그건 지금도 마찬가지야.)

그녀는 시간의 흐름을 막아 버렸다. 그녀는 우리에게 유일한 개념이었다. 그녀는 지칠 줄 모르고 새롭게 의식을 열 기회를 만들어 내 장엄한 행렬을 통해 존재 자체를 증명해 보였다. 그리고 그녀의 풍성하고 뚱뚱한 덩치가 우리의 신석기 시대 종교의 형식을 결정지었다. 우리는 아우아 외에는 오직 하늘의 늑대에게 제물을 바쳤다. 바로 그 하늘의 늑대에게서 우리 원시 부족의 한 여인이—그것은 태초의 아우아였다.—불타는 숲 세 조각을 훔쳐 냈던 것이다. 그렇다, 모든 것이 그녀에게서 비롯되었다. 단지 어살과 낚싯바늘뿐만 아니라.

우리 에데크들이 불을 또다시 오용하는 일을 미연에 방지하기 위해서였는지, 아니면 자신의 굽는 요리 방법을 개선하기 위해서였는지, 아우아는 우리 부족의 주거 지역 내에서 점토를 굽는 요업을 일으켰다. 그 일은 우선 늪에 사는 새들을 날개째, 그리고 고슴도치를 그 가시털째 두꺼운 진흙으로 싼 다음 활활 타오르는 불길과 뜨거운 재 속에 집어넣는 것으로부터 시작되었다. 나중에 둥그런 껍질을 반으로 쪼개면 속에 털이나 가시가 숭숭 붙어 있기는 했지만 그것들은 그런대로 쓸 만한 그릇이라고 할 수 있었다. 어쨌든 아우아는 내게 점토를 반죽하는 요령과 빙퇴석 자갈로 열을 가둬 두면서 사방에서 타오르는 불길에 영향을 받지 않는 가마를 쌓는 법을 가르쳐 주었다. 그 가마에서 나는 주발과 단지뿐만 아니라 강도가 높은 원시적인 도자기 작품도 구워 냈다. 그렇게 해서 오늘날 박물관에 소장되어 있는 세 개의 유방이 달린 우상의 여인들이 탄생한 것이다.

내가 그 이야기를 넙치한테 해 주자, 넙치는 내가 아우아의 몸과 그 굴곡을 진흙으로 빚으면서 실컷 쾌감을 맛보았음을 알아챈 모양이었다. 그는 이렇게 물었다. "그 여자의 몸에는 옴폭 들어간 곳이 몇 군데나 있지?"

그렇게 해서 넙치는 나에게 수를 세는 법을 가르쳐 주었다. 날짜와 주일과 달을 세는 법을 가르쳐 준 것도 아니었고, 그렇다고 황어나 도요새, 고라니, 순록을 세는 법을 가르쳐 준 것도 아니었다. 그러니까 나는 아우아의 몸에서 옴폭 들어간 곳을 찾아서 백열하나까지 센 것이다. 나는 진흙으로 세 개의 유방과 몸에 백열한 군데의 오목한 곳이 있는 여자 우상을 하나 만들었다. 마찬가지로 백열하나까지 셀 수 있게 된 아우아는 내가 만든 우상이 무척 마음에 들었다. 더욱이 다른 여자들이—수를 세는 일이 우리 부족의 즐거운 소일거리가 되었다.—백까지도 세지 못했기 때문에 아우아는 더욱 좋아했다. 아우아의 몸에서 (일제빌, 당신처럼) 옴폭 들어간 곳이 가장 많은 부분은 엉덩이의 쿠션처럼 푹신한 부위였다. 그곳에는 옴폭 들어간 곳이 서른세 군데나 있었다.

벌써부터 넘치는 승리감에 도취한 듯 말했다. "정말 훌륭하구나, 젊은 친구여. 지금으로서는 우리가 이미 오래도록 지연된 구리 시대나 청동기 시대로 들어가는 종을 울리지는 못했지만, 이미 대수(代數)의 시대는 시작되었다. 이제부터는 모든 것을 수로 헤아릴 것이다. 수를 셀 줄 아는 사람은 곧 계산을 할 수 있다. 계산을 할 수 있는 사람은 앞으로 올 것을 헤아릴 수 있다. 지금 미노스 왕국 사람들은 토기판에다 가계부를 적고 있다. 너희 남자들이여, 계산법을 남몰래 익혀 두어라. 그러면 훗날 여자들은 그 어떤 것도 너희들보다 먼저 계산하지 못하게 될 것이다. 머지않아 너희들은 시간을 정하고 날짜를 매기게 될 것이다. 머지않아 너희들은 헤아린 물건과 헤아린 물건을 서로 교환하게 될 것이다. 내일이나 모레, 너희들은 지불받고 또 남에게 지불하게도 될 것이다. 우선 처음에는 조개껍질이 지불 수단이 될 것이고, 그다음에는, 아우아가 있더라도, 혹은 아우아의 시대가 지난 지 오래 뒤에 금속으로 된 주화가 나타날 것이다. 여기에 그런 주화가 하나 있다. 지금도 유통되고 있는 아티카의 은전이야. 이 동전은 해진(海震)으로 인해 크레타 해안에서 좌초한 어느 배에서 내가 발견한 것이다. 그렇지만 내가 왜 너한테 크레타와 항해하는 배 이야기를 하고 있는지 아느냐? 미노스 왕 이야기를 들어 본 적이 있는가? 너희 멍청한 녀석들은 마법에 걸린 것처럼 여자 젖꼭지에 매달려 백열한 군데의 오목한 곳이 있는 너희의 아우아가 너희들을 바보로 만들게 내버려두고 있어."

넵치가 내게 동전을 선물한 것은 내가 처음으로 셈을 약간 익힌 지 몇 세기 정도가 지난 뒤였던 것 같다. 그것이 드라크마 은화였는지도 확실치 않다. 어쩌면 화폐 가치가 없는 근동 지방의 헌금용 동전이었는지도 모른다. 때는 대략 기원전 천 년 전쯤이었던 것 같다. 바이크셀강 어귀의 늪지대에 사는 우리가 이룬 발전이란 것이 보잘것없기는 했지만 그래도 천 년이라는 시간은 나름대로 의미가 있었다. 어쨌든 그 즈음에 넵치는 금속으로 만든 주화를 아가미 주머니에 넣어 가지고 와서 내게 주었다. 넵치는 언제나 내게 미노스, 아르카이크, 아티카 그리고 이집트 등지에서 보석과 인장, 노리개, 그리고 세공한 장신구 등을 가져다주었다.

물론 나는 그리스의 드라크마 은화를 아우아에게 선물했다. 그것은 정말 바보 같은 짓이었다. 그녀는 감촉이 좋은 그 조그만 은화에는 마음이 있었지만 그 이상의 셈 놀이나 매매 가격, 지불 수단 등에 대해서는 아무것도 들으려 하지 않았다. 그녀는 백열하나라는 숫자가 이 세상에서 가장 큰 수이며 절대적인 숫자라고 말했다. 그것이 아우아의 궁극적인 가치였다. 그리고 이것은 그녀의 몸에 있는 오목한 곳을 세어 보면 충분히 증명된다는 것이었다. 우리 부족 여자들의 몸을 더듬어서 어떤 여자에게서도 백열한 군데 이상의 오목한 곳을 찾을 수 없는 한, 가장 큰 수는 백열하나라는 것이었다. 그 숫자를 벗어나는 셈은 부자연스러운 것으로서 실제적인 이치에 어긋난다는 것이었다. 따라서 여기에 대해 쓸데없이 의심을 품는 자는 처벌하겠노라고 했다. 이성에 반하는 사고는 그 싹부터 없애야 한다는 것이었다. 그 말을 끝내자 그녀는 내게 겨울이 오기 전에 직경이 백열한 보(步) 되는 원을 그린 다음 그 안에 백열한 개의 말뚝을 박고 말뚝 위에 백열한 개의 고라니 두개골을 얹어 놓도록 명령했다. 그렇게 해서 새로운 봉헌소를 만들라는 것이었다.

일제빌, 당신은 인정해야 할 거야. 아우아의 그토록 세세한 보살핌이 우리를 따뜻하고 순진하게 지낼 수 있도록 해 주긴 했지만 그것이 점차 억압이 되어 갔다는 사실을 말이야. 왜냐하면 그 상태가 전혀 변하지 않은 채 계속되었기 때문이야. 셀 수 없이 많은 세기 동안 우리는 오직 백열하나까지만 세도록 허락받았어. 하느님이 인간의 모습으로 나타나기 전 마지막 천년대의 어느 해인가 확실치는 않지만 넙치의 안내로 이곳 머나먼 해안까지 찾아온 듯한 페니키아인들과 우리는 호박(琥珀) 거래를 시작했어. 그러나 우리는 주먹만 한 호박 괴(塊)를 그들에게 거저 내주다시피 했어. 그러면서 우리는 정말 힘들게 물물 교역을 배워 갔어. 그때마다 우리는 속아 넘어가는 게 일이었어.

바다로 가서 넙치를 부르자 넙치는 나를 꾸짖었어. 넙치는 우리가 입은 손실을 계산해서 보여 주었어. “아직도 석기 시대에 살고 있는 이 어리석은 바보들아! 그렇게 계속해서 속아 넘어가기만 할 거냐? 그 정도의 호박이라면 너희, 애비 없이 자란 백열한 놈이 완벽한 청동 장비들을 갖추어 입을 수 있을 거다. 여자들도 덤으로 은제 장신구와 붉은 옷감을 얻을 수 있어. 주화를 만들 재주가 없다면, 너희들의 호박이 사이돈이나 티레에서는 황금처럼 거래되고 있다는 사실이라도 알고 있어라. 나는 너희들한테 질렸어. 너희들은 싹수가 노랗다. 이 겁쟁이들아!"

어부와 그의 아내 일제빌에 관한 동화에서도 자세한 설명 없이 다만 '넙치가 어부에게 말했어요. (……) 그러자 넙치는 헤엄쳐 와서는 말했어요. (……)' 하는 식으로만 넙치에 대해서 이야기되듯이, 나도 이 세상에 단 하나의 전지전능한 넙치만 존재하는 것처럼 말하고 있다. 내가 짬을 낼 수 있을 때마다 내게 와서 충고하고, 가르치고, 훈계해 준 단 하나의 넙치, 나를 어엿한 사나이로 길러, 어떻게 하면 여자가 고분고분하게 남자 말에 따르고 잠자리를 돌보고 기분이 좋아도 조용히 침묵하도록 할 수 있는가에 대해서 아주 명쾌하게 가르쳐 준 그 넙치만. 물론 넙치에도 혀넙치, 핼리버트, 가자미, 쥐치 등이 있다. 나의 넙치는 돌넙치라고 부르는 종류에 속하는 것으로 혀넙치와 비슷하긴 하지만 온몸에 잔돌 같은 단단한 돌기가 무수히 돋아나 있다.

돌넙치는 지중해, 노르웨이 해안까지 이르는 북해, 그리고 동해, 즉 나의 터전인 발트해 등지에 분포되어 있다. 모든 넙치류가 다 그렇듯이 돌넙치의 안축(眼軸) 역시 비뚤어진 아가리와 사선을 이루고 있다. 이 때문에 넙치의 눈은 노회하고 음험

하고 이중적인 느낌을 준다. 한마디로 넙치는 곁눈으로 슬쩍 슬쩍 훔쳐본다. (일설에 의하면 아티카의 신 포세이돈은 헤라 여신과 아테네의 펠라스족 및 그 밖의 모권 옹호자들과의 싸움에 넙치를 끌어들였다고 한다. 선동가로서 말이다.)

넙치류는—넙치라고 불리는 모든 물고기는—맛이 좋다. 신석기 시대의 아우아는 넙치류의 모든 물고기를 갓 씻은 나뭇잎에 싸서 구웠다. 청동기 시대가 끝나 갈 무렵에 비가는 넙치의 양쪽 면에다 하얀 재를 바른 다음 눈이 달리지 않은 흰 면을 아래로 해서 불기운이 사그라들고 있는 재 위에 올려놓았다. 그리고 고기를 뒤집은 뒤 그녀는 석기 시대의 조리법대로 언제나 넘치는 자신의 젖을 짜서 고기 위에 뿌리거나, 아니면 최신 유행에 따라 발효시킨 말젖을 뿌렸다. 이미 내화성 단지 위에 금속제 석쇠를 올려놓고 요리를 할 줄 알았던 메스트비나는 승아를 가미하거나 벌꿀 술을 발라서 넙치를 약한 불 위에 올려놓았다. 마지막으로 그녀는 야생 서양자초를 눈자위가 허연 그 고기 위에다 뿌렸다.

이 세상에서 단 하나뿐이며 수백 년 동안 나를 선동해 온 말하는 넙치는 자기 동족들을 요리하는 모든 조리법을 알고 있었다. 넙치는 처음에는 이교도식으로 조리되다가 나중에는 기독교도들의 사순절(금요일뿐만 아니라) 식탁을 위한 생선으로 쓰였다. 넙치는 자신과 어느 정도 거리를 두고서, 그러니까 비뚤어진 눈으로 아이로니컬하게도 자기 고기 맛이 좋다고 칭송했다. "그래서 이젠 넙치가 고급 생선 중의 하나가 되었어, 젊은 친구. 그리하여 언젠가, 아직도 미성년이고 어릴 때부터 멍청하게 자란 너희들이, 주화를 만들고 역사를 기록하고 부권을 정립함으로써 어미의 젖가슴을 떠나 마침내 육천 년간 이어져 내려온 여인들의 보살핌으로부터 벗어나 스스로 설 수 있게 되는 날, 사람들은 나의 동족인 돌넙치들과 혀넙치들을 백포도주를 부어 살짝 데치고, 풍조목의 꽃봉오리로 양념을 치고, 젤리에 절이고, 소스로 색다른 맛을 낸 뒤 작센산(産) 자기 그릇에 받쳐 식탁에 내놓을 것이다. 사람들은 나의 동족들을 기름에 살짝 튀기고, 글레이즈를 입히고, 끓는 물에 데치고, 살을 발라내고, 버섯으로 고급스럽게 장식하고, 코냑 불꽃으로 익힌 다음, 그 요리에다 원수(元帥)나 공작들의 이름이나 웨일스 대공, 브리스톨 호텔 같은 이름을 갖다 붙일 것이다. 수많은 전쟁과 정복과 영토 점령이 있을 것이다! 동양과 서양이 교역을 할 것이며, 남방이 북방을 풍요롭게 할 것이다. 너희들과 나 자신에게 나는 올리브와 세련된 문화와 고상한 취미 그리고 레몬의 시대가 올 것임을 예언한다!"

하지만 그렇게 되기까지는 오랜 세월이 걸렸어, 일제빌. (여자들의 입장에서 남자들이 갖고 있는 아버지로서의 보호 본능을 버리게 한다는 것이 얼마나 어려운지는 당신도 분명하게 알고 있을 거야.) 아우아와 그녀의 백열한 군데의 옴폭 들어간 곳과 세 개의 유방의 시대가 지나고도 한참 동안 여인들의 지배는 계속되었어. 물론 그들의 지배는 예전보다 더 힘이 들게 되었어. 우리 남자들이 이미 금속의 맛을 본 데다가, 넙치가 우리에게 계속해서 새로운 정보를 제공해 주었기 때문이야. 내가 부르기만 하면 '헤엄치는 신문'은 즉시 달려왔어. 나는 그를 통해서 먼 지방의 고도로 발달된 문화와 수메르인이나 미노스인의 쌍날 도끼, 미케네인과 그들이 발명한 칼 그리고 전쟁 등에 대해서 알게 되었어. 남자들 대 남자들의 전쟁이 벌어진 거지. 도처에서 역사를 싫어하는 여권 사회가 무너지고 마침내 날짜를 기록할 수 있게 되었기 때문이야.

넙치는 내게 지루하리만큼 많은 강의를 해 주었어. 메소포타미아의 신전 건축술과 크노소스에 있는 인류 최초의 궁전에 대해서. 도나우 강 유역에서 행해지고 있는 밀, 보리, 스펠타 밀, 기장 등의 곡물 농사에 대해서. 근동 지방의 양과 염소 같은 가축 사육에 대해서. 그리고 발트해 연안에서의 순록 사육 가능성에 대해서. 땅 파는 막대기와 괭이, 그리고 혁신적인 물건인 쟁기에 대해서도 이야기를 들려주었어.

넙치는 언제나 맹세하는 말로 강의를 끝맺었어. "지금이야말로 행동해야 할 때야, 젊은 친구! 이른바 신석기 시대도 이제 종말로 치닫고 있어. 남자들의 행동력에 힘입어 메소포타미아 지방에서부터 나일강 삼각주를 거쳐 크레타 섬까지 고도의 문화가 확산되고 있다. 그곳에서는 여자들이 밭을 갈고 나중에는 거두어들인 곡식을 돌절구에 찧는다. 그곳에서는 사람들이 굶주림을 피할 수 없는 것으로 생각하지 않아. 그렇다. 돼지와 소가 떼를 지어 몰려다닌다. 창고엔 양식이 항상 가득하지. 가옥들은 튼튼하게 지어져 있어. 유목민 무리와 씨족이 모여 개별 부족을 이루어 살고, 나름대로의 왕들이 통치한다. 왕국과 왕국이 서로 인접해 있어 남자들은 무기를 들고 싸운다. 너희들은 그들이 무엇을 위해 싸우는지 아느냐? 그들은 조상으로부터 물려받은 재산을 지키기 위해서 싸우는 것이다. 그렇지만 너희들은 방탕한 생활을 하며 진정한 의미로 자식을 만든다는 것이 무엇인지 알지 못한다. 어미는 아들과 몸을 맞대고, 여동생은 오빠가 자신을 상대하는 줄도 모른다. 아비는 아무 생각 없이 딸을 덮친다. 모두가 무지 때문에 벌어지는 일이다! 나는 안다! 그러나 너희들은 젖꼭지에 매달려 있어. 너희들은 물릴 줄 모르고 젖꼭지를 빨아 댄다. 너희들은 영원히 젖꼭지나 빨아먹는 젖먹이 신세다. 하지만 저 바깥세상에서는 벌써부터 미래가 깃발을 펄럭이고 있다. 자연은 이젠 가만히 두기만 하는 여자들을 거부하고 남자들의 힘찬 손길을 기대하고 있다. 운하를 파고 늪의 물을 빼라. 땅을 나누어 쟁기질을 하고 자기 것으로 만들어라. 아들을 만들어라. 그에게 유산을 상속시켜라. 무려 이천 년 동안이나 너희들은 젖이나 먹으면서 정체 상태 속에서 시간을 허비했다. 이제 너희들에게 충고한다. 젖에서 떨어져라. 젖을 끊어야 한다. 젊은 친구, 이제 젖을 끊지 않으면 안 된다!"

넙치는 그 말을 아주 쉽게 했다. 그에겐 너무나 쉬웠다. 그러나 우리가 넙치의 생각대로 제대로 된 남자가 되기까지는 그 뒤로 무려 천 년이 더 걸렸다. 그때 비로소 우리는 지금도 역사적으로 확인할 수 있는 어엿한 사나이가 되었다. 가죽 모자와 투구를 쓰고 무언가를 꿰뚫는 듯한 눈초리를 가진 사나이. 좌우를 살피며 지평선을 굽어보는 사나이. 우산버섯처럼 생긴 남근을 탑처럼 우뚝 세우고, 어뢰나 우주 로켓처럼 발사하려는, 생식욕에 불타는 남자. 위계를 갖춘, 남성 결사에 모인 사나이들. 강렬한 언변을 토하는 주도면밀한 사나이. 자신도 모르는 미지의 세계의 탐험가. 결코, 무슨 일이 있어도 침대에서 죽지는 않겠다고 우기는 영웅들. 준엄하게 자유를 말하는 사나이. 끝까지 견디며, 스스로를 이기며, 의연하며, 굽히지 않으며, 언제나 할 말은 다 하며, 자기 힘으로 자신의 적을 찾아내며, 웅대한 사고를 하며, 오로지 명예를 위하여 명예를 구하며, 원칙적이며, 항상 핵심을 찌르며, 스스로를 반어적으로 비추어 보며, 비극과 절망을 넘어서 궁극적인 목표를 향해 전진하는 사나이.

우리에게 이렇게 발전해 나가라고 충고한 넙치마저도 갈수록 경악을 금치 못하더니 마침내는——그때는 바야흐로 나폴레옹 통치 시대였다.——저지(低地) 독일어로 동화나 들려주는 쪽으로 도피했다. 그래도 그 뒤 얼마 동안은 사소한 충고 정도는 해 주었다. 그러나 그 후 넙치는 오랫동안 침묵을 지켰다. 최근 들어서야 넙치는 다시 말을 걸 기운을 되찾았는지 내게 충고를 해 왔다. 그런데 이번 충고의 내용은 일제빌이 부엌에서 설거지하는 것을 도와주고 특히 임신한 그녀를 위해서 미리 젖먹이 돌보는 강습이라도 받으라는 것이었다. 넙치는 내게 말했다. "많은 여자들은 모든 면에서 남자와 대등하다. 너의 유능한 아내 일제빌도 마찬가지이다. 너는 이 사실을 인정해야 한다. 젊은 친구. 지난날 내가 네가 쳐 놓은 뱀장어 어살에 일부러 걸려들었을 때 우리가 처음부터 서로 호의를 약속했듯이 말이다."

한번 상상해 봐, 일제빌. 글쎄 얼마 전에 넙치가 이제부터는 자기가 여자들 편에 서서 그들을 위해 일하고 싶다는 의사를 내게 밝히지 않았겠어. 넙치는 그림 형제가 자기에 관한 동화를 제멋대로 바꾸어 놓은 것을 못마땅해하면서 말했어. "이따위 동화는 이제 끝장내 버려야 해!"

분업

우리—우리의 역할.
당신과 나, 당신은 수프를 따뜻하게 하고,
나는 정신을 차갑게 하는 것.
언젠가, 카를 대제가 통치하기 오래전,
나는 나 자신을 의식하게 되었어,
하지만 당신은 같은 상태를 계속 이어 갔지.
당신은 그대로 있고—나는 발전해 나가지.
당신에겐 뭔가 빠져 있고—나는 자꾸 사용하지.

당신에겐 작은 영역이 확보되어 있고—
나는 거대한 사업을 감행하려 하지.
당신이 집안의 안녕에 힘쓸 때—나는 급히 밖으로 나가려 하지.

분업.

내가 사다리를 올라가는 동안, 잠시 사다리를 붙들어 줘.

울어도 소용없어, 나는 차라리 샴페인이나 차게 해 두겠어.

내가 당신 뒤로 밀어 넣으면, 그대로 가만히 있어.

나의 귀엽고 용감한 일제빌,

믿고서 나를 완전히 맡길 수 있는 여인,

정말로 내가 자랑하고 싶은 여인,

몇 번의 손길로 모든 것을 정상으로 돌려놓는 여인,

내가 숭배하고 또 숭배하는 여인,

그사이 가슴 깊이 정신을 개혁하여

완전히 달라지고 낯설어져 스스로를 깨닫게 될 여인.

내가 여전히 당신을 공격해도 괜찮겠어?

넙치는 어떻게 두 번씩이나 잡혔나

신석기 시대의 어느 날, 넙치가 나의 어살 속으로 들어왔다는 이야기는 이미 앞에서 한 바 있다. 당시는 문제가 될 수 있는 모든 일을 여자들이 자기들 마음대로 하던 때였다. 넙치와 내가 맺은 계약에 대해서는 이미 말한 바 있다. 나는 그를 놓아주었고, 그는 여러 시대를 거치면서 넙치다운 충고로 나를 인도해 주었다. 나를 청동기 시대와 철기 시대를 거쳐 안내했으며, 초기 기독교 시대, 전성기 고딕 시대, 종교개혁 시대, 바로크 시대, 그리고 계몽 절대주의 시대와 사회주의 또는 자본주의 시대까지 두루두루 거치면서, 넙치는 모든 시대적 변동과 유행의 변화, 모든 혁명과 그 재발, 그리고 가장 최신의 진리와 진보를 누구보다도 앞서서 예견했다. 그렇게 해서 그는 우리 남자들이 모든 일을 미리 앞서서 대비할 수 있게 해 주었다. 그렇게 해서, 우리가, 마침내 우리가 주도권을 손에 쥐게 되었다.

어제까지만 해도 그랬다. 그런데 이제 그는 더 이상 나와 이야기하려 들지 않는다. "넙치님, 넙치님." 하며 내가 거듭해서 간절히 불러도 "왜 그러는가, 젊은 친구?" 하는 친근한 대답 소리는 들려오지 않는다. 여자들이 긴 테이블에 모여 앉아 넙치를 심판하고 있다. 넙치는 이미 조금씩 자백하기 시작했다. (그리고 나 또한 왜 넙치가 얼마 전부터 나와 남자들이 하는 일에 싫증을 느꼈는지에 대해서 자백하련다.)

그러니까 석유 파동이 일어나기 몇 달 전의 일이었다. 나는 바다에 나가 넙치를 불렀다. (그때 나는 소득세 문제에 대한 조언을 받아 볼 요량이었다.) 그러자 그는 대뜸 우리가 맺은 계약을 파기하겠다고 말했다. "너희 남자란 녀석들한테서는 이제 더 이상 기대할 것이 아무것도 없어. 너희들은 계략과 음모만 일삼을 뿐이야. 이제부터는." 그는 결별을 선언하듯 말했다. "일제빌들을 위해 조금이라도 힘을 써 봐야겠어."

이번에도 넙치는 발트해의 흐린 물속에서 낚싯바늘을 덥석 물었어. 그가 전통을 존중했기 때문이야. 이번에는 단치히 만(灣)은 아니었으나, 뤼벡 만에서, 그러니까 치스마 등대와 샤보이츠 등대 사이, 역청 표시를 한 해수욕장들로부터 일 해리 정도 떨어진 곳, 홀슈타인의 동해안을 씻어 낸 더러운 물속에서 그는 일부러 낚싯바늘을 문 거야. 그가 나중에 법정에서 시인한 것처럼 그렇게 해서 그는 '따분해하는 세 명의 숙녀에게 조금이나마 낚시꾼의 즐거움을 선사하고자 했던' 거였어.

한동안 '지기'란 이름으로만 통했던 지클린데 훈차, '꼬마 막스'로 불렸던 주잔네 막센, 그리고 '프랭키'로 불렸던 프란치스카 루트코비아크, 이렇게 세 명의 여인들은 해변 마을 치스마에서 두세 시간 정도 쓰기로 하고 돛단배를 빌려 바다로 나갔어. 미풍도 불지 않는 거의 무풍 상태에서 그들은 서로의 음담패설에도 싫증이 나 버렸지. 새까맣게 그을린 세 처녀는 (일제빌, 당신과 마찬가지로) 모두 삼십 대였어. 꼬마 막스는 삼십 대 초반이었고, 프랭키는 삼십 대 후반이었지. 그들은 말할 때마다 말끝을 경멸하듯 내뱉었고, 모든 것을 개 같다고 말하면서 더럽다고 여기고 속았다고 생각했어.

십중팔구 지기와 꼬마 막스, 그리고 프랭키는 어떤 이유에서인지는 몰라도 동성애자였을 거야. 그 때문에 그들은 음경을 삽입하려 대드는 남자들을 단호하게 배척하는 것을 최고의 계명으로 삼는 어떤 여권 신장 단체에 소속되어 있었던 것 같아. 지기가 배에 들고 탄 산보용 지팡이에 금속 장식으로 남자의 성기 모양이 새겨져 있었기 때문이야. 이 지팡이를 낚싯대로 썼어. 그 지팡이에다가 우리가 보통 볼 수 있는 실을 매달았어. 그리고 낚싯바늘로는 성의 구별이 없는 손톱 가위를 사용했어. 프랭키는 신문지로 작은 종이배를 몇 개 접었어. 그것들 역시 그 자리에서 꼼짝하지 않고 떠 있었어. 바람 한 점 불지 않았으니까.

지기는 낚시꾼들이 즐겨 하는 농담도 더 이상 하지 않았어. 그들은 서툰 솜씨로 노를 저었어. 그들은 이미 오래전에 흘러간 학생운동의 선동적인 용어를 써 가며 투덜댔어. 그들은 모든 것이—지기의 낚시질마저도—정말 더럽다고 생각했어. "현실적으로 우리에게 필요한 것은." 신문지로 종이배를 접고 있던 프랭키가 말했어. "이념적으로 순수한 초자아라는 버팀목이야." 바로 그때 넙치가 낚싯바늘을 물었어.

내 말을 믿어 줘. 일제빌! 한마디로 말해서 정말로 의도적인 것이었어. (넙치는 나중에 법정에서, 자꾸만 흔들거리는 날카로운 손톱 가위의 한쪽 다리를 붙잡아 꽉 무는 일이 그렇게 쉬운 일은 아니었다고 진술했어. 그 때문에 윗입술에 구멍이 두 개나 뚫렸다고 했지.)

그때 우리의 귀에 익은 비명을 지른 것은 꼬마 막스였어. "한 마리 걸렸다! 지기, 어서 당겨! 당겨 올려! 어머나!"

지난 수천 년 동안 들어 보지 못했던, 커다란 아! 소리. 그리고 이어서 번지는 기대감. 이번에는 어쩌면 한번도 보지 못한 정말로 희귀한, 아니 이 세상에 단 한 마리뿐인, 전설에나 나오는 대단히 나이 먹은 고기일까, 아니면 또다시 다 떨어진 헌 구두짝일까. 그것은 그날의 낚시 운수에 달린 거야. 이럴 땐 꾹 참고 아무 말도 하지 않는 게 좋아. 할머니처럼 끝없이 혀를 오물대면서. 아무 생각도 않거나 그 반대를 생각하는 거야. 스스로를 버리고 어떤 임의의 존재가 되는 거지. 아니면 고기를 유인하는 주문을 외는 게 좋아. 아니면 스스로가 낚싯바늘이나 미끼가 되어야 해. 몸을 돌돌 말며 꿈틀대는 작은 벌레 말야.

그러나 낚싯바늘 대신 매달린 손톱 가위가 반짝였을 때 넙치는 식욕을 느꼈던 거야. 마침내 넙치는 돛단배의 바닥에 넙적하게 널브러졌어. 지기가 남자 같은 용기를 내서 불쑥 튀어나온 넙치의 주둥이에 박힌 손톱 가위를 조심스럽게 잡아 뺐어. 그러자 넙치의 윗입술에서 피가 흘러나오기 시작했어. 정말 놀라우리만큼 덩치가 큰 넙치였어. 이렇게 어마어마하게 큰 놈은 (그 옛날을 빼놓고는) 발트해에서 여태껏 한번도 잡힌 적이 없었어. 신석기 시대 때 내가 잡았던 넙치도 이놈에 비하면 보잘것없다는 생각이 들었어. 그 넙치는 그 후로 계속해서 자랐던 거야. 등에는 울퉁불퉁하고 단단한 혹들이 옛날보다 훨씬 많이 나 있었고, 살가죽은 쭈글쭈글했어. 그렇다면 넙치도 세월이 흐르면 늙고, 결국은 죽는다는 말인가?

물론 크기는 했지만, 그것은 어쨌든 평범한 물고기였어. 세 명의 처녀들은 물고기를 보고 경탄을 금치 못했어. 프랭키는 최고급 넙치라고 말하면서, 풍조목 꽃봉오리를 가미해 백포도주를 뿌려서 쪄 먹자고 했어. 그녀는 오늘날 쇼핑 중심지가 된 발트 해안의 샤보이츠 해수욕장의 수많은 식료품점 중 한 곳에서 싱싱한 서양자초를 보아 두었다고 말했어. 지기는 넙치의 양면에 기름을 바르고 통조림통에 든 나륵(羅勒)을 뿌린 뒤 오븐에 넣고 삼십 분간 중간 정도의 불로 완전히 익히자고 했어.

세 여인들은 휴가객들을 위해 집을 세놓은 한 농부의 오두막에 묵고 있었어. 꼬마 막스는 에그머니! 하고 소리쳤어. 그녀는 생선 모양새가 나는 것은 입 근처에도 대지 못하기 때문이야. 그러자 프랭키는 생선 살을 발라 길쭉하게 썬 다음 계란 옷을 입혀 기름에 둥둥 떠다니게 튀겨 생선 모양새가 나지 않게 해서 먹자고 제안했어.

그러자 지기가 이렇게 말했어. "제기랄! 이런 상황에서 우리 빌리가 있었으면 좋았을걸. 빌리는 이 넙치를 에스트라곤 버터를 발라 찌든지, 아니면 코냑을 붓고 불을 붙였을 거야." 그때 프랭키가 그녀의 말을 중단시키며 끼어들었어. "어때, 꼬마 막스? 우리 빌리가 이 넙치를 온갖 방식을 다 동원해 요리해서 너한테 바친다면 말야? 어떻겠니? 여전히 에그머니 하고 소리칠 거니?"

하지만 꼬마 막스는 이런 요리도 싫고 저런 요리도 싫다고 했어. 또한 빌리가 재주를 부려 만든 요리도 먹지 않겠다고 고집을 부렸어. 꼬마 막스는, 지기가 넙치의 두툼한 윗입술에서 손톱 가위를 뽑아내자마자, 넙치를 다시 흐린 발트해 물속에 던져 주자고 했어. 심술궂게 곁눈으로 흘겨보는 폼이 틀림없이 불행을 가져올 것 같다고 했어. 사람 피처럼 새빨간 피를 흘리고 있는 것이, 장난삼아 잡을 만한 물고기는 아니라고 말했어. 눈속임처럼 겉으로만 물고기로 보일 뿐이라고 말했어. 바로 그때 넙치가 말을 했어.

넙치는 크지 않은 목소리로 아주 다정하게 말했어. "우연치고는 정말 엄청난 우연이군요!" 넙치는 어쩌면 이렇게 말할 수도 있었을 거야. "도대체 지금 몇 시나 됐어요?" 혹은 "분데스리가에서 현재 어느 팀이 선두요?"

지기와 프랭키, 꼬마 막스는 그야말로 할 말을 잃었어. 넙치가 한참을 떠들어 대고 난 뒤에야 비로소 꼬마 막스는 간신히 낮은 소리로 이렇게 말했어. "도저히 믿을 수 없어. 한마디로 충격이야. 에그머니! 우리 빌리도 함께 보았어야 하는 건데."

하지만 프랭키와 지기는 여전히 아무 말도 하지 못했어. 그들은 머리를 맞대고 이 일요일 오후의 사건의 진상을 밝혀 보려고 했어. 다시 말해 우연이라고 한 넙치의 말을 반박하고 이 비합리적인 사건을 이성으로 해결해 보려고 했어. 그러니까 전혀 아무렇지도 않은 듯한 동화적 논리—넙치는 자신을 이렇게 소개했어. "숙녀 여러분, 여러분은 「어부와 그의 아내 일제빌」이라는 동화를 익히 알고 있겠죠?"—의 배후에 숨겨져 있는 계략을 들추어 내려고 했어. 여기서 지금 떠들고 있는 이 자의 정체는 무엇이며 무슨 목적을 갖고 있는가? (입 밖에 무슨 말을 내기에 앞서) 무엇이 가장 먼저 합리적으로 설명되어야 하는가, 넙치가 말을 할 줄 안다는 사실인가, 아니면 넙치가 한 말의 내용인가? 악(惡)이 물고기의 형태를 취할 수도 있다는, 중세 스콜라 철학자의 주장이 뒤늦게 소급하여 증명된 것인가? 인격화된 자본주의와 관계가 있는 것일까? 혹은 좀 더 엉뚱한 생각이기는 하지만, 헤겔의 세계정신이 새롭게 이런 모습을 하고서 말을 하는 것인가?

"너는 누구냐!" 프란치스카 루트코비아크가 복합문을 써 가면서 한참 떠들어 대던 넙치의 말을 막으며 외쳤어. 보통 프랭키라고 불리는 그녀는 얇은 금속을 입힌 지팡이를 손에 들고 있었어. 그것은 바로 방금 전까지 고기를 잡는 데 쓰였던 지기의 낚싯대였어. 그녀는 불청객 넙치를 다시 쫓아 버릴 태세를 갖춘 것처럼 보였어. 그녀는 넙치가 잠재의식의 중간 세계에서 왔다고 말했어. 넙치는 사람에게 정신분열증을 일으키며, 깨어진 거울 틈으로 쉽게 빠져나온 광기(狂氣)가 우리를 노려보고 있는 영화의 한 장면을 연상시킨다고 했어. (기회 있을 때마다 꼬마 막스한테 카드로 자신의 운세를 봐 달라기는 했지만, 프랭키는 미신을 싫어했어.)

이처럼 놀라운 상황이 벌어지면 늘 그렇듯이 여기서도 '너는 누구냐?'라는 질문은 이미 던져진 거야. 이럴 땐 대개의 경우 대답을 회피하거나 무슨 소리를 하는 건지 잘 분간이 안 되게 웅얼거리며 넘어가는 것이 보통이지. 그러나 넙치는 무언가 숨기려는 쩨쩨한 짓을 하지 않았어. 그에 앞서 그는 자신의 몸에 가끔씩 물을 부어 달라고 부탁했어. 그래서 지기가 빈 통조림 깡통으로 물을 부어 주었어. 그러더니 이번에는 아직도 피가 나는 그의 윗입술을 부드러운 티슈로 가볍게 두드려 닦아 달라고 했어. 역시 지기가 도움을 주었어. 이윽고 넙치는 아무런 조건이나 이의를 달지 않고서 자신에 대해서 이야기하기 시작했어.

그는 신석기 시대의 상황에 대해서 간략하게 설명하고 부권이 없던 모권 사회에 대해서도 아주 사실적으로 이야기하고 나서는, 신석기 시대 당시 아무것도 모르던 어부였던 나를 자신의 이야기 속으로 끌어들였어. 그리고 자기가 어떤 계기로 일부러 나의 뱀장어 어살 안으로 들어갔는지, 또 어떻게 해서 내게 조언을 주는 충고자로서 계약을 맺게 되었는지 상세하게 설명했어.

넙치는 나를 신석기 시대의 그렇고 그런 멍청이라고 불렀어. 언제나 미성년 상태에 머물러 있었기 때문에 보살핌을 통한 여자들의 지배 체계를 인식하거나, 나아가서 그 체계를 무너뜨릴 만한 능력이 내게는 없었다고 말했어. 단 하나 넙치에게 희망을 준 것이 있다면, 그것은 모래 위에 여러 가지 기호나 장식, 형상 따위를 새기지 않고는 못 배기는 나의 충동, 즉 그림에 대한 나의 타고난 재능이라고 했어. 그가 해 주는 조언에 따라 내가 차츰차츰—그는 '혁명적'이라는 표현을 썼어.—여자들로부터 지배권을 빼앗을 수 있는 바탕을 만들 수 있을 거라고 했어. 그것도 마침내 이루어졌다고 말했어. 바이크셀강 유역은 무려 이천 년이나 늦었지만 말이야. 그 후에도 그는 나 때문에 늘 걱정을 했다고 말했어. 전성기 고딕 시대나 계몽주의 시대, 어쨌든 내가 이 세상에서 잠시 머물 때마다 나는 언제나 그의 기대에 어긋났다고 했어. 그는 오로지 남자들만을 위해 온갖 노력을 다 기울였음에도 불구하고, 남자들에게는 더 이상 아무것도 기대할 것이 없다고 말했어. 그렇지만 사실 이게 그의 방식이라고 했어. 다시 말해 그는 계속해서 실험을 해야 한다고 했어. 창조는 결코 완결된 것으로 볼 수 없다고 말했어. 이 면에서 그는 늙은 자유 사상가 블로흐의 견해에 전적으로 동감한다고 했어. (그러면서 넙치는 "나는 존재한다. 그러나 나는 나를 갖고 있지 못하다. 따라서 우리는 늘 생성 중에 있다."라는 이 철학자의 말을 인용했어.) 그래서 그는—그는 숙녀들에게 그냥 넙치라 불러 달라고 부탁했어.—인류 발전에 새로운 장을 열겠다고 말했어. 이제 남자들은 더 이상 아무것도 만들어 내지 못한다고 했어. 앞으로 머지않아 닥칠 세계적인 위기가 남자들의 지배에 종말을 예고할 것이라 했어. 남자들은 파산했다고 말했어. 남자들은 힘을 남용하여 정력을 모두 소모해 버렸다고 했어. 이제 그들은 어떤 충동도 느낄 수 없다는 것이었어. 그런데도 그들은 지금 사회주의로 자본주의를 구해 보려 하고 있다는 것이었어. 정말 웃기는 일이라고 말했어. 그는, 그러니까 넙치는 앞으로는 오직 여성들의 편에 서서 일하겠다고 말했어. 그렇지만 육지에 머무르면서 그 일을 하려는 것은 아니라고 했어. 그가 물을 필요로 한다는 것을 이해해 주었으면 좋겠다고 말했어. 기왕에 이미 결딴난 남녀 관계에 싫증이 난 세 여자들의 후한 대접을 받았으니, 자신에게 물이 꼭 필요하다는 사실도 이해해 주기를 바란다고 말했어.

"간단히 말하겠어요." 넙치는 이렇게 말을 끝맺었어. "숙녀 여러분, 나를 다시 놓아줘요. 나는 여러분이 삶의 어떤 상황에 있든 조언을 해 주겠어요. 그것도 근본적으로 말이오. 오늘, 여기야말로 하나의 전환점으로 기록될 거요. 나의 기본 원칙은 성의 권력 교체를 끌어내는 거요. 여성들이여, 궐기합시다. 그렇게 함으로써만 우리는 희망이 사라져 궁핍해진 우리들의 세계, 무력한 남자들의 노리개에 불과한 이 세계에 새로운―우리끼리 조용히 말해서―여성해방적인 의미를 부여할 수 있어요. 게임은 아직 끝나지 않았어요."

그렇다고 해서 지기와 프랭키 그리고 꼬마 막스가 금방 "좋아! 그렇게 해. 계약은 끝난 거야. 돌에 새긴 것처럼 말야." 하고 소리치지는 않았어. 만약에 이 세 여자가 그 자리에서 당장 넙치의 제안에 수긍하여 그를 발트해로 다시 돌려보내 주고 악수라도 하면서 그의 충고를 따르기로 해 버렸다면, 수천 년에 걸쳐 이 지상에서 펼쳐진 나의 이야기는 세상의 빛을 보지 못했을 거야. 그러나 그들이 넙치를 놓아주지 않고, 열심히 물을 부어 주고 피가 흐르는 입술을 티슈로 두드려 닦아 주면서 뭍으로 옮겨 왔기 때문에 모든 사실이 세상에 널리 알려지게 된 거야. 바이크셀강 어귀는 대표적인 장소가 되었고, 나 역시 대표적인 인간이 되었어. 나는 껍질을 벗지 않을 수 없게 되었어. 그래서 나는 일제빌 당신에게 이렇게 고백하면서 모든 걸 기록하여 여기에 남겨 놓게 된 거야.

법학박사 학위를 가진 법률가 지클린데 훈차는 그들의 입장을 다음과 같이 담담하게 밝혔어. 넙치의 제안에 흥미를 느끼기는 하지만, 그들이 속한 여성 단체의 투표로 선출된 회장단과 상의를 거치지 않고는 된다 안 된다를 답할 수 없다. 그리고 끝으로 너무나도 당연하다는 듯이 넙치는 남자들이 모든 것을 일방적으로 결정하던 시대는 끝났다고 선언했다. 넙치의 그런 부분적인 고백에 몇 가지 의문이 간다. 그것은 그도 알 것이다. 그것은 여기, 이 빌려 탄 조그만 배에서 논의할

성질의 것이 아니다. 지금까지 진술한 이야기를 당장 조서로 꾸밀 생각이다. 그, 즉 넙치는 일단 체포된 것으로 생각해 주길 바란다. 그녀, 즉 지클린데 훈차는 넙치가 조금도 불편하지 않은 대우를 보장할 것이다. 프랭키가 말했어. "우리하고 같이 있으니까 좋지요. 그렇지 않아요?"

넙치는 이에 대해 처음에는 냉정한 말투로 대답했어. 그러나 이어 그의 어조는 위협하는 투로 바뀌었어. "숙녀 여러분! 나는 나의 자유 의사로 당신들 손아귀 안으로 들어갔소. 앞으로는 남자들에 대한 원조를 중단하고 여성운동을 위해, 다시 말해 결의만 단호할 뿐 아직 어찌할 바를 모르는 채 여전히 어머니의 소소한 역할에 사로잡혀 있는 많은 일제빌들을 위해 일하겠다는 나의 친절한 제안은 계속해서 유효하오. 그러나 만일 당신네 여자들이 나와 같은 넙치의 존재를, 원시 시대의 어둠을 알려 주는 하나의 모범적인 예로 사람들에게 내세우려 든다면, 나는 이른바 남성다운 강인함으로 나 자신을 방어할 거요. 나는 인정사정없이 물리칠 것이오. 나를 적으로 삼아서 좋을 건 없을 거요. 사회학적으로 그 누구도 나를 당할 수는 없을 것이오. 어떤 법률상의 궤변도—당신들이 나를 꼭 재판에 넘겨야 하겠다면—나를 십자가에 못 박을 수는 없을 거요. 인간이 만든 법률은 내게는 적용되지 않소. 나를 두려워하는 게 좋을 거요."

꼬마 막스는 약간 겁이 났어. "넙치 말이 사실인지도 몰라." 그러나 지기와 프랭키는 무슨 명령을 따르듯 단호한 태도를 보였어. "그까짓 공갈에 위축될 우리가 아냐. 그런 식의 말투는 우리가 익히 알고 있는 거야. 하느님 아버지 같은 존재들이 다 그렇게 말하지. 우리가 늘 보는, 사내들의 뻔뻔스러운 태도일 뿐이야."

그때 마침 싱그러운 산들바람이 불어왔어. 그들은 볼 만한 사원들이 많이 있는 동홀슈타인의 치스마 마을을 향해 서둘러 배를 몰았어. 짚으로 지붕을 인, 휴양객을 위한 작은 농가로 돌아오자 프랭키는 넙치를 함석 욕조 속에 집어넣었어. 얼마 뒤 그녀는 깡통에 바닷물을 담아다 부어 주었어. 꼬마 막스는 오이틴에 가서 수족관에서 바닷고기 기르는 법이 잔뜩 적힌 책을 한 권 사 왔어. 그 사이에 지기는 지금까지 일어난 모든 일을 조서 형식으로 기록한 다음, 마을 우체국에 가서 베를린과 스톡홀름, 도쿄, 암스테르담, 뉴욕 등지로 전화를 했어. 전화비가 상당히 많이 들었어. 본격적인 이야기에 대해서는 여성 기구에서 다시 전화를 걸게 했지만 말이야. 물론 전 세계의 여권 운동가들은 말하는 넙치와 그의 놀랄 만한 고백을 전해 듣고는 흥분을 감추지 못했어. 그것은 특히 「어부와 그의 아내」라는 여성 적대적인 동화가 세계 도처에, 심지어 아프리카와 인도에도 비슷한 형식으로 전해져 내려오고 있기 때문이었어.

"우리 내기해 볼까?" 지기가 프랭키에게 말했어. "그들은 법정을 열 거야. 그것도—이건 내게 맡겨 둬.—베를린에서 말야. 아주 특이한 사건이니까."

꼬마 막스가 전문 서적을 인용해서 말했어. "아주 평범한 돌넙치. 대서양과 지중해와 북해에, 그리고 아주 드물게 발트해에도 서식한다. 해초와 곤충을 잡아먹고 산다."

넙치의 윗입술에서는 이제 피가 나지 않았어. 넙치는 욕조 바닥에 납작하게 누워 있었어. 지기는 욕조 곁에 녹음기를 준비해 놓았어. 하지만 넙치는 끝까지 침묵을 지켰어.

당신이라면 어떻게 할 것 같아, 일제빌? 당신 역시 법정과 공개적인 담판에 찬성할 거야?

일제빌이 말했다. "물론 그렇게 하지 않았을 거예요, 여보. 나는 당신 마음에 들게 행동할 거예요. 나 같으면 넙치를 다시 바다에 놓아주었을 거예요. 그리고 무엇보다도 동화에서처럼 멋진 것들을 요구했을 거예요. 이를테면 전자동 식기세척기라든가, 그 밖의 다른 많은 물건들을 말이에요."

미리 꿈꾸다

조심해요! 조심하라고요.
날씨와 함께 조금뿐인 이성도 돌변하니까요.
어떤 느낌이 들겠지요, 그 어떤 느낌이.
어딘가 우스꽝스럽고 섬뜩할 정도의 그 어떤 느낌.
나름대로 의미를 만들던 낱말들이
이젠 옷을 뒤집어 입었어요.
시간이 무너져 쓰러져요.
예언자가 떠돌고요.
하늘에 있는 기호들——루네 문자와 시릴 문자——을

그 누가 어디서 보았다 하는가요.

사인펜이—하나 또는 여러 개—낙서투성이

지하철 벽에서 외쳐 대요. 믿으라 나를 믿으라!

어떤 사람이—여럿일 수도 있어요.—의지를 갖고 있어요,

여태껏 아무도 생각하지 못했던 의지를.

그를 두려워하는 사람들은 두려움으로 그를 키우고 있어요.

아직 약간이라도 이성을 지닌 사람들은

침침한 불의 심지를 더욱 줄이는군요.

포근함의 분출.

집단 역학의 신중한 접근.

우리는 마주 앉아 우리의 모습을 계속 추측해요.

적당한 낱말이 없어 아직 명명되지 않은 그 무엇이,

그 어떤 힘이 밀어젖히며 다가오고 있어요.

사람들은 일반적으로 이러한 돌진을

(우리가 전진한다는 것을 인정한다면) 여러 번 그리고 즐겁게

미리 꿈꾸었어요. 상승이다! 다시 상승하는 거다.

아이 하나가—여러 아이들일 수도 있어요.—외치고 있어요. 나는 내려가지 않을 테야. 나는 내려가지 않을 테야.

그러나 아이는 내려가야 해요.

그리고 모두들 아이를 타이르지요. 정신 좀 차리라고.

넙치는 어떻게 일제빌들에게 고소당했는가

그들이 뤼벡 만에서 낚시로 넙치를 잡은 것은 8월의 일이었어. 그 뒤 넙치는 브리티시에어웨이 항공편으로 베를린으로 공수되었어. 9월 초에 그들은 문을 닫은 슈테글리츠의 어느 영화관을 빌렸어. 그 영화관의 원래 명칭은 '스텔라'였지만 나중에 짓궂은 신문들에 의해 '요강'이라는 이름으로 불렸어. 재판부를 구성하기 위해 일곱 개의 여성 단체로부터, (분열 후에는) 아홉 개의 여성 단체로부터 한 명의 재판장과 여덟 명의 배석판사를 선출하는 데 무려 다섯 주일이나 걸렸어. 그중에서 가정주부 엘리자베트 귈렌을 빼놓고는 모두 직업이 있는 여성들이었기 때문에, 재판은 오후에 그리고 때에 따라서는 주말에만 열렸어.

그들은 합의를 통해 급히 기소인을 결정했어. 그리고 피고가 변호인 선정을 포기했기 때문에 그들은 만장일치로 항상 옷을 깔끔하게 입고 다니는 여자 변호사를 법정 선임 변호인에 위임했어. 파벌 싸움이 진행되는 동안에 지기와 프랭키, 그리고 꼬마 막스는 서로 다투었고, 낚시꾼 지클린데 훈차만 재판에 참여했어.

붉은 포도주 빛의 접이식 의자를 갖춘 옛 영화관 건물의 좌석 수는 삼백열한 석이었어. 위층 관람석은 없었어. 많은 기계 설비들을 들여놓아야 했기 때문에 녹색 바닷말 색깔로 도배를 한 실내를 수리할 돈은 없었어. 그렇지만 그 영화관의 실내는 아늑했고 여전히 영화관 냄새를 풍기고 있었어.

처음에는 조직의 일이 제대로 진행되지 않았어. 믿어 줘, 일제빌, 내가 그런 부차적인 일을 가지고 뭐라고 하려는 것은 아니야. 우리 남자들도 언제나 손발이 척척 맞는 것은 아니니까 말이야. 그러면 곧장 본론으로 들어가겠어. 10월 중순에, 그러니까 우리가 강낭콩과 배를 곁들인 숫양 고기를 먹고 아이 만드는 일을 한 며칠 뒤, 기소장 낭독이 있었어. 그러나 내가 재판에 대해서 정확한 보고를 할 것이라는 기대는 갖지 마. 한편으로는 내가 법률가가 아니기 때문이고, 다른 한편으로는 내가 (비록 완전히 확정된 것은 아니었지만) 소송 당사자였기 때문이야. 그리고 끝으로 내가 신문의 머리글을 장식하지는 않았지만, 그들은 나를, 다시 말해 나의 사안(事案)을 함께 심리했던 것이니까.

넙치 한 마리가 살았다. 동화에 나오는 넙치와 똑같이 생긴 넙치였다. 넙치는 어느 날 여인들의 손에 잡혀 재판에 회부되었다. 그러자 넙치는 단 한마디도 하려 들지 않았다. 넙치는 그저 함석 욕조 안에 납작하게 누워 깊게 팬 주름살을 더욱 두드러지게 하며 늙을 대로 늙은 모습으로 침묵만 지켰다. 그러나 끔찍한 침묵에 싫증이 난 넙치는 가슴지느러미로 장난을 치기 시작했다. 그때 고소인인 지클린데 훈차가 넙치에게 단도직입적으로 물었다. 넙치는 저지 독일어로 쓰여진 「어부와 그의 아내」라는 동화를 의도적으로 유포시키면서 신석기 시대 이래 지속된, 나중에 입증된 조언자로서의 자신의 역할을 등한시하고 오히려 그 반대되는 일을 한 것은 아닌가, 다시 말해 어부의 아내 일제빌을 희생시키면서 악의적이고 편파적인 방법으로 진실을 극단적으로 오도한 것은 아닌가. 그러자 입이 비뚤어진 넙치는 달리 방도가 없었다.

넙치는, 수천 년이 경과하다 보니 좀 복잡해지기도 하고 때에 따라서는 이상한 방향으로 나아가기도 했지만, 전체적으로는 인류의 복지를 증진시키는 방향으로 전개된 인류 역사 중에서 이야기할 수 있는 것을 쉬운 이야기체로 만들어 민중들의 입에 전했을 뿐이라고 말했다. 그런데 바로 이 작품은, 다시 말해 역사가 깃든 이 이야기의 원판은 낭만주의 시대의 화가 필리프 오토 룽게가 어떤 노파의 이야기를 듣고서 기록한 것이라고 했다. 그러나 그, 즉 넙치로서는 역사적으로 정확한 화가의 그 기록이 작가 아르님과 브렌타노가 보는 앞에서 불안감에 휩싸인 그림 형제에 의해 소각되는 것을 막을 수는 없었다고 했다. 그렇게 해서 넙치의 전설이 많은 사람들의 사랑을 받는 『어린이와 가정을 위한 동화집』에 수록된 것이라고 했다. 어쨌든 그 민중 동화는 오늘날까지도 인용되고 있다고 했다. 그러면서 넙치는 금방 예를 하나 들었다. "내 아내 일제빌은 이제 내가 원하는 대로 하지 않아요."

넙치는 언어학적으로 풍부한 지식을 동원하여 헤센어와 플랑드르어, 알자스어, 그리고 슐레지엔어 판으로 각각 그 동화를 암송하기 시작했다. 그는 "레트어 판이 가장 흥미롭더군요."라고 말했다. 그때 기소인이 넙치의 말을 중단시키며 물었다. "왜 피고 넙치는 민중에게 널리 알려진 그 동화를 여성 혐오적인 방향으로 끌고 갔나요? 왜 당신은 어부의 아내 일제빌을 비방하여 언제나 부권(父權) 선동가들이 승리를 맛보도록 도와주었나요? 비방조의 후렴 몇 구절만 인용해도 그러니까요. 그 뒤로 영원히 만족할 줄 모르고 늘 새로운 욕망을 추구하는 여자에 대한 진부한 표현이 지겹도록 많아졌어요. 소비의 하이에나. 모피 코트를 향한 여자들의 절규. 여자들의 유일한 염원, 그것은 이른바 소음이 나지 않는 식기세척기. 얼음처럼 차가운, 더욱더 높은 곳을 탐하는 직업 여성. 남자들을 잡아먹는 흡혈귀. 독을 섞는 여인. 책이나 영화 그리고 연극에서 불쌍한 남자들은 일찍 기력이 쇠잔한 몸으로 낑낑대며 일하는 모습으로, 한마디로 쓴물 단물 다 빨린 모습으로 묘사되는데 반해, 여자들은 금고 속에 몇 캐럿이나 되는 다이아몬드들을 서늘하게 숨겨 두고 멋있는 의상을 과시하는 사치스러운 모습으로 그려지고 있어요. 이것이 다 우리 일제빌들에게 맡겨진 역할이죠, 그런데 도대체 이런 역할을 누가 만들었나요!"

"고귀하신 판사님!" 넙치가 소리쳤다. "신석기 시대가 끝나갈 무렵, 동화에 나오는 어부와 비슷한 한 어부가 나를 뱀장어 어살로 잡았다가 다시 풀어 주었습니다. 그때 나는 그 젊은이가 베풀어 준 관용에 대해 그를 위해 여러 가지 충고를 해줌으로써 보답하겠다는 생각을 갖게 되었습니다. 그런데 맙소사! 그 애송이는 정말 멍청했습니다! 나는 석기 시대 남자들의 무식함을 뼈저리게 느껴야 했습니다. 그들은 꼭 필요할 때만 몸을 움직였습니다. 그것도 막연한 느낌에 따른 것이었습니다. 그들은 엄살이나 떨면서, 늘 온기를 찾았고, 어리광이나 부렸습니다. 무엇보다도 그들은 아늑한 여자들의 품을 필요로 했습니다. 그렇기 때문에 여자들은 힘들이지 않고 신석기 사내들을 멍청한 상태로 둘 수 있었습니다. 이를테면 여자들은, 시기상으로 보아 아무리 늦어도 가축 사육이 시작되었던 때부터, 고라니나 멧돼지, 그리고 사람이 새끼를 잉태하고 낳으려면 암컷 혼자만으로는 되지 않고 수컷이 정자를 심어 주어야 한다는 사실을 알고 있었습니다. 그러나 여자들은 교활하게도 그러한 사실을 혼자서만 알고, 남자들에게는 단 한마디도 해 주지 않았으며 그들에게 아버지로서의 권리를 인정해 주지 않았습니다. 그렇게 해서 여자들은 이른바 돌보아 준다는 명목 아래 남자들의 머리를 깨우쳐 주려고 하지 않았습니다. 그래서 남자들은 수천 년 동안 거짓 보호 속에 미성년 상태로 머물러 있어야 했습니다. 이것을 요즘 표현으로 말한다면 '여자들이 정보의 우위를 통해서 지배했다.'고 할 수 있을 것입니다."

공판이 진행되는 동안 방청객의 입장이 허락되었던 까닭에, 방청하러 온 여자들 중 몇 명이 넙치의 말을 듣고는 스스로를 돌이켜보며 놀랍다는 듯 크게 웃음을 터뜨리자, 넙치는 그들의 웃음이 그치기를 기다렸다가 다시 말을 계속했다. "통치하는 여자들 가운데서 아우아라고 불리는 여자가 가장 돋보였습니다. 그 여자는 세 개의 유방을 가졌으며 우상으로 떠받들어졌습니다. 아우아는 나중에 문화라고 불린 그 모든 것을 불러일으키는 원동력이 된 일체의 충동을 금기시했습니다. 사실 남자들의 이런 충동을 자극한 것은 나의 충고였습니다. 존경하는 엄격하신 기소자님, 당신은 남자들이 이 같은 철저한 예속 상태로부터 해방되어야만 했다는 사실을 아셔야 합니다. 적어도 나는 마음씨 좋은 그 어부를 돕지 않을 수 없었습니다."

"여자들 대신 남자들이 지배하게 함으로써?"

넙치는 그런 식의 이의 제기는 유도 신문 아니냐고 따졌다. 기소자 역시 조금도 물러서지 않았다. "그렇다면 여자들 대신 남자들이 정보의 우위를 차지해야 한다는 넙치의 규범이 타당성을 지녀야 한다는 말인가요?"

넙치가 화가 나서 대답했다. "역사적으로 어쩔 수 없었던 여자들의 권력 상실이 대체로 과대평가된 감이 있습니다. 아무튼 중세 초엽 이래로 부엌일과 일상 가사, 침실뿐만 아니라 꿈의 세계, 일요일마다 교회에서 지켜야 할 예절, 그리고 중요한 거스름돈과 어머니로서 아이 기르는 일 등은 여자들의 전유물이었습니다. 그 밖에도 더 있습니다. 무언가를 미리 예감해 내는 능력, 폭군 같은 변덕스러움, 달콤한 은밀함, 겉으로는 아니라고 하면서 속으로는 좋아하는 성향, 경건한 체하는 태도, 유행을 따르고 싶어 하는 마음, 별것 아니면서도 뭐 대단한 것이라도 있는 양 눈을 껌벅거리는 행동, 사시사철 언제라도 금세 솟아나는 욕망, 이 모두 사랑스럽기는 하지만 비용이 많이 드는 사치스러운 것들입니다. 그렇습니다. 남자들은 뼈빠지게 일하면서 고작 여자들이 가끔 던져 주는 미소에 만족해야 했습니다. 요약하자면, 여자들의 지배는 지금까지 어디서든 늘 있어 온 것입니다……."

이 대목에 이르러 넙치의 말은 중단되었다. 넙치의 생김새를 넌지시 암시하면서 재판장 쉰헤르 여사는, 여성 재판부는 이제 더 이상 넙치의 너저분한 말을 경청하지 않겠다고 말했다. 그녀는 결국 인쇄된 모든 역사라고 하는 것은 남자들에 의해 만들어지고 또 '역사는 남자들이 만든다.'라는 표어 아래 남자들에 의해 해석된 역사라고 말했다. 일상의 정치 상황을 잠시만 들여다보아도 모든 권력의 자리가 남자들에 의해 독식되고 있다는 사실을 금방 알 수 있을 것이며, 이것은 누구나 다 아는 일이라고 말했다.

넙치가 흥분한 목소리로 그녀의 말을 가로챘다. "그렇다면 클레오파트라는 뭔가요? 루크레티아 보르자는요? 또 여성 교황 요한나는요? 오를레앙의 처녀는요? 퀴리 부인은요? 로자 룩셈부르크는요? 골다 메이어는요? 그리고 현재 독일 연방 의회의 의장을 맡고 있는 여자는요?" 그러자 기소인 훈차 여사는 명단을 나열하고 있는 넙치의 말을 단호하게 끊었다. "그것은 모두 남자들의 지배욕을 더욱 두드러지게 입증해 주는 몇 가지 예외들일 뿐이에요. 이른바 특별한 여자들일 뿐이죠. 피고 넙치에게 묻겠어요. 당신은 남자들에게 충고하면서 역사와 정치를 순전히 남자들의 일로 만들라고 했나요?"

"모든 일은 어느 정도 분업 형식을 취했습니다. 그러니까 자질구레한 정치적인 일들, 구질구질한 흥정이나 위험이 많은 군사 활동 따위는 남자들이 맡아서 하고, 반면에 여자들은……."

"핵심만 말하세요! 피고! 당신은 질문을 받은 거예요!"

"내 충고 덕분에 압박에 허덕이던 남자들이 수천 년에 걸친 선사 시대 여자들의 지배를 벗어날 수 있었음을 시인합니다. 그들은 자연의 제약에 저항하고, 질서의 원칙을 만들었으며, 근친상간이 난무하는 무질서한 모계 사회를 책임 있는 규율이 지배하는 부계 사회로 대체하였고, 아폴론적 이성을 존중하였으며, 유토피아를 머릿속에 그렸으며, 실제로 역사를 만들기 시작했습니다. 그런데 그들은 점점 지나치게 지배만을 강조했습니다. 그 점은 나도 인정합니다. 그리고 그들은 갈수록 자잘하게 재산 같은 것에만 집착했습니다. 점점 소심해져서 새로운 일을 과감하게 수행하지 못했습니다. 그리고 잘못을 시정해 주려는 나의 충고를 번번이 거절했습니다. 근본적으로 나는 남녀평등을 옹호하는 입장을 갖고 있습니다. 지금까지 늘 그래 왔습니다. 지금도 마찬가지입니다. 그렇지만 내가 신석기 시대가 끝나 갈 무렵에 어부에게 붙잡혔을 때는 달리 어찌할 방도가 없었습니다. 왜냐하면 만일 그 어부가 아닌 어떤 여자가 나를 잡았더라면, 나는 다시 풀려나지 못하고 신석기 시대의 요리 방식대로 불에 구워졌을 것이기 때문입니다. 그렇지 않았을까요? 승아와 괭이밥을 곁들여서? 만약에 그렇지 않았다면? 결과가 어떻게 되었을지 생각해 보는 것도 정말 재미있는 일이군요. 내가 보살핌 받는 쪽을 택해서 그것을 이어 갔으면 훨씬 더 좋았을지도 모릅니다. 내가 당시에 어떻게 해야 할지 충분히 알고 있었더라면 좋았을 것입니다. 멍청하게도 나를 잡은 것은 남자였습니다. 존경하는 기소자님, 만약 당신이 얼마 전 뤼벡 만이 아니라 옛날에 바이크셀강 어귀의 얕은 물가에서 나를 잡았다가 놓아주었다면 어떻게 되었을까요? 그러면서 당신과 내가 계약을 맺어 내가 오래도록 당신의 고문이 되어 주기로 했다면요? 그것은 충분히 가능한 일입니다! 그것을 누가 알겠습니까, 누가 알겠습니까! 그렇게 되었더라면 역사는 분명히 다른 방향으로 흘러갔을 것입니다. 날짜라는 것도 생겨나지 않았을 것입니다. 그렇게 되었더라면 우리의 세계는 분명히 천국 같았을 겁니다. 내가 이와 같은 함석 욕조에 갇혀 이른바 재판이라는 것이 열리는 담배 연기 자욱한 곳에서 혼탁한 공기를 마시는 일은 없었을 것입니다. 또한 모든 일제빌들은 나에게 고마워했을 것입니다. 그러나 정말 유감스럽습니다. 나를 잡은 것은 타고난 재주가 없는 것은 아니지만 자신이 잡은 것이 누구인지도 모르는, 정말 멍청하기 이를 데 없는 한 사내 녀석이었습니다."

넙치의 진술이 끝나자 여성 재판부는 휴정을 선언했다. 법정 선임 변호인인 폰 카르노 여사가, 만약에 신석기 시대의 여인이 넙치를 잡았더라면 어떤 조건하에서 넙치를 다시 풀어주고 또 그를 조언자로 받아들이기 위해 어떤 내용의 계약을 맺었을까 한번 검토해 보자고 제안했기 때문이다. 또한 선임 변호인은, 당시의 모계 사회가 지금까지 이어졌다고 전제한다면, 현대에 이르기까지 인류 역사가 어떤 식으로 발전했을지 개략적으로나마 살펴보자고 요청했다. 폰 카르노 여사는 이렇게 말했다. "만일 여성 재판부가 공정한 재판을 보장할 의사가 있다면, 증거력 있는 대안을 제시할 자세도 갖추고 있어야 할 겁니다."

솔직히 말하지만 일제빌, 신통한 성과는 나오지 않았어. 물론 아홉 명으로 이루어진 베를린의 여성 단체 대표자들은 비공개 회의에 들어갔어. 물론 반동적인 유토피아가 초안 형태로 종이에 기록되어 제시되기도 했어. 물론 아홉 명이 각자 여성의 시각을 통해서 낙원의 상태를 그려 보였어. 그러나 각각 제시한 초안들을 비교 검토한 뒤 하나의 공통안을 내놓아야 할 시점에 이르렀을 때, 구성원들 사이에 본격적인 싸움이 벌어지고 말았어. 정말 슬픈 일이야! '사회주의 여성 연맹'은 '여성 동성애자'들이 제시한 이른바 '성에 따른 서열'을 진지하게 받아들이려 하지 않았고, 반면에 '자유주의적 깡패들'이라는 평가를 받는 단체인 '빵과 장미'의 아가씨들은 이른바 '수다쟁이 집단'이 제시한 안을 '사회주의적 낭만주의'라고 비난했어. '일제빌 여성 공동체'는 '여왕벌과 일벌과 수벌들로 이루어진 개 같은 꿀벌 국가'를 만들려 한다는 비난을 받았어. '8월 7일 여성 이니셔티브 그룹'—8월 7일은 넙치가 사람들 손에 두 번째로 잡힌 날이었어.—은 유전자 조작을 통해 앞으로는 남자들도 월경을 하고 임신하고 출산하고 수유하는 일이 가능하게 될지도 모른다는 엉뚱한 비전을 제시하여 빈축을 사기도 했어. 그리고 '사회주의 여성 연맹'에서 떨어져 나온, 마오주의자들로 짐작되는 단체인 '붉은 요강'은 그들의 이상향은 완전히 신석기 시대 상태로 되돌아가는 것이라고 주장했어. 그 바람에 그들은 CIA의 요원이거나 아니면 그보다 고약한 사람들인지도 모른다는 의심을 받기도 했어.

그것은 신문사의 입장에서는 너무나 좋은 기삿거리였어. 신문 가십란마다 빈정대는 논평들이 실렸어. 쉰헤르 박사는 재판장으로서 구성원들의 의견을 하나로 모아 재판을 진행시키려고 무척 애를 썼어. 의견이 뿔뿔이 나누어져 있던 각 단체와 연맹들은 결국 그녀의 타협안을 받아들이게 되었어. 우르줄라 쉰헤르 박사가 간략한 타협 문안을 낭독했어. "본 법정은 여성 재판부가 제시한 의견에 따라, 만약 모계 사회가 부계 사회에 의해 밀려나지 않았다면 인간 사회가 어떠한 방향으로 나아갔을까 하는 넙치의 질문에 대하여 역시 가정에 근거한 답변을 하는 바이다. 즉, 만약에 모계 사회가 존속되었다면 오늘날 인류는 분명히 더욱 평화롭고, 보다 부드럽고, 개인적인 욕구 없이도 보다 창조적이며, 언제 어디서나 다정하고, 넘침 속에서도 언제나 공평하며, 공명심을 둘러싼 남자들의 아귀다툼이 없는 까닭에 험상궂은 얼굴을 하는 일 없이 보다 명랑하게 살고 있을 것이다. 또한 국가라는 것도 생겨나지 않았을 것이다."

아무튼 재판은 계속해서 진행되었어. 넙치 역시 계속해서 구금 상태에 있었어. 그렇지만 넙치는 자꾸만 '몸이 안 좋다.'는 말만 거듭했을 뿐이야. 넙치의 목이 잠기지 않게 하기 위해서 변호인의 요청에 따라 재판부는 금연을 선언했어. 옛 영화관으로 재판을 구경하기 위해 나온 방청객들도 모두 담배를 못 피우게 되었어.

그 후 재판은 사나흘 동안 큰 문제 없이 진행되었다. 넙치는 신이 나서 신석기 시대에 있었던 흥미진진한 나의 일화들을 진술하기 시작했다. 방청객들은 아우아가 우리 남자들을 수천 년 동안 꼼짝 못 하도록 할 때 사용한 그 보살핌이라는 비결에 대해서 무척 알고 싶어 했다. 넙치가 신석기 시대의 요리법을 소개하기 시작하자—응고시킨 우유를 곁들인, 도토리 가루와 괭이밥으로 만든 둥글넓적한 빵, 진흙으로 싸서 구운 기러기 고기 등등—방청객들은 열심히 받아 적었다. 또한 아우아의 요리법은 여러 신문의 가정주부를 위한 페이지에 실렸다. '뜨거운 재로 구운 아우아식 돌버섯 요리.'

넙치가 아우아의 세 개의 유방이니, 유방이 세 개 달린 아우아니, 셋째 유방의 신화니 하면서 계속해서 떠들어 대자 법정 안이 술렁거리기 시작했다. 재판부는 잠시 휴정을 하고서 이 문제를 놓고 토론을 벌였다. "여자들의 지배는 셋째 유방이 있어야만 가능한 걸까요? 어쩌면 지금 우리 여자들한테 뭔가가 부족하다는 말인가요?"

예전에 영화관이었던 그 건물의 화장실 벽에 처음으로 세 개의 유방을 가진 여자의 지배를 찬양하는 그림들이 등장했다. (나중에는 세 개의 유방을 가진 여자 그림이 지하철역의 빈 광고판들을 가득 메웠다. 건물 외벽이나 공사장 담벼락에도 과감한 필치로 원초적인 남성의 욕구를 표현한 그림들이 나타났다.) 철저한 보살핌으로 지배하던 모계 사회가 종말을 고한 것은 어부에 대한 호의에서 행한 자신의 조언 때문이 아니라 그 자신도 이유를 알 수 없는, 셋째 유방의 갑작스러운 사라짐 때문이라고 넙치가 주장했을 때 여성 재판부는 다시 휴정하지 않을 수 없었다.

훈차 여사가 말했다. 신석기 시대는 이미 끝났으며, 기소인의 입장에서 볼 때 넙치의 죄는 입증되었다. 다만 구형을 하기 전에 몇 가지 확인할 것이 있다. 그것은 특히 넙치의 다음과 같은 주장에 대한 것이다. 첫째 신석기 시대에 세 개의 유방을 가진 여자들이 있었다는 말, 둘째 오로지 셋째 유방이 있었기 때문에 부권에 대한 남자들의 요구를 격퇴시킬 수 있었다는 말, 그리고 셋째로 세 개의 유방이 있어야만 여성이 모권 사회의 권한을 다시 회복할 수 있을 것이라는 주장 등이다. 또한 법정은, 셋째 유방이 없어지고 난 뒤에도 청동기 시대와 철기 시대 동안 계속된 아우아에 대한 예배 의식에 의해 모계 사회의 나머지 권한이 유지될 수 있었는지 조사해 보아야 한다. 마지막으로, 아우아에 대한 예배 의식이 성모 마리아 숭배라는 형태로 초기 기독교 시대까지도 존재했다는 넙치의 주장은 단순히 흘려들을 수 없는 말이다. 오히려 여성운동 단체는 셋째 유방이 지난날에 있었던 여성 지배를 나타내는 징표로서 인정될 수 있는지 여부에 대해 직접 조사에 나서든지 아니면 특별 위원회를 구성하여 조사해야 한다. 필요하다면, 우리는 우리의 태고 시대를 인정하고 신석기 시대의 세 개 유방에 대한 숭배를 부활시켜야 할 것이다. 이를 위해 전문가의 감정을 받아야 한다. 당장 우리는 자신의 성에 눈을 뜬 여성 예술가들에게 아우아 숭배 의식을 시대에 맞게 예술적으로 표현해 달라고 부탁해야 한다. 물론 우리는 술수로 가득 찬 전설에 속아 넘어가는 위험을 경계해야 한다.

그러자 기소인이 경고조로 크게 소리쳤다. "우리가 세 개의 유방의 신화를 다시 만들어 냄으로써, 어쩌면 우리는 결과적으로 남자들의 허황된 생각, 즉 남자들의 젖꼭지 트라우마를 채워 주게 될지도 모릅니다. 왜냐하면 남자들은—이 사실은 널리 알려야 해요.—지금까지 한번도 두 개의 유방으로 만족한 적이 없으니까요."

요약하자면, 장시간의 설왕설래 끝에—늘 그렇듯이 파벌 싸움이 벌어졌다.—여성 재판부는 한 사람이 반대표를 던졌음에도 셋째 유방의 실제적인 존재 가능성에 대한 제안을 기각했다. 쇤헤르 박사(그녀는 나의 아우아와 생각이 거의 똑같았다.)가 던진 반대표는 아무 힘도 발휘하지 못했다. 영화관 화장실 벽마다 그려져 있던 낙서는 모두 지워졌다. 그것은 물론 헛수고였다. 왜냐하면 볼펜과 매직펜으로 그린 낙서들이 또다시 화장실 벽을 장식했기 때문이다. 자극적인 포스터들도 거래되었다. 심지어 어린 학생들이 남자 선생님들의 사주를 받아 젖이 세 개 달린 아우아의 모습을 색깔까지 칠해 아주 크게 그렸다는 소문도 있었다. 그리고 템펠호프에 사는 한 빵집 주인은 베이킹파우더를 넣은 반죽으로 아우아 모양의 빵을 구워 엄청난 매상을 올렸다.

이처럼 이 사건으로 인해 사회에 많은 물의가 빚어졌기 때문에 재판장이 낭독한 판결문의 내용은 엄중할 수밖에 없었다. "심리 결과 넙치는 유죄로 판정되었다. 넙치가 행한 일방적인 조언은 남자들의 권익만을 촉진시키는 결과를 낳았다. 넙치는 경솔하게 부권의 도입을 추진하였다. 비록 오랫동안 아무런 성과를 거두지는 못했다 하더라도 여성에게 적대적인 의

도가 있었다는 것만으로도 충분히 유죄가 성립된다. 본 판결문을 작성하는 과정에서 신석기 시대 여성들의 유방이 여럿이었다는 주장은 전혀 중요하게 다루어지지 않았다."

만약에 당신이 재판장이었다면 당신도 이런 판결을 내렸을까? 아, 일제빌! 그 모든 건 전혀 사실과 달랐어. 물론 유방이 두 개냐 세 개냐 하는 것도 중요했고 또 지금도 중요하지만, 그리고 내가 무아경에 빠져 세 개의 유방을 가진 아우아의 모습을 모래 위에 그리거나, 진흙으로 만들거나, 나무에 새기거나, 심지어 호박을 갈아 만든 것은 사실이지만, 내게 정말로 결정적인 질문은, 우리가 추위에 떨며 음식을 모두 날것으로 먹고 있을 때 하늘에서 불을 가져온 사람이 누구였던가 하는 거야.

그런데 당신, 넙치님은? 왜 당신은 하늘에 사는 늙은 늑대로부터 불을 훔쳐 온 것은 남자가 아니라—절대 남자가 아니다.—우리의 아우아였다는 사실을 법정에서 밝히지 않았나요? 당신과 내가 강 하구에 쌓인 모래밭에서 만나 이야기를 나눌 때마다, 당신이 프로메테우스 전설만 꺼내면 내가 그 이야기를 자꾸만 비웃던 일을 당신은 기억하고 싶어 하지 않는군요? 당신은 뭐라고 했나요? 당신은 '불은 남성적인 행위이자 이념이다.'라고 말했지요. 거짓말로 우리의 자의식을 키워주려고 했나요? 아닙니다, 넙치님. 당신은 그것을 잘 알고 있어요. 누구보다도 당신이 잘 알고 있어요. 남자가 아니라 아우아가 불을 지키는 하늘의 늑대한테 가서 그 늑대 옆에 누웠던 것입니다. 당신은 그 사실을 믿으려 하지 않았어요. 지금 여권 운동가들이 당신을 비난하고 있어요. 모든 일제빌들이 당신에게 손가락질하고 있어요. 이 지상에 불을 전해 준 것이 누구인지 솔직히 말하세요. 어서 털어놓으세요. 아우아가 그 세 개의 작은 불씨를 어디에 숨겨서 가지고 왔는지 그들은 모르고 있어요. 그 성과가 없지 않았어요. 넙치님, 그들에게 모든 사실을 말하세요. 일제빌들이 모든 것을 알아야 해요. 사소한 일들 하나하나까지 말이에요.

고기

날것, 썩은 것 꽝꽝 얼리고 구워 먹었네.
태초엔 늑대(다른 곳에서는 독수리)가
불을 관리했다고 하네.
어느 신화에서나 여자 요리사는 꾀가 많았네.
늑대들이 잠든 사이(독수리들이 구름에 가린 사이)
그녀는 그녀의 촉촉한 주머니에다
세 개의 작은 불씨를 숨겼네.
그녀는 하늘에서 불을 훔쳤네.

이제는 긴 이빨로 힘줄을 끊지 않아도 되고,
썩은 고기의 뒷맛을 느끼지 않아도 되었네.
죽은 나무가 태워 달라 조용히 외쳤네.

먼저 사람들이 모이면(불이 사람들을 모으니까)
계획들에 불이 붙고 생각이 따닥따닥 소리를 냈고,
날것과 익힌 것을 구분하는 생각과 이름들이 튀어 올랐네.

불꽃 위에서 간이 오그라들고,
수퇘지 머리가 진흙에 싸여 구워질 때,
푸른 나뭇가지에 꿰여 생선들이 올려지거나,
속을 채운 내장이 재에 묻혀 있을 때,
뜨거운 돌 위에서 비계가 지글대고
잘 저은 피가 단단하게 익을 때,
불은 날것에 대해 승리를 거두었고,
우리는 사내답게 맛에 대해 이야기하였으며,
연기 때문에 우리의 정체가 드러났으며,
우리는 금속을 꿈꾸었으며,
역사가 (예감처럼) 시작되었네.

훔친 불은 잠시 어디에 숨겼는가

옛날 우리의 신화들에는 불이 등장하지 않았다. 물론 번개가 치기도 하고, 늪에서는 저절로 불길이 일어나기도 했지만, 우리는 불씨를 보존하는 일을 해내지 못했다. 우리가 간직하려는 불씨는 언제나 꺼지고 말았다. 그래서 우리는 오소리와 고라니와 뇌조 따위를 날로 그냥 먹거나 돌에다 말려서 먹었다. 그리고 컴컴한 어둠 속에서 우리는 추위에 떨며 웅크리고 앉아 있었다.

그때 썩은 나무가 우리에게 말했다. "몸에 주머니가 달린 사람이 하늘의 늑대를 찾아 하늘로 올라가야 한다. 그 늑대는 태초의 불을 보관하고 있다. 거기서 모든 불이 나온다. 번개도 마찬가지이다."

그렇기 때문에 우리들 중에서 여자가 가야만 했다. 왜냐하면 남자의 몸에는 주머니가 달려 있지 않았기 때문이다. 그리하여 한 여자가 무지개를 타고 하늘로 올라갔다. 거기서 그녀는 하늘의 늑대가 태초의 불 옆에 누워 있는 것을 보았다. 그때 마침 하늘의 늑대는 잘 구워진 고기를 먹고 있었다. 그는 그녀를 보자 그녀에게 먹다 남은 고기를 건네주었다. 그녀가 열심히 고기를 먹고 있는데, 하늘의 늑대가 서글픈 목소리로 말했다. "나는 당신이 불을 가지러 왔다는 걸 알고 있어. 그런데 몸에 주머니는 달려 있는가?"

그 여자가 자기 주머니를 보여 주자 늑대가 말했다. "나는 늙어서 아무것도 보이지 않아. 직접 살펴보고 싶으니 이리 와서 내 곁에 누워 봐."

그러자 그 여자는 늑대 곁에 가서 누웠다. 늑대는 자신의 남근으로 그 여자의 주머니를 샅샅이 탐색했다. 늑대는 완전히 녹초가 되어 그녀의 몸 위에서 잠에 곯아떨어졌다. 그녀는 잠시 기다렸다. 그리고 잠시 더 기다렸다가 자기 주머니에서 늑대의 남근을 빼낸 뒤 자기 몸 위에 누워 있던 늑대를 옆으로 밀쳐 냈다. 이어서 그녀는 자리에서 벌떡 일어나 잠깐 몸을 흔들더니 태초의 불에서 불붙은 숯 세 개를 빼내 자기 주머니 안에 숨겼다. 그 순간 숯불은 주머니 안에 뿌려 놓은 늑대의 씨앗을 칙칙 소리를 내며 몽땅 먹어 치웠다.

그때 늑대가 잠에서 깨어났다. 불꽃이 여자의 주머니 속에 든 자기 씨앗을 먹어 치우는 소리를 들었거나 느꼈던 것 같다. 늑대가 말했다. "나는 너무 지쳤어. 그래서 당신이 훔친 불을 다시 빼앗을 수가 없군. 그러나 잘 들어. 태초의 불은 당신 주머니의 입구 쪽을 지져 흔적을 하나 남겨 놓을 거야. 그것은 영원히 당신의 흉터가 될 거야. 그 흉터는 몹시 가려울 거야. 당신은 너무 가려운 나머지 누군가 와서 가려움증을 가시게 해 주기를 원할 거야. 그렇지만 그 흉터가 가렵지 않을 때는 누군가 와서 가렵게 해 주기를 바라게 될 거야."

그러자 그 여자는 웃음을 터뜨렸다. 그녀의 주머니가 아직 축축했으므로 활활 타는 숯불이 고통을 느낄 만큼 타들어 오지는 않았기 때문이다. 어찌나 웃어 댔던지 몸을 가눌 수가 없을 정도였다. 그녀는 계속 깔깔대면서 지쳐 빠진 늑대한테 말했다. "이 늙어 빠진 불알아. 내 주머니를 속일 생각은 하지 마라. 내가 할 수 있는 재주를 모두 보여 주지. 아마 놀라 자빠질걸."

그 여자는 두 다리를 벌리고 태초의 불 위에 걸터앉아 주머니 안에 들어 있는 숯불이 빠지지 않게 입구 쪽을 두 손으로 잡은 다음 태초의 불을 향해 냅다 오줌을 갈겼다. 이윽고 태초의 불은 꺼져 버렸다. 그러자 늙은 하늘 늑대는 울음을 터뜨렸다. 이제 잘 구워진 고기 맛을 보기는 다 틀렸고, 날것을 삼켜야 하는 신세가 되었기 때문이다. 이로 인해 지상에 있는 늑대들의 성격이 포악해져 인간을 적으로 삼게 되었다고 한다.

그 여자는 재빨리 벌써 빛깔이 희미해지기 시작한 무지개를 타고 지상으로 내려왔다. 그녀는 부족이 있는 곳으로 돌아왔다. 그때 그녀는 갑자기 비명을 질러 대기 시작했다. 이미 말라 있던 그녀의 주머니가 불붙은 숯에 데었기 때문이다. "아우아! 아우아!" 하며 그녀는 울부짖었다. 그녀는 그 원초적인 발음으로 자신의 이름을 만든 것이다.

가려운 흉터가 생길 것이라는 늙은 하늘 늑대의 예언대로 그녀의 주머니 입구 쪽에 생긴 흉터는 나중에 클리토리스 또는 '음핵'이라는 이름으로 불리게 되었다. 그러나 오르가슴의 기원을 연구하는 학자들 사이에서는 그 부위를 둘러싸고 오늘날까지도 논쟁이 그치지 않고 있다.

그렇게 해서 우리는 불을 갖게 되었다. 이제 우리는 그 불씨를 결코 꺼뜨리지 않았다. 언제나 가느다란 연기가 솔솔 피어올랐다. 그러나 한 여인이 우리에게 불을 가져다주었기 때문에, 주머니가 없는 우리 남자들은 여자들에게 의존하는 신세가 되었다. 그때부터 우리는 하늘 늑대에게 제물을 바쳐서는 안 되었다. 하늘에 있는 암고라니에게만 제물을 바치는 일이 허용되었다.

오랫동안 우리는 간지러운 흉터의 기능과 기원에 대해 아무것도 알지 못했다. 그 까닭은 아우아가 우리 부족에게 다시 돌아와 갑자기 소리를 지른 뒤 우리에게 하늘에서 있었던 일을 대충 얼버무려 들려주었기 때문이다. 늙은 늑대는 그녀를 친절하게 대해 주었으며, 늙은 늑대가 그녀를 위해 태초의 불에 토끼 한 마리를 구워 주었는데 그 맛이 정말 기가 막혔고, 그렇게 해서 그녀도 익혀 먹는 요리를 알게 되었으며, 그녀는 늑대 앞에서 저 아래 지상은 얼마나 춥고 컴컴한지 모른다고 한탄했으며, 늑대는 자신을 위해 우리가 바치는 제물들 중에서 고라니 새끼를 가장 좋아한다고 말했고, 늑대의 왼쪽 발뒤꿈치가 곪아 있길래 말끔히 짜낸 다음 그녀가 늘 몸에 지니고 다니던 약초를 발라 주었으며, 그래서 그 가엾은 늑대는 더 이상 절뚝거리지 않게 되었고, 그에 대한 보답으로 늑대는 태초의 불에서 불붙은 숯 세 덩어리를 선물로 주었으며, 하늘의 늑대는 남자들의 미신과 달리 사실은 암컷이었다는 것 등등.

아우아는 그 밖의 다른 이야기는 우리에게 하나도 들려주지 않았다. 그리고 만약 내가 아주 조그만 그 흉터에 대해 철저하게 생각해 보고 또 일제빌의 음핵을 다른 신화들과 비교해 보지 않았더라면 나 자신도 아무것도 몰랐을 것이다. 하지만 넙치는 이 이야기를 믿으려 하지 않았다. 넙치는 오로지 자신의 이성만을 믿었다.

우리에게 없는 것

앞으로 나아가라고? 그건 다 아는 사실.

거꾸로 가면 안 되나, 아주 빠르게

그리고 잠시도 멈추지 않고.

아무거나 들고 가도 좋다, 무엇이든.

벌써 우리는—좌우를 살피며

—거꾸로 나아가고 있다.

도중에 몇 사람은 군대에 차출된다.

발렌슈타인이 부대를 편성 중이다.

어떤 사람은 유행대로 고딕식 도취에 빠져 대열에서 이탈하다가,

페스트의 해에 (브라반트 천에 싸여) 발목이 잡힌다.

민족 대이동이 조금씩 진행되는 동안,

고트족이 (다 알듯이) 동서 고트족으로 갈라진다.

후기 마르크스주의자로서 미래를 좇았던 사람들이

이제는 초기 기독교도나 그리스인이 되기를 원한다,

도리아인의 추방을 전후한 때의.

마침내 모든 자료들은 말소되었다.

더 이상의 계승이란 없다.

우리는 걸친 것 없이 신석기 시대로 왔다.

하지만 나는 타자기를 가지고 있어,

거대한 파 이파리에서 독일공업규격의 A4용지를 뜯어낸다.

돌도끼 제작 기법, 불의 신화,

최초의 생활공동체(분쟁은 어떻게 해결했는가.)로서의 부족

그리고 역사에 기록되지 않은 모권,

이런 것들이 기록되기를 바라고 있다.
비록 시간 개념이 없지만, 지금 당장.

파 잎에다 나는 타이프를 친다. 신석기 시대는 아름답다.
모닥불 가에 모여 앉으면 아늑하다.
여자가 하늘에서 불을 가져왔으므로
여자들이 다스린다, 그런대로 괜찮게.
우리에게 없는 것은 손으로 잡을 수 있는 유토피아뿐.
오늘—그러나 오늘이라는 것은 없다.—
누군가가, 한 남자가 청동으로 도끼를 만들었다.
지금—그러나 지금이란 것은 없다.—
그 부족은 청동이 진보인지 아닌지를 놓고 토론하고 있다.

나처럼 현재에서 온 사람이,
광각 렌즈 카메라를 들고 온 아마추어가,
역사가 이미 요란하게 시작되었다면서
우리에게 다가오는 시간을 전해 주려 한다.
컬러 또는 흑백으로.

부족들끼리의 손님 접대

아무튼 우리는 세상일에 너무 늦게 눈을 떴다. 옛날에 내가 뱀장어 어살로 넙치를 잡았을 때 넙치가 곧바로 내게 “여보게 젊은이! 그 많은 애들이 어떻게 세상에 나오는지 알고 싶지 않은가? 또 고라니 새끼들은 어떻게 태어나는지? 그리고 벌들과 두운동이나물은 어떻게 수정하고 번식하는지 알고 싶지 않은가?" 하고 물었더라면 나는 "네! 알고 싶어요!" 하고 대답했을 것이다. "어떻게 해서 그렇게 되는 건지 어서 이야기해 주세요, 넙치님. 아우아는 내게 언제나 그녀와 고라니는 그 일을 완전히 혼자서 해낸다고 말해요. 기껏해야 보름달 정도가 도와준대요. 우리 에데크들과 수고라니는 그 일과는 아무 관계도 없다는 거예요."

그러나 넙치는 우리를 제때에 깨우쳐주지 않았다. 넙치는 우리가 지금도 여전히 부권을 갖고 있지 못하다며 떠들어 댔지만, 정작 우리들, 즉 수고라니들과 에데크들이 생식 능력을 갖고 있으며, 우리들의 힘찬 절구질이 중대한 결과를 가져오고, 우리 남자들과 수고라니들이 잘 모르면서도 목적에 맞게 제대로 방사하는 미끌미끌한 콧물 같은 것이 사실은 정자라는 것으로 여자들과 암고라니들의 몸속에 씨앗을 심고 싹을 틔워 마침내는 어린아이나 고라니 새끼를 만들어 내는 역할을 하며, 따라서 개별적으로 다 그렇지는 않다 하더라도 원칙적으로는 우리 남자들이 아버지가 되는 것이 확실하다는 등, 가장 기본이 되는 필수적인 이 모든 설명을 넙치는 수백 년 동안 우리에게 들려주지 않았던 것이다.

부끄러워서 그랬을까? 아니면 넙치 자신도 몰랐던 것일까? 넙치는 우리 어부들이 날마다 눈으로 보는 발트해의 청어 중에서 알을 밴 암컷과 이리[3]에 대해서는 단 한번도 설명해 준

적이 없었다. 그 대신 넙치는 먼 곳의 여러 문화에 대한 소식이나 들려주고, 부계 사회의 소유권이라는 알 듯 말 듯한 헛소리나 늘어놓고, 말끝마다 진보라는 말을 붙여 가며 떠들어 댈 따름이었다.

그는 내 귀에 대고 무슨 말을 했던가, 그 넙치는. "여보게 젊은이, 미노스 왕과 그의 형제들이 다스리는 크레타에서는—속을 들여다보면 그곳에서도 실제로 통치하는 것은 여인들이었다.—청동제 쌍날 도끼가 더욱 개량되었으며, 꼼지락거리며 버드나무 가지를 엮어 오두막을 짓지 않고 여러 층으로 된 궁궐을 건축하고 있으며, 사람들은 가계부를 토기판에다 기록하고, 부족이나 씨족 집단이 아닌 도시국가를 만들고, 얼마 전에는 예술가이자 기술자인 다이달로스라는 사람이……." 그러나 넙치의 말은 나의 관심을 끌지 못했다. 그의 이야기는 바이크셀강 어귀의 늪지대에서는 별 소용이 없었다. (당신도 알고 있을 거야, 일제빌, 나는 버터를 바른 빵이 필요해.)

넙치가 내게 한 이야기 중에서 지나가는 투로 들려준, 미노스 왕이 손으로 동글납작하게 만들었다는 치즈 제조법만은 유일하게 쓸모가 있어서 나는 그 이야기를 아우아한테 알려주었다. 물론 그 당시 우리는 소나 양, 염소에 대해 전혀 아는 바가 없었다. 소, 양, 염소 등은 러시아의 내륙 깊은 곳으로부터 먼 여행을 해서 온 스키타이인에 의해 비로소 우리에게 알려졌다. 그곳은 넙치가 문화를 장려하지도 않았던, 의심할 여

---

3) 물고기 수컷의 배 속에 있는 흰 정액 덩어리.

지 없이 야만스러운 곳이었다.

우리는 고라니와 순록의 젖으로 치즈를 만들었다. 나는 아우아에게 슬쩍 내가 만든 질그릇에 젖을 담아 발효시켜서, 응고시키고 압력을 가해 물기를 빼 내고, 손으로 누른 다음 상추 잎에 싸서 끈으로 묶어 바람에 휜 버드나무 가지에 매달아 보라고 알려 주었다.

아우아는 치즈를 자기만의 작품으로 생각했다. 그녀는 미노스 왕이나 유럽 최초의 위대한 문화에 대해서는 전혀 아는 것이 없었다. 그리고 그로부터 훨씬 뒤인 철기 시대의 비가는 치즈 형태가 되기 직전, 응유(凝乳) 상태의 염소젖과 양젖으로 알을 밴 대구를 버무릴 줄 알았다. 이로써 비가는 크레타 문화의 영향을 전혀 받지 않은 채 지금도 크레타 섬에서 몇 드라크마에 전채로 제공되고 있는 요리를 고안한 것이다.

메스트비나 시대에 이르러 비로소 말젖 외에 소젖과 양젖이 가공되기 시작했다. 우리는 우리 손으로 직접 만든 치즈를 글룸제라고 불렀다. 우유는 시간이 흐르면 하얗게 굳었다. 그것을 우리는 글룸제가 되었다고 했다. 양치기였던 나는 메스트비나를 위해 글룸제를 만들어 주는 역할을 담당했다. '글룸제 같은 대가리'는 애정이 담긴 욕이었다. 시절이 어떻든 간에 시원하게 저장된 글룸제는 우리가 언제나 찾는 음식이었다.

고기라고는 전혀 입에 대지 않는 몬타우의 도로테아에게는 볶은 보리를 섞어 만든 글룸제가 전성기 고딕 시대의 사순절 음식 역할을 톡톡히 했다. 그래서 그녀는 성모 마리아의 성촉절과 같은 축일에는 글룸제를 꼭 식탁에 내놓았다. 그녀는 글룸제를 부스러뜨려 파 수프에도 넣어 먹었다.

그리고 그로부터 얼마 뒤 독일 기사단의 기사들이 하켈베르크 성채 옆에 있는 자신들의 성에 고립되어 굶어 죽어야 할 판국이 되었을 때, 성을 포위한 시민들은 기사들을 조롱하기 위해 손으로 글룸제를 공 모양으로 만들어 성안으로 던졌다. 그것이 독일 기사들의 사기를 떨어뜨렸고, 마침내 그들은 항복하고 말았다.

수녀원장 마르가레테 루쉬는 메추리와 도요새의 속을 잘 압착된 글룸제와 월귤로 채운 다음 꼬챙이에 꿰어 굽는 요리를 고안해 냈다. 이 요리를 길드 상인들의 식사로 한번 내놓은 다음부터 그녀는 요펜 맥주 제조업자와 술통 제조업자, 그리고 돈 많은 직물 제조업자들로부터 많은 금전적인 혜택을 받았다고 한다.

또 요리를 전담하는 하녀인 아그네스 쿠르비엘라는 회향풀을 너무나 좋아하던 시인 오피츠를 위해 식탁에 글룸제와 회향풀을 섞어서 만든 요리를 내놓았다. 이 요리가 오피츠의 신경성 위장에 효험이 있었다고 한다. (그러나 오피츠는 글룸제를 연상시키는 약강격의 짧은 시를 한번도 쓰지 못했으며 글룸제를 노래하는 시도 쓰지 못했다.)

고용된 요리사였던 아만다 보이케는 프로이센 왕국의 국유지인 추카우 소속의 날품팔이 노동자들과 농노들에게 약간의 해바라기 기름 외에도 껍질째 삶은 감자와 함께 일요일에는 글룸제를, 그리고 평일에는 청유로 만든 무지방성 응유를 주발에 담아 내놓았다. 여기에다 가끔 양파 조각이 곁들여졌다.

단치히가 나폴레옹의 공화국이 되어 러시아와 프로이센 군대에 포위되었을 때, 프랑스 총독은 자신이 데리고 있던 폴란드 창기병(槍騎兵)의 죽은 수말들의 살을 잘라 내 구운 다음 거기에 마지막으로 새콤달콤한 글룸제와 건포도를 섞는 요리를 만든 요리사 조피 로트촐의 기발한 착상에 경탄을 금치 못했다.

레나 슈투베는 쇠고기 뼈다귀 몇 개로 간신히 맛과 기름기를 낸 멀건 양배추 수프에 글룸제를 몇 조각 넣어 먹음직스럽게 보이도록 만들었다. 혹은 그녀는 발효된 우유로 수프를 끓인 다음, 거기에다 사람들이 '오라' 빈민 급식소에 희사한 오래된 빵을 네모나게 잘라 넣거나 오이를 썰어 넣었다. 그녀의 『프롤레타리아식 요리책』에는 '글룸제를 가미한 새콤한 청어 요리'란 요리법이 적혀 있었다.

빌리가 친구들과 함께 아버지날을 축하하고, 세상이 아직 즐겁게 보이던 시절에는 숯불에 구운 스테이크와 숫양의 콩팥 요리 다음에 불가리아식 양젖 치즈가 나왔다. 이 치즈는 미노스 문명의 영향을 받은 우리의 글룸제와 비슷한 것이었다.

그리고 그단스크에 있는 레닌 조선소의 식당 요리사인 마리아 쿠츠초라 역시 비축품들의 내용과 가격을 검사하다가 멍한 표정으로 말없이 폴란드산 글룸제를 칼로 한 조각 베어 먹곤 했다.

나의 일제빌 역시 (내) 아이를 가진 뒤부터 글룸제와 비슷한 종류인 흰 치즈, 발효유, 엉긴 우유, 요구르트 따위를 얼마나 찾았는지 모른다. 그러나 넙치는 미노스 문명의 영향을 받은 우리의 치즈 가공법이 어떻게 하면 더 발전할 수 있을지에 대해서 한마디도 해 주지 않았다. 그리고 그가 우리를 시기상으로 너무 늦게 깨우쳐 주었다는 사실도 인정하려 들지 않았다. 오히려 넙치는 법정에서, 아우아를 비롯한 여자들은 확실히 알지는 못했지만 무엇이 그리고 누가 때때로 그녀들을 임신시키는지, 그리고 혼자 힘으로는 어미가 될 수 없으며 무언가가 더 있어야 한다는 사실을 어렴풋이는 알고 있었을 거라고 주장했다. 그러나 아우아는 확실치도 않은 이런 느낌을 어설프게 외부에 발설하여 괜히 아버지의 존재를 개인적으로는 아니더라도 원칙적으로 시인하는 결과를 초래하고 싶지 않았을 거라고 했다.

일제빌, 넙치의 말이 사실이야? 당신들은 사실을 알면서도 그에 대해 한마디도 하지 않았던 건가? 우리 남자들을 우둔한 상태로 붙잡아 두는 것이 신석기 시대에 통용되던 수법이었나? 당신들은 서로 눈짓을 주고받았나? 당신네 여자들은 이미 그 시절부터 한마음이었나 보군?

나는 넙치의 말을 믿고 싶지 않아. 넙치는 늘 모든 일에 대해 불평만 하니까. 그는 모든 것을 다 나쁘게만 보는 자야. 넙치는 게으른 포메라니아인인 우리 에데크들이 부권을 요구하고 가정을 만들고 유산을 물려주고 여러 왕조를 꽃피우고 번성시켰다가 몰락시키는 등의 일을 할 자세가 되어 있지 않았다고 헐뜯었어. 우리가 아버지라는 걸 증명해 줄 만한 것은 아무것도 없다고 했어. 우리가 질그릇에다 외설적인 모양의 손잡이를 붙일 생각을 하지 못했고, 문화적인 증거물이 될 만한 석조 남근상을 조각하지 못했다는 거야. 우리에게 미노스의 황소 이야기를 한다는 것은 쓸데없는 일이라고 했어. 물론 우리도 토끼처럼 강한 번식력을 갖고 있기는 하지만, 우리가 갖고 있는 생식 능력을 깨닫지 못하고 있으므로, 개화되지 못한 졸장부나 다름없다고 했어.

넙치의 말은 옳지 못해, 일제빌. 넙치는 우리가 꽤 일찍부터 미노스의 우유 가공법에서 자극을 받았다는 사실을 감추고 있는 거야. 마치 글룸제는 문화에 포함시킬 수 없는 것처럼 말이야. 언제나 부권만이 중요한 것처럼 말이야. 마치 우리가 우리의 글룸제를—손님을 접대하며 이 부족에서 저 부족으로—널리 알리지 않았던 것처럼 말이야.

우리가 저녁 식사에 손님을 초대하면서—치즈 가루를 발라 표면을 살짝 구운 나의 가지 요리와 사각사각 소리가 날 만큼 신선한 당신의 샐러드—상대방에게서 카레 소스를 친 맛없는 호르몬 치킨 요리에 초대받을까 봐 두려워해야 하는 것처럼, 내가 머물던 신석기 시대 말기에도 우리는 손님 접대를 했다. 옛날이나 지금이나 인간은 영원히 자기 욕심만 차리면서 살아갈 수는 없다. 이웃에 사는 상냥한 사람들이 걸핏하면 부부싸움을 벌이는 까닭에 백 퍼센트 우리 마음에 들지는 않지만, 우리 인간들은 이제 다시 한번 더불어 사는 존재로 정의되고 있다.

넙치는 이미 옛날에 우리에게 더 이상 고립되어 살지 말고, 그가 알기로 수백 년 전부터 내륙 깊은 곳에 정착하여 살고 있는 이웃 부족과 접촉할 것을 권했다. "여보게 젊은이, 어서 그 늪지대에서 빠져나와! 몸을 좀 움직여 봐! 너희들은 미노스의 위대한 문화에서 받아들이고 싶은 것이 하나도 없고 너희들이 만든 글룸제를 너희들의 업적으로 여기며 만족한다고 할지라도, 최소한 이 땅에서라도 다른 부족들과 비교는 해 보도록 해. 그러면 너희들도 언젠가는 씨족, 부족이 될 것이며 마침내는 하나의 민족을 이루게 될 거야. 너희들의 아우아가 이 세상에는 그녀와 너희들뿐이며 그 밖에는 아무도 존재하지 않는다며 너희들의 믿음을 붙잡아 놓으려 한다 해도, 너희들은 내가 알려 주는 사실을 믿고 따라야 해. 저 산 너머에도 또 다른 세계가 있고, 사람들이 살고 있어. 그들은 자손 늘리는 일을 즐겁게 해내지. 이 세상에는 너희들만 있는 게 아냐."

그래서 나는 우리 부족의 사냥꾼들 중 몇 명에게 바로 근처의 늪지대에서만 고라니나 물소 사냥을 하지 말고 라두네강을 거슬러 올라가면서 강가의 숲을 한번 뒤져 보자고 설득했다. 내가 어부의 입장에서 만약 뱀장어가 그곳으로부터 넓은 바다를 찾아 모틀라베강과 비스툴레강 줄기를 따라 내려온다면 그 위쪽에 분명히 다른 무언가가 있을 것 같다고 말하자, 사냥꾼들은 잠시 망설이다가 내 말에 동의했다. 그들이 느끼는 불안감을 떨쳐 버리기 위해 나는 이렇게 말했다. "무슨 일이야 있겠어. 우리는 강에서 가까운 쪽을 따라서 갈 거야. 날이 너무 저물면 돌아가도록 하자구."

우리는 버섯을 따거나 우엉을 캐거나 조심조심 오소리와

멧돼지 사냥을 하기 위해 평소에 자주 다녔던 숲 가장자리의 지리에는 훤했다. 그렇지만 우리는 지금까지 한번도 어두운 숲속 깊은 곳까지 들어가 본 적은 없었다. 우리들의 용기는 늪지대 밖을 벗어나지 못했다. 그러나 간단히 말해서, 넙치의 말을 따라 우리는 출발했다. 아우아 몰래 나를 필두로 해서 여섯 명의 저지(低地) 사냥꾼들은 언덕을 이룬 참나무와 너도밤나무 숲을 지나 뒷날 카슈비아로 불리게 된, 발트 능선의 숲과 물구덩이 지대에까지 이르렀다. 우리는 휘파람을 불면서 갔다. 그렇게 일찍부터 우리는 입술을 뾰족하게 만들어 소리를 냄으로써 두려움을 이기는 법을 나름대로 생각해 낸 것이다.

어쩌면 일제빌, 당신은 그때 우리가 살던 곳이 당시엔 비교적 새로운 땅이었다는 것을 알아야 할 거야. 마지막 빙하기가 끝난 후 비로소 생긴 땅이었으니까. 그때 물이 빠져나가면서 우리의 발트 해안은 제 모습을 갖추게 되었어. 그 전에는, 그러니까 리스기(期)와 뷔름기, 그리고 간빙기에는 이곳에 아무것도 없었어. 있는 것은 오직 시간과 빙하뿐이었어. 뷔름기가 끝나고 나서야, 그러니까 다른 곳에서는 사람들이 이미 우상을 깎아 만들고 바위에 그림을 새기던 시대가 지나고 나서야 비로소 우리의 구석기 시대 조상들은 물러가는 빙하를 따라나섰던 거야. 그러다가 그들은 어느 험난한 지역을 발견하기에 이르렀어. 그곳은 빙하가 밀려 들어왔다가 빠져나가면서 카슈비아 산봉우리들을 대패로 밀 듯이 깎아 놓은 곳이었어. 빙퇴석과 빙하 계곡이 빙하가 지나간 길을 보여 주었어.

길을 가던 도중에 우리, 휘파람 부는 저지대 사나이 일곱은 거칠게 날을 세운 몇 자루의 돌도끼를 발견했어. 그것은 그 옛날, 그러니까 하늘 늑대가 아직 태초의 불을 지키고, 사람들은 날마다 날 음식을 먹고, 우리의 아우아가 아직은 별 볼 일 없던 그 시절에 태초의 부족이 존재했다는 증거였어. (확신하건대) 그 당시에는 넙치도 아직 존재하지 않았어.

잠시 빙하가 물러간 뒤 (빙하는 다시 찾아올 거야. 언제나 다시 찾아왔듯이 말이야.) 우리에게 남은 것은 바람 부는 초원과 자갈 언덕과 꼬르륵대는 늪지대와 초조하게 항상 새로이 물줄기를 바꾸는 강들뿐이었어. 이어서 온화한 기후가 찾아오고 나서야 숲이 생겨났어. 그리고 바닷가에 이르러 두 개의 강줄기가 갈라지는 곳에만 태초의 늪이 남아 있었어. 순록과 고라니와 물소들은 이미 그 늪지대로 돌아갔어. 하지만 숲이 우거진 구릉 지대에는 우리가 잘 알기 때문에 피하는 늑대와 곰 외에도 새로운 짐승들이 나타나 우리를 놀라게 했어. 이를테면 야생마와 살쾡이, 수리부엉이 같은 것들이었어. 우리는 우리가 사는 곳으로 흐르는 라두네강을 시야에서 놓치지 않으려고 노력했으며 무서움을 이기려고 점점 더 절묘하게 휘파람을 불어 댔어. 그렇게, 바로 그렇게, 두려움에 쫓겨 입술을 뾰족하게 만들어 휘파람을 불다가 인간은 마침내 음악에 이르게 된 거야. 비록 넙치가 모든 예술의 근원은 정신적인 데 있다고 떠들어 대지만 말이야.

금지된 여행을 시작한 지 나흘째 되던 날, 늪지대에 사는 우리 일곱 사냥꾼들은 양치류가 서식하는 곳에서 숲에 사는 일곱 사냥꾼들과 지척에서 마주쳤어. 우리들 사이에는 반들대는 너도밤나무와 홀로 혹은 무리를 지어 솟아난 버섯, 부지런한 개미들이 지어 놓은 봉긋한 집 한 채, 그리고 나뭇잎 사이로 비스듬히 쏟아지는 햇빛이 있었을 뿐이야.

내 말을 믿을 수 있겠어, 일제빌? 우리만 두려움을 느낀 게 아니었어. 그들도 우리처럼 두려움을 느끼고 있었어. (그들도 우리처럼 이빨 사이로 부드럽게 휘파람을 불었으니까.) 물론 우리는—서로 접근하면서—가장 먼저 그들의 돌도끼와 창날과 화살촉을 우리 것과 비교해 보았어. 우리가 가진 것들 중에서는 부싯돌이 가장 내세울 만했어. 우리는 그 부싯돌을 나중에 아들러스호르스트로 불리게 된 가파른 석회석 해안에서 발견했어. 그들은 부싯돌이라는 것을 알지 못했으며 석영과 점판암 그리고 바윗돌로 부싯돌을 대신했어. 우리는 첫눈에 우리들이 가진 날카롭게 날이 선 부싯돌로 그들보다 우리가 훨씬 우월하다고 생각했어. 그러나 숲에서 온 사냥꾼들은 두들겨서 연마까지 한 묵직한 돌도끼를 갖고 있었어. 게다가 그 도끼에는 손잡이 자루용 구멍이 뚫려 있었어. 도대체 어떻게 구멍을 뚫었을까? 우리들은 그때까지도 나무를 양쪽으로 쪼개서 거기에다 도끼나 손도끼를 동여맸어. 우리가 갖고 있던 갈대 잎 모양의 부싯돌 화살촉도 마찬가지로 숲에서 온 사냥꾼들의 호기심을 자극했을 거야. 어쨌든 우리는 상대편에게 우리의 장비를 보여 주며 위협적인 몸짓까지 했으나 그것을 행동으로 옮기지는 못했어. 아우아 없이는 우리는 아무런 결정도 내릴 수 없었기 때문이야. 상대편에게 달려들어 그대로 찌르고 싶은 욕망 때문에 사지가 부르르 떨렸지만 우리는 그런 충동을 다스렸어. 상대편 역시 결단을 내리지 못하고 안절부절못했어.

맞아, 일제빌. 우리 편 사람들은 내가 달리기를 잘하니 해안까지 달려가서 아우아의 지시를 받고 오라고 나를 보냈어. 숲에서 온 일곱 명의 사냥꾼 중에서도 한 사람이 뽑혀 숲속으로 달려갔어. 나는 마치 무언가에 쫓기듯 수리부엉이와 살쾡이뿐만 아니라 동화 속의 일각수가 살고 있는 무시무시한 숲을 헤치며 뛰어갔어. 가는 도중에 나는 정말 여러 가지 일을 겪었지만—늑대 두 마리를 맨손으로 목 졸라 죽였고, 불곰의 대가리를 창으로 찔러 창이 엉덩이를 뚫고 나오게 했으며, 눈에 불을 켜고 있는 살쾡이의 양미간을 (그것도 한밤중에) 화살로 명중시켰으며, 일각수를 은근슬쩍 속여 너도밤나무, 느릅나무, 단풍나무, 아니 참나무에 깊숙이 뿔을 박게 만들었으며—이런 일들은 지금 여기서는 중요하지 않아. 그냥 주변적인 이야기에 불과해. 오로지 소식을 전하는 일만이 중요했기 때문이야.

마지막 구간을 나는 야생마를 타고 달렸어. 나는 껑충 뛰어서 그 야생마의 등에 올라탔어. 말을 타고 달리는 일은 정말 재미있었어. 숲이 열어지면서 발아래 저지대의 모습이 나타났어. 바다로 흘러드는 라두네, 모틀라베, 비스퉐레강과 그 앞에 펼쳐진 모래톱, 백사장, 그리고 발트해의 바닷물이 가까워졌을 때 나는 말에서 뛰어내렸어. 이틀 낮과 하루 밤 동안 나는 뜀박질을 하고 말을 탄 것이었어. 마지막에 가서는 높은 말 위에 올라타고 달린 까닭에 큰 소리로 노래도 불렀어.

아우아는 한번도 내 말을 끊고 중간에 묻는 일 없이 숨가쁘게 늘어놓는 나의 보고를 끝까지 경청한 뒤, 나를 빼놓고 여자들만의 회의를 소집했다. 마침내 아우아는 여자 둘과 함께 나왔다. 두 여자는 내게 짐이 잔뜩 든 바구니 하나를 짊어지도록 했다. 아우아는 뒤에 남은 부족에게 몇 가지 세심한 지시를 내리고 나서, 나와 동행인들—유방이 셋인 젊은 두 여인—에게 힘든 도보 행군을 명령했다.

이번에는 갑작스럽게 나타나 우리를 놀래키는 살쾡이는 없었다. 은은한 빛을 발하며 양치식물들 틈에 서 있는 일각수도 보이지 않았다. 이미 원시림은 내게 친숙해져 있었다. 아우아가 있는 곳에서는 휘파람 부는 것이 금지되어 있었다. 나는 라두네강에서 움직이지 않고 가만히 있는 강꼬치고기를 창으로 찔러 잡았다. 우리는 우리가 잘 아는 버섯들이 서식하는 곳에서 야외 취사를 했다. 우리들의 배낭 속 조그만 질그릇에는 재에 싸인 채 활활 타는 불씨가 들어 있었다. 두 다리에 살이 포동포동하게 오른 개구리들도 보였고, 꿈속에서도 생각하지 못할 만큼 큰 산딸기도 있었다. 길 안내를 맡은 나는 정말 좋았다. 세 여인의 젖을 마음대로 빨아 먹을 수 있었기 때문이다. 빽빽한 너도밤나무 숲에서 갑자기 몇 마리의 야생마가 나타났을 때 아우아는 넋을 잃은 듯했다. 나는 그때 정말로 그녀에게 멋지게 말을 타는 솜씨를 보여 주고 싶었다.

마침내 그곳에 도착하고 보니 우리 편 여섯 명 중에서 한 명은 중상을 입고 두 명은 경상을 입은 상태였다. 상대편에도 네 명의 경상자들이 있었다. 이들은 우리 편 부상자들과 나란히 양치식물 밭에 누워 있었다. 이들은 모두 숲에 사는 부족의 아우아와 그녀가 데려온 여자들의 보살핌을 받고 있었다. 그들은 승아와 쐐기풀 그리고 말냉이 등 우리도 잘 아는 치료제를 썼다. 다른 부족의 아우아와 그녀의 여자들도—그러나 그녀들은 아우아가 아니라 에우아라고 불렸다.—마찬가지로 세 개의 유방을 갖고 있었으며 우리의 아우아처럼 모든 것에 낱낱이 다 관심을 두는 보살핌을 통해 지배하고 있었다. 그런 체제는 우리에게 이미 익숙한 것이었다.

최근에 나는 우리 이웃에 사는 여자들(뿐만 아니라 세상에 살고 있는 모든 여자들)은 단결심이 부족하다고 흉을 본 일이 있어. 그렇지만 나는 오늘 당신에게 좋은 소식을 전할 수 있게 되었군. 아우아와 에우아는 서로 너무나 잘 통하는 것 같았어. 두 여자는 킬킬거리며 서로 상대방 몸의 옴폭 들어간 곳들을 어루만지기도 하고, 킁킁대며 서로의 살냄새를 맡기도 하고, 크게 목구멍소리를 내기도 했어. 그들은 부상당한 남자들로부터 좀 떨어진 곳에서 여자들만의 회의를 열었어. 금방 아우아와 에우아는 서로 상대방을 방문하기로 약속한 것 같았어. 전쟁이 선포된 것이 아니라 식사에 초대를 받은 거지. 당장 그날 저녁 우리는 부상당한 우리 편 남자들과 함께 이웃 부족의 손님이 되었어. 그들은 두 개의 호수—빙하기에 생긴 커다란 웅덩이—사이에 터를 잡고 있었어. 나는 금세 이웃 부족의 어부들과 이야기를 나누게 되었어. 그들은 (어살은 물론이고) 이미 그물까지 갖고 있었어. 나는 그들에게 산비둘기의 가슴뼈의 하나인 차골을 낚싯바늘로 사용하는 방법을 가르쳐 주었어.

우리는 더 이상 먹을 수 없을 정도가 될 때까지 먹고 또 먹었어. 물론 여자들은 여자들끼리 따로 뭔가 특별히 마련된 것을 먹었어. 그렇지만 우리 남자들도 뭔가 새로운 것을 맛보았어. 여자들에게는 뜨겁게 달군 돌에다 구운 잉어 요리에 이어 달콤한 꿀을 친 도토리 가루로 만든 둥글넓적한 빵과 삶은 야생마 간 요리가 제공되었고, 우리 에데크들은 구운 말고기에다가 달콤 쌉쌀하고 둥글넓적한 빵을 먹었어. 말이 나온 김에 덧붙이자면, 에우아들과 루데크들—이웃 부족의 남자들은 그렇게 불렸어.—은 우리의 아우아들과 에데크들처럼 각각 흩어져서 서로 등을 돌리고 식사를 했어. 그러다가 용변을 보기 위해 한데 모일 때에만 분위기가 고조되었어. 하지만 이에 대해서는 나중에 들려주겠어. 석기 시대에 우리가 어떻게 식사는 각각 따로 떨어져서 하면서 용변은 함께 어울려 보았는지에 대해서는 말야.

만찬이 끝난 뒤 아우아는 우리가 가져온 바구니를 열었어. 아우아는 내게 바구니를 열라고 했어. 나한테 영광이 돌아온 거지. 왜냐하면 여자들은 짐을 꾸릴 때 상대편에게 줄 선물로 내가 만든 도자기 제품들을 포장했기 때문이야. 그것은 글룸제를 만들 때 쓰는 두서너 개의 대접이었어. 나중에 넘치는 법정에서 관대하게도 그것이 종 모양의 술잔 문화에 속한다고 떠들어 댔어. 그 밖에 불에 잘 견디는 세 개의 질그릇이 있었어. 그것은 오늘날 우리가 소의 위장을 네 시간 반에 걸쳐 삶듯이 아우아가 수고라니의 내장을 푹 삶을 때 쓰던 것이었어. 그리고 선물로 가득 찬 바구니 속에는 나의 왼손 가운뎃손가락을 틀로 삼아서 빚은 열한 개의 귀여운 점토 형상이 들어 있었어. 그것은 유방이 세 개 달린, 튼튼한 아우아의 모습이었어. 그것들을 우리는 제례를 올릴 때 사용했어. (아우아가 내게 금지시키지는 않았지만 좋아하지도 않았던, 내가 넙치의 머리 모양을 본떠서 만든 우상들을 그녀는 꺼내 놓지 않았어. 물론 바구니에는 내가 수고라니의 성기를 본떠서 만든 도자기는 단 한 개도 들어 있지 않았어.)

에우아들은 칭찬의 말을 늘어놓으면서 나를 쓰다듬어 주었어. 그들은 아직 점토 굽는 기술을 알지 못했어. 그 부족 중에서 예술가라고 하는 어부 하나가 불려 왔어. 나는 나중에 그 사람을 루트라고 불렀어. 그는 질그릇 만드는 법에 대한 나의 짤막한 강의를 듣고서도 그다지 인정하고 싶어 하지 않는 눈치였어. 지독한 녀석! 내가 이 세상에 나와 잠시 머물 때마다 내 친구가 되어야 했던 녀석, 아, 루트여! 우리는 전성기 고딕 시대에 단치히 흑맥주를 얼마나 많이 퍼마셨던가, 우리는 성사(聖事)를 놓고 얼마나 많은 논쟁을 벌였던가, 우리는 바로크 시대 고통의 시절을 얼마나 많은 치즈를 칼로 베어 먹으며 보냈던가, 그리고 시대를 막론하고 우리는 얼마나 예술을 깔아뭉갰던가! 얼마 전에 루트는 다시 한번 세상을 떠났어. 그가 없으니 얼마나 허전한지! 나는 그를 다시 불러올 거야, 나중에.

그리고 그날 밤, 부상을 입지 않았거나 귀와 코에 경미한 상처만 입은 에데크들과 루데크들은 잠자리를 바꾸어 상대편 부족의 여인들과 같이 잤어. 나의 아우아는 그 지독한 루트를 택했고, 나는 이웃 부족의 에우아에게서 나를 잘 보살펴 주는 아우아의 모습을 확인했어. 그녀는 그처럼 포용력이 있었고, 그처럼 깊이를 알 수 없었고, 그처럼 근원적이었고, 그처럼 나의 머리를 말끔히 비게 만들었으며, 그처럼 옴폭 들어간 곳이 많았고, 그처럼 부드러우며, 그처럼 확실했어.

내 말을 믿어 줘, 일제빌! 나는 그 모습을 잊을 수가 없어. 나는 당신의 모습에서도 언제나 아우아와 에우아를 찾을 거야. 그리고 당신과 잠자리를 함께할 때면 나는 가끔 그 두 여인의 모습을 발견하곤 해. 한 여인이 나를 옆으로 밀쳐 내면, 다른 여인이 나를 받아 주곤 해. 그러니까 내게는 언제나 피난처가 있는 거야. 아우아와 에우아에게서 나는 언제나 안방처럼 따뜻한 안식처를 발견해. 그렇기 때문에 나는 언제든지 서먹서먹하지 않게 누울 수 있는 거야. 이렇게 아우아는 에우아의 모습으로, 그리고 에우아는 아우아의 모습으로 나를 완전히 예속시켜 버렸어. 왜냐하면——여보, 한번 상상해 봐.——이번에는 에우아가 그녀의 여인들과 함께 선물이 가득 든 바구니를 들고 우리를 방문했거든.

요즘 시간 개념으로 그로부터 삼 주일 뒤 그들은 우리를 찾아왔다. 일곱 명의 숲 사냥꾼들뿐만 아니라 언제나 지독한 루트까지 수행원으로 데리고 왔다.

우리는 갖고 있던 것을 모두 식탁에 올렸다. 훈제한 철갑상어 알, 순록의 젖에 끓인 곡식 가루, 여러 조각을 낸 다음 자작나무 버섯과 함께 축축한 버드나무 가지 꼬챙이에 끼워 꼬치처럼 구운 물소 필레 요리 등이었다. 마지막으로 우리는 두 송 열매를 섞어 만든 우리의 글룸제를 내놓았다. 에우아들과 루데크들은 우리가 내놓은 모든 음식을 맛있게 먹었다. 그리고 우리는 그들이 가져온 선물이 마음에 들었다.

어부이자 예술가인 루트가 만들어 온 물건 중에는 단단한 화강암을 깎아서 만든 (도대체 무엇으로 깎았을까?) 도토리 빻는 절구와 절굿공이, 손잡이용 구멍이 뚫린 돌도끼, 어망(그는 견본 하나를 우리에게 선물했다.), 그리고 부드러운 석회석을 깎아 만든, 다산(多産)을 비는 몇 개의 우상 등이 있었다. 그러나 그 우상들은 아우아나 에우아의 세 개의 유방을 소재로 한 것이 아니라 큼직한 음순(陰脣)이 달린 타원형의 음문(陰門)을 묘사한 것이었다. 음문의 입구는 벌어져 있었고, 깊숙이 구멍이 뚫려 있었는데, 아래쪽 음순의 끝부분은 물부리 모양으로 매끄럽게 다듬어져 있었다. 따라서 돌로 만든 이 음문 조각품은 물, 딸기 주스, 벌꿀 맥주, 암고라니의 발효유 그리고 그 밖의 음료수를 마시는 잔으로 쓰였다. 우리의 이웃 부족이 즐겨 마신 그 밖의 음료수란 유지를 제거한 후 발효시킨, 감칠맛이 돌며 취하게 하는 암말의 젖이었다. 왜냐하면 에우아 부족의 남자들인 루데크들은, 우리가 고라니와 물소를 가축으로 기르는 것처럼, 야생마를 길들여 기르고 있었기 때문이다. 그 밖에 개들은 그들의 것이나 우리들 것이나 똑같이 멍멍멍 짖어 댔다.

그들의 답방이 있고 난 뒤부터 우리 부족과 그들 부족 사이에는 선린 관계가 형성되었어. 우리는 에우아의 부족에게서 어망 짜는 법, 돌도끼에 구멍 뚫는 법, 그리고 마지막으로 납작빵 굽는 법 등을 곁눈질로 익혔고, 그들은 우리에게서 글룸제 만드는 법, 낚싯바늘로 고기 낚는 법, 그리고 진흙을 구워 도자기 만드는 법을 어깨너머로 배웠어. 그 밖에도 넙치가 원했던 대로 부족 상호 간에 의사소통이 이루어졌어. 부족 간의 남자 교환은 곧 일상적인 일이 되었어. 물론 여기에는 말썽의 소지가 있었어. 왜냐하면 우리 에데크들이나 루데크들의 의견은 묻지 않고 마음에 들건 말건 그냥 지시에 따르라고 했기 때문이야.

일제빌, 그건 당신도 이해할 수 있을 거야. 아무 에우아하고나 그 일이 되는 것은 아니었어. 우리의 아우아들도 허탈하게 끝나는 수가 많았어. 상대방의 마음이 전혀 동하지 않았기 때문이야. 가끔 어떤 이른 오후에는 공기놀이나 하면서 아무 일도 하지 않고 아무 생각 없이 콧구멍이나 후비며 멍청하게 있고 싶을 때가 있는 법이야. 가끔은 자신의 그물우산버섯이 역겹고 성가시고 낯설게 느껴질 때가 있어. 두 다리 사이에서 거치적거리는 장식품처럼 말야. 그럴 땐 정말 불쾌한 기분이 드는 거야. 그렇게 해서 우리는 발기 불능이라는 걸 알게 된 거야.(그 일이 제대로 되지 않았을 때의 그 바보 같은 창피함 같은 것도 말야.) 두 부족 사이에 불만이 번졌어. 잠시 선린 관계가 흐려지기에 이르렀어. 에데크들과 루데크들 사이에 격투가 벌어졌고, 나도 루트와 주먹질을 했어. 우리는 그들에게 성분이 나쁜 부싯돌로 만든 화살촉을 주었고, 그들은 우리에게 단단한 돌덩어리를 원료로 쓰라고 (갈지도 않고 구멍도 뚫지 않은 채로) 그대로 주었어. 루트는 내가 만든 도자기를 보잘것없는 잡동사니라고 헐뜯고, 나는 그에게 돌로 된 음부밖에는 만들 줄 모른다고 비웃어 주었어. 분노와 모욕. 말싸움과 남자들의 으르렁거림. 그러나 전쟁으로까지 치닫지는 않았어. 예전보다 더 마음이 내키지는 않았지만 남자의 교환은 여전히 계속되었어. 아우아와 에우아는 그것이 유지되도록 노력했어. 둘은 언제나 마음이 맞았어. 두 여인은 무엇보다도 원칙을 가장 중요하게 생각했어. 서서히 부족과 부족이 섞이는 가운데 큰 씨족을 이루게 되었어. 나중에 우리는 하나의 민족을 이루게 되었지.

그리고 여인들의 절대적인 보살핌에 대해 항상 크게 걱정하고 비판적으로 이의를 제기하던 넙치마저도, 여성 재판부 앞에서 부족 사이의 남자 교환을 현명한 결정이라고 말했어. 그렇게 함으로써 이웃한 두 부족이 멍청한 근친 혼인의 위험을 막을 수 있었다는 거야.

"아무튼." 하고 넙치는 말했어. "나의 충고는 부족 간의 고립을 막고, 의사소통을 가능케 하고, 몰락을 막고, 상호 영향 관계를 가능케 하고, 포메라니아 민족을 형성시키는 데 이바지할 수 있었습니다. 그렇지만 섹스 영역에서 남자들에게 적어도 파트너 선택의 자유 정도는 허용되었어야 했습니다."

이에 대해 여성 재판부의 배석판사 여덟 명 중에서 세 명이 동의를 표시했어. 유감스럽게도 재판장인 쉰헤르 박사는 표결에서 기권을 했어. 이어서 기소인인 지클린데 훈차가 발언했어. "남자들은 아무 여자하고나 성교를 할 수 있을지 모릅니다. 그렇지만 우리 여자들은 눈에 보이는 남자라고 해서 아무 인간에게서나 만족을 얻을 수는 없습니다."

당신은 어때, 일제빌? 당신은 어떻게 생각해? 만약에 당신이, 섹스를 할 마음이 있는 녀석이든 아니면 그저 그런 녀석이든 아무 녀석이나 상대해야 한다면 어떨까? 서로 자유롭게 합의한 끝에 임신을 한 당신의 지금 입장에서 당신은 당시에 내가 겪었던 고통을 이해해 줘야 해. 여자들이 어떻게 느끼든 상관없이 그냥 우리를 다른 부족 남자들과 교환한 것은 일종의 억압이었다고 말해 줘. 왜냐하면 그것은 이제 더 이상 손님 접대하고는 상관없는 일이었기 때문이야.

애무 박사

무엇이 부족한가?
도대체 무엇이 부족한가?
목덜미에 느껴지는 당신의 숨결이지.

빨고, 씹고, 핥는 그 무엇이지.
송아지의 혓바닥과 꽉 물어 주는 생쥐의 이빨이지.

아무런 의미도 없는,
우물거리는 말에 대한 욕망이 세상을 떠돈다.
아이들이 욕망을 속삭이고, 노인들은 이불 밑에서
엄지손가락과 함께 혼자다.
그리고 이제 조회를 의뢰한 당신의 피부는 테스트에 깜짝 놀란다.
부끄러움, 그것은 (우리 사회가 망했을 때)
어둠으로도 덮이지 않는다.

애무 박사라고 불리는 누군가가
여전히 금지된 채 숨어서 살고 있다.

부족한 그 무엇을,
수학은 이렇게 부른다. 애무의 단위,
그것을 대신할 만한
대용품은 당분간 없다.

젖 먹기

우리 어머니의 유방은 크고 하얬어.

나는 젖꼭지에 매달렸지.
붙어살았지, 우유병과 고무 젖꼭지가 나올 때까지.
젖을 주지 않으면
말 더듬기와 콤플렉스로 위협했지.
칭얼거리는 것은 기본이고.

우유는 맑은 고기 수프에 밀리고,
혹은 걸쭉한 대구 대가리 수프에 밀리고,
이윽고 대구의 두 눈알은 맹목적으로
대략적인 행복의 방향으로 구르지.

남자들은 젖을 먹이지 않아.
출렁이는 큰 젖통의 암소들이
러시아워에 도로를 막을 때
남자들은 남몰래 고향 쪽을 쳐다보지,
남자들은 셋째 유방을 꿈꾼다.
남자들은 젖먹이를 부러워하며
언제나 부족함을 느끼지.

납세 의무로 우리를 먹여 살리는
우리의 수염 난 젖먹이들이
약속 시간 사이의 막간에는
담배를 빨며 쩝쩝 소리를 낸다.

마흔 살부터 모든 남자들은 다시 젖을 먹어야 해.
공적으로 그리고 수수료를 내고서,
원(願) 없는 포만감에 울음을 그쳤다가,
화장실에 앉아 혼자서 울어야 할 때까지.

순무 아주머니

그러던 중 셋째 유방이 없어졌어. 물론 나는 그에 대해 자세한 것은 모르지만—그 일은 내가 살던 시대가 아니라 아마 아우아의 백십일 대(代) 자손 대에 일어났을 거야.—어쨌든 셋째 유방이 없어졌어, 일제빌. 그러나 마음이 쓰이게 오랜 세월에 걸쳐 서서히 없어진 것이 아니라 아주 갑작스레 사라져 버린 거야. 아냐, 여자들이 우리 남자들에게 태어날 때부터 나이 들어서까지 계속 젖을 물려야 하는 일에 싫증을 냈기 때문은 아니었어. 그게 아니라 넙치가 우리 에데크들의 하느님이 되려고 했기 때문이었어.

당신은 "그거야말로 넙치다운 발상이군!" 하고 말하겠지만, 그 당시엔 여성과의 균형에 대한 욕구뿐만 아니라 어느 정도 남성적인 신에 대한 욕구가 곳곳에서 커져 가고 있었어. 그렇기 때문에 넙치에게 유일신은 아니더라도 신과 비슷한 존재가 되어 달라는 남자들의 요구가 있었던 거야. 그리고 그러던 중 정확히 언제였는지는 모르지만 우리 남자들은 끈질기게 간청해서 여전히 유방이 세 개였던 아우아의 여사제들 중 한 여인의 승낙을 받아 냈어. 그래서 그 여자는 갈대밭에서 혹은 나뭇잎 위에서 혹은 갈대와 나뭇잎을 적당히 비슷하게 깔아서 만든 침상에서 넙치와 동침하게 되었던 거야. 넙치와 동침을 하고서 다음 날 돌아와 보니 글쎄 가운데 유방이 없어진 거야.

아니면 뭔가 완전히 다른 이유가 있었을까? 평소에 너무 아무 일도 일어나지 않으니까 심심해서 우리 에데크들은 장난을 쳐서 여자들을 조금 놀래켜 주고 싶었을지도 몰라. 얼마 전에 내가 당신을 깜짝 놀라게 했듯이 말야. 당신은 "여기 뭔가 미끌미끌한 게 있어. 어머나!" 하고 소리치면서 이불을 걷어찼지. 당신과 나 사이의 침대 시트 위에는 팔뚝만 한 뱀장어가 멋지게 꿈틀대고 있었어. 물론 그것은 무책임한 행동이었어. 당신이 임신한 지금에 와서 생각해 보면, 그 뱀장어가 침대에서 무슨 못된 짓을 했는지도 모를 일이야.

그때, 그러니까 아우아의 백십일 대 자손 시절에, 나는 몰래 점토로 실물 크기의 남자상을 하나 만들었어. 그 남자상의 양쪽 엉덩이에다 나는 우산버섯을 하나씩 더 붙여 놓았어. 한꺼번에 세 명의 아우아를 기쁘게 해 줄 수 있게 말야. 우리는 이 굉장한 녀석을 달도 없는 캄캄한 밤에 여인들의 큰 움막 앞에 갖다 놓았어. 다음 날 아침 (아직 잠에 취한 눈을 비비며 보니) 나의 그 거대한 에데크가 진짜 사람 같은 구실을 한 거였어. 아무튼 여인들은 소리를 질러 댔어. 그들 가운데에는 임신한 여자들도 있었어. 하지만 그 결과는 유산만이 아니었어. 혹은 이 충격과 비교할 만한 다른 충격이 가운데에 있는 셋째 유방을 마치 사마귀처럼 깨끗이 쓸어버렸을까? 셋째 유방은 너무나 간단하게 떨어져 나갔어. 진작에 떨어져 나갔어야 되는 것처럼 말야.

아니면 뭔가 또 다른 이유가 있었을까? 그로부터 훨씬 뒤의 일이야. 우리는 부당하게 우리의 권리를 침해당했어. 아직 비가까지도 셋째 유방을 가지고 있었던 때야. 우리 포메라니아의 남자들에게는 셋째 유방이 꼭 필요했거든. 우리는 그때까지 해 왔던 대로 우리의 욕구를 거의 바꾸지 않았어. 그럴 필요가 뭐가 있겠어! (우린 만사가 기막히게도 오케이였는데.) 하지만 그때 비가가 몇 가지 대대적인 개혁을 단행하면서 이른바 그 꿈의 무를, 그 특별한 다목적 뿌리를 백성에게 해가 되는 해독물로 간주하여 뿌리째 뽑아 없애 버리라고 명령했어. 그렇게 해서 우리는 우리가 수천 년 동안 씹는 담배로 생각하고 씹었던, 우리의 꿈을 아름답게 채색해 주고 우리의 불안을 달래 주고 우리에게 그리움을 되찾아 주었던 저 소망의 약초를 빼앗겨 버린 거야. 그때 우리는 우리에게 남아 있는 소망이 무엇인지 더 이상 알 수 없었어.

그렇게 해서 생동감 있게 상영되던 필름은 갑자기 끊어져 버린 거야. 그렇게 해서 우리는 순수함을 잃게 되었어. 셋째 유방이 사라져 버린 거야. 더 이상 꿈을 꿀 수 없으니까 다시는 손으로 잡을 수도 없었지. 그때부터 우리는 젖도 먹지 못한 채 허공만 더듬게 되었어. 무미건조한 현실은 우리를 가난하게 만들었어. 그것은 정말 고통스러운 일이었어. 일제빌, 내 말을 믿어 줘, 우리가 비록 이제 소망이 사라져 (꿈이 없으니까) 무엇을 잃었는지 깨달을 수조차 없었다고 해도 말야.

그때부터 우리는 불안에 사로잡혔고, 불만이 싹트게 되었어. 젖에 대한 대용물로 나중에 (조피 시대까지도) 우리는 말린 광대버섯을 씹었어. 그뿐만이 아냐. 그 때문에 오늘날 우리는 환각제를 쓰고, 대마초를 피우고, 차를 끓여 마시고, 마약 주사를 맞는 거야. 하지만 그 어느 것도 우리의 (뿌리째 뽑혀 버린) 소망의 무와 견줄 수는 없었어.

우리 남자들의 원시의 영약에 대해 전혀 아는 바가 없던 넙치는 여성 재판부 앞에서 이렇게 말했어. "이렇게 해서, 숙녀 여러분, 마침내 — 정확히 말해서 비가의 철기 시대에 이르러 — 세 유방의 사기극은 끝장났습니다. 남자들은 마침내 모든 것을 분명히 깨닫게 되었습니다. 세 개의 유방이 달린 시조 어머니의 허황된 이야기는 갑자기 먼지처럼 사라져 버렸습니다. 느닷없이 — 누가 던진 계몽의 빛에 의해 신화의 어둠이 벗겨졌는지는 모릅니다. — 우리 앞에는 늙고 마음씨 착한 비가가 평범한 두 개의 젖이 달린 모습으로 서 있었습니다. 그 일에 뒤따른 정신적 각성이 몇몇 포메라니아 사내들로 하여금 시험 삼아 민족 이동에 동참할 결심을 하도록 부추겼는지도 모릅니다. 특별할 것도 없는 당연한 과정이지요. 시조 어머니에 대한 환상이 다른 지역에서는 훨씬 오래전에 먼지처럼 사라졌습니다. 미노스 왕국 시절 대지를 관장하는 모신으로 알려진 크레타의 헤라 여신도 자신의 지배권을 다 포기하지는 않았지만 일정 부분을 내놓아야만 했으며, 제우스 신과의 결혼 — 그래 결혼이지요! — 을 마지못해 승낙해야만 했습니다. 그리고 나 역시 잠시 신으로서의 역할을 떠맡지 않으면 안 되었는데, 그 이유는 유방 하나를 잃었는데도 불구하고 시조 어머니의 보살피는 행위가 계속 이어졌으므로, 거기에 약간의 제약을 가할 필요성을 느꼈기 때문입니다. 남자들이 자꾸만 나를 졸랐습니다. 내 비록 많은 실패를 맛보았지만 수천 년 동안 남자들을 위해 싸워 온 나의 오랜 노력이 잊히지 않았던 것이지요. 분업의 원칙에 따라 내게는 바다와 강에 대한 관할권, 그러니까 어업 관할권이 주어졌습니다. 나는 포세이돈과 비슷한 역할을 맡아—포세이돈이 아테네의 펠라스기 시대 때 그랬듯이—아직도 영향력을 미치고 있는 아우아 숭배에 대항하여 내 뜻을 관철시켜야 했습니다. 물론 그 일을 수행하기 위해 아테네를 비롯한 이곳저곳에서 싸움을 치르지 않을 수 없었습니다. 엄격하신 숙녀 여러분, 이성적이면서도 약간 허구적인 느낌이 있는 부권으로 모권을 해체시키는 과정에서 많은 반혁명이 있었음은 여러분도 충분히 상상할 수 있을 것입니다. 바칸트, 아마조네스, 에리니에스, 메나드, 세이렌 그리고 메두사라는 이름들을 상기시킬 필요는 없을 것입니다. 험악한, 험악하기 이를 데 없는 성(性)의 투쟁은 고대 그리스에서 일어났습니다. 거기에 비하면 그 당시 바이크셀 강변에서는 거의 아무 일도 일어나지 않은 것입니다. 셋째 유방이 갑자기 사라져 버린 일 외에는 특별히 보고할 만한 사건이 없었으니까요. 그 당시 정착지를 찾지 못하고 있던 고트족들이 바이크셀강 어귀에 잠시 체류하면서 그들의 넘치는 활동력에 사로잡혀 그대로 남방을 향해 출발해야 할지 북쪽으로 되돌아가야 할지 갈피를 잡지 못하고 있기는 했지만, 비극에 쓰일 만한 소재는 생기지 않았습니다. 어업의 신인 나에 의해 조금 완화되기는 했지만, 포메라니아인들의 사회에서는 예전부터 내려온 여성 통치가 계속되고 있었습니다. 심지어 세 유방의 형상까지도 아직 살아남아 있었습니다. 그것은 바로 도자기 공예 분야에서였습니다. 하지만 그 무엇도 새 시대의 도래를 막을 수는 없었습니다. 그것은 다음 사실과 관련이 있습니다. 즉 비가가 통치하면서부터 농업의 일환으로 순무 재배가 시작되었습니다. 그녀야말로 진정한 순무 아주머니였으며, 또한 겉모습도 그래 보였습니다."

비가에 의해 농사 짓는 일은 고된 노역이 되었다. 여러 대를 이어 아우아가 남자들을 보살피는 역할을 계속하던 동안은 보리와 밀, 귀리 경작은 여자들의 일로 제한되었고, 우리 남자들은 어부와 사냥꾼으로서 직업적으로 독립되어 있었다. 우리는 우리를 부르는 목소리가 미치지 않는 갈대 숲이나 덤불, 또는 늪지대나 먼 해안을 돌아다니며, 억압된 분위기 속에서도 인생을 즐기면서 보냈다. 그러나 비가 시대에 이르렀을 때, 비가는 우리에게 생전 처음으로 나무 쟁기를 앞에서 끌게 하고, 순무 밭에 나가서 일을 하도록 시켰다. 또한 우리는 야생 뿌리 채소의 씨를 받아 와야 했다. 왜냐하면 비가가 정원만 한 시험용 텃밭에다 밭고랑을 갈고서 적설초와 순무의 씨를 뿌리고, 일반 무와 우엉과 빨간 사탕무의 원시종(種)을 재배했기 때문이다. 빨간 사탕무는 그로부터 훨씬 뒤에 농업 노동자들의 여자 요리사 아만다 보이케가 서양자초를 가미하여 빨간 사탕무 수프를 만드는 데 이용되었다. 그 수프는 뜨거운 8월의 대낮에 들에 나가 일하는, 프로이센 왕국의 국유지 추카우의 농업 노동자들을 위해 차갑게 식힌 상태로 직접 들로 날라졌다.

어쨌든 고트족들은 이 때문에 우리들을 경멸 조로 풀뿌리 식충이라고 불렀다. 마찬가지로 우리는 그들을 허풍선이라고 불렀다. 그 까닭은, 타키투스가 이미 다른 게르만 종족들에게서 관찰했듯이, 허리를 구부리는 일조차 싫어할 정도로 게으른 인간들이었기 때문이다. 그들은 차라리 먼 곳을 그리워하며 꿈꾸는 것을 좋아했다.

우리들은 옛날부터 순무를 우둑우둑 깨물어 먹는 것을 좋아했다. 지금도 기억나는 것은 수분이 많고, 눈물이 핑 돌 정도로 맵고 단단하면서도 오래 씹으면 단맛이 나던 야생 뿌리채소이다. 아우아 시대에는 (마치 무슨 특권처럼) 이 뿌리채소를 들에서 오직 여자들만이 뽑아 왔다. 비가가 처음으로 시험재배를 시도하여 어쨌든 메스트비나 시대에 이르러 결실(경작무)을 보자, 몬타우의 도로테아는 나름대로 조그만 사순절 정원을 가꾸었고, 마르가레테 루쉬 수녀는 비르기틴 수녀원 정원을, 아그네스 쿠르비엘라는 약물용 채소 정원을 각각 가꾸었다. 거기서 그들은 순무를 뽑았다. 그것은 오늘날의 당근이나 셀러리, 또는 텔토산 작은 순무와 비슷한 종이다. 그 뒤에는 바이에른에서 우리에게 평지로부터 품종을 개량한 스웨덴 순무가 소포로 배달되었다. 이 순무는 아만다 보이케에 의해 모양새에 맞게 브루케라고 불렸다. (사회 문제에 대한 답변으로) 초기 자본주의적 기아에 시달리던 시절 레나 슈투베는 빈민 급식소에서 순무 수프를 대량으로 배급했다. 전쟁과 유행성 감기가 기승을 부린 해인 1917년은 뒷날 '순무의 겨울'이라는 표현을 남겼다.

브루케를 싫어하지는 않지만, 나는 여기서 길고 단단하며 여기저기 주름투성이에 찌그러졌으면서도 그런대로 둥근 덩이를 이룬 원종 순무에 대해 말하려 한다. 그 원종 순무는 꼬리 쪽으로 갈수록 가늘어지면서 수많은 실뿌리가 얽혀 있었고 둥근 대가리에는 몇 가닥의 술만 달려 있었다. 빙퇴석 자갈밭에서 오밀조밀하게 붙어서 자란 까닭에 그것들은 수많은 술로 서로를 꽉 붙잡고 있었다. 우리는 그 순무가 자라서 눈에 띄기만 하면 곧은 것이든 굽은 것이든 가리지 않고 캐서 먹었다. 눈이 내려 온 세상이 하얗게 변하지 않는 한, 신석기 시대에는 날마다 정말로 팔뚝만 한 뿌리채소를 뽑아 먹었다. 그것들은 날것으로 먹어야 제맛이 났다. 여자들은 제일 먼저 달려들어 먹었다. 꼬리 부분은 빼놓고. 그러면 우리 에데크들은 그들이 남긴 것을 갉아 먹었다. 우리는 좀 의심이 가는 야생버섯을 가장 먼저 시식하는, 권한 같지 않은 권한만을 갖고 있었다.

생긴 모양새가 어떤 비유를 나타낼 수 있는 것이면 무엇이든지 다 그래 왔듯이 아우아는 이 뿌리채소를 깨물어 먹는 일도 제사 의식으로 만들었다. 제물을 바쳐야 하는 달이 되면, 여자들은 원종 순무를 음탕한 자세로 몸 앞에 갖다 댔다. 이어서 순무를 와작와작 씹어 먹기 전에 그들은 잠깐 동안 격하게 절규하는 소리를 내질렀다. 그것은 우리 에데크들에게 보내는 경고였다. 그들은 다발로 묶은 원종 순무를 색이 바랜 수고라니 해골에 가득 담아서 제물로 바치기도 했다. 순무 뿌리는 아픈 곳을 치료하는 데도 사용되었다. 반면에 우리들의 소망의 순무는 잎만 무성하게 자랐다. 그렇지만 순무 이야기는 이후로도 사람들의 입에 계속 오르내렸다…….

그리고 언젠가 한번은 아우아를 위시하여 열한 명의 여자들이 해안까지 이어진 빙퇴석 자갈밭에서 세 시간 동안이나 용을 쓴 끝에 사람 키만 한 순무를 하나 캐낸 적이 있었다. (마침내 그 순무의 뿌리가 내 앞에 나타났을 때, 내겐 순무의 무성한 이파리 속에 파묻혀 서로 어깨를 맞대고 안간힘을 썼을 여자들의 모습이 선명하게 떠올랐고, 나는 그 광경을 자작나무 껍질에 새겨 거기에 식물의 즙으로 물을 들였다.) 그렇게 해서 사람 키만 한 원종 순무가 황홀하게 뒤틀린 모습으로 놀라서 입을 벌리고 있는 부족 무리의 한가운데에 놓이게 되었다. 우리는 그 순무를 거의 순무의 신으로 받아들일 지경이었다. 실제로 몇몇 여인들은 그런 투의 말을 중얼거리고 있었다. 그러나 아우아는 신들의 엉덩이로 추측되는 순무 위에 말 탄 자세로 올라앉아, 개선장군이라도 되는 것처럼 에데크들에게 메고 돌아다니게 했다. 그녀는 자기 이외의 존재는 그 무엇도 허용하지 않았다. 아우아가 불을 훔쳐 온 저 늙은 늑대 신도 이미 부수적인 신의 위치로 전락한 상태였다. (그런데 들리는 소문에 의하면 당시 에데크들 사이에서는 남몰래 자기들만의 어신(魚神)을 추대하려는 움직임이 있었다고 한다.)

그건 그렇고 그 괴물 같은 순무는 단단한 목질 맛이 났으며, 얼마 후 썩기 시작했다. 물소조차도 우리들이 먹다 남긴 순무를 먹으려 하지 않았다. 그러나 순무를 깨물어 먹는 일은 그 후 재밋거리로 전해져 내려왔으며, 지금도 우리 남자들을 원초적인 불안감에 사로잡히게 만든다. 몬타우의 도로테아는 대표로 자기 혼자 순무를 먹었다. 마치 매혹적인 예수가 그녀에게 순무의 모습으로 나타난 것 같았다. 그리고 수녀원장 마르가레테 루쉬와 그녀의 수녀들에게도 당근은 단순한 채소만을 의미하지는 않았다. 아그네스 쿠르비엘라 때부터 비로소 부수적인 의미를 가미시키지 않고 당근을 뭉근하게 삶고 기름에 볶게 되었다. 하지만 오늘날 무공해 채소의 유기농법 재배 추세를 타고 뿌리채소에 대한 숭배 분위기가 다시 증폭되고 있다. 어디서나 대놓고 날 채소를 와드득 깨물어 먹는 모습이 목격된다. 젊은 처녀들은 전혀 거리낌 없이 아자작 소리를 내며 당근을 뭉텅 깨물어 먹는다. 남자들이야 놀라건 말건. 천연색 대형 광고판에서 펼쳐지는 광고도 벌써 여기에 동참하고 있다. 갖가지 종류의 치즈와 소시지, 햄, 흑빵 사이에 혹은 옆에 여러 종류의 무가 놓여 있다. 이 그림이 무언가 뜻을 내포하고 있는 것은 물론 사실이다. 그렇지만 살금살금 갉아 먹는 것을 의미하는 것이 아님은 분명하다. 우리는 아직도 그것들을 무언가의 대용품으로 뭉텅 깨물어 먹는다. 그렇지만 불안은 이미 널리 번지고 있다…….

그리고 재판이 잠시 정회되는 동안—철기 시대의 비가에 대한 심리가 진행되는 도중 넙치가 또다시 예의 그 고통을 호소했기 때문이다.—나는 기소인인 지클린데 훈차가 큼직하고 누런 앞니로 무를 뭉텅 베어 먹는 것을 보았다. 내가 그녀 옆을 지나가면서 인사하자—우리는 서로 오래전부터 아는 사이였다.—그녀는 무를 한입 더 깨문 다음 혹은 뭉텅 베어 입에 넣은 다음 계속 씹으면서 비로소 내 인사에 답했다. "이게 누구신가, 만년 청년 아니신가요? 마침내 방청을 허락받았나 보군요. 고맙게 생각해야 할 거요. 어때요? 저 넙치 말이에요. 저 친구 땀 꽤나 뺐죠. 그렇지만 정말 노회한 놈이에요. 궁지에 몰리면 슬쩍 발뺌을 하거나 예의 그 고통을 호소하는 거예요. 조금 아까도 보세요. 우리 여자들이 밭일에 소질을 보이는 건 다 타고난 거라고 하잖아요. 그렇게 해서 우리를 속이려는 수작이에요. 넙치가 말하는 진보라는 것은 바로 무에서 빨간 사탕무로 나아가는 것을 의미해요. 위대한 영양사(營養史)적 업적 같은 거지요. 그것이 여자들이 역사에 공헌한 점이라는 거예요. 그래서 나는 당장 사람을 시켜 시장에 가서 무를 몇 개 사 오라고 했어요. 이것 좀 먹어 볼래요?"

그리고 지클린데 훈차는 자기가 먹던 무를 내게 건네주었다. 나는 다르게는 할 수 없는 집토끼처럼 그 무를 야금야금 갉아 먹었다. 이윽고 비가 건에 대한 심리가 다시 시작되었다. 넙치는 기력을 다시 회복한 것 같았다. 그리고 나도 마침내 지기의 추천 덕분에 방청석에 가서 앉을 수 있게 되었다.

하지만 이건 너무 불공평해, 일제빌. 처음에는 그들은 나를 입장시켜 주려 하지 않았어. 내가 신석기 시대부터 현재에 이르기까지 각각 아우아, 비가, 메스트비나, 전성기 고딕 시대의 도로테아, 뚱보 그레트, 상냥한 아그네스, 프로이센의 아만다 같은 여자들과 친밀한 관계를 맺고 같이 살았던 장본인이라는 사실을 문서로 작성해서 이의 신청을 했지만, 넙치는 이에 대해 증언해 주지 않았어. 남자들은 이 세상에 어느 때나 마음대로 나와서 살았다는 것을 말야. 배석판사들은 모두들 비아냥거렸어. 그런 식의 증거는 누구든지 댈 수 있다고 말야. 작가라는 사람은 소재를 찾는 데 혈안이 되어 있어서, 환심을 사서 뭣 좀 얻어 보려 하고, 기생충처럼 빌붙어 살면서 자신의 콤플렉스를 문학에 이용하고, 우리 남자들을 속여 가정주부 연금 같은 소소한 편의를 도모하는 존재라고 했어. 하지만 이번 경우는 그런 사소한 개혁이 아니라 근본적으로 넙치가 문제시된다고 했어. 여기서는 당혹한 남자들의 개별적인 운명은 관심의 대상이 아니라고 했어. 그런 것은 이제 모두들 넌더리가 날 정도로 잘 알고 있다고 했어.

나의 증거력이 문제시되었어. 사천 년에 달하는 나의 과거를 박탈당한 거야. (내가 석기 시대에 입었던 피해를 아직도 입지 않은 것처럼 말야.) 나는 원래는 방청객 자격도 없는 거였어. 말로는 원하는 사람은 아무나 들여보내 준다고 했지만 실제로는 방청객을 철저히 가렸거든. 여자 열 명에 남자 한 명 꼴이었어. 그리고 입장 허락을 받은 몇 명 안 되는 남자들조차도 직업을 가진 아내가 작성한, 남편이 가사일(요리, 청소, 아이 보기)을 잘하고 있다는 증명서를 제시해야 했어. (이 사람은 설거지를 규칙적으로 하고 있음을 증명함.)

결국, 나의 세 번째 방청 요구서에 덧붙여서 나의 살림 솜씨와 남성으로서의 나의 부족함이 우리 부부 관계의 토대를 이루고 있다는 당신의 평가 소견서를 두 장 복사하여 방청 신청을 하고 나서야 그들은 나의 자료를 전향적으로 검토하겠다는 약속을 했어. (고마워, 일제빌.)

그렇지만 사실은 내가 재판을 처음부터 방청했다는 걸 고백해야 할 것 같군. 예전에 영화관으로 쓰였던 그 건물의 영사실에서 실내 조명과 넙치의 개인 조명, 음향 시설 그리고 재판 자료(증거 서류, 통계)의 환등기 투사 등의 일을 맡은 한 전기 기술자가, 아우아 건에 대한 심리가 진행되는 동안, 내게 정사각형의 작은 창문을 통해 재판정 내부를 들여다보고 헤드폰으로 그 안에서 나는 소리까지 들을 수 있게 해 주었어. 이것을 남자들끼리의 동료애적 연대라고 해야 할까? 그럴 수도 있지. 아무튼 그 전기 기술자는 정말 친절한 사람이었어. 비록 여성 재판부를 보고서 다음과 같은 단 한 가지 생각밖에 떠올리지 못했지만 말야. '저 넙치는 사람임에 틀림없어. 저 여자들은 지금 쇼를 하고 있는 거야.'

마침내 나는 방청을 정식으로 허락받았어. 비가, 원시 뿌리 채소, 최초의 순무 재배, 단조로웠던 숯쟁이 생활, 우리가 환대해 주었던 부족, 우리에게 빌붙어 살던 고트족, 그리고 내가 민족 이동에 잠깐 참여했던 일 등에 대한 심리가 진행되는 동안, 나는 열한 번째 줄의 포도주 빛깔의 푹신한 의자에 앉아 있었어. 내 왼쪽에는 할머니 하나가 앉아 쓴웃음을 짓고 있었어. 오른쪽에는 젊은 여성해방론자가 앉아 있었는데, 길이가 엄청나게 긴 청록색 숄을 뜨개질하고 있었어. 나는 좌우로 인사를 했어. 그렇지만 그들은 나를 거들떠보지도 않았어. 그들 눈에는 내가 남자는커녕 사람으로도 보이지 않았던 거야.

넙치가 예의 그 고통을 호소하는 사태가 벌어지기 전에—넙치는 욕조 안에서 거꾸로 뒤집혀 허연 아랫배를 드러낸 채 둥둥 떠다녔어.—넙치는 자신이 했던 조언자 역할에 대한 사람들의 관심을 딴 곳으로 돌리려 장황하게 온갖 수식어를 써 가면서 철기 시대의 비가는 뿌리채소의 여신이자 순무 재배의 영웅이었고 많은 공을 세운 여장부이며 순무 아주머니였다고 떠들어 댔어. 신이 나서 마구 쏟아 내던 그의 말을 기소인이 중간에 자르니까, 넙치는 다시 고통을 호소한 거야. 그러니 휴정을 할 수밖에 없었지. 그때 지클린데 훈차는 무를 가져오라고 했어. 그녀는 끄트머리를 한입 베어 먹은 뒤, 남은 부분을 나한테 주었어. 이어서 우리는 다시 법정 안으로 입장하라는 벨이 울릴 때까지 잡담을 나누었어.

순무 건에서 별 성과를 거두지 못한 재판부는 곧바로 게르만 민족, 특히 고트족 남자들의 자유 개념에 대해서 심리하기 시작했어. 민족 대이동을 고무하고 포메라니아인들에게 동참하도록 권유한 혐의로 고발당한 넙치는, 북방 영웅 서사시의 강한 두운법 어투로 자신을 변호하면서 동시에 나름대로 공격까지 가했어. "엄격하신 숙녀 여러분, 당신들은 도대체 무엇에 근거해서 이렇게 나를 악질 교사범으로 내모는 겁니까? 차라리 이렇게 보면 어떨까요? 너무 원칙론적이고, 아우아 때부터 갈수록 억압 일변도로 나간 여자들의 통치 방식이 오히려 선량하기 그지없는 포메라니아의 남자들로 하여금 고트족 남자들의 자유롭고 인민 민주주의적인 행동 방식에 물들게 하지 않았느냐 이겁니다. 고트족 남자들에게서는 노예 근성을 찾아볼 수 없었습니다. 그들은 인민 회의를 몇 시간이고 열었습니다. 누가 어떤 의견을 내면 누구든 거기에 대해 반박할 수 있었습니다. 심지어 나이가 든 아낙네들까지도 옆에서 조언을 하거나 루네 문자를 던져서 나온 점괘를 읽는 일이 허락되었습니다. 그러니까 남자들 회의에 여자들도 자리를 함께할 수 있었던 것입니다. 결국 게르만인들에게는 일부일처제가 확립되어 있었던 것입니다. 아버지나 어머니나 다 같이 결정권을 갖고 있었습니다. 반면에 포메라니아인들은 여전히 부권이 없는 일처다부제였습니다. 처음부터 이용당해, 남김없이 망가져, 남자들에겐 마지막 남은 작은 즐거움조차도 사라져 버리고 말았습니다. 남자들에게 즐거움을 줄 만한 것들, 이를테면 수수께끼 놀이라든가, 결투, 명예 획득, 패거리 만들기 같은 것들은 모두 금기시되었습니다. 간단히 말해서, 늘 제한된 곳에 얽매여 있던 조그만 해안 부족의 남자들이 게르만인들이 지닌 야만스러우면서도 자유분방한 힘에 매력을 느낀 것은 너무나 당연한 일입니다. 타키투스가 이미 자신의 로마인들에게도 게르만인들의 원시적인 힘에 대해 경고를 했을 정도니까요. 게다가 어떤 이유에서인지는 몰라도 어쨌든 이제는 그 셋째 유방이 사라지고 없는 것입니다. 자유를 향한 남자들의 목마름을 달래 주고 먼 곳에 대한 허기를 채워 주고 그저 행위 자체를 위해 행동하고픈 충동을 잠재워 줄 수 있었던 그 셋째 유방이 말입니다. 그땐 뛰쳐나가는 것밖엔 다른 방법이 없었습니다. 좁은 세계를 박차고 나가는 것이었죠. 역사 속으로 뛰어드는 것입니다. 그 뒤 그들 포메라니아 남자들이 탈진하여 돌아왔다는 사실은 이것과는 별개의 문제입니다."

넙치는 한동안 이렇게 떠들어 댔어. 이어서 기소인은 넙치가 한 발언의 다발을 일일이 파헤쳐 보고 나서, 그것이 남자들이 흔히 하는 허풍에 지나지 않는다고 생각했어. 그녀는 넙치의 발언 중에서 게르만인의 자유 개념에 대한 찬양 부분을 놓고 그것이 전기 파시즘적이니 후기 파시즘적이니 하며 나름대로 이름을 갖다 붙였어. 이런 설전이 벌어지고 있는 동안, 재판장인 쉰헤르 박사를 중심으로 높고 긴 테이블에 좌우로 네 명씩 대칭을 이루며 앉아 있던 여덟 명의 배석판사들 중에서 왼쪽에서 두 번째 여자의 모습이 마침내 정식으로 방청을 허락받은 나의 눈에 들어왔어.

거기에 그녀가 앉아 있었어. 틀림없이 나의 비가였어. 아주 거대한 체구의 그녀는 앉은 자세를 조금도 흐트러뜨리지 않았어. 양팔을 마치 차단 횡목처럼 젖가슴 앞에 올려놓고 있었어. 어떻게든 남보다 당당하게 보이고 싶었는지 순무 빛깔의 머리카락은 탑처럼 높이 틀어 올려 장식용 머리핀을 꽂고 있었어. 그것은 어쩌면 고트족들이 마침내 남쪽으로 출발하면서 우리에게 고철로 넘기고 간 녹슨 못들 중의 하나일 수도 있었어. 비가! 우리들은 뒤에서 그녀의 아버지가 고트족이었다고 수군거렸었지. 그래서 게르만의 여신인 프리가를 변형시킨 이름을 갖고 있다고 했어. 거대한 몸집과 화난 듯한 뻣뻣함, 흔들리지 않는 엄격함, 이 모든 것이 다 아버지 때문이라는 거였지. 포메라니아의 여장부인 나의 비가는 그 당시에는 순무 아주머니로서 우리 앞에 앉아 있었고, 지금은 여성 재판부의 배석판사로 내 앞에 앉아 있는 거였어.

그녀는 꼼짝도 않은 채 넙치와 기소인의 이야기를 듣고 있었어. 어쩌면 그녀의 눈길은 앞에서 벌어지고 있는 일이 아니라 발트해 저 너머를 기웃거리고 있었는지도 몰라. 딱 한 번, 그러니까 넙치가 비가의 순무 재배 시도는 나름대로 공로가 크긴 했지만 별로 성공적이지는 못했다고 예의 그 투덜대는 투로 말했을 때, 그녀는 차단 횡목처럼 끼고 있던 팔짱을 풀고 잔잔한 발트해 쪽을 바라보던 눈길을 거두었어. 이어서 그녀는 한없이 느린 동작으로 탑처럼 틀어 올린 머리에서 머리핀을, 혹은 고트족이 주고 간 못을 오른손으로 뽑은 뒤 손목을 꺾어 등을 긁적거렸어. 내 말을 믿어 줘, 일제빌. 그것은 내가 민족 대이동에 참가하겠다는 뜻을 밝혔을 때 보여 주었던 그 비가의 모습이었어. (여기서 한 가지 덧붙이자면 그녀의 아버지는 고트족의 지방 영주인 루돌프였으며, 늘 심통을 부리는 나의 고트족 친구 루트거가 그의 후손이었다는 거야.)

배석판사들이 최종 의견을 말하는 순서가 되어서야 비로소 나는 나의 동시대인 비가의 말을 들을 수 있었어. 베를린의 브리츠에 있는 큰 원예 농장의 소유주인 헬가 파쉬 부인은 굵은 체크 무늬의 투피스 차림으로 앉아서 입을 열었어. "그렇다면 좋아요. 제 생각을 말하겠습니다. 넙치 씨는 유죄 판결을 받아 마땅합니다. 사내들을 선동했기 때문입니다. 바보 같은 역사 신봉주의자가 말입니다. 그는 그들에게 종려나무라든가 측백나무, 올리브, 레몬 같은 것을 보여 주겠다고 약속했습니다. 전 세계적인 추세라면서 진보도 약속했어요. 그것을 그는 자유라고 일컬었습니다. 그러나 그의 선동은 헛일이 되고 말았습니다. 포메라니아의 남자들은 돌아왔습니다. 떠나자마자 돌아온 것입니다. 완전히 탈진한 상태로 말입니다. 그들은 다시 쟁기질을 하고 순무를 뽑아야 했습니다. 그러면 말씀드리겠습니다. 넙치 씨가 아무 성공을 거두지 못한 것을 감안하여 이번만은 관대한 처분을 바랍니다."

그때 내 왼쪽에 앉아 있던 노파는 쓴웃음을 터뜨렸고, 내 오른편의 젊은 여성해방론자는 분노가 머리끝까지 치밀어 오른 것 같았어. 그래서 몇 번이나 뜨개질 코를 빠뜨렸고 목에 두른 청록색 숄을 이빨로 마구 물어뜯었어. 나는 되도록 눈에 띄지 않으려고 했어. 거의 숨도 쉬지 못했어. 그렇지만 넙치는 일단 관대한 판결을 받아들이면서 "놀라 자빠질 만큼 공평하군요."라고 비아냥거린 뒤 최후 진술을 했어. "역사 만들기를 이처럼 망쳐 버린 후 칠백 년이 지나는 동안 포메라니아인들이 사는 땅에서는 관심을 끌 만한 일은 단 한번도 일어나지 않았습니다. 고작 순무 재배법만 발전했을 뿐입니다."

꿈의 뿌리채소, 그러니까 우리들의 소망의 순무 이야기는 한마디도 나오지 않았어. 순무는 재판에서 중요했어. 넙치가 알고는 있지만 말하지 않은 것에 대해서 많은 것을 설명해 줄 수 있었어. (아니면 넙치가 순무에 대해서 정말로 아무것도 몰랐던 것일까?) 어쨌든 재판부는 우리들의 원시 약초에 대한 이야기는 한마디도 들을 수 없었어. 셋째 유방이 어떻게 해서 떨어져 나갔는지에 대해서 재판부 앞에서는 아무런 설명이 없었어. 그냥 어느 날 갑자기 사라졌다고 했어. 그렇기 때문에 셋째 유방은 소망의 순무에 의해서만 그 존재를 인정받을 수밖에 없었어.

오늘날 시도되고 있는 여러 가지 육종(育種)—콩나무, 토마토감자, 초대형 호밀—은 우리의 꿈의 뿌리채소하고는 비교도 안 돼. (부드러운 편도의 향내가 나는) 우리 순무의 푸르스름한 머리에서는 이파리가 무성하도록 솟아 나와, 성숙기가 되면 거기에 단백질이 풍부한 콩들로 가득 들어찬 먹음직한 꼬투리들이 주렁주렁 열렸어. 그리고 순무의 잎사귀로 우리 에데크들은 씹는 담배를 만들어서 씹었어. 우리는 꼬투리와 콩으로 배를 채웠고, 뿌리는 달콤한 먹을거리였어. 그러나 잎사귀는 우리를 침묵게 만들었고 셋째 유방을 직접 손으로 만져 볼 수 있게 해 주었으며, 우리의 머리를 비게 만들었고 우리의 모든 소망을 들어주었으며, 우리에게 꿈을 주입했어. 끝간 데 없고, 대담할 정도로 황당무계하며, 흥미진진한 불멸의 백일몽을 말이야.

우리로 하여금 역사를 만들지 못하게 한 것은 우리의 타고난 게으름이 아니라 바로 이 소망의 순무였어. 그리고 일제빌,

이건 맞는 말이야. 사실 우리는 비가 덕분에 조금이라도 눈을 뜨게 된 거야. 그녀는 대대적인 개혁을 단행하여 우리의 늪지대에서만 자라면서 뾰족한 머리에 잎과 콩을 무성하게 피워 올리는 그 꿈의 뿌리채소를 완전히 뽑아 없애라고 명령했어. 우리는 그에 대해서 항의했어. 물론 맥 빠진 항의였지. 결국 우리들이 부지런한 농부가 되지 못한 것이나 또 정상적인 무를 키울 줄 모르는 것이나, 그 원인은 다 그 몹쓸 뿌리채소에 있다는 그녀의 반박이 최종 결정이 되어 버렸어. 그 이후로는 어떤 꿈도, 어떤 소원도 더 이상 이루어지지 않았어. 들에 나가 쟁기질을 해야 하는 습하고 추운 현실만이 있을 뿐이었지. 배고픈 시절이었어. 그러면서 우리는 서서히 우리 자신을 의식하게 되었어.

우리와 함께 (여행의 대체물로) 그 잎사귀에 길이 들어 있던 고트족들도 우리와 같은 시기에 깨어났어. 그들은 우리가 사는 곳이 지독하게 지겨운 곳임을 알게 되었어. 이윽고 그들은 그들이 오래전부터 꿈꾸어 오던 여행길에 나섰어. 민족 대이동이라는 여행 말야.

그건 다 비가 덕분이야. 그녀가 고트족 남자들을 조촐한 식사(고트식 잡탕죽)에 초대한 다음 그들이 출발하도록 설득했던 거야.

기나긴 겨울이 지나고 또 비 때문에 모든 것을 망쳐 버린 여름까지 보낸 어느 시점이었다. 보리는 밭에서 수확도 하지 못한 채로 썩어 버렸고, 남은 것이라고는 고작 곰팡이가 피기 시작한 무 몇 개뿐이었다. 청어와 가자미도 찾아오지 않았고, 강에서는 무슨 저주라도 받았는지 물고기들이 떼죽음을 당했다. 가시고기와 농어, 황어, 강꼬치고기 같은 물고기들이 배를 드러낸 채 물 위에서 둥둥 떠다녔다. 아무리 상황이 그렇다 해도 우리 같았으면 그 겨울을 그냥 참고 견뎠을 것이다. 그러나 우리에게 빌붙어 사는 데 길이 들어 있던 고트족은 그들의 가축이 전염병에 걸려 몰살당하고, 우리에게 마지막으로 남아 있던 몇 마리의 순록과 물소마저 도살하지 않을 수 없는 상황이 되자 몹시 견딜 수 없어했다. 물론 그들에게는 여전히 몇 필의 말(비록 노쇠하기는 했지만)이 남아 있었지만, 말을 신성한 동물로 여기는 그들의 풍습 때문에 아무리 기근이 들어도 말을 잡아먹을 수는 없었다.

그때 비가는 고트족의 우두머리들을 특별한 점심 식사에 초대했다. 그녀는 우리 포메라니아인들이 빠듯한 대로 기나긴 겨울을 나기 위해 비축해 두었던 양식을 몽땅 다 내놓았다. 루돌프, 루데리히, 루트노트, 그리고 내 친구인 루트거가 손님으로 초대되었다. 모두들 볼품없이 몸집이 크고 끊임없이 화난 듯한 시선을 던지는 사나이들이었다. 이례적으로 이들 네 사람은 무장을 하지 않은 차림으로 왔다. 어쩌면 무기조차도 들고 다닐 수 없을 정도로 몸이 쇠약해져 있었는지도 모를 일이었다. 여름 내내 내리던 비는 그칠 줄 모르고 가을까지 그대로 이어졌다. 그 때문에 비가는 비록 연기가 자욱하지만 그런대로 아늑한 움막 안으로 손님들을 안내했다. 그들은 모두 양가죽 위에 쪼그리고 앉았다. 굶주림 때문에 더욱 커진 그들의 파란 눈에는 말간 눈물이 얼비쳤다. 루데리히는 여우 털처럼 붉은 수염을 잘근잘근 씹고 있었고, 루트노트는 손톱을 물어뜯고 있었다. 그렇지만 비가는 김이 무럭무럭 나는 주발을 들고 오기 전에, 그녀가 유일하게 준비한 요리에 대해 먼저 짤막한 훈시 조의 연설을 한마디 했다. 그로부터 얼마 뒤, 그 요리가 제 나름대로 효과를 발휘하고 나서 우리는 그 요리에다 '비가의 고트식 잡탕죽'이라는 이름을 붙여 주었다. 그때 그녀가 늘어놓은 훈시의 내용은 괭이밥과 그것을 거칠게 빻은 가루로 만든 죽에 관한 것이었다.

야생초인 이 괭이밥을 우리 고장에서는 곤궁기를 맞아 먹을 것이 없어서 혹은 그 좋은 맛을 즐기기 위해서 20세기까지, 이를테면 1차 세계대전 중이나 패전의 해인 1945년까지 그 씨를 받아 거칠게 빻아서 먹었다. 이 풀은 단순히 괭이밥, 혹은 야생 기장, 하늘의 양식, 만나 풀, 혹은 프로이센의 만나 등 여러 명칭으로 불렸다.

괭이밥을 채집하는 일은 쉽지 않았다. 왜냐하면 다 익은 괭이밥 알갱이는 툭 치면 언제라도 떨어질 듯이 줄기에 느슨하게 붙어 있었기 때문이다. 그래서 우리는 이슬이 내린 새벽에 괭이밥 씨를 받으러 다녔다. 우리는 막대기로 자루를 활짝 펼쳐서 그것으로 괭이밥 줄기를 훑어 씨를 받았다. 나중에는 괭이밥 채집용 빗을 사용하기도 했다. 그리고 19세기 들어 가용면적이 점점 증가하여 괭이밥 서식처가 줄어들고 괭이밥이 늪지대 같은 곳에서만 자라게 되었을 때는 4미터쯤 되는 긴 막대기에 체를 매달아 괭이밥을 훑었다. (말이 나온 김에 덧붙이자면, 괭이밥 씨를 받는 일은 우선적으로 우리 남자들이 맡아서 했다. 반면에 버섯이나 산딸기, 승아 그리고 뿌리식물을 채집하는 일은 태곳적부터 여자들이 하는 일로 정해져 있었다. 그렇기 때문에 넘치는 여성 재판부 앞에서 괭이밥이 구황작물로 자리 잡은 것은 남자들의 공로였음을 인정받고 싶어 했던 것이다.)

빻아서 만든 괭이밥 가루는 사람들 사이에 매우 인기가 있었다. 그래서 18세기(감자가 들어오기 전)에는 괭이밥 가루가 상품으로 수출되기까지 했다. 심지어 농노 신분의 농부들은 지주에게 다른 농산물과 함께 괭이밥을 바쳐야 했다. 그리고 19세기에 이르러 값싼 미국의 캐롤라이나산 쌀이 시장에 나오기 전에는, 농부들의 결혼식 피로연 식탁에는 피로연용 기장 대신에 우유에 넣고 끓여 계피를 친 달콤한 괭이밥죽이 나왔다. (그리고 괭이밥죽은 소화가 잘 되는 까닭에 노인을 위한 음식으로 각광을 받았다. 그 때문에 재산을 가진 서프로이센의 농부들은 농사일에서 손을 떼면서 그들의 노후를 위한 계약서에 일정량의 괭이밥을 제공받을 것을 보장받기도 했다.)

물론 우리는 기근의 시기가 닥치면 다른 야생초들의 열매도 채집했다. 이를테면 야생 기장이라든가, 맛이 씁쌀하면서도 소화가 잘 되는 빵을 만들 수 있는 며느리밥풀 같은 것들이었다. 그리고 수확이 좋지 않은 해에는 경작한 곡식을 가지고 버티는 데 갯보리가 도움이 되었다. 그러나 겨울을 나는 데 가장 큰 도움을 준 것은 뭐니 뭐니 해도 우리가 프로이센의 만나라고 부른 괭이밥이었다. 그 때문에 비가는 고트족을 쫓아 버리려는 궁리를 하면서 괭이밥을 고트식 잡탕죽으로 만들어 내놓은 것이었다. 그것도 특별한 첨가물을 넣지 않고 마음껏 먹을 수 있을 만큼. 단지 첨가된 것이 있다면 절구에 빻아서 넣은 약간의 해바라기 씨뿐이었다.

우리의 만나가 고트족들의 입맛에 맞을 리 없었다. 루돌프, 루데리히, 루트노트, 그리고 내 친구인 루트거는 육식주의자들이었기 때문이다. 그러나 그들은 경우에 따라서는 빈 배를 채우기 위해서 구운 물고기나, 삶은 죽이라도 참고 먹을 수밖에 없는 상황이었다. 그들은 비가가 움푹한 주발에 담아 그들 앞에 내놓은 음식을 정신없이 먹어 치웠다. 그러나 긴 겨울을 보내고도 한참 동안을 더 괭이밥(그리고 나무 같은 순무)으로 연명해야 한다는 생각에 입맛이 싹 가시고 말았다. 내 친구 루트거는 마치 두꺼비라도 삼켜야 하는 듯한 표정을 지었다. 게다가 비가는 (특히 남자들만이 담당하는) 야생초 씨앗의 채집이 얼마나 어려운 일인가에 대해 훈계 조로 이야기하면서 우리 포메라니아인들이 식량으로 저장해 놓은 재고도 얼마 남지 않았다고 말해 버렸다. 그러면서 저장 창고가 어디에 있는지는 비밀이며 또 그곳은 아무나 접근할 수 없다고 밝혔다.

그때 (더 이상 고압적인 자세를 보이지 않고) 겸손하게 충고를 구한 것은 바로 내 친구 루트거였다. 루데리히와 루트노트도 어떻게 하면 좋겠는지 알고 싶어 했다. 그러나 비가가 의미심장하게 아무 대답도 하지 않자, 마침내 영주인 루돌프가—기념비로 기릴 만큼 잘생긴 사나이로 루트거와 루데리히, 그리고 루트노트의 아버지일 뿐만 아니라 비가를 낳은 사람으로 알려진―단도직입적으로, 식량으로 쓰기에 빠듯한 괭이밥 말고 이곳 안개 자욱한 강 속의 늪지대에서 고트족들이 먹을 만한 것으로 무엇이 있는지 물었다.

비가가 말했다. "아무것도 없어요." 그녀의 말투는 퉁명스럽기 짝이 없었다. "당신들은 떠나야 해요. 당신들이 온 북쪽으로 가든지, 아니면 여기보다 모든 것이 훨씬 좋다는 남쪽으로 가든지." 그러고 나서 그녀는 그 손님들에게 남쪽의 모습을 생생하게 그려 보이기 시작했다. 그곳에서는 날마다 꼬챙이에 꿰인 황소와 숫양 고기를 먹고, 벌꿀술이 항아리마다 가득 담겨 떨어지지 않고 그들을 기다리고 있으며, 그곳에는 안개가 끼지 않고, 강물이 어는 법이 없으며, 겨울에 눈이 너무 많이 내려 몇 주일씩 사람이 고립되는 일도 없고, 게다가 그곳은 용맹스러운 남자들에게 승리와 영광과 영웅적인 행동에 대한 사후의 명성을 약속해 주는 땅이며, 그러므로 역사를 만들고자 하는 자는 이곳에 눌러앉아 순무 재배를 유일한 전진으로 여겨서는 안 되며, 지칠 줄 모르고 시야를 넓혀야 한다고 비가는 말했다. "자, 당신들 장비를 챙겨서 어서 떠나요!" 비가는 그렇게 소리치면서 긴 팔을 들어 남쪽을 가리켰다.

그러자 루돌프, 루데리히, 루트노트, 그리고 내 친구 루트거는 당장 다음 날 출발할 힘을 비축하려는 듯 남아 있던 괭이밥죽을 게걸스럽게 먹기 시작했다. 비가의 충고대로 그들은 남쪽을 향해 길을 떠났다. 이로써 민족 대이동이 시작되었으며 그 결과는 우리가 이미 잘 알고 있는 바와 같다. 즉, 그렇게 해서 그들은 정말로 많은 진보를 이룩하게 된 것이다.

그러나 그 뒤로 수세기가 흐르는 동안 우리에게 변화가 있었다면 그것은 오직 날씨뿐이었다. 그때 이윽고 아달베르트 주교가 십자가를 들고 우리에게 나타났다.

데메테르

눈을 뜨고
여신은 깨닫는다,
천국이 얼마나 눈이 멀었는가를.

돌처럼 굳은 속눈썹들이 사방에 그림자를 던진다.
눈꺼풀이 닫힐 줄 모르니 잠을 이룰 수 없다.

수많은 쟁기가 만들어진,
이곳 휴한지에서
그녀가 신을 본 이래,
언제나 떠도는 경악의 모습.

노새는 보리죽이라도 찾아 헤맨다.
그것은 변하지 않았다.

우리는 무리에서 빠져나와,
광선 노출이 지나친

사진을 찍는다.

쇠로 만든 국자는 어디에 쓰면 좋은가

아달베르트가 보헤미아에서 왔다. 모든 책들과 주교장(主教杖)은 프라하에 두고 왔다. 스콜라 신학 공부도 더 이상 모든 문제에 대한 해결책을 주지 못하자 그는 이론에서 벗어나 직접 행동하고 싶었던 것이다. 그래서 그는 바이크셀강 어귀의 늪지대에 사는 우리 이교도들을 개종시키고 이 세상에 단 하나뿐인 진리를 전파하려 했다. (이것을 오늘날에는 민중 교화라고 부른다.)

그 전에 이미 폴란드의 볼레슬라브 왕은 계약을 통해 그에게 민중 교화의 임무를 부여했던 것이다. 그는 보헤미아인 수행원들을 데리고 폴란드 왕의 보호를 받으며 찾아왔다. 그는 본래 프로이센인들을 교화할 생각이었다. 왜냐하면 폴란드 왕은 바이크셀강 동쪽까지 자신의 세력 범위를 넓히려 하고 있었기 때문이다. 그러나 프로이센인들은 음흉하기로 정평이 나 있었기 때문에 보헤미아인 수행원은 주교에게, 어리석기는 해도 선량한 편인 우리 포메라니아인들을 상대로 먼저 전도 활동을 펴는 것이 좋을 거라고 충고했다. (경험을 쌓고 상대에게 신뢰를 주고 자선을 베풀고 낯선 나라의 경제를 파악할 수 있는 좋은 기회라고 고위 성직자 루데비히는 말했다.)

그들 일행은 우리 마을 옆에 자리를 잡았다. 그들은 양식을 소달구지에 싣고 왔다. 그러나 그들이 선교 활동을 시작한 지 얼마 되지 않아 폴란드인 요리사가 갑자기 죽었다. 그들과 우리 사이에 처음 몇 번의 대화가 있고 난 뒤—우리는 가진 것을 서로 교환했다.—우리의 요리사이자 사제였던 메스트비나는 주교와 그의 수행원들을 위해 요리를 해 주겠노라고 자청했다. 우리가 그들에게 제공한 음식은 사탕무와 글룸제, 양고기, 괭이밥, 버섯, 벌꿀 그리고 물고기 등이었다.

노란 솜털이 보송보송한 맨살의 양팔을 젖가슴 밑으로 팔짱을 낀 채 때로는 엄하게, 때로는 부드러운 눈빛으로 식탁을 넘겨다본 것이 뚱보 그레트나 아만다 보이케가 처음은 아니었어. 나의 메스트비나도 식탁을 차려 놓은 다음 바로 그런 자세로 아달베르트 주교를 바라보았어. 그녀는 고개를 약간 옆으로 갸우뚱한 채 무슨 말인가 기다리는 눈치였어. 하지만 아달베르트는 음식 맛이 좋다고 말하기는커녕 먹기 싫은 걸 억지로 먹는다는 듯한 표정이었어. 그는 긴 이빨로 우적우적 씹기는 했지만 별로 내키지 않는 듯했어. 한입씩 씹을 때마다 무슨 시험에 들거나 아니면 지옥에 가서 받을 벌을 미리 받는 듯했어. 딱 집어서 이것이나 저것이 마음에 들지 않아 그런 것이 아니었어. 아니면 포메라니아인의 요리를 앞에 놓고 보니 보헤미아의 음식이 생각나서 그런 것도 아니었어. 그는 모든 것이 다 마음에 들지 않았던 거야. (일제빌, 당신은 아마 상상도 못 할 거야. 10세기 말쯤의 나는 정말 신물 날 정도로 혐오스러운 인간이었어. 왜냐하면 실제로 그 당시 바로 내가 죽을 입에 떠 넣고 잇몸으로 오물거리고 있던 바로 저 프라하의 아달베르트였거든.)

그렇지만 메스트비나는 깡마른 그 선교사에게 홀딱 반했어. 그녀 역시 개종하고 싶어 했어. 음식을 씹고 있는 그의 모습을 팔짱 너머로 내려다보고 있자니, 그녀는 얼굴이 화끈 달아올랐어. 발끝에서 머리끝까지 온통 붉게 말야. 그녀는 자신이 만든 이교도의 요리에서 아직 가톨릭 맛은 아니더라도 그녀의 사랑의 맛만큼은 확실하게 느끼기를 바랐어. 그녀는 주교를 사랑하고 있었으니까. 얼얼할 정도로 말야.

아달베르트를 위해 메스트비나는 베이컨을 넣은 둥글넓적한 빵을 구웠다. 아달베르트를 위해 그녀는 기장죽을 끓여 거기에 꿀을 타고 휘저었다. 주교를 위해 훈제한 대구의 간을 곁들인 양젖 치즈를 내놓았다. 아달베르트가 좋아하건 말건 개의치 않고 그녀는 먼저 뻣뻣한 털을 불로 그을려 없애고 뼈를 제거한 멧돼지의 머리를 뿌리채소와 그물우산버섯을 넣어 푹 삶았다. 그런 다음 메스트비나는 멧돼지 머리를 다른 주발에 담고서 거기에 삶은 물을 부어 머리가 푹 잠기도록 했다. 그러면 1월의 추운 날씨에 삶은 물이 금방 굳어 버려 수육이 되었다. (이 멧돼지는 주교의 용병들이 내륙 깊은 곳에 있는 작은 산의 숲속에서 창으로 찔러 잡은 것이었다.)

그리고 점심때가 되어 메스트비나는 폴란드 왕이 보낸 사절들과 함께—폴란드 왕 볼레슬라브는 프로이센인들의 개종을 강력히 추진 중이었다.—식사를 간단하게 할 생각을 하고 있던 주교를 위해 주발을 뒤집어엎어서 멧돼지 머리가 식탁 위에 나뒹굴도록 했다. 그러자 멧돼지 머리가 젤리로 뒤덮인 채 다시 생생하게 모습을 드러냈다. 사절들은 굶주린 이리 떼처럼 달려들어 젤리투성이의 멧돼지 머리를 뜯기 시작했다. 그때 메스트비나는 무언가를 기다리는 태도로 (팔짱 너머로) 그 사나이들을 내려다보고 있었다. 그 때문에 아달베르트는 그들의 정신없는 탐욕에 대해 무언가 경건한 말로 변명하지 않을 수 없었다. "다른 사람들이 보면 사탄이 나타나 수육 속으로 들어간 걸로 생각할 거요."

그래서 그들 다섯 명의 사절은 사탄을 극복해 냈다. 한편 서 있는 메스트비나가 보기에 주교는 평상시에 보이던 혐오감을 드러내지 않으려고 애를 쓰는 것 같았다. 그 때문에 루데비히 사제가 사탄의 맛이 좋다는 식으로 한마디 농담을 건넸지만 아달베르트는 끝내 웃지 않았다.

당시는 선교에 열성을 다하던 그 주교가 우리 마을에 온 지 벌써 몇 주일이 지난 시점이었다. 그러나 우리 포메라니아인들은 여전히 이단의 상태로 남아 있었다. 물론 나는 이 세상에 잠시 양치기로 있으면서 보리수나무를 깎아서 손바닥만 한 성모 마리아 상을 만들기도 했다. 그 성모상 역시 주름 많은 옷 속에 세 개의 유방을 감추고 있었다. (일제빌, 당신이라면 내 말을 믿겠지. 나는 선교사이면서 한편으로는 양치기였고 다른 한편으로는 예술가였거든.)

그리고 언젠가 모틀라베강의 한가운데에 있는 어부의 섬의 버들가지 요새에서 우리와 함께 살고 있던 메스트비나가 아달베르트 주교를 위해 딱부리눈을 한 다섯 마리의 대구로 생선 수프를 끓일 때의 일이다. 그녀가 생선 국물 속에서 너무 문드러지기 직전에 대구 대가리를 건져 올린 순간, 자연산 호박을 꿰어 만든 그녀의 목걸이가 툭 끊어졌다. 김이 펄펄 솟는 솥 위로 몸을 굽히는 순간 밀랍을 입힌 목걸이 줄이 녹으면서 호박 구슬이 그녀의 둥근 목을 타고 주르르 흘러내렸다. 메스트비나는 얼른 손을 뻗어 고리가 끊긴 목걸이를 붙잡으려 했지만, (내가) 불에 뜨겁게 달군 철사로 구멍을 뚫은 일곱 혹은 아홉 개의 호박 알들은 줄에서 빠져나와 솥 안으로 들어가고 말았다. 그리하여 호박 구슬들이 부글부글 끓는 생선 국물 속에서 녹아 기독교의 사순절 생선 수프의 맛에 옛날부터 호박 속에 살고 있던 이단의 힘이 양념으로 가미된 것 같았다. 그 힘 때문이었는지 수프를 한 숟가락 떠먹자마자 순진하기만 하던 아달베르트는 완전히 다른 사람이 되어 버렸다. 정말 백팔십도로 완전히 바뀌어 버렸다. (날은 이미 어두워져 있었다.) 그는 미친 듯이 그날 밤 밤새도록, 그리고 다음 날 낮과 또 다른 하룻밤 동안 나의 메스트비나를 붙잡고 늘어졌다. 금욕에 길이 들어 있던 주교가 이제는 참회의 기색이라고는 눈곱만치도 없는 자신의 물건으로 계속해서 쉴 새 없이 그녀의 몸속으로 파고들었다. 완전히 포메라니아인이 했을 법한 방식으로, 그러면서도 더 많은 종교적 열정과 변증법적인 반발의 태도로 그는 그녀 안에서 자신을 남김없이 불살랐다. 그러면서 그는 교회에서 사용하는 라틴어를 중얼거렸다. 그 모양이 마치 새로운 방식으로 성령을 쏟아붓기라도 하려는 것 같았다. 그러나 버들가지 요새에 사는 우리들은 아직 세례를 받지 않고 있었다.

그 일로 인해 예속 관계가 생겨났어. 그때부터 주교는 메스트비나에게 일주일에 한 번씩 호박 구슬 양념이 가미된 생선 수프를 해 달라고 요구했어. 그에게 그 소원보다 쉽게 이루어질 만한 것은 없었을 거야. 언제 어느 때고, 심지어 겨울철에도 우리에게 생선이 없는 날은 없었으니까 말야. 생선은 귀리죽, 보리죽, 괭이밥, 뿌리채소, 그리고 양고기 등과 함께 포메라니아인들의 주식이었어. 그 때문에 우리는 옛날부터 내려온 대지의 여신 아우아 외에 얼마 전부터 특별한 물고기를 받들게 된 거야. 그리고 요리사이면서 여사제인 메스트비나 역시 리프 신에게 제물을 바치고 있었어. 이 리프 신은 몸통과 머리가 납작하고 비뚤어진 입을 하고 있어서 꼭 말하는 넙치와 비슷하게 생겼어.

어부들이 여자들의 반대에도 불구하고 넙치 머리를 한 신을 경배하기로 결정하자, 포메라니아 해안에 사는 사람들 사이에 싸움이 벌어졌어. 그러자 메스트비나가 나서서 전래의 의식에 새로운 예배 양식을 가미하는 쪽으로 해결을 보았어. 그녀는 넙치 신과 세 개의 유방을 가진 아우아가 매년 봄이 되면 언제나 갈대와 나뭇잎이 반반씩 섞인 침대에서 동침했다는 전설을 알고 있었어. 메스트비나의 말에 따르면 그들 둘은 가끔 싸우기는 했지만, 사람들이 그녀의 잠자리 파트너인 넙치에게 약간의 숭배를 올리는 데 대해 아우아는 별로 화를 내지 않았다고 했어. 결국 넙치 신은 나름대로 도움이 되고자 그물에 물고기가 가득 걸리게 해 주고 바다를 잠잠하게 해 주었다는 거야. 비스툴레강에 홍수가 났을 때 그것을 잠재운 것도 넙치였다는 거야. 그리고 호박 구슬에 모종의 힘을 불어넣은 것도 넙치 신이 한 일이었다는 거야.

그 때문에 버들가지 요새에 사는 어린아이들은 해마다 봄이 되면 라두네강변의 버드나무를 잘라서 만든 긴 막대기에다가 각각 철갑상어 대가리와 대구 대가리, 바이크셀강의 은빛 연어와 잿빛 메기 대가리를 매달아 들고 행진을 했어. 모든 물고기 중에서 선두에 선 것은 삐뚤어진 입에 사팔뜨기 눈을 한 넙치의 대가리였어. 아이들은 둑도 없는 강변을 따라 바닷가까지 행진을 했어. 그렇게 해서 고기들──강꼬치고기, 가시고기, 농어, 대구 등──에게 다시 한번 강줄기와 발트해를 볼 기회를 준다는 거였어. 또한 그렇게 해서 넙치 모습을 한 새로운 리프 신에게 숭배와 화해의 뜻을 전한다는 거야. (당시에 이미 넙치와 관련하여 누구든지 넙치를 부르면 넙치가 나타나 소원을 들어주고 조언도 해 주는데, 넙치는 특히 어부들을 좋아하며 지극히 영리하다는 전설이 항간에 돌고 있었어.)

버들가지 요새에 사는 아이들은 낡은 그물과 다 썩은 바구니 어살을 들고서 "넙치님, 넙치님!" 하고 소리쳤어. 메스트비나가 죽고 사람들이 우리를 기독교도로 개종시킨 뒤에도 우리는 훌륭한 이교도로 남았어. 부활절에──부활절이면 안 된다는 법 있나?──우리는 라두네강가에 나가 버드나무 가지로 몸에 채찍질을 한 뒤 경건한 마음으로 행진을 하며 물고기들에게 강과 바다를 보여 주었어. 행렬 맨 앞에는 십자가를 든 신부가 섰고 그 뒤로 작은 종을 든 여섯 명의 성가대 소년들이 따랐어. 우리는 호박을 갈아서 주발에 담아 흔들어 향 같은 효과를 냈어. 그러면서 우리는 풍어를 갈구하는 포메라니아인의 기도를 읊었어. 심지어 빵빵한 돼지 방광을 앞에 걸고 행진하는 처녀들도 있었어. 각각 세 개씩 걸고 있었기 때문에 그 모습이 아우아를 연상시켰어. 연도(連禱)만 가톨릭식을 따랐어. 세례도 받지 못한 채 죽은 고기의 눈이 빛을 내고 있었기 때문이야. 하늘을 향해 고정된 눈길. 언제라도 물을 기세인 주둥아리. 가슴지느러미는 활짝 펼치고.

나중에 저녁때 물고기 대가리가 매달린 버드나무 가지들은 어부의 섬으로 가는, 통나무를 깐 길 양편으로 울타리 모양을 이루며 꽂혔어. 버들가지 요새의 아이들은 비명을 지르며 그곳에서 도망쳤어. 어느 사이엔가 갈매기들이 세차게 날아 내려왔기 때문이야. 갈매기들은 둑이 있는 곳까지 끼룩끼룩 울면서 행렬을 따라왔던 거야. 어느 정도 거리를 두고 말야. 이제 갈매기들은 생선 대가리들을 향해 달려들어 가장 먼저 눈깔부터 파먹었어. 버드나무 가지에 매달려 있던 생선 대가리들이 다 없어질 때까지 그놈들은 계속해서 싸움질을 했어.

그리고 언젠가 한번은—지금도 기억이 나.—어느 봄날 작은 고래과에 속하는 쥐돌고래 한 마리가 해안에 밀려온 적이 있었어. 이 쥐돌고래의 대가리 역시 가죽 부대에 넣어 긴 막대에 매달고는 두 젊은이가 행렬 한가운데에 서서 성자 바르바라의 초상 바로 뒤에서 따라갔어.

그 뒤, 그러니까 그로부터 한참 세월이 흐른 뒤 쿨름 법에 의해 구시가지가 건설되고, 뤼벡 법에 의해 정식 시가지가 건설되었어. 그때 나는 칼 만드는 대장장이로 마침내 길드에 가입하는 영광을 누렸어. 버들가지 요새의 아이들은—거기에는 나와 도로테아 사이에서 태어난 딸들도 끼어 있었어.—색종이를 붙여 물고기 모양을 만들고 그 안에 등을 넣어 그걸 긴 장대에 매달고 돌아다녔어. 저녁에 보는 그 모습은 정말 아름다웠어. 물론 그 광경을 보고 있노라면 나는 늘 조금은 슬펐졌어. 그래 정말이야, 일제빌. 그것은 메스트비나가 내 곁에 더 이상 없기 때문이었어.

그리고 버들가지 요새의 아이들이 시끌벅적 떠들어 대며 생선 대가리를 긴 막대기에 매달고 통나무 길을 지나 보헤미아 기독교 선교사들이 머물고 있던 거처까지 와서 그 주위를 뱅뱅 돌자, 나중에 순교자의 서열에까지 오르게 된 아달베르트 주교도 더 이상 참지 못하고 분노를 터뜨리며 라틴어로 욕설을 퍼부었다. 그는 악마의 술책에 성수로 맞섰다. 아무렇지도 않은 대구 대가리가 그의 눈에는 지옥의 악마처럼 험상궂은 표정을 짓는 것으로 보였다. 주교가 보기에 특히 넙치의 사팔뜨기 눈은 비아냥대며 모든 것을 부숴 버리는 사탄의 눈빛을 하고 있었다. 주교는 그 눈빛을 향해 십자가를 높이 들어 올렸다. 그리고 그는 손짓으로 자신의 용병들에게 생선 대가리들을 다시 한번 베도록 명령했다. 생선 대가리들은 순식간에 날아가 버렸다. 그러나 이 일이 메스트비나를 광분케 만들었다. 왜냐하면 버들가지에 매달렸던 물고기 대가리들이 베어지는 순간 여사제인 그녀의 입장에서 볼 때 그 금욕주의자가 생각한 것보다 더 많은 것이 잘려 나갔기 때문이었다. 도대체 그가 아우아에 대해서 알고나 있었던가? 그리고 얼마 전부터 리프라는 이름으로 항간에 떠돌고 있는 남성 신에 대해서 알고나 있었단 말인가?

메스트비나는 알고 있었다. 당혹스러운 모습으로 그녀는 서 있었다. 비록 땅딸막한 체구의 그녀였지만, 그 순간 키가 조금 자란 것 같았다. 그러나 그녀는 아무 말도 하지 않았다. 그녀는 모든 것을 하나도 빼놓지 않고 마음속에 새겼다. 그것이 포메라니아의 방식이었다. 시간이 조금 흐른 뒤 그녀는 발효시킨 말젖을 한 모금 마셨다. 저녁때가 되어서야 비로소 그녀는 겨우 마음을 가라앉힐 수 있었다. 그리고 다른 날과 다름없이 아달베르트가 그녀의 나뭇잎 침상으로 찾아온 순간, 그녀의 분노는 뚜렷한 목표물을 갖게 되었다.

그녀의 움막의 벽들은 버드나무 가지를 얽어맨 뒤 거기에다 밖에서 진흙을 던져 바른 것이었다. 실내는 아늑했다. 아달베르트는 경건한 인사말뿐만 아니라 예의 그 변증법적 모순도 함께 가져왔다. 주교의 육욕이 그의 수도사복을 마치 천막의 기둥처럼 강력하게 불쑥 치솟게 했지만, 메스트비나는 이번에는 그의 욕정을 잠시가 아니라 영원히 잠재워 버렸다. 그는 방사를 할 겨를도 없었다. 메스트비나는 쇠로 만든 국자로 그 보헤미아인의 머리통을 몇 번이나 세차게 내리쳤다. 그녀는 북받치는 분노에 사로잡혀 대구, 철갑상어, 가시고기, 강꼬치고기, 은빛 연어, 붉은 농어, 그리고 무엇보다도 포메라니아 연안 어업의 신인 넙치를 위하여 한껏 복수를 해 주었다.

아달베르트가 낸 유일한 소리는 짧은 신음 소리뿐이었다. 그러나 그의 물건은 조금도 굽히지 않은 채 저 홀로 용감하게 서서 대가리를 숙이려 들지 않았다. 주교는 이미 숨을 거두어 순교자가 되어 있었지만.

나중에 성자로 추대된 프라하의 아달베르트가 메스트비나의 손에 죽은 뒤, 나는 쇠로 만든 그 국자를 땅속 깊이 파묻었어. 혹시 국자가 발견되기라도 한다면 그것은 기독교의 성유물로 격상될 가능성이 있었기 때문이야. 그리고 우리는 시체를 강물에 던져 버렸어. 그런 일이 있은 뒤 얼마 되지 않아 버들가지 요새에 살던 우리들은 모두 (메스트비나도 함께) 폴란드 용병들에게 떼밀려 억지로 라두네강의 얕은 물가까지 가지 않을 수 없었어. 그곳에서 우리는 아달베르트의 후계자가 된 루데비히에 의해 강제로 세례를 받아야 했어. 그런데 이 루데비히 사제는 예술을 이해할 줄 알았기 때문에 나를 몹시 아껴 주었어. 그는 내가 조각한 조그만 성모상들을 좋아했어. 그는 심지어 마리아의 (주름진 옷자락 속에) 셋째 유방이 숨겨져 있는 것도 관대하게 봐주었어. 내가 보리수로 만든 성모 마리아 상에 노란 벌꿀색 호박 눈을 박아 넣어 성모의 눈길을 부리부리하게 만들었을 때에도, 루데비히 사제는 그것을 가톨릭 신앙의 승리라고 해석했어. 메스트비나가 사형 선고를 받았을 때도 내가 아무런 형을 받지 않은 것은 아마도 나의 예술적 재능 때문이었던 것 같아. 예술가는 어떤 종교에서나 환영을 받거든. 일제빌, 당신은 잘 알고 있을 거야. 그 반면에 내겐 순교자가 될 만한 자질이 없다는 걸 말야.

그것은 바로 서기 997년 4월의 일이었다. 그러니까 그때 메스트비나가 술에 취해서 아달베르트를 살해하고, 우리 포메라니아인들이 세례를 받고, 국자를 땅속에 파묻은 것이다. 나중에 온 성 알브레히트가 살던 주거지에서 멀지 않은 곳에다 나는 그 국자를 파묻었다. 정확하게 바로 그 장소에서 1889년 가을, 성 요한 김나지움의 교장직에서 은퇴한 에른스트 파울리히 박사는 그 국자를 발굴해서 단치히 시립 박물관에 기증했다. 안내 표지판에는 '포메라니아 가정에서 사용하던 용품'이라고 쓰여 있었다. 그런데 그 국자는 보헤미아산(産)이었다. 아달베르트 주교가 이교도를 개종시키기 위해 올 때 가져온 것이었다. 그리고 메스트비나는 그녀 자신이 마시려고 발효시켜 놓은 말젖을 풀 때만 그 국자를 사용했다. 음식을 만들 때는 나무 숟가락을 사용했다.

메스트비나가 강제로 세례를 받고 나서 곧 사형 선고를 받아, 폴란드인 형리에 의해 참수형을 당하던 당시 또 무슨 일이 일어났는가에 대해서는 나중에 이야기할 것이다. 누가 그녀를 배신했는가. 칼이 그녀의 목을 베었을 때 어떤 기적과 징조가 일어났는가. 그리고 역사 교과서가 우리에게 얼마나 엉터리 같은 사실을 전해 주었는가 등.

"메스트비나와 함께." 피고 넙치가 여성 재판부를 향해 말했다. "아우아의 통치 시대는 끝났습니다. 그때부터는 오로지 남자들의 일만이 전부가 되었습니다." 그러나 여성 배석판사들은 넙치의 말을 귀담아듣지 않았다. 그들은 당장 그들 간에 해결할 문제가 있었다. 그렇기 때문에 메스트비나 건은 마치 부가적인 일처럼 다루어졌다. 분쟁이 중심적인 사안이 되었다. 여성과 관련된 사안은 이제 다른 의결 사항들 때문에 완전히 뒷전으로 밀려날 위험에 처해 있었다.

그렇지만 어느 날, 장시간의 설왕설래 끝에, 그러니까 서로 갈라선 그룹들 혹은 전략적 필요상 서로 한편이 된 그룹들이 여러 가지 긴급 제안을 한 끝에, 여성 재판부는 마침내 좌석 배치에 합의를 보게 되었어. 그러니까 지금까지 재판을 중단시키거나 휴정시킨 것이 꼭 피고 넙치만은 아니었던 거야. 재판장과 여덟 명의 배석판사, 기소인, 그리고 법정 선임 변호사는 대칭으로 놓인 그들의 이전 좌석 배치를 원했어. 다시 말해 재판장과 배석판사들은 약간 높은 곳에 앉고, 그 앞 낮은 곳의 커다란 물통에 넙치가 담겨 있었어. 넙치의 왼쪽과 오른쪽에는 각각 기소인과 변호사가 앉았어. 그 밖에 여성 재판부의 일원으로 또 다른 그룹이 하나 있었어. 그것은 서른세 명의 여자들로 구성된 자문위원회라는 것이었어. 그들은 예전에 영화관이었던 그 홀의 맨 앞쪽 두 줄에 착석하도록 되어 있었어. 그러나 그들은 내분을 일으켜 두 가지 사항밖에 의결하지 못했어. 그것은 바로 현재 진행 중인 재판을 중단하거나, 아니면 재판을 연기하자는 것이었어. 그 때문에 넵치는 기회가 있을 때마다 그들을 웃음거리로 삼았어. "만약에 엄정하고, 내가 듣기로 최근 들어 혁명적임을 자처하는 고귀하신 재판부의 자문위원회가 반대만 하지 않는다면 나는 피고의 입장에서 이 재판이 계속되기를 바랍니다. 왜냐하면 나는 기원전에 있었던 아우아, 비가, 그리고 메스트비나의 사건들이 모권 사회의 몰락이라는 보다 큰 맥락에서 함께 처리되기를 바라기 때문입니다. 모권 사회의 몰락 역시 다른 면에서 보면 발전이었습니다. 혹은 여러분이 좋아하는 말로 표현하자면 바로 혁명입니다!"

자문위원회는 메스트비나 건에 대한 심리에 들어가고 나서야 자신들이 '혁명적임'을 주장했어. 왜냐하면 프라하의 아달베르트 주교 살해 사건이 오늘날까지도 본보기가 될 만한 것이었기 때문이야. 서른세 명의 자문위원회 구성원들은 서로 간에 경계가 뚜렷하지 않은 집단들을 대표하고 있었어. 그런 까닭에 그들 사이에는 자주 임시 연합 같은 것이 이루어졌어. 네 개의 분파로 나뉜 소수 좌파는 이념상의 대립 관계 따위는 모두 집어던지고 느닷없이 (오로지 넵치가 세 번이나 '진화'라는 용어를 사용한 탓에) 극단적 민주주의 성향의 여성 연맹과 손을 잡아 가까스로 과반수의 찬성표를 받아 '자문위원회'라는 말 앞에 '혁명적인'이라는 수식어를 넣는 일을 가결시켰을 뿐만 아니라 좌석 배치를 새로 하자는 제안을 내기도 했어. 그들은 더 이상 아래쪽, 고개를 바짝 세워야 하는 맨 앞 좌석에 앉아서 자문을 하지 않겠다고 했어. 무대 위로 올라가겠다는 거였어. 재판장을 비롯한 여덟 명의 배석판사 좌우에 앉겠다는 거였어. 그들은 그때마다 표결을 했어. 그러자 이에 대해 넵치가 한마디 했어. "언제나 새로운 표결, 언제나 새로운 좌석 배치. 정말 환상적이군요! 그렇게 해서 여자들은 끊임없이 움직이게 되겠군요."

실제로 그렇게 되었어. 혁명적 자문위원회의 표결에 따라 의자의 수가 좌측이나 우측으로 늘어나거나 줄어들었어. 그리고 여성 재판부의 정식 재판 중에도 새로운 정치적 분쟁들이 꼬리에 꼬리를 물고 일어났기 때문에 방청객들은 아우아, 비가, 메스트비나에 대한 재판보다는 오히려 여성운동 단체들 간의 파벌 싸움에 더 많은 흥미를 보였어. 사실 이번 재판은 나와 관련된 사안이기도 했어. 궁극적으로 1미터가 넘게 땅을 파고 쇠로 만든 국자를 파묻은 장본인은 바로 나였기 때문이야.

넵치가 은근히 화가 났음에도 사람들은 그에게는 전혀 신경을 쓰지 않고 그저 절차상의 문제만을 놓고 열띤 논쟁을 벌였어. 맨 앞 두 줄을 차지하고 있던 혁명적 자문위원회가 자리를 비우고 그 자리를 방청객들에게 개방하자 넵치는 항의하면서 모든 진술을 거부하겠다고 위협했어. 그것은 도저히 참을 수 없다고 넵치는 소리쳤어. 방청객들이 그렇게 가까이 오는 것은 견딜 수 없다는 거였어. 이미 여러 번 위험한 돌발 사고가 일어났다고 했어. 그러면서 그에게도 신변 안전을 요청할 권리가 있다고 했어. 앞의 두 줄은 남녀 전문가들 자리로 남겨두는 게 어떻겠느냐고 제안했어. 출판을 통해 고고학이나 중세 교회법 분야의 전문가임이 증명된 여러 신사들과 숙녀 한 사람이 와 주기를 기대한다고 넙치는 말했어. 그들을 위한 좌석도 마련되어야 한다고 했어. 그 밖에도 넙치는 재판부, 특히 기소인이 자신을 하나의 인격체로 다루고 있는데 그러지 말고 하나의 시설물로서 보호해 달라고 요청했어.

넙치의 요청은 받아들여졌어. 그래서 그때부터 좌석의 맨 앞 첫째 줄과 둘째 줄에는 여러 분야의 전문가들과 시설 보호 담당 여성 둘, 그리고 기소자측 증인들이 앉게 되었어. 거기 증인으로 나온 여자들은 모두 가난하거나, 남편과 헤어졌거나, 직업 활동을 하고 있거나, 부당한 대우를 받은 적이 있거나, 독신이거나, 아이들이 많이 딸려 있거나, 학대를 받았거나 또는 어떤 식으로든 결혼으로 인해 피해를 입은 여자들이었어. 그들은 더듬거리기도 하고, 소곤대기도 하고, 거의 들리지 않는 목소리로 중얼거리기도 하고, 느닷없이 날카로운 소리를 지르기도 하고, 울먹이기도 하고, 또 음험한 웃음을 터뜨리기도 하면서 억압받는 여자들의 비참함을 토로했어. "그렇지만 다섯째 아이가 태어나고부터는……." "내가 라디에이터 쪽으로 머리를 두고 잘 때……." "그는 그만두려 하지 않고……." "심지어 그는 내 어머니까지 협박했어요……." "구호 물자도 더 이상 오지 않았고……." "그때 나는 알약을 먹었어요……." "그러나 그 무엇도 내게 도움을 주지 못했어요……."

검사측 증인들의 입에서 나오는 말은 한결같이 남자들에게 모든 책임이 있다는 것이었어. 그리고 그때마다 나 또한 죄책감 같은 것을 느꼈어. 그렇지만 넙치는 초연한 태도를 보이며 사실에만 집착했어. 그는 모든 사실을 속속들이 다 알고 있었어. 심지어 그는 교회법에도 정통했어. 그 때문에 그는 증인을 내세우는 일도 포기해 버렸어. 그러니까 가장 깊이 연루되어 있고 또 그의 무죄를 증명해 줄 수 있는 나조차도 증인으로 내세우지 않았던 거야. 내 이야기는 다만 지나가는 투로 가끔씩만 언급되었을 뿐이야. 익명의 상태로 심리를 받으면서 나는 단지 방청객에 지나지 않았어. 나는 아무 말도 하지 않고 가만있었어. 지루하기 짝이 없었어. 왜냐하면 또다시 파벌 싸움이 일어나 아우아, 비가, 또는 메스트비나에 대한 재판이 한편으로 밀려났기 때문이야. 그래서 나는 열한 번째 줄 좌석에 앉은 채로 나의 여자들과 비슷한 얼굴을 한 여자들을 찾아보기 시작했어.

배석판사들 중에는 아우아와 닮은 여자가 없었어. 물론 언제나 태연한 자태의 쉰헤르 여사는 빼놓고 말야. 하지만 무뚝뚝한 비가의 모습은 대규모 원예업을 하는 헬가 파숴 여사에게서 찾아볼 수 있었어. 그리고 메스트비나도 배석판사의 모습으로 나와 마주 보는 자리에 앉아 있었어. 그녀는 정말 아름다웠어. 단정하게 빗어 내린 머리칼의 틀 속에 제대로 맞추어진 조그맣고 둥근 머리. 둥근 기둥 같은 목. 정말이야, 일제빌, 거긴 호박 목걸이가 걸려 있었어. 선이 부드럽게 흘러내린 어깨. 그리고 바로 지금의 메스트비나 역시—이 말은 꼭 해야 해.—옛날의 메스트비나처럼 무표정하고 공허한 시선을 하고 있었어. 메스트비나는 발효 말젖을 너무 많이 마시기만 하면 그런 눈빛으로 자신의 속내를 드러내 보이곤 했었어.

루트 지모나이트 양은 분명히 알코올 중독자였어. 그녀는 몇 번이나 메스트비나에 대한 심리를 방해했어. 그녀는 콧노래를 흥얼대기도 했고, 계속해서 머리를 흔들기도 했으며, 가지고 들어온 술병을 이따금 홀짝거리기도 했어. 그리고 끝으로 메스트비나의 참수형 이야기가 나오자 그녀는 엉엉 울어대면서 신경질적으로 머리를 쥐어뜯었어. 그 때문에 쇤헤르 여사는 알코올 중독에다가 극히 예민한 성격의 배석판사 지모나이트를 어머니처럼 타일러 영화관 밖으로 데리고 나가야 했어. (그리고 나중에는 나 역시 그 불쌍한 독신녀에 대해 조금은 걱정을 하게 되었어.) 그녀는 이미 오전에 레미 마틴을 걸친 상태였어. 그녀는 술을 마시면서 아무것도 입에 대지 않았어. 두 개 반짜리 방이 딸린 그녀의 아파트에서는 언제나 레코드가 돌아가고 있었어. 거기선 구슬픈 유행가와 열렬한 헤비메탈 음악이 흘러나왔어. 그러나 그녀는 원래 교사가 되는 것이 꿈이었어.

비록 취하기는 했지만, 여덟 명의 배석판사들 가운데 그래도 나에 대한 질문을 던진 사람은 루트뿐이었어. "그러면 그 쇠국자를 땅속에 파묻은 녀석은 그 뒤 어떻게 되었지요?"

왜냐하면, 일제빌, 솔직히 말해서 그 사건은 언제나 나와 관련되어 있었기 때문이야. 나는 정신이 없었어. 그래서 스스로에게 그것은 사실이 아니라고 우겨 댔어. 나는 그 일을 마음속으로 억누르고 잊어버리려고 애썼어. 마음 같아서는 재판부 앞에서, 쇤헤르 여사 앞에서, 헬가 파쉬 앞에서, 루트 지모나이트 앞에서, 그리고 모든 사람들 앞에서 나의 죄를 고백하고 싶었어. 그래서 나는 죄를 고백했어. 바로 그 고백을 했어. 메스트비나 일도 내가 떠맡았어. 모든 책임은 전적으로 나한테 있어. 그래서 나는 지금도 모든 책임을 떠맡고 있는 거야. 나는 여기 서 있어, 그래 나는 남자로서 여기 서 있는 거야. 좀 상한 모습으로. 그 사이에 역사 앞에 소심하게 되었지만 말야.

내 모습은 어떤가

거울 속 좌우가 바뀐 내 모습, 정말 삐딱하구나.
어느새 눈꺼풀이 내려앉는다.
한쪽 눈은 나른하게 처져 있고, 다른 눈은 교활하게 깨어 있다.
권력과 그것을 휘두르는 자들을 향해
마구 짖어 댄 끝에 얻어 낸
그토록 많은 통찰과 내면성.
(우리는 된다! 될 것이다! 되어야 한다!)

뺨에 숭숭 뚫려 있는 땀구멍들을 보라.
나는 지금도 혹은 또다시 깃털을 불 줄 알며,
공중에 떠 있는 것을 말로 규정할 줄도 안다.
턱은 알고 싶어 한다, 언제 마침내 떨려야 할지를.
이마는 견고하지만, 전체에서 부족한 것은 한 가지 생각.
귀가 가려져 있거나

다른 이미지들에게 넘겨졌을 때,
웃음 부스러기들은 어디에 보금자리를 틀 것인가?

모든 것은 그늘지고 경험으로 얼룩져 있다.
나는 안경을 벗어 한옆에 놓았다.
다만 습관에 의해 내 코는 냄새를 맡는다.
여전히 깃털을 훅훅 부는
내 입술에서
나는 목마름을 읽는다.

점박이 얼룩소 젖통 아래서
젖을 마시는 내 모습이나,
당신을 향해 눕는 내 모습을 본다,
요리사인 당신이 당신의 유방에서
생선찜에 젖을 짜 넣고 난 뒤에.
당신은 내가 멋지다고 생각한다.

오, 일제빌

지금은 당신의 배가 점점 커지고 있어. 물론 눈에 보이는 것은 없지만. 하지만 나의 입술까지도 벌써 예감으로 가득 차 있어. 나는 무언가 느낄 수 있어. 우리는, 그러니까 당신과 나는 계획을 세울 수 있을 거야. 당신의 배와 함께 내 배도 커질 테니까. 두 개의 호리병박처럼 말야. 우리는 셋 이상의 숫자를 위한 미래를 만들어 가는 거야. 이 세상에 소원이 없는 사람이 어디 있어? 당신은 무소음 식기세척기를 갖고 싶지. 좋아. 앞으로 사게 될 거야. 그리고 물론 여행도 하게 될 거야. 물론이지. 관광 안내서에 있는 대로 서인도제도로 가는 거야. 그리고 출산—당신 말로는 6월 말이라고 했지.—직후에 주름이 잘 가는 하늘대는 드레스, 눈에 확 띄는 바지, 섹시한 스웨터를 사 주겠어. 당신이 원하는 것은 무엇이든지 다 얻게 될 거야. 앞으로 설거지 때문에 골치를 썩이는 일은 다시는 없을 거야. 그리고 (공동묘지 옆에 있는) 정원에는 호박 덩굴이 우거진 오두막을 하나 짓겠어. 30년 전쟁이 한창일 때 쾨니히스베르크의 프레겔 섬의 선술집 맞은편에서 세 번의 여름 동안 꽃을 피워 올렸던 것과 같은 호박 덩굴 오두막을 말야. 그 오두막엔 내 친구 지몬 다흐가 앉아 나(오피츠 폰 보버펠트)에게 아름다운 운문으로 편지를 써 보냈어. "이곳에서 나는 조롱박과 참외 곁에서 언제나 살고 싶네. 이곳에서 나는 맑은 공기와 안정을 마시며 나뭇잎 사이로 빠르게 흘러가는 조각 구름들을 보네……."

이러한 호박 덩굴 오두막은 우리와—아들이 태어나게 되면—우리의 아이에게 사색의 공간이자 여행할 필요가 없는 공간이 될 거야. 왜냐하면 호박 덩굴 오두막은 당신과 나를 위해 더없이 훌륭한 공간이 될 테니까. 호박 덩굴은 휘감으며 정말 빨리 자라지. 그리고 나는 부엌칼로—지난날 지몬 다흐가 "나는 내 사랑하는 여인의 이름을 호박에 새겨 넣었네."라고 썼듯이—당신의 동화 같은 이름을 아직은 작지만 머지않아 일제빌 당신과 함께 금방 부풀어 오를 호박에다 새겨 넣을 거야. 우리는 호박 덩굴이 마구 우거진 오두막에 앉아 신문을 통해 제멋대로 돌아가는 잡다한 세상의 모습을 읽게 될 거야. 골란 고원에서, 메콩 삼각주에서, 그리고 희망이 조금 움텄던 칠레에서. 그렇게 호박잎으로 위장하여 성서 속의 인물처럼 안전하게 몸을 숨기고서 나는 다시 오른 구리값과 욤 키푸르 전쟁을 애도하는 글을 쓸 수 있겠지. 틸리 원수가 가톨릭 만행의 모든 기록을 깨는 것을 보고 내 친구 지몬 다흐가 호박 덩굴 오두막에 앉아 엉엉 울며 통곡했을 때처럼 말이야. "오, 마그데부르크여, 내가 지금 입을 다물고 있어야 하는가! 너의 모든 아름다움 중에서 무엇이 남아 있는가?"

사실 말야, 호박 덩굴이 우거진 오두막에서 볼 때 30년 전쟁은 지금까지 한번도 끝나지 않은 거야. 왜냐하면 그러한 호박 덩굴 오두막은 별로 대단한 것은 아니지만 예언자 요나가 직접 경험했듯이 온갖 끔찍스러운 일이 벌어지는 세상의 모습을 한눈에 조망할 수 있는 장소로 더없이 적격이기 때문이야. 이 사랑스러운 눈물의 골짜기를 말이야.

맞아, 일제빌. 우리는 일부러 여행을 떠날 필요는 없어. 우리 이웃에 있는 크뢰거 씨 가게에 가서 호박 씨앗을 사다가 그것을 지시대로 4월 중순에 뿌리기만 하면 돼. 그러면 우리는 온 세상을 이 호박 덩굴 오두막 안으로 옮겨 올 수 있고 세상의 모든 일에 대해 곰곰이 생각해 볼 수 있을 거야. 말랑말랑한 사실들과 돌에 새겨진 꿈들에 대해서 말야.

호박이 쑥쑥 자라남에 따라 과거의 것도 우리에게 그림자를 던지게 될 거야. 그렇게 되면 호박과 더불어 당신의 배가 점점 불러 오는 동안 나는 당신에게 아우아, 비가, 메스트비나에 대한 이야기를 해 줄 수 있을 거야. 그 당시에는 호박 덩굴 같은 것은 아직 없었지만 호박 덩굴 비슷한 것으로 엉킨 정자가 있어 나는 그곳에서 그들과 자주 자리를 함께했어. 아우아와 나는 햇빛을 가리기 위해 지붕처럼 서로 붙들어 맨 커다란 양치식물 아래 함께 있었어. (그때 나는 그녀의 몸에서 옴폭 들어간 백열한 군데를 세고 또 세었어.) 비가와 나는 버드나무 가지를 엮어 만든 지붕 아래 있었어. (그때 나는 그녀에게 내가 잠시 동참했던 민족 대이동 이야기를 끊임없이 해 주어야 했어.) 그리고 내가 메스트비나가 음식을 만드는 작은 뜰을 찾을 때면 그녀와 나는 우리 머리 위에서 어린 잎사귀들이 음탕한 형상으로 마구 뒤엉켜 있는 잠두(蠶豆) 그늘 아래 앉아 있곤 했어. 우리는 발효시킨 말젖을 마시면서 거기에 곁들여 글룸제와 납작빵, 그리고 훈제한 대구 알을 먹었어. 지몬 다흐도 우리가 잠두 그늘 아래서 보낸 것처럼 그의 친구들인 알베르트, 파울요흐, 블룸, 로베르틴과 함께 프레겔 섬의 호박 덩굴 오두막에서 잘 지내며 이렇게 말했어. "하느님이시여. 우리는 얼마나 자주 밤늦게까지 앉아서 훌륭한 술과 음식을 먹고 마시고 노래하며 보냈던가요……." 일제빌, 우리도 그렇게 해. 빌스터마르쉬 치즈를 칼로 베어 먹고, 바싹 마른 회향풀 빵을 팔츠산 붉은 포도주로 적셔 먹도록 해. 밤이 되면 나는 오른손으로는 무성하게 덩굴을 드리운 호박을 잡고 왼손으로는 당신의 육체를 붙잡을 거야. 앞으로 태어날 우리 아이가 만일 사내애라면 나는 이런 노래를 불러 줄 거야. "기도해라, 내 아들아, 기도해라, 내일이면 스웨덴인들이 쳐들어온다." 그리고 내가 엉터리 같은 남자처럼 당신을 버리고 도망치는 일은 다시는 없을 거야. 앞으로는 우리 사이에 불화나 설거지 싸움은 더 이상 없을 것이며, 각목을 따라 우거진 호박 덩굴 실내에는 다정함만이 감돌 거야. 그것이 바로 평화야. 그것은 예언자의 호박만큼이나 깨지기 쉬운 행복이야. 신—이 신은 넙치였을 수도 있었겠지만—이 벌레를 시켜 찔러 보게 했던 그런 호박 말야. 그렇지만 일제빌, 우리의 행복은 여름 내내 계속될 거야. 그리고 그 이듬해 여름에도 말야. 매년 여름마다 계속될 거야. 우리는 이제 곧 걸어다니게 될 우리의 아이와 함께 행복하고 평화롭게 지내게 될 거야. 세상으로부터 멀리 떨어져 과거의 그늘 속에서 말야. 거기서 우리는 온통 잔학함과 복수가 판을 치는 세상의 모습을 바라보게 될 거야. 내 친구 다흐가 마그데부르크를 보았던 것처럼 말야. 고엽제로 나뭇잎이 다 떨어진 메콩 삼각주, 시나이 벌판에 나뒹구는 주인 잃은 군화, 하루가 멀다 하고 일어나는 칠레의 테러 등등. 그렇지만 우리는 감사하는 마음을 갖게 될 거야. 비록 보잘것없지만 호박 덩굴 오두막이 우리를 보호해 주고, 또 당신은 당신의 배를 점점 더 둥글게 장식하고 있는 당신의 아이를 아무 문제 없이 조용히 낳을 수 있기 때문이야.

그러나 당신은 나와 함께 뒤엉키면서 나와 덩굴로 무성하게 뒤덮이고 싶어 하지 않는 것 같아. 그러면 당신은 이렇게 말하지. "개똥 같은 전원 생활 얘기 당장 집어치워요! 그건 바로크식 현실 도피예요. 그건 당신한테나 맞지 않을까요! 당신은 둥지에서 필요할 때마다 알을 꺼내듯 나를 손에 쥐고 싶은 거지요. 그리고 내가 당신의 그 영원한 자기 도취에 매력을 느끼기를 기대하나요?" 당신은 또 이렇게 말하지. "당신과 베개를 함께 쓰는 것이 아무리 즐겁다고 해도, 내가 고작 이런 시골에서 아이들과 함께 살면서 호박 덩굴 오두막의 부엌에서 일이나 하려고 그토록 미친 듯이 공부한 줄 아세요? 그건 결코 아니에요." 당신은 여행을 원해. 서인도제도와 관광 안내도에 나오는 다른 경치 좋은 곳으로 가고 싶어 하지. 런던과 파리에 가면 재미있는 사람들을 만나겠지. 그들은 밀라노와 샌프란시스코에서 만났던 재미있는 사람들 이야기를 들려줄 거야. 그 사람들과 여성해방 문제를 한번 철저히 토론해 보도록 해. "그 밖에도 우리에게는 무소음 식기세척기도 없고 도시에 별장도 갖고 있지 못해요. 호박 덩굴 오두막이요? 이어서 당신은 동화에 나오는 요강 이야기도 끄집어내겠지요. 당신이 그렇게 나오면 나는 차라리 배 속의 아이를 낙태시켜 버리고, 이곳에서 당신과 더 이상 뒤엉키기 전에 런던에 가서 살겠어요. 당신은 정말 남자들이 하는 낡은 수작을 써먹는군요. 황금의 우리 운운하는 수작 같은 것 말이에요. 피곤한가 보군요?"

그래, 일제빌. 조금 피곤하군. 당신과 지금 함께 있는 것이 피곤하군. 그렇지만 당신이 원한다면 전세 비행기를 예약하겠어. 서인도제도로 가는 비행기든 뭐든. 그리고 식기세척기 정도는 전혀 문제도 되지 않아. 런던과 파리에서 재미있는 사람들을 만나는 것도 문제가 되지 않아. 별장 문제도 한번 생각해 보겠어. 당신 말이 맞아. 정말 맞는 말이야. 호박 덩굴 오두막 안에 앉아서 여성해방 문제를 토론할 수는 없거든. 그건 전부 생각이었을 뿐이야. 옛날에 내 친구 지몬 다흐가 그렇게 했던 생각 때문에……. 게다가 일제빌, 당신도 늘 원했었잖아. 지금보다 좀 더 안정된 생활을 말야.

최후를 맞는가

남자들, 그들은 시쳇말로
끝까지 생각한다,
언제나 끝까지 생각해 버리는 이들이다,
그들은 가능한 목표가 아니라,
공동묘지 너머로 쓰레기 없는 사회라는
최종 목표의 말뚝을 박았다.
남자들이 수많은 역사의 실패로부터
배운 결론은 단 한 가지뿐. 그것은 다 타 버린 지상에서
연기로 뒤덮인 최후의 승리를 가져오는 것.
남자들, 그들은 날마다 열리는 회의에서,
아무리 난폭한 것도 기술적으로 조제할 수 있다는 것을 알고부터,
절멸 계획을 의결한다,
냉정하고 남자답게 의결해 온 그들이기에.

전망이 있는 남자들,
그들에겐 의미가 뒤따른다,
허황되기 그지없는 어른들,
지금까지 그들의 발걸음을 그 누구도,
어떤 아내도 저지할 수 없었어,
자신의 생각을 즉시 실행에 옮기는 남자들은
결국—우리는 자문해 본다.—끝장이 났는가?

내가 기억하고 싶지 않은 것

나는 지나칠 정도로 많은 말과 썩어서 악취가 나는 비곗덩어리와 머리 없는 몸통을 기억하고 싶지 않다. 나는 메스트비나를 기억하고 싶지 않다. 은신처로 도피했다가 돌아오던 길과, 내 손아귀와 호주머니 안에 들어 있던 돌을 기억하고 싶지 않다. 파업 기금에 손을 대야 했던 그때, 그 3월 4일의 금요일을 기억하고 싶지 않다. (당신의) 성에와 나의 숨결을 기억하고 싶지 않다. 나는 마구 달리던 내 모습을 기억하고 싶지 않다. 질그릇을 들고 줄곧 역사의 내리막길을 달리던 내 모습을. 최근에 있었던 아버지의 날을 기억하고 싶지 않다. 그날은 그리스도 승천일로 나도 물론 그 행사에 참가했었다. 설거지를 하다가 깨뜨린 접시들과 슬쩍 바꿔치기한 고기와 헬라 섬의 스웨덴인들과 추카우를 비추던 달과 금잔화 뒤에 몸을 숨겼던 녀석과 침묵, 그리고 멍청한 '예' 소리를 기억하고 싶지 않다. 비곗덩어리와 돌멩이, 고기와 손잡이, 그리고 다음과 같이 멍청한 이야기들을 기억하고 싶지 않다…….

선사 시대의 어느 날 넙치는 내게 늘 하던 방식대로 신화 이야기를 들려주고 나서 마침내 나를 계몽시키기 위해 미노스 왕비 이야기를 해 주었다. 그녀는 남편인 미노스 왕이 기르던 흰 수소에게 색정을 느낀 나머지 다이달로스라는 솜씨가 뛰어난 사람에게 소가죽으로 암소 형상의 옷을 만들게 하여 그 옷을 입고서 마치 한 마리 암소처럼 힘차게 황소한테 달려들었다는 것이었다. 그 결과 우리가 이미 잘 알고 있듯이 미노타우로스와 그 밖의 신화들이 생겨났다는 것이다. 이야기를 마치면서 넙치는 다음과 같이 덧붙였다. 그 이야기를 단순히 크레타 섬이라는 특정 지역에 국한된 사건으로 평가해서는 안 되며, 다른 지역에 사는 사람들도 그 이야기에서 교훈과 유익함을 배울 수 있고, 따라서 그것은 대륙 전체와 관련된 사건이다. 그렇게 해서 심한 마음의 상처를 입은 미노스 왕은 결국 제우스 신에 의해 직접 (물론 황소의 모습으로) 처녀 에우로페에게 인도되었다. 그래서 파시파에 왕비의 과실은 크레타 섬의 여자들이 권력을 상실하는 데 큰 역할을 했다. 제우스 신의 원칙, 남자들의 정자, 그리고 순수한 이념이 확고한 위치를 차지하게 되었다. 소의 머리를 한 괴물은 바로 모계 사회의 방탕한 행동을 상징적으로 보여 준다. 그에 대한 증거는 이 발트해의 늪지대에서도 발견할 수 있다. 그것이 반드시 소일 필요는 없으며, 흰 수고라니일 수도 있다. 우연인지는 몰라도, 밤마다 힘센 수컷이 라두네의 소택지에서 울부짖고 다닌다. 그 모양이 마치 덩굴월귤과 버들가지의 새싹 따위에는 질린 듯하다. 그놈은 암컷의 몸에는 올라타고 싶어 하지 않고 마침내 발트해의 신화를 만들어 내려는 것 같다. 유방이 셋 달린 아우아를 자극시키려면, 질그릇을 구울 때처럼 진흙으로 팔뚝만 한 고라니의 생식기를 만들어 굽고, 사람들의 눈에 잘 띄는 곳에 내놓으면 효과가 있을 것이다.

나는 도공으로서 열심히 그 일을 해냈다. 아우아와 그녀의 여자들은 하늘을 향해 불끈 솟은 진흙 생식기를 보고 마냥 즐거워했다. 햇빛이 비치면, 생식기는 그 빛에 따라 그림자의 모양을 바꾸었다. 어느새 새로운 숭배 행위가 놀이 형태로 시작되었다. 여자들은 버들가지로 만든 둥근 고리를 그 목표물을 향해 던지는 놀이를 했다. 얼마 지나지 않아 늪지대에서 자라는 꽃들로 엮은 꽃다발이 그 생식기를 장식했다. 양쪽 다리를 활짝 벌리면서 생식기를 뛰어넘는 것이 여자들의 스포츠가 되었다. (그녀들은 얼마나 상스럽게 괴성을 질러 댔던가. 이미 그때부터 그들이 던지는 농담은 얼마나 음란했던가. 내가 지닌 조그만 재주는 그들에게 얼마나 큰 기쁨을 가져다주었던가.)

그 때문에 넙치는 나를 발트해의 다이달로스라고 불렀다. 나는 넙치가 시키는 대로 암고라니 가죽을 잘라서 아우아의 체격에 맞게 위장용 옷을 만들었다. 그리고 아우아를 위해 약한 불로 새끼 고라니의 지라를 쪘다. 그리하여 넙치가 한 약속대로 라두네강변의 늪 근처에서는 밤마다 하얀 가죽을 걸친 황소가 울부짖었다.

그러나 아우아는 아무 의사가 없었다. 그녀는 신화를 만들고 싶은 생각이 전혀 없었다. 세 개의 유방으로 젖을 주면서 그녀는 스스로 (그리고 우리도) 만족했다. 내가 (넙치의 요구에 못 이겨) 그녀에게 달콤하고 유혹적인 말로 황소 이야기를 늘어놓자 그녀는 신석기 시대풍의 분노를 터뜨렸다. 안 돼! 안 돼! 그녀는 소리를 질러 댔다. 그러면서 그녀는 미래를 알리는 말을 했다. 그것은 진흙으로 빚은 고라니의 생식기는 모조리 파괴하라는 것이었다. (이 때문에 우리가 사는 지역에는 남근 우상이 하나도 전해지지 않은 것이다.) 그리고 그 때문에 나는 길들인 암고라니—그 당시 우리는 이미 가축을 사육하고 있었다.—의 엉덩이에 붙잡혀 매이는 벌을 받았다.

신석기 시대의 어느 날인가 나는 하루 종일 나의 무죄를 증명해 보이려고 무진 애를 썼다. 하지만 아무런 성과도 거두지 못했다. 어떻게 해서 내가 그 기괴한 형상을 만들었는지에 대해서는 나 자신도 기억하지 못하고 있다. 그리고 그 후에 벌어진 치욕스러운 일은 기억하고 싶지 않다. 그렇지만 나는 그 일을 기억해 내야만 한다. 나는 지금 그 이야기를 쓰고 있고, 또 쓰지 않으면 안 되기 때문이다. 아우아와 그녀의 여자들은 해마다 봄날 달이 뜨면 나를 암소 등에 태우고 달리게 해 놓고서 신나는 축제를 벌였다. 아우아와 그녀의 여자들은 (내 재단 솜씨로 만든) 암고라니 가죽옷을 입었다. 우리 에데크들은 수고라니의 손바닥처럼 넓적한 뿔로 된 투구를 써야 했다. 우리는 또한 발정 난 고라니가 지르는 괴성을 질러야 했다. 그러면 여자들은 암고라니의 꼬리를 높이 쳐들고 우리에게 다가왔다. 세상에 이보다 더 짐승 같은 짓은 없을 것이었다.

"정말 역겨운 다산제(多産祭)도 다 있군." 하고 넙치는 꾸짖었다. "그대들은 창피하지도 않은가? 부권 같은 것은 생각해 볼 수도 없는 생식 행위구나. 그렇게 해서는 절대 제우스 신의 의미로 머리를 통한 출생이나 남성적인 신화를 절대 이루지 못할 것이다."

이어서 넙치는 미노스 문화의 세련된 예술에 대해서 열을 내며 이야기했다. 그는 수많은 방이 달린 궁전과 왕의 위엄에 맞게 만들어진 노천 계단, 상수도 시설, 증기 목욕탕 등에 관해 이야기했으며, 이야기의 막간을 이용해서 가끔 젊은 영웅 헤라클레스의 탄생에 대해서도 알려 주었다. 그러면서 그는 또한 최근 일어난 해일로 (아니면 포세이돈의 분노로) 크노소스의 도시가 파괴되었음을 슬퍼했다. "그러나 미노스 왕은 기적처럼 살아남았다!"라고 그는 말했다. 그런 다음 주먹만 한 작은 청동제 입상 이야기로 열을 올렸다. 그것은 이집트와 소아시아 지역까지 판매되었으며 황소의 머리를 한 남자상이라고 했다.

"이것을 나는 업보라고 부르지, 젊은이! 왜냐하면 첫 왕조가 시작되면서 이미 크노소스에서 파시파에 왕비의 어린 자식이 테세우스라는 자에게 살해당했기 때문이야. 그것은 예술가 다이달로스의 도움 없이는 불가능한 일이었지. 나는 얼마 전에도 네게 양털 실뭉치와 그것이 어떠한 비극적 결말을 가져왔는지에 대해 이야기해 준 적이 있지. 그때 그 가련한 소녀의 이름이 뭐라고 했지? 그 아이는 섬에 남아 있었나? 모두 잊어버렸군. 그러나 그 미노스의 청동상과 매력적인 테라코타는 잊지 않았겠지. 모두 같은 모티프들을 다루고 있지. 그것들은 새로운 예술 양식이야. 모범적이라고 할 만하지."

그러면서 넙치는 내게 진흙으로 빚은 새끼손가락 크기의 조그만 조각품을 선물로 주었다. 그것은 넙치가 다른 물건들과 함께 아가미 주머니에 고이 넣어서 바다를 건너 가지고 온 것이었다. 그것은 황소 머리를 한 조그만 남자상이었다. 그것은 점점 늘어나는 내 예술품 소장 품목에 추가되었다. 나는 내 예술품들을 쓰지 않는 다락방에 숨겨 두었다. (그러던 중 내 친구 루트가 그 소장품들을 훔쳐 갔다. 나는 그것들이 어디로 사라졌는지 지금도 알지 못한다.) 넙치는 내게 이와 필적할 만한 신화적 의미를 지닌 작은 조각품을 만들어 보라고 권유했다. 그것은 악의 없는 속임수를 써서, 내가 역사의 면전에서 당했던 수모를 감추어 보라는 뜻이었다.

그래서 나는 넙치가 시키는 대로 했다. 나는 진흙을 개어 손바닥 모양의 뿔이 난 고라니 머리가 달린 손가락 크기의 작은 남자상을 일곱 개 혹은 아홉 개 만들어 몰래 불에 구워서 그것들을 어느 장소에 파묻었다. 그곳은 시틀리츠 교외 근방으로 바로 그곳에서 그것들은 20세기 들어 우연한 탐사 끝에 신석기 시대의 유적으로 발굴되었다. 그러나 그때 유감스럽게도 고고학자들(두 명의 아마추어 고등학교 교사)은 충분한 주의를 기울이지 않았다. 그 때문에 그것들은 뿔이 떨어져 나간 채 발굴되었다. 이미 떨어져 나간 뿔은 모두 땅속에 그대로 묻혀 버려, 예술사적으로 전혀 고려되지 못했다. 그 때문에 그릇된 해석들만 뒤따랐다. 어떤 사람들은 신석기 시대에는 돼지 인간이 살았다는 말까지 했다. 《서프로이센의 민속》 지에는 바이크셀강 어귀의 소택지에서는 놀랍게도 아주 오랜 옛날부터 돼지가 사육되었던 것 같다는 추측 기사가 실리기도 했다. 전문가들은 발트 지방에서는 보기 드문 형상의 그 사금파리들을 놓고 논쟁을 벌였다. 왜냐하면 내가 넙치의 충고를 받아들여 미노스식으로 나의 왼쪽 가운뎃손가락을 틀로 삼아서 그 작은 돼지 인간상들을 만들었기 때문이다.

그렇지만 나의 테라코타들은 후세에 어떤 신화도 전하지 못했다. 그것들로부터는 아무것도 나오지 않았으며, 논쟁거리가 된 각주와 박사 논문 하나가 결과의 전부였다. 1936년에 발표된 그 논문에서는 나의 '돼지 인간'이 원시 슬라브 시대에는 형편없는 열등한 변종 인종이 존재했다는 사실을 보여 주는 증거물이라는 인종학적인 가정이 제시되었다.

여기서 한 가지 덧붙이자면, 아우아는 나중에 (이에 대해서 넙치는 알지 못했다.) 수고라니가 자신의 몸을 덮치도록 내버려 두었다. 달빛이 환한 밤이었다. 내가 만들어 준 위장용 가죽옷도 입지 않은 채였다. 세 개의 유방을 모두 드러낸 채였다. 그녀는 양 무릎을 꿇은 채 마음대로 하라는 식으로 몸을 내맡겼다. 그녀는 달빛에 환하게 빛나는 포동포동한 엉덩이를 돌려 댔다. 수고라니는 어느새 즐기듯 다가왔다. 하얀 털로 덮인 수놈이었다. 그놈은 거칠게 달려들지 않았다. 오히려 머쓱한 듯 슬쩍 한번 올라타는 것 같았다. 그놈의 뿔은 달빛을 받아 번쩍거렸다. 양쪽 앞발은 그녀의 어깨 위에 올려놓았다. 먼저 그놈은 그녀의 목을 잘근잘근 씹었다. 이윽고 모든 것이 척척 맞아 들어갔다. 불가능한 것이라고는 아무것도 없었다. 모든 일은 자연스럽게 이루어졌으며, 오래 걸리지 않고 끝이 났다. 나는 버드나무 사이에 몸을 숨기고 그 광경을 지켜보았다. 아우아가 부르짖는 소리도 들렸다. 일찍이 아우아에게서 한번도 들어 보지 못한 교성이었다. 나는 그 모습을 마음속에 새겨 두고 싶었다. 그녀의 유방 세 개가 덩굴월귤 덤불 속에서 흔들거리는 모습을 말이다. 그러나 나는 그 모습을 잊고 말았다. 그것은 다른 기억의 잡동사니들 (다른 여러 가지 사건들) 속으로 휩쓸려 들어가 버렸다. 그리고 나는 기억하고 싶지도 않았다. 왜냐하면 보통과 똑같은 잉태 기간이 지난 뒤 태어난 것은 손바닥 모양의 뿔이 달린 신이 아니라 계집아이였는데, 그 아이는 아우아를 닮긴 했으나 그 아이의 몸에는 암고라니처럼 네 개의 젖꼭지가 생길 징후가 보였고, 그렇기 때문에 태어나자마자 돌도끼로 살해되고 말았기 때문이다.

"이건 안 돼!" 아우아는 그렇게 소리치며 도끼를 휘둘렀다. "이건 너무 지나친 거야. 우리는 너무 과도한 것은 원치 않아. 셋이면 충분해. 나중에 이 계집아이가 무슨 일을 저지를지 어떻게 알겠어. 제발, 자연에 거스르는 일은 없었으면 좋겠어. 공연히 사람들 입에 좋지 않게 오르내리고 싶지 않아."

그러고 나서 그녀는 우리에게 하얀 가죽의 수고라니도 사냥해서 창으로 찔러 잡으라고 명령했다. 그렇게 해서 우리는 아무렇지도 않은 듯이 수고라니의 싱싱한 살코기를 바싹 구워 으깬 덩굴월귤과 함께 먹었다. 그때 나는 마침내 개명되어

'아버지'에 해당하는 말을 찾기 시작했다.

그때는, 넙치의 연대 계산법에 따른다면, 아르고 탐험선이 항구를 출발한 직후였으며, 일곱 용사들이 테베를 향해 출정하기 이 년 전이었다. 그렇지만 우리가 사는 지역에서는 여전히 여자들이 권력을 잡고 있었다. 아우아나 비가, 혹은 후대의 메스트비나, 모두들 전설적인 원정과 항해를 하지 못하도록 막았다. 그들은 권력을 나타내는 별다른 상징 없이도 살아남았다. 우리가 역사 또는 사건을 만들려고 할 때마다, 그들은 그들이 갖고 있는 모성으로 우리의 의도를 꺾어 놓았다. 그들의 분노가 지나간 다음에는 정적이 감돌았다. 그들은 우리에게 발걸음 소리도 내지 못하게 했다. 환하게 웃는 불의가 승리했다. 모든 것은 권력을 잡은 자의 변덕에 달려 있었다. 우리 남성들은 여인들의 부드러운 관용의 노예가 되어 꼼짝 못하도록 길이 들어 있었다. (도주하는 도중에 나는 전화로 아내에게 화해를 구한다. "좋아요." 일제빌이 말한다. "이제 됐어요. 집으로 돌아오고 싶은 거죠. 얌전하게만 행동한다면, 당신은 아버지가 될 수도 있어요. 지나간 일은 모두 잊어버리도록 해요. 오늘 밤 편히 쉬세요. 그러고 나서 우리 다시 만나도록 해요.")

가뭄이나 서리로 인한 농작물 피해, 장마, 가축의 전염병, 비축해 둔 것이 괭이밥밖에 없고 그것마저도 항상 모자라 굶주림에 허덕이던 시절 등등, 나는 이런 것들에 대해 어떻게 손을 쓸 도리가 없다. 그렇기 때문에 나는, 내가 어떻게 숯 굽는 일을 개발했으며, 발트식 벽돌을 고안해 냈는가에 대해서 이야기하면서 사람들의 관심을 다른 곳으로 돌리고 싶다. 내가 오랫동안 입 밖에 내지 못한 것을 넙치는 한마디로 이렇게 말했다. "너는 해야만 한다."고. 내가 기억하고 싶지 않은 일이 있다. 그것은 내가 고트족과 함께 강을 따라 남쪽으로 떠나면서 우리 부족이 다른 부족과 관계하는 것을 막던 비가를 그녀의 항아리와 함께 그곳에 홀로 남겨 두었던 일이다.

나의 최초의 도주. (오늘날까지도 변함없는 남자들의 도주벽. 담배 한두 대 피우기 위해 급히 길모퉁이를 돌아갔다가 다시는 돌아오지 않는 것, 영원히 사라져 버리는 것.) 우리는 5월에 출발했다. 세상의 다른 곳에서 사용하는 달력으로는 그때가 서기 211년이었다. 세상 모든 것이 다 변하고 있었다. 게르만 민족들은 마음의 안정을 찾지 못했다. 최초의 민족 대이동이 일어나는 순간이었다. 마르코마네인, 헤룰러인, 그리고 태생적으로 먼 곳을 동경하는 방랑벽을 타고난 우리의 고트인들이 지금까지 살던 곳을 버리고 새로운 땅으로 밀고 들어가 그들의 역사를 이룩했다. 나 역시 계속해서 비가의 숯쟁이 노릇만 하는데 싫증이 나 있었다. 게다가 최근 들어서 나는 들일과 순무 재배를 하도록 강요받은 상태였다. 붉은 머리카락의 호전적인 자들처럼—넙치는 내게 그들의 신 보탄을 남몰래 숭배하라고 가르쳐 주었다.—나도 남자들만의 모임에 함께 앉아 있고 싶었다. 동의할 때는 방패를 두드리고, 반대할 때는 창을 내려놓으면서. 나는 당당한 남자가 되고 싶었다. 질문을 받는 남자, 권력과 발언권을 가진 남자, 대를 이을 많은 후손을 가진 남자, 일상적인 유용성을 벗어던지고, 먼 곳을 갈망하는 남자가 되고 싶었다. 나는 떠나고 싶었다. 비좁은 공간을 벗어나 떠나고 싶었다. 나의 꿈은 위험한 삶을 사는 것이었다. 나 스스로를 위험 속에 빠뜨리며 나 자신을 발견하고 증명하고 자기 실현을 하고 싶었다. 마침내 탯줄을 끊어 버리고, 명예와 승리와 몰락이 무엇인지 알고 싶었다.

"떠날 테면 떠나." 비가가 말했다. 앉아 있을 때에도 건장한 모습의 그녀는 버드나무 가지를 엮어 만든 정자 아래에 앉아 청어 알과 청어 젓에 귀리 가루를 버무려 작은 경단을 만든 다음 그것을 생선 수프에 집어넣고 부글부글 끓이고 있었다. "어서 떠나라니까!" 숯쟁이로서나 그 밖의 다른 역할을 하는 남자로서나 나를 바꾸는 것쯤 그녀에게는 별로 대수롭지 않은 일이었다. 그녀는 널빤지처럼 단단하면서 네모난 자신의 허벅지 위에서 경단을 말았다. 두 개를 동시에 말았다. 하나는 시계 방향으로, 그리고 다른 하나는 시계 반대 방향으로 돌리면서. 일제빌이 "당신 하고 싶은 대로 해요."라고 말할 수 있듯이, 비가 역시 전혀 주저함 없이 '어서 떠나!'라고 말했다.

그러나 나는 멀리 가지 못했다. 고작 사흘 동안 강을 거슬러 올라갔을 뿐이다. 나는 그때 이미 발에 물집이 생겼다. 그 지점은 훗날, 아주 뒷날 바이크셀강을 가로지른 철교 때문에 전략적으로 중요성을 얻게 된 디르샤우라는 작은 도시가 생겨난 곳이었다. 게다가 무뚝뚝한 고트족들이 나를 불안하게 만들기 시작했다. 나는 고향 쪽으로 남몰래 그리움의 눈길을 던지며, 내게 어서 떠나라고 충고했던 넙치에게 저주를 퍼부었다. (설상가상으로 내 친구 루트거마저 나를 마치 마부 다루듯 했다. 그는 말 위에서 내려다보면서 나에게 치사하게 굴었다.)

나는 강가에 앉아 강물에 발을 식히면서 하염없이 눈물을 흘렸다. 머리를 가려 줄 지붕도 없이 떠도는 내 신세가 서글펐다. 나는 그 호전적인 인간들에게는 아무런 가치도 없는 존재에 불과했다. 우리 포메라니아인들은 그들만의 사안을 다루는 부족 회합에 참여할 수 없었다. 나는 그들의 말의 갈기를 빗질하고, 그들의 단검을 재로 문질러 광을 내고, 여인들의 헝클어진 머리카락을 빗겨 주었으며, 그들이 술주정을 할 때도 참고 견뎌야 했다. 그리고 그들은 바싹 말린 광대버섯을 말젖에 담가 눅눅하게 하여 씹고 나서는 언제나 사람을 잡아먹을 듯이 포악해져 우리가 그들의 적이라도 되는 양 우리를 마구 두들겨 팼다. 언젠가 나는 참나무 아래서 그들이 은밀히 상의하는 소리를 엿듣게 되었다. 그들은 언제, 어떻게 나를 비롯하여 나와 함께 도망쳐 온 다른 포메라니아인들을 그들의 대장간 신 토르에게 제물로 바칠 것인가에 대해 논의하고 있었다. 그것도 창에 꿰어서 말이다.

뒷날 강의 동쪽 언덕에 그라우덴츠(요새)가 위치하게 될 지점에서 말에 밟히고, 단검에 엄지손가락을 베이고, 고트족 여인들한테서 '포메라니아의 시궁쥐'라는 모욕을 받고, 늘 술에 취해 있거나 광대버섯을 먹고 몽롱한 상태에 있던 고트족 사내—그놈은 이가 다 빠졌기 때문에 나는 그를 위해 훈제한 고기를 먼저 씹어서 입에 넣어 주어야 했다.—한테 환한 대낮에 꽃피는 금잔화 덤불 속에서 비역질을 당한 후 (비역질을 하면서 그놈은 수퇘지 송곳니로 만든 투구를 벗으려 하지 않았다.) 나는 그곳에서 도망쳐 돌아왔다. 나는 다리를 절뚝거리며 엉엉 울었다. 그때 내 귀에는 나와 강과 부엉이가 계속해서 '비가'만을 외치는 소리가 들려왔다. '비가!'라는 외침 소리는 갈수록 더 절박해졌다.

간단히 말해서 나는 역사를 감당할 만큼 강하지 못하다는 것이 금방 증명된 것이다. 그들이 로마를 산산조각 내도 나는 거들떠보지 않았다. 내게는 그저 청어 알과 청어 젖으로 만든 비가의 경단이 소중할 뿐이었다. 나는 그녀의 숯쟁이가 되어 불을 지펴 주고 엉금엉금 기어다니는 그녀의 아이들이나 돌보고 싶었다. 그녀의 아이들 중에 몇몇은 틀림없이 내 아이들이었다. 넙치가 나를 졸장부라고 불러도 좋았다. 나는 입술에 용서의 말을 담아 가지고 돌아왔다. 다시는 그런 짓을 하지 않을 것이며, 그 일이 내게는 좋은 교훈이었다고. 가슴 깊이 뉘우치며, 어떤 벌도 달게 받겠다고. 개과천선하여 이제는 그저 가사일에나 전념하면서 살겠다고…….

그러나 비가는 나를 꾸짖지 않았다. 나는 그녀가 차라리 나를 꾸짖고 내 손에 괭이를 들려 순무밭으로 내쫓아 주기를 바랐다. 그녀의 복수는 단시간에 폭발하지 않고 장기적으로 계속되었다. 비록 내가 그녀 앞에서 솔직하게 자책하는 말을 하면 그때마다 그녀는—언젠가 일제빌이 전화에 대고 했던 것처럼—"그 일은 다 잊기로 해. 다 묻어 두자고." 하고 말은 했지만.

왜냐하면 씨족들이 다 모인 곳에서—그 당시 우리는 아직 부족을 형성하지 못하고 있었다.―나는 내 죄를 자백해야만 했기 때문이다. 나는 용서받을 수 없을 정도로 포메라니아의 숯 굽는 일에 싫증을 느꼈다고. 나는 고트족들 앞에서 우리 포메라니아인들의 정착 생활을 조소하면서 배반의 기쁨을 맛보았다고. 나는 물물 거래에서 포메라니아의 목탄을 너무 싼 값에 고트족의 무기 제조공에게 건네주었다고. 친구의 유혹에 넘어가 이미 금지되어 완전히 뿌리가 뽑힌 꿈의 약초 대신 광대버섯을 몰래 씹는 악습에 빠졌다고. 그리고 내 친구 루트거에게 포메라니아의 비법(글룸제 제조법)을 누설했다고.

그러고 나서 나는 방랑벽이라는 경박한 감정을 단념하겠다고 사람들 앞에서 선언해야 했다. 그런 다음 승리 아니면 파멸을 감수하는 행위, 다시 말해서 역사를 만들려는 생각을 하지 않겠다고 여성들로 이루어진 씨족 회의 앞에서 맹세해야 했다. 그런 다음 내가 뻐기면서 부권이라고 일컬었던 용어의 사용을 포기해야 했다. 그런 다음 나는 민족 대이동 초기에 내 발에 생긴 물집은 모두 몇 개였는지, 고트족 여인들의 머리카락은 왜 항상 헝클어져 있었는지, 누구를 위해 나와 다른 포메라니아인들은 제물로서 창에 꿰일 뻔했는지, 어떻게 하다가 젊은 루트거의 암말한테 왼발 무릎을 채여 고통을 받게 되었는지 보고해야 했다. 그리고 오른손 엄지손가락에 입은 상처도 둘러앉은 모두에게 돌아가며 보여 주어야 했다. (나는 강요에 못 이겨 버섯의 독인 무스카린을 먹는 일을 그만두면서, 우리 씨족들 사이에서도 광대버섯을 씹는 일이 일상화되게 하였다.)

다만 나는 잇몸으로 우물우물 씹던 그 고트족 사내가 금잔화 덤불에 몸을 숨기고 수퇘지 이빨로 만든 투구도 벗지 않은 채 내 항문에 대고 비역질을 해 댔던 일만큼은 말하지 않고 머릿속에서 지워 버렸으며 아예 잊어버렸다. 아, 그 치욕. 내 이야기의 공백 부분. 내 이야기 중에 생긴 텅 빈 진술의 물집. 정말 기억하고 싶지 않다. 내 몸을 더듬고, 잘근잘근 씹고, 핥고, 냄새나는 뚱뚱한 비곗덩어리를 내 몸에 비벼 대고, 마침내 늙어 빠진 그의 곤봉을 내가 펄쩍 뛸 정도로 그렇게 깊숙이…….

그러나 비가는 알고 있었다. 내가 그녀한테서 도망쳐 나왔을 때, 그녀는 발이 빠른 두 처녀를 시켜 우리를 뒤쫓게 했던 것이다. 그래서 내가 절뚝거리면서 돌아왔을 때 그 여자들은 모든 이야기를 하나도 빼놓지 않고 비가에게 일러바쳤던 것이다. 아마 그 때문에 나중에 내가 그녀와 잠자리를 함께하면서 팔과 다리뿐만 아니라 온몸을 합치고 있을 때면 그녀가 가끔 내게 이렇게 물어본 것 같다. "어때? 이게 더 좋지 않아? 이렇게 하는 게 훨씬 좋지 않아?"

이제 조금 있으면 일제빌은 임신 2개월이 된다. 그녀에게는 힘겨운 시간만이 다가오고 있다. 나는 (그녀의 숯쟁이로서) 그녀 곁을 지키고 있거나 혹은 시간의 계단을 내리 달려 몇 세기 전으로 도망친다. 그러면 이윽고 넙치가 나타나 나를 붙들고 이렇게 말하는 것 같다. "그 일에서 자네가 할 수 있는 일은 아무것도 없어, 젊은이. 그게 바로 여자의 천성이야. 여자는 남자보다 강하고 늘 옳아. 자네는 아버지라는 신분에 얽매여 있어. 여자들은 바로 그 점을 이용하고 있지. 자네의 일제빌 역시 그걸 잘 알고 있어."

이 말에 이어 넙치는 내게 종이를 더 많이 구입하라고 충고한다. 글로 기록된 것은 모두 다 정상적으로 읽히며, 문서화한 것만이 자연에 맞설 수 있다고 넙치는 말한다. 대부분의 경우 성문법(成文法)이 승리를 거두며, 사람들이—치욕스러움 때문에—결코 다시는 기억하고 싶어 하지 않는 것들은 문서상으로 기록된 다음에야 비로소 진정으로 잊힌 것으로 간주될 수 있다고 넙치는 말한다. 그러고 나서 넙치는 자신의 말이 늘 인용되기를 바라면서 다음과 같이 결론짓는다. "남자들은 글로 기록된 말을 통해서만 살아남는다!"

좋다. 인정한다. 메스트비나여, 나는 나의 메스트비나를 배반했다. 그러나 그 사건은 이렇게 짤막한 문장으로는 설명할 수 없는 상당히 모호한 성격을 띠고 있었다. 나는 그녀의(그리고 그 부족의) 우두머리 양치기로서, 동시에 이교도들을 개종시키러 온 아달베르트 주교였기 때문이다. 따라서 나는 그녀의 부엌에 음식 재료를 공급하면서도 다른 한편 금욕 수행자의 입장에서 그녀의 잡탕찌개를 경멸했다. 보헤미아인 수행원들의 창고에서 쇠국자를 훔쳐 낸 것도 나였고, 메스트비나에게 그 쇠국자로 얻어맞아 살해된 것도, 나중에 성자로 추대된 것도 나였다. 내 기억이 틀림없다면, 나는 정말 겁쟁이였다. 왜냐하면 메스트비나가 자신을 위해서 꼭 해 달라고 몇 번이나 부탁했지만, 끝내 그 성가신 선교사의 목을 칼로 베어 버리지 못했기 때문이다. 하지만 주교로서 나는 남에게 실컷 얻어맞고 싶은 열망을 갖고 있었으므로 아무런 저항도 하지 않고 그냥 죽임을 당했다. 왜냐하면 소년 합창대 시절부터 나는 나중에 순교하여 성자로 추대되는 것이 나의 소망이라고 고해성사 때마다 고백해 왔기 때문이다.

양치기와 주교. 처음으로 나는 이중인격자의 모습으로 살았다. 나는 분열되어 있었다. 그러면서도 한편으로는 완전한 이교도 양치기였고, 다른 한편으로는 완전한 기독교 광신자였다. 그러나 인생은 아우아의 보호를 받을 때나 비가의 그늘에서 살던 때처럼 그렇게 분명하지 않았다. 다시는 그렇게 되지 않았다. 다만 어떤 모호성도 인정하지 않는 도로테아와 농업노동자 요리사인 아만다 보이케와의 관계에서만은 나는 평생 동안 전혀 분열되지 않은, 완벽하게 나 자신과 하나가 된 모습을 보여 줄 수 있었다. 빌리와 살았던 시간은 계산에 넣지 않았기 때문이다. 그리고 마리아의 눈에 비친 나는 정말 하찮은 존재였다.

지금의 내 일제빌이라면 어쩌면 나를 한 지점에 고정시켜 나의 모호성을 치유해 줄 수 있을지도 모른다. 그녀는 이렇게 말한다. "따질 건 따져야 해요. 아이는 자기 아버지가 누구인지 마땅히 알아야 해요. 여기서 허구가 다 무슨 소용이에요. 핑계 따위는 집어치우세요, 제발!"

아무튼 주교로서의 나는 이미 죽어 있었다. 그때 나는 양떼 냄새를 풍기며 보헤미아인의 텐트 본부에 들어가 메스트비나를 배반하고 그들에게 그녀의 비밀을 누설했다.

도대체 왜 그랬던가? 모든 것은 아주 철저히 은폐되어 있었다. 메스트비나가 그녀의 움막 안 나뭇잎 침상에서 끽 소리도 나지 않게 조용히 주교를 때려죽인 뒤, 그녀와 나는 나중에 성자로 추앙된 아달베르트라는 이름의 사내(그러니까 나!)의 빳빳하게 굳은 시체를 물살이 거센 라두네강 속에 던져 버렸다. 그곳으로부터 훨씬 아래쪽, 그러니까 비스툴레강이 두 갈래로 갈라지는 곳의 백사장에서 그 주교의 시체는 퉁퉁 부어오른 모습으로 떠올랐다. 그곳은 적대적인 이웃 프로이센인들이 자주 약탈을 일삼던 곳이었다. 그의 시체는 그 지역을 벌써 닷새 동안이나 샅샅이 뒤진 폴란드 용병들에 의해 발견되었다. 그땐 내가 이미 용의주도하게 그 국자를 땅속에 묻어 버린 뒤였다. 누가 봐도 아달베르트 주교를 죽인 것은 이교도인 프로이센인들이었다. 그 사건을 폴란드 왕에게 보고하기 위해 파발꾼은 이미 쉬지 않고 달려가고 있었다. 보고문에는 서기 997년 4월 12일이라는 날짜가 기록되었다. 이 모든 사건은 역사에 기록을 남겼다. 그렇게 해서 또 하나의 성자가 탄생한 것이다.

그때 나는 바보처럼 그곳에 가서 사건의 진상을 무조건 증언해야 했다. 넙치는 내게 더 이상 거짓말을 하지 말라고 충고했다. "젊은이, 이번엔 가서 모든 것을 사실대로 털어놓아야 해. 자네가 아무리 메스트비나를 사랑하고 있더라도, 자네는 그녀를 희생시켜야만 해. 생전 처음으로 너희 게으르고 무지하며 지금까지 한번도 행동으로 자신의 존재를 증명해 보여 주지 못했던 포메라니아인들이 직접 행동을 보여 준 거야. 정치적인 살인을 통해 너희들은 역사 속으로 발을 들여놓았고, 고전적인 방식으로 새로운 기원을 세운 거야.—주교는 공교롭게도 그리스도 수난 금요일에 살해되었다.—그런데 너희들은 벌써 몸부림치면서 석기 시대의 무지한 상태로 돌아가려 하고 있어. 너희들은 야만적인 약탈을 일삼는 프로이센족에게 명성이 돌아가는 것을 그냥 수수방관만 하고 있어. 너희들은 비겁하게도 사내답게 고백하지 못하고 있어. 그들에게 가서 큰 소리로 이렇게 외쳐라. 그렇다! 그대들 기독교의 기사들이여. 그 사건의 장본인은 우리 부족원들 중의 하나였다. 그래 우리의 여왕 메스트비나였다. 주교는 그녀를 원했고, 그녀에게 정욕을 품었다. 그녀가 그를 살해한 것은 우리 종족에게 우리가 맡은 역사적 역할을 일깨워 주기 위한 것이었다. 너희들은 아달베르트를 성자로 떠받들려면 떠받들어라. 하지만 메스트비나의 종족인 우리들은 사내답게 조금도 굽실거리지 않고 떳떳이 서 있을 것이다. 우리는 십자가를 원하지 않는다. 우리의 여신은 아우아이다. 그녀는 데메테르, 프리가, 키벨레, 제멜레 등과 친밀한 관계를 맺고 있다. 그들은 하나같이 모두 위대한 인물들이다. 그들 하나하나는 모두 그대들의 그 작고 귀여운 성모가 나타나기 이미 오래전부터 위세를 떨쳤다. 한마디로 말해서 우리는 이미 오래전부터 종교를 갖고 있었다!"

나는 넙치가 충고한 대로 의연한 자세로, 그러나 자극적인 말은 빼고서 보헤미아의 사제들과 폴란드 기사들에게 이야기했다. 이 역사적인 자백을 위해 내가 메스트비나에게 허락을 받았는지 받지 않았는지는 기억나지 않는다. 어쩌면 그녀는 너그럽게 내 뜻에 동의해 주었을 것 같기도 하다. 그렇지만 사실은 그녀가 나를 멍청한 녀석이라고 비웃고, 내가 말대꾸라도 하면 마구 두들겨 패고, 내가 끼칠 수 있는 해를 막기 위해 감시자를 붙여 먼 해안가에 가서 호박이나 줍도록 내쫓았을 가능성이 훨씬 크다.

나는 남몰래 보헤미아의 기사들을 찾아갔다. 그들은 미동도 하지 않은 채 내 말을 경청했다. 그러나 그들은 십자가를 진 예수에 대한 메스트비나의 신성모독적인 언행이라든가, 나의 자백 중에서도 그녀를 예전과 다름없이 아우아에게 제사 지내는 여사제로 밝힌 대목만을 기록했다. 거기에다 그녀의 음주벽도 덧붙여졌다. 거기에다 광대버섯을 익히지 않고 말려서 그냥 씹는 그녀의 버릇도 덧붙여졌다. 결국 그녀가 아달베르트를 죽인 것이다. 술에 취했거나 아니면 무스카린 중독에 의한 환각 상태에서.

다음 날 루데비히 사제의 주재 아래 열린 보헤미아의 기사 재판에서 메스트비나는 참수형을 선고받았다. 그들은 강제로 우리에게 즉시 세례받을 것을 명령했다. 그러나 그들은 (나의 자백에도 전혀 동요하지 않고) 아달베르트가 이교도인 프로이센인들의 손에 피살되었다고 주장했다. 주교가 한 여인에게 피살되었다면, 그를 성인 명부에 올리는 일이 어려워지거나, 어쩌면 전혀 불가능할지도 모를 일이었다. 만약에 그랬다면 그것은 교황이 정한 성렬가입(聖列加入) 칙서에 위배될 것이기 때문이다. 그에 따르면 어느 누구도 여자의 도움으로 순교자가 될 수는 없었다. 주교의 보헤미아인 시종들은 주교가 일주일에도 몇 번씩 메스트비나에 대한 육욕을 억제하려고 무진 애를 썼다는 사실을 알고 있었다. 폴란드의 기사들은 그 경건한 보헤미아인이 이교도를 개종시키기 위해 행한 절묘한 기술에 대해 수군대며 농담을 나누었다. 교황이 정한 성자 추대 서류에 아달베르트가 나뭇잎 침대 위에서 맛본 쾌락 같은 것에 대한 암시가 조금만 있었더라도, 지금 당장 성자의 수가 하나는 줄어들었을 것이다.

여성 재판부 앞에서 행한 증언에서 넙치는 신(新)스콜라파의 학자 같은 웅변으로 자신의 잘못된 충고를 변명했다. "엄정하신 여성 배석판사 여러분, 사실 그것은 헤겔의 변증법적 의미로 이해할 수 있습니다. 나 역시 당시에 여자에게는 법적으로 순교자를 만들 권리가 없었다는 사실을 심히 유감스럽게 여기고 있습니다. 나는 스스로에게 이렇게 말했습니다. 주관적인 관점에서 본다면 메스트비나라는 여인이 쇠로 만든 국자로 아달베르트 주교의 두개골을 두들겨 팬 것일지 모르지만, 그러나 객관적인 관점에서 본다면, 다시 말해 역사의 배석판사 앞에서 평가한다면, 주교를 죽인 것은 남자들, 즉 이교도인 프로이센인들입니다. 따라서 모든 역사 자료에서 교회사를 이룩한 공적이 프로이센인들에게 돌아가는 것은 얼핏 볼 때만 사실과 모순될 뿐이며 사실 논리적으로는 정당한 것입니다."

그 사건은 톨크밋 근처에서 일어난 것으로 이야기되고 있다. 그 증거로 나무로 만든 노가 제시되었다. 나중에 그것은 성유물로 지정되었다. 웃음이 나와서 못 참겠군.

이제 어떻게 해야 하나요, 넙치님? 이제 모든 것이 종이 위에 쓰여졌어요. 발정 난 가짜 수고라니와 진짜 수고라니들의 울부짖음 소리, 수퇘지 어금니 투구를 쓴 사내가 금잔화 덤불 속에서 내게 했던 짓, 기독교 기사들 앞에서 노래 부르던 내 모습 등등. 이렇게 해서 이제 나의 혐의가 풀렸나요? 나의 죄가 조금이라도 가벼워졌나요? 그리고 나의 다른 치욕들은 어떻게 되었나요? 열십자로 묶인 짐이 이제 풀어지길 바라고 있어요. 우리가 강제로 세례를 받고 기독교도가 된 뒤로 오직 우리들의 원죄만이 커졌기 때문이죠. 그래서 나는 일제빌에게 이렇게 말했지요. "지금의 당신처럼 전성기 고딕 시절에 편두통을 앓았던 도로테아와 함께 나는 자주 완두콩 위에 무릎을 꿇고서 참회를 했었어."

저기 그녀가 온다. 옷에는 피가 묻어 있다. 기억하고 싶지 않은 모습이다. 그러나 나는 기억해야 한다.

둘째 달

우리는 어떻게 도시 사람이 되었나

메스트비나가 술에 취한 상태에서도 한 치의 오차 없이 정확하게 아달베르트 주교를 살해했을 무렵, 바이크셀강 어귀의 늪지대에는 원래부터 강 왼쪽 편에 정착해 살고 있던 우리 포메라니아인과 강 동쪽에 정착해 있던 프로이센인 외에는 그곳을 떠돌던 유랑 민족들 중 일부만이 남아 있었다. 그들은 우리 포메라니아인과 상당히 피를 많이 섞은 게피덴계 고트족과, 프랑크족의 끈질긴 개종 압력을 피해 그곳으로 도주해 온 작센족이었다. 남쪽에서는 슬라브계 폴란드인들이 그곳으로 스며들어 왔다. 그리고 북쪽에서는 스칸디나비아의 슬라브계 노르만인들이 쳐들어와 기분 내키는 대로 우리의 재물을 약탈해 갔다. 이들은 프로이센인들의 침입을 저지하기 위해 도처에 성채를 쌓았으나 프로이센인들이 강 서쪽의 저지대에 정착하는 것을 막을 수는 없었다. 그들의 우두머리는 야겔이라는 자였다. 이 이름은 리투아니아어에 등장하는 야겔로의 고형(古形)이다. 바로 그 때문에 나중에 도시가 건설되었을 때 도시가 위치한 언덕에 하겔스베르크라는 명칭이 붙게 되었다.

이미 메스트비나 시대에 슬라브계 노르만인 몇 명이 포메라니아족 어부로 변장하고서 야겔의 약탈자의 성으로 침투하여 그를 살해했다. 그러나 폴란드의 볼레슬라프 크로브리 공작이 프로이센인들을 바이크셀강 오른편으로 다시 쫓아내고 나서야 비로소 그 지역의 통치권은 노르만족에서 폴란드인으로 대체되었다. 폴란드인 대공에 의해 선교사로 임명된 아달베르트를 메스트비나가 살해한 순간부터 우리는 모두 폴란드의 신민이 되었으며 줄곧 그 상태로 머물렀다.

볼레슬라프 공작은 기적을 행하는 주교의 시신을 그네젠으로 운반했다. 그곳에서 그의 시신은 오늘날까지도 사람들의 경배를 받고 있다. 우리가 살고 있던 고장은 대주교 관할구로 승격되었으며, 바닷가에 살고 있던 우리의 모양새를 따서 포메렐렌(고대 폴란드어로는 포마르차니)이라고 불려지게 되었다. 신앙심이 깊은 볼레슬라프 공작은 우리 포메라니아인을 친근하게 '카슈비아인'이라고 불렀다. 우리는 독자적으로 총독들을 임명할 수 있었다. 이들은 비록 여지없이 메스트비나의 품으로 되돌아가기는 했지만 다른 종족들의 예를 보고서 남성적인 통치 방식을 빠른 속도로 익혔다. 이제 메스트비나의 딸들과 또 그 딸들의 딸들은 다른 사람들의 눈에 띄지 않게 남몰래 모권 상속을 계속할 따름이었다.

우리들이 임명한 총독 중에서 처음으로 세상에 이름을 알린 인물은 잠보르였다. 그는 올리바 수도원을 세웠으며 그 수도원에 관세 면제와 십일조를 걷을 특권을 부여했다. 그의 아들 주비슬라프는 몸이 허약하여 이른 나이에 세상을 떴다. 그러자 그의 삼촌인 메스트빈 1세가 포메라니아의 카슈비아 제후가 되었다. 그는 재임 기간 동안 자신의 딸 담로카를 수도원장으로 임명한 다음 그녀의 감독하에 추카우 수도원을 건립하게 하였다. 그로부터 불과 육백 년 후 아만다 보이케는 바로 그곳에서 프로이센 왕국 국유지의 농업 노동자들을 위해 음식을 만들어 주었다. 바로 그 시절 덴마크인들이 포메렐렌을 침략하여 십년 동안 자신들의 점령하에 두었다. 그러던 중 메스트빈의 아들 스반토폴크가 덴마크인들을 내쫓고 스스로를 포메렐렌 대공으로 칭하였다. 폴란드의 레스코 대공에겐 그것이 몹시 못마땅했다. 그 때문에 두 대공은 그네젠 근교에서 사내답게 일대일 사투를 벌였다. 결국 그 싸움에서 포메렐렌 대공이 승리를 거두고 레스코 대공은 목숨을 잃었다. 그러나 완전히 독립을 쟁취한 카슈비아 대공은 아직도 이교도 상태를 유지하면서 바이크셀강을 전혀 경계선으로 여기지 않는 프로이센인과 아무런 득도 없는 싸움을 벌였다. 결과적으로 그는 폴란드인들과 똑같은 실수를 저지른 것이었다. 그 역시 십자군 원정이 끝난 뒤 할 일이 없어진 독일 기사단을 팔레스타인으로부터 카슈비아 땅으로 불러들였다. 그들은 그곳에 도착하여 프로이센의 잔재를 무자비하게 일소해 버렸다. 마침내 그들은 스반토폴크의 군대마저도 여러 차례 격퇴시켰으며 스반토폴크의 장남인 메스트빈 2세를 포로로 붙잡았다. 포로 상태에서 풀려난 메스트빈 2세는 브란덴부르크의 대공들과 동맹을 맺고서 자신과 공동 통치를 하던 동생에게 대항하였다. 그러나 일단 들어온 브란덴부르크인들이 그곳에 정착해 버리자 그는 그들을 단치히 시에서 몰아내기 위해 폴란드의 도움을 받아야 했다. 단치히는 위대한 스반토폴크에 의해 1236년 단치크 시라는 이름으로 포메렐렌의 성채 옆에 건설된 도시로서 뤼벡 법을 받아들인 도시이다.

나의 기오테샨츠, 기다니, 그단칙, 단칙, 단취히, 단치히, 그단스크……. 너는 애당초부터 분쟁의 근원이었다. 포메라니아의 어부요 바구니 만드는 사람들인 우리는 성채의 보호를 받으며 그 유서 깊은 버들가지 요새에 살면서 변함없이 생선에 보리를 곁들여 먹거나 보리죽에 생선을 곁들여 먹었다. 반면에 요르단 호벨레, 요한 라페질버, 힌리히 파페, 루트비히 스크뢰버, 쿤라트 슬리히팅 등의 이름을 가진, 주로 저지 작센 출신의 새 이주민들은 도시의 성벽 밖에서 수공업과 장사로 먹고살면서 흰 완두콩에 돼지고기 소시지를 곁들여 먹었다.

포메렐렌의 마지막 대공들—메스트비나에게는 자식이 없었다.—과 폴란드의 프르체미슬라프 대공은 브란덴부르크의 변경 방백들 및 독일 기사단을 상대로 싸움을 벌였다. 그것은 역사의 명령에 따른 것이었다. 거기에 덧붙여 폴란드의 보구사 총독은 카슈비아의 스벤차들과 오랫동안 싸웠다. 그러던 중 1308년 11월 14일 탐욕스러운 독일 기사단은 도시를 손에 넣고 성을 점령한 후 성을 거점으로 삼아 도시를 통치하기 시작했다. 물론 폴란드의 볼레슬라프는 포메렐렌의 상실을 애통해하며 로마 교황과 황제에게까지 도움을 청해 보았으나 결국 1343년에 체결된 칼리쉬 강화 조약에 따라 포메렐렌을 포기할 수밖에 없었다.

그 당시, 뒷날 내 아내가 된 도로테아는 세 살이었으며, 나중에 그녀의 남편이 된 나는 알브레히트라는 이름을 가진 결혼 적령기의 성인이었다. 그러나 나는 여전히 나의 포메라니아인 어머니인 담로카의 치마폭을 벗어나지 못하고 있었다. 나의 어머니는 도시로 시집을 갔다. 칼 대장장이였던 나의 아버지 쿤라트 슬리히팅은 나에게도 칼 대장장이 일을 시켰다. 아버지가 볼 때 그것은 장래성 있는 직업이었다. 왜냐하면 도시가 빠른 속도로 커짐에 따라 도시를 방어하려면 두 손으로 잡을 수 있는 편리한 칼이 필요했기 때문이다.

최후까지 목숨을 건 독일군의 사수 명령과 영국군의 융단 폭격, 그리고 로코소프스키 원수 휘하의 소련군이 마치 상호 협력하기로 작정이라도 한 것 같았다. 그들은 일주일 동안 계속된 대화재를 일으켜 수백 년 동안 끈질기게 살아남아 화려한 전면의 배후에 켜켜이 쌓여 있기도 하고 초라한 모습으로 서 있기도 한 일반 백성들의 땀의 산물들을 모조리 불태워 버렸으며, 단치히 시 전체를, 크고 작은 교회의 또다시 불타 버린 벽돌담까지 포함하여 도드라진 구시가, 교황 직속 시가, 저지대 시가, 신시가, 교외 시가를 다시는 복구할 수 없을 정도로 완전히 평평하게 만들어 버렸다. 문서 보관실의 기록 사진을 보면 당시의 파괴상을 한눈에 볼 수 있다. 항공 사진을 통해서 우리는 중세 초기에 그 도시가 확장되어 간 여러 단계를 확인할 수 있다. 다만 레게 성문 근처와 성 요하니스 교회 주변, 어시장과 '굽이치는 시냇물 거리' 사이, 성 카타리네 교회 옆과 그 밖의 몇 군데만은 마치 우연처럼 몇몇 잔해들이 부서진 모습으로 그런대로 남아 있었다. 그러나 교황 직속 도시의 시청 기념 전시회에 전시된 최근 사진에는 벽돌들이 깨끗이 치워져 있고 프라우엔 가에 있던 허섭스레기들도 없어졌으며 브로트벵켄 가에는 부서진 건물의 전면에 버팀목이 대어져 있고 동강 난 시청 탑 주위에는 비계(飛階)가 설치되어 있다.

대화재가 발생한 지 삼십 년이 지난 어느 날, 북독일 라디오 텔레비전 방송의 제3 텔레비전 프로그램에 출연한 한 젊은이는 마이크에 대고 그 당시에 시내의 80퍼센트가 파괴되었다고 진술했다. 지금은 코믹츠 씨가 사적(史蹟) 관리 책임자로서 유서 깊은 단치히를 재건하는 임무를 맡고 있다. 단치히는 이제 폴란드의 그단스크라고 불린다.

그날 아침 나는 국내선 프로펠러 비행기를 타고 베를린 쇠네펠트 공항을 출발하여 새로 건설된 비행장에 착륙했다. 바로 그곳은 삼 년 전까지만 해도 나의 큰어머니가 제법 많은 양의 감자를 수확하던 카슈비아의 감자밭이었다. 여행 가방 속에는 아직 다 쓰지 못한 원고들과 전성기 고딕 시대에 사순절 요리사였던 몬타우의 도로테아와 보낸 나의 전생에 대한, 아직 자료를 충분히 보충하지 못한 주장들, 식모 아그네스 쿠르비엘라가 바로크풍의 우의(寓意)를 빌려 고수머리로 등장하는 구인광고 문안, 넵치 쪽에서 제기한 이의들, 그리고 아내 일제빌의 소망 등이 들어 있었다. 그 밖에도 나는 설문지 한 장을 몸에 지니고 있었다. 왜냐하면 나는 텔레비전 카메라를 따돌리고서, 지금도 여전히 레닌 조선소의 구내식당 요리사로 일하고 있는 마리아를 만날 생각을 하고 있었기 때문이다.
"잘 들어 봐, 마리아. 1970년 12월엔 상황이 어땠어? 당신 남편 얀도 참가했었어? 삼만 명의 노동자들이 당사 앞에서 당에 대해 항의하면서 사회주의 혁명가를 부를 때 말야. 경찰이 노동자들을 향해 발포했을 때 당신 남편 얀은 정확히 어디 있었지? 그리고 그는 어디에 총을 맞았지?"

촬영이 시작되자, 모든 것은 두 개의 차원에서 현재가 되었다. 역사적인 인용들——이를테면 1813년에 슈파이헤르 섬에서 발생한 대화재 같은 것——도 언제든지 휴지통에 던져 버릴 수 있는 종잇조각에 불과했다. 우리는 세 대의 조명등과 음향 시설과 카메라를 새롭게 복구된 교황청 직속 도시의 시청 유물 보관실에 설치했다. 관련된 역사적 사실들을 이미 다 숙지하고 있었음에도 불구하고 시의 사적 관리 책임자는 장식 판자를 댄 벽면과 죄악의 구렁텅이를 그린 네덜란드의 유화들 사이에 서서 새삼스럽게 당혹스러워하는 모습을 보였다. 그의 뒤편에는 시 지정 화가인 안톤 묄러가 그린 「헌금」이라는 그림이 윗부분이 둥글게 마무리된 틀에 걸려 있었다. 예수와 신약에 등장하는 그의 제자들이 틀에 박힌 분주한 몸짓을 하고 있는 모습을 그린 그림이다. 실제로 그들은 커다란 르네상스식 그뤼넨 토어 성문(고트어로는 코겐 성문)에 의해 모틀라우 강둑과 랑겐 마르크트 시장이 갈라지는 지점에 서 있다. 시장은 시청 쪽으로 가면서 점차 폭이 좁아지며 약간 구불구불한 랑가세 거리를 거쳐 호엔 토어 성문까지 이어져 있다. 묄러는 1602년에 「최후의 심판」을 완성하고 나서 곧 도회지 풍경을 배경으로 하여 이 우의적인 그림을 그렸다. 그해 역시 지난해와 마찬가지로 페스트가 극성을 부렸다. (그러나 그의 그림에는 창문 밖으로 내다 널은 수의(壽衣)가 보이지 않는다. 배경에 생기를 주는 짐을 잔뜩 실은 수레도 그려져 있지 않다. 마스크를 한 의사가 딸랑이를 흔들며 진료를 도는 모습도 없다. 그 어디에도 짚을 태우는 장면은 찾아볼 수 없다. 경고의 노란 깃발도 그렇게 눈에 띄게 보이지 않는다.)

사적 관리 책임자는 그런 일에는 이미 이력이 나 있는 듯 카메라 렌즈를 똑바로 응시했다. 그는 손을 잠시도 가만히 주머니에 찌르고 있지를 못했다. 그는 아주 가끔씩 제스처를 써가며 묄러의 그림을 하나의 기록이라고 설명했다. 파괴된 단치히 시의 중심부를 재건하는 데 중요한 기록화라는 것이다. 이런 면에서 그의 그림은 바르샤바의 구시가를 재건하는 데 많은 도움을 준 카날레토의 그림들과 견줄 만하다는 것이었다. 그는 그 그림을 통해서 알 수 있는 사실에 대해 놀랍다는 말로 표현했다. 즉 17세기 초엽까지도 랑겐 마르크트 시장 부근의 거의 모든 귀족 저택들은 고딕식으로 담장을 두르고 지붕을 박공 형식으로 하였으며, 예외적으로 시청의 맞은편에 있는 아서 궁과 폭이 넓은 시민 주택은 르네상스 양식을 택했다는 것이다.

사적 관리 책임자가 얼굴에 미소를 머금고서 왜 비용이 덜 드는 초기 고딕 양식 대신 비용을 무시하고 바로크 양식으로 건물을 지었는지에 대해서 한참 설명하던 중에 우리가 설치해 놓은 세 개의 조명등이 꺼져 버렸다. (묄러의 그림을 토대로 하여) 다시 지은 시청의 전기 퓨즈가 과부하로 인해 나가 버린 것이다. 전기 기술자를 불렀지만 아무도 오지 않았다. 그 대신 아무 예고도 없이 영국 여왕의 부군인 필립 공이 수행원들보다 먼저 역사 박물관에 모습을 나타냈다. 그는 조정 경기나 경마 때문에 초포트의 그랜드 호텔에 비공식적으로 체류하고 있는 것 같았다. 여행 일정 때문에 지친 표정이 역력한 필립 공은 카메라를 보자 움찔하고 뒤로 물러섰다. 그가 필립 공이라는 것을 분명히 알고 있었음에도 우리의 음향 기술자—그의 이름은 클라우스였다.—는 그를 향해 "어이, 클라우스! 빨리 해, 빨리. 클라우스!" 하고 소리치면서 눈이 빠지도록 기다리던 전기 기술자가 오기라도 한 것처럼 필립 공에게 일을 시키려 했다. 이 같은 실수가 일화가 되어 역사에 기록되기 전에 필립 공은 수행원들과 함께 그곳을 떠났다.

그 뒤 나는 모노폴 카페에서 다음과 같이 적었다. "만약에 코페르니쿠스나 눈처럼 흰 머리카락의 늙은 쇼펜하우어가 역사의 계단 위로 나타났다가 다른 사람으로 오인을 받았다면 어땠을까? 역사적 등장의 임의성이여. 보라, 표트르 대제와 나폴레옹, 그리고 히틀러는 이곳에 들른 적이 있다. 14세기 말엽에, 그러니까 셰익스피어의 작중 인물로 등장하기 훨씬 이

전에 영국의 헨리 더비 왕자는 수행원들을 데리고 이곳에 들른 적이 있다. 기독교도들이 겨울에 심심풀이로 하는 이교도인 리투아니아인 사냥에 참가하기 위해서였다. 그는 도로테아의 남편인 칼 대장장이 알브레히트 슬리히팅에게 금박을 입힌 석궁을 하나 주문했다. 그러나 그는 그 뒤로 영영 물건값을 치르지 않았다. 커다란 결과를 낳은 이야기들. 세상 곳곳에 널려 있는 지불되지 않은 계산서들."

진짜 전기공이 올 때까지 기다리는 시간 동안—그리고 텔레비전용 영화 촬영 과정에는 중간에 많은 인터벌이 있기 때문에—나는 슬그머니 역사의 계단을 거슬러 내려갈 수 있었다. (그동안 나는 우리와 한통속인 폴란드 《인터프레스》 지 기자와 공존에 대해서 생각나는 대로 지껄였다.) 마침내 나는 17세기의 40년대까지 거슬러 올라가 시의 지정 화가 묄러의 식모가 임신한 몸으로 랑겐 마르크트 시장을 가로질러 나를 향해 다가오는 모습을 보았다.

아그네스 쿠르비엘라는 닭죽을 끓이기 위해 털이 그대로 붙어 있는 닭 한 마리를 샀다. 우리가 텔레비전 다큐멘터리를 촬영한 것은 관광 붐이 절정을 이루는 화창한 날씨의 8월 하순이었지만 내 이야기의 장면은 계속해서 겨울이다. 1636년 정월에 아그네스는 만삭의 몸이었다. 그때 블라디슬라브 4세는 그뤼넨 토어 성문 안쪽에 거처를 정하고 그 시의 역사의 토대를 세웠다. 그곳에서 왕은 슐레지엔의 외교관이자 시인인 마르틴 오피츠 폰 보버펠트와 환담을 나누고 있다. 왕은 오피츠를 자신의 비서 겸 궁정 사관으로 고용할 생각을 갖고 있다. 그 자리에는 시튼이라는 이름의 스코틀랜드 출신 폴란드 해군 제독도 있었고, 빳빳한 칼라 위로 통통한 얼굴을 드러내고 있는 그 지방의 귀족들도 와 있었다. 이제 스웨덴과의 휴전이 연장되었기 때문에, 왕은 오피츠에게 입항세에 대한 새로운 협정을 위임할 생각이다. 바로 얼마 전 시인 오피츠는 왕을 평화의 군주로 칭송하는 몇 편의 약강격의 시를 지어 바쳤고, 그 때문에 그가 왕의 호의를 얻고 있다는 것은 명백하다. 귀족들은 최근에 슐레지엔에서 추방되어 온 오피츠에게 이곳에서는 안전하게 살 수 있을 거라고 자신있게 말한다. 공식적인 회담의 막간 휴식 시간에 문학에 조예가 깊은 가톨릭 신자인 시튼 제독은 반은 재미로, 반은 걱정 투로 신교도인 오피츠에게 그와 마찬가지로 슐레지엔에서 망명해 왔으며 루터파의 신앙을 믿는, 자기 아들들의 젊은 가정교사가 폭음을 즐기는 시민들과 축제에서 어울리다 그만 병이 나서 자리에 눕고 말았다고 이야기한다. 사실 그 도시의 시민들로서는 옥센스티르나의 대표단과 휴전 협정을 연장한 일을 술로 자축하지 않을 수 없었지만, 아직 소년티를 벗지 못한 그 젊은이로서는 그 같은 폭주는 견디기 힘든 일이었을 것이며, 그래서 그 젊은이는 지금 모든 것이 허무하고 덧없다는 내용의 쓰디쓴 소네트들을 쓰고 있다는 것이다. 그 젊은이가 쓴 즉흥시에 대해 아마도 오피츠는 흥미를 느낄 것 같은데, 그것은 특히 그 젊은 그리피우스가 라틴어가 아닌 투박한 독일어로 시를 쓰고 있기 때문이라고 말한다.

그러나 오랜 전쟁에 지칠 대로 지친 오피츠는 정신이 너무 멍한 상태여서 당장 그 젊은이가 지은 소네트의 사본을 보고 싶다는 말을 하지 못한다. 그는 그뤼넨 토어 성문의 큰 유리창을 통해서 랑겐 마르크트 시장의 겨울 풍경을 내다본다. (시 지정 화가 묄러 역시 그의 그림 「헌금」을 그릴 때 바로 그와 같은 각도에서 바깥 풍경을 내다보았다.) 시장을 가로질러 만삭의 가정부 아그네스 쿠르비엘라가 털이 그대로 달려 있는 닭 한 마리를 들고 여전히 터벅터벅 걸어가고 있다. 그녀는 이제 막 시청 옆을 지나가고 있다. 바로 그 시청 건물에서 그로부터 3세기가 지난 지금 우리는 전기 기술자를 기다리고 있다. 이제 그녀는 보이틀러 가세 거리로 접어들고 있다. 그녀는 계란을 물에 삶은 다음 파슬리 소스를 쳐서 오트밀을 곁들인 닭 가슴살 요리를 만들 생각이다. 이제 곧 아그네스는 오피츠를 위해 소화가 잘 되는 가벼운 음식을 만들게 될 것이다. 그해 여름, 그러니까 건강을 회복한 그리피우스가 떠나기 직전의 시점에 외교관 오피츠는 목사 카나시우스의 집에 거처를 정한다. 그때까지 그는 스웨덴을 위해서도 일하고 폴란드를 위해서도 일한다. 이른바 이중 첩자 노릇을 한 것이다.

마침내 전기 기술자가 도착했다. 보조 연결선을 연결시키자 세 개의 조명등에 다시 환하게 불이 들어오면서 시의 사적 관리 책임자의 얼굴과 안톤 묄러의 그림인 「헌금」의 랑겐 마르크트 시장 풍경을 비추었다. 그때 나는 종교적으로 다양했던 17세기를 떠나 14세기 초엽으로 거슬러 올라갔다. 정확히 말해서 1308년 5월 17일이다. 널리 종족을 퍼뜨린 스벤차 가문 출신인 열여섯 명의 포메라니아인 기사들이 처형당하는 광경을 지켜보기 위해서였다. 내가 그것에 관심을 갖게 된 이유 중의 하나는 독일 기사들이 단치히의 역사를 위한 최초의 기여로서 열여섯 명의 스벤차 가문 사람들의 목만을 베었던 것인지, 아니면 그 도시에 살고 있던 만 명의 포메라니아인을 대량 학살했던 것인지 그 사실 여부가 아직도 확실히 밝혀지지 않고 있기 때문이었다. 이들 포메라니아인들은 모두 성 카타리나 교회와 옛 포메렐렌 성 사이에 살고 있었다. 이 옛 성은 그 뒤 독일 기사들의 성이 되었다. 구시가지의 포르메니아인들 거주 지역은 아직도 버들가지 요새로 불리고 있었다. 왜냐하면 열여섯 명의 귀족들, 아니면 만 명의 포메라니아인이 처형되었을 당시에도, 독일 기사들이 포르메니아인들의 정착지 남쪽에 쿨름 법에 따라 새로운 도시를 만들기로 결정했음에도 불구하고, 아직까지 교황청 직속 도시는 존재하지 않았기 때문이었다.

어쨌든 열여섯 명 이상의 포메렐렌 카슈비아의 대공들과 만 명 정도의 카슈비아 포메라니아의 버들가지 요새 주민들이 처형되거나 학살당했다. 물론 역사는 1296년 2월 6일에 폴란드 왕 프르체미슬라프가 로가젠에서 암살되었다고 정확하게 기록하고 있으나, 이보다 큰 희생자의 수는 대략적인 추측에 기대고 있을 뿐이다. 이것은 마치 지금도 내가 현지에 살고 있는 폴란드 주민들에게 (텔레비전 영화를 찍으면서) 지나가는 말로 아무리 물어보아도, 1970년 12월 중순 폴란드 인민

공화국 경찰과 군대에 파업 노동자들을 향해 발사하라는 명령이 내려졌을 당시 그단스크의 레닌 조선소 노동자들과 인접한 그디니아의 조선소 및 항구 노동자들이 얼마나 많이 피살되었는지 알 수 없는 것과 마찬가지 사정이다. 어쨌든 발사를 한 것도 사실이고 총에 맞은 사람이 있는 것도 분명했다. 마리아는 얀을 잃었다. 얀은 총 맞을 때 메가폰으로 공산당 선언의 한 부분을 인용하며 소리치고 있었다. 공산주의 국가에서, 그것도 당사 앞에 모여 막 인터내셔널을 노래하며 프롤레타리아의 데모를 벌이고 있는 삼만 명의 노동자들에게 국가 권력이 총을 발사한다면, 이 무슨 이데올로기적인 모순이며 (마르크스 엥겔스적 의미에서) 변증법적으로 얼마나 우스꽝스러운 일인가?

그단스크에서는 전부터 조선소 입구로 쓰였던 야콥 성벽가의 조선소 문 앞에서 다섯 혹은 일곱 명이 피살되었다는 소문이 퍼졌으며, 그디니아에서는 삼십 내지 사십 명 정도가 죽은 것은 확실했으나 정확한 숫자는 비밀에 부쳐지고 있었다. 이 사건에 대한 상세한 보도는 없었다. 다만 이 사건은 통칭 '12월 사건'으로 불리면서 유감이라는 말만 덧붙여졌다. 그리고 독일 기사단 역시 발빠르게 그들의 의사 일정을 진행시켰다. 여러 가지 여건과 정치 현실이 그들에게 유리하게 작용하고 있었다. 즉 포메렐렌의 단치히는 폴란드 왕 로키테크에 대항하여 스벤차 가문 사람들뿐만 아니라 브란덴부르크인들과 동맹을 맺었고, 폴란드 왕을 받드는 성주 보구사는 왕에게 충성하고 있던 도미니크회 수도사들의 충고를 받아들여 독일 기사단의 지역 사령관인 플로츠케에게 도움을 청했던 것이다. 독일 기사단은 일부 병력을 파견했고, 이들은 포위된 요새를 돌파하여 안으로 진입했다. 독일 기사단은 브란덴부르크인들에게 물러나도록 강요하였으며 보구사와 함께 폴란드인들을 성에서 내쫓고 포메렐렌 스벤차 가문 사람들을 사로잡았다. 그리고 이 스벤차들을 참수형에 처하고 헤아릴 수 없이 많은 사람들을 학살한 뒤 이어서 그곳 주민들에게 그 도시의 수많은 누벽과 장벽 그리고 그 밖의 모든 요새를 헐어 버리라고 명령했다. 심지어 아무런 방어 능력도 없는 토담집과 몇 채의 목조 가옥마저 헐어 버리도록 하였다. 살아남은 사람들은 곳곳으로 뿔뿔이 흩어졌고, 그나마도 몇 년 뒤 유럽을 휩쓴 기근으로 인해 그 수가 더욱 줄어들게 되었다. 그리고 1320년에 시작하여 새로운 교황 직속 도시의 첫 도로들이—나중에 훈데가세 거리로 불리게 된 브라우어가세 거리, 랑가세 거리, 브로트벵켄 거리, 하일리게가이스트 거리 등—오른편으로 모틀라우강까지 뻗게 되었을 때, 남아 있던 구도시 거주자들은 불과 몇몇만이 그곳에 정착했을 뿐이고, 그곳에 정착한 대부분의 주민은 기근으로 인해 피난 나온 저지 작센의 새로운 이주자들이었다. 그리고 이와 함께 새로운 교황 직속 도시 외곽에 위치한 버들가지 요새도 예전에 포메라니아인들이 살던 곳의 폐허 위에 새롭게 재건되었다.

그때까지는 열여섯 명의 스벤차 가문 사람들과 학살당한 만 명의 포르메니아 사람들에 대해서 큰 소리로 떠든 사람은 아무도 없었다. 그 이유는 교황청의 조사위원회가 독일 기사단의 대리인이 작성한 보고서를 최종적인 진실로 봉인해 버렸기 때문이다. 결국 이 일에 관련된 모든 사람들은 가톨릭교도들이었던 것이다. 그리고 그단스크와 그디니아, 엘블락, 즈체친 등지에서 벌어졌던 조선소 노동자들과 부두 노동자들의 파업과 봉기, 이에 따라 경찰과 인민군 부대에 내려진 발사 명령 같은 것도 마찬가지로 공산주의라는 신앙의 비호를 받고 있었다. 어쨌든 사적 관리 책임자는 1970년 12월의 사건에 대해서 철저히 침묵을 지켰다. 더군다나 파업에 참여한 어떤 조선소 노동자도 (독일 기사단의 건설 계획에 따른) 교황 직속 도시의 재건을 방해하는 일이 없었기 때문에 더욱 그러했다.

우리의 조명등이 다시 작동하기 시작하자, 사적 관리 책임자는 단추 마이크에 대고 다음과 같이 말했다. 구시가지에는 지금까지 교회들만 재건되었으며, 가장 최근 재건된 것으로는 성 브리기테 교회가 있다. 그러나 교황 직속 도시인 그단스크는 모든 주요 도로들의 모양새를 그대로 살리면서 1343년부터 쌓기 시작한 성벽 안쪽에 자리 잡은 하나의 완결된 단위로 새롭게 건설되었다. 즉, 북쪽으로는 옛 시가의 제방과 경계를 이루고 있고, 남쪽으로는 도시 외곽 제방과 접해 있으며, 동쪽으로는 쿠토어 성문에서 해커토어 성문에 이르기까지 모틀라우강을 끼고 있고, 서쪽으로는 랑가세 토어 성문의 좌우로 재건된 성벽이 시의 경계를 이루고 있다.

북독일 라디오 방송의 연출자가 텔레비전 방송 용어로 말했다. "묄러의 그림 앞 대사는 여기서 자르고, 내일 아침 9시

정각에는 카타리나 교회의 뾰족탑에 대한 내레이션을 하고, 이어서 성 요하니스, 헤커가세 거리, 빌르니우스 출신 예술가들, 그리고 기타 등등의 순서로 방송이 진행되겠습니다……."

나는 촬영할 만한 장소를 더 물색해 보았으나 1353년에 지어진 창검 제조업자 알브레히트 슬리히팅의 벽돌집이 구시가지의 대장간 거리에 있었는지, 아니면 교황 직속 도시의 닻 제조업자 거리에 있었는지 확실하게 기억해 낼 수가 없었다. 이후기 고딕식 건물이 건축되기 시작할 무렵—아무래도 그것은 구시가지에 있었던 것 같다.—저지 작센 지방에서 최근에 이주해 온 소작농 빌헬름 스바르체의 딸 몬타우의 도로테아는 겨우 여섯 살이었다. (보다시피, 일제빌, 나는 장소보다는 계단의 생김새, 부엌에서 흘러나오는 요리 냄새, 창문 밖에 걸려 있는 수의, 개인적인 좌절 같은 것들을 더 잘 기억해.) 그야 어찌 되었든 간에, 선(腺)페스트가 처음으로 우리의 모든 거리를 휩쓸고 난 다음에, 그러니까 다른 모든 물가가 치솟았는데도 집 지을 땅값은 많이 떨어지고 있던 시점에, 칼 제조업자였던 나는 내가 살 집을 짓기 시작했다. 우리는 구시가지에 머물고 있었지만, 정통한 교황 직속 시가지를 재건설하는 일에만 몰두하고 있던 상냥한 사적 관리 책임자는 구시가지에 있던 내 집을 찾는 일을 도와줄 수 없었다.

나는 (기근의 해가 지난 뒤) 제방을 새로 쌓은 노가트강과 바이크셀강 사이의 지역을 지나 마리엔부르크로 가는 도중 몬타우에 자주 들렀다. 검 제조공이었던 아버지 쿤라트 슬리히팅은 죽기를 거부하고 큰아들인 나를 다른 사람들과 사귀지 못하도록 속박했는데, 그가 그 당시 재건된 포메렐렌 성에 주둔해 있던 단치히의 독일 기사단 본부에만 제품을 공급했던 것은 아니었다. 그뿐 아니라 노가트강의 동쪽 제방을 따라 점점 더 멀리 붉은 벽돌 건물들의 수를 늘려 가고 있던 독일 기사단 본부로부터도 구시가지에 있는 대장장이와 검 제조공들에게 우선적으로 주문이 왔다. 그리고 주문량도 상당히 많았다. 그것은 해마다 겨울에 거행된 잠란트 반도와 리투아니아의 얼어붙은 늪지대에 대한 원정으로 언제나 커다란 손실이 발생했기 때문이었다.

악명 높은 양손잡이 칼의 요란하게 장식된 칼자루와 보석을 박은 칼집과 은으로 도금한 검대를 가지고 나는 저지대에 새로 생긴 마을인 몬타우를 지나 여행했다. 그곳에서 나는 소작농 스바르체의 아홉 자식들 중 일곱째인 어린 도로테아가 끓는 물을 엎지르는 바람에 머리에 뒤집어쓰는 광경을 목격했다. 그것은 서기 1353년 성촉절의 일이다. 그러나 조심성 없는 하녀는 두 발에 큰 화상을 입었는데도, 무슨 기적이라도 일어난 듯 파란 정맥이 비쳐 보이는 도로테아의 고운 살결은 전혀 상하지 않은 상태였다.

그곳에서 나는 그때부터 어린 도로테아와 사랑에 빠지고 말았다. 당시 나는 나이는 서른 살이나 먹었지만 아직도 미숙한 장인(匠人)에 불과했다. 사실 나는 이미 오래전에 교황 직속 도시에 독자적인 가정을 꾸몄어야 했다. 그러나 독일 기사단이 가까운 곳에서 우리를 감시하고 있었을 뿐만 아니라, 우리는 할머니의 엄중한 손아귀에서 벗어나지 못했다. 할머니는 그녀의 딸 담로카가 당시 잿더미 상태에서 다시 일어서고 있던 원래의 정착지인 버들가지 요새를 버리고 외지로 나가지 못하게 하고 있었다. 알다시피, 나의 아버지는 포메라니아 부족의 여인을 아내로 맞았다. 여자들은 언제나 나를 짧은 줄에 매달고 다녔다. 나는 언제나 어떤 일제빌이든 그녀의 치마끈에 나를 붙들어 맸다. 그리고 뜨거운 물을 뒤집어쓰고도 피부가 전혀 상하지 않은 도로테아에게 내가 홀딱 빠졌을 때도 그 끈은 길지 않았다.

은박지를 잘라서 만든 것같이 여린 그 아이의 마음속을 내가 어떻게 들여다볼 수 있었겠는가. 그러나 그때 그녀가 던진 얌전하고 짤막한 물음——예수님께서 당신을 내게 보내셨나요? 당신은 자비심이 많은 예수님으로부터 소식을 가져왔나요?——을 듣는 순간 나는 마땅히 의심을 했어야 했다. 그리고 그 어린 소녀가 (그 사이에 그녀는 열 살이 되어 있었다.) 자꾸만 졸라 대는 바람에 자개와 호박이 박힌 은 손잡이에다가 일곱 개의 연결 사슬까지 달린 채찍을 (이것은 마리엔베르더의 수도원장의 지시로 만든 것이었다.) 그녀에게 장난감으로 내주면서도, 나는 마냥 즐겁기만 했다. 그러나 도로테아가 밤마다 속죄용 말총 속옷이 다 터져 몸에서 피가 나도록 제 몸에 채찍질을 해 대리라고 그 누가 상상이나 할 수 있었던가. 그리고 또한 그녀가 처음에 "예수님이시여, 나의 채찍을 인도하여 주소서, 나의 육신은 고통을 선택하였나이다."라는 시구절을 읊조릴 때에도 나는 그것을 당시 유행하던 너스레 정도로 보아 넘겼다. 그러나 그녀가 열여섯 살이 되어 진정한 내 여자가 되지는 않았으나 어쨌든 나와 혼인을 했을 때 비로소, 나는 아무런 반응도 보이지 않는 그녀의 무감각한 육체를 잠시 소유하면서 그녀의 등에 난 흉터와 아직 아물지 않은 채 고름이 흐르는 그녀의 상처를 느끼게 되었다.

그 시절의 채찍질은 오늘날의 마약 흡연과 같은 것이었다. 특히 전성기 고딕 시대의 젊은이들은—나는 그들 틈에 낄 수조차 없었는데—편타고행자(鞭打苦行者)들의 몸에서 나는 눅눅한 악취와 그들이 외는 연도(連禱)와 함께 들려오는 타음(打音)과 지옥으로 떨어지는 듯한 공포와 그룹 엑스터시, 그리고 집단적인 계몽 등을 추구했다.

서기 1363년에 도로테아가 나의 아내가 되어 시내로 나가 나와 함께 보금자리를 정했을 때 교황 직속 시가지가 들어설 거대한 건축 현장은 편타고행자들 때문에 작업에 방해를 받는 경우가 많았다. 온몸에 경련을 일으키는 그네젠에서 온 여성 참회자들은 완전히 탈진하여 자꾸만 올라가는 성 마리아 교회와 성 요하니스 교회 건축 현장의 벽돌들 한중간에 누워 있거나, 아니면 성령 병원과 성체 병원 앞에 누워 있었다. 교황 직속 시가지 주변으로 빙 둘러 가며 최근에 건설된 라두네 운하 옆에다 독일 기사단이 커다란 제분 공장을 짓고 나서 몇 년 동안은 이 제분 공장의 노동자들과 극성스러운 편타고행자들 사이에 충돌이 빈번하게 일어났으며, 성 카타리나 교회와 커다란 제분 공장 사이에 진을 치는 이들의 숫자는 갈수록 늘어만 갔다. 내가 도로테아를 찾아 나설 때마다, 그녀는 성체 병원의 나병 환자들과 함께 있거나 성 카타리나 교회 앞의 편타고행자들 틈에 끼어 있었다. 빈둥거리기만 하는 이 무위도식자들! 이 기생충 같은 작자들! 우리에게 끊임없이 페스트나 옮기던 놈들.

그 제분 공장이 그곳에 다시 서 있다. 건물 내부는 여러 개의 사무실로 개조되었고, 채광창에는 비둘기들이 둥지를 틀고 있다. 오늘날 라두네 운하는 악취를 풍기는 하수도에 지나지 않는다. 카슈비아의 수많은 연못들을 둑으로 막아 저수지로 만들었기 때문이다.

막스는 성 카타리나 교회 건축 부지의 임시 울타리 뒤쪽, 커다란 제분 공장 맞은편에 카메라를 설치해 두었다. 그곳에는 곧 조립될 네 개의 작은 뾰족탑과 둥근 지붕의 중앙탑이 서 있었다. 모두 값비싼 구리로 도금을 해 놓았지만 대기 오염에는 대비를 하지 않은 듯 벌써부터 녹청의 피막(被膜)이 형성되어 사람들의 눈길을 끌고 있다. 유황을 하역하는 부두에서 날아온 연기가 사암으로 다시 건축한 건물 정면을 부식시키고 있을 뿐만 아니라 교회 탑들의 구리 지붕들을 시커멓게 변색시키고 있기 때문이다.

북독일 방송의 연출자가 나를 (자연스러운 포즈로) 비계 더미 옆에 세웠다. 그가 신호를 보내자 스무 걸음 정도 떨어진 곳에서 레미콘 트럭이 작동을 시작했다. 카메라가 첨탑 지붕이 없는 구시가지 교회 탑의 기저로부터 판자를 둘러친 작은 탑들과 녹청의 중앙탑 쪽으로 앵글을 움직여 갔다. 그다음 내가 화면에 나타났고, 나는 이번 다큐멘터리를 마무리 짓는 몇 마디 말을 했다. 거대한 기중기가 도착하면서 하루 일과가 시작될 것이며, 독일 기사단의 거대한 제분 공장과 성 카타리나 교회, 그리고 그 뒤에 있는 성 브리기트 교회와 함께 이제 구시가지에도 교황 직속 시가지의 독립된 가옥들과 인접하여 14세기의 건축 단위체 하나가 복원되었으며, 이것은 우리가 주목할 만한 업적이다, 또한 폴란드는 자체의 역사를 거부하지 않는다, 그러나 성 카타리나 교회의 유명한 종은 뤼벡의 성 마리아 교회에 걸려 있으나 원래 이곳 단치히의 것이기 때문에 뤼벡 사람들의 한자동맹 정신에 호소하는 폴란드의 태도는 적절한 것이다, 독일과 폴란드의 화해의 명분이 뤼벡 사람들의 관대한 태도에 의해 더욱 증진될 수 있을 것이다, 그리고 기타 등등.

내가 텔레비전을 통해 하지 못한 말이 몇 가지 있다. 내가 건축 현장의 울타리 너머로 16세기를 바라보았을 때, 그리고 지금은 성 브리기트 교회 옆쪽에 하찮은 잔해들만 남아 있는 수도원 자리 너머를 바라보았을 때, 그곳엔 여자 수도원장인 마르가레테 루쉬가 그녀의 요리에 후춧가루를 갈수록 더 많이 사용하면서 자유분방한 브리기트 교회의 수녀들과 함께 종교개혁 시대의 까다롭게 따지는 생활 태도보다 더 오래 살아남아 있었다는 것, 그리고 바로 그 옆에, 비록 그보다 1세기 뒤의 일이지만, 시인이자 궁정사가(宮廷史家)였던 마르틴 오피츠 폰 보버펠트가 페스트로 목숨을 잃을 때까지 목사관이라 불리는 곳에서 살고 있었다는 것, 그리고 이곳 교황 직속 시가지의 성벽 밖에서, 비스마르로부터의 맥주 수입으로 상당한 손해를 입은 까닭에 요펜가세 거리와 훈데가세 거리에 있는 양조업자들만이 봉기를 일으킬 이유가 있었는데도 그 커다란 제분 공장의 직공들이 봉기를 일으킨 양조업자들과 통 제조공들, 그리고 그 밖의 길드 조합원들과 힘을 합쳐 귀족 제도에 항거했다는 것 등이다.

어쨌든 수공업자들의 폭동을 주도한 일곱 명의 주모자들은 1378년 5월에 처형되었다. 그들 중에는 구시가지의 제분 공장 직공도 한 명 끼어 있었다. 반면 1970년 12월에 조선소 노동자들의 파업과 폭동이 있었지만 레닌 조선소의 파업 위원회 위원들은 체포되지 않았으며, 그 사건은 고무우카[4]와 몇 명의 하급 관리들의 해임과 계획되었던 주요 식량 가격 인상의 취소로 결말을 보았다. 조선소를 폭파시키지 못할 경우 대형 선박 몇 척을 날림 상태에서 진수(進水)하겠다는 조선소 노동자들의 협박이 멀리 바르샤바까지 들렸다. 국가 지도부는 노동자들의 힘을 인식하게 되었다. 국가 지도부가 양보하여 내각의 몇몇 인물을 교체하고 또 하나의 '새로운 정책'을 발표했다. 그러나 그단스크와 그디니아에서 총격으로 숨진 노동자들과, 중세기의 수공업자들 봉기 때 처형당한 주모자들을 정치적으로 고려해 볼 때, 그때나 지금이나 그로 인해 개선된 것은 거의 없다. 단치히의 도시 귀족들은 비스마르에서 맥주를 들여오려던 계획을 취소하기는 했지만, 길드 조합원들에게 시의회

4) Gomulka, 폴란드의 정치인.

나 시의원 재판소에서의 발언권을 허용해 주지는 않았다. 그리고 레닌 조선소의 노동자들이 요구한 노동자 자치 문제 역시 실현되지 못했다. 그래도 1378년 이후 단치히 또는 그단스크에서는 한 가지 변한 것이 있다. 오늘날에는 도시 귀족들이 다른 이름으로 불리고 있다는 것이다.

우리는 카메라의 앵글을 몇 번 신시가지와 조선소 쪽에다 맞추었다. 높이 치솟은 빌딩들, 공사 중인 값싼 주택들, 진보가 있는 곳이면 세계 어디나 만연돼 있는 대기 오염이 카메라에 잡혔다. 막스와 클라우스가 그들의 철제 가방과 부피가 큰 장비들을 챙기고 있는 동안, 나는 성 카타리나 교회의 한 샛문 근처에서 전성기 고딕 시절 내 아내였던 도로테아의 자취를 찾아보았다. 그녀의 사순절 요리를 상기시켜 주는 것은 쐐기풀과 민들레뿐이었다. 그녀가 길드 조합원들의 봉기 계획을 도미니코회 수도사들에게 밀고했을 때 나는 검을 만들던 손으로 그녀의 가냘픈 얼굴을 후려갈겼다. 하지만 나 역시 그 봉기에 대해 의혹을 느껴 그 일에 참여하지 않았다.

실제로 도로테아의 밀고는 아무런 효력도 없었다. 왜냐하면 도미니코회 수도사들이 귀족들과 틀어진 상태였기 때문이다. 그 까닭은 시의원으로 있던 귀족들이 쿨름 약정을 빌미로 하여 탐욕스러운 수도사들의 모든 토지를 몰수해 도미니코회 수도사들을 탁발승으로 전락시켰기 때문이다.

우리가 봉기했을 때, 독일 기사단까지도 침묵을 지켰다. 도시 귀족 상인들의 세력과 교황 직속 도시와 한자동맹의 연대에 위협을 느끼게 된 독일 기사단은 늙은 단장 크니프로데의 권유에 따라 교황 직속 도시와 구시가지 북쪽에 자체의 법률과 교황 직속 도시의 분노를 자아낸 자체 항구와 해양법을 갖춘 새로운 도시 '유베닐레 오피둠'을 건설했다.

그러나 도로테아는 이런 것들에 대해서 아무것도 모르고 있었다. 그녀의 신앙심에는 정치가 개입될 여지가 없었다. 내 어머니 담로카가 세상을 뜬 뒤 나는 교황 직속 도시에 정착할 생각을 갖고 있었다. 그러나 내게 늘 물건 값을 넉넉하게 쳐준 독일 기사단 덕분에 나는 낡은 목조 가옥 대신 브라방크와 양동이 제조인의 안마당, 그리고 석회 채석장이 맞닿으면서 형성한 톱니 모양의 삼각 지대에다 건물 한 채를 새로 지을 수 있었다. 그곳은 신시가지의 창고에서 가까운 곳으로서, 라두네강물이 운하를 통해 버들가지 요새와 독일 기사단의 성 사이를 지나 카르펜자이겐으로 흘러 들어가는 지점이었다. 우리는 벽돌을 마음껏 사용하여 집을 지었는데, 그것은 당시 교황 직속 도시에서조차도 도시 귀족 상인들이나 소수의 통 제조공들 그리고 포목상들이나 할 수 있는 것이었다. 1451년에 제정된 시 조례에 의해 목조 건물의 신축이 금지되기 전까지만 해도, 서로 경쟁 관계에 있던 단치히 시의 여러 행정구역의 큰 거리에조차 이엉을 이은 판잣집들이 즐비했으며, 화재가 빈번하게 발생해 끊임없이 신축 공사가 벌어졌다. 또한 모틀라우강과 인접한 모든 지역은 오랫동안 늪지대로 방치된 곳으로서 거의 통행이 불가능하다. 성 요하니스 교회(보루로 가는 해커토어 성문 근방)의 주요 기둥들은 늪지대의 지반이 단단하지 못한 곳에 세워진 까닭에 오늘날까지도 땅속으로 가라앉고 있다.

우리가 그 폐허 안에 카메라를 설치하자, 시의 사적 관리 책임자는 우리에게 화재로 손상되기는 했지만 아직도 교회의 둥근 지붕을 받치고 있는 기둥들을 콘크리트로 보강하는 데 드는 비용에 대해 설명했다. 기둥 하나당 80`만 즐로티가 든다고 했다. 전통을 유지하는 데 드는 경비다. 역사는 그만한 대가를 요구하는 것이다. 나는 이처럼 값비싼 침강을 계속하고 있는 기둥들 중의 하나 옆에, 건물 정면과 현관 테라스의 무질서한 파편들 속에 서 있었다. "카메라 돌리고. 12시 7분 현재. 내레이션 시작, 성 요하니스 교회의 잔해."

시의 사적 관리 책임자의 지시에 따라 공사장 인부 두 명이 여기저기 폐허 속에 묻혀 있는 사람의 뼛조각 몇 개를 재빨리 주워 모았다. 텔레비전 시청자들이 보기에는 너무 소름끼치는 것이라고 그가 말했다. 이 장면만 보여 주면 시청자들에게 그릇된 생각을 심어 줄 수도 있기 때문이라는 것이다. 그의 말에 따르면 그 유골들은 최근의 전쟁에서 죽은 독일인들의 것이 아니라 중세 사람들의 것이었다. 이들의 마지막 안식은 교회의 돌 마룻바닥이 폭탄으로 산산조각 났을 때 깨지고 말았다. 비스듬히 떨어지는 햇살 속을 떠다니는 먼지 분자들과 깜짝 놀란 비둘기들의 푸드덕대는 날갯짓 소리, 깨진 조각상들의 일그러진 모습 등으로 교회 내부는 분위기가 제법 그럴듯했다. 그렇기 때문에 영화 감독 안드르제이 바이다는 예전에 영화 「재와 다이아몬드」의 여러 장면을 성 요하니스 교회에서 찍지 않았던가? 그러나 기록 영화에는 사람의 뼈를 넣지 않는 편이 좋을 것 같다고 그는 말했다.

한편 검 제조공이었던 내 아버지 쿤라트 슬리히팅의 유골도 한때 번성했던 다른 많은 시민들의 유골들과 함께 여기 이 더미 속에 묻혀 있을 가능성을 배제할 수는 없었다. 왜냐하면 특유의 옹고집으로 그 노인네가 교황 직속 도시에 묏자리를 사 두었기 때문이다. 누가 어디에 누워 있는가. 페스트로 사망한 오피츠는 성 마리아 교회에 매장되었다. 그의 이름은 사암에 새겨졌다. 성 삼위일체 교회에는 신도들과 관광객들이 시 지정 화가였던 안톤 묄러의 유골을 덮고 있는 석판 위에 서 있다. 너무나 많은 주검들. 우리가 봉기를 일으켰던 그 시절 우리의 증오 대상이었던 시의회 의원들의 이름. 파울 티어가르트, 페터 찬, 고트샬크 나제, 파페, 고데스크네히트, 막츠코브, 힐데브란트 문처……. 그리고 나의 전성기 고딕 시절에 살았던 독일 기사단들의 이름도 우리의 귀에 기분 좋게 들리지 않았다. 힌리히 두제머, 루트비히 폰 볼켄부르크, 발라베 폰 샤르펜베르크……. 그리고 70년 12월, 경찰과 군대가 그디니아와 그단스크에서 노동자들에게 총격을 가했을 때 지휘를 맡았던 장군의 이름은 코르친스키였다. 발사 명령을 내린 것은 클리스츠코라는 이름의 당 서기였다고 전해지고 있다. 바르샤바에서 온 정치국원 스타니슬라프 코치오레크는 단호한 조처를 취할 것을 요구했다. 이 일로 그를 경질하지 않을 수 없었다. 벨기에 공산당이 벨기에 왕에게 항의서를 제출했는데도 불구하고 코치오레크는 그 나라에 파견된 폴란드 대사로서 신임장을 받았다. 폴란드 정부는 코르친스키 장군을 알제리 주재 무관으로 좌천시키려고 했다. 그로부터 얼마 뒤 그는 총으로 머리를 쏘아 자살했다. 클리스츠코만은 자리를 잃지 않았다. 레닌 조선소는 지금도 여전히 레닌 조선소라는 이름으로 불리고 있다. 얀을 잃은 마리아는 딸에게 담로카라는 이름으로 세례를 받게 해 주었다. 그리고 14세기 말경, 참회와 편타고행에 미쳐 있던 내 아내 도로테아를 마녀 재판에 회부하려 했던 성 마리아 교회의 사제 이름은 크리스찬 로체였다. 그러나 도로테아는 화형용 장작더미 위에 올라갈 운명에 처하지는 않았다.

그다음 카메라는 교황 직속 도시의 어느 예술가 쪽으로 방향을 돌렸다. 그래픽 디자이너인 리하르트 스트리아는 다락방에 있는 그의 아틀리에에서 우리의 카메라를 향해 여러 층으로 이루어진 그의 부식 동판화들을 보여 주고, 너무나 나직한 목소리로 그단스크에 정착하기 위해 떠나온 고향 빌로나에 대해서 많은 이야기를 들려주었다. 그의 부식 동판화와 드라이포인트, 그리고 식각요판(蝕刻凹版) 동판화는 박공과 탑 모티프에 중세의 참회자들과 편타고행자들의 모습을 혼합시킨 것이었다. 육신의 유혹을 떨쳐 버리려 고투하는 집단들. 『계시록』에 등장하는 짐승들 사이에서 맛보는 황홀경. 살갗과 함께 두 번째 시각이 벗겨지고 있는 나병 환자들. 검은 칼로 지배하는 기사들. 대각선 구도의 오묘한 수수께끼. 여명 속에 나타나는 유령들. 페스트를 알리는 종소리가 울리는 가운데 열린 결혼식. 그리고 사람들로 혼잡한 거리와 혁명 초기의 소요 속에 자꾸만 나타나는 나의 도로테아의 모습. 누더기를 걸친 채, 뱀에 휘감긴 모습, 열병으로 미쳐서, 발가벗은 채 칼 위에 올라타고 있는 모습, 새 그라이프의 깃털 속에 파묻히고, 격자 창살에 묶인 모습, 마음을 연 채로, 투명하고 소용돌이 치는 끈에 매달려 있고, 넙치에게 키스하고 있는 모습, 그리고 마침내 감금되어, 시체처럼 창백하고, 이미 성스러워진 모습, 신앙심이 깊은 나머지 두려움을 주는 그녀의 모습.

스트리아는 이야기를 하면서 많은 것을 말하지 않고 감추었다. 영화 기술자들이 소도구를 정돈하고 편집할 필름을 준비하고, 세트에 조명 시설을 설치하는 동안, 우리는 단지 물을 몇 모금 마신 데 힘입어 우리들만의 과거로 되돌아갔다. 스트리아와 나는 그렇게 할 수가 있다. 우리는 잠시 동안만 현재에 머무르고 있을 뿐이기 때문이다. 어떤 날짜도 우리를 붙잡아 둘 수 없다. 우리는 오늘의 존재가 아니다. 우리의 종이 위에서는 거의 모든 일들이 동시에 일어난다.

내가 프라우엔가세 거리에 있는 폴란드 작가협회의 건물 테라스에 앉아 모래 섞인 커피를 마시며 성 마리아 교회 건물의 그늘 속에서 도로테아를 기다리고 있을 때, 마리아가 장바구니를 들고 지나갔다. 나는 커피 값을 치르고 그녀의 뒤를 따라갔다. 그녀는 여전히 레닌 조선소 구내식당의 요리사로 일하고 있다고 말했다. 우리는 관광객들과 뒤섞였다. 나는 우리의 텔레비전 영화 촬영에 대해서 몇 가지 이야기를 들려

주었다. 마리아는 아무 말도 하지 않았다. 시청의 시계탑에서 영웅적인 선율을 담은 종소리가 들려왔다. 테라스의 가게들은 호박 장신구들을 팔고 있었다. 마리아는 목걸이나 우아한 펜던트를 갖고 싶어 하지 않았다. 우리는 프라우엔토어 성문을 지나 랑겐브뤼케 다리 위에서 망설이며 서 있었다. 하일리겐가이스트 성문과 크란토어 성문 사이에 묶여 있는 나룻배 위에서 구운 생선을 팔고 있었다. 폭이 좁은 테이블 곁에 서서 종이 접시 위에 담긴 구운 생선을 손으로 가시를 발라내고 먹을 수 있었다. 원하는 사람에겐 돈을 조금 더 내면 접시에 불가리아 토마토 케첩을 뿌려 주었다. 카운터 뒤에서는 밀가루로 얼굴이 뒤범벅된 여인들이 대구와 고등어, 발트해에서 잡아 온 작은 청어들을 일인 분씩 구울 수 있는 상태로 나누고 있었다. 모틀라우강은 구운 생선보다 더 진한 냄새를 풍기고 있었다. 우리의 머리 위를 나는 갈매기들. 그 나룻배 식당은 구멍이 숭숭 뚫린 그물로 지붕을 만들어 덮고 있었다. 이 거리 저 거리를 누비면서 사진 찍을 만한 것을 찾느라 피곤해진 관광객들은 아무 말도 하지 않고 묵묵히 먹고만 있었다. 마리아는 대구를 원했다. 우리는 각자 일인 분씩 먹었다. 먼저 역겨운 기름 냄새가 코를 자극했다. 마리아는 코르크 따개처럼 나선형으로 말아 올린 머리를 자른 상태였다. 이제 말 좀 해 봐, 마리아. 그러나 그녀는 조선소 노동자들의 봉기에 대해 그 어느 것도 (작은 목소리로도) 말하려 들지 않았다. 그것은 이미 다 지나간 일이다, 그 이야기를 한다고 해서 얀이 다시 살아날 수도 없는 일이다, 바르샤바에서 온 기관원의 이름은 코치오레크였다, 물가 인상이 철회되고 봉급 인상이 이루어진 뒤에야 노동자들은 다시 평정을 되찾게 되었다, 최근에 그랬던 것처럼 맥주가 품귀 현상을 빚을 때만 그들은 불평을 늘어놓는다, 딸들은 잘 지내고 있다, 죽은 아버지 때문에 마음에 혼란이 일어나지는 않는다, 조선소 식당은 새로 수리되었다, 별로 맛은 없지만 양껏 먹을 수는 있게 되었다, 요새 누가 웃을 수 있느냐.

이렇게 말한 다음 마리아가 입을 다물었으므로, 나는 그녀에게 도로테아 이야기를 해 주었다. 그녀는 경청했던 것 같다.

고딕 시대의 기준으로 본다면 그녀는 아름다웠다. 그녀의 강한 의지는 자연의 법칙을 폐기시켜 버렸다. 그녀가 원하는 일은 무엇이든 이루어졌고, 일어났고, 벌어졌다. 그녀는 얼어붙은 바이크셀강 위를 맨발로 걸을 수 있었다. 따뜻한 침대에서 내가 불덩이처럼 달아올라 그녀에게 다가가도, 그녀의 몸은 얼어붙은 고깃덩어리 같았다. 어려서 다 죽고 하나만 살아남은 우리 아홉 명의 자식들에게 그녀는 눈길을 준 적이 한번도 없었다. 그러나 그녀는 성체 병원에서 나병 환자들의 부스럼 딱지를 정성스럽게 긁어 주는 열성을 보여 주었다. 내가 아무리 근심으로 고통을 겪어도 그녀는 전혀 거들떠보지 않았다. 그렇지만 그녀의 동정을 (그리고 내 돈을) 구하기 위해 찾아온 모든 건달들에게 그녀는 영혼의 바람을 불어넣어 주었다. 이처럼 그녀는 낯선 사람들의 근심을 덜어 주기 위해서는 그토록 섬세하고 온정 넘치게 그리고 현명하게 행동했다.

결혼 초기에는 우리는 그래도 길드 조합원들의 회식과 젊은 기능장의 결혼식에 함께 참석했다. 우리는 도미니크 시장(市場)의 개장식 때는 성장한 옷차림으로 하객들 틈에 서 있었다. 그러나 그녀는 아름답기는 했지만 언제나 나의 길드 동료들로부터 떨어져 있었다. 그녀는 왁자지껄하게 떠들며 노는 속인들의 태도에 마음이 상했으며, 그녀의 사랑하는 예수님이 이를테면 요리한 젖먹이 어린 양을 자를 때 언제나 맨 윗자리를 차지하지 못했기 때문에 몹시 못마땅해했다. 나중에 그녀는 나의 사교 모임에 나가는 것을 거부했다. 남자들의 허풍과 여자들의 화려한 옷차림에 그녀는 구역질이 났다. 오히려 그녀는 성 카타리나 교회 앞에서 누더기를 걸치고 편타고행 형제들이나 참회하는 자매들 틈에 쪼그리고 앉아 있는 것을 더 좋아했다. 그녀의 소녀 같은 웃음소리가 인접한 큰 제분 공장의 기계 돌아가는 소음을 제치고 들려왔다. 그녀는 건달들 틈에 끼어 순진무구하게 낄낄댈 수 있었다. 명랑해지고 긴장이 풀리고 자유로워질 수 있었다. 그러나 무엇으로부터의 자유였던가? 그것은 바로 나로부터 벗어나는 자유, 잠자리 의무로부터의 자유, 그리고 죽어 가고 있거나 앞으로 태어날 자식들을 양육할 의무로부터의 자유였다. 그녀는 결혼 생활을 하기에는 부적당한 여자였다. 그녀가 찾을 수 있는 탈출구는 마녀 아니면 성녀가 되는 길밖에 없었다.

나는 동료 길드 조합원들의 웃음거리가 되고 말았고, 창검 제조공의 마누라는 이웃의 조롱거리였다. 우리가 황제 직속 도시의 금 세공업자들과 자매결연을 맺고, 성 요하니스 교회의 석공의 제단 바로 옆에다 작은 예배실을 하나 헌당할 때도 나는 그 일에 참여하기 위해 다른 길드 조합원들보다 훨씬 많은 은제기(銀祭器)들을 헌납해야만 했다. 차라리 도로테아가 재판에 회부되었다면! 그러면 나는 그 마녀에게 불리한 진술을 했으리라. "그렇습니다, 교회법 박사이신 존경하는 로체 부제(副祭)님. 그녀는 유일하게 살아남은 게르트루트를 빼놓고는 우리 자식들을 모두 비참하게 죽도록 방치했습니다……."

어린 카트린은 부엌에 들어가서 프라이팬과 순가락, 절구와 절굿공이 같은 것을 갖고 놀기를 좋아했어. 그 아이는 단지라는 단지는 모조리 열고서 들여다보곤 했어. 그 때문에 하녀들은 늘 그 아이에게서 눈을 뗄 수가 없었어. 하지만 아이의 어머니는 그렇게 하지 않았어. 그녀는 재의 수요일이 지나고 얼마 동안 그리고 매주 금요일에는 대구 대가리와 뿌리채소를 혼합하고 보리를 가미하여 참회의 사순절 죽을 끓이곤 했어. 대구 대가리와 순무가 큰 솥 안에서 부글부글 끓는 동안 그녀는 낮은 아궁이에서 등을 돌린 채 그녀의 가냘픈 무릎을 말린 완두콩 위에 대고 꿇어앉아 있었어. 커다란 두 눈을 십자가에 붙박아 두고서, 핏기가 가실 정도로 손깍지를 단단하게 낀 채 그녀는 아무것도 보지 않고 있었어. 그리고 아무런 모성적 본능도 없었기 때문에 그녀는 성 카타리나 교회에서 세례를 받은, 이제 겨우 세 살 반밖에 되지 않은 그녀의 둘째 딸이 큰 솥 옆에 놓인 발판 위에 무릎을 꿇고 앉아 종교적인 열정으로 꼼짝도 않고 있기는커녕 커다란 나무 주걱으로 뭉근하게 풀어지고 있는 대구 대가리들 속의 희고 둥근 눈깔을 집어 올리려 하고 있는 것을 알아채지 못했어. 그러다가 어린 카트린은—결론적으로 말하자면—가족용 커다란 솥 안으로 빠져 버렸어. 아이가 할 수 있는 일이라곤 고작 날카로운 외마디를 지르는 것뿐이었어. 그러나 그 소리도 좀 떨어진 곳에서 참회의 완두콩 위에 꿇어앉아 자신의 예수님에게 몰두해 있는 엄마의 마음을 뒤흔들기에는 역부족이었어. 만일 하녀가 아이가 없어진 사실을 깨닫고 찾아 나서지 않았다면, 어린 카트린은 성모 마리아의 신앙 속에 열정적으로 깊이 침잠해 있는 엄마를 방해하지도 않고서 푹 삶아져 버렸을 거야.

어쨌든 이렇게 해서 검 제조공 알브레히트 슬리히팅은 어린 셋째 딸에 이어 그런대로 좀 자란 둘째 딸마저 잃었어. 어미는 김이 무럭무럭 솟아오르는 시체 꾸러미를 앞에 놓고도 아무런 감각이 없는 것 같았어. 그래서 나는 아내 도로테아를 검 만들던 손으로 여러 차례 두들겨 팼어.

그렇지 않아, 일제빌 혹은 마리아, 혹은 내 말을 듣고 있을 그 누구든. 도로테아는 나한테 대들지 않았어. 아무 말도 하지 않고, 휘청거리면서도 나의 주먹질을 그냥 참아 냈어. 그녀의 참회는 끝이 없었거든.

다음 날 우리는 성 마리아 교회를 사방 여러 각도에서 촬영했다. 랑가세 거리에서 보이틀러가세 거리의 좁다란 골목길을 통해서 보니 성 마리아 교회는 하늘 높이 우뚝 솟아 있었다. 모틀라우강을 가로지른 랑겐브뤼케 다리와 만나는 하일리게

가이스트 거리의 끝에서 카메라맨은 알을 품은 암탉 모양의 이 고딕식 벽돌 건축물의 전경을 화면에 담았다. 또한 우리는 구시가지의 개천 쪽에서 제방 너머로 원경을 두 컷 촬영했는데, 폴란드 왕립 교회가 성 마리아 교회와 살짝 기댄 듯이 서 있어서 성 마리아 교회의 모양새가 더욱 돋보였다. 그리고 교외의 개천과 포겐풀 모퉁이에서도 한 컷을 찍었다. 이곳에서 보니 성 마리아 교회의 거대한 첨탑과 시청의 날씬한 탑이 훈데가세 거리의 박공지붕들 뒤로 마치 한 쌍의 영원한 부부처럼 사이좋게 솟아 있었다. 물론 우리는 태양의 위치에 따라 그림엽서 같은 풍경도 몇 컷 찍었다. 그것을 우리는 요펜가세 거리와 그늘진 프라우엔가세 거리에서 찍었다. 그리고 다음 날 우리가 바이크셀강과 베르더토어 성문 사이의 저지 늪지대에 위치한 국영 공장을 방문했을 때, 북독일 방송의 텔레비전 촬영팀은 금속 세공 공장의 지붕 위에 카메라를 설치하고, 멀리 보이는 시내의 실루엣을 포착하는 데 성공했다. 나는 사적 관리 책임자에게 말했다. "이미 보상은 받은 셈이군요. 우리가 들인 비용에 대한 보상 말입니다."

저녁에 나는 다시 마리아를 만났다. 나는 그녀를 데리러 조선소 정문 옆으로 갔다. 새로 지은 구내식당 건물은 정문 바로 뒤쪽 오른편에 있었다. 그곳은 지난날 레나 슈투베가 초기 사회주의 활동을 펼치던 시절 잡탕 요리를 만들던 노동자 식당이 있던 자리였다. 마리아는 풀오버에 진 바지 차림으로, 몇 년 전 말하기 좋아하던 얀이 한참 연설을 하던 도중 총에 맞아 죽었던 곳 근방으로부터 나를 향해 다가왔다. 마리아는 잠시라도 그 자리에 멈추어 서서 그에 대한 추억을 되살리고 싶어 하지 않았다. "하지만, 마리아." 내가 말을 꺼냈다. "그는 정말 멋진 몽상가였어. 셰익스피어의 『햄릿』에 등장하는 포틴브라스가 비극의 마지막 막이 내린 직후 덴마크 군대를 이끌고 카슈비아 땅으로 쳐들어왔지만 스반토폴크에게 패퇴하고 말았다는 것이 그의 논지야. 지금까지도 그의 중요한 인식을 반박한 사람은 한 명도 없어!"

그러나 마리아는 다만 이렇게 말할 뿐이었다. "오늘은 돼지고기하고 양배추가 나왔어요." 그녀는 음식을 담은 들통과 비닐 핸드백을 들고 있었다. 우리는 차를 타고 중앙역으로 가서 거기서 전차를 타고 호이부데로 향했다. 바닷가는 그렇게 분주하지 않았다. 우리는 맨발로 동쪽을 향해 걸으면서 해변에 발자국을 남겼다. 여느 때와 마찬가지로 심드렁한 파도 소리. 나는 해조 속에 파묻혀 있는 조그만 호박 몇 개를 보았다. 이어서 우리는 모래언덕 위에 걸터앉아 알맞게 따뜻한 돼지고기와 양배추를 숟가락으로 떠먹었다. 1970년 12월 18일, 경찰이 발사한 총에 복부를 정통으로 맞은 얀의 배 속에는 조선소의 다른 노동자들처럼 보통 때와 마찬가지로 회향풀로 요리한 음식물이 가득 들어 있었다고 한다.

"그 바보들은." 마리아가 말했다. "성탄절 전에 식료품 값을 인상할 수 있으리라고 생각했어요!" 그녀는 그녀의 두 딸 담로카와 메스트비나의 모습이 담긴 사진 한 장을 내게 보여 주었다. 예쁘장했다. 그러고 나서 우리는 각자 다른 생각에 잠긴 채 아무 말도 하지 않았다. 갑자기 마리아가 벌떡 일어나더니 모래사장을 가로질러 발트해의 바닷물을 향해 뛰어갔다. 그녀는 카슈비아어로 똑같은 말을 세 번 크게 외쳤다. 그러자 넙치가 얕은 물을 박차고 뛰쳐나와 활짝 펼쳐진 그녀의 손바닥 위로 뛰어들었다…….

싸움

개가, 아니, 고양이가
혹은 (당신이나 나의) 아이들이
똥오줌을 못 가려 꾸짖어야 하기 때문에,
손님들이 너무 일찍 떠나 버렸거나
혹은 평화가 너무 오래 지속되거나
건포도가 흔하기 때문에.

서랍 속에 처박혀 있지만
일제빌에게는 갈고리요 올가미인 말들.
그녀는 무언가를 원한다, 무언가를 원한다.

이제 나는 떠나간다.
내 살던 집을 다시 한번 빙 돌아보면서.
삶은 쇠고기 힘줄이 이빨 사이에 끼어 있다.
하늘, 밤, 대기.

누군가 떠난다, 역시 집 주위를 빙 돌아보면서, 다시 한번.

옆집의 요강 속에 살고 있는
연금 생활자와 그의 아내만은
쓸데없는 말 한마디 없이
벌써 잠자리에 들었다.

아아, 넙치여! 그대의 동화는 끝이 우울하다.

설거지

나의 유리잔들은 일제빌을 두려워했다. 그녀가 아무런 까닭도 없이, 혹은 날씨가 갑자기 바뀐 까닭에, 혹은 그녀가 버릇처럼 자꾸만 홀짝대는 오이지 식초를 내가 변기에 쏟아 버렸기 때문에, 나의 일제빌이 이성을 잃고 갑자기 차갑게 응고된 분노를 터뜨렸기 때문에—그녀는 몸을 부들부들 떨었으며 한참 동안 거기서 벗어나지 못했다.—혹은 내가 그녀에게 "서인도제도 여행은 끝장이야!"라고 말했기 때문에, 격분하여 손으로, 아니 마른행주로 내가 선반 위에 수집해 놓은 유리잔들을 와장창 쓸어 버렸을 때, 그리고 임신한 여자들은 당연히 오이지 식초에 입맛이 당기고 스칸디나비아 고기압권의 영향으로 편두통을 앓는 경향이 있기 때문에, 유리잔 수집가인 나는 내가 아끼는 것들을 포함하여 많은 유리잔들이 박살 나고 있는 광경을 물끄러미 바라보고 있을 수밖에 없었다. 일제빌은 이제는 선반 위에 놓인 아름다운 모양의 유리잔들을 마른행주로 한꺼번에 쓸어 버리지 않고, 비스듬히 비쳐 드는 오후의 햇살이 깨진 조각들을 만지작거리고 있는 동안 유리잔을 하나하나 골라 가면서 내동댕이쳤다. 그것은 혹시라도 깨지기 쉬운 나의 유리잔들이 상할까 봐, 여섯 단계의 세척 프로그램이 달려 있고 소음이 거의 나지 않는다고 보증된 보슈나 밀레 상표의 식기세척기를 사 달라는 그녀의 요구를 내가 거절했기 때문에, "집 안에 들여놓을 수 없어!"라는 한마디 말로 단호하게 거절했기 때문이었다.

그녀의 완고함(그것을 영웅적으로 포기할 때까지)을 보여 주는 또 다른 예가 있다. 나는 점차 가벼운 마음으로 일제빌의 행동을 지켜보았다. 마침내 나는 수집가의 열정에서 해방되어, 뭔가 곰곰이 생각하는 듯한 기분으로 나 자신에게 이런 질문을 해 보았다. 이처럼 집 안 대청소를 하듯이 유리잔을 몽땅 쓸어 버리는 행위의 밑바닥에는 식초에 절인 오이지 국물이나 서인도제도 여행, 스칸디나비아의 고기압, 식기세척기 따위와 같은 눈에 보이는 동기 외에 또 다른 감추어진 원인들이 있는 것은 아닐까. 왜냐하면 그와 같은 일제빌의 분노는 멀리 전성기 고딕 시대로 거슬러 올라가, 창검 제조공으로서 나의 솜씨를 발휘해 만든 멋진 은(銀) 채찍을 내가 베네치아산 술잔(무라노 잔)과 맞바꾼 뒤부터 그녀의 가슴속에 쌓여 온 것일 수도 있기 때문이다. 지금까지 남아 있었으면 엄청난 값을 받았을, 입김을 불어넣어 만든 그 소중한 유리잔을 일제빌은 기어코 박살 내고 말았다.

"지금 여기서 당신은 당신 마음대로 나를 마녀나 성녀로 만들려 하고 있어요. 하지만 우리는 중세에 살고 있는 게 아니에요!"라고 소리치면서 그녀는 닥치는 대로 유리잔들을 내던졌다. 그때 그녀의 모습은 14세기부터 계속 나의 쓸개를 압박해 오다가 마침내 뛰쳐나오게 될 저 도로테아, 그 지독한 인간과 끔찍할 정도로 비슷했다.

일종의 패각추방이다. 나는 유리잔 생각을 떨쳐 버리고서 슈퍼 55프로그램 식기세척기를 구입해 볼까 생각해 보았다. 이 세척기는 스무 번 정도 세척한 뒤, 소금 세제와 마무리 세제를 보충해 주어야 한다. 스칸디나비아 고기압은 대서양의 저기압 전선에 의해 편두통 유발 기능을 상실했다. 세척할 식기를 넣었다가 꺼내기만 하면 된다. 그러나 이 식기세척기의 구입과 함께 우리들의 설거지 문제가 이 세상에서 사라지는 것인지에 대해서는 보슈 회사도 보증할 수가 없다. 도대체 식기를 넣고 꺼내고 하는 일은 누가 맡아서 한단 말인가? 이를테면 내가 그런 일을? 그런 일을 내가 한단 말인가?

어떤 유리잔(입으로 불어서 만든 유리잔)은 식기세척기로 세 번만 세척하고 나면 금방 부옇게 흐려질지도 모른다. 나는 다시는 일제빌이 임신해 있는 동안엔 식초에 절인 오이지 국물을 변기에 버리지 않을 작정이다. 나는 유리잔 파편들을 모두, 그러니까 보헤미아산과 베네치아산, 그리고 수많은 영국산 비더마이어풍 유리잔 파편들을 선반에 정돈했다. 그리고 전세 비행기를 이용한 서인도제도 여행 안내서가 집으로 배달되었다. 새하얀, 아스팔트라고는 눈에 보이지 않는 해안들. 야자수들. 얼음처럼 차가운 과일 주스. 근심 걱정 없이 환하게 웃는 검은 피부의 원주민들. 비용 속에 들어 있는 행복. 그리고 전세기를 타고 그곳에 도착한 일제빌의 모습. 금발만을 찾는 광고 영화의 카메라 광각 렌즈에 포착되어 금발을 휘날리는 그녀의 모습.

그리고 나의 유리잔들은 파편 상태이지만 여전히 아름답다. 비록 깨어지긴 했지만 우리보다는 훨씬 온전하다. 그리고 나는 일제빌에게 말했다. "그 도로테아는—당신이 기억할지 모르겠지만—은실로 꼬아 만든 채찍을 갖고 있었어. 그것은 아직 어리던 그녀에게 창검 제조공 알브레히트 슬리히팅이 선물로 준 것이었어. 넵치의 권유로 그랬던 것 같아. 왜냐하면 여성 법정에서, 도로테아가 편두통을 앓으면서 주님인 예수에게 다가갈 때 늘 지니고 있었던 이 전성기 고딕 시대의 일용품이 남자들의 발명품으로, 따라서 전형적인 억압 수단으로 거듭 확인되었기 때문이야. 당신 역시—솔직하게 말해 봐, 일제빌.—은(銀) 채찍으로 웬만한 고통을 맛보고 싶은 충동을 가끔 느끼지 않았어? 아니면 유리잔을 박살 내는 것으로 충분했어? 한바탕 일을 치르고 나면 당신은 정말 홀가분해진 것 같았어. 마음을 열었고 또 다정다감해졌어. 새 유리잔을 사면 그만이야. 함부르크에서 엄청나게 비싼—그런 건 아무 상관없어.—두 개의 바로크 유리잔—덴마크산이라고 적혀 있더군.—을 본 적이 있어. 그 유리잔들은 당신과 나처럼 서로 마주 보고 서 있었어. 서로 모양새가 아주 달랐지만 조화를 이루고 있었어. 당신, 그거 갖고 싶지 않아?"

일제빌은 아니라고 말했지만, 사실 그것은 갖고 싶다는 뜻이었다. 두 개의 유리잔은 흠 간 곳 하나 없이 지금도 사이좋게 서 있다. 곧이어 새로운 스칸디나비아 고기압이 다가올 것이다. 그녀는 이젠 더 이상 식초에 절인 오이지를 찾지 않는다. 지금은 소금에 절인 양배추들이 아직 익지 않은 채로 즐비할 뿐이다. 서인도제도의 높은 습도는 편두통을 예방해 준다고 한다. 하지만 식기세척기 — 마침내 완전 가동해 본 결과 — 가 소음을 거의 내지 않고 돌아간다는 것은 사기다. "완전한 사기야, 일제빌! 그리고 우리의 설거지 문제는 도로테아 이후에 생긴 모든 문제의 총합으로 아직도 해결되지 않은 상태야. 당신의 설거지와 나의 설거지는 우리의 설거지가 될 수도 없고 또 그렇게 되려고 하지도 않아."

"그렇지 않습니다, 넙치님." 나는 나중에 말했다. "1356년에 내가 사귀게 된 이 도로테아는 늘 시무룩한 표정의 재수 없는 여자였습니다. 나의 기력을 완전히 빼앗는 그녀의 방식은 오늘날에도 여전히 효력을 잃지 않고 있습니다. 왜냐하면 임신 2개월인 나의 일제빌이 도로테아처럼 전염성의 변덕을 부릴 줄 알기 때문이지요. 그녀의 분노가 뚜껑이 열려 있는 우유 단지 곁을 스쳐 지나가기만 해도 우유는 벌써 맛이 가는 겁니다. 그녀의 그림자가 얼비치기만 하면 벌써 단단한 유리잔들이 박살 나는 거지요. 그리고 그녀가, 흥에 겨워 차례로 튀어 오르는 공처럼 웃음꽃을 피우고 있는 손님들 등 뒤로 가서 말없이 서는 순간, 그들이 주고받던 농담은 슬그머니 사라지고, 웃음의 공은 완전히 찌그러들고, 아이들을 부르는 휘파람 소리가 들려오고, 낮은 목소리로 떠날 채비를 하며 사람들은 자동차 열쇠를 찾기 시작하며, 두근대는 가슴으로 이렇게 말합니다. '그럼, 곧 다시 만나기로 하지요.'라고 말입니다.

손님들은 우리에게서 떠납니다. 남은 것이라고는 고작 불만에 찬 표정뿐입니다. 유리창이 뿌옇게 흐려집니다. 마지막 남은 파리가, 그러니까 조금 더 끌어 왔던 여름의 행복이 벽에서 떨어지는 거지요. 중부 유럽의 편두통은 이제 사회적 사건이 되고 있어요. 그리고 — 내 말을 믿어 줘요, 넙치님. — 내가 당신의 충고 — '결혼은 재산을 불려 준다.' — 에 따라 전성기 고딕 시대의 몬타우의 도로테아와 결혼했을 때도 사정은 마찬가지였습니다."

당시의 풍속에 따라 결혼 축하연은 삼 일 동안 계속될 예정이었다. 길드의 창검 제조공들과 금 세공업자들이 말쑥한 나들이 옷차림을 하고서 결혼식에 참석했으며, 당시만 해도 여전히 부유했던 강변의 낮은 지대 농부들까지도 여러 필의 말이 끄는 마차를 타고 몬타우와 캐제마르크로부터 도착했다. 물론 그들은 도로테아가 이처럼 기쁜 날에도 손님들에게 고작 재의 수요일에 먹는 음식 정도를 내놓으리라는 것을 알고 있었다. 이미 어렸을 때부터 그녀는 고기 요리만 보아도 헛구역질을 했기 때문이다.

게다가 도로테아는 많은 도시 귀족과 몇 명의 독일 기사들, 그리고 그녀의 도미니코 수도회 소속 고해신부를 별도의 식탁에 초대했다. 그것이 좋은 결과를 낳을 리 만무했다. 그로 인해 길드 조합원들은 기분이 몹시 상했다. 그렇지 않아도 그들은 도로테아가 차려 놓은 너무나 빈약한 식탁에 실망하고 있던 차였다. 생선, 파 수프, 약간의 훈제한 고기, 그리고 많은 양의 괭이밥이 전부였고, 비육우 고기와 새끼 돼지 고기, 그리고 우윳빛 기장 수프를 곁들인 비육 거위 요리는 찾아볼 수 없었다. 그렇지만 승아와 날당근으로 장식했기 때문에 음식은 겉으로는 먹음직스러워 보였다. 주발 안에는 청어 알과 응유, 서양자초 등이 뒤섞여 있었다. 글룸제는 아마인유(亞麻仁油)에 담갔다가 먹을 수 있었다. 원하는 사람은 자두 버터로 괭이밥을 달게 해서 먹을 수도 있었다.

그렇지만 그곳의 분위기는 처음부터 살벌했다. 독일 기사단 사람들은 지난해와 지지난해 겨울에 자신들이 얼마나 많은 이교도인 리투아니아인들을 늪지대로 쫓아냈는가 말하면서 마구 자랑을 늘어놓았다. 도미니코 수도회의 신부는 몬타우의 바이크셀강 만곡부에 사는 농부들이 신에게 불경스러울 정도로 제멋대로 살면서 헌금도 바치지 않고 여전히 그들의 재산을 누리고 있다고 한탄했다. 도시 귀족들은 창검 제조공들의 면전에 대고 다른 여러 도시에서는 길드 조직을 엄격히 통제하며 조금이라도 불평을 하면 주둥이를 으깨 버린다고 말했다. 나의 길드 동료들은 처음에는 묵묵히 듣고 있었으나 점차 분노를 참지 못해 딱부리눈이 되었다. 이윽고 자극적인 말들이 식탁 위로 이리저리 날아다녔다. 그리고 독일 기사단 중의 한 사람이 도시 귀족 쇤바르트의 말쑥하게 차려입은 어린 딸의 치마를 향해 무를 집어 던지는 바람에 싸움박질이 벌어졌고, 그러자 결혼 축하객들은 순식간에 뿔뿔이 흩어지고 말았다. 무슨 영문인지 모르던 농부들만이 그 자리에 남아 있었다. 나는 당황해 설거지거리들을 치웠다. 그리고 도로테아는 웃고 있었다.

"분명하게 말씀드리건대, 넙치님. 그녀는 악마의 외양간에서 도망쳐 나오기라도 한 것처럼, 그곳에 남아서 당혹한 결혼식 하객들에게 흥겨운 웃음이 아니라 달그락대는 웃음을 그녀 나름의 디저트로 내놓았던 것입니다. 그리고 이처럼 냉정하고 고약한 계집을 사람들이 나중에 성녀로 받들어 모시려 했으니, 정말 어이가 없어 웃음도 안 나오는군요."

넙치는 나를 위로해 주려고 노력했다. 그 대가가 비싸긴 했지만, 실제로 보면 그렇게 비싼 것은 아니었고, 어차피 치러야 할 대가였다고. 결국 기독교의 도움을 통해서만 모권 절대주의를 종식시킬 수 있었다고. 기독교의 근본 기조는 금식과 성찬을 교대로 반복하는 데 있다고. 이 때문에 도로테아들이 맡은 나쁜 역할, 즉 이들이 휘두르는 폭력을 견딜 수밖에 없게 되었다고.

"그래, 그래." 넙치는 말을 계속 이었다. "그녀의 영원한 사순절 수프는 그렇게 구미를 당기지는 못한다. 그러나 너는 길드 조합원이기 때문에 집 밖에서 아침 모임이나 그 밖의 축하연에 참석하여 집에서 먹지 못한 것을 보충할 수 있다. 다시 말해 너는 간이 부을 정도로 실컷 먹고 마실 수 있다. 게다가 너의 도로테아는 아름답다. 숭배의 대상이 될 정도로 아름답기만 한 것은 아니다. 그녀는 건강하고, 몸이 아주 유연하기도 하다. 그래, 그녀는 금방이라도 부서질 듯한 몸매로 자기 내면의 얼굴을 느끼고 천상과의 교접을 체험하고 있다."

"넵치님, 그것은 사실입니다. 건강한 그녀 때문에 나는 숨이 막힐 지경입니다. 변덕스러운 날씨 때문에 내가 머리가 깨지는 듯한 고통으로 눈물을 흘리며 몸을 뒤틀고 있을 때에도, 소나기가 쏟아지기 전의 그 무더운 날씨에도 그녀는 악랄할 정도로 말짱한 모습으로 오로지 금욕적인 명상에만 집중하고 있습니다. 단식으로 그녀의 몸이 말라비틀어지더라도, 그녀의 평온한 마음은 전혀 마를 기미를 보이지 않습니다. 그녀 앞에서는 나의 농담도 마비되고 맙니다. 그녀 앞에서는 나의 사고도 위축되고 맙니다. 그녀는 나를 병들게 하고 있습니다. 나는 빛이 두려워졌습니다. 나는 어떤 소음도, 심지어 두꺼비가 우는 소리마저도 견딜 수가 없게 되었습니다. 도로테아를 아내로 맞아들인 뒤부터 나는 고통에 빠져 버렸습니다. 그 지옥 같은 대장간의 소음 속에서도 끄떡없던 나의 머리가, 마녀의 신발 끄는 소리 같은 그녀의 가벼운 발소리만 들어도, 아니 그 기척만 느껴도 터져 버릴 것만 같습니다. 그리고 그녀가 전혀 변화 없는 인내자의 목소리로 나에게 말을 걸어오고, 사순절 규칙을 들이대며 아무런 기쁨도 없는 체계 속에 나를 강제로 집어넣을 때도 나는 감히 못 하겠다는 말을 하지 못합니다. 나는 모든 것을 사랑하는 예수님과 관련하여 노래한 그녀의 시가 두려웠습니다."(그리고 나는 도로테아가 지은 시 한 구절을 읊어 보였다. "사랑하는 예수님께서 나의 현악기를 타실 때면, 그 분은 내게 얼마나 큰 기쁨을 가져다주시는가…….")

그즈음에 옛날부터 나의 조언자 및 양아버지 역할을 해 온 넙치가 중세 스콜라 철학으로 나를 살찌워 주었다. 그는 내게 몇 가지 가르침을 주었다. 그리하여 굽은 것을 곧은 것으로, 깨어진 조각 더미를 흠집 없는 유리잔으로, 암흑을 광명의 집으로, 억압을 기독교적 자유로 해석하는 법을 가르쳐 주었다. 넙치는 내게 그런 가르침을 주어 내가 어떤 답변도 당황하지 않고 할 수 있게 만든 다음, 도로테아가 더 이상 참지 못하고 그녀 특유의 건강한 방식으로 대들 때면, 그녀를 나의 변증법의 프로크루스테스의 침대 속으로 밀어 넣기를 기대했다.

"너는 그녀가 나름의 논리를 전개하도록 내버려두어서는 안 된다." 넙치가 말했다. "그녀가 이해하지 못하는 것은 영원히 그녀의 이해를 넘어서는 것으로 남도록 해야 해. 엄격하게 말해서 그녀는 여자로서 어떤 논리도 가질 권리가 없기 때문이야. 조밀한 방들이 아주 많은 집을—나는 네가 충분히 이 일을 해낼 수 있다고 생각한다.—설계하도록 해라. 하나의 방을 나누어 또 다른 방을 만들고, 다시 이 방을 가지고 또 다른 방을 만들어라. 만일 그녀가 항의를 하거나 자기 느낌으로는 이 집의 설계도에는 입구도 출구도 없는 것 같다고 말하거든, 이렇게 대답해라. 내가 설계한 집은 논리적이다. 왜냐하면 사고의 법칙을 논리적으로 적용했기 때문이다. 그리고 또한 논리적이므로 사고의 법칙을 올바르게 적용한 것이다. 그런데도 너의 도로테아가 여전히 반박을 하거나 심지어 너의 체계에 대항해서 사랑하는 예수님에 대한 시구를 들이대거든, 그녀에게 다정한 목소리로 이렇게 말해라. '너무 무리하지 마, 여보. 이런 일은 당신의 능력을 넘어서는 거야. 일반적인 일들은 내게 맡겨 둬. 당신, 피곤해서 창백하게 보이는군. 눈꺼풀도 떨리고 있어. 성모 같은 당신의 이마는 생각을 하느라 아름다움을 잃고 구슬 같은 땀방울이 맺혀 있어. 물수건을 갖다 대 줄게. 창문에 커튼을 쳐야겠어. 모두들 신발을 벗고 다녀야 할 거야. 파리 한 마리도 남기지 않고 다 잡아 버리겠어. 당신에겐 절대적인 안정이 필요하기 때문이야. 당신은 지금까지 너무 심한 스트레스를 받아 왔어. 여보, 당신은 지금 병들어 있어. 당신 때문에 난 걱정이야.'"

넙치로부터 여러 단계의 교육을 받은 덕분에 스콜라 철학과 꼬치꼬치 캐는 데 대가가 된 나는 나의 아내 도로테아에게 가서, 그녀가 나의 논리를 따라올 수 없는 상황이 되었을 때, 편두통이라고 불리는 나의 병이 그녀에게 옮겨 갈 때까지 계속해서 편두통에 대한 이야기를 했다. 그 뒤부터 물론 나는 날씨에 덜 민감하게 되었고 두통과 체읍 경련에 시달리는 일이 거의 없어졌다. 그러나 편두통—그때까지 남자들에게 아직 남아 있던 선사 시대의 습관적인 마지막 특권—의 상실이 내게 그 어떤 안도감을 갖다주었는지 여부에 대해서는, 감히 의문을 품어 본다. 그리고 여성 재판부의 질문에 대해서 넙치는 늘 그렇듯이 피해 가는 답변만을 (이때 넙치는 라틴어로 교부들의 말을 인용했다.) 늘어놓더니 끝에 가서 이렇게 고백했다. 당시 전성기 고딕 시절의 여인들에게 편두통을 여인들만의 특권으로 받아들이도록 한 자신의 충고가 여인들의 아름다움을 높여 준 것은 사실이지만, 남자들을 위해서는 거의 아무런 기여도 하지 못했다고.

어쨌든 도로테아는 그녀에게 편두통 발작이 일어난 시점을 전후로 해서 나를 엄중하게 심문했다. 그녀는 운율과 이미지가 담긴 어투로 나에게 말했는데, 만약에 그것을 산문으로 (나의 일제빌의 말투로) 옮긴다면 이런 식으로 말했을 것이다. "도대체 당신은 그런 것을 어디서 받아들였죠? 그게 당신의 그 돌대가리에서 나왔을 리는 만무해요. 당신은 그 개 같은 논리로 나를 지금 멍청하게 만들고 있어요. 그 따위 엉터리 같은 생각을 도대체 누가 어디서 당신에게 불어넣어 주었죠?"

그녀에 의해 궁지에 몰린 나는 끝내 고백하고 말았다. 나는 마침내 넙치를 도로테아에게 팔아 넘기고 만 것이다. 사실 나는 제때에 넙치에게 경고해 줄 수 있었다. "조심해요, 넙치님! 그녀가 당신을 만나러 올 겁니다. 그녀는 당신에게 무언가를 요구할 것입니다." 그러나 그때 넙치는 기분이 몹시 상해 있었다. 그리고 넙치는 나의 배신을 오늘날까지도 용서하지 않고 있다. 그것을 그는 '믿음의 파괴!'라고 불렀다.

"내가 너를 위해 모든 일을 하지 않았더냐, 내 아들아! 네가 아우아에게서 젖을 떼게 해 주었다. 너에게 쇠를 녹이는 방법과 동전 주조하는 법, 자체 완결된 여러 가지 철학적 체계를 조합하는 법 그리고 논리적으로 생각하는 법을 가르쳐 주었다. 나는 순전히 본능적인 모권 사회를 이성적인 부권 사회로

대치시켰다. 너희 남자들을 위하여 나는 분업의 원칙을 고안해 냈다. 나는 너에게 결혼을 권했고, 결혼으로 네 재산은 늘어났다. 마지막으로 나는 너의 만성적인 편두통을 없애 주었다. 그런데 유감스럽게도 너는 그 때문에 수다스럽고 신용 없는 멍청이가 되어 버렸다. 너는 나를 팔아 버렸고, 나의 믿음을 배반했으며, 우리 사이의 비밀을 수다스럽게 떠벌렸다. 지금 이 순간부터 결혼은 너에게 멍에가 될 것이다. 이와 더불어 너희 지배하는 남자들은 바가지를 박박 긁는 계집들한테 공물을 바쳐야만 할 것이다. 설거지할 시간이 되었을 때 그것이 비록 부엌에서 하는 일일지라도. 어쨌든 나는 지금부터는 너에게 결혼 이외의 일에 대해서만 충고할 것이다. 그녀에게 가서 올 테면 와 보라고 해라, 성모의 얼굴을 한 네 아내 도로테아에게 말이다. 나는 아무것도 말해 주지 않을 것이다. 그녀가 내게 키스를 해 준다고 해도."

우리가 결혼한 지 이 년쯤 되었을 때였던 것 같다. 나는 그 자리에 있지 않았다. 이제서야 넙치에 대한 소송이 상세한 부분을 심리하게 되었다. 그때까지 넙치가 여성 재판부를 향해 모든 세세한 사항을 들려주었기 때문이다. 공교롭게도 여성 재판부의 검사는 나의 일제빌하고만 깜짝 놀랄 만큼 비슷한 것은 아니었다. 두 여자는 몬타우의 도로테아의 자매들이었던 것이다. 위압적인 얼굴 표정에, 모든 일을 정확하게 해내고 평지에다 산이라도 옮겨 놓을 수 있는 의지력이 그들에게서 엿보였다. 놀랍게도 그녀들(세 명 모두)은 금발이었고, 엄격한 도덕심의 소유자였고, 무슨 일이 닥쳐도 굽히지 않고 앞으로만 전진하는 용기를 지니고 있었다.

그렇게 해서 도로테아는 넙치를 만나러 갔다. 그녀는 아름다움과 손상되지 않은 젊음을 함께 가지고 갔다. 그것은 어느 금요일의 일이었다. 스카니아산 청어를 양파 수프에 넣어 뭉근하게 끓여 놓은 뒤였다. 그녀는 머리를 풀어 헤치고 쐐기풀을 엮어 만든 긴 참회복을 입고 갔다.

나는 그녀에게 신신당부를 해 두었다. "바닷물이 무릎까지 찰 때까지 안으로 들어간 다음 몇 번 넙치를 불러 봐, 그리고 내 안부의 말을 전해. 그러면 넙치가 나타나서, 당신이 그에게 키스를 하면, 아마 무슨 말을 해 줄 거야. 그때 당신의 소원을 말해. 당신이 원하는 것을 말해!"

그리하여 도로테아는 곧장 바닷가로 나가 맨발로 백사장에 발자국을 남기며 발트해의 물결이 힘없이 찰랑대는 곳까지 걸어갔다. 그런 다음 쐐기풀 옷자락을 두 손으로 그러모았다. 무릎까지 차는 굼뜬 바닷물 속에 서서 그녀는 넙치를 불렀다. 그녀가 외칠 때 그녀의 목소리에서 청어 냄새가 났다. "넙치님, 어서 나오세요. 당신의 입에 키스해 드릴게요."

이어서 그녀는 넙치에게 자신을 소개했다. 그녀는 몬타우의 도로테아이며, 어떤 남자의 소유도 아니다, 심지어 검 제조공인 알브레히트의 소유도 아니며, 다만 주 예수에게만 속할 뿐이다. 예수는 하늘나라에 있는 그녀의 신랑이다. 그리고 그녀가 넙치에게 키스를 한다면, 그것은 넙치에게 하는 것이 아니라 넙치의 모습을 한 그녀의 사랑 예수님에게 키스하는 것이라고.

그러자 내가 이 세상에 머무를 때 내 손바닥으로 뛰어 올라왔던 것처럼 넙치는 곧장 도로테아의 두 팔 안으로 뛰어 올라왔다. 그 바람에 그녀는 너무나 놀란 나머지 방귀를 뀌고 말았다. 이 방귀에 대해서는 다른 세부적인 이야기들과 함께 여성 재판부에서 상세히 논의되었고 의사록에 기록되었다.

넙치는 아무 말도 하지 않았으며, 다만 그 비뚤어진 주둥이를 도로테아에게 내밀었다. 그녀의 입술은 바닷바람으로 터 있었다. 그녀는 그녀의 길고 금욕적인 손가락으로 넙치의 하얀 아랫배와 돌처럼 단단한 등을 붙잡았다. 둘은 오랫동안 키스를 나누었다. 깊이 빨아들이는 키스를. 그들은 눈을 감지 않고서 키스했다. ("나의 조그만 입술에 넙치가 키스했을 때 나의 영혼은 하늘의 축복에 너무나 황홀했다네."라고 나중에 도로테아는 그녀의 시에서 노래했다.)

키스를 한 뒤 그녀는 변했다. 그렇게 눈에 보일 정도는 아니었지만 그녀의 입 모양이 볼품없이 비뚤어졌다. 그녀는 사랑하는 예수로부터 키스를 받은 것이 아니었다. 그녀는 약간 비뚤어진 입으로 즉시 넙치에게 그녀와 키스하기 전에 얼마나 많은 다른 여자들과 키스했는지 물어보았다. 그리고 그가 다른 여자들과 키스했을 때 그의 키스의 맛이 다른 여자들에게 똑같게 느껴졌는지. 그리고 어떻게 하다가 입이 비뚤어지게 되었는지. 그리고 이 모든 것을 그녀의 사랑하는 예수님에게 어떻게 설명해야 할지 등등에 대해서 물었다.

그러나 넙치가 아무 말도 하지 않자, 그녀는 넙치가 낯설고

무섭게 느껴졌다. 그래서 그녀는 넙치를 다시 바다에 던져 넣고는 그의 뒤에 대고 이렇게 소리쳤다. "넙치야, 키스는 물릴 만큼 실컷 했다. 그런데 너의 쟁기는 어디에 달려 있지……."

도로테아가 집으로 돌아왔을 때, 나는 그녀의 입이 비뚤어져 그녀의 안축(眼軸)과 어긋나 있는 걸 발견했다. 그때부터 그녀의 얼굴은 냉소적인 표정을 짓기 시작했는데, 그 표정이 그녀의 아름다움을 더해 주었다. 비록 골목길의 아이들이 그녀의 등 뒤에 대고 이렇게 소리쳤지만. "저 여자 얼굴은 넙치 주둥이래요! 넙치 주둥이래요!"

다음 날 내가 그간의 일을 알리기 위해 넙치한테 갔을 때 — 도로테아는 아무 말도 하지 않고, 껍질을 벗기지 않은 완두콩 위에 무릎을 꿇은 채 참회의 기도만 하고 있었다. — 넙치가 말했다. "네가 저지른 신뢰의 파괴가 끔찍한 결과를 가져오게 되었다. 청어 냄새를 풍기기는 하지만 나는 네 아내를 좋아하게 되었어. 나는 그녀의 신경질적으로 파닥대는 혀가 좋아. 그것이 자꾸만 마음에 들어. 다만 그녀가 던지는 질문들만이 성가실 뿐이다."

내가 넙치에게 도로테아가 다시 찾아올 거라고 경고했지만, 넙치는 전혀 동요하는 기색을 보이지 않으면서 이렇게 말했다. 그것은 놀랄 것이 없다, 그녀가 무슨 일을 꾸미고 있는 것은 당연한 일이다, 자신의 패배에 대해서 반드시 복수하려고 대드는 것이 여자들의 속성이다, 하지만 어떤 여자의 속치마도 그를 강제로 낚싯바늘에 꿸 수는 없을 것이다.

그리고 여성 재판부의 면전에서 넙치는 검사인 지클린데 훈차를 향해 이렇게 말했다. "그러나, 존경하는 검사님! 물론 나는 그 일이 위험하다는 것을 알고 있었습니다. 하지만 내가 자발적으로 당신의 그 우스꽝스럽기 짝이 없는 낚싯바늘에 매달렸을 때 나 스스로 훨씬 더 큰 모험을 건 것이 아닌가요? 나는 일찍부터 당신이나 도로테아의 그 무시무시한 금발에 매력을 느껴 왔습니다. 나는 어쩔 도리가 없었습니다. 도로테아나 당신—지클린데라고 불러도 괜찮겠습니까?—처럼 의지가 강한 여자들은 언제나 나를 요즈음 사람들의 표현대로 사랑에 미치게 만들었습니다. 물론 내게 주어진 한계 안에서 말입니다. 내 말이 무슨 뜻인지 알겠지요, 물고기로서의 나의 존재 말입니다."

도로테아는 다시 넙치를 찾아갔다. 그녀는 부엌칼을 들고 갔다. "넙치님, 어서 나와요!" 하고 그녀가 소리쳤다. 그러자 넙치가 펄쩍 튀어나왔다. 그들은 키스를 했다. 그러나 넙치가 또다시 그녀의 질문에 아무런 대답도 하지 않자, 그녀는 주부들이 하는 방식대로 아가미 지느러미 바로 뒤쪽으로부터 단칼에 넙치의 대가리를 싹둑 잘라 버렸다. 팔딱대는 넙치의 납작한 몸통을 그녀는 모랫바닥에 내팽개쳤다. 몸통이 잘린 대가리를 꼿꼿하게 세운 칼에 꽂은 다음 그녀는, 넙치와 키스를 하고 난 뒤부터 비뚤어진 입으로 운을 맞추지 않고 이렇게 소리쳤다. "자, 이제는 입을 열겠지요, 넙치님! 대답해요, 넙치님! 내 물음에 대답해요. 당신은 나를 사랑하나요, 넙치님?"

꼿꼿이 치켜든 칼에 꽂힌 채 지껄여 대는 넙치 대가리의 말을 듣기에 앞서 나는 여러분에게 먼저 현명하기 이를 데 없고 전지전능한 나의 충고자인 넙치가 예전에 나를 설득하기 위해 했던 이야기를 상기시켜야겠다. 넙치는 본능에만 얽매인 남녀 관계를 보다 높은 감정인 사랑으로 드높여야 한다고 말했다. 그 이유는 사랑과 사랑의 필연적 결과인 결혼은 특히 여자에게나 어울리는 의존 관계를 만들어 내기 때문이라고 했다. "여자는 남자가 자기를 사랑하는지, 얼마나 많이 사랑하는지, 사랑이 지금도 여전한지, 또는 사랑이 더욱 깊어지고 있는지, 다른 여자의 사랑으로 인해 자신의 사랑이 위협받고 있지는 않은지, 사랑이 앞으로도 영원할 것인지 따위에 대해 남자로부터 기회 있을 때마다 직접 듣고 싶어 한다." 그러므로 도로테아가 그때까지 그녀의 사랑 예수에게만 던졌지 나한테는 한번도 물어본 적 없는 그러한 질문은 다분히 의존을 전제로 한 질문이었다. 그런 까닭에 여성 재판부가 '사랑의 제도'를 남자들에게 유용한 억압 도구라고 비난한 것은 부당한 것만은 아니었다. 물론 '남자 하나를 낚시질한다.'는 말에서는 미끼가 다른 쪽으로 던져지고 있는 것이다.

어쨌든 몸통에서 잘려 나간 넙치의 머리는 꼿꼿이 치켜든 칼에 꽂힌 채 소름 끼치게 말했다. "아! 순식간에! 모두들 그렇게 하지. 평소 익힌 솜씨로 말야. 그러나 아무리 칼질을 해도 내 몸뚱이를 잘라 낼 수는 없어. 내 몸은 금방 다시 붙거든. 나는 영원히 한 몸이야. 그런 순간적인 사랑을 나는 좋아하지 않아. 네게 한마디 해 주겠다. 너는 전부가 아니면 아예 아무것도 원하지 않기 때문에, 너는 너를 아름답게 해 준 내 키스에 만족하지 않고 또 만족하려 하지도 않기 때문에, 너는 사랑을 무조건적으로 주려 하지 않으면서 사랑을 요구하기 때문에, 그리고 너는 예수의 고귀한 가르침을 쾌락의 원칙으로 새롭게 해석했기 때문에, 그리고 너를 진심으로 사랑하는 선량한 검 제조공인 너의 남편 알브레히트에게 싸늘한 육신만을 제공하기 때문에, 도로테아, 너는 완전히 나를 가져야 한다. 지금 당장. 하루 낮과 하루 밤 동안."

말을 마치자 넙치의 머리는 칼끝에서 훌쩍 뛰어 내려와 납작한 그의 몸통과 꼬리에 가서 다시 달라붙었다. 다음 순간 넙치는 공포에 질린 도로테아의 눈앞에서 자꾸만 커지더니 거대한 넙치의 모습이 되었다. 이윽고 넙치는 지느러미와 꼬리로 그녀를 채찍질하여 바닷가를 지나 점점 더 바닷속 깊숙이 데리고 들어갔다. 넙치는 약속한 대로 그녀를 데리고 간 것이다.

일은 간단하게 그렇게 되었다. 여성 재판부 앞에서도 넙치는 전혀 말을 돌리지 않고 이렇게 말했다. "간단히 말해서 나는 그녀를 데리고 갔습니다." 넙치의 말에 여성 배석판사들은 "전형적인 남자들의 짓거리야." 하고 말했다. 그러나 그 전에 넙치는 자신을 사랑하느냐는 도로테아의 질문을 '전형적인 여자들의 짓거리'라고 조서에 기록되도록 진술한 바 있다. 그 밖에도 그는 벌을 받아 마땅한 그러한 행위를 함으로써 나중에 여성에게 적대적이라는 오해를 받은 동화 「어부와 그의 아내」를 미리 표현해 보고자 했노라고 자백했다. 그러나 물속에서 일어난 일에 대해서는 밝힐 수 없다고 그는 말했다. 자신은 사고가 구식이라서 비밀을 지키는 것을 제일로 삼는다고 했다.

다음 날, 잔잔한 바다가 도로테아를 다시 풀어 주었을 때, 나는 초조한 마음으로 바닷가에서 그녀를 애타게 기다리고 있었다. 나는 이미 그녀를 용서하고 모든 것을 잊겠다는 다짐을 스스로에게 한 뒤였다. 그녀는 바다에서 천천히 올라와 내 옆으로 발자국을 남기며 지나갔다. 갈매기들도 겁에 질려 가까이 날아오지 못했다. 쐐기풀로 짠 그녀의 옷과 밀가루처럼 하얀 그녀의 머리카락에 전혀 물기가 없었다는 사실 따위는 내게 별로 대수롭지 않게 여겨졌다. 그러나 그녀는 또다시 변한 모습으로 돌아왔다. 이번에는 눈마저 살짝 비뚤어져서, 비뚤어진 입과 모서리를 이루고 있었다. 그녀는 물고기의 눈을 하고 돌아왔다. 일제빌이 내 앞에서 가만히 있으면 나는 그 모습을 그려 보일 수 있다.

도로테아는 내 곁을 지나가면서 말했다. 이제 모든 것을 알게 되었다고. 그렇지만 아무 말도 하지 않을 것이라고. 그리고 넙치까지도 여성 재판부 앞에서 굳게 입을 다물었으므로, 1358년 초여름 발트해 밑바닥에서 어떻게 해서 나의 도로테아가 모든 것을 알게 되었는지는 아무도 알 길이 없게 되었다. 그런데 바로 지금 엄격한 검사인 지클린데 훈차가 나를 향해 모든 것을 아는 듯한 은근한 미소를 지어 보이고 있다. 그것은 그날 이후 도로테아가 계단을 걸어 내려갈 때나, 강낭콩 위에 무릎을 꿇고 앉아 기도를 할 때나, 골목길을 걸어갈 때 지었던 바로 그 미소였다. 도로테아는 또다시 그녀의 예수에게 완전히 빠져 버렸다. 그녀는 이제 거의 성녀가 되어 가고 있었다.

그 이후로 집안은 엉망이 되기 시작했다. 맨 먼저 가정부가 집에서 뛰쳐나갔다. 설거짓거리가 그대로 남아 있어서 파리가 꼬여 들었고, 쥐들도 집 안으로 기어들었다. 집 안에 냄새가 진동했다. 그러므로 설거지 문제는 도로테아 때부터 생겨난 것이다.

아니야, 일제빌, 그보다 훨씬 오래된 일이야. 진흙을 반죽하여 모양을 만들고 그것을 구워 우리가 처음으로 그릇과 항아리와 접시를 만들던 아우아의 시절부터, 그러니까 우리가 도자기를 만들기 시작하고서부터, 설거지 일은 우리에게 문젯거리가 되기 시작했어. 물론 시대를 초월한 질문인 '설거지는 누가 하지?'에 대해서 처음에는 그 답이 아주 분명했어. 남자들이 설거지를 맡아서 했으니까. 그러나 그런 시절이 오래 계속되지는 않았어. 언젠가 (아마도 메스트비나 시절 직후였던 것 같은데) 우리 남자들은 지저분한 행주를 지체 없이 던져 버렸어. 왜냐하면 그것은 진보를 계속하고 있던 남자들의 세계와 병행될 수 없는 무리한 요구였기 때문이야.

여자로 하여금 이른 아침부터 저녁 늦게까지 설거지를 하게 하는 것은 분명히 해결책이 아니었어. 그래서 우리 남자들이 식기세척기를 발명한 거야. 당신은 식기세척기를 무척 원했고, (무조건) 갖고 싶어 했어. 할부로 살 수 있고 또 품질 보증 기간이 약속된 이 물건은 그러므로 하나의 진보라고 할 수 있어. 어쩌면 이 식기세척기가 우리 모두를 해방시켜 줄지도 몰

라. 무엇으로부터 해방시키는가? 접시 가장자리에 묻은 겨자 덩어리로부터? 푸석푸석한 양고기 지방으로부터? 말라비틀어진 음식 찌꺼기로부터? 역겨운 모든 것으로부터?

이렇게 해서 우리는 우리의 설거지 문제를 식기세척기에 떠넘겼어. 이제부터는 어떤 아그네스 같은 여자도 거칠어진 손으로 우리를 위해 일상의 자질구레한 일들을 하지 않아도 될 거야. 이제 다시는 산더미처럼 쌓인 컵과 접시들을 앞에 두고 부엌일을 하면서 적의에 찬 혁명의 노래를 부를 조피 같은 여자도 없을 거야. 이제 앞으로는 거의 소음이 나지 않는 당신의 식기세척기만이 있을 거야. 도로테아가 넙치에게서 풀려나온 뒤 산더미 같은 설거짓거리로 나를 지치고 힘겹게 했던 그 당시에 식기세척기가 있었더라면 얼마나 좋았겠어.

헬레네의 편두통이

갈라진 나무 틈에 앉아,
당겨진, 핀셋으로 당겨진 눈썹 너머로
날씨에 따라 반응한다.
날씨가 변하면, 고기압이 다가와 날씨가 화창해지면,
그녀의 비단 실이 끊어진다.
우리 모두 변화를 두려워하여,
양말발로 얼른 뛰어가, 햇빛을 가린다.
오그라드는 신경이 있다고 한다. 여기 또는 여기 또는 여기에.

안쪽에, 더욱 깊은 안쪽에 뒤틀린 것이 있다고 한다.
자연이 다른 변이 과정을 겪은 시절,
지난 빙하 시대와 함께 시작된 고통이다.
(천사가 짤칵짤칵 소리를 내며 그녀에게
너무 가까이 다가오자, 성모도 그 뒤부터
관자놀이를 손가락 끝으로 눌렀다고 한다.)

그때부터 의사들은 돈을 벌기 시작했다.
그때부터 신앙은 혼자 알아서 연습을 해 오고 있다.
그 절규 소리, 모두들 들었다고 말한다.
엄마가 어둠 속에 말없이 누워 있었을 때
느꼈던 공포를 늙은이들도 기억해 낸다.
겪어 본 자만이 알 수 있는 고통이다.

그 고통이 다시 위협해 오고,
컵이 쟁반 위에서 부딪치며 쨍그랑 소리를 내고,
파리가 죽어 가고,
유리잔들이 떨면서 가까이 붙어 서 있고,
극락조가 꽥꽥 울어 댄다.
창밖에서 아이들이 '헬레네의 편두통'을 노래한다.
우리는—영문도 모르는 채—멀리서 안타까워한다.
그러나 그녀는 블라인드를 내린 채, 그녀의 고문실로 들어가
윙윙 소리가 나도록 채찍을 휘두르며 점점 아름다워진다.

만치 만치[5)]

서로 떨어져 있는 침대를 사이에 두고
소리치면 들릴 만한 거리에서
남녀 문제가 이야기되고 있다.

말 좀 해요! 말 좀 다하자구요.
당신은 할 말 다했잖아요.
당신은 몇 세기 동안이나 지껄여 왔잖아요.
우리가 당신 말소리를 끊어 버리면 그만이에요.
당신은 할 말이 없어요.
당신은 더 이상 웃음거리가 되지 않을 거예요.

해방 여성 해방 여성! 동화 속의
일제빌을 향해 아이들이 외친다.
그녀는 값지고 소중한 것을 때려 부쉈다.
그녀는 갖고 있던 무딘 도끼로
우리의 유일한 하나 됨을 싹뚝 잘라 버렸다.
그녀는 홀로 서려고 한다, 완전히 홀로,
이제는 더 이상 공동 예금 구좌도 원치 않는다.

그러나 옛날엔 당신과 나——우리가 있었어.

---

5) Manzi. 해방 여성을 뜻하는 독일의 속어.

우리의 눈길 속에는 서로 긍정하는 빛이 있었지.
그늘이 있었어, 그늘 속에서 우리는 지쳐서
여러 다리로 한잠을 자기도 했고,
한 장의 사진을 보면서 서로 신뢰하기도 했어.

증오는 말을 만든다.
그녀는 관계를 청산하고, 나를 끝장내고,
자신의 역할을 넘어서고, 나보다 우뚝 솟고,
마침내는 이렇게 말한다. 말 좀 해요! 말 좀 다하자구요!
그리고 '우리에게'라든가 '우리는'이라는 말을 하지 않는다.

해방 여성! 해방 여성!이라고 진흙판 위에 새겨져 있었어.
미노스의 유적(크노소스, 최초의 궁전기(宮殿期))으로서
오랫동안 해독하지 못한 진흙판 위에.
사람들은 그것을 가계부로,
다산(多産)을 비는 주문으로,
모권제의 사소한 물건으로 생각했어.

하지만 이미 태초부터 (일제빌보다 훨씬 전에)
여신(女神)은 선동하고 있었던 거야.

나의 도로테아처럼

애가 생길 때까지 내가 일제빌과 몸을 비벼대건, 그날의 힘겨운 재판이 끝난 뒤 지클린데 훈차와 만나——넙치는 또다시 항의 조로 물 위에 배를 드러내 놓고 둥둥 떠다녔다.——맥주 한 조끼를 마시거나 그 밖의 다른 짓을 하든, 아니면 휴대용 타자기의 도움으로 마침내 도로테아에게서 벗어나든, 이들은 모두들 언제나 내게서 힘을 앗아 가고 내 마음을 뒤숭숭하게 만들고 내 마음을 뒤흔들어 나를 한 점의 미약한 존재로 만들어 버리는 똑같은 여자들이다.

얼마 전, 여성 재판부가, 도시 귀족에 대항하여 길드 조합원들이 봉기를 일으켰을 때 내가 취했던 모호한 태도에 대해 심리하고 있는 동안, 나는 영화관 관람석에 앉아 연한 연필을 꺼내 스케치북에다 여자 검사의 모습을 그리기 시작했다. 처음에는 그녀의 옆얼굴을 그렸고, 이어서 그녀가 오로지 도시 귀족들의 지배를 명백하게 옹호했다면서 넙치를 기소하고 있는 동안에는 45도 각도의 옆얼굴을 그렸고, 그다음에는 그녀의 모습을 정면으로 그려 보았다. 도로테아의 모습을 나 스스로 되살려 보고 싶어서였다. 그러나 내가 그린 스케치는 모두 일제빌의 모습을 닮아 있었다. 세 개의 끔찍하고 갸름한 얼굴이 나타나 좀체 지워지지 않았다. 마치 그들의 아버지들이 작은 섬의 농부나 기술자, (북아프리카에서 전사한 게르하르트 훈차와 같은) 직업 장교가 아니라 마왕 아시마타이의 외양간에서 온 지옥의 숫염소라도 되는 것 같았다.

그래서 내가 여성 재판부의 배석판사들 중 헬가 파숴 여사에게서 나의 시무룩한 비가를, 그리고 늘 술에 취해 있는 루트 지모나이트에게서 지난날 말젖을 벌컥벌컥 들이키던 나의 메스트비나를 다시 알아보았을 때, 나는 이 고소를 지클린데 훈차(와 그리고 일제빌 당신)가 대표하고 있을 뿐만 아니라 도로테아에게도 간접적으로 유리하게 작용하고 있다는 사실을 확신해도 좋을 정도였다. 물론 그런 이점은 더없이 공정하게 재판을 이끌고 있는 여성 재판부의 재판장인 쇤헤르 박사에 의해 정정되고는 있었지만 말이다. 그녀는 마구간 냄새가 전혀 나지 않는 어머니다운 태도를 보여 주었다. 걸핏하면 소란스러워지곤 하는 영화관 장내를 간단한 몸짓으로 아주 고분고분한 유치원 분위기로 바꾸어 버리는 그녀에게서 나는 자꾸만 나의 시조 어머니 아우아의 모습을 떠올리곤 했다. 어쨌든 그녀는 지클린데 훈차가 넙치를 향해 '기회 있을 때마다 지배계급의 머슴 노릇을 한 자'라고 몰아세우자, 재판장의 준엄한 태도로 기소 내용을 올바른 방향으로 이끌었다.

기소인인 지클린데 훈차는 넙치가 옛날에 우유부단한 성격의 검 제조공이던 나 슬리히티힝을 이용하여 도시 귀족들에게 대항하기로 결의한 길드 조합원들을 이간질시켰다고 주장했다. 그녀의 의견에 따르면, 넙치의 사주를 받은 내가 나서서, 비스마르에서 맥주를 수입하는 데 대해 길드 조합원들이 다 같이 분노를 느끼고 있는 상황에서, 사실 그것은 도시의 양조업자들이나 기껏해야 통 제조업자들의 문제일 뿐이라고 말했다는 것이다.

지클린데 훈차는 마치 자신이 현장에 있었던 것처럼 그 당시의 상황을 보고했다. 그녀의 말에 따르면, 검 제조공 슬리히팅이 넙치의 말에 넘어가 이렇게 말했다는 것이다. "물론 나는 닻 제조업자나 통 제조업자, 주전자 제조업자, 또는 대장장이들의 대변인 자격은 없습니다. 그러나 방금 말한 동업조합 구성원들이나 스카니아 선원들의 여러 회합에 참석해 보았지만 나는 그곳에서 비스마르 맥주와의 경쟁에도 불구하고 요펜 흑맥주를 불티나게 팔고 있는 부유한 양조업자들을 위해 큰 망치와 쇠몽둥이를 들고 시청 앞으로 몰려가겠다는 열렬한 분위기는 전혀 느끼지 못했습니다. 그리고 평의회나 일반 참사회, 9인 배심 재판에서 동등한 의결권을 가져야 한다는 정치적 요구에 대해서는 세상 곳곳을 두루 여행해 본 수공업자인 나로서는 웃음이 나올 따름입니다. 그런 것은 이 세상 어딜 가 보아도 없습니다. 예를 들어 뤼벡에서 개최되는 한자동맹 회의에 어떤 양복쟁이가 나서서 무슨 외교적 수완으로 도시의 이해 관계를 대표할 수 있겠습니까? 그 누가 독일 기사단, 이를테면 저 늙은 여우처럼 교활한 크니프로데 앞에 당당하게 나설 수 있겠습니까? 몇 년 전부터 브뤼게에서 노브고로트까지 오가면서 우리 도시를 위해 일해 온 도시 귀족 고트샬크 나제이겠습니까, 아니면 제 이름 석 자도 쓸 줄 모르는 도살업자 틸레 슐테이겠습니까? 그런 그가 어떻게 서명을 하고 날인을 하여 팔스터보에 있는 단치히의 무역 기지와 스카니아 선원들의 권리를 옹호할 수 있겠습니까? 이 모든 사태는 어떻게든 시 의회에 진출하려는 돈 많은 통 제조업자들의 술책에 지나지 않습니다. 물론 길드 조합원들의 힘을 빌리려고 하는 거죠. 그러나 일단 선출되고 나면, 그들은 도시 귀족보다도 더 거만을 떨면서 코게 성문을 활보할 것입니다. 나, 슬리히팅은 이 일을 정말로 말리고 싶습니다. 쿨름 법에 따른 규칙은 이미 아무 문제가 없는 것으로 입증된 바 있습니다. 봉기는 지금보다 가혹한 전횡만을 초래할 뿐입니다."

그럼에도 불구하고 실제로 봉기가 일어난 사실을 두고 검사는 '중세 프롤레타리아의 승리'라고 말했다. 사실 그들의 봉기는 몰락한 도시 귀족으로서 목각업을 하던 루트비히 스크리버의 선동에 의해 일어난 것이었다.

"남의 말에 속아 넘어간 가련한 프롤레타리아들 같으니라구!" 넙치가 조롱하는 투로 말했다. "아닙니다. 엄정하신 여성 재판관님들! 나의 피후견인으로서, 우직한 성격에 훌륭한 기술을 가진 검 제조공 슬리히팅이 조합원들의 폭동에 가담하지 않은 것은 정말로 옳은 일이었습니다. 조합원들의 봉기에 대해 의심을 품은 그의 생각을 지지한 것은 나뿐만이 아니었습니다. 정치에 대해서는 아는 게 없었지만 본능적인 감각을 타고난 그의 아내 도로테아 역시 그에게 아무 생각 없는 들러리가 될 생각은 하지 말라고 충고했던 것입니다. 그것은 그들이 일으킨 봉기의 꼬락서니 때문이었습니다. 그들은 비스마르 맥주를 들어다가 통째로 거리에 쏟아부었습니다. 루트비히 스크리버는 개인적인 복수심에 눈이 먼 나머지—도시 귀족 고트샬크 나제가 스크리버의 딸에 대해 지참금이 너무 적다는 이유로 자신의 아들에게 '형편없는 배필'이라고 모욕했기 때문입니다. — 봉기를 일으킨 동업조합원들에게 시 의회 의원들과 배석판사들을 살해해 버리라고 선동했습니다. 그러자 도시 귀족들이 먼저 공격을 해 왔습니다. 나룻배 사공들과 스카니아 선원들이 그들 편을 들었습니다. 틸레 슐테를 비롯하여 여섯 명의 주동자들이 — 그들 중에는 구시가지의 제분업자도 하나 끼어 있었습니다. — 붙잡혀 처형되기 직전에, 목각업자 루트비히 스크리버는 줄행랑을 쳤습니다. 봉기를 일으킨 조합원들에게 장기 금고형이 선고되었습니다. 그러나 시 의회는 현명하게 비스마르로부터의 맥주 수입을 포기했습니다. 이에 대한 보답으로 양조업자들은 성 마리아 교회에 작은 제단을 만들어 주고 은제 제구들을 기부했습니다. 모든 일이 다시 정상을 되찾았습니다. 나는 여검사님에게 유감을 표하지 않을 수 없습니다. 왜냐하면 사실 세습제로 인해 타락한 도시 귀족들의 질서를, 이를테면 배심 재판 같은 경우에 동업조합 대표들을 몇 명 내세워 서서히 와해시키는 것이 더 합리적이었을 터이기 때문입니다."

그때 지클린데 훈차는 입을 꾹 다물고 앉아 있었다. 마치 진실이라도 담은 듯한 수많은 증언에 혐오감을 느꼈기 때문이었다. 이른바 현실과 그 현실이 풍겨 대는 악취 나는 사실들에 대해 저항할 수 있는 방법은 침착한 표정뿐이었다. 눈앞에 어른거리는 잿빛 베일을 바라볼 때의 도로테아의 표정이 바로 그러했고, 또한 평소 초록빛 눈매의 일제빌이 사소한 액수를 청구해 오는 현실의 소송에 맞서 갑자기 안경을 쓸 때도 그러하다. 이어서 일제빌은 이렇게 말한다. "나는 근본적으로 다르게 생각하지만, 어쩔 도리가 없어요." 그리고 도로테아는, 내가 가계부를 보면서 그녀의 헤픈 살림살이를 조목조목 따질 때면, 내 시선을 이리저리 피하면서 운을 맞추어 가며 '예수님의 마음'이니 '환희에 찬 고통'이니 하며 읊조렸다. 그리고 지클린데 훈차는 억양이 없는 아주 낮은 목소리로 발언을 시작했다. 입을 꾹 다문 채 말하는 기술이 여전히 놀랄 만한 일이라는 것을 증명해 보이기라도 하려는 것 같았다.

"그래요, 피고. 당신이 이겼어요. 모든 사실이 당신 편을 들고 있어요. 당시에 당신의 가르침을 받아 사태를 무마시키는 역할을 한 슬리히티팅 외에 선동자 역할을 한 스크리버가 있었던 거죠. 그런데 그는 원래는 슬리히팅과 친한 사이였다고 하더군요. 중세 초기의 프롤레타리아들은 엉터리였어요. 아직 시기가 무르익지 않았던 거지요. 그리고 '오늘날 역시 결코 때가 무르익지 않았다.'는 당신의 예언에 찬 반명제는 반박의 여지가 없어요. 1970년 12월에 관료적인 공산주의에 대항하여 일어난 폴란드 조선소 노동자들의 봉기와 도시 귀족들의 질서에 대항하여 일어난 중세 수공업자들의 봉기를 서로 비교해 보면, 그 당시나 지금이나 아직 때가 무르익지 않았다는 점이 명백하게 드러납니다. 그렇지만 피고 넙치, 당신의 주장에는 옳지 않은 면도 있어요. 그 당시나 오늘날의 보잘것없는 성과들—이를테면 비스마르르로부터의 맥주 수입 금지나, 기초 식품의 가격 인상 금지 같은 것들—을 동원해서 당신의 반동적인 염세주의에 대해 논박을 할 수 있다는 얘기는 아닙니다. 네, 그렇습니다. 그러나 희망은, 프롤레타리아의 원리로서의 희망은 당신이 나열한 자질구레한 사실들을 무가치한 것으로 만들어 버립니다. 희망은 땅에 묻힌 역사를 삽으로 파내어 자유롭게 합니다. 희망은 진보라고 불리는 줄을 뒤엉킨 시간의 속박에서 풀어 줍니다. 희망은 끈질기게 살아남습니다. 이 세상에서 유일하게 현실적인 것은 희망뿐이니까요."

초록빛이 흠뻑 담긴 그녀의 말은 방청객들에게 아무런 감흥을 주지 못했다. 낄낄거리는 웃음이 터져 나왔다. 누군가가 "아멘!" 하고 외쳤다. 만약에 넙치에게 어깨가 있었더라면 넙치는 어깨를 으쓱해 보였을 것이다. 그러나 그는 다만 이렇게 말했다. "존경스럽고 또 윤리적으로도 매우 가치 있는 견해로군요. 내가 존경하는 두 인물 아우구스티누스와 블로흐의 책에도 그와 비슷한 글이 적혀 있지요. 존경하는 검사님, 당신의 말을 들어 보니 사랑스럽게도 고딕 전성기 시절 몬타우의 도로테아의 모습이 떠오르는군요. 그녀 역시 잠시도 그치지 않고 자유를 열망했으며, 마침내 자신이 만든 승방에 칩거하면서 세계와 세계의 모순으로부터 벗어나 그녀 나름대로 자유의 개념을 발견해 냈습니다."

영화관 안이 웅성거렸다. 야유하는 휘파람 소리는 냉소적인 넙치보다는 지클린데 훈차를 향한 것 같았다. 쇤헤르 여사는 태초의 어머니와도 같은 부드러운 눈길로 바라보았다. 그녀가 말했다. "재미있는 논쟁이군요. 주목할 만한 가치가 있어요. 희망이 우리들을 받쳐 주지 않는다면 우리 여자들은 아무것도 할 수 없다는 말은 맞는 말이에요! 그렇지만 먼저 우리는 스바르체 가문에서 시집간 도로테아 슬리히팅이 왜 오로지 세상과 격리된 승방 안에서만 자유를 발견했는지 넙치에게 그 이유를 설명해 달라고 해야 할 것 같군요. 이를테면 부권제의 고안물인 결혼이라는 제도가 여자들에게 자유를 보장해 주기에는 적합하지 않았던 것은 아닐까요? 그리고 직접 나서서 결혼을 권장했을 때부터 넙치는 이처럼 여성들이 일방적으로 자유를 잃도록 의도했던 것은 아닐까요? 불쌍한 도로테아를 당시 그녀에게 열려 있던 유일한 자유의 공간 속으로, 즉 종교적인 광기 속으로 몰아 댄 장본인은 넙치가 아니었던가요? 나중에 남자들이 그녀를 성녀로 만들려고 했지만, 그것은 순전히 실용적인 이유 때문이었지요. 당시에 여자들에게만 허용된 또 다른 자유가 있다는 것을 알리기 위한 것이지요. 그렇기 때문에 그녀를 당시에 즉시 화형시키는 것은 시기상 적절하지 못했던 것이지요. 넙치는 당시 양조업자와 통 제조업자들의 어리석은 반란에 그렇게 큰 책임이 있지 않습니다. 피고 넙치, 당신의 가장 큰 죄는 무엇보다도 우리의 자매인 도로테아에게 저지른 행위에 있습니다. 도로테아 때부터 남자들은 자유를 향한 여자들의 의지를 터무니없이 신성시하거나 아니면 여자들에게만 나타나는 광기의 일종으로 일축해 왔습니다. 피고 넙치 씨, 당신은 선고를 받기에 앞서 반론을 더 하겠습니까?"

넙치는 반론을 포기했다. 영화관 안의 분위기는 다시 활기를 되찾았다. 지클린데 훈차만이 울적한 듯 보였다. 그녀는 덤덤한 표정으로 선임 변호사인 폰 카르노 여사의 이의에 대해서 논박했다.

재판장과 배석판사들이 판결을 논의하는 동안, 어느새 넙치는 비틀대기 시작하더니 끝내 몸을 비스듬히 기울이면서 죽은 듯이 배를 드러내고 둥둥 떠다녔다. 그리고 그가 여자들을 노예화하기 위한 제도로 결혼을 권장하고, 폴란드를 상대로 전쟁을 수행하고 있던 독일 기사단에게 오로지 선전 효과가 큰 핀업용 자료를 제공할 목적으로 도로테아의 인생을 망쳐 가면서 그녀를 그녀만의 감옥에 가두고 성인 명부에 올렸다는 죄목으로 유죄가 선고되었을 때 넙치는 항의하는 자세를 계속 유지하면서 전혀 당혹한 표정을 짓지 않았다.

나는 옛날에 영화관이던 건물 앞에서 지클린데를 기다렸어. 그녀가 안됐다는 생각이 들었어. 정확하게 말하자면 나는 그녀에게서 무언가를 원하고 있었어. 그녀에 대한 동정심은 사실 거짓은 아니었지만, 나는 그 동정심을 이용하고 싶었던 거야. "맥주나 한잔하러 갈까요?" 그러자 지클린데는 따라왔어.

아냐, 일제빌. 나는 '또 남자들이 늘 하는 방식대로' 말하고 있는 게 아냐. 확실히 그녀는 싫다고 말할 수도 있었어. 하지만 그녀는 나의 동정심을 필요로 하고 있었고, 또한 내가 무언가를 원하고 있다는 것도 알고 있었어.

우리는 '분데스에크' 카페에 가서 몇 잔의 맥주와 화주를 마셨어. 도로테아 이야기는 한마디도 하지 않았어. 맨 먼저 우리는 생각나는 대로 이런저런 세상 돌아가는 이야기를 나누었어. 이어서 우리는 우리의 옛날이야기로 거슬러 올라갔어.

우리는 아주 오래전부터 아는 사이였거든. 내가 그녀를 처음 만났을 때, 나는 지빌레 미일라우와 약혼한 사이였어. 그런데 지기—지클린데는 60년대 초에는 지기라고 불렸어.—는 빌리에게 사랑의 감정을 품고 있었어. 지빌레를 지기뿐만 아니라 프랭키 그리고 꼬마 막스는 빌리라고 불렀지. 그들은 모두 레즈비언 기질을 지니고 있었으며, 그렇기 때문에 나를 따돌렸어. 그러던 중 그 모든 일은 빌리의 죽음으로 비극으로 끝나 버렸어. 그것이 1962년 아버지의 날이었지.

그렇게 맥주와 화주를 마시면서 우리는 옛날이야기를 계속했어. 때때로 거리를 취하면서 말이야. 지클린데는 이렇게 말했어. "사실 당시 우리의 행동에 정치적 의도는 없었어요. 다만 모든 일이 다르게 흘러갈 수도 있다는 느낌 같은 것만 갖고 있었지요. 그것을 우리는 결사적으로 시험해 보았어요. 오늘날 나는 더 많은 것을 알게 되었어요. 나는 프랭키와 꼬마 막스와 지금도 연락하고 지내요. 하지만 지금은 옛날 같지 않아요. 우리들의 모습은 아주 달라졌어요. 프랭키는 여전히 스탈린의 선전 구호를 떠들고 다녀요. 꼬마 막스는 처음엔 좌익 청년 그룹 회원이었지만 지금은 무정부주의에 빠져 있어요. 그리고 나요? 걔들의 유치한 행동에 이젠 구역질이 나요. 지난여름, 우연히 우리 셋이 넙치를 낚았을 때만 해도 우리들은 아직 사이가 좋았지요. 그때부터 우리들의 사이가 나빠졌어요. 법정이 우리 사이를 갈라놓은 거예요. 프랭키는 내가 쇤헤르와 타협하는 것을 이해하지 못했어요. 그녀의 입장에서 볼 땐 쇤헤르가 너무 자유주의자였어요. 그렇지만 쇤헤르는 지금까지 그 모든 일을 잘 해내고 있어요. 적어도 그녀는 일을 진척시키고 있거든요. 그리고 아까 넙치가 나를 속이려고 했을 때, 그녀는 나를 멋지게 곤경에서 구해 주었어요. 그녀는 불쾌한 수공업자들의 소요 따위는 간단히 옆으로 제쳐 내고 도로테아를 다시 전면에 부각시켰어요. 그래요, 그녀는 이미 결혼을 했고, 세 아이의 어머니가 되었어요. 그래서 행복하게 살고 있다고 하더군요. 그건 그렇고 당신은 어떠세요? 지금 무슨 일을 하세요? 소문은 들었어요. 대단한 금발의 미인이라지요? 언제나 약간 당혹한 듯한 눈빛이지요? 그렇다면 나도 알고 있는 여자 같아요. 아무튼 당신의 일제빌이 당신을 꽉 잡아 주기를 바라겠어요."

그런 다음 우리는 맥주와 화주를 몇 잔 더 마셨어. "요새는 무슨 일을 하세요?" 하고 묻는 지클린데의 질문에 나는 조심스럽게 이렇게 알려 주었어. "이번 재판 자체가 흥미롭더군요. 작가로서뿐만 아니라 남자로서 그 사건 전체에 흥미를 느끼고 있어요. 물론 어느 정도 죄책감 같은 것도 느끼고 있어요. 그 모든 사건이 내게 아주 도움이 돼요. 애당초 나는 아홉 또는 열한 명의 여자 요리사들에 대한 이야기만을 쓸 생각이었어요. 괭이밥으로부터 시작해서 기장을 거쳐 감자에 이르기까지의 식량의 역사를 말이에요. 그런데 그때 넙치가 그와 똑같은 비중을 갖게 되었어요. 넙치와 넙치에 대한 재판이 말이에요. 정말 애석하게도 그들은 나를 증인으로 채택하지 않았어요. 내가 아우아, 비가, 메스트비나, 그리고 도로테아와 겪은 일들을 그 숙녀들은 적어도 우스꽝스러운 것으로 생각하지는 않았지만 모두 지어낸 이야기로 여겼던 거지요. 당신들은 나의 제안을 간단하게 거부했어요. 그러니 내가 할 일이 무엇이겠어요? 평소 하던 대로 글이나 쓰고 또 쓸 뿐이지요."

그녀는 내 말에 더 이상 귀를 기울이는 것 같지 않았어. 그녀는 등을 잔뜩 구부리고 앉아 허기진 듯이 거푸 담배 연기를 빨아 대며 점점 더 예의 그 고독의 늪 속으로 빨려 들어갔어. 그것은 도로테아가 속이 빈 버드나무 안에 들어가 살던 어린 시절부터 즐기며 바랐던 움막 같은 고독이었고, 또한 그것은 나의 일제빌이 갑자기 신속한 결단을 내리고 그것을 내게 말하고 실천하는 데 도움을 주곤 하는 그런 고독이었어. 어쨌든 지클린데는 마지막 남은 맥주를 한 모금 들이키고 나더니 고독을 털어 내면서 느닷없이 이렇게 말했어. "어서요. 우리 같이 잠이나 자러 가요."

그녀는 몸젠 가에 살고 있었어. 우리는 두 시간 뒤에 거기서 나와 슈테글리츠로 가기 위해 택시를 탔어. 나는 그녀와 잠을 자고 나서야 비로소 내가 그녀에게 원했던 것—"당신에게 영화관 열쇠가 있지요. 넙치와 잠시만 이야기를 나누고 싶어요."—을 두 문장으로 말했던 거야. 그녀는 거의 놀라는 기색을 보이지 않았어. "뭔가 있을 거라고 짐작하고 있었어요. 마지막 남은 방귀 같은 거라도 말이에요." 그녀는 전혀 이의를 달지 않고 택시를 불렀어. 그래 맞아, 일제빌. 그녀는 화를 내지도 않았고 실망한 것 같지도 않았어.

나는 그 모든 일이 훨씬 어려울 거라고 생각하고 있었어. 경보 장치가 설치된 견고한 금고 같은 방을 떠올렸던 거지. 그러나 지클린데는 보통의 열쇠 두 개로 문을 열고서 우리 둘 다 안으로 들어간 뒤 문을 잠갔어. 그런 다음 그녀는 영화관 매표소 안으로 들어가서 앉더니 이렇게 말했어. "당신들 이야기가 끝날 때까지 나는 여기서 기다리고 있겠어요. 혹시 1마르크짜리 동전 두 개 있어요? 담배가 다 떨어졌어요."

나는 그녀에게 '로드 엑스트라' 한 갑을 꺼내 주고는 "금방 올게요."라고 말했어. 그러고 나서 나는 컴컴한 영화관 안으로 발걸음을 옮겼어. 남자 냄새라고는 전혀 느껴지지 않았어. 물통 좌우에 켜져 있는 두 개의 붉은 비상등만이 넙치가 밤을 지내고 있는 장소를 알려 줄 뿐이었어. 영화가 이미 시작된 뒤에 영화관에 들어온 사람처럼 나는 더듬거리면서 물통 있는 곳으로 다가갔어.

"넙치님." 하고 나는 말했어. "아마 기억하실 거예요. 나예요. 내가 다시 왔어요. 구름이 약간 낀 신석기 시대의 어느 날이었지요. 내가 당신을 잡은 게 말이에요. 우스꽝스럽게도 당신은 뱀장어 어살에 걸려들었지요. 우리는 계약을 맺었어요. 나는 당신을 풀어 주고, 그 대신 당신은 내게 조언을 해 주기로 약속했지요. 우리 남자들이 여자들의 지배로부터 벗어나, 오로지 남자들만의 일에 전념할 수 있게 말이에요. 그 일 때문에 당신이 이런 터무니없는 법정에 끌려오다니 나로서는 미안할 따름이군요. 그 여자들은 유감스럽게도 나를 증인으로 채택하기를 거부했어요. 사실 당신을 변호해 주고 싶었거든요. 나는 언제라도 당신이라는 모순적인 존재가 지니는 역사적 필연성을 옹호할 자세가 되어 있어요. 만약에 세계정신이라는 것이 존재한다면, 그것은 바로 당신이에요. 오늘 낮에 그것을 여자들에게 다시 이야기해 준 것은 정말 잘한 일이에요. 그 검사는 한마디로 할 말을 잃었어요. 그리고 지클린데 훈차의 말문을 막아 버린 것은 정말 기가 막힌 솜씨였어요. 그런데 나는 바로 그런 타입의 여자들에게 자꾸만 빠지곤 해요. 몇 세기 전에는 썩은 계집 같았던 도로테아가 그랬고, 지금은 일제빌이라는 여자가 나를 녹초로 만들고 있어요. 그 멍청한 여자가 말이에요. 결코 만족할 줄을 몰라요. 늘 뭔가를 원해요. 얼마 전에는 식기세척기 때문에 입씨름을 했고, 지금은 시내에 집 한 채를 더 사자고 난리입니다. 자신이 갖고 있는 것에 대해 만족할 줄 몰라요. 일단 손에 넣고 나면 더 이상 좋아하지 않아요. 그리고 우리가 함께 원한 것이란 그녀가 아이를 가져 우리 둘만의 아이를 낳는 일, 그리고 금세 우거지는 조롱박 덩굴 정자였지요. 그러나 당신한테 질질 짜는 소리를 하러 여기 온 것은 아닙니다. 넙치님, 지난날 나는 당신의 경고에도 불구하고 결국 몬타우 출신의 마녀와 사랑에 빠지고 말았습니다. 그 여자가 느릿하면서도 원초적인 힘으로 내 마음을 끌어당겼기 때문이지요. 나는 지금 일제빌 이야기를 하고 있는 거예요. 넙치님, 당신은 내가 얼마나 줏대 없는 인간인지 잘 알고 있습니다. 그리고 내가 하나의 축을 필요로 한다는 것도요. 물론, 가만히 고정되어 있는 축 말이에요. 그러나 그 여자 역시 나처럼 하나의 축을 중심으로 떠돌고 싶어 하는 거예요. 그러면 절대 안 돼요! 예전의 도로테아도 우리를 가만히 놓아

두지를 않았어요. 언제나 순례의 길이었지요. 아헨이나 아인지델른 같은 스위스의 촌구석에서 내가 무슨 일을 할 수 있었겠어요! 그리고 나의 일제빌도 언제나 이리저리 떠돌아다니고 싶어 해요. 서인도제도로 말입니다! '이제 여기서 좀 경건하게 지낼 수 없겠어?' 나는 도로테아에게 이렇게 말했지요. 그러나 싫다고 하더군요. 여자들은 모두 자유와 독립을 원하고 있어요. 아니면 도로테아처럼 기껏해야 그들의 사랑스러운 예수에게 빠져 있어요. 예수의 품속에 독립이 들어 있기라도 한 것처럼 말입니다. 어쨌든 나는 언제나 다른 사람들을 위해 악착같이 일을 해야 했어요. 이를테면 사랑스러운 어린 자식들을 위해서 말입니다. 일 때문에 남자들은 완전히 탈진하고 말아요. 몸이 완전히 망가집니다, 넙치님. 나는 이제 지쳤어요. 언제부터인지 모르지만 우리는 무언가 잘못해 온 게 틀림없어요. 여자들은 점점 더 공격적으로 되어 가고 있어요. 이미 도로테아 때부터 그랬어요. 그리고 일제빌이 마치 영웅이라도 된 것처럼 목청을 돋울 때면 정말 나는 미칠 지경이에요. 그 소리를 들으면 나는 속이 부글부글 끓어올라요. 무슨 말 좀 해 주세요, 넙치님! 보세요, 나는 당신에 대해, 그리고 당신을 위해 책을 쓰고 있어요. 그렇지 않다면, 우리는 더 이상 친구가 아닌가요, 이제 더 이상 당신을 아버지라고 부르면 안 되나요?"

물론 나는 그 전설적인 넙치에게 원래는 아주 담담하고 정갈한 어투로 말을 건넬 생각이었어. 그러나 나는 마음의 평정을 잃고 말았어. 왜냐하면 최근 들어, 아니, 수세기 전부터, 그러니까 내가 도로테아 스바르체와 최초로 결혼을 한 이후로 점점 더 나를 억누르는 압력이 가중되었기 때문이었어. 심지어 내가 결혼을 피하려고 할 때조차도 여자들이 가해 오는 압력은 커져만 갔어. 언젠가 한번은 터질 수밖에 없었지.

물통 좌우의 두 개의 붉은 불빛은 넙치의 모습을 훤히 비추어 주었어. 넙치는 바닷모래 속에 온몸을 파묻고 있었어. 비뚤어진 입과 사팔뜨기 눈만이 밖으로 드러나 있었지. 지난날 내가 부르기만 하면 나의 품, 나의 손바닥을 향해 펄떡 뛰어오르던 넙치였었지! 그리고 넙치는 내게 이야기해 주고, 충고하고, 명령하고, 강의하고, 가르치고, 꾸지람도 하고, 설교도 했으며, 직접적으로 다음과 같은 지시도 내렸었지. "이것은 하라, 그것은 허락하지 마라, 내 말을 들어라, 조심하라, 스스로를 속박하지 마라, 그것은 문서로 받아 두어라. 너의 이익, 너의 특권, 남자로서의 너의 의무, 이 모든 것을 남자만의 일로 챙기도록 하라……."

도발적인 분위기를 풍기던 영화관이 서서히 속이 텅 빈 거대한 공명 상자로 변해 갔어. 어느 사이엔가 나는 그곳에서 빠져나오고 싶었어, 아니 도망치고 싶었어. 바로 그때 넙치가 입을 연 거야.

모랫바닥에 그대로 누운 채 넙치가 비뚤어진 입을 움직였어. "내 아들아, 나는 너를 도와줄 수 없구나. 자그마한 동정심조차 보여 줄 수가 없다. 내가 네게 부여한 모든 권력을 너는 오용해 버렸어. 너는 네게 부여된 권리를 자애롭게 행사하지 않았어. 그 결과 너의 지배는 압제가 되어 버렸고, 권력은 자기 목적이 되어 버렸어. 수세기 동안 나는 정말로 노력했어. 너의 패배를 숨기고, 너의 비참한 실패를 진보라고 해석하고, 이제는 백일하에 드러난 너의 파멸을 거대한 건축물로 가리고, 교향악을 울려 들리지 않게 하고, 금빛 바탕의 판화로 미화하고, 그리고 여러 책에서 때로는 유머러스하게, 때로는 구슬프게, 그리고 위급한 경우에는 재치 있게 떠들어서 넘기려고 말야. 너의 상부 구조를 지탱해 주려고 나는 심지어 유용한 여러 신들까지 만들어 냈어. 제우스로부터 마르크스에 이르기까지 말야. 심지어 현대—내 입장에서 볼 때에는 세계의 역사에서 단 1초에 불과하지만—에 이르러서도 나는, 즐겁기 짝이 없는 이 배심 법정이 계속되는 한, 너의 그 잘난 멍청함에다가 위트의 양념을 쳐야 하고, 너의 파산에서 얼마간의 의미를 짜내야만 한다. 이것은 정말 힘든 일이다, 내 아들아. 시도 때도 없이 부름을 받는 세계정신조차 이 일에서는 거의 즐거움을 찾지 못할 테니까 말이다. 그건 그렇고 나를 재판하고 있는 여자들이 갈수록 마음에 드는구나. 존경하는 검사인 지클린데 훈차 여사의 논고를 듣는 일이 전혀 지겹지가 않아. 돌아보면—이 점에서 나의 잘못을 인정한다.—도로테아의 위대한 고독이 이해가 간다. 아, 그녀는 나를 향해 이렇게 소리쳤었지. "넙치님, 어서 나오세요. 당신의 입에 키스해 드릴게요!" 너처럼 낡아 빠진 자루를 떼어 내던지는 것뿐 그녀가 할 수 있는 일이 무엇이었겠느냐? 종교적 열광에 빠지는 길 말고 그녀가 결혼 생활의 단조로움에서 무슨 수로 벗어날 수 있었겠느냐? 넌 아직도 어린애야, 여전히 어린애라고! 그리고 네가 내게 들려준 일제빌 이야기 말야, 그녀가 너를 갈구고 착취한다는 그 이야기가 내 마음에 든다, 정말, 내 마음에 들어. 그 여잔 정말 별난 데가 있어. 그녀에게 얼마나 싱그러운 권력에의 의지가 있는지, 정말 숙연해지는구나. 그녀에게 내 안부를 전해 다오. 아니다, 실패한 내 아들아, 너는 내게서 어떤 위로의 말도 기대해서는 안 된다. 너의 계좌는 이미 잔고를 넘어섰어. 어쩌면 조금 때가 늦었는지도 모르지만, 이제부터 서서히 나는 내 딸들을 찾아 나설 작정이다."

나는 조금 더 앉아 있었어. 나는 몇 마디 더 했던 것 같아. 내 잘못을 인정하고 나서 앞으로 스스로를 고쳐 나가겠다는 약속의 말과 함께 남자들이 늘 하는 자기 연민의 말을 했던 것 같아. 그러나 넙치에게선 아무런 반응도 없었어. 내가 보기에—넙치가 그럴 수 있다면—넙치는 잠든 것 같았어. 영화를 보던 중에 자리에서 일어난 사람처럼 나는 손으로 더듬으면서 영화관과 그곳의 냄새를 떠났어.

지클린데가 말했어. "이제서야 오는군요. 이야기는 실컷 했나요? 그놈은 아주 교활한 녀석이에요. 하지만 나는 그 녀석에게 본때를 보여 줄 거예요."

나는 내 여자 친구 지기에게 아무것도 누설하지 않았어. 다만 그녀에게 (정말이야, 일제빌. 그녀와 나는 그렇게 심각한 관계는 아니야.) 안전책에 좀 더 신경을 써야 할 것 같다고 넌지시 말했을 뿐이야. "당신들의 법정은 앞으로도 계속 열려야 할 거요. 몬타우의 도로테아 건은 아직 해결되지 않은 상태요. 혹시라도 누가 넙치를 슬쩍 훔쳐 간다면, 어쩔 거요?"

지클린데 혼자는 바깥으로 나와 영화관 출입구의 자물쇠

를 이중으로 채우면서 적절한 대책을 세우겠다고 약속했어. 그녀는 이렇게 말했어. "당신네 남자들은 별의별 일에 다 신경을 쓰는군요."

영화에서처럼

자기 머리카락을 어루만지거나
지난 사랑의 책장을 급히 넘겨 보지만
아무런 기억이 없는 여인.
때때로 그녀는 빨강 머리가 되고 싶거나
잠깐 죽고 싶거나 다른 영화 속에서
조역을 맡고 싶어 한다.

이제 그녀는 구성과 편집 과정에서 분해된다.
여자의 한쪽 다리가 달랑 등장한다.
그녀는 행복을 원치 않지만 그렇게 만들어진다.
그녀는 그가 지금 무슨 생각을 하는지 알고 싶어 한다.
그리고 다른 여자를, 만약 그런 여자가 있다면, 그녀는
필름에서 잘라 버리려고 한다, 싹싹.

영화가 진행된다. 자동차 사고, 비,
그리고 미심쩍은 트렁크.
주말은 반바지 입은 남자들의 흔적을 남긴다.

털이 덥수룩하거나 맨송맨송한 어떤 다리들.
따귀가 나중에 진짜처럼 울릴 것을 약속한다.

이제 그녀는 다시 옷을 입고 싶어 한다,
하지만 그 전에 거품에서 태어나고 싶어 한다
그리고 더 이상 낯선 냄새를 풍기지 않고 싶어 한다.
요구르트를 많이 먹어 몸이 비쩍 마른
일제빌이 샤워를 하며 울고 있다.

스카니아 청어

그 고위 성직자들은 자청해서 찾아왔다. 검 제조공 알브레히트 슬리히팅과 그의 아내 도로테아가 마지막 남은 딸 게르트루트를 데리고 삼 년 남짓한 순례 여행에서 돌아와 다시 날마다 지옥 같은 그들의 결혼 생활을 이어 가자, 교구 안의 사람들 사이에서는 다음과 같은 비난의 소리들이 쌓여만 갔다. 그렇지 않아도 원래 눈에 잘 띄는 도로테아가 미사 도중에 너무나 자주 미사에 방해가 될 정도로 소란을 피우면서 황홀경에 빠진다는 것이었다. 그녀가 낄낄대거나 큰 소리로 웃어 젖혀 성스러운 화체(化體)를 조롱한다는 것이었다. 그리고 그녀는 예수님이라는 말을 야릇한 의미로 쓰고 있다는 것이었다. 성촉절에는 사리풀로 만든 꽃다발을 두르고 다닌다는 것이었다. 게다가 조그만 병(甁)에다가 병든 자들의 몸에서 나온 부스럼 딱지와 고름을 모으고 있다는 것이었다. 그녀는 이상하게 눈이 비뚤어진 데다가, 열병에 걸린 듯 사지에 경련을 일으키는가 하면 몇 시간이고 뻣뻣이 굳은 몸으로 앉아 있는 걸로 보아 미쳤거나 아니면 악마와 계약이라도 맺었는지 모를 일이라는 것이었다.

사람들은 처음에는 이런 이야기들을 남몰래 속닥거렸지만 나중에 가서는 대놓고 떠들어 댔다. 사람들은 늙고 병든 그녀의 남편에게 동정의 눈길을 보냈다. 남편인 검 제조공이 애써 모아 놓은 모든 재산을 그의 아내가 타지에서 흘러든 거렁뱅이들에게 아무 생각 없이 마구 나누어 주는 바람에 한때 부유했던 검 제조공이 알거지가 되었다는 것이었다. 도제들도 이젠 더 이상 그의 집에 붙어 있지 않는다는 것이었다. 귀신에 홀려 그녀는 밤에 잠을 자지 못하고 밤새도록 온 거리를 싸돌아다닌다는 것이었다. 그녀가 외쳐 대는 비명 소리를 들었는데, 예수님을 외치는 그녀의 목소리는 경건하기보다는 차라리 음탕스러웠다는 것이었다. 그녀의 고해신부인 도미니코 수도회의 니콜라우스 신부는 그녀의 행동이 어려운 시험을 통해 은총을 증거하려는 하느님의 뜻이라고 말하면서 사람들의 마음을 누그러뜨리려 했지만, 주임신부이자 교회법 박사인 크리스티안 로체는 그녀를 반드시 종교재판에 회부해야 한다고 말했다. 죄악은 뻔뻔스럽게도 고해하는 여인의 탈을 쓰고 나타난다는 것이었다. 그렇기 때문에 페스트가 이 도시를 떠나지 않는 것도 놀랄 일이 아니라는 것이었다. 그렇기 때문에 또한 지난해의 풍작에도 불구하고 호밀과 보리와 귀리 가격이 또다시 벌써부터 올라가고 있다는 것이었다.

구시가지 주민들뿐만 아니라 교황 직속 시가지에 있는 마리아 교회 교구로부터도 압력을 받은 로체 신부는 제일 먼저 도미니코 수도사들과 이야기를 나누었고, 그다음에는 수도원장인 요하네스 마리엔베르더에게 조언을 구했으며, 또한 독일 기사단의 단장인 발라베 폰 샤르펜베르크의 의견을 들었다. 이들 네 성직자들은 구시가지에 있는 검 제조공의 집을 방문하기로 결정했다. 그 검 제조공은 도시 귀족 평의회에서 존경을 받고 있었다. 그것은 그가 길드 조합원들의 어리석은 봉기에 관여하지 않았으며, 오히려 길드 조합원들을 무마시키려고 노력했기 때문이었다.

정치적 사건(폴란드의 헤트비히와 리투아니아의 야기엘로의 결혼)이 생기는 바람에 독일 기사단 단장이 잠시 그곳을 떠나지 않으면 안 되었으므로, 이미 3월에 예고되었던 방문은 4월 말이 되어서야 실현될 수 있었다. 이들 네 사람의 고위 성직자가 어느 목요일에, 그것도 사순절이 지난 시점에 찾아왔는데도 불구하고 도로테아는—그들이 그녀를 심문하고 남편 알브레히트의 말을 다 듣고 나자—그들에게 스카니아 청어를 내놓았다. 그것은 스웨덴의 스카니아 지방의 팔스터보라는 곳에 비테라고 불리는 단치히 시 소유의 교역소가 있었기 때문에 어시장에서 값싸게 살 수 있는 생선이었다.

도미니코회 신부 니콜라우스는 끈이 달린 수도복을 입고 있었다. 수도원장 요하네스 마리엔베르더는 여행복 차림으로 왔다. 육중한 체구의 독일 기사단 단장 발라베는 검은 게르만 십자가가 그려진 백색의 기사단 외투를 입고 왔는데, 식사할 때도 그 옷을 벗지 않았다. 풍성한 가운을 입고 벨벳 모자를 쓴 크리스티안 로체는 성직자라기보다는 학자 같은 인상을 풍겼다.

식사에 앞서 검 제조공 알브레히트 슬리히팅은 이미 그 신사들도 다 알고 있는 사실을 다시 한번 확인시켜 주었다. 페스트에 자식 셋을 빼앗기고, 이런저런 이유로 자식 다섯이 더 죽고 난 다음에 아홉 번째 자식이 태어났을 때, 그는 아내 도로테아의 요구에 따라 도미니코회 수도원장이 입회한 가운데 앞으로 다시는 그녀와 잠자리를 같이하지 않겠다는 각서를 썼으며, 그 대신 그녀는 일주일에 한 번씩 주님의 성체를 접할 수 있는 특권을 허락받았다는 것이었다.

슬리히팅은 지난해 아헨과 스위스의 아인지델른까지 갔다 온 순례 여행에 대해 상세하게 보고한 뒤에 — 그는 강도들을 만났었다는 증거로 오른쪽 어깨의 털 셔츠를 걷어 올려 상처를 보여 주었다. — 도로테아의 이혼 요구에 대해 증언했고, 크리스티안 로체는 이것을 기록했다. 도로테아는 아인지델른에 남고 싶어 했으며 계약서를 작성해 남편과 여덟 살 먹은 딸 게르트루트와의 인연을 끊고 싶어 했다는 것이었다. 그녀의 소원은 자유로운 신세가 되어 오직 주 예수 그리스도를 위해 봉사하는 것이었다. 아인지델른은 젬파하 싸움을 전후로 하여 곳곳이 소요스러웠음에도 불구하고, 도로테아는 그곳을 천국의 앞마당이라고 불렀다는 것이다. 그러나 스위스인들의 귀에 거슬리는 사투리와 조금도 물러설 줄 모르는 말다툼 소리는 그에게 뼈에 사무치는 향수병을 가져다주었다는 것이다. 그는 그런 산골에서 죽어 그곳에 묻히는 일은 꿈에도 생각하지 않았다는 것이다. 이런 상황에서 그녀가 날이면 날마다 그에게 자유를 달라고 요구했기 때문에 결국 그는 양보하기로 마음먹게 되었다는 것이었다. 두 사람은 그 지역의 신부가 입회한 가운데 지금까지 같이 살아오면서 상대방에게 지은 죄가 없음을 확인하는 문서에 서명한 다음 이혼할 뜻을 명백히 밝혔다는 것이었다. 그 외에도 그의 나이—그는 예순여섯 살이라고 했다.—가 그의 말에 신빙성을 주었으리라는 것이었다. 그러나 그 고장의 성당 제단 앞에서, 주 하느님 앞에서 다시 한번 그가 정말로 이혼할 의사가 있는지, 그리고 도로테아는 어머니로서 어린 딸 게르트루트를 포기할 것인지에 대해 질문을 받았을 때, 그, 즉 알브레히트 슬리히팅은 큰 소리로 몇 번이고 '아니요.'라고 말했다는 것이었다. 그 때문에 사람들이 그를 어릿광대 바보라고 부를지도 모른다는 것이었다. 그 일이 있고 나서 그들 세 사람은 마침 때가 한겨울이라 거의 모든 길들이 통행이 불가능했음에도 불구하고 아인지델른을 떠났다는 것이었다.

이어서 로체 박사와 도로테아의 고해신부인 니콜라우스는 번갈아 가면서 그들의 귀향 도중에 생긴 일들에 대해 세세하게 캐물었다. 고향으로 돌아오는 그 험한 길에서 그와 딸 게르트루트는 내내 말 잔등에 타고 오고 그의 아내는 종잇장처럼 얇은 신발을 신은 채 얼어붙은 길을 달려왔다는 게 사실인가? 엘베강을 건널 때 얼음이 깨지기 시작하자 그는 왜 어린 딸만 재빨리 손을 뻗어 구해 주고 그의 아내는 깨진 얼음 조각에 의지한 채 떠다니도록 내버려두었는가? 게다가 그는 왜 하느님의 도움으로 그녀가 목숨을 건질 때까지 그녀를 바라보며 껄껄대면서 비웃기만 했는가? 그들이 뤼벡에서 배를 타고 고향인 단치히 항구까지 오던 중 도로테아가 예수의 목각상을 가지고 음탕하기 짝이 없는 짓을 여러 번 저질렀다는데, 그 사실을 그는 증언할 수 있는가? 귀향 도중이나 집으로 다시 돌아온 뒤에 그의 아내에게서 눈에 띄는 어떤 마녀 같은 행동을 목격한 적은 없는가? 그리고 이와 비슷한 질문들이 계속되었다.

그 자신은 말을 타고 도로테아는 사 주일간이나 도보로 걷게 한 사실에 대해 슬리히팅은 자신의 나이와 도로테아의 강인한 체력을 들먹이며 변명했다. 그는 자신이 큰 소리로 웃은 사실은 시인했다. 그러나 그것은 깨진 얼음 조각에 매달려 떠내려가는 그의 아내에 대한 두려움과 공포 때문에 나온 웃음이었다고 말했다. 그는 도로테아가 목각 예수상을 가지고 음탕한 짓을 했다는 사실에 대해서는 부인하고, 다만 선원들이 농담 삼아 그런 이야기를 지껄였던 사실만은 시인했다. 그의 아내에게 마녀의 기질이 있는지에 대해서는 확인할 수 없다고 말했다. 그녀가 퀴퀴한 곰팡내가 나는 관을 태워 얻은 재를 사순절 수프에 섞고서 휘저은 것은 주 하느님 앞에서의 인간의 나약함을 상기시키기 위한 행동이었을 뿐이라고 했다. 그리고 그녀가 가끔 고름이 가득 들어 있는 작은 병을 숭배한 것은 분명히 성령 병원과 성체 병원에 있는 나병 환자들을 구원해 주도록 하느님께 기도하기 위한 것이었다고 말했다.

기사단장 발라베는 아무 말도 하지 않았다. 수도원장 요하네스 마리엔베르더는 슬리히팅에게 지나가는 말로 사업은 잘 되느냐고 물어보았다. 검 제조공이 푸념을 늘어놓자, 수도원장은 기사단장 쪽을 슬쩍 쳐다보며 앞으로 주문이 들어올지도 모른다고 말했다. 지금 리투아니아 출신의 야겔로가 폴란드 왕위에 올랐기 때문에 전쟁에 대비해야 할 필요성이 생겼다는 것이었다. 이어서 수도원장은 슬리히팅을 향해 조롱하는 투로 만약에 다시 한번 도로테아와 갈라서야 할 상황에 놓인다면 이번에도 어릿광대가 되어 '안 되오'라고 계속해서 소리칠 테냐고 물었다. 이 말을 듣자 슬리히팅은 아무 거리낌 없이 지금의 결혼 생활이 지옥이나 다름없으며, 그의 아내는 경건한 척하는 지저분한 여자이며, 그녀와 헤어지는 것이 그에게 남은 여생의 마지막 희망이라고 말했다.

기사단장을 포함한 고위 성직자들은 미소를 지었다. 이들의 요구를 받자, 영락한 슬리히팅은 그에게 남아 있는 마지막 작품들을 보여 주었다. 그것은 은제 칼집 속에 들어 있는 금속 세공을 한 단도 한 자루와, 칼자루에 보석을 박고 자루 끝을 새 머리 모양으로 만든 길이가 각각 다른 대검, 그리고 금박을 입힌 쇠뇌였다. 그것들은 모두 영국의 헨리 더비 왕자가 지나는 길에 그곳에 잠시 들러서 주문만 해 놓고 지금까지 찾아가지도 않고 대금을 지불하지도 않은 물건들이었다.

그들은 검 제조공을 위로하면서—그 정신 나간 더비 왕자는 틀림없이 돌아올 것이라고—매년 겨울마다 본국인 영국에서 즐기는 여우 사냥 정도로 생각하고 리투아니아 사람들을 상대로 전쟁을 벌이는 그 왕자에 대한 일화를 들려주었다. 그다음 그들의 대화는 수년 전부터 논의해 온, 스웨덴의 모델을 본뜬 비르기타 수도원 건립 문제로 이어졌다.. 성녀 비르기타의 유해는 스웨덴의 바드스테나 수도원으로 이장되기 전에는 이곳 단치히의 성 카타리나 성당 근처의 작은 교회에 안치되어 있었다. 그러나 수도원장 요하네스 마리엔베르더는 이렇게 말했다. 이 땅에 수도원을 하나 더 세우는 것보다 더 절실한 것은 이곳 강변 저지대의 평범한 농민 집안에서 태어나 경건한 행동을 통해 신앙심이 입증된 성녀를 하나 갖는 것이라고 말이다. 앞으로는 이적(異蹟)이 폴란드에서만 일어나서는 안 된다는 것이었다.

이어서 그들은 알브레히트 슬리히팅을 밖으로 내보내고, 그의 아내를 길고 좁다란 방 안으로 불러들였다. 그곳에서는 커다란 두 개의 창문을 통해 통 제조업자의 마당을 가로질러 라두네강 건너편에 있는 잉어 연못 근처의 목조 가옥들과 초가지붕을 올린 토담집들이 내려다보였다.

누더기 같은 말총 속옷을 걸친 채 몬타우의 도로테아는 방으로 들어왔다. 당시 그녀는 마흔한 살이었으나, 여전히 이루 형언할 수 없는—물론 더 적절한 말을 찾을 수도 있겠지만—아름다움을 지니고 있었다. 어쨌든 그녀가 방 안에 들어서자 온 방 안의 분위기가 확 바뀌었다. 그리고 네 명의 신사들도 깜짝 놀란 듯이 얼른 자세를 바로잡았다. 그들은 손톱을 물어뜯고 있다가—수도원장 요하네스 역시 손톱을 물어뜯고 있었다.—두 손을 얼른 소매 속으로 밀어 넣고 등을 두 창문 쪽으로 둔 채 몸을 빳빳하게 세우고 앉았다. 그들 앞에는 육중한 테이블이 놓여 있었다. 그 위에는 로체 박사의 필기도구 외에는 아무것도 없었다.

도로테아는 그 신사들과 마주한 채로 앉으려 들지 않았다. 키가 훤칠한 그녀는 몸을 약간 앞으로 구부린 채 서서, 며칠 동안 잔뜩 찌푸렸던 4월의 하늘이 맑게 개이기라도 한 것처럼 한쪽 눈으로 한쪽 창밖을, 다른 쪽 눈으로 다른 쪽 창밖을 내다보았다. 이윽고 그녀는 기사단 단장을 위압적인 눈빛으로 쳐다보더니, 빠른 말투로, 전혀 억양을 넣지 않고, 이상한 어순을 써 가면서 재앙을 예언했다. 그녀는 독일 기사단이 탄넨베르크에서 치르게 될 전투와 패배에 대해서 날짜까지 정확하게 알고 있었다. 전투의 날짜가 다음 세기의 어느 날로 언급되었기 때문인지, 네 사람의 신사는 호탕하게 웃어 댔다. 한바탕 그들이 웃고 나자, 통 만드는 사람들이 내는 소음이 한결 시끄럽게 들려왔다.

거친 말투를 써 가면서 크리스티안 로체는 애써 불길한 예언을 얼토당토않은 헛소리라며 넘겨 보려고 했다. 그는 도로테아의 눈에 띄는 이상한 행동들을 꾸짖었다. 도대체 무엇에 홀렸길래 성스러운 미사 중에 킬킬거리고, 화냥기 어린 창녀처럼 입을 헤벌리고 혀를 놀려 대는가? 썩어 문드러진 관을 태워 재를 만들었다면, 이번에는 숫염소의 뿔을 태워 재로 만들지 않겠는가? 밤마다 찢어질 듯한 웃음소리를 흘리며 구시가지를 누비면서 버들가지 요새로 달려갔다고 하는데, 그녀를 기다린 정부는 누구인가? 땅 위에 약 두 뼘 높이로 떠 있을 수 있고 그렇기 때문에 물 위를 달릴 수 있다고 하던데, 그게 사실인가? 엘베강에서 얼음 조각을 타고 떠다니다가 목숨을 건진 것도 그 솜씨 때문인가? 그리고 그런 솜씨들을 얻는 대가로 누구한테 영혼을 팔아넘겼는가?

약간 비뚤어지고 물고기처럼 위로 말려 올라간 입으로 도로테아는 모든 질문에 대해서 올바른 문장은 되지 않으나 시어 투를 연상시키는 운을 맞춘 일련의 낱말들로 대답을 늘어놓았다.

"예수가 내 입에 입 맞추려 다가오면,
우리의 혀는 구멍 속에서 만나네……."
"사랑하는 예수의 고통이 내 머리를 덮고,
나무 관을 태워서 얻은 재……."
"어둠이 내리면, 내 마음속 고통은 격노하고,
만나고 싶은 사랑하는 나의 예수,
그의 육체는 기쁨으로 충만하네……."
"나는 이 우울한 지상으로부터 언제나 들어 올려져 있네,
예수가 사랑스러운 입으로 나를 애무할 때면……."
"나는 내 영혼을 예수의 창 앞에 넘겨주네.
식탁에 둘러앉은 높으신 분들께,
이제 나는 네 마리의 물고기를 내놓네,
신선한 스카니아 청어는

사랑하는 예수께 바치고 싶네."

수도원장을 비롯하여 기사단 단장, 도미니코 수도회의 고해 신부, 그리고 교회법 박사에 이르기까지 모두들 그녀의 답변에 깊은 감동을 받았다. 모두들 그토록 보잘것없는 인간의 입을 빌려서 그처럼 우아한 말을 할 수 있는 것은 분명히 사탄일 리가 없다고 했다. 틈날 때마다—이것은 틀림없는 사실이다!—변덕스럽게 아무 말이나 마구 내뱉던 그 조그만 혓바닥을 어쩌면 주님이 녹여서 없애 버렸는지도 모른다고들 했다. 운을 맞춰서 읊조린 도로테아의 말에 육체적 쾌락과 정신적 즐거움 사이의 경계가 항상 분명한 것은 아니지만, 그녀의 말에 주님을 향한 사랑이 표명되고 있음은 의심의 여지가 없다고 했다. 이것은 알레마니엔 출신 수도원장이 단조로운 저지 독일어에 생기를 불어넣어 주는 두드러진 스위스 억양으로 한 말이었다. 박식한 요하네스 마리엔베르더는 기독교의 신비주의에서 가져온 예를 들었다. 그는 도로테아의 입에서 나온 말들은 수녀 로스비타의 성담(聖譚)과 마그데부르크의 메히트힐트의 시에 비견될 수 있다고 말했다. 이단의 냄새를 풍기지 않는 한 신비주의적인 신앙 체험 역시 교회법에 전혀 저촉되지 않으므로 로체 박사 역시 어떤 이의도 있을 수 없을 것이라고 말했다. 그러자 성 마리아 교회의 신부는 그 말에 일단 동의는 하면서도 만일의 경우에 대비해 도로테아에게 이런저런 질문을 하고 나서, 나병 환자들의 고름을 담은 병에 대해서도 캐물었다.

그러자 도로테아는 다시 삐딱하게 돌아간 조그만 입을 열어 그녀의 '작은 가슴속의 고통'을 '사랑하는 예수님의 육신의 고통'과 연관 지었다. 그리고 그녀는 성체 병원의 나병 환자들의 몸에서 받아 낸 고름을 '사랑하는 예수님의 상처에서 나온 꿀'이라고 부르고, 그것을 얼른 하늘의 '작은 꿀벌들'과 운을 맞추었다. 또한 그녀는 자신은 사탄과는 아무런 상관도 없다고 말했다. 그녀는 사탄을 '사악한 혓바닥'이라고 비난하고, 맛좋은 넙치의 비뚤어진 입 모양을 연상하면서 그 말에다가 '넙치의 찌푸린 얼굴 바닥'이라고 운을 맞추었다.

이윽고 교회법 박사는 만족스럽다는 표정을 지어 보였다. 평소 별로 말이 없는 기사단장 발라베 폰 샤르펜베르크는 도로테아를 부엌으로 내보냈다. 아까 그녀가 그토록 멋지게 운을 맞추어 약속한 스카니아 청어 요리를 준비시키기 위해서였다.

몬타우의 도로테아가 이쪽 창문과 저쪽 창문에서 각각 시선을 거둬들인 뒤 몸을 돌려 기다란 방을 걸어서 문을 향해 가는 동안, 탁자 뒤에 앉아 있던 네 명의 신사들에게는 그녀가 두 뼘쯤 마루 위에 둥둥 떠가고 있는 것 같은 느낌이 들었다.

다시 그들만 남게 되자, 그들은 자세를 편하게 고쳐 앉았다. 로체가 감격한 어투로 가장 먼저 입을 열었다. "성녀예요, 그녀는 성녀입니다." 그 말에 다른 신사들도 모두 공감을 표시했다. 그러나 좀 찬찬히 생각해 보더니 독일 기사단의 발라베 단장은 갑자기 유창한 어투로 다음과 같이 일장 연설을 시작했다. 너무 우울한 내용이기는 하지만, 정치에 대해 아는 것이 없는 도로테아가 한 예언은 실제로 증명될 것이다. 물론 기사단에게 불리한 결과가 나오지는 않을 것이다. 최근에 한 나라로 합쳐진 리투아니아-폴란드 왕국과의 전쟁이 임박해 있다. 폴란드의 여왕 헤트비히가 이교도인 야겔로를 개종시켜 기독교도 블라디슬라프로 만드는 솜씨를 보여 준 까닭에, 기사단 영지에 사는 사람들에 이르기까지 백성들은 권력욕에 굶주린 그 여자를 모두 성녀라고 부르고 있다. 이에 대한 대책이 시급하다. 폴란드인들은 위험스럽게도 자꾸만 눈에 보이는 기적을 행하고 있는데, 우직한 독일인들은 아둔하게도 경건한 척만 하고 있고, 한자동맹의 장사꾼들은 기적을 사들이기 전에 먼저 계산부터 해 본다. 그, 즉 발라베 폰 샤르펜베르크는 성모의 이름으로 이 지역을 다스리는 독일 기사단을 계속해서 지지하겠다. 그는 기꺼이 검 제조공의 아내의 신성함에 대한 증인이 되겠다. 서둘러 행동해야 한다. 전쟁이 바로 코앞에 닥쳐왔다. 위협을 받고 있는 기사단의 영지를 지켜 내기 위해서는 무기와 식량 이외에 수호 성녀의 비호가 있어야 한다. 게다가 도로테아와 같은 아름다운 다갈색 머리카락의 여인이 전사의 검을 인도한다면, 모두들 훨씬 더 용감하게 싸울 것이다.

그때 요하네스 마리엔베르더 수도원장은 한숨을 쉬면서 두 손을 들어 머리 뒤로 깍지를 꼈다. 그는 기사단장에 비해 전쟁을 할 각오가 그리 크지는 않았지만 기사단장의 의견에는 동감이었다. 그러나 어떻게 성자 추대 절차를 밟을 것인가? 그들은 방도를 찾을 수가 없었다. 조그만 문젯거리가 버티고 있었기 때문이다. 그것은 도로테아가 아직 살아 있다는 것이었다. 순례 여행길에서 수많은 고초를 겪었으며, 뼈를 깎는 듯한 참회의 고행을 했고, 경련을 일으키며 황홀경에 빠지기도 했고, 그 밖에 발작을 일으킨 적도 많고, 만성적인 불면증으로 편두통을 앓아 왔는데도 불구하고 도로테아는 체력적으로 너무나 건강했다. 그녀는 코피를 자주 쏟았지만, 그로 인해 체력이 약해지는 것이 아니라 오히려 체액이 맑아진 것 같았다.

발라베가 기사단 영지의 영화를 위해 도움이 될 뿐만 아니라 꼭 필요하다면서 가능하다면 도미니코회의 도움을 빌려 도로테아의 죽음을 추진해야 할 것 같다고 전혀 거리낌 없는 어투로 제안하자, 니콜라우스 신부는 버럭 화를 내면서 이렇게 말했다. 절대로 그래서는 안 된다! 그건 말도 안 되는 소리다. 부득이하다면 도로테아를 로마로 순례 여행을 보내는 것에 대해 고려해 볼 수 있다. 다들 기억하고 있겠지만, 그곳에서 스웨덴의 비르기타가 죽음을 맞아 지체 없이 성녀로 추대된 바 있다. 순교자의 피가 흠뻑 배인, 그 영원의 도시의 토양과 건강에 좋지 않은 그 고장의 풍토, 이 두 가지는 안성맞춤이다. 그리고 그 밖에 교황청의 성자 추대위원회는 성자가 될 가능성이 있는 사람들이 자신들의 마지막 거처로 겸허하게 로마를 택하는 것을 좋게 생각하는 경향이 있다. 물론 성년(聖年)을 기다려야 하는 일이 남아 있다. 도미니코회 사람들이 알고 있는 한, 성년은 당분간 없을 것 같다.

기사단장은 그 말에 불만을 표시하며 이렇게 말했다. 보아하니 신부는 폴란드인들로부터 지배를 받는 것을 별로 싫어하는 것 같지 않다. 어쨌든 오래가지 않아 전쟁이 일어날 것이다. 그런데 만약 생명력이 질긴 도로테아가 로마로 가서 흑사병을 일으키는 그곳의 기후에도 죽지 않고 살아남으면 어떻게 할 것인가? 물론 독일 기사단에 대한 도미니코회 형제들의 충성심을 믿어 의심치 않는다. 어쨌든 지금 현재로서는 그렇다.

보다 좋은 방안을 강구하기 위한 한참 동안의 휴식이 끝나자 — 휴식 시간 동안 통 제조업자들이 양철을 두들기는 소리가 다시 들려왔다. — 요하네스 수도원장은 자신이 생각해 낸 최선의 방안에 대해 이렇게 이야기했다. 모두들 잘 알고 있듯이, 도로테아는 은자 생활을 하고 싶어 하고 또 세상으로부터 칩거하는 것을 자유라고 일컫고 있으므로 그녀를 마리엔베르더 성당에 수용하면 좋을 것 같다. 물론, 경건한 은자나 겸허한 참회의 여인을 유폐하는 것은 이 지방 습속에 어긋나는 일이고, 다른 고장에서도 그런 습속은 점점 사라지고 있기는 하지만, 주교의 지지만 있다면 한 번 정도의 예외는 분명히 만들 수 있다. 일단 유폐되고 나면, 그녀의 육체의 껍질은 금방 해체될 것이다.

신분이 높은 네 신사가 모든 가능성과 만약의 사태 — 만약에 그녀가 마녀 짓을 하다가 붙잡히면 어떻게 되지? — 에 대비한 논의를 막 끝낸 순간, 도로테아가 안으로 들어왔다. 이번에는 한 발 한 발 제대로 마룻바닥을 디디며 왔다. 스카니아 청어가 담긴 얕은 주발을 앞에 들고 있었다.

청어는 날것으로 쓸 수도 있고, 소금에 절일 수도 있고, 훈제하거나 또는 양념에 재울 수도 있다. 청어는 삶거나, 굽거나, 튀기거나, 살짝 데치거나, 필레를 만들거나, 뼈를 발라내고 속을 채우거나, 작은 오이에다 둘둘 감거나, 기름이나 식초, 백포도주 또는 시큼한 크림을 발라서 먹는다. 소금물에다 양파를 썰어 넣고 삶은 청어를 아만다 보이케의 삶은 통감자와 함께 먹으면 그 맛이 일품이다. 조피 로트촐은 청어를 베이컨 조각 위에다 얹은 뒤 그 위에 빵가루를 뿌린 다음 솥에 집어넣었다. 요리 담당 수녀 마르가레테 루쉬는 노간주나무 열매와 소금에 절인 양배추를 한데 넣고 뭉근하게 삶은 뒤 마지막에 가서 뼈를 발라낸 발트해산 작은 청어를 넣고 더 삶았다. 아그네스 쿠르비엘라는 백포도주에 살짝 데친 부드러운 청어 필레를 식이요법 식사로 내놓곤 했다. 또 레나 슈투베는 청어에 밀가루를 묻혀서 튀긴 요리를 그녀의 첫 번째 남편과 두 번째 남편의 식탁에 내놓았다. 그러나 도로테아는 식탁에 앉아 있는 네 명의 신사들을 위해, 팔스터보에 있는 단치히 교역소로부터 소금에 절여진 채 나무 상자에 담겨 운반되어 온──이런 이유로 나무 상자 제조업자들과 스카니아 선원들은 소속된 조합이 달랐음에도 힘을 합쳐 성 요하니스 교회에 성모상과 은제 제구들을 기증한 것이다.──스카니아 청어를 평소에 하는 그녀 나름의 사순절 요리법으로 조리해서 내놓았다. 도로테아는 열두 마리의 스카니아 청어를 깨끗한 물로 조심스레 씻어서 타오르는 불길 속의 하얀 재 속에다 묻었다. 이렇게 두면 기름이나 양념, 그 밖의 조미료를 쓰지 않고도 청어가 눈깔이 하얗게 변하면서 잘 익은 생선 맛을 내게 된다. 그녀는 재 속에 파묻어 두었던 청어를 꺼내 접시에 한 마리씩 담기 전에—나란히, 대가리와 꼬리가 서로 엇갈리게—입으로 훅 훅 불어서 대충 재를 털어 냈다. 그렇지만 생선 요리에는 얇은 은빛 재가 여전히 남아 있었다. 네 신사는 도로테아가 다시 방에서 나가자마자 그 사순절 요리사가 어떤 나무를 태워 재를 만들었을까 하고 서로 묻지 않을 수 없었다.

수도원장 요하네스의 제안으로 도로테아의 고해신부인 도미니코회 수도사가 짤막한 기도를 올린 뒤, 네 명의 신사들은 잠시 망설이다가 이내 달려들어 먹기 시작했다. 모두들 스카니아 청어를 이런 식으로 조리하니 참으로 맛있다고 했다. 이제 아무도 어떤 재를 사용했는지에 대해서는 물으려 하지 않았다. 네 사람 모두, 점잖은 로체까지도 식탁 위에 팔꿈치를 올려놓은 채 청어의 대가리와 꼬리를 붙잡고서—니콜라우스 신부는 썩은 이빨로—등뼈의 양쪽에 붙어 있는 살을 열심히 뜯어 먹었다. 살을 다 발라 먹은 다음 그들은 생선 가시만을 대가리와 꼬리가 각각 엇갈리도록 원래 놓여 있던 자리에 가지런히 놓았다. 이어서 그들은 주발에서 각자 두 번째 청어를 집어 들어 해치우고, 그런 다음 세 번째 청어마저도 먹어 치웠다. 기사단장 발라베만은 아삭아삭한 꼬리 부분까지도 다 씹어 먹었다. 수도원장 요하네스는 세 번째 청어를 도미니코회 수도사에게 넘겨주었다. 네 사람 모두 먹는 동안 아무 말도 하지 않았다. 다만 성 마리아 교회의 주임신부만이 첫 번째 청어와 두 번째 청어 사이에 그리고 두 번째 청어와 세 번째 청어 사이에 라틴어로 뭐라고 중얼거렸을 뿐이다.

마침내 열두 개의 생선 가시가 가지런히 놓이게 되자, 수도원장과 기사단장, 교회법 박사, 도미니코회 수도사는 다시 그들의 주제로 돌아갔다. 그들은 다음에 있을 성년(聖年) 때—교황 보니파츠는 1390년이 되어서야 비로소 성년을 선포했다.—도로테아를, 순례에 드는 비용을 교회에서 대고 도미니코회 소속의 첩자 마르테 크바데모세 부인을 붙여서 로마로 떠나보내기로 결정했다. 그렇게 해서 그녀가 순례의 고통과 생소한 풍토에서 살아남는지 지켜보자는 것이었다. 크바데모세 부인은 그녀의 동정을 보고할 것이다.

도로테아는 로마의 성 베드로 성당에 보존되어 있는 유명한 유물인 베로니카의 손수건을 보고 나서 큰 병에 걸려 앓아눕고 말았다. 크바데모세 부인의 간병을 받기도 했지만, 그녀는 기적적으로 회복되어, 그리스도의 승천절 다음 주일날, 화색이 도는 얼굴빛으로 다른 로마 순례자들과 함께 야콥 성문을 지나 단치히에 들어섰다.

네 명의 고위 성직자들은 그녀가 죽지 않고 살아 돌아올 만약의 사태에 대비해서 그녀의 늙은 남편의 동의를 얻어 그녀에게 남편은 사망했으며 어린 딸 게르트루트는 쿨름의 베네딕트 수녀원에 맡겼다고 말하기로 미리 정해 놓았다. 그리고 통 제조업자들의 안마당과 붙어 있는 그들의 집은, 그들 부부가 아인지델른으로 순례를 떠난 뒤로 이미 도미니코 수도회의 재산이 되어 있었다. 빚을 진 검 제조공은 수도회에 집세를 내야만 했다.

그들이 꾸민 일은 실제로 일어났다. 죽었다고 선포되어 성 카타리나 교회의 묘지에 자신의 빈 관을 묻게 된 검 제조공 슐리히팅은 부채에서 벗어난 데다가 마침내 결혼의 십자가를 내동댕이칠 수 있게 되어 무척 기뻐했다. 도로테아가, 크바데 모세 부인이 모집한 순례자들의 무리에 섞여 난생 처음으로 성 마리아 교회를 방문하기 사흘 전에, 그곳에 있던 슐리히팅과 그의 딸은 도미니코회 사람들의 도움을 받아 몰래 코니츠로 옮겨 갔다. 그곳에서 슐리히팅은 다른 이름으로 동업조합에 가입하고, 계속되는 전쟁 덕분에 다시 부자가 되었으며, 게르트루트를 어느 검 제조공에게 시집 보내고 나서도 한참 더 살아남아서, 독일 기사단이 탄넨베르크에서 패배하리라는 도로테아의 예언이 사실로 입증되는 것을 직접 보았다.

식탁에서 여러 가지 준비에 대한 논의가 끝나자 수도원장 요하네스는 이제 과부가 된 도로테아를 마침내 그녀의 처녀적 성인 스바르체로 되돌려 마리엔베르더 대성당에 유폐시킬 용의가 있음을 밝혔다.

이 일 역시 실행에 옮겨졌다. 폴란드인들의 음모 때문인지 담당 주교가 오랫동안 승인을 거부하는 바람에 좀 지체되기는 했지만. 경건한 참회의 여인 도로테아는 마침내 1393년 5월 2일 엄숙한 절차에 따라, 앞일을 생각하는 네 사람이 지켜보는 가운데 세상과 격리되어 성당의 이 층 합창석으로 올라가는 남쪽 계단 밑에 거처를 잡았다. 벽돌 하나하나가 축복을 받은 것들이었다. 벽돌들 사이사이를 메운 모르타르 속에는 신성한 양털이 함께 반죽되어 있었다. 이렇게 해서 도로테아는 마침내 원하던 자유를 얻게 되었다. 그곳엔 단 하나의 작은 창문만이 남아 있었다. 그 창문을 통해 그녀는 숨을 쉬고, 소량의 사순절 음식을 받고, 빈약한 배설물을 내보내고, 성당의 미사 소리에 귀 기울이고, 매일의 성찬을 배수하고, 요하네스 마리엔베르더에게 그녀의 성스러운 생활에 대해서 고백할 수 있었다. 요하네스 수도원장은 그녀의 인생 고백을 교회 라틴어로 기록했는데, 그것은 1492년에야 비로소 단치히 최초의 출판업자 야콥 카르바이세에 의해 출판되었다.

네 명의 고위 성직자들은 또한 등뼈만 남은 열두 마리의 스카니아 청어의 대가리와 꼬리가 엇갈려 놓여 있는 얕은 주발을 앞에 두고 몬타우의 도로테아로 알려진 도로테아 스바르체가 유폐되어 있다가 사망하게 되면—그들은 그녀가 반년 안에 죽을 걸로 생각했다.—그 즉시 성녀 추대 절차를 밟기로 약속한 바 있었다.

그 일 역시 그렇게 되었다. 하지만 유폐된 도로테아는 예상했던 것보다 오래 살아남았다. 그녀는 1394년 6월 25일에 죽었다. 그녀가 머물던 외딴 방은 기적을 믿는 수많은 사람들이 작은 창문을 통해 바닥에 늘어져 있는 그녀의 시신을 한번 볼 수 있도록 잠깐 공개된 다음에 단단히 밀폐되었다. 물론 성녀 추대 절차는 지체 없이 진행되었고, 독일 기사단의 폰 융잉겐 단장도 자신이 프로이센의 성녀에 특별한 관심이 있음을 성녀 추대위원회에 밝혔다. 그러나 교회 내의 분규 때문에 성렬(聖列) 추대위원회의 청원자는 만일의 경우를 대비하여 관련 서류를 볼로냐로 보냈는데, 그곳에서 서류가 그만 분실되고 말았다. 성녀 추대 절차는 결국 아무 소득도 올리지 못했다. 기사단 영지는 성녀를 갖는 데 실패했다. 그리고 남아 있는 보잘것없는 자료를 토대로 1955년에 다시 착수된 성렬 추대 절차가 바티칸의 요구에 맞게 성공적으로 수행된다 해도, 가톨릭 교회의 무오류의 이 뒤늦은 승리는 고작 한때 나의 라틴어 선생님이었던 스타크닉 사교(司敎)만 기쁘게 해 줄 따름이었을 것이다. 그분은 도로테아에게 언제나 경건한 관심을 갖고 있었다.

네 명의 고위 성직자들은 서둘러 검 제조공의 집을 떠났다. 통 제조업자의 마당에서는 작업 소리가 더 이상 들려오지 않았다. 이젠 출렁이는 라두네강의 강물 소리만 들려왔다. 발트해에 땅거미가 지고 있었다. 네 사람은 기분이 좋았다. 남자답게 실용적인 자신들의 머리 덕분에 현명한 계획을 세웠다고 확신하고 있었기 때문이다. 로체는, 도로테아가 성렬의 반열에 들게 되면 마리아 교회의 증축을 위해 사람들이 기쁜 마음으로 헌금을 많이 낼 것이라고 말했다. 오직 기사단장인 발라베 폰 샤르펜베르크만이, 어쩌면 마녀인지도 모를 그 여자가 사탄의 도움을 받아, 유폐된 상태에서도 그들이 그토록 신중하게 생각해 낸 기간보다 더 오래 살아남을지도 모른다고 우려를 표명했다.

그 집에서 나오면서 네 사람의 신사는 연기가 자욱한 부엌 안을 다시 한번 들여다보다. 그때 그들의 눈에는 어린 게르트루트가 묘지의 썩어 문드러진 나무를 가지고 노는 것이 보였다. 늙은 슬리히팅은 멍하니 아궁이 앞에 앉아 있었다. 도로테아는 평소와 마찬가지로 마른 콩 위에 무릎을 꿇고 앉아 있었다. 그렇게 해서 뭉근해진 콩으로 그녀는 다음 날 요리를 할 생각이었다. 네 사람의 신사는 그녀가 드리는 기도 소리를 들었다.

"당신의 창(槍)은 내게 그 얼마나
환희에 찬 고통을 주는가요, 사랑하는 예수여……."

일제빌에게

음식이 식어 가고 있겠지.
하지만 나는 이제 더 이상 시간을 지킬 수 없어.
"여보, 나 왔어!"라는 말이 낯익은 문을 밀치지 못해.
옆길로 당신에게 다가가려다가,
길을 잃고 말았어. 나무들 사이로, 버섯 벼랑으로,
외딴 언어의 들판으로, 쓰레기 더미 속으로.
기다리지 말고. 당신은 벌써 찾아 나섰어야 했어.

나는 부패 속에서도 몸을 따스하게 할 수 있어.
나의 은신처는 출구가 세 개야.
나는 내 이야기 속에서 더 현실적이야,
그리고 10월에도. 그땐 우리의 생일이 있고,
해바라기들이 목이 잘린 채 서 있으니까.

오늘날 우리가 낮이나
짧은 밤을 제대로 살 수 없으므로,
나는 당신에게 한 세기를 제안하겠어,
이를테면 14세기를.
우리는 아헨으로 가는 길에 있는 순례자들,
몇 푼의 여비로 끼니를 때우고 있어.
페스트는 고향에 두고 왔지.

넙치가 충고한 대로 말야.
또다시 도주 중이야.
하지만 언젠가—나는 기억해.—이야기 도중에,
어딘가 전혀 낯선 곳으로, 빙판을 지나 리투아니아로 뻗어 가려는
어떤 이야기 도중에 당신은 당신 곁에 있는
나를 발견했어. 그러니 당신 역시 나의 은신처야.

존경하는 스타크닉 박사님께

도로테아를 아직 기억하여 그녀의 사순절 수프를 기록해 두려고 생각하거나, 나아가 (아직 성렬의 반열에 오르지는 않았지만) 성녀로서의 모습에 반해 그녀의 극단적인 언행에서 보이는 악마 같은 또는 전성기 고딕적인 모습을 그려 보고자 하는 사람은 누구나, 탄탄하다기보다는 경건하다고 할 당신의 학식

에 부딪쳐, 분명히 당신의 비판을 받을 것이며, 당신의 가톨릭적인 분노를 각오해야 할 것입니다. 당신은 도로테아의 모든 것을 하나도 남김없이 당신 것으로 만들었기 때문입니다.

당신이 아직 나의 (크게 성공하지 못한) 라틴어 선생님이었고, 내가 분별없는 히틀러 유년대원이던 시절, 그때 이미 당신은 몬타우의 도로테아와 14세기에 관한 전문가였지요. 당시는 (전쟁 중이라서) 현실에서 도피하기가 힘들었는데도 말입니다. 결국 당신은, 1937년에 활동을 금지당할 때까지, 중앙당의 지역 대표로서 단치히 의회에서 중앙당 의원을 지냈습니다. 당신은 그때부터 침묵으로 일관하는 나치 적대자로서 몸조심을 해야 했습니다. 그렇지만 나치의 박해는 곰팡내 나는 우리의 교실 안까지 당신을 쫓아왔습니다. 철없는 학생이었던 우리는 그것을 전혀 눈치채지 못했습니다.

우리 학생들에게 당신은 라틴어만 엄격하게 가르치던 이방인의 모습으로 남았습니다. 스탈린그라드가 함락되든 토브루크를 잃든, 열정적으로 오로지 라틴어 문법에만 매달리던 막연한 어느 선생으로서 말입니다. 다만 당신이 소박하게 가톨릭에 약간 심취한 모습을 보이거나, (애정을 품은 눈빛으로) 축복받은 도로테아와 그녀의 임박한 성렬 가입에 대해 이야기해 줄 때에만, 당신은 나의 마음을 사로잡고 나의 상상력을 자극할 수 있었습니다. 어쨌든 나는 그 당시 열세 살 소년으로 도로테아를 닮은 한 소녀의 뒤꽁무니를 따라다녔습니다. 그녀의 하얀 관자놀이에 얼비치던 파란 핏줄이 지금도 떠오릅니다. 물론 나는 이렇다 할 만한 성과도 보지 못했습니다. 그 소녀의 머리카락은 검은색이었습니다. 그러나 당신이나 나나 똑같이 확신하지만, 몬타우의 도로테아의 머리카락은 다갈색이었습니다. 그녀의 아름다움이 아무짝에도 쓸모가 없었다는 사실에 대해서도 우리는 아마 의견을 같이했을 것입니다. 당신과 마찬가지로 나도 그녀는 결혼 생활에 적합하지 않은 여자였다고 생각합니다. 물론 당신은 당신이 쓰신 글에서 도로테아는 검 제조공 알브레히트 가정의 훌륭한 주부요, 아내가 되려고 무척 애를 썼다고 여러 번 주장하기도 했지요. (그러나 사실 당신의 지적대로 그녀는 자주 잠이 오지 않아서 밤마다 접시를 닦았던 것입니다.)

당신은 마지막 편지에 이렇게 썼습니다. "내가 우리 고향의 성녀이자 프로이센의 수호 성도인 도로테아를 과거에도 강력하게 옹호했고, 오늘날에도 그녀를 위해 일하고 있는 까닭은 그녀가 아주 특이한 인물이기 때문임을 양지해 주게. 나는 그녀를 정신적으로나, 종교적 도덕적으로나 독일 기사단 지배 시절의 프로이센에서 가장 탁월한 여인이라고 생각하고 있네." 이 점에 대해서 나는 다르게 생각하고 싶습니다. (그리고 그럴 수밖에 없습니다.) 나도 물론 도로테아가 별난 인물임은 알고 있습니다. 그렇지만 그녀에게서 신성한 기미를 찾아낸다는 것은 불가능합니다.

편지에서 당신은 당시 성녀 추대위원회에 제시된 증언들을 언급하고 있습니다. 당신은 독일 기사단의 난폭한 인물인 융잉겐과 그 일당의 말을 인용하고 있습니다. 당신은 도로테아의 전기를 쓴 요하네스 마리엔베르더의 말을 따르고 있습니다. 그리고 내게 더 알고 싶으면 그가 쓴 방대한 삼부작 『수도원장 도로테아의 존경스러운 생애』를 보라고 추천하셨습니다. 그러나 한때 프라하 대학의 신학 교수였고 뒤에 마리엔베르더 대교구의 수석 사제가 된 요하네스의 책을 내가 따르지 않으려는 까닭은 나의 라틴어 실력이 보잘것없기 때문만은 아닙니다. 요하네스는 그 일에 너무 깊게 관여하였으며, (무슨 수를 써서라도) 독일 기사단을 위해 성녀를 만들어 내려고 한 사람입니다. 차라리 나는—존경하는 스타크닉 선생님, 나도 당신만큼이나 상상력이 풍부합니다.—내 개인적인 기억들과 도로테아와의 고통스러웠던 경험들에 의존하겠습니다. 왜냐하면 내가 바로 페스트가 나돌던 그 시절 전후에 살았던 검 제조공 알브레히트이니까요. 아홉 명의 자식 가운데 여덟을 잃고, 뼈가 빠지도록 일을 했건만 교회 앞에 서서 마음껏 돈을 내주는 도로테아 때문에 얼마 되지 않던 재산마저 탕진하고, 길드 조합에 나가서는 금이나 구리 세공업자들의 조롱거리가 되고, 그 여자(경건한 척하는 계집)한테마저 병신 취급을 받았던 바로 그 알브레히트입니다. 아, 그녀가 나와 마지막 남은 자식을 헌신짝처럼 버리려고 했을 때, 바로 그 스위스의 아인지델른에서 이혼에 합의를 했어야 하는 건데!

당신은 이렇게 반박할 수도 있겠지요. 도로테아가 다다른 황홀한 경지와 깨달음에 비한다면 나의 소시민적인 불행과 여러 해 동안의 성욕 박탈(그녀는 성생활을 거부하며 나를 받아들이지 않았다!)이라는 게 도대체 무엇이며, 도로테아가 매일 (피가 흠뻑 배도록) 자신의 몸에 채찍질을 하여 하느님을 기쁘게 함으로써 얻은 것에 비한다면 탕진된 나의 재산이라는 게 얼마나 하찮은 것인가, 또 (그녀가 매일 마음속으로 교류하는) 주 예수 그리스도를 통해 그녀가 하느님의 진정한 자식이 된 것에 비한다면 (일반적으로 유아 사망률이 높던 그때에) 자식을 여덟 잃었다는 게 뭐 그리 대수롭단 말인가, 또한 이제 오백 년에 걸친 인고의 세월도 다 끝나 하늘의 보상이 지금 당장이라도 주어지려는 판국에 이승에서 겪은 고초에 대해 소송을 제기하겠다는 게 도대체 무슨 말인가 하고 말입니다.

그렇게 보는 당신의 시각도 틀린 것은 아닙니다. 기쁨에 찬 당신의 기대에 비추어 본다면 전성기 고딕 시대에 수공업자요 가장으로서 내가 겪은 비참함은 하찮은 것으로 치부되고 말겠지요. 기쁨에 겨워 당신은 이렇게 썼습니다. "성자 추대위원회의 역사 분과 대변인이 얼마 전에 통지해 온 바에 의하면, 아마도 올해 안으로 '복자(福者)나 성인으로 존경받아 마땅한 몬타우의 도로테아에 대한 확인'이 교황의 문서를 통해 이루어질 것이며, 이로써 도로테아의 성렬 가입 절차는 완료될 것이네."

나는 그 말을 진짜로 믿고 싶습니다. 왜냐하면 시간마저도 초월하며 이 세상에서 유일하게 구원을 주는 교회의 힘 앞에 벌벌 떨 만큼 나는 아직도 가톨릭에 대한 믿음을 지니고 있으니까요. 믿음이라는 것은 아무리 어둠 속을 헤맬지라도 이성의 희미한 불빛보다 더 밝다는 것을 나는 알고 있습니다. 그러나 죄송합니다만 나는, 당신의 도로테아이기도 하지만 나의 도로테아이기도 한 그녀의 임박한 성렬 가입에 대해 다른,

오히려 세속적인 의미를 부여하고 싶습니다. 그러니까 도로테아는 중세의 결혼의 가부장적인 폭력에 항거했던 (우리 지역에서) 최초의 여자였습니다. 그녀의 아버지가 세상을 뜬 지 얼마 안 되어 그녀의 큰오빠는 그녀와 한마디 상의도 하지 않고 (열여섯의 나이로) 그녀를 나이가 이미 지긋한 남자(나)에게 시집보냈습니다. 내가 생각해 낸 것이라고는 고작 그녀의 가냘픈 몸에 자꾸만 임신이나 시키고, 값비싼 옷을 입혀 길드 조합원들의 썰렁한 식사에나 끌고 가고, 터무니없는 수공업자들의 봉기에 쓸데없이 관여해서 그녀에게 나 자신이 겁쟁이라는 것을 보여 주고(양조업자와 통 제조업자들의 이해 관계가 나와 무슨 상관이 있습니까.), 거친 검 제조공의 손으로 그녀를 구타하고, 아니면—아인지델른에서 돌아올 때처럼—그녀와 그녀의 마녀 같은 자유에 대한 생각이 미워서 그녀에게 돌을 던진 것이 전부였습니다.

그녀가 원한 것은 오로지 자유였습니다. 결혼이라는 감옥으로부터의 자유. 성생활의 의무로부터의 자유. 자질구레한 집안일로부터의 자유. 무엇 때문에 자유를 원했냐고요?

존경하는 스타크닉 박사님, 당신은 이렇게 말씀하시겠지요. 하느님을 위해서 자유로워지고 싶었다고! 하느님의 사랑을 얻기 위해 자유를 갈망한 것이라고요! 하지만 베를린의 여성 배심 법정에서—당신도 그 신문 기사를 읽으셨을 겁니다.—몬타우의 도로테아 사건에 대한 심리가 있었을 때, 여성 재판장은 이렇게 말했습니다. "도로테아 스바르체는 자신을 위해 자유를 원했던 것입니다. 종교와 예수는 해방에의 요구를 관철하고 또 모든 것을 삼켜 버리는 남자들의 힘에 대응하기 위한 수단이요, 그녀에게 유일하게 허용된 매개체에 불과했습니다. 그녀는 마녀로서 화형을 당하느냐, 아니면 성녀로서 유폐되느냐 하는 양자택일의 기로에 서 있었기 때문에 자신의 자유를 지키기 위해 마리엔베르더에 있는 대성당의 주임 신부에게 그런대로 믿을 만한 성담 하나를 들려주기로 결심했던 것입니다. 전형적인 중세의 사건이지만, 지금 이 시대에 대해서도 시사하는 바가 없지 않습니다. 이 시대를 살아가는 우리 여자들은 도로테아 스바르체를 마땅히 우리의 선구자로 인식해야 할 것입니다. 비극적으로 끝날 수밖에 없었던 자기 해방을 향한 시도는 우리로 하여금 같은 자매로서 그녀의 고난을 되돌아보게 하고, 신에게서 버림받은—그렇습니다!—그녀의 실패를 우리에게 보낸 메시지로 여기고, 그녀의 이름을 영광되게 받들지 않을 수 없게 합니다."

존경하는 스타크닉 박사님, 라틴어 학자이신 당신은 이 같은 여권주의자들의 열광에 대해 냉소를 지으시리라 믿습니다. 그러나 가톨릭과 여권주의의 입장 사이를 중재하고 조정하고자 하는 나의 절충안을 한번 검토해 주시기를 부탁드립니다.

나는 이제부터 다시는—내 손안에 증거가 있다고 해도—도로테아가 마녀였다고 말하지 않겠습니다. 그러니 당신도 이제 더 이상—그녀에게 성녀로 추대될 만한 자질이 있다고 해도—임박한 성렬 추대를 고집하지 말아 주십시오. 우리 두 사람은 도로테아 스바르체가 자신이 살던 시대의 여러 가지 속박으로 인해 고통을 당한 불행한 여인이었다는 사실에 의견을 같이하고 있습니다. 그녀는 영리하기는커녕 어리석었으며, 불면증과 편두통에 시달렸고, 살림은 못하면서도 편타고행자들의 행진을 꾸미는 일에는 천부적인 재능을 보였고, 수척한 아름다움과 불굴의 의지의 소유자였으며, 몇 시간씩 몸을 흔들며 황홀한 경지에 빠지면서도 눈에 보이는 기적을 만들어 내지는 못했으며, 어느 정도 시적 재능을 타고났으며, 잠자리에서는 게을렀지만 편타고행에는 아주 뛰어났고, 걷는 것을 좋아해서 늘 돌아다녔으며, 떠돌이 참회자들이나 룸펜들과 어울릴 때에만 즐거워했으며, 터무니없는 것들을 원하면서도 현실적이었고, 독특하게 나름대로 고안하여 만든 사순절 요리의 요리사로서는 정말 타의 추종을 불허했습니다. 그 맛은 정말 일품이었습니다. 아, 승아와 괭이밥으로 만든 요리! 아, 그녀가 만든 스카니아 청어 요리! 아, 펠루쉬켄이라고 부르던, 말린 완두콩 요리! 아, 메밀가루 빵 위에 얹어서 나오는 대구 알 요리! 아, 약초를 곁들인 굴룸제!

존경하는 스타크닉 선생님, 당신은 분명히 눈치챘을 것입니다. 내가 당신과 마찬가지로 (하늘로부터 어떤 보상도 받지는 못했지만) 도로테아를 사랑했다는 것을 말입니다. 그러나 그녀는 넙치와 입을 맞추었습니다. 그녀의 전기를 쓴 요하네스 마리엔베르더는 이에 대해서는 단 한마디도 언급하지 않았습니다. 넙치와 키스를 하고 (음탕한 짓까지 하고) 난 뒤 그 여자의 입은 볼품없이 비뚤어졌습니다. 그러나 입이 돌아가고 눈이 사시가 되었지만, 여전히 아름다웠습니다. 풍성한 머리카락. 채찍질로 선혈이 낭자한 육체. 그리고 '마음'이니 '아픔'이니 하면서 운을 맞추어 읊조리는 시까지도 나는 좋아했습니다. 그리고 수프마다 재를 섞는 것도 좋아했습니다. 또한 그녀는 실제로 바닥에서 두 뼘쯤 떠다닐 수 있었습니다. 그것을 나는 여러 번 목격했습니다. (안개가 낀 야외에서만 본 것이 아닙니다.)

당신에게 안부 인사를 전해 달라고 내게 부탁하는 일제빌은 이 모든 것을 믿으려 하지 않습니다. 그녀는 날마다 이렇게 소리칩니다. "당신은 역사에 대해서 변명이나 하고 새빨간 거짓 이야기들만 늘어놓고 있어요!"라고. (일제빌은 신문에 실린 사실만 믿습니다.) 그러나 당신과 나는 우리의 이야기들이 사실이며 또 결코 다시 같은 방식으로 진행되지는 않는다는 사실을 잘 알고 있습니다. 내게 라틴어를 가르쳐 주는 데는 실패했지만, 당신은 내게 도로테아의 독을 영원히 주입시켜 놓았습니다. 이렇게 나는 당신에게 존경심과 의구심을 동시에 느끼면서 편지를 쓰고 있습니다. 결국, 우리 둘 중 어느 누구도 알지 못합니다, 도로테아가 무엇을 원했는지…….

잉여가치

또는 얼어붙은 환호,
그것을 나는 모았다, 두고서 보려고 모았다.

내 선반 위의 유리잔들은
측광(側光)을 좋아한다. 유리잔이 다 보헤미아산은 아니다.

날마다 두 개가 유별나다.
그렇게 사랑하다니, 파편이 될 각오로.

멀리서 온 숨결, 그것은 부서지지 않았다.
그러므로, 이름도 없이, 살아남는 것은

공기와 그것의 잉여가치.
우리는 읽었다, 입으로 불어 유리를 만드는 직공은 늙지 않았다는 것을.

셋째 달

넙치는 자신의 권리 침해를 어떻게 방어했는가

여성 법정이 처음으로 열렸을 때 네 명의 여자 보조요원들이 넙치가 들어 있는 가로 1미터 50센티, 세로 2미터쯤 되는 납작한 물통을 수레에 싣고 들어와 법정 앞에 내려놓았다. 조명등 불빛이 위에서 넙치를 비추었다. 그 정도 크기의 물통이라면, 잉어를 가득 넣고서도 크리스마스 때부터 섣달 그믐날까지 살려 둘 수 있을 것이었다.

기소장이 낭독되는 동안 넙치는, 그가 신석기 말엽 무렵부터 남자들의 조언자 역할을 떠맡아서 의식적으로 여성들에게 해가 되도록 오직 남자들의 권리만을 배려해 왔다는 기소 내용이 마치 자신과 아무런 관계 없는 일이라는 듯 함석 물통 바닥에 꼼짝 않고 엎드려 있었다. 그는 여자들이 지껄이는 말을 들은 체도 하지 않았다. 재판장인 우르줄라 쇤헤르 박사가 기소 내용에 대해 자신의 입장을 밝히라고 재촉하자 비로소 넙치는 스피커를 통해 이의를 제기했다. 넙치는, 심하게 변질되고 수은까지 들어 있는 발트해의 물속에 계속 누워 있어야 하는 한은, 어떤 진술도 하지 않겠다고 주장했다. 그는 여성 법정에서 선임해 준 변호인의 도움을 빌리지 않고 직접 말했다. "이것은 현대의 계급 차별적 재판에서 행해지는 그 악명 높은 고문 수법과 다를 게 없습니다. 이런 종류의 재판은 모두가 나서서 철폐해야 합니다. 여성해방 운동가들도 나서야 합니다." 넙치는 덧붙여 이렇게 말했다. "내 머리 위에서 비추는 저 조명등도 차별의 수단입니다. 당장 꺼 줄 것을 요구하는 바입니다."

휴정을 선언할 수밖에 없었다. 그때부터 날마다 영국 항공사 브리티시 에어웨이 편으로 발트해의 신선한 바닷물이 통에 담겨 공수되었다. 배석판사들 가운데 베를린 동물원의 수족관에서 생화학자로 일하고 있는 베아테 하게도른이 물 바꾸는 작업을 감독했다.

위쪽에서 비추던 조명등이 꺼지고 나서야 넙치는 기소를 받아들였다. 그러나 전설적인 물고기가 등장하는 신석기 시대와 그 시대를 다스리던 여신 아우아의 세 개의 유방에 대한 심리가 진행되는 도중에, 함석 물통에 누워 있던 피고는 또다시 이의를 신청했다. 함석 물통의 바닥이 자꾸만 신경에 거슬린다는 것이었다. 원래부터 그는 옆으로 눕기 때문에 함석판이 건강을 해칠 수 있다는 것이었다. 그의 아랫배는 약하고 예민해서 이물질에 닿으면 알레르기 반응을 일으키므로, 재판

진행 과정에 충분히 집중할 수가 없다는 것이었다. 그에게 필요한 것은 물만이 아니라는 것이었다. 그는 아무것도 없는 곳에서는 제대로 누워 있을 수 없으므로 모래가 필요하다는 것이었다. 그것도 발트해의 모래여야 한다는 것이었다. 오직 그곳의 모래여야만 한다는 것이었다. 그에게 필요한 상태가 조성되지 않는 한, 이 획기적인 재판에서 그의 협조를 기대하기는 어려우리라는 것이었다. 그는 자신의 억류 상태를 부당한 처사로 여긴다고 말했다. 결론적으로, 그는 파시스트의 군사 법정에 선 것이 아니라는 것이었다.

재판은 또 한번 중단되지 않을 수 없었다. 발트 해안의 모래가 비행기로 공수되어 왔다. 그러나 청동기와 철기 시대부터 기독교가 전파되기까지의 사건—비가와 메스트비나의 사건—에 대한 심리가 진행되던 도중 피고는 또다시 이의 신청을 했다. 그는 수족관의 물고기처럼 말라비틀어진 파리나 봉지에 든 인스턴트 사료를 먹고 싶지 않다고 했다. 그런 것을 먹다가 혹시 범죄자들처럼 약물에 중독될지 어떻게 아느냐는 것이었다. 그는 신선한 먹이를 원한다고 했다. 그를 돌보는 수족관의 여자 실습생은 자신의 능력 이상의 일을 맡은 것 같다고 했다. 차라리 그녀가 쿡스하펜이나 킬에 있는 어류 및 수산업 전문 연구소에 도움을 청했으면 좋겠다고 했다. 그는 자신의 권리를 당연히 요구하는 것일 뿐이라고 말했다.

넙치가 요구한 접촉이 이루어지고 난 뒤, 넙치는 해초와 곤충을 비롯하여 이와 비슷한 신선한 사료를 제공받게 되었고, 심리는 순조롭게 진행되어 사순절 요리사인 몬타우의 도로테아 건에 대한 최종 변론을 듣는 데까지 이르렀다.

그런데 그때 방청석이 웅성대기 시작했다. 피고가 다른 사실들이나 이미 전문가의 확인을 받은 다른 증거들을 포함하여 역사적 정황상 그의 죄를 경감시키는 데 도움이 될 만한 몇 가지 세세한 사항들을 내놓았기 때문이다.(도미니코회 수도사들을 위한 도로테아의 첩자 활동이 바로 그것이다.) 어쨌든 방청석에서 주먹만 한 돌멩이 하나가 날아왔다. 함석 물통을 빗나가긴 했지만, 거의 맞출 뻔했다. 방청객들은 모두 퇴장당했다. 재판은 중단되었다. 넙치의 동의를 얻어 (남자) 일꾼들은 함석 물통에 촘촘한 철망을 씌웠다. 안에 아무것도 들어 있지 않은 것처럼 보였다. 전체 모양새가 보기에 흉했다. '새장'이라는 낱말이 신문의 논평란을 거듭 장식했다.

방청객들의 입장이 다시 허용되자, 넙치를 죽이려는 그들의 시도는 계속되었다. 영화관 관람석의 접의자에는 대부분 젊은 여자들이 앉아 있었는데, 넙치가 몬타우의 도로테아 건에 대해 언급하면서 빈정거리는 투로 예의 그 편두통 이론을 전개했을 때, 젊은 여자들 중의 하나가 조그만 병을 던졌고, 병은 보호 철망 위로 떨어졌다. 그 젊은 여인은 자신의 직업이 실험실 연구원이라고 밝혔다. 다행히 병은 깨지지 않았다. 넙치는 그 병의 내용물이 무엇인지 알려 달라고 요구했다. 그러나 청산가리라는 것이 발표되자, 그는 여성운동을 비방하는 어떤 말도 더 이상 하지 않았다.

재판은 또다시 중단되었고, 휴정이 선언되었다. 방청객들은 퇴장당해야 했다. (남자) 전문가들이 와서, 먼저 함석 물통 둘

레를 방탄유리로 차단하고, 그다음엔 특수 산소 공급 장치를 달고, 마지막으로 송수신이 가능한 통화 장치를 만드는 데 꼬박 일주일이 걸렸다. 재판이 재개되었을 때, 넙치의 목소리는 정말 으스스하게 들렸다. 그를 유명한 전설적 인물로 만들어 준 그 동화 속에서 울려 나오는 목소리처럼 들렸다. "그녀가 원하는 게 도대체 뭐란 말인가!" 그는 분명히 음향 효과를 의식하고 있는 것 같았다. 왜냐하면 그가 평소에 쓰던 무척이나 장황하고 고색창연한 문장들 사이사이에 가끔씩 저지 독일어의 미사여구와 저속하고 자극적인 외침과 일제빌이라는 이름을 이용한 말장난을 집어넣었기 때문이다. 그는 이 통화 장치가 재미있는 모양이었다.

그러나 마르가레테 루쉬 건에 대한 심리가 시작된 지 얼마 안 되어, 재판부를 향해 넙치가 어린 마르가레테를 수녀원에 격리시키도록 권유한 장본인이 바로 자기였다고 고백했을 때, 아니 보다 정확히 말해서, 그 기소된 물고기가 몇 가지 짧은 일화를 소개하며 수녀원 생활을 묘사하고 뚱보 그레트의 방귀 소리를 멋지게 흉내 내는 순간, 방청석에서 넙치를 향해 총이 발사되었다. 넙치를 향해 발사된 그 총알은—총을 쏜 사람은 나중에 도서관 사서로 일하는 늙은 여자로 밝혀졌다.—함석 물통의 뒤쪽 끄트머리에 가서 맞았다. 그녀는 좌석의 열한 번째 줄에서 선 채로 총을 쏜 것이었다. 함석 물통에 구멍이 뻥 뚫렸고, 총알은 발트해의 모래 속에 박혔다. 그러나 총알이 뚫고 들어간 구멍으로 발트해의 물이 새끼손가락만 한 굵기로 펑펑 쏟아져 나왔다. 검사인 지클린데 훈차 여사가 달려들어 티슈로 물구멍을 막아 보려고 했다. 수족관의 여자 실습생은 어찌할 바를 몰랐다. 사람들은 함석장이를 불렀다. 확성기를 통해 귀에 거슬리는 넙치의 웃음소리가 들려왔다. "이게 웬 못 듣던 방귀 소리야. 이번엔 일제빌이 아니라 카우보이가 나타난 모양이로군. 넙치에게 콜트 총을 쏘아 대다니. 왜 대포를 쏘시지?"

재판은 나흘 동안 중단되었고, 그동안 어른 키만 한 방탄유리 집이 설치되었다. 길이와 폭은 제 사명을 다한 함석 물통과 같았으나, 높이의 절반가량이 발트해의 모래로 채워졌다. 물론 필요한 기술적 장치는 빠짐없이 다 갖추고 있었다. 이제 넙치의 모습이 예전보다 훨씬 잘 보였다. 넙치가 비뚤어진 입과 사팔뜨기 눈만 빠끔히 내놓고 납작한 온몸을 모래 속에 파묻고 있을 때를 빼놓고는 수천 년 묵은 그의 겉모습이 훤하게 잘 보였다. 그렇지만 이제는 아무도 그를 향해 돌멩이를 던지거나 총을 발사하거나 독극물을 퍼붓는 따위의 폭력을 가할 수 없게 되었다. 넙치의 신변 안전은 충분히 보장된 것이었다.

넙치는 또한 (경보 장치 덕분에) 납치의 위협으로부터도 안전했다. (최근에만 해도 남자들이 쓴 것으로 보이는 익명의 협박장이 몇 장이나 공개되었다. "넙치를 우리에게 훔쳐다 주겠다는 사람들이 있다. 그들은 겁을 모르는 남자들이다.") 넙치는 방탄유리 상자를 만족스러워했다. 사진사들의 요청을 받고 그는 대담하게 사진 촬영을 허락했다. 심지어 휴정 시간에는 유리 상자 속에 안전하게 들어 있는 자신의 멋진 모습을 수백만의 텔레비전 화면으로 중계하는 일조차 허락했다. 이렇게 해서 요리하는 수녀에 대한 재판은 순조롭게 진행되었다. 거의 중단되는 일 없이.

내가 그녀의 부엌데기 하인이었을 때

반짝이는 구리 프라이팬.
새벽마다 부르는 그녀의 목소리. 여기 있어! 나는 외쳤다, 여기 있어!
나는 기회 있을 때마다 그녀의 냄비에서
도망치려다 결국 그녀에게 달려갔다.

부활절이면 나는 어린 양의 혓바닥을—신교든,
구교든 간에—벗기면서 죄 많은 나의 영혼도 벗겨 냈다.
그리고 그녀가 매년 11월에 거위 털을 뽑을 때마다,
나는 그 솜털 같은 깃털을 훅훅 불곤 했다.
그렇게 하면 그날 하루가 허공에 떠 있는 것 같았다.

그녀는 성 마리아 교회만 한 차원의 여자였다.
하지만 신비스러운 외풍은 불지 않아,
그녀의 마음속은 썰렁하지 않았다.
아, 상자 모양의 그녀의 침상에서는
염소젖 냄새가 났고,
그 안에는 파리들이 빠져 있었다.

그녀가 풍기는 외양간 냄새에 흠뻑 빠져서.
그녀의 품속은 요람이었다.
그게 언제였던가?

수녀의 치마 밑에서 — 그녀는 수도원장이었다. —
시간은 멈추지 않았으며,
역사가 시작되었고,
살과 피, 빵과 포도주를 둘러싼
싸움은 말없이 결판이 났다.
내가 그녀의 부엌데기로 있는 동안엔,
나는 추위에 떨거나 창피하게 생각할 필요가 없었다.

뚱보 그레트, 반쪽의 호박 덩어리 같은 그녀가
웃으며 씨를 뱉는다.
간혹 어쩌다 나는 그녀가 빵수프에
맥주를 넣고 젓는 것을 보았다.
이어서 그녀는 후추를 듬뿍 쳤다. 그렇게 해서
그녀의 슬픔엔 뒷맛이 없었다.

바스쿠가 돌아오다

그 밖에 누가 또 남았습니까, 넙치님! 누가 아직도 남았나요! 대장장이 루쉬, 프란체스코회의 수도사 슈타니슬라우스,

전도사 헤게, 부자 페르버, 그리고 수도원장 예쉬케 등등. 내가 수녀원장 마르가레테의 시대에 이런 사람도 되고 저런 사람도 되고 또 이런저런 사람들 — 그녀의 아버지, 부엌데기, 적수, 그리고 희생자 — 의 역할을 돌아가면서 했다면, 내가 멀리서 그녀가 후추를 값싸게 구입할 수 있도록 포르투갈 범선들의 인도 항로를 개척하는 것을 상상하지 못할 이유도 없겠지요? 1498년 3월 28일에 '성 라파엘 호'는 칼리쿠트 항에 닻을 내렸습니다. 그 무렵 버들가지 요새에 살던 크리스티네 루쉬는 이미 배 속에 뚱보 그레트를 갖고 있었습니다.

처음에 나는 평소의 골칫거리(일제빌)에 대해서 그랬듯이 이 문제를 그저 장난거리로만 생각했습니다. 그러나 막상 여행길에 오르자 이 문제에 자꾸만 집착하게 되었습니다. 아마도 낯선 현실에 대한 두려움 때문에 무슨 역할을 찾았던 것 같습니다. (그런 역할 없이 내가 어떻게 캘커타에서 견딜 수 있었겠습니까?) 그것이 아니라면 어쩌면 잠깐 읽어 본 힌두교에 빠져서 동유럽에서 내가 다시 태어난 것이 인도 대륙에까지 이어졌는지도 모릅니다. 하지만 나는 내가 과거에 커즌 경이나 키플링 경이었다고 생각하고 싶지는 않았습니다. 마침내 나는 속으로 이렇게 말했습니다. 여자 수도원장 마르가레테 루쉬가 그녀의 큰딸 헤트비히를 한 포르투갈 상인에게 시집보낸 데에는 분명 이유가 있는 거야. 그 상인은 남인도의 말라바르 해안에 무역 기지를 설치하려는 의도를 결혼 계약서에서 분명하게 언급했습니다. 먼저 인도 총독의 허락을 얻어 코친에 거처를 정한 다음 그곳을 기점으로 삼아 결혼 계약서에 보장된 대로 해마다 성 마틴 교회와 성 요하니스 교회 앞으로 필요한 분량의 후추를 보낸다는 것이지요. 바스쿠 다가마와 알폰수 드 알부케르크 시대에도 여전히 남아 있던 기독교도 여인들에 대한 입국 금지령이 완화된 듯하다는 것이었습니다. 그래서 그들 가족은 그곳에서 터전을 잡았다는 것이었습니다.

그래서 그들은 코친에 정착했습니다. 상인 로드리게스 데보라와 그의 아내 헤트비히는 후추, 정향, 생강, 마늘 등의 향신료 무역으로 얼마 지나지 않아 큰돈을 모았습니다. 그러나 그들은 그곳의 기후를 견뎌 내지 못했습니다. 그들이 낳은 오 남매 중 네 명의 자식들과 함께 그들 부부 역시 마르가레테 수녀보다 먼저 세상을 떴습니다. 마르가레테 루쉬는 향료의 물량이 보장되어 있었기 때문에 단치히와 그 주변 지역에 인도산 향료를 유통시켰습니다. 소 내장 요리, 매운 카레 기장 요리, 토끼 내장 요리 등에 생강을 넣었고, 후추는 모든 요리에 다 집어넣었습니다. 그리고 나의 여행 일정에는 인도 케랄라 주의 항구 도시 코친 방문이 포함되어 있었으므로, 나는 비공식적으로는 바스쿠 다 가마라는 이름으로 여행하기로 결심했습니다. 비행기가 출발하기 전, 프랑크푸르트 공항의 기내에서 안전 벨트를 매고 나서, 나는 공책에 이렇게 썼습니다. 바스쿠가 돌아오다.

그는 점보 제트기로 도착한다. 실제로 그가 그곳에 온 목적은 오로지 검은 칼리 여신을 찾아가 빨간 혀를 내미는 그녀의 모습을 구경하는 것이다.

바스쿠는 모든 통계 자료를 다 읽어 보았다. 바스쿠는 세계 은행 총재가 캘커타에 대해 어떻게 생각하는지 알고 있다. 바스쿠는 강연을 하기로 되어 있다. 만일을 생각해서 그는 길고 짧은 문장들로 미리 스케치를 해 두었다. 그의 강연 제목은 '대략적으로 평가해 보면'이다. 살찐 바스쿠는 세계적인 기아 문제로 속을 썩이고 있다. 여러 번 환생한 바스쿠는 지금은 작가이다. 그는 지금 책 한 권을 쓰고 있다. 그 책에서 그는 모든 시대에 걸쳐 존재한 것으로 등장한다. 석기 시대, 초기 기독교 시대, 전성기 고딕 시대, 종교개혁 시대, 바로크 시대, 그리고 계몽주의 시대 그리고 기타 등등.

비행기가 이륙한 직후 그는 평소 하던 자신의 말을 되새긴다. 누군가 기아에 대한 보고서를 써야 해. 과거, 현재, 미래의 기아를 상호 비교하면서 모든 시대에 걸쳐서 말야. 먹을 것이라곤 괭이밥밖에 없었던 1317년의 기근. 밀가루 경단, 헝겊 경단, 새끼 경단, 쐐기 경단 같은 온갖 종류의 경단이 고안되었던 1520년의 고기 부족 사태. 감자가 보급되기 전 프로이센의 기아 그리고 방글라데시의 만성적인 기아. 배고픔의 몸짓과 배고픔의 언어를 연구해야 한다. 기아가 예상될 때 보이는 사람들의 행동 패턴. 과거에 있었던 기아의 환기. 스웨덴 순무로 버틴 1917년의 겨울. 1945년의 설익은 옥수수 빵. 진정으로 굶주린다는 것이 무엇인가. 우리에겐 굶주림과 관련된 인용문 카탈로그가 필요해, 라고 바스쿠는 중얼거리면서 너무 냉각한 바람에 아무 맛도 없는, 인도 항공이 제공한 파이를 내키지 않는 듯 이리저리 쑤석거렸다.

칼리 여신은 시바 신의 여성적인 형상으로 간주된다. 그녀의 힘은 파괴하는 데 있다. 그녀는 근근히 모양을 유지하고 있는 것들을 기분 내키는 대로 잡아 찢는다. 우리는 그녀의 시대에 살고 있다. (바스쿠는 문득 아내 일제빌을 떠올린다. 그녀는 유리잔 깨부수기를 좋아하고 욕구가 강한 여자이다.)

중간 기착지인 쿠웨이트에도 도착하지 못해서 벌써 그의 안경이 깨져 버린다. 그렇다고 해서 그가 준비를 해 오지 않은 것은 아니다. 바스쿠는 캘커타의 높은 습도에 대비해 함부르크에 있는 열대 의류 가게에서 면으로 된 바지와 셔츠, 양말 등을 구입했다. 바스쿠는 설사약 멕사폼 플루스를 소지하고 있다. 바스쿠는 콜레라와 천연두 예방접종을 맞았다. 바스쿠는 알록달록한 장티푸스 예방약을 공복에 세 차례 복용했다. 그의 짐 속에는 2킬로그램이나 되는 통계 자료가 들어 있다. 바스쿠는 인도 정부에서 초청한 손님이다. 점보 제트기 기내의 다른 승객들도 이 사실을 알고 있다. 바스쿠는 실제로는 다른 사람이고, 이름도 다르다.

그는 얼떨떨해하는 델리의 청중들 앞에서 단백질 결핍이나 인구 과잉, 혹은 사망률 모델에 대해서 대부분 제로로 평가한 수치를 대략적으로 늘어놓기보다 검은 칼리 여신이 빨간 혀를 어떻게 내미는가에 대해서 이야기하는 편이 나았을 것이다. 추상적인 수치는 오로지 각주(脚註)에서나 환영을 받지만, 불가해한 칼리의 이야기는 세상 어디서나, 특히 이곳 후글리 강가에 사는 캘커타 사람들에게는 아주 현실적으로 받아들여질 것이다. 두개골들과 절단된 손목으로 만든 꽃다발을 두르고 있는 그녀. 놀기 좋아하면서 세상을 지배하는 드라비다족의 무시무시한 여신인 칼리. (그녀는 또한 두르가, 파르바티, 우마, 사티, 또는 타트마라고 불리기도 한다.)

여전히 점보 제트기 안에서 (잠도 자지 않고) 바스쿠는 특이하게도 세 개의 유방을 가진 신석기 시대의 여신 아우아와, 네 개의 팔로 목을 조르는 칼리 사이에 어떤 혈연 관계를 만들어보려고 애를 쓴다. 그는 어느 봉기를 생각하고 있다. 모계사회의 압제에 대항하여 바이크셀강 하구의 늪지대 남자들이 일치 단결한다. 미친 듯한 생식 행위를 통해서 그들은 (어느 넙치의 조언으로) 부권을 도입하려고 한다. 그러나 아우아가 승리를 거두어, 백열한 명의 남자들이 돌도끼로 거세당한다. 그때부터 그녀는 바싹 말린 음경을 줄에 꿰어 그녀의 거대한 골반에 차고 다닌다. 인도의 칼리가 절단한 손과 두개골들로 몸을 치장하고 있듯이.

그곳에 도착하자마자 바스쿠는 엽서를 쓰기 시작한다. "사랑하는 일제빌, 이곳은 모든 게 낯설어……." 그런 다음 그는 낯선 고장을 똑똑히 보기 위해서 안경 수선을 맡겼다.

1498년 당시에도 스스로를 기만했음을 바스쿠는 알고 있다. 오늘날 자신이 스스로를 기만하고 있는 것처럼. 인간들은 언제나 그들의 목표를 반짝반짝 빛나게 닦아 놓는다. 신의 영광을 기리기 위해서……. 또는 위기에 처한 인류를 구원하기 위해서……. 그러나 그 당시 그가 해로를 통해 향료의 나라인

인도에 도달한 것은 항해술에 대한 명예욕 때문이었다. 그로 인해 큰돈을 번 것은 엉뚱한 자들, 즉 후추 자루라고 하는 거상들이었다!

(그에게 경의를 표하기 위해 열린) 저녁 만찬장에서, 영국에서 공부하고 돌아온 몇몇 여인들은 바스쿠에게 유럽의 여성해방 운동의 목표와 동기에 대해 질문을 던진다. 바스쿠는 그들에게 베를린에서 열리고 있는, 그렇지만 베를린을 넘어서 전국의 각종 신문에 대서특필되고 있는 여성 배심 법정에 대해 다음과 같은 이야기를 들려준다. 그곳에서는 상징적인 의미에서 어떤 넙치에 대한 재판이 진행되고 있다. 넙치는 남성 지배 원리의 화신이다. 넙치는 방탄 물통 안에서 피고의 입장에서 재판을 받고 있다. 그런 다음 그는 여인들에게, 인도의 여성해방 운동을 칼리 여신의 후원을 받아 전개하는 것이 어떻겠느냐고 제안한다. (혹시 네루 수상의 딸인 인디라 여사가 으스스하게도 칼리의 화신인 것은 아닐까?) 잣을 야금야금 씹어 먹고 있던 여인들은 모두 유복한 브라만 가문 출신으로서 평소 두르가의 온유한 측면을 선호하면서도 바스쿠의 제안에 관심을 보인다. 사실 칼리 여신은 하층 계급에게 인기가 있다.

다음 날 바스쿠는 박물관에 가고 싶다는 생각이 들지 않는다. 차라리 그는 빈민가를 둘러보고 싶다. 그곳에 사는 사람들은 그를 경탄의 눈길로 쳐다볼 것이다. 그는 그곳 가난한 사람들의 쾌활함과 손상되지 않는 우아함에 위축감을 느낀다. 엉덩이가 있는 까닭에 엉덩이를 내보일 수밖에 없는, 너덜너덜한 누더기를 걸친 소녀들의 깔깔대는 웃음소리. 정말, 그들은 두 손과 두 눈으로 구걸하고 있지만, 결코 불평하지 않는다. (그들은 굶어 죽어 가고 있는 것이 아니다. 다만 만성적인 영양실조에 걸려 있을 뿐이다.) 그 모든 것이 너무나 자연스러워 보인다. 영원히 그런 모습을 간직해야 하는 것처럼. 끊임없는 빈민가의 확대가 기껏해야 약간 개선을 할 수 있을 뿐, 아무도 저지할 수 없는 유기적인 발전 과정이기라도 한 것처럼.

바스쿠(발견자)는 일, 하루 품삯, 자녀 수, 학교 출석 일수, 가족 계획, 회충, 화장실 등등에 대해서 물어본다. 그들의 대답은 단지 통계가 맞다는 것을 확인해 줄 뿐 그 밖에 아무런 역할도 못 한다. 다음으로 그는 (그의 무굴 제국 시대의) 요새를 시찰해야 한다. 요새 안에는 인도 군대의 몇몇 부대가 주둔하고 있다. 요새의 총안(銃眼)에서 내려다보며 바스쿠는 어떤 광경을 떠올리려 한다. 소 떼가 풀을 모두 뜯어 먹어 버린 요새 앞의 평평한 들판에서 겨울 햇살이 내리쬐는 정오에 누더기를 걸친 오백의 몸뚱어리들이 요새의 총안에서 쏘아 대는 영국제 기관총에 맞아 볏단처럼 쓰러진다. 시신 무더기들이 여기저기 놓여 있다. 먼지를 뒤집어쓴 무더기들. 시체들은 어서 썩고 싶어 한다. 그들의 죽음의 잠은 햇빛을 받아 따뜻해 보인다. 이것은 다음의 파노라마 장면을 위해 누워 있는, 식민지 영화에 출연한 엑스트라들의 모습이다. 안타깝게도 바스쿠는 소형 영화용 카메라를 호텔에 두고 왔다. 그는 '죽음의 잠을 자는 자'라는 말을 새겨 본다. 그는 이렇게 말한다. 이 말은 내게서 떠오를 수밖에 없었는가?라고. 바스쿠는 우연에 의해 또는 다른 어떤 법칙에 따라 배열된 채 잠들어 있는 시체들을 아름답다고 생각해서는 안 된다고 헛되이 타일러 본다. 만일 그가 피곤에 지쳐 그들 사이에 눕는다면, 그의 모습은 그들과 전혀 어울리지 않을 것이다.

몸에 꽉 끼는 네루 의상을 입은 계획위원회의 의장은 바스쿠에게 먼 과거의 이야기를 들려준다. "당신도 아시겠지만, 우리는 삼천 년의 역사를 가지고 있습니다. 그 포르투갈인이 해로를 통해 우리를 발견하고 나서부터 비로소 우리가 존재하게 된 것은 아닙니다."

바스쿠는 그의 말에 귀를 기울인다. 그러면서 그는 1498년의 칼리쿠트 상륙 작전 장면을 다시 한번 기억해 내려고 애써 보지만 기억이 나지 않는다. (우리는 죄수 한 명을 해안에 파견하여 상황을 살펴보도록 했다.) 계획위원회의 의장은 무한히 다양한 얼굴에도 불구하고 인도는 하나라고 설명한다. 그는 이렇게 말한다. "외부 사람들은 우리를 제대로 잘 알지 못합니다. 캘커타가 문제가 많은 도시인 것은 사실이지만, 그 매혹적인 도시에는 수많은 예술가들이 살고 있습니다. 또 벵골의 서정시는……."

끈질기게 구름 같은 매연을 꾸역꾸역 내뿜고 있는 델리의 발전소 옆에는 또 다른 빈민가가 (무슨 유기체처럼) 자라나고 있다. 빈민가 맞은편에는 세계보건기구 남아시아 지국의 현대식 고층 건물이 서 있다. 세계보건기구의 그 고층 건물 유리창에는 구름 같은 매연만 비칠 뿐 빈민가는 비치지 않는다. 그 옆에는 그것에 비해 전혀 손색이 없는 인도문화교류협회 건물이 서 있다. 이 협회에서 바로 바스쿠를 초청한 것이다. 인도가 현대 민주주의 국가임을 직접 보고 이해하라고.

빈민가에서 바스쿠는 우타르 프라데시 출신의 여자들과 이야기를 나눈다. 자식이 예닐곱씩 달렸으면서도 이 여자들은 이웃한 델리 발전소에서 빗자루 청소를 하는 그들의 남편이 몇 루피를 벌어 오는지 모르고 있다. 이 빈민가는 깨끗한 편에 속한다. 바스쿠는 한 의사를 만난다. 그 의사는 건너편의 세계보건기구에 가려고 길을 건너 본 적도 없고, 세계보건기구 쪽에서 그를 찾아온 적도 없다고 말한다. "물론 여기선 천연두가 발생합니다. 그러면 나는 그 사실을 보고하지요. 하지만 그들은 언제나 너무 늦게서야 접종을 하러 옵니다. 나는 자원봉사자로 일하고 있을 뿐입니다. 다른 빈민가에는 나 같은 의사가 없어요. 이런 일을 하는 나를 보고 이곳 사람들은 바보스럽다고 생각해요." 그 의사는 영어를 할 줄 모른다. 통역을 통해 들으면 모든 것이 그럴듯하게 들린다. 어쩌면 그는 단지 위생사일지도 모른다. 바스쿠는 진흙 오두막의 진찰실 탁자 위에 약값으로 쓰라고 1루피짜리 지폐를 한 장 올려놓는다. 집에서 떠나올 때 바스쿠의 자식들은 이렇게 말했다. "우리한테 선물 같은 것은 안 사 와도 돼요. 터무니없는 것들 말이에요. 그럴 돈이 있으면 그곳 사람들에게 주고 오세요." 그리고 이번에는 일제빌까지도 특별히 요구하는 것이 없었다.

바스쿠는 무굴 제국 시대의 명소를 둘러보기 위해 파테푸르 시크리로 향한다. 오늘 그는 지난날 요새처럼 생긴 널찍한 저택에서 회교도 여인뿐만 아니라 힌두교도 여인 그리고 포르투갈령 고아 지방 출신의 기독교도 여인과 혼인을 함으로써 관용을 베풀려고 애쓰던 자신의 모습을 생각하며 미소를 짓는다. 힌두교도 여인만이 그에게 (막돼먹은) 아들 하나를 낳아 주었다. 남아 있는 것은 석공의 손길이 닿은 붉은 사암 조각품들뿐이다. 기둥마다 다듬은 모양새가 모두 제각각 다르다. 그러나 사막은 그것을 그대로 두지 않았다. 물이 고갈되자, 도시를 비우고 떠나야 했다. 그토록 수없이 많이 베풀었던 관용이 모두 허사가 되었다. (바스쿠가 코친에서 사망한 1524년, 요리하는 수녀 마르가레테 루쉬는 성 비르기트 수도원의 수녀원장이 되었다. 그 후에 그녀는 기분 내키는 대로 신교도, 구교도, 선원, 나중에 줄행랑을 친 젊은 수도사 등등 따지지 않고 모두 침대로 불러들였다. 그녀야말로 아량이 있었으며, 마음이 넓었던 것이다.)

바스쿠는 역시 우타르 프라데시 주에 있는 한 마을에 가서 학교를 시찰한다. 학교는 다른 움막집이나 담벽들과 마찬가지로 진흙 건물이다. 자꾸 밟아서 단단해진 골목길, 암소, 자전거, 아이들, 하늘에 이르기까지 온통 진흙색이다. 여인들의 사리만 빛이 바랜 알록달록한 색깔이다. 여기에서도 마찬가지로 가난이 아름다움을 자아내고 있다. 그 학교 선생의 눈은 밝은 갈색이다. 선생은 바스쿠에게 교과서들을 보여 준다. 힌두어로 인도의 역사가 설명되어 있는 한 작은 책에서 바스쿠는 간단한 선으로 스케치된 자신의 모습을 본다. 머리에는 벨벳 모자를 쓰고, 수염이 텁수룩하게 나 있는 모습이다. 여행을 하면서 생긴 주름살에도 불구하고 그는 이런 일에서 자부심이나 감동을 느낀다. 그러면서도 그는 자신이 교과서의 역사를 만들고 또 교재의 자료가 되었다는 것이 못마땅하다. (그들이 사실 나에 대해 무엇을 알겠는가? 나의 초조함에 대해서. 나는 늘 지평선 너머에 있는 또 다른 목표를 좇았다. 항해술을 써서 신에게 도달하고 싶었다. 그리고 도미니코회의 독약에 대해 평생 동안 느꼈던 불안감. 모든 것이 죽어서 사라져 버렸다. 오직 나의 가슴속에만 여러 가지 모습으로 풍요롭게 남아 있다…….)

상대방이 자신의 질문을 기다리는 것을 알고, 바스쿠는 몇 가지 질문을 던진다. 그러자 선생은 국가의 가족계획 계몽을 위해 이곳에 오는 사람들이 문맹자들을 대하듯 글씨가 전혀 없는 그림만을 사용해서 설명한다고 불평한다. 그렇지만 어린이들의 45퍼센트는 불규칙하긴 하지만 학교에 다니고 있다. 그것을 보여 주기 위해 마을의 학생들은 바스쿠가 실려 있는 교과서를 큰 소리로 읽는다.

사원의 왼쪽 벽감(壁嵌)에는 여신이 춤을 추고 있다. 이번에는 부드러운 두르가의 형상을 하고 있다. 오른쪽 벽감에는 원숭이 신이 조각되어 있다. 시끄럽게 울어 대는 까마귀 소리. 아이들의 웃음소리. 갑자기 두 배나 오른 밀 값에 대해 호소하는 농민들의 이야기를 바스쿠에게 통역해 준다. 대부분의 농민들은 턱없이 싼값에 밀을 팔아 버렸다. 농민의 3분의 1은 토지가 없다. 많은 농민들이 도시로 옮겨 가고 있다. 한 부유한 농부가 자신의 트랙터를 임대해 준다. 무굴 제국 시대에 흔히 있었던 여자 납치에 대한 공포 때문인지 여자들은 바스쿠가 지나갈 때마다 베일로 얼굴을 가린다. 먼지 구덩이 속에서 구장 잎을 씹고 있던 한 노인이 그에게 당근 하나를 선물로 준다. 다음 날 바스쿠는 설사가 나서 멕사폼 플루스를 삼켜야 한다. 하루에 세 알씩. 약효는 나중에 나타난다. 그러나 그는 아직 겨자처럼 누런 설사를 한다. 설사에는 거품이 일기도 한다. 그는 회충이 있나 찾아보려고 한다. 페스트에 걸려 죽은 시인 오피츠처럼 설사가 검정색이 아니기 때문에 그는 실망한다. 이 세상이 눈물의 골짜기였을 때의 일이다. 오피츠의 여자 요리사의 이름은 아그네스였다. 바스쿠는 그의 책에서, 시인에게 환자식(患者食)을 차려 주었던 그녀의 정성을 인정한다. 사람들은 페스트가 항로를 통해 인도에서 건너온 것으로 생각했다.

시크리에 있는 자신의 무굴 제국 시대의 유적을 시찰하고, 또 자신의 묘비를 방문하다가, 그는 다른 관광객들과 마찬가지로 자신의 납골당에 있는 찌그러진 선세공(線細工) 유물에다 (1루피를 주고 산) 소원 성취를 비는 명주실을 하나 매단다. 그러나 그는 무엇을 빌어야 할지 모른다. 맙소사! 인생을 즐기려는 이 미친 짓. 이 찬란한 사치. 주여, 당신의 계획은 빗나갔군요! 왜 당신은 나를 이리로 이끄셨나요? (뱃길과 계절풍에 대해 잘 아는 아랍인 조타수가 있었다. 아메드 이븐 마지드라는 이름을 가진 그 사람은 자신의 항해 솜씨를 시로 노래하는 버릇이 있었다.)

공항에서 사람들은 바스쿠의 목에 꽃다발을 걸어 준다. 곳곳에 깃발이 걸려 있다.(바스쿠 때문은 아니다.) 지금 캘커타에서는 세계 탁구 선수권 대회가 정치적인 관점에서 열리고 있다. 국제탁구연맹은 이스라엘과 남아프리카 공화국을 참가시키지 않고 대신 팔레스타인을 초청하여 탁구 경기를 치르고 있다. 오직 네덜란드만 여기에 이의를 제기한다. 브라질 선수단 중 몇 가지 예방주사를 맞지 않은 몇 명은 격리되어야 한다. 현대식 탁구 경기장을 짓는 데 사 개월밖에 걸리지 않았다. 이곳 말로 판자촌이라고 하는 빈민굴이 삼천 군데나 있는 캘커타의 시 당국과 시민들은 이 일을 자랑스럽게 생각한다. 세계 탁구 선수권 대회 때문에 모든 호텔이 만원이다. 그래서 바스쿠는 전에 총독 관저였다가 인도가 독립된 뒤부터 주지사 저택으로 사용되고 있는 영빈관에 묵는다. 바스쿠가 묵고 있는 방은 높이가 7미터나 된다. 방 가운데에 모기장을 친 침대가 놓여 있다. 프로펠러가 셋 달린 환풍기 두 대가 공기를 휘젓고 있다. 책상 위에는 빅토리아 여왕 시대에 만들어진 잉크병 두 개가 놓여 있다. 바스쿠는 농장 요리사였던 아만다 보이케에 대해서 몇 가지 메모를 한다. 그녀와 럼포드 백작의 편지 왕래. 이 두 사람은 대규모 식당을 차려 놓고 전 세계에 만연된 기아를 퇴치하려고 했다. 그녀는 서프로이센의 감자 수프로, 럼포드 백작은 럼포드 수프로. 바스쿠는 다음과 같이 쓴다. "그러나 카슈비아인들은, 쌀을 주식으로 하는 벵골인들이 굶주릴 때조차 밀가루를 싫어하듯이, 감자를 먹으려 들지 않았다. 그래서 카슈비아인들은 적은 양의 기장을 가지고 목숨을 부지했다. 그러다가 그들은 결국 통감자를 가지고 잔뜩 배를 채우게 되었다."

주지사 관저는 라지 바반이라는 이름으로 불린다. 곳곳에 하얀 터번을 두르고 해진 붉은색 옷을 입은, 거동이 조용조용한 하인들이 있다. 바스쿠에게 인사할 때 그들은 두 손을 모은다. 회랑을 지키는 한 군인은 거수 경례를 한다. 그 요리사는 이 관저에서 삼십육 년째 일하고 있다. 그는 영국인들과 그들의 손님을 위해 요리를 했었다. 식사 때 네 명의 하인이 바스쿠의 시중을 든다. 늙은 요리사는 그가 만든 이른바 유럽식 요리를 식탁에 내놓는다. 아침 식사(햄과 달걀) 때 바스쿠는 탁구 대회의 최근 결과가 실린 신문을 받아 본다. 주지사가 보좌관을 통해, 바스쿠와 함께 식사하는 영광을 갖고 싶다는 뜻을 전해 온다. 바스쿠는 주지사와 함께 식사하는 것이 내키지 않는다. (하느님 맙소사! 내가 지금 여기서 뭘 하고 있는 거지?) 그는 집에 있는 일제빌에게 돌아가고 싶어 한다.

그러나 캘커타, 이 부서질 듯한, 부스럼투성이의, 신음하는, 제가 싼 똥을 스스로 처먹는 도시, 이 도시는 명랑해지기로 결심했다. 이 도시는 자신의 비참함이 끔찍하리만큼 아름답다고 주장하면서 도처에서 사진을 찍으라고 몸을 내밀고 있다. 광고 포스터로 뒤덮인 폐허. 바닥이 쩍쩍 갈라진 아스팔트. 구백만 개에 달하는 진주 같은 땀방울. 사람들이 기차역에서 쏟아져 나온다. 역들은, 바스쿠가 어제 그랬던 것처럼 매일 설사를 한다. 빅토리아풍으로 마구 싸 놓은 똥 무더기 속에는 하얀 셔츠를 입은 구더기들이 우글거리고, 그것을 보노라면 새로운 소용돌이 장식이 떠오른다. 똥 무더기마다 새빨간 구장

즙이 섞인 침이 뱉어져 있다.

후글리 다리를 걸어서 갔다 온다. 왼쪽으로는 잡동사니들이 진열되어 있다. 낡아 빠진 구두, 야자수 실타래, 석판(石板), 색이 바랜 셔츠, 원시적인 도구, 홍콩제 싸구려 물건, 인도의 토속품 등등. 오른쪽 보도는 캘커타 근교의 마을에서 온 농민들이 채우고 있다. 그들은 조금씩 묶어 놓은 농산물들을 팔고 있다. 보라색 양파, 노란색과 회색과 자주색의 불콩, 생강, 사탕수수, 납작하게 눌러 만든 당밀사탕, 현미, 굵게 빻은 호밀, 둥글넓적한 빵 등. 가운데 교각이 없는 다리는 맨발의 보행자들과 트럭, 인력거, 우마차 등의 왕래로 흔들거리고 있다. 문득 바스쿠는 군중들 속에서 기쁨에 휩싸인다. 그도 구장 잎을 씹고 싶은 욕구를 느낀다. 그러나 다리 난간 아래, 비참함만이 존재하는 그곳에서 돈 한 푼 없는 빈털터리 여자들과 이미 죽음의 그림자가 느껴지는 주름투성이 노인들의 모습을 보고 나자 그는 소스라치게 놀란다.

캘커타에는 슬럼이나 판자촌이 따로 있는 것이 아니다. 도시 전체가 판자촌이요 슬럼이다. 중산층이나 상류층도 여기서 자유로울 수 없다. 책가방을 든 상류 계급의 딸들이 비탈진 도로를 따라 내려가면서 제 또래의 거지 패거리들 틈에서 하나의 섬을 이루고 그들 모두와 다시 하나가 되는 거리 풍경이 보인다. 사람들의 통행이 조금이라도 드문 곳이면 그 어디든 노숙자들이 자리를 잡고 있다. 공원 주변이나 낡은 대저택들 사이에는 마분지와 양철판으로 지은 오두막들이 마을을 형성하며 늘어서 있다. 지난번 (지금으로부터 정확히 일 년 전의 일이다.) 기근 때 도시로 흘러들었거나, 판자촌에서 머물 곳을 찾지 못해 쫓겨난 사람들이 그곳에 살고 있는 것이다. 그들은 비하르 지방에서 왔으며, 벵골인들 틈에서는 이방인일 뿐이다. 밤마다 그들은 마분지로 만든 집 앞마다 피워 놓은 모닥불 가에 쭈그리고 앉아 쓰레기 더미에서 주워 온 것들을 끓여 먹는다. 마지막으로 남은 것은 무엇이든 주워 오는 본능뿐이다. 그들은 밀짚과 석탄 부스러기를 조그맣게 뭉친 덩어리나 쇠똥으로 모닥불을 지핀다. 이곳에서는 석기 시대가 도래하려고 한다. 석기 시대는 이미 도시를 정복하기 시작했다. 버스도 이미 고고학적 발굴물처럼 보인다. 바스쿠는 주지사의 관저로 도망친다. 관저의 경비원들은 이미 그의 얼굴을 알고 있다.

그의 일정 중에는, 미국 대학생들에게 자신이 만든 캘커타 영화를 보여 주기 위해 비행기 편으로 내일 시카고로 가는 한 영화 제작자의 집에서 차를 마시기로 한 약속이 들어 있다. 그들은 미소를 지으며 이야기를 나누고 있다. 두 사람의 냉정한 제작자이다. 바스쿠는, 바스쿠 다 가마가 환생하여 현대의 인도를 찾아와, 칼리 여신 앞에 두려움을 느끼고, 캘커타를 방문하고, 설사를 하게 되고, 주지사 관저에 묵게 된다는 줄거리의 영화 제작이 가능한지 묻는다. 이어서 여러 시기에 걸쳐 그와 함께 살았던 그의 여자 요리사들에 대해 이야기한다. 신석기 시대의 아우아와 전성기 고딕 시대의 도로테아에 대해, 혁명적인 성격의 조피에 대해, 그리고 후추 값의 폭락을 자신의 요리에서 큰 전기로 삼았던, 요리하는 수녀원장 마르가레테 루쉬에 대해서. 그리고 그는 넙치와, 신석기 시대 때부터 펼쳐진 넙치의 활동에 대해 언급한다. 그러자 영화 제작자는 고개를 끄덕이면서 이렇게 말한다. "그와 비슷한 역할을 한 넙치 종류의 물고기 이야기가 인도에도 드라비다 시대부터 전해 오고 있어요. 그 물고기는 칼리 여신에 대항하려는 신념에서 태어난 거지요. 그러나 아무런 효과도 보지 못했어요."

그다음 영화 제작자는 조만간 개최될 영화제 이야기를 하고는, 지나가는 말투로 캘커타 거리에는 새벽마다 시체들이 산더미처럼 쌓인다는 말을 한다. 그런 시체들은 지금까지 언제나 있어 왔다는 것이다. 그가 어린애였던 1943년에 이미 이백만의 벵골인들이 길거리에서 굶어 죽었다는 것이다. 그 이유는 영국 군대가 일본과 전쟁을 치르면서 비축되어 있던 쌀을 모두 소모해 버렸기 때문이라고 했다. 그 사건을 다룬 영화는 유감스럽게도 없다고 했다. 굶주림의 참상을 영화화할 수는 없다는 것이었다.

캘커타 어디를 가나, 영화 제작자의 집에서나, 테레사 수녀의 수녀원에서나, 주지사가 베푼 오찬 석상에서나, 사람들은 모두 마치 인도의 장래라도 걸린 듯이 바스쿠가 다음 책에서 어떤 내용을 다룰 것인지 알고 싶어 한다.

판자촌을 방문하는 중에도 안내를 맡은 경제 기획부의 기획 담당관은 작품의 세부적인 내용에 대해 묻는다. 그러자 바스쿠는 다음과 같이 자세하게 설명해 준다. 이번 작품은 식량의 역사를 주로 다루고 있으며, 모든 사건은 바이크셀강 하구의 저지대에서 전개된다. 그러나 사실 그 모든 것은 갠지스강 하구, 이를테면 이곳 후글리 강변에서 일어날 수도 있다. 그의 책에 나오는 여신의 이름은 아우아이다. 유감스럽게도 그는 드라비다의 여신 칼리에 대해 아는 것이 너무나 없다고.

그런 다음 바스쿠는 통계에 대한 질문을 던져 난처함을 모면한다. 그리고 그는 통계표에서 보면 다 알 만한 답변을 듣는다. 캘커타에는 삼천 개의 판자촌이 있다. 사람들은 판자촌을 슬럼이라고 부르는 것을 좋아하지 않는다. 판자촌에는 각각 오백에서 칠만 오천 명에 이르는 사람들이 살고 있다. 판자촌에 사는 사람들을 전부 합치면 삼백만 명이 된다. 평균적으로 한 집에 여덟에서 열 명이 살고 있다. 마당 하나를 가운데 두고 열 내지 열두 채의 오두막들이 열린 모양의 사각형을 이루고 있다. 똥오줌과 음식물 찌꺼기는 중앙 통로 가운데의 노천 도랑으로 흘려 보낸다. 약 사십오 명의 아이들이 다니는 이 판자촌의 학교는 한 사회사업가의 후원을 받고 있다. 또다시 드러나는 명랑함. 학교가 있다는 데 대한 자부심. 바스쿠는 그곳에서 나는 악취를 기록하려고 한다. 전형적인 비참함 그리고 늘상 일어나는 부당 행위. 터무니없는 집세를 마찬가지로 판자촌에 살고 있는 오두막 주인에게 지불해야 한다. 누구나 내키는 대로 아무 데나 똥오줌을 눈다. 그러나 사실 마인 강변의 프랑크푸르트와는 전혀 딴판으로 이곳에는 활기찬 삶이 있다고 그는 적는다. 나중에 그는 이 문장을 지우고 싶어 한다.

판자촌 거주자들은 시골에서 온 사람들이다. 기획관은, 캘커타의 위생을 개선하려면 우선 인접 마을들의 위생을 개선해야 한다고 말한다. 그래서 바스쿠는 인접 마을로 간다. 야자나무 아래 서 있는 진흙 오두막들. 그는 쥐의 피해를 막기 위해 가대(架臺) 위에 높게 지었지만 텅텅 비어 있는 둥근 모양의 창고들을 본다. 바스쿠는 방문객 대우를 받는다. 자식이 일곱인 시골 아낙네가 장남을 야자나무 위에 올라가게 해 놓고 미소 짓고 있다. 바스쿠는 야자유를 마시며 회상에 잠긴다. 들판의 어린 벼는 물이 너무 부족하다. 길가의 수로는 바짝 말라붙어 있다. 준설(浚渫) 작업을 해야 하지만 그때가 언제가 될지 아는 사람은 아무도 없다. 농민들은 대부분 딸들을 시집보내느라 빚을 지고 있다. 그들은 대출금에 대해 40퍼센트의 이자를 물고 있다. 불가촉천민들에게는 추수 부역이 금지되어 있다. 남자들과 여자들이 여러 개의 각각 다른 웅덩이에서 목욕을 하고 있다. 그 웅덩이에는 지난번 계절풍으로 인해 내린 빗물이 고여 있다가 벌써 말라 가고 있다. 그들은 모두 옷을 입은 채 목욕을 하고 있다. (마호메트의 청교도주의에 뒤이어 빅토리아 왕조의 청교도주의가 이어졌다.) 아이들은 모두 회충을 갖고 있다. 바스쿠는 이곳이 아름다운 마을이라고 생각한다. 야자나무들, 바나나나무들, 진흙 오두막들, 배 속에 회충이 있는 아이들, 그리고 미소를 짓는 여인들, 그 모두가 마음에 든다. 그러나 마을은 병들어 있고 이미 캘커타가 되어 가고 있다.

세계 탁구 선수권 대회에서 중국과 체코슬로바키아가 1위 그룹을 형성하고 있다. 입장료가 중산층에게조차 너무 비싼 편이다. 그래서 새로 지은 탁구 경기장은 대부분 텅텅 비어 있다.

네 명의 하인들이 그에게 조간 신문을 갖다주고 아침 식사(계란찜) 시중을 든다. 그러고 나서 바스쿠는 서벵골 인민전선 정부의 전직 수상을 방문한다. 중년 신사 하나가 샛바람에 펄럭이는 흰 무명옷을 입고 꼿꼿한 자세로 그의 맞은편에 앉아 있다. 그가 말한다. "그렇지 않습니다. 나는 마르크스 공산주의자이지 모스크바의 꼭두각시가 아닙니다." 그는 고통스러운 내색 없이 패배에 대해 언급한다. 바스쿠는 그 사람을 통해 인도의 극좌 정당인 나크살라이트 당원들이 어떻게 분열되었다가, 어떻게 하나의 혁명 세력으로 다시 뭉치게 되었지 알게 된다. "많은 수의 지식인 청년들은." 그 마르크스주의자는 안타까운 투로 말을 꺼내고서는 이어서 좀 반어적인 투로 이렇게 덧붙인다. "훌륭한 집안 출신들입니다." 나크살라이트 당원들은 인도에서 아무런 성공을 거두지 못했다. 왜냐하면 '해방된 지역'에 대한 모든 보도는 중국의 허위 선전에 불과했기 때문이다. 그러자 그들 나크살라이트 당원들은 자신들의 옛 동지인 사백 명에 달하는 마르크스주의자를 죽이기 시작했다. "안 됩니다." 그가 말한다. "안 됩니다. 마오주의는 인도에 이식될 수 없습니다. 사실 근본적으로 나크살라이트 당원들의 급진주의는 부르주아들이 느낀 무력감의 또 다른 몸짓에 불과한 것이었습니다."

나도 이곳에 있었으면 급진적인 인물이 되었겠지, 바스쿠는 그렇게 말하는 자신의 목소리를 듣는다. 그는 (가슴속에 여러

가지 인물들이 들끓고 있는 상태에서) 책에 넣을 대화 장면을 만들기로 작정한다. 그것은 단치히 오라 빈민 급식소의 여자 요리사 레나 슈투베가 세상 곳곳을 여행 중인 아우구스트 베벨 동지와 (1895년경에) 토론을 벌이는 장면으로서 노동자의 아내들이 부르주아적인 요리법을 따라야 하는지, 아니면 반드시 프롤레타리아 요리책을 따라야 하는지에 대한 것이다.

그 우울한 마르크스주의자(브라만 계급)는 썰렁한 방에 앉아 무릎을 달달 떨고 있다. 이따금씩 받는 짤막한 전화. 벽에 걸린 장식품이라고는 세 마리의 목각 물오리와 조그만 레닌 사진뿐이다. 지난주에도 두 번에 걸쳐 동지들에 대한 암살 시도가 있었다고 한다. 집 앞의 검은색 승용차 옆에는 경호원이 서 있다.

다음에 바스쿠는 시인들의 집을 찾아간다. 그들은 서로 돌아가며 꽃들과 몬순 구름, 그리고 코끼리 머리를 한 가네사 신(神) 등을 노래한 시를 영어로 낭송한다. (사리를 입은) 한 영국 숙녀가 인도 여행에 대한 인상을 속삭인다. 정신적인 것에 심취한 약 사십 명의 사람들이 헐렁하고 우아한 의상을 걸치고 선풍기 바람을 쐬며 돗자리 위에 웅크리고 앉아 있다. 그들의 창문에서 멀지 않은 곳에 판자촌이 있다.

바스쿠는 장정이 멋진 서적과 파티에서 즐긴 문학 이야기 그리고 수입된 대중예술 포스터에 감탄한다. 다른 모든 사람들처럼 그는 잣을 야금야금 씹으며, 기회가 온다면 여류 시인들 가운데 누구와 정사를 나눌까 궁금해한다.

하느님이 한 덩어리 툭 떨구어 놓고서 캘커타라고 이름 붙인 똥 무더기에 대한 시는 왜 없는가? 부글부글 거품을 내뿜고, 악취를 풍기며, 살아서, 점점 커지는 똥 무더기를 노래한 시 말이다. 만약 신이 한 무더기 콘크리트를 쌌다면, 그 결과는 프랑크푸르트였을 것이다. 캘커타 공항을 사람들은 덤덤이라고 부른다. 그곳 캘커타에 있는 예전에 영국 소유였던 탄환 공장에서는 지금도 탄환 생산이 계속되고 있다. 기독교의 위선자들은 끝을 잘라 뭉툭한 덤덤 총알이 사람의 몸에 커다란 구멍을 내기 때문에 이를테면 복부 총상을 입었을 경우에 통상적으로 겪게 되는 그러한 고통을 느끼지 못하게 해 준다고 거듭 말해 왔다. 덤덤 교도소에는 살아남은 나크살라이트 당원들이 수감되어 있다. 캘커타를 노래한 어떤 시에도 희망이 자리할 곳은 없다. 고름으로 쓰고. 부스럼 딱지나 긁을 수밖에…….

테레사 수녀회에 소속된 바텐샤이트 출신의 한 수녀가 바스쿠를 나병 환자들이 살고 있는 한 판자촌으로 안내한다. 그곳에는 거의 다 죽어 가는 어린아이 하나가 누워 있다. 그녀는 흰 손으로 죽어 가고 있는 어린아이의 몸에서 파리 떼를 쫓는다. 맞은편 도살장에서 지독한 냄새가 풍겨 온다. 도살장의 기와지붕에는 독수리가 빼곡히 앉아 있다. 그곳에서 그가 할 수 있는 일이란 고작 못 본 척하면서 슬쩍 지나가는 일뿐이다.

바스쿠는 자신이 지금 어디에 있는지, 또는 어디에 있었는지 도무지 알 길이 없다. 지금은 고아원에 있다. 이곳에 있는 두 살배기 아기들은 귀엽다. 지금은 학교에 있다. 학생들이 눈을 감은 채 가톨릭 성가를 부르고 있다. 지금은 젖먹이 보호시설 안에 있다. 자식이 없는 한 브라만 계급의 부부가 불가촉천민의 어머니에게서 갓 태어난 사내아이를 입양하고 있다. 바스쿠는 그들의 행복을 기원한다. 지금은 이동 병원 옆의 우유 급식소에 있다. 사람들에게 우유가 다 돌아가지 않는다. 한 수녀가 단호한 태도로 몰려드는 사람들을 정렬시키고 있다. 아난트 수녀는, 캘커타가 직면하고 있는 모든 문제점에 대해 테레사 수녀가 했던 이야기를 들려준다. "비록 우리가 대양 속에 있는 한 개의 물방울에 지나지 않는다고 해도, 우리 한 사람 한 사람이 없으면 대양은 가득 찰 수 없어요."라고.

절대 그쪽을 보지 마. 그냥 지나쳐 버려. 납으로 귀를 틀어막아. 무표정한 시선을 갖도록 해. 너의 동정심을 여행 가방 속 속옷과 양말 사이에 집어넣거나, 아니면 지폐를 여행 안내서 속에다 끼워 넣어. K로 시작되는 캘커타를 찾으면 C로 시작되는 캘커타를 보라고 되어 있는 곳에다 말야. 아니면 저쪽을 봐. 그 자리에 멈춰 서. 들어 봐. 스스로를 부끄럽게 생각하도록 해. 너의 붉은 혀를 보여 줘. 너의 동정심은 잔돈푼에 지나지 않아, 순식간에 사라질 뿐이니까.

지금은 칼리쿠트에 있다. 여긴 밤새 거리에서 데려온 다 떨어진 넝마 더미 같은 사람들이 테레사 수녀의 '임종의 집'에서 잠시 밥을 배불리 먹는 곳이다. 그 옆에는 (마침내) 칼리 여신의 신전이 있다. 한 사제가 설명을 하고, 바스쿠는 그에게 5루피를 준다. 파리 떼가 잔뜩 꼬인 희생소(犧牲所)의 핏자국을 보자 오늘 아침에 희생된 염소들이 생각난다. 젊은 여인들이 피를 머금은 진흙에다 조그맣게 행운의 표시를 새기고 있다. 바로 옆에는 제발 아이를 낳게 해 달라고, 많이 낳게 해 달라고, 하나만 더 낳게 해 달라고, 더 많이 낳게 해 달라고, 더욱 더 많이 낳게 해 달라고, 해마다 하나씩 낳게 해 달라고 어머니들이 소원을 비는 나무가 있다. 어머니들은 나뭇가지에 소원의 돌들을 매단다. 나뭇가지에는 아이들을, 더 많은 아이들을 뜻하는 소원의 돌들이 주렁주렁 매달려 있다. 눈길을 던지는 곳마다 꽃처럼 피어나는 광기와 가톨릭적 특성이 섞인 힌두교의 싸구려 물건. 검은 칼리 여신은 밀려드는 신도들 뒤에 숨겨져 있다.

바스쿠는 한쪽 편에 비켜 서 있다. 그는 칼리 여신이 왜 붉은 혀를 내미는지 궁금하다. 사제는 이런 이야기를 들려준다. 칼리는 악마들을 (그리고 그 밖의 반혁명 분자들을) 모조리 다 죽인 뒤에도 살인을 멈출 수가 없었는데, 드러누워 있는 자신의 남성적 측면인 시바의 가슴을 발로 짓밟는 순간 비로소 정신이 번쩍 들었다는 것이다. 그때 칼리 여신은 무척 부끄러움을 느꼈으며 바로 수치심에서 혀를 날름 내밀었다는 것이다.

그때부터 인도에서는 혀를 내미는 것이 수치심의 표시로 여겨졌다. 바스쿠는 한번도 장관이나 주지사, 브라만 계급, 시를 읊는 시인이 혀를 내미는 모습을 본 적이 없다. 쓰레기 더미 사이에서 평화롭게 풀을 뜯는 암소들의 창백한 혀를 본 적은 있다. 그는 영양실조로 누렇게 뜬 아이들의 모습을 보았다. 어머니들이 칭얼대는 아이의 고무 젖꼭지를 소금을 푼 짭짤한 설탕물에 적시는 것을 보았다. 이 세상에 존재하는 모든 것에 달라붙어 있는 파리 떼를 보았다. 죽음의 문턱 앞에 있는 삶을 보았다.

바스쿠는 신문 속으로 도피한다. 북부 캘커타에서 일어난 식량 수송 노동자들의 파업 기사 바로 옆에 세계 탁구 대회의 최근 소식이 실려 있다. 스웨덴 선수들은 탈락했다. 그들은 잠깐 시내에 나갔다가 겁에 질려 호텔로 돌아갔다. 그들은 예정보다 빨리 귀국할 생각이다. 그리고 바스쿠 역시 이제 임신 3개월인 아내 일제빌에게 검은 칼리 여신의 사진이 인쇄된 반질반질한 그림 엽서에다 당혹스러운 내용의 짤막한 글을 써서 보낸다. "이곳은 이해하기 힘든 곳이야. 이성이 통하지 않는 곳이지. 나병 환자들은 내가 생각했던 것보다 상태가 심각해. 나는 믿음이 깊고 언제나 웃음을 잃지 않는 한 수녀를 만났어. 이곳에선 누구나 땀에 흠뻑 젖게 되지. 내일은 비행기를 타고 이곳을 떠날 예정이야. 바스쿠 다 가마가 상륙했던 말라바 해안으로 가려고 해……."

캘커타에서 안부 엽서를 보내다. 캘커타를 보며 삶을 이어가다 캘커타에서 많은 것을 느끼다. 캘커타처럼 활기차게 살다. 캘커타에서 (어린 염소를 제물로 바치고, 아이들을, 더 많은 아이들을 낳게 해 달라고 비는 소원의 돌멩이가 주렁주렁 매달려 있는 나무가 있는 칼리 신전에서) 꼬리를 잘라 내다. 캘커타에서 모기장 안에 놓인 관에 누워 캘커타에 대한 꿈을 꾸다. 캘커타에서 길을 잃다. 무인도에서 캘커타에 대한 책을 쓰다. 모임에서 캘커타를 무엇에 대한 한 예로 들다. 프랑크푸르트나 만하임을 캘커타라고 생각해 보다. 버릇없는 아이들이나 일제빌처럼 만족할 줄 모르는 여자들 그리고 스케줄에 얽매여 사는 남자들을 몽땅 마법을 써서 캘커타로 쫓아 버리다. 젊은 신혼 부부에게 캘커타를 신혼 여행지로 추천하다. 캘커타라는 제목의 시를 한 편 쓰고서 파리에게 마침표와 쉼표를 찍고 줄표를 긋게 하다. 한 작곡가에게 캘커타를 정화하기 위한 모든 계획을 음악으로 만들게 하여 캘커타에서 (바흐 협회의 노래로) 오라토리오로 초연(初演)하다. 캘커타의 모순으로부터 새로운 변증법을 전개하다. 국제연합 본부를 캘커타로 이전하다.

바스쿠 다 가마가 환생하여 캘커타로 돌아와 가까스로 자신의 첫 상륙을 기억하게 되자, 그는 만 대의 불도저로 도시를 밀어 버리고 컴퓨터의 계산에 따라 도시를 새로 건설하기로 결정했다. 그러자 컴퓨터는 16층짜리 판자촌 삼천 개를 토해 냈다. 그것은 모든 소음이 땅속으로 스미듯 사라진 뒤, 차갑게 식어 훨씬 고독하고, 우연에 대한 희망도 없이 오로지 생각에 잠긴 또 다른 거대한 슬럼이었다. 그러자 캘커타는 최저 생활 수준을 간신히 넘길 만큼만 정화시켰는데도 죽어 버렸다. 이제 부족한 것은 거의 없다. 그렇지만 꼭 필요한 것들은 여전히 없다. 자신의 존재 확인을 위해 번식을 하는 사람들. "어쨌든 이제 유아 사망률은 많이 떨어졌어." 바스쿠는 혼잣말을 했다. 또는 지금 있는 모든 통계 서류 뭉치들을 폐지로 팔아서 새로운 계획을 세우기 위한 재원을 마련해야 한다. 이제부터는 캘커타에 대해 다른 말을 하지 말아야 한다. 모든 관광 안내서에서 캘커타를 지워 버리다. 캘커타에서 바스쿠는 몸무게가 2킬로그램 늘었다.

세 가지 질문

어떻게 내가,
경악이 우리를 납 속으로 쏟아붓는 곳에서
웃을 수 있겠는가,
심지어 아침 식사를 하면서 웃을 수 있겠는가?
어떻게 내가,
쓰레기만이, 오직 쓰레기만 산더미처럼 쌓여 가는 곳에서,
일제빌이 아름답다고 해서 일제빌에 대해
그리고 아름다움에 대해 이야기할 수 있겠는가?
어떻게 내가,
사진 속의 손에
끝내 쌀 한 톨 쥐어지지 않는 곳에서,
여자 요리사에 대해 쓸 수 있겠는가?
그녀가 살찐 거위의 속을 무엇으로 채웠는가에 대해.

배부른 자들이 단식투쟁에 들어간다.
아름다운 쓰레기여.

정말 포복절도할 일이구나.

나는 부끄러움을 나타낼 표현을 찾고 있다.

너무 많음

휴가 중에,
한밤중, 사방이 고요해지자,
나는 오웰의 유토피아 소설 『1984년』을 읽는다.
1949년에 그 소설을 처음 읽었을 때,
그때는 느낌이 전혀 달랐다.

저만큼 떨어진 곳, 호두까기와 담뱃갑 옆에,
통계학 책이 한 권 놓여 있다.
거기엔 서기 2000년까지 먹을 식량이 있느냐 없느냐에 따라
증가하거나 줄어들 세계 인구의 수를
계산해 놓은 수치가 실려 있다.
한숨 돌리기 위해
담배를 집거나
개암나무 열매를 깰 때마다,
나는 몇 가지 어려움에 봉착한다.
그건 빅 브라더라든가
전 세계의 단백질 부족에 비하면

사소한 것이기는 하지만
몰래 낄낄거리기를 멈추려 하지 않는다.

지금 나는 가까운 미래에 있을 심문 방법에 대해 읽고 있다.
지금 나는 수치를 기억해 두려고 한다,
남아시아에서 일어나는 현재의
유아 사망의 패턴에 대한 것이다.
나는 이제 모서리 쪽부터 끈을 푼다,
휴가 떠나기 전에 남겨졌던 말다툼이
소포 안에 묶여 있기 때문이다. 일제빌의 소원들이…….

호두껍질이 재떨이의 절반을 채우고 있다.
그 모든 것은 너무나 많다.
어떤 것은 없어져야 한다. 인도건,
혹은 과두제(寡頭制)의 집단주의건,
혹은 가족만의 크리스마스건.

에서[6]가 말한다

은총으로 불콩이 되어.

---

6) 구약 성서에서 아브라함의 아들 이삭이 낳은 쌍둥이 아들 중 한 명. 죽 한 그릇 때문에 쌍둥이 동생에게 장자권을 팔아 넘겼다.

불콩의 바다에서 익사하다.
불콩으로 속을 채운 쿠션 위에서.
희망이 불콩처럼 싹튼다.
그리고 모든 예언자들이 늘 원했던 것은
불콩이 기적처럼 늘어나는 것이다.

그리고 그가 사흘째 되는 날 부활했을 때,
그는 너무나 불콩이 먹고 싶었다.

아침 식사를 시작하면서.
스푼을 놓을 때까지 바짝 졸인다.
마요라나[7]로 양념한 숫양의 목살과 함께 신선하게.
기억 속에 남은 불콩. 언젠가 바토리 왕이
사냥을 마치고 숙영지로 돌아왔을 때,
루쉬 수녀는 그에게 불콩을 넣고
(일년생 질긴) 꿩으로 폴란드식 수프를 끓여 주었다.

빵빵한 자루를 메고 나는 갔다, 두려움 없이.
나 이후로 장자 상속권이 유효해졌다.
장자 명분을 포기한 채 나는 불콩으로 살아간다.
내 어린 동생은 고달프게 살고 있다.

---

7) 지중해 지역이 원산지인 허브로, 박하의 일종이다.

처형 전의 마지막 식사

슈토크 탑은 1346년에 호엔 토어 성문을 위한 보루로 건축되기 시작해, 점차 더 많은 감방과 고문실과 그 밖의 다른 부대시설들이 필요해지면서 규모가 확장되었는데, 이 탑의 지하 감옥은 습기가 차지 않는 것으로 알려져 있다. 1509년에 도시 건축가인 헤첼과 엥킹거는 이 탑에 두 층을 더 얹고 투구형의 지붕을 만들어 올렸다. 그때부터 시장 에버하르트 페르버의 요청을 받고 출동한 폴란드 왕 지기스문디가 도시를 점령한 1526년 4월 중순까지 이 탑은 비워 둔 채 사용되지 않았다. 그 당시 지기스문디는 일곱 개의 대성당마다 반종교개혁 동상들을 설치하도록 했으며, 도시 귀족 평의회에 대항하여 봉기를 일으킨 주모자들 중 줄행랑친 전도사 헤게를 제외하고는 모두 배심 재판에 회부했다. 배심 재판부는 여섯 명의 주모자에게 참수형을 선고했다. 그들 중에는 대장장이 페터 루쉬도 끼어 있었는데, 그의 딸은 얼마 전부터 성 비르기트 수녀원의 수녀원장 직책을 맡고 있었다. 그녀는 자신이 만든 수녀원 요리로 모든 파벌의 입맛을 맞추었으며, 모든 업무에 개입하여 이익을 챙겼고, 심지어 전쟁의 혼돈이나 페스트, 또는 물가 상승으로 인해 모두가 피해를 볼 때에도 이윤을 남겼다는 소문이 자자할 정도로 대단한 여자였다.

루쉬 수녀는 무시 못 할 영향력을 지니고 있었기 때문에, 비록 자기 아버지가 사면되도록 하지는 못했어도 사형 판결을 받은 아버지를 위해 마지막 식사를 만들어 주어도 좋다는 허가를 받아 냈다. 신분이 높은 사람들도 그녀의 초대를 거절하지 못했다. 폭동을 일으킨 길드 조합원들에 의해 파면당해 자신의 관할구인 디르샤우로 쫓겨났다가 이제 다시 복권된 시장 페르버와 올리바 수도원의 원장 예쉬케가 모피 장식을 단 브라반트식 옷을 입고 슈토크 탑으로 찾아왔다. 대장장이 루쉬와 함께 그가 좋아하는 음식을 먹기 위해서였다. 사형 집행관인 라데비히도 초대되어 그 자리에 참석했다. 이미 전날 저녁부터 요리하는 수녀는 도살업자이기도 한 형리의 부엌에서 음식이 가득 든 냄비를 화덕에 올려놓고 있었다. 그렇기 때문에 음식 냄새가 이제 죄수들로 가득 찬 슈토크 탑의 모든 지하 감방 곳곳에 파고들었다.

나와 함께 내장 요리를 먹을 사람은 누구인가? 내장 요리는 마음을 편안하게 해 주고, 격분한 사나이의 분노를 가라앉히고, 죽음에 대한 공포를 달래 주며, 반쯤 차 있는 냄비가 언제나 화덕 위에서 보글보글 끓던 지난날의 내장 요리를 생각나게 해 준다. 직장(直腸) 한 조각과 흐늘흐늘하고 벌집처럼 구멍이 송송 난 위벽들. 4파운드에 3마르크 50페니히면 살 수 있다. 사람들이 내장을 싫어하기 때문에 소의 심장과 돼지 콩팥, 송아지 혀와 내장은 값이 싸다.

그녀는 서두르지 않았다. 땀으로 뒤범벅이 된 짐꾼의 옷가지들을 빨래판 위에 올려놓은 것처럼 흐늘흐늘한 내장들을 방망이로 두들기고 안팎을 솔질했다. 주름이 많은 껍질은 떼어 내 버리고 창자 입구에 붙어 있는 지방은 그냥 두었다. 내장에 붙어 있는 지방은 특별해서 단단하게 굳지 않고 비누처럼 잘 풀어지기 때문이다.

대장장이 루쉬와 그의 손님들을 위해 처형 전의 마지막 식사를 준비하면서 그녀는 회향 열매와 정향 열매, 생강 한 개, 월계수 잎 그리고 거칠게 빻은 고춧가루에 물 7리터를 부어 화덕에 올려놓고, 흐늘흐늘한 내장을 새끼손가락만 하게 길쭉길쭉하게 잘라 냄비에 가득 넣은 후 끓기 시작할 때 거품을 걷어 냈다. 그런 다음 그 딸은 아버지가 좋아하는 그 음식을 뚜껑을 덮은 채 네 시간 동안 끓였다. 마지막으로 그녀는 마늘을 넣고 육두구 열매를 갈아 넣었으며 후추를 좀 더 뿌렸다.

시간이 오래 걸린다. 그렇지만 오래 끓일수록 좋다. 질긴 것을 뭉그러지도록 푹 고려면 서둘러선 안 된다. 루쉬 수녀와 나는, 내장탕이 끓으면서 부엌 전체가 외양간처럼 훈훈해지는 동안, 그 얼마나 자주 식탁에 함께 앉아 있었으며, 맷돌을 갈았고, 인도 항로를 발견하기도 했으며, 또는 빛이 나도록 닦아 놓은 식탁에 앉은 파리들을 잡고, 우리가 포메라니아인으로 아직 이교도이던 시절의 내장 요리에 관해 이야기를 나누었던가. 그리고 우리는 암고라니가 유일한 육식거리이던 그 이전 시대에 대한 이야기도 나누었다.

그녀는 아버지를 위해 마지막 내장 요리를 만들어 주었으며, 그 후에는 회식 모임에 참석한 부유한 통 제조업자들과 오로지 스칸디나비아 해협 통관세에만 관심이 있는 한자동맹 상인들과 뚱뚱한 수도원장과 새큼한 폴란드식을 원하는 바토리 왕을 위해 내장 요리를 만들어 내놓았다. 그리고 좀 더 후에는 아만다 보이케가 농업 노동자 식당에서 순무와 감자를 넣어 내장탕을 끓인 다음 왜당귀로 간을 맞추었다. 그리고 그 후에도 계속해서 레나 슈투베가 단치히 오라 빈민 급식소에서 (싸구려) 내장으로 프롤레타리아식 양배춧국을 끓여 인기를 끌었다. 그리고 지금도 여전히 그단스크에 있는 레닌 조선소의 구내식당 요리사인 마리아 쿠츠초라는 일주일에 한 번씩 (밀가루를 넣고) 걸쭉하게 내장탕을 고아 내고 있다.

당신의 속이 차다고 느껴질 때면 소의 네 번째 위로 만든 내장 요리를 먹어 보라. 슬프거나, 모든 자연에서 나락으로 떨어진 듯한 느낌이 들거나, 죽도록 슬퍼질 때는 우리에게 기쁨과 삶의 의미를 가져다주는 내장 요리를 먹어 보라. 또는 재치 있고 조소자의 벤치에 앉아 있기에 족할 만큼 무신론자인 친구들과 함께 있을 때는 회향으로 맛을 낸 내장탕을 우묵한 접시에 담아 떠먹어 보라. 아니면 토마토를 넣거나, 안달루시아식으로 이집트 콩을 넣거나, 포르투갈식으로 붉은 콩과 베이컨을 넣고 끓여도 좋다. 또는 사랑 행위를 하기에 앞서 입맛을 돋워 주는 음식이 필요하거든 먼저 내장을 백포도주에 담가서 삶은 다음 거기에 잘게 썬 셀러리를 넣고 약한 불로 끓여라. 동풍이 창문을 두드리며 당신의 일제빌의 마음을 울적하게 만드는 춥고 건조한 날에는 신 크림과 함께 끓인 내장 국물에다 통감자를 곁들여 먹으면 효험이 있을 것이다. 또는 우리가 잠시 또는 영원히 헤어져야 할 경우가 생겼을 때는, 내가 슈토크 탑에 갇혔을 때 내 딸이 나를 위한 최후의 만찬으로 후추를 가미한 내장 요리를 차려 주었을 때처럼 하면 될 것이다.

다음 날 아침이면 폴란드 왕과 시의회의 상하 의원들, 배석 판사들, 몇몇 고위 성직자들과 수도원장들이 배석한 가운데 랑겐 마르크 시장에서 처형이 집행될 예정이었기 때문에, 비르기트 수녀원의 수녀원장은 그날 초저녁에 식사 대접을 위해 손님들을 자기 아버지의 감방으로 초대한 것이었다. 벽에 달린 횃불들이 감방 안을 환하게 밝히고 있었다. 조그맣게 뚫린 쇠창살 문 아래에서는 내장이 담긴 냄비가 화롯불 위에서 부글부글 끓고 있었다. 마르가레테 루쉬는 간을 맞추느라고 맛을 본 것 말고는 음식을 한 입도 먹지 않았다. 그녀는 식사 기도를 드리면서 사형 선고를 받은 대장장이를 위한 기도도 함께 드렸다. 그러고 나서 아버지와 손님들을 위해 식사 시중을 들었다. 그러나 남자들이 질그릇에 담긴 내장탕을 떠먹는 동안 그녀는 흑맥주를 잔에 따르면서 이야기를 했다. 그녀는 도시 귀족의 고압적인 머리와 그 당시에 이미 살이 찐 수도원장의 둥근 머리와 사형 집행인의 대머리, 그리고 그릇 속으로 쑤셔 박은 아버지의 머리 너머로 이야기했다. 그녀는 머뭇거리지도 쉬지도 않고 말을 했다.

마르가레테 루쉬는 이야기 잘하기로 이미 명성이 나 있었다. 수프가 아직 너무 뜨거울 때나, 손님들이 거위 다리를 뜯어 먹고 있는 동안에, 또는 금요일에 부추를 밑에 깐 고등어를 식탁에 내놓기 전에, 또는 식사가 끝나 음식이 바닥난 식탁 너머로, 수녀원장은, 음식을 대접받은 모든 사람들에게, 어느 누구에게도 끼어들 겨를을 주지 않는 능숙하고 거침없는 말투로 이야기를 했다.

그녀는 몇 가지 이야기를 (또한 교훈적인 글도) 한 가닥도 놓치지 않고 동시에 풀어 가는 재주를 갖고 있었다. 섬에서 양 치는 일에 대한 이야기를 비롯해서, 물이 빠져나가 진흙땅이 보이는 모틀라우강 이야기라든지, 시 평의회 의원인 앙거뮌데의 딸들에 대한 이야기에 이르기까지 거침없이 이야기했다. 그러면서도 덴마크인들이 스카니아 청어 가격을 인상한 것에 대해 다시 검토하고, 전도사 헤게와 관련해서 아주 새로운 농담을 거침없이 내뱉고, 구시가지에 있는 몇 군데의 부동산에 대한 비르기트 수녀원의 변함없는 관심을 언급하는 일을 잊지 않았다. 그와 함께 그녀는──사이사이 아리엘로부터 자드키엘에 이르기까지 모든 천사장(天使長)을 향해 경건한 기도를 올려 가면서──그녀가 즐겨 이야기하는 테마인, (인도의 말라바르 해안의 창고까지 포함해서) 리스본에 후추 판매 지사를 설치하는 문제에 대해 상법상의 세부적인 사항까지 하나하나 짚어 가며 말했다.

그녀가 누구에게 수프를 끓여 주든 간에, 그녀가 행하는 식탁 연설에는 또 다른 잠재의식적인 중얼거림이 곁들여져 있었다. 그 중얼거림의 곁가지 줄거리는 그녀가 살던 시대의 정치 상황처럼 혼란스러웠다. 그녀는 마치 스스로에게 말하는 것처럼 속삭이듯 말했지만, 마르가레테가 끓인 후추 친 토끼 고기 수프에 신 빵을 적시고 있는 레슬라우의 주교나, 기장을 넣고 끓인 우족탕을 먹고 있는 시 평의회 의원 앙거뮌데와 펠트슈테트가 그 중얼거림 속에서 그녀의 말뜻을 알아채는 데에는 충분한 크기의 소리였다. 그러나 루쉬 수녀가 귀족 평의회 편을 들고 있는 건지 아니면 하층 길드 조합원 편을 드는 건지, 폴란드 왕정에 반대하고 한자동맹을 위해 일하도록 선동하고 있는 건지, 표면적으로는 가톨릭을 표방하면서 속으로는 완전히 루터파에 빠져 있는 건지 어떤지 확실히 분간할 수가 없었다. 그러나 모호하기 짝이 없는 그녀의 식탁 연설에 모든 사람들은 귀를 기울였다. 그녀의 모호한 연설을 듣고 어떤 사람은 맞는 얘기라고 생각했고, 또 어떤 사람은 의혹을 품었지만, 어쨌든 거기에는 교묘한 책략이 담겨 있었으며 장기적으로 성 비르기트 수도원에는 이익을 가져다주었다. 수녀원이 수익성 있는 오토민 호수의 어획권을 획득한 것이라든지, 시틀리츠와 프라우스트의 면양 목장인 이른바 샤르파우의 임대차 계약을 문서화한 것이라든지, 또는 구시가지 중 렘 강변과 후추 시에 위치한 토지의 명의를 이전한 것이나, 도미니코회의 스파이 행위로부터 (주교의 서신을 통해) 수녀원의 안전을 보장받게 된 것 등은 모두 그녀가 이루어 낸 일들이다.

마르가레테 루쉬 수녀원장이 아버지와 손님들에게 마지막 내장 요리를 대접할 때도, 여느 때와 같이 그녀의 연설은 계속되었다. 그녀는 달리할 수가 없었다. 언제나 그녀는 그녀의 요리와 함께 기가 막히게 맛을 낸 그녀의 관심사를 한 국자씩 나누어 주었다.

남자들은 처음에는 식탁에 앉아 그저 말없이 먹기만 했다. 페터 루쉬의 쇠사슬만이 쩔그렁쩔그렁 소리를 냈다. 그 대장장이는 쇠고랑을 찬 채 음식을 먹고 있었기 때문이다. 탑에 사는 비둘기들이 조그맣게 뚫린 쇠창살 문 앞에서 구구거렸다. 후루룩 들이마시는 소리와 꿀꺽꿀꺽 삼키는 소리. 사형 집행관의 울대뼈가 위아래로 오르락내리락했다.

그러나 그렇게 가혹한 판결을 내린 것은 반드시 폴란드 왕의 의도만은 아니었다. 예쉬케와 페르버가 사형 집행인을 도와 물밑 작업을 펼쳐서 배석판사들로 하여금 참수형 판결을 내리게 했던 것이다. 맨 먼저 말문을 연 페르버는, 법과 질서는 눈으로 직접 증명해 보여야 한다고 말했다. 수도원장은 만약 루터의 종복인 헤게가 도망치지만 않았어도 대장장이를 눈만 멀게 하는 정도로 관대하게 봐줄 수도 있었으리라는 점을 인정했다. 모피 테두리 장식이 달린 옷을 입고 앉아 있던 부유한 페르버는 내장 요리 쪽으로 몸을 구부린 채 완전히 봉쇄된 도시에서 헤게가 도망칠 수 있게 도와준 자가 누구인지 짐작할 수 있을 것 같다고 말했다. 그러자 수도원장 예쉬케는 내내 숟가락을 열심히 움직이면서 비록 증거가 불충분하기는 하지만 그 사실은 누구나 알고 있다고 말했다. 사형 집행인 라데비히는 자신한테는 사실 도망친 도미니코회 수도사의 말라빠진 목이 대장장이의 목보다 내일 일을 하는 데 훨씬 편했을 거라고 자신있게 말했다. 페터 루쉬가 질그릇에서 머리를 들고 당혹스럽다기보다는 오히려 수긍하는 투로 말했다. 시민 봉기의 정신적 지도자였던 전도사 헤게를 도와 시민 귀족의 질서를 바로잡는 형리들로부터 도망치도록 해 준 자가 누구인지 자신도 모르는 바가 아니라는 것이었다. 그러자 페르버는 루쉬 수녀에게 음식을 더 달라고 그릇을 내밀면서 단호한 어투로 이렇게 말했다. "그렇다면 대장장이도 자신이 누구 때문에 사형을 당하는지 확실히 알고 있음이 틀림없군." 이어서 예쉬케가 말했다. "맞아. 그래, 친자식조차도 아버지를 보호할 생각이 없는 거야. 이단에게 설교단을 개방한 결과지. 그건 그렇고 헤게는 그라이프스발트로 도망쳐서 거기서 꾸준히 전도를 하고 있다는군."

그때 루쉬 수녀는 지하 감옥의 둥근 지붕 아래서 벽들이 사방으로 늘어날 정도로 요란한 소리를 내며 온몸으로 웃어 대더니 이어서 잔에 흑맥주를 더 따르며 내친 김에 이렇게 말했다. 지금까지 한 말들이 모두 자신을 빗대어 하는 말 같다. 어쩌면 맞는 말일지도 모른다. 왜냐하면 폴란드 국왕 폐하의 도시 점령을 축하하는 행사가 끝난 4월의 어느 날 밤 그녀는 한밤중에 시의 성벽이 다른 곳에 비해 좀 낮은 편에 속하는 야콥스토어 성문에서 멀지 않은 곳에서 여자 치마를 입은 한 사내가 성벽에 매달려 있는 것을 보았기 때문이다. 그는 낑낑대며 성벽을 넘어가려고 했지만 힘이 받쳐 주지를 않았다. 그 애처로운 모습을 보자 도와주고 싶은 마음이 생겨, 결국 그를 도와주게 되었다. 그 조그만 사내의 치마 밑으로 다가가 밑에서 아무리 밀고 받쳐 주어도 소용이 없길래 그냥 그의 왼쪽인가 아니면 오른쪽인가의 고환을 물어뜯었다. 그러자 그는 마치 담에다 기름을 칠해 놓은 것처럼 매끄럽게 담을 넘어갔다.

그가 야콥 헤게였을지도 모르겠다. 그러나 이제는 그것을 아무도 확인할 수가 없다. 왜냐하면 그녀, 즉 루쉬 수녀가 너무나 놀란 나머지, 그 사람의 왼쪽인가, 오른쪽인가의 고환을 삼켜 버렸기 때문이다. 진실을 말하자면, 그때부터 임신한 것처럼 여겨졌다. 벌써 임신 3개월째다. 그런데 그게 누구였지? 도대체 누구였을까? 정 끌린다면 페르버가 친히 수도원장 예쉬케를 데리고 그라이프스발트로 가서 그곳에서도 여전히 입담 좋게 떠들고 있을 헤게의 가랑이 사이를 만져 볼 수도 있을 것이다. 그러면 보다 확실한 것을 알게 될 것이다.

그 말을 듣고는 대장장이 루쉬와 대머리 라데비히가 웃었다. 그 뒤에는 철그럭대는 쇠사슬 소리 외에, 숟가락이 그릇에 부딪치는 소리, 음식을 삼키고 씹는 소리, 그리고 쇠창살 구멍에 와서 구구대는 비둘기 소리만 들릴 뿐이었다. 내장 요리를 정신없이 먹어 대는 남자들을 바라보고 있던 루쉬 수녀가 또다시 모호한 중얼거림 같은 말을 늘어놓기 시작했다. 수녀원장이 마음을 터놓고 숨김없이 이야기하는 것은 오로지 오후의 간식 시간이나 저녁 식사 시간에 수녀들이나 견습 수녀들과 함께 성 비르기트 수녀원의 식당 안에 있는 긴 참나무 식탁에 앉았을 때뿐이었다.

그 불안스러운 시대에—그러니까 어디서나 수도승과 수녀들이 세속적인 삶의 위험에도 불구하고 그들이 몸담은 수도원에서 도망치던 시대에—경건한 소녀들을 서약에 묶어 두기란 어려운 일이었다. 그들은 안절부절못했고, 바깥세상으로 나가고 싶어 했으며, 속옷 속에 남자를 품고 싶어 했고, 결혼하여 한 다스의 아이를 낳고, 우단과 실크 옷을 입고 도시의 유행을 따르고 싶어 했다.

그래서 수녀원장은 세속적 욕망 때문에 엉덩이가 근지러워 죽을 지경인 어린 수녀들에게, 긴 식탁에서 달콤한 기장 수프가 조금씩 줄어들고 있는 동안, 인생이란 무엇이며, 그것은 얼마나 빨리 부서져 없어지는가를 이야기해 주었다. 그리고 그녀는 수녀로서 누릴 수 있는 자유와, 이에 반해 결혼한 여자가 치러야 할 여러 가지 힘든 의무에 대해 이야기했다. 긴 식탁에 양쪽으로 줄지어 앉은 수녀들이 시금치와 베이컨이 속에 가득 들어 있는 (메밀가루로 만든) 러시아식 파이를 맛있게 먹고 있는 동안, 수녀원장은 사내에 굶주려 있는 수녀들의 눈앞에 뜨거운 버터를 발라 파슬리를 곁들여 살짝 삶은 여러 개의 당근을 쳐들어 보이며 남자의 성향에 대해 자세히 설명해 주었다. 여러 가지 모양의 당근들은 남자의 물건의 쓰임새를 직접적으로 잘 보여 주었다. 남자가 얼마나 집요하게 깊이 밀고 들어와서 뭉툭하게 커지는지. 남자는 얼마나 빨리 지쳐 버리고 빈약하게 처져 버리고 마는지. 물건이 말을 듣지 않을 때 남자는 얼마나 거칠어지는지. 금방 끝나 버리고 마는 행위가 여자들에게 얼마나 무용지물인지. 남자는 얼마나 자식만 원하는지, 그것도 아들만을. 남자는 얼마나 빨리 다른 침대에서 다른 여자를 원하는지. 그러나 어째서 여자는 절대로 남편을 떠나서도 안 되고 다른 당근들에게 성욕을 느껴서도 안 되는지. 남자의 손은 얼마나 거칠게 내려치는지. 남자의 사랑은 얼마나 빨리 식어 버리며, 바람을 피울 때 그의 당근은 얼마나 부드럽게 삶아지는지.

그러나 수녀들, 특히 견습 수녀들은 여전히 걸상에 앉아 몸부림을 치면서 버터 바른 당근들이 더 딱딱하고 오래가는 것으로 현실에서 이루어지기를 원했다. 그래서 수녀원장은 수녀들이 이후 수녀원 뒷문으로 방문객을 받고, 또한 수녀원 밖에서도 자유롭게 돌아다닐 수 있도록 허락해 주었다. 그것은 그들이 육체적 쾌락을 경험함으로써 그만큼 더 훌륭하게 모든 세속적인 유혹에 저항하는 능력을 터득할 수 있게 하기 위해서였다.

늘 하는 방식대로 감사의 기도를 드리고 식사를 끝내기에 앞서, 수녀원장은 몇 가지 더 충고를 했다. 혹시라도 남자 하나를 놓고 싸움을 벌인다거나 해서 수녀원의 평화를 깨서는 안 된다. 언제 어디서나 사이좋은 수녀로서 지내야 한다. 몸을 너무 가만히 두지 말고 항상 가꾸어야 한다. 남자들이 표하는 고마움은 언제나 은화(銀貨) 정도의 값어치로만 여겨야 한다. 그리고 절대로, 절대로 사랑이라는 고통스러운 감정에 사로잡혀서는 안 된다.

그 당시 루쉬 수녀는 서른 살도 안 된 나이에도 불구하고 벌써 일 년 전부터 수녀원장 직책을 맡아 오고 있었다. 그녀가 부엌을 관장하는 수녀로서 여러 가지 지대한 공헌을 했기 때문이었다. 그 유능한 수녀원장은 그녀의 수녀들을 잡아 두는 데 성공했지만, 도미니코 수도회나, 베구인, 프란체스코, 베네딕트 교단의 수도사와 수녀들은 도망쳐서 루터교 쪽으로 넘어갔다. 그로 인해 소요와 길드 조합원들의 봉기와 우상 파괴 운동과 혼란이 야기되었으나, 변화된 것은 별로 없었고 고작 폴란드 왕국의 징계 원정만이 뒤따랐을 뿐이다. 전도사 헤게는 용케 도시를 빠져나갔지만, 대장장이 루쉬를 비롯한 다섯 명의 수공업자들, 즉 불쌍한 하층 노동조합원들은 참수형을 선고당했다. 그래서 딸은 아버지에게 이 세상에서 마지막으로 후추를 듬뿍 친 내장 요리를 해 주었던 것이다. 그녀는 자신의 임신 사실을 알고서부터—그녀를 임신시킨 것은 아마도 도망치기 직전의 헤게였던 것 같다.—음식을 만들 때 후추를 과도할 정도로 뿌려 댔다.

그리고 그녀가 대장장이와 그의 손님들을 위해 음식을 세 그릇째 가득 퍼 담아 내놓을 때에도, 그녀의 말 속에는 후추 이야기가 불쑥불쑥 튀어나왔다.

그것은 그녀만의 기벽(奇癖)이었다. 뚱보 그레트는 후추를 광적으로 좋아했다. 후추는 그녀를 재치 있게 만들어 주었고, 그녀는 후추란 참으로 놀라운 물건이라고 이야기했다. 옛날부터 육로를 통해 베네치아를 거쳐 들어온 후추는 값이 너무나 비쌌는데, 게다가 최근에 바닷길을 통해 들어오기 시작한 값싼 후추는 리스본을 거쳐야만 구할 수 있다는 사실에 그녀는 괴로워했다. 아우크스부르크의 상인들은 리스본에 해외 지사를 두고 재고품을 비축해서 후추값을 일정하게 유지할 수 있었지만, 한자동맹 시의 상인들은 도무지 장사할 줄을 몰랐다.

그렇기 때문에 이미 오래전부터 요리에 대한 관심뿐만 아니라 정치적 야망까지 가지고 있던 루쉬 수녀는 몇 년 전부터는 당연히 세계 정세에 관심을 기울이게 되었다. 그녀는 귀족 페르버를 무척 싫어했으면서도, 노련한 상인이자 변함없이 뛰어난 항해술을 갖춘 제독인 그를 자신의 계획에 끌어들이려고 했다.

그녀는 아버지와 그의 손님들에게 내장 요리를 세 그릇째 담아 주고 나서 예의 그 식탁 연설의 화제를 해외로 돌렸다. 신세계를 포르투갈과 스페인 사람들에게 넘겨주어서는 안 된다. 네덜란드인과 영국인들은 이미 적극적인 개입 의사를 밝혔다. 유일하게 푸거 가(家)만이 금융업과 함께 후추 거래를 하고 있을 뿐이다. 그러나 한자동맹 상인들은 근시안적으로 연안 무역에만 의존하면서 지난해처럼 여전히 항해세와 청어 어획세를 놓고 덴마크인들과 분쟁만 일으키고 있을 뿐 아무런 성과도 거두지 못한 채 뤼벡과 단치히의 경우처럼 서로 으르렁대기만 하고 있다. 이들은 목재와 포목, 곡물, 건어물, 소금과 같은 품목의 무역에만 매달려서, 후추 시장에는 파고들 생각조차 안 하고, 원양 항해를 위한 선박도 마련하지 않고 있다. 또한 고아와 코친에 후추 무역 기지를 세운 포르투갈 사람들처럼 인도의 후추 해안에 화물 집산지를 세울 생각은 감히 엄두도 못 내고 있다. 그러기는커녕 그들은 파벌이나 조장하는 종교 분쟁이나 일삼고, 그녀의 아버지처럼 이 세상에서 더없이 선량한 사람들의 목이나 자르고 있다.

그러고 나서 그녀는 해박한 지식을 동원하여 몇 군데의 후추 산지와 갓 수확한 후추의 무게와 말린 후추의 무게, 그리고 후추의 저장과 판매 등에 대해 상세하게 이야기하고, 해외 탐험을 위해 포르투갈 상선에서 일하는 아랍인 조타수들을 스카우트할 것을 제안했으며, 스페인과 영국 사이에 향료 전쟁이 일어날 것이라고 예언했다. 심지어는, 수도원장 예쉬케와 함께라면 인도로 가는 배에 자신도 무거운 몸이지만 기꺼이 동행할 용의가 있으며 그곳에 가서 가톨릭 교리를 전파하겠다고 말했다. 그러나 그 전에, 페르버가 권태감뿐만 아니라 폴란드 궁정에 아첨하는 태도를 버리고, 해도(海圖)를 입수할 마음의 준비가 되어 있어야 한다고 했다.

그러나 페르버는 내장 요리를 먹으면서 무관심한 표정을 짓고 있었다. 예쉬케는 한숨을 내쉬면서 그와 같은 포교는 하느님이 좋아하시겠지만, 그곳의 풍토가 걱정된다고 말했다. 대장장이 루쉬는 묵묵히 가만있었다. 사형 집행관 라데비히는 다른 생각에 빠져 있었다. 그러고 나서 도시 귀족 페르버는 세 그릇째 내장 요리를 다 비우고 나서 몸을 뒤로 기대면서 강경한 어투로 다음과 같이 반론을 제기했다.

자신은 세상을 잘 안다. 자신은 인문주의자이며 5개국어를 할 줄 안다. 다른 곳의 사정도 이곳 발트해 지역과 다를 것이 없다. 이곳에서 멀리 떨어진 곳에다 화물 집산지나 지사를 운영하는 일은 오래가지 못한다. 커다란 손실을 입는 것은 당연하다. 노브고로트만 해도 이미 골치가 아프다. 팔스터보는 벌어들이는 것보다 유지비가 더 많이 든다. 고아! 그곳 때문에 포르투갈은 더욱 큰 손해를 볼 것이다. 그리고 영국인들은 그곳이 얼마나 큰 부담거리가 될 것인지 짐작도 못 하고 있다.

인도에 해외 지사를 둔다니. 정말 웃기는 일이다. 작년에 아무 소득 없는 전쟁을 치른 우리가 청어 어획료도 부담되는 판국에 덴마크인들에게 후추 관세까지 물어야 하겠는가. 그런 장사를 하려면 함부르크 같은 곳이 위치상 더 적당할 것이다. 식민지를 운영하려면 탁 트인 해안이 있어야 한다. 우리 시의 모토는 예전과 다름없이 '모험을 걸지도 말고 주춤대지도 말라.'이다. 이제 정말 모험은 질색이다. 그리고 자신의 권태감으로 말하자면, 이곳의 폭도들의 배은망덕한 태도에도 불구하고 자기는 충분히 쉴 만한 권리가 있다. 내일 형 집행이 끝나는 즉시 시장으로서의 족쇄에서 벗어나 자신의 관할지로 돌아가 평온한 만년을 보낼 것이다. 그렇다! 안트베르펜에서 그림들을 수집할 것이다. 사람들은 그를 위해 라우테를 켜면서 이탈리아 노래를 불러 줄 것이다. 수녀원장이 원한다면, 디르샤우까지는 따라와도 좋다. 그러나 맹세코 인도까지 함께 갈 생각은 하지 마라. 디르샤우에 있는 경건한 비르기트 수녀원의 분원(分院)에 재정 지원을 못 할 이유는 없다. 그녀의 요리에 필요한 후추는 그곳에도 얼마든지 있다.

그 말이 끝나자 루쉬 수녀는 먼저 그녀의 아버지에게 그릇 가득 음식을 덜어 준 다음 손님들에게도 네 그릇째 내장 요리를 떠 주었다. 그러면서 그녀는 남자들의 소극적인 태도를 비난했다. 그러고 나서 그녀는 입을 다물었다. 이제 사형 집행인이 말문을 열었다. 라데비히는 자신의 형편없는 직업에 대해 하소연했다. 자신의 부수입은 오로지 가죽 벗기는 작업밖에 없다. 쓸데없이 남아도는 개들을 때려잡는 일로 보수를 받는 것이 금지되어 있기 때문이다. 그래서 도시는 온통 똥과 오줌으로 썩어 가고 있다.

고문실에서 서두르지 않고 끈질기게 고문하여 죄인에게 서투른 자백을 하지 못하게 하는 라데비히가 성벽으로 둘러싸인 그 도시에 맞는 모범적인 위생 시설에 관한 구상을 늘어놓았다. 그러나 오직 대장장이만이 그의 말에 귀를 기울였다. 페르버는 이번에도 그다지 선견지명이 없어서, 그 사형 집행인에게 도시의 위생을 관리하는 일이나, 주인 없는 개를 잡는 일이나, 전염병이 돌지 못하게 감독하는 일, 그리고 모틀라우강 인근의 진창 지역에 대해 유료 청소를 시키는 등의 일을 맡기지 않았다. (이 일은 족히 두 세기가 지난 1761년에 비로소 '새로 개정된 법령'에서 성문화되고 법으로 제정되었다.)

라데비히가 일목요연하게 이야기하면서 페르버의 승인을 받아 보려고 노력했으나 그 귀족은 내장 요리만 떠먹으며 디르샤우에서 보낼 말년의 은거 생활에 대한 생각에만 빠져 있었다. 예쉬케 수도원장은 열심히 내장 요리를 먹으면서, 어떤 이단에 의해서도 흐려지지 않는 완벽한 세계 속에서 성직을 수행하는 꿈에 젖어 있었다. 루쉬 수녀는 도시의 청결 문제에 대해서는 끝내 침묵을 지켰으나 인도의 후추에 대한 이야기에는 주저 없이 끼어들었다. 그리고 그녀는 임신한 상태였기 때문에, 그녀의 희망도 따라서 점점 자라고 있었다.

딸이 태어나기로 되어 있었다! 그리고 실제로 딸이 태어났다. 아이의 이름은 헤트비히라고 지어졌다. 그녀는 버들가지

요새에 있는 뚱보 그레트의 아주머니 집에서 자라났다. 십칠 년 뒤에 그녀는 로드리게스 데보라라는 상인과 결혼했다. 그는 포르투갈의 향료 무역 대상인 히메네스 가문 출신으로 인도의 말라바르 해안에 있는 코친에 해외 지사를 두고 있었다. 사위는 일 년에 두 번, 그러니까 성 요한 축일과 성 마틴 축일에, 결혼 계약서에 따라 (헤트비히의 몸매는 발트해풍으로 눈부시게 아름다웠기 때문에) 생강 한 통과 육계피(肉桂皮) 두 포, 사프란 향료 한 파운드, 유자 껍질 두 상자, 편도 한 자루, 분말 코코아 한 자루, 그 밖에도 카다멈 향료, 정향, 육두구, 그리고 흰 후추와 검정 후추 다섯 통을 장모인 루쉬 수녀에게 (결혼 계약 당시의) 그녀의 몸무게만큼 담아서, 여기에 물기가 도는 녹색의 후추를 한 통 더 보태서 보내왔다. 이 물건들은 무게가 200파운드나 나갔다.

상인 데보라와 그의 아내가 네 딸과 함께 코친에서 열병으로 죽고 나자, 그때 유일하게 살아남은 딸 하나가 나중에 스페인의 후추 거상인 페드로데 말벤다와 결혼해서 루쉬 수녀가 죽을 때까지 계속해서 후추를 보냈다고 전해진다. 딸 이자벨데 말벤다는 부르고스에서 살다가 나중에 안트베르펜으로 이주했는데, 남편이 죽자 그곳에서 푸거 가의 후추 대리상인 마르틴 엔체스페르거와 편지 연락을 취해, 멀리 베니스에까지 그녀의 대리 계약인들을 정착시켰다.

그 당시 이미 영국의 런던과 벨기에의 안트베르펜 간에는 무역이 이루어지고 있었다. 다른 한자동맹 도시들과 마찬가지로 외국 것에 대해서 적대적이었던 함부르크는 불과 몇 년 동안 후추 대리점 하나를 유지했을 뿐이었다. 그리고 여러 번에 걸쳐 후추 전쟁이 일어나 역사를 장식하였으며, 그 전쟁 중에 스페인은 무적 함대를 잃었다.

대장장이와 그의 손님들은 회향 열매와 후추로 양념한 내장 요리를 네 그릇씩이나 비우고도 아직도 양에 차지 않는다는 듯 숟가락을 놓지 않고 있었다. 그래서 루쉬 수녀는 우묵한 솥에서 다섯 그릇째 음식을 퍼 담아 주었으며, 잔에는 흑맥주를 따라 주었다. 그녀는 또다시 식탁 연설을 늘어놓았다. 도시에 대한 자질구레한 이야깃거리 속에는 암시가 숨겨져 있었고, 통상적인 수녀의 잡담 속에는 위협의 말이 섞여 있었다. 귀족 페르버와 수도원장 예쉬케가 먹는 데만 정신을 팔지 않고 한쪽 귀만 열어 놓고 있었어도 그들의 운명은 달라졌을 것이다. 루쉬 수녀는 그 두 사람에게 어떻게 빚을 갚아 줄 것인지 하나하나 상세하게 알려 주었던 것이다. 그녀는 자신의 계획을 이렇게 처리했다. 그로부터 삼 년 후 그녀는 200파운드나 나가는 몸무게로 돈 많은 에버하르트 페르버를 침대에서 질식시켜 죽였고, 오십 년 뒤에는――뚱보 그레트는 복수를 위해 그렇게 오래 살았다.――수도원장 예쉬케를 자꾸 먹여서 살이 쪄서 죽게 했다. 그는 내장 요리 단지 위에 엎어져 죽었다.

대장장이 루쉬는 딸의 식탁 연설에서 그녀가 계획을 어떻게 진행시켜, 그의 죽음에 대해 어떠한 방식으로 앙갚음할 것인지 눈치챈 것 같았다. 왜냐하면 그 가엾은 남자는 텅 빈 접시 너머로 이를 드러낸 채 환히 웃고 있었기 때문이다. 단지 죽기 전에 마지막으로 배불리 먹은 데서 온 포만감 때문에 그가 흐뭇해한 것은 아니었다. 그는 자신의 딸을 칭찬했으며 그러다가 혼란스러운 이야기를 몇 마디 했다. 어떤 물고기에 대한 이야기였다. 그는 그 물고기를 '바닷속의 넙치'라고 불렀다. 그의 머리칼이 아직 곱슬곱슬한 갈색이던 시절에 그에게 조언을 해 준 넙치를 찬양했다. 충고의 내용은, 열병으로 어머니를 잃은 그의 막내딸을 수녀원에 집어넣으면 그녀가 나중에 영리하고 책략이 뛰어난 사람으로 자라서, 자신의 몸을 마음대로 쓸 것이고, 늙은 아버지를 위해 날마다 따뜻한 수프를 대접할 거라는 것이었다.

그러고 나서는 그도 내장 요리로 배가 불러 침묵을 지켰다. 다만 이따금씩 트림이 섞인 낱말이나 반쯤 끊어진 문장이 튀어나왔을 뿐이었다. 페르버는 전원 생활을 즐길 수 있는 날이 빨리 오길 고대하고 있었다. 그는 아웅다웅하지 않고 오로지 미술 소장품에 둘러싸여 책을 읽으며 지식을 쌓는 생활을 하고 싶어 했다. 수도원장 예쉬케의 머릿속에는 그렇게 많은 내장 요리를 먹고서도 앞으로 수녀원장이 후추를 쳐서 만들어 준 것과 같은 내장 요리를 먹고 싶다는 생각밖에 떠오르지 않았다. 어쨌든 그때까지는—무슨 수를 써서라도—이 세상에서 루터파가 사라져야 한다. 사형 집행관인 라데비히는 '새로 개정된 법령'의 몇 가지 조항들을 머릿속에서 미리 계산하여, 도시를 청소하는 데 쓸 쓰레기통을 이곳 흑맥주 통의 규격대로 이 지역 통 제조업자들에게 주문해야겠다는 생각을 했다. 쓰레기를 치운 데 대해서 한 통당 10그로센만 줄 생각이다. 그러나 대장장이 루쉬는, 도시 귀족 평의회가 앞으로 길드 조합과 하층 수공업자들의 소요와 봉기에 끊임없이 직면하게 될 것이라고 예언했다. 그의 예언은 1970년 12월까지 정말로 맞아떨어졌다. 도시 귀족들의 오만함에 대항하고, 조금이라도 더 많은 권리를 찾기 위한 시민들의 목숨을 내건 투쟁이 끊이지 않았다.

손님들은 배불리 먹은 다음 모두 돌아갔다. 페르버는 아무 말도 하지 않았다. 예쉬케는 라틴어로 마지막 축도를 했다. 라데비히는 다섯 번이나 음식을 덜어 먹었던 그릇을 가지고 갔다. 쇠창살 창문에서 울던 비둘기들도 울음을 그쳤다. 횃불도 이제 거의 다 타들어 가 받침대까지 불이 번질 지경이었다. 페터 루쉬는 쇠사슬을 찬 채 앉아 마지막 식사를 아쉬워하며 눈물을 보였다. 딸이 양손에 주전자와 빈 맥주통을 들고 일어서며 다시 중얼중얼 말하기 시작했다. "아버지는 이제 곧 고통에서 해방될 거예요. 이제 훨씬 좋아질 거예요. 아버지는 하늘나라에 있는 길드 조합원들의 작업장에서 아늑한 일터를 얻게 될 거예요. 그곳에는 언제나 내장 요리가 풍족할 거예요. 불안한 마음일랑 떨쳐 버리세요. 아버지의 그레트가 그들에게 앙갚음해 주겠어요. 시간이 걸릴지 모르지만, 그 남자들을 요리해 버리겠어요."

그런 다음 루쉬 수녀는 아버지에게 다음 날 처형장에서 백발의 곱슬머리를 당당하게 세우고, 아무에게도 저주의 말을 하지 말라고 단단히 부탁했다. 칼 앞에 무릎을 꿇되 몸을 구부려서는 안 되며, 안심하고 그녀에게 복수를 맡기라고 말했다. 복수의 맛은 그녀의 입가에 인도산 후추처럼 남아 있을 것이며, 그녀는 잊지 않을 것이라고, 그래, 절대 잊지 않을 것이라고 말했다.

페터 루쉬는 딸이 시킨 대로 했다. 다음 날 아침 아서 궁 앞에 있는 랑겐 마르크트 시장의 광장에서 폴란드 왕 지기스문디를 중심으로 귀족들과 고위 성직자들이 그림에 그려진 것처럼 꼼짝 않고 서 있는 가운데 (여섯 명의 사형수 중 네 번째로) 그의 목이 몸뚱이에서 떨어져 나갔을 때, 그의 창자 속에는 전날 먹은 내장 요리가 반쯤 소화된 채 적잖이 남아 있었을 것이다. 실수는 없었다. 사형 집행관 라데비히는 일에 빈틈이 없는 사람이었다. 수녀원장은 바라보고만 있었다. 그때 갑자기 쏟아진 소나기로 그녀의 얼굴이 번득거렸다. 여성 법정에서 넙치는 이렇게 증언했다. "간단히 말씀드려서, 숙녀 여러분. 마르가레테 루쉬는 엄격하게 자신의 목표를 추구하였으며, 확고부동하게 자신의 이익을 챙겼고, 아주 천천히 앙갚음을 실천해 나갔습니다. 1526년 6월 26일, 대장장이 페터 루쉬가 다른 주모자들과 함께 처형되었을 때 딸은 아버지를 위해 눈물을 흘렸습니다."

타르 칠을 하고 깃털로 싸고

그녀는 털이 몽땅 뽑힌 내 모습을 좋아했다.
깃털들——나는 쓴다

갈매기들끼리의 싸움에 대하여
그리고 시간을 거슬러 올라가면서.

또는 한 소년이 숨을 훅 불어서
어떻게 솜털을 울타리 너머
알지 못하는 곳으로 훨훨 날려 보내는지.

솜털, 그것은 잠이며 킬로당 얼마의 거위들.
침대마다 느껴지는 솜털의 무게.
그녀가 무감각한 무릎 사이에 낀 채 거위 털을 뽑고
소문대로 깃털들이 날아다니는 동안,
하늘이 내린 힘은 솜털 속에서 포근히 잠을 잤다.

날개 달린 짐승은 누구를 위한 것인가?
하지만 나는 불어서 깃털들을 떠다니게 했다.
그것은 전해 내려온 믿음이다,
타르 칠을 해서 깃털에 싸인 의혹.

얼마 전 나는 깃털을,
있는 대로 찾아내서
나에게 맞게 재단했다.
처음에는 수도승들이, 뒤에는 시 소속의 글쟁이들이,
오늘날엔 서기들이 거짓말을 떠다니게 한다.

뚱보 그레트의 엉덩이

그녀의 엉덩이는 두 개의 집단 농장만큼이나 큼직했다. 그리고 내가, 수요일에 하는 것을 좋아하는 그녀에게 뒤에서 할 때, 그러나 그 일을 하기 전에 모든 것이 부드럽고 눈물처럼 촉촉해지도록 그녀의 항문과 그 주변을 (소금에 굶주린) 한 마리 염소처럼 핥을 때, 뚱뚱한 그레트가 어서 받들어 모시라며 그녀의 두 개의 보물을 내밀어 주면 그 일을 하기가 한결 수월했는데, 그대들 파리 다리 수를 세는 성(性)사회학자들이나 걱정거리 없어 피둥피둥 살찐 주교들은 만약 그 장면의 증인이 되어 달라는 부탁을 받았다면 거기서 이웃 사랑의 원형(原型)과 상대방에게 바치는 우리의 열정을 직접 체험할 수 있었을 것이다. 그러나 나의 일제빌은—그녀는 목요일에 가끔 대담해지곤 하는데—내가 아무리 경건한 자세로 그녀 앞에 무릎을 꿇어도, 한번도 내 엉덩이를 핥아 준 적이 없다. 왜냐하면 그녀에게 남은 마지막 수치심을 버리는 순간 그녀의 혀가 떨어져 나갈지 모른다고 두려워했기 때문이다.

그녀는 교양을 갖춘 여자였기 때문에, 혹시라도 체면을 잃을까 봐 늘 조바심을 냈다. 그녀는 섹시하면서도 그것을 부끄럽게 생각했다. 그리고 그녀는 입술을 뾰족하게 내밀며 언제나 '품위'라는 낱말을 만들었기 때문에, 그 모양이 마치 청교도의 재갈을 물고 있는 것 같았다.

그러나 일제빌은 억압의 극복을 자유로운 사회로 가는 첫 번째 전제 조건으로 내세우고 있는 모든 크기의 책들을 다 읽는다. 나 역시 그녀에게서 이러한 후기 자본주의적인 거부의 메커니즘들을—그녀는 "그렇지만, 나는 용기가 없어요, 여전히 용기가 없단 말이에요."라고 말한다.—내쫓아 버리거나 그녀가 그런 습관을 버리도록 도와줄 것이다. 그것도 그녀의 여성해방운동 책들 속에 적혀 있는 것처럼 파트너 중심의 갈등 조정 역할이라는 방법을 써서 해결할 생각이다. 그녀가 언젠가 성(聖) 금요일에—제 말을 믿어 주세요. 교황님!—그녀의 작은 혀로 얼마나 맛있는지 알아보기 위해 내게 다가올 때까지 말이다. 왜냐하면 그 맛은 돈으로 사고팔 수 없는 것이기 때문이다. 그 맛은 우리 모두에게 똑같이 소중한 것이다. 그 맛은 사회 계층과는 상관없다. 늙은 마르크스도 그 맛에 대해서는 아무것도 알지 못했다. 그것은 아름다움에 대한 시식(試食)이다. 개들은 모두 알고 있다. 서로 코를 킁킁거리거나, 서로 혀로 핥거나, 서로 입맛을 보거나, 서로에게 냄새를 풍길 수 있다.

그러나 내가 나의 일제빌에게 "내일은 토요일이야. 몸을 깨끗이 씻고 온몸에 라벤더 향을 뿌릴게."라고 말하면, 그녀는 "그래서요?"라고 말한다. 우리는 그런 습관을 잃어버렸기 때문이다. 우리는 그러한 것에 대해서는 언제나 책으로만 읽기 때문이다. 우리는 기껏해야 그것을 상징적인 이야기로만 생각하기 때문이다. 우리는 그것에 대해 지금까지 토론해 왔고, 그 전체에 대해 지나치게 자주 깊이 생각했기 때문이다. 우리는 그와 같은 작은 똥구멍이 일주일 내내 언제나 기대에 찬 자세로 키스를 하려는 듯 뾰족한 모양을 만든다는 사실을 꿈에도 모르고 있기 때문이다.

우리의 놀이터 — 일제빌, 당신의 놀이터이자 나의 놀이터—가 똑같은 비율로 공평하게 나누어져 있기 때문이야. 어떤 투기꾼도, 콘크리트에 미쳐 있는 어떤 건축업자도 당신의 토지를 분할할 수 없으며, 아무리 새빨간 공산당 당수라고 할지라도 당신에게서 나의 엉덩이를 (혹은 내게서 당신의 엉덩이를) 쉽게 몰수할 수는 없어. 이데올로기는 감히 엉덩이를 건드릴 엄두도 못 내지. 이데올로기는 엉덩이에 손끝 하나 대지 못해. 거기서는 어떤 이념도 읽을 수가 없어. 그래서 엉덩이는 엉뚱한 비난을 받고 있어. 엉덩이를 자유롭게 이용할 수 있는 것은 호모들뿐이야. 엉덩이가 벌개지도록 때린다는 표현은 언어학적으로 여전히 허용되고 있지. 그리고 똥구멍은 상스러운 욕으로서 몰지각하게 오용되고 있어. 엉덩이나 핥으라는 말은 경멸의 표현이야. 비록 자본주의 건축업자들과 새빨간 공산당 당수가 서로의 엉덩이를 핥아 주기는 하지만, 그들은 아무런 쾌감도 얻지 못하지. 그들은 공식적이든 비공식적이든 바지를 입은 채 엉덩이를 핥기 때문이야. 그러니까 그들은 양모와 합성사가 반반씩 섞인 플란넬 맛만 볼 뿐이야.

아니야, 일제빌! 엉덩이는 발가벗겨져야 해. 나의 평야와 당신의 구릉 지대. 우리의 경작지. 신의 둥근 생각, 그것을 나는 숭배하고 있어. 그래, 나에게는 오래전부터, 그러니까 아우아의 몸에 난 오목한 부분의 숫자를 아직 내가 세지 못하던, 곳에 따라 구름이 끼어 있던 신석기 시대부터 하늘은 온통 엉덩이들로 뒤덮인 것이었어. 그리고 도망쳐 나온 프란체스코회의 수도사—나, 바로 나—를 위해 요리하는 루쉬 수녀가 처음으로 그녀의 태양을 떠오르게 했을 때, 나는 성 프란체스코의 찬가의 뚜렷한 의미를 알게 되었어. 그것은 바로 헌신과 환호와 근면이었지. 오목한 곳들을 잊으면 안 돼. 그리고 들길에서 쉬면 안 돼. 언덕은 누군가가 부드럽게 풀을 뜯어 먹어 주길 바라지. 대화 속으로 깊이 빠져들어 가 봐. 입구와 출구가 서로 인사를 나누는 거야. 음식물은 어디로 들어가지? 여기선 누가 누구한테 키스하는 걸까? 나는 통찰력을 얻었어, 나는 곧 당신의 모든 것을 알게 될 거야. 아, 일제빌, 이제 당신이 임신해서 배가 불러지니까 당신은 말야, 당신은 말야…… 자, 어서! 어서 와! 오늘은 일요일이고, 일주일 내내 우리는 그 이야기를 나눴어. 게다가 아주 진지하게 유아의 항문기에 대해서 토론했잖아.

내가 뚱뚱한 그레트의 몸을 너무나 절묘하게 핥아 내려갔기 때문에 그녀는 방귀를 뀌고 말았고, 우리 두 사람은 그 가벼운 역풍(逆風)을 달콤하게 받아들였어. 마침내, 수요일마다 언제나 그랬듯이, 우리는 조그만 순무와 후추를 친 돼지갈비와 함께 굵은 콩을 먹었어. 그리고 사랑하는 사람의 방귀 냄새를 역겹게 생각하는 자는 사랑에 대해 말할 자격이 없는 거야…….

자, 한번 웃어 봐. 그렇게 굳은 표정은 떨쳐 버리고 말야. 인간적이 되어 봐. 감정을 가져 봐. 그런데 그 조그만 순무는 웃기는 물건이야. 당신에게 하얀 콩과 수녀의 방귀 이야기를 해줄게. 그들이 성찬식에서 빵과 포도주를 놓는 순서를 놓고 빵이 먼저다 포도주가 먼저다 하면서 어떻게 싸웠는지 말이야. 말 많았던 한 세기였지. 뚱보 그레트, 즉 마르가레테는 그런 것에 아랑곳하지 않고 웃으며 건강하게 살았어.

이제 임신 3개월째에 접어든 나의 일제빌을 조금이라도 기쁘게 해 주기 위해 — 그러나 그녀는 여전히 완고한 태도로 나를 '천박하다'고 나무랐다. — 나는 후추 소스를 뿌린 돼지구이와 함께 하얀 콩을 바짝 졸여서 내놓았다. 우리는 텔토우 순무도 먹었다. 이 모든 것은 1569년 봄 올리바 수도원에서 마르가레테 루쉬 수녀가 예쉬케 수도원장과 단치히의 성주인 요하네스 코스트카, 그리고 레슬라우 지역의 주교였던 스타니슬라브 카른코브스키에게 후추를 많이 쳐서 내놓았던 점심 식사의 메뉴와 똑같은 것이었다. 신분이 높은 그 세 신사들은 일련의 반종교개혁 포고령들이 지니고 있는 몇 가지 모순된 문제들을 해결하기 위해 회동했던 것이다. 당시 폴란드 왕이었던 지기스문디 아우구스투스는 '카른코비아나 조례'를 반종교개혁의 도구로 이용하고 있었다. 그러나 이 조례의 실제 목적은 단치히 시의 경제력을 제한하고, 그와 동시에 정치적인 힘이 없는 길드 조직을 선동하여 도시 귀족 평의회에 대항하도록 부추기는 데에 있었다. 그리고 이러한 생각은 이단을 규정짓는 소름 끼치는 법 조항과 함께 예쉬케나 코스트카 또는 카른코브스키가 아니라 바로 요리하는 수녀 마르가레테의 머리에서 나온 것이었다. 그래서 나는 나의 일제빌에게 마르가레테 루쉬의 이야기를 해 준 것이다. 내 안에 웅크리고 있는 뚱보 그레트를 마침내 해방시켜 주고 싶었기 때문이다.

서기 1498년에 포르투갈의 제독 바스쿠 다 가마가, 바람과 해류에 해박한 아랍인 항해사의 힘을 빌려 마침내 육지를 발견하고 칼리쿠트 해안에 첫발을 디딤으로써 오늘날까지도 소용되는 인도 항로를 발견했을 때, 예전에 포메라니아인의 정착지였다가 단치히 시의 구시가지에 편입된 버들가지 요새에서는, 페터 루쉬라는 대장장이와 그의 아내 크리스틴 사이에서 일곱 번째 딸 마르가레테가 태어났다. 산모는 아이를 낳자마자 곧 죽고 말았다. 그 어린 계집아이가 태어난 날이 바로 성 마틴 축일이었다. 이런 이유로 인해 나중에, 다 자란 거위란 거위들은 모조리 뚱보 그레트의 우악스러운 손놀림 아래 털이 뽑혀 죽게 되었던 것이다.

열두 살 때부터 어린 마르가레테는 구시가지에 있는 비르기트 수녀원의 부엌에 들어가서 순무를 씻고, 잉어의 비늘을 벗기고, 곡식을 빻고, 짐승의 내장을 손가락 길이만큼씩 자르는 일을 했다. 이것은 넙치가 대장장이 루쉬에게 (혹은 그 당시 이 세상에 나와 있던 나에게) 그 불필요한 딸아이를 태어나는 즉시 수녀원에 집어넣으라고 충고했기 때문이었다. 그 일로 인해 거만한 넙치는 여성 재판부로부터 심문을 받았다. 그에 대한 넙치의 답변은 다음에 언급될 것이다. 어쨌든 마르가레테는 열여섯 살에 견습 수녀가 되었고, 정식 수녀로서 영원한 서약을 한 것은 수도사 루터가 육중한 망치로 교회 벽에 그의 반박문을 박던 바로 그해였다.

수녀원의 식당을 관장하는 수녀가 된 마르가레테(일찍부터 뚱보 그레트라고 불렸다.)는 성 비르기트 수녀원이 펼쳐 놓은 여러 가지 사업 때문에 음식 외교가 필요하게 되자 수녀원 밖에서도 요리를 했다. 전도사 헤게가 하겔스베르크에서 열심히 루터의 교리를 설파하고 있었을 때, 그녀는 언덕바지에서 반종교개혁적인 내장국과 생선 수프를 끓여 그곳에 운집한 사람들에게 나누어 주었다. 그리고 프란체스코회에서 도망쳐 나온 수도사인 내가 그녀의 부엌일을 도와주는 머슴이 되어 그녀의 기분에 따라 잠자리까지 같이 하게 되었을 때, 우리 두 사람은 길드 조합원들의 증오를 받고 있었던 에버하르트 페르버 시장을 위해, 때로는 랑가세 가에 있는 그의 관저에서, 때로는 베르더 섬에 있는 그의 부역 농장에서, 그리고 때로는 그가 잠시 도피해 가 있던 디르샤우의 지사 관할지까지 가서 요리를 해 주곤 했다. 페르버는 자주 단치히 시에서 도망치지 않을 수 없었다. 그만큼 그는 통 제조업자와 직물 제조업자, 선원, 그리고 도살업자들에게 혐오의 대상이었다.

남인도의 코친에서 포르투갈 총독 바스쿠 다 가마가 흑사병인지 황열병인지, 아니면 도미니코회의 독약에 의해서 죽은 바로 그때, 페르버는 시장 자리에서 쫓겨났다. 대장장이 루쉬의 지휘 아래 봉기한 헤게 패들의 숫자가 점점 늘어나 그들은 시의 지배권을 장악하기에 이르렀다. 그러나 그것은 오래가지 못했다. 왜냐하면 다음 해에 폴란드의 지기스문디 왕이 팔천 명의 군대를 이끌고 쳐들어와 단 한 번도 싸우지 않고 도시를 점령해 버렸기 때문이다. 그리하여 '지기스문디 포고령'이라는 방이 나붙고, 페르버는 다시 복권되었다. 그리고 처형 재판이 열렸다.

수녀 마르가레테는 아버지가 처형당하기 전에 아버지를 위해 그가 평소에 좋아하던 음식을 요리했다. 그 후 그녀는 냉혹하기 짝이 없는 에버하르트 페르버와 함께 떠났다. 페르버는 시장 자리를 되찾자마자 곧장 은퇴하여 그의 관할구 디르샤우에 그의 생에서 끝에서 두 번째 거처를 마련해 놓고 있었다. 그로부터 삼 년 뒤 그는 뚱보 그레트가 해 준 음식을 먹고 나서 죽었다. 그는 그녀의 수녀원 앞으로 구시가지에 몇 군데 부동산과 프라우스트의 면양 목장과 베르더 섬에 있는 땅들을 유산으로 남겨 주었다. 요컨대, 요리하는 수녀 마르가레테는 거칠 것 없이 자유로운 바깥 요리를 통해 성 비르기트 수녀원 재산에 많은 보탬을 준 공로로 힘을 얻어 곧 많은 사람들의 경외의 대상이 되면서 수녀원장의 자리에 오르게 되었다. 하지만 부엌에서 일하는 사동들을 잠자리에 끌어들이는 천박하기 그지없는 여자라는 소문이 사방에 나돌기도 했다.

그것은 내가 언제나 그녀와 함께 있었기 때문이었다. 그녀는 나, 또는 성 삼위일체 교회에서 자꾸만 뛰쳐나오는 어린 도미니코 수도사 하나를 다리 사이로 받아들이고, 그녀의 살 속에 매장했다가 다시 부활시키고, 외양간의 따스한 온기에 적응시키고, 고기 파이 같은 그녀의 비곗덩이로 덮어 주고, 부족함 없이 먹은 젖먹이처럼 달래고, 급변하는 시대 속에서 이용할 대로 이용했다. 바깥세상에서 종교개혁가들이 기세를 떨치고 있건 말건, 도미니코회의 반종교개혁 운동이 불쌍한 죄인들의 말을 모조리 왜곡하건 말건, 마르가레테의 침대에는, 여성 재판부에서 넙치가 진술했던 대로, '더할 나위 없이 이단적인' 냄새가 흠뻑 배어 있었다.

넙치는 이렇게 말했다. "만일 어느 한 혁명을 아늑한 것이라고 불러도 된다면, 마르가레테 루쉬 수녀원장의 침대 속에서 일어났던 혁명적인 사건은 포근한 자유의 영역에서 일어난 것이라고 말할 수 있습니다." 그리고 나도 나의 일제빌에게, 그 당시에는 어쨌든 수녀들만이 해방된 여성들이었다는 것을 증명한 바 있다. 수녀들은 괴로운 결혼의 의무에서 자유로웠으며, 부권으로 인해 아이 취급을 받지 않아도 되었으며, 유행에 현혹되는 어리석은 짓을 하지 않았고, 천국의 신랑과 약혼을 했기 때문에 언제나 다른 자매들과의 유대를 통해 보호받았으며, 어떠한 세속적인 사랑에도 넘어가지 않았고, 경제력이 있었기 때문에 생존에 위협을 받지 않았으며, 도미니코회조차 두려워하는 대상이었고, 언제나 기쁨에 넘쳤으며, 세상 돌아가는 일에 훤했다. 루쉬 수녀는 개명된 여자였으며, 게다가 타고난 뚱뚱한 몸매 때문에 임신한 것이 거의 눈에 띄지 않았다.

그녀는 딸을 둘 낳았다. 여행 중, 길 위에서였다. 분만 때마다 외양간을 찾았다. 그러나 나는 그녀에게 아버지로서의 친권이라든가 아버지로서의 의무라든가 권리에 대해 입도 뻥긋하지 못했다. 그녀가 큰 소리로 웃어 대면서 이렇게 말했기 때문이다. "이 세상에 아버지는 오직 한 분밖에 없어요. 그분은 바로 저 하늘에 계시는 사랑하는 하느님이에요."

버들가지 요새에 보내져 뚱보 그레트의 아주머니들의 손에서 자라난 그녀의 두 딸을 두고, 신교나 구교의 도덕가들이 전도사 헤게를 닮았다고도 하고, 또는 귀족 페르버를 닮았다고도 하고, 심지어는 프란체스코회의 떠돌이 수도사를 닮았다고도 하면서 수군거렸을 때도 그녀는 들은 척도 하지 않았다. 그녀에게 아버지들의 존재는 웃기는 것이었다. 그래서 그녀는 시민의 외양간에 사는 결혼한 여자들을 두고, 숫양의 욕구나 채워 주면서 사는 '잔뜩 꾸민 집토끼'라고 불렀으며, 자신은 자신의 주머니를 마음 내키는 대로 사용할 수 있다고 말했다. 또한 뚱보 그레트는 조용히 몸을 내맡기는 것이 아니라, 이내 헉헉대는 자신의 섹스 파트너를 육중한 몸으로 위에서 내리눌렀기 때문에 나는 종종 숨이 막히곤 했다. 정말로 그녀는 나를 으스러지도록 짓눌렀다. 그 일이 끝나면 나는 백묵처럼 창백한 얼굴로 마치 죽은 것처럼 누워 있었다. 그러면 그녀는 식초로 내 몸을 문질러서 나를 되살려 내곤 했다.

그녀가 오만한 에버하르트 페르버를 그런 식으로 숨을 제대로 쉬지 못하게 한 다음, 그 늙은 염소를 육중한 몸으로 눌러서 질식시켜 죽였는지도 모른다. 그녀는 요리만 해 주려고 남자들을 번갈아 상대한 것은 아니었다. 그녀는 분명히 나름대로 재미를 보고 기분 전환을 하고 즐겼을 것이다. 이 모든 것은 청교도적인 사고방식으로 보면 외설적이라고 생각될 수 있을 것이다.

수녀원장 마르가레테 루쉬는 그녀가 살던 시대에 목숨을 걸 만큼 심각한 논쟁거리였던, 성찬식에서 빵과 포도주를 어떻게 배열하느냐 하는 문제를 그녀 나름의 방식으로, 이른바 잠자리 기교로 해결했다. 그녀는 그녀의 음부를 체조하듯 수직으로 세워서 술을 담는 성배처럼 만들었다. 그러고 나서 거기에다 찰랑거리도록 붉은 포도주를 부었다. 빵을 적실 차례였다. 혹은 성찬용 제병(祭餠)이라고 해도 좋다. 이때, 이것이 진짜 피와 살일까, 아니면 그저 그것에 대한 상징일 뿐인가 하는 문제는 제기되지 않았다. 신학자들의 탁상공론은 별로 중요하지 않게 되었다. 이제 더 이상 모호한 것은 없었다. 내가 이보다 더 경건하게 성체를 받은 적은 없었다. 마르가레테는 그토록 순진무구하게 나에게 제물과 화체(化體)[8]를 바쳤다. 나도 어린애처럼 천진난만하게 그 사실을 믿으면서 그 위대한 신비극에 빠져들었다. 다행히 우리들의 침대 미사를 염탐하는 도미니코회 수도사의 눈동자는 없었다.

아, 이러한 가풍이 교황파나 루터파나 메노파, 그리고 칼뱅파 교도들에게도 실용적인 종교로 받아들여졌다면 얼마나 좋았을까. 그러나 그들은 서로 앙숙이 되어 살육만을 일삼았다. 그들은 성찬식 식탁의 음식 배치 문제를 놓고 오랜 시일에 걸쳐 원정을 하면서 방화와 약탈을 자행했고 아름다운 국토를 황폐하게 만들었다. 그들은 오늘날까지도 끊임없이 싸우면서 상대방에 대해 서로 못마땅해하면서 살고 있다. 또한 까다로운 도덕률을 가지고 뚱보 그레트의 성찬배(盛饌杯)를 죄악으로 매도했다. 그러나 마르가레테는 경건했다. 그녀는 비록 금방 사라질지라도 그런 환희의 순간을 갖게 해 준 데 대해서조

8) 성찬의 빵과 포도주가 예수의 살과 피로 화하는 일.

차 사랑하는 하느님에게 감사의 기도를 올렸다.

아우크스부르크의 평화 조약이 체결된 지 이 년 뒤, 폴란드 왕 지기스문디 아우구스투스가 두 가지 형태의 성찬 의식을 모두 허용하자 대다수의 단치히 시민들은 루터파의 성찬 관례를 따르기로 결정했다. 그때부터 그들은 칼뱅파와 메노파만을 상대로 싸우게 되었다. 그때 이십칠 년 동안 수녀원장 직책을 맡아 온 루쉬는 이젠 직무에 지쳤다며 은퇴 의사를 밝혔다. 그녀는 성 비르기트 수녀원의 수녀들에게, 자신이 은퇴해서 다시 한번 요리하는 수녀로서 수녀원 밖에서 유용한 일을 할 수 있게 허락해 달라고 간청했다.

그녀의 그토록 겸허한 자세는 뉘우침으로 해석되었다. 그러나 사실 늙고 뚱뚱한 몸이지만 여전히 원기 왕성했던 그녀는 다시금 정치적인 활동성을 되찾고 싶어 했던 것이다. 그때부터 그녀는 역사의 영고성쇠보다 언제나 한발 앞서갔으며, 가톨릭의 베일을 쓰고서 신교를 위해 일했다. 그녀는 이제 성찬이 아니라, 거부당한 길드 조합의 권리에 관심이 있었다. 마르가레테는 결국 버들가지 요새에서 성장한 여자였던 것이다. 귀족에 대항하여 봉기했다가 목숨을 잃은 아버지, 대장장이 루쉬가 길드 집회소마다 찾아다니면서 했던 민주적인 비판과 선동 연설을 이제 딸이 했다. 그러나 그녀는 훈제한 대구의 간과 토끼 내장, 그리고 두송 열매를 가득 넣고 베이컨 조각으로 싼 티티새 고기 요리를 차려 놓고는 낮은 목소리로 연설을 했다.

1567년 스타니슬라브 카르코브스키가 레슬라우의 주교가 된 다음, 그가 주도하여 식탁의 음식 배열을 연구하는 것으로 제2의 반종교개혁을 시작했을 때, 늙수그레한 루쉬 수녀는 예쉬케 수도원장을 위해 요리를 하고 있었다. 예쉬케의 올리바 수도원은 이미 오래전부터 명상적인 반동주의의 장소로 자리를 잡은 상태였다. 그곳에서 뚱보 그레트는 젖 같은 생선 수프를 내놓은 다음에 토끼 고기 스튜를 내놓든지, 아니면 오얏을 넣은 소 염통 요리를 내놓든지, 그것도 아니면 흰콩과 순무를 넣고 후추로 양념한 돼지 불고기를 내놓았다. 그런데 이 돼지 불고기 요리는 음모를 꾸미고 있던 수도승들에게서 탁월한 정치적인 방귀를 끌어냈다.

요리하는 수녀는 방귀가 해방시키는 힘을 지녔다고 믿고 있었다. 수녀의 방귀라는 말은 아무렇지도 않게 방귀를 뀌어 대던 그녀의 용기에서 유래한다. 자기편을 위해 요리하건 적을 위해 요리하건, 그녀는 식탁에서 예의 그 중얼대는 연설을 늘어놓는 도중에 가리지 않고 방귀를 뀌어 댔는데, 그녀의 방귀는 이야기의 끝맺음을 뜻하기도 했고, 질문에 대한 대답이기도 했으며, 또한 즐겁게 연속되는 삽입구이기도 했다. 천둥을 동반하는 뇌우. 일정한 간격을 두고 쏘아 올리는 축포. 집중적으로 쏘아 대는 예포였다. 또는 그녀의 방귀는 깔깔대는 그녀의 웃음소리와 함께 섞여 나오기도 했는데, 그것은 자연이 그녀의 명랑한 기질에 두 개의 입으로 표현하는 능력을 부여해 주었기 때문이었다. 한번은 그녀가 바토리 왕에게, 점령된 그 도시의 열쇠를 양의 머릿속에 넣고 그것을 다시 돼지 머릿속에 넣어서 가져다주고는, 당황하는 왕의 품위를 비웃으며 얼마나 지독하게 방귀를 뀌었던지 그 폴란드의 국왕 폐하와 시종들은 넋을 잃게 되었다. 마치 웃음 속에 용해되었다가 그녀의 방귀 바람에 의해 가라앉은 것 같았다. 그러나 왕은 그 도시에 대한 규제를 완화하고, 요리하는 수녀의 모욕적인 행동도 눈감아 주지 않을 수 없었다. 왜냐하면 1577년 2월 15일에 하층 수공업자들이 반란을 일으키도록 선동하고, (역시 아버지의 딸답게) 올리바 수도원에 방화하도록 사주한 것이 바로 마르가레테였기 때문이다.

도망갔던 수도원장 예쉬케는 평화 조약이 엄숙하게 체결되자마자 불타 버린 수도원으로 돌아와서 수도원 재건 공사에 강제 동원된 농부들이 일하는 것을 감독했다. 그때 그는 마르가레테 수녀가—그녀가 그를 몹시 증오한다는 것을 알면서도—자신을 위해 요리를 담당해 줄 것을 고집했다. 그녀는 누구의 강요에 의해 요리해 본 적이 없었다. 그녀에게는 요리가 언제나 사랑의 봉사였다. 그녀는 육 년 동안 복수심을, 삶은 황소 가슴살 속이나, 속을 넣은 거위 고기 속이나, 시큼한 고기 젤리 속이나, 혹은 잘게 썬 양배추와 사과와 건포도로 속을 넣고 후추를 후하게 뿌려 만든 새끼 통돼지 요리 속에 감추어 두었다.

도대체 그 남자는 어떻게 그렇게 많은 음식을 몸속에다 처넣었을까. 그의 턱은 얼마나 오랫동안 그리고 얼마나 열심히 노동을 했던가. 그는 왜 깡그리 먹어 치워야 했는가. 그가 실컷 먹고 트림을 하게 만들기 위해서 얼마나 많은 사람들이 굶주려야 했는가. 마침내 1584년 여름, 그녀는 수도원장 카스파르 예쉬케를 살찌워 죽게 만들었다. 그는 식사를 하던 중에 죽었다. 좀 더 상세히 말하면, 수십 년 동안 가톨릭 권력으로 붉게 빛나던 뺨과 함께 수도승의 살찐 머리가 음식 그릇 속으로 푹 처박혔던 것이다. 그 음식은 뚱보 그레트가 그녀의 아버지 대장장이 루쉬가 죽기 전에 그를 위해 만들어 주었던 바로 그 후추 친 내장 요리였다. 요리하는 수녀는 하나도 잊지 않고 있었다. 그리고 넙치도 이렇게 말한다. 수도원장을 뒤룩뒤룩 살을 찌워 죽게 만든 것은 실로 가혹한 요리의 실천이기는 하지만, 그것은 고인의 생활 방식과 완전히 부합하는 것이었다고.

1585년 마르가레테 루쉬는 슈테판 바토리 왕과 함께 있는 자리에서 강꼬치고기 가시를 잘못 삼켜 죽고 말았다. 바토리 왕은 이른바 국경 통행세 조약에서 단치히의 귀족 평의회에 관세 징수권과 무역권, 그리고 귀족 우선권까지 인정해 주었다. 다시 한번 길드 조합과 하층 수공업자들, 그리고 선원들은 아무것도 얻어 내지 못했다. 귀족과 궁정 신하들은 여러 날 동안 잔치를 벌였다. 늙은 수녀의 목구멍에는 어쩌면 강꼬치고기 가시 이상의 것이 걸렸는지도 모른다.

콩과 순무를 넣고 구운 돼지고기 요리가 찌꺼기만 남게 되었을 때, 갑자기 나의 일제빌은 임신한 여자 특유의 집요하고도 끈덕진 태도로, 뚱보 그레트가 태어난 것은 1498년이었고 바로 그해에 칼리쿠트 상륙이 있었다는 사실은 일단 제쳐 놓고, 다짜고짜 그녀가 바스쿠 다 가마와 관계를 가졌었는지에 대해서만 알고 싶어 했다. 그래서 내가 그 질문에 대해 수녀의 이야기를 곁들여 이렇게 대답하자—마르가레테 루쉬 수녀원장은 인도의 말라바르 해안으로부터 매년 정기적으로 후추를 받기로 하고 포르투갈의 향료 상인에게 그녀의 맏딸을 내주었다.—일제빌은 식탁에서 벌떡 일어나며 이렇게 말했다. "당신 정말 잘도 꾸며 대는군요, 아니면 넙치가 그러던가요? 고작 후추 때문에 딸을 팔아넘기다니. 밤낮 똑같은 이야기군요!"

연기(延期)

칼끝에 묻은 소량의 구세주의 소금.
다시 한번 연기된다. "지금 우리는 몇 세기를 살고 있는 거지?" 라는
나의 물음에 부엌에 어울리게 이런 대답이 나왔을 때,
"후추값이 떨어졌던 세기죠."

그녀는 아홉 번이나 그릇에 대고 재채기를 했는데,
그릇에는 맑은 토끼 내장국이 담겨 있었다.
내가 그녀의 부엌 머슴이었던 것을
그녀는 기억하려 하지 않았다.
어두운 눈빛으로 그녀는 맥주에 빠진 파리들을 보았으며
또한 내가 (더 이상 지체 없이)
페스트에 걸리거나 다른 일로 죽기를 바랐다.

승리한 곡식 알갱이들이 남아 있는 수프.

그녀가 마치 먹을거리라도 되는 듯 굶주림을 칭송했을 때,
그녀가 순무 때문이 아니라 뭔가 다른 이유로 웃었을 때.
그녀가 부엌의 긴 의자에 앉아
말린 완두콩(펠루쉬켄이라고도 함.)을 주면서
죽음을 연기시켜 달라고 했을 때…….

그렇게 그녀는 내 안에 웅크리고 앉아 계속 자기 이야기를 쓰고 있다…….

수녀 생활에 대한 넙치의 기억

어쩌면, 내가 마르가레테 수녀와 관계를 가졌던 당시의 내 이름이 무엇이었는지 확실하게 기억하지 못하기 때문에, 그리고 상대적으로 내가 나의 신석기 시대의 일은 잘 기억하면서 종교개혁 시기의 어지러운 상황에 대해서는 잘 알지 못하기 때문에, 넙치의 진술이 여성 재판부에 의해 모순된다는 평가를 받은 것 같다. 즉, 넙치는 처음에는 어린 마르가레테의 아버지로서의 나에게, 그다음에는 귀족 페르버로서의 나에게, 그리고 나중에는 뚱뚱한 수도원장 예쉬케로서의 나에게 충고해 주었다고 주장했다. (넙치는 또한 세상의 다른 곳에까지 영향을 미친 정치적인 책임에 대해서까지 시사했다. 또한 그는 후추값을 떨어뜨리기 위해 바스쿠 다 가마라는 사람을 항로를 통해 인도로 보냈다고 말했다.) 그러나 넙치는 자신이 마르가레테에게 행한

일을 분명하게 자백했다. 여자아이가 태어난 지 사흘 뒤에 대장장이 루쉬가 폭풍이 몰아치는 11월의 바다에서 그를 불러냈다는 것이다. "이 갓난아이를 어떻게 해야 하나요? 애 엄마는 그만 열병으로 죽고 말았어요. 염소젖을 먹여 키워야 하겠지요. 젖꼭지에서 방금 짜낸 따뜻한 젖으로 말이에요. 그러면 이 애는 나중에 뚱뚱한 처녀가 될 거예요. 넙치님 가르쳐 주세요, 어떻게 해야 할지, 제발!"

페터 루쉬가 왜 그렇게 절망적인 태도를 보였는지는 그 대장장이가 길드 조합 계층이 아닌 하층 수공업자 계층에 속해 있었다는 사실을 감안할 때 훨씬 더 분명하게 이해가 될 것이다. 어쨌든 넙치는 나를 길드 조합원들의 이기적인 태도 때문에 희생당한, 중세의 사회적 사건의 한 사례로 법정에 소개했다. "지엄하신 숙녀 여러분, 이 페터 루쉬는 살아생전 천한 프롤레타리아였습니다. 그는 어떤 길드 작업장에도 발을 들여놓을 수 없었으며, 길드 조합원들은 그를 경멸했습니다. 그들 역시 그와 마찬가지로 정치적인 권력도 없고, 귀족들의 횡포에 시달리고 있었는데도 말입니다. 게다가 그는 일곱 명의 자식을 잃는 충격마저 겪었습니다. 더군다나 그의 아내 크리스틴은 딸 마르가레테가 태어나자마자 세상을 떠나고 말았습니다. 게다가 그는 엄청난 빚을 지고 있었습니다. 한마디로, 그는 천성적으로 폭도가 될 수밖에 없었습니다. 걸핏하면 칼을 움켜쥡니다. 비록 영리하지는 못했지만, 정의를 좇는 데 흔들림이 없었습니다. 그는 나에게 충고를 구한 불쌍한 사내였습니다."

내 모습이 바로 이랬다는 것인데, 그렇다면 나는 틈만 나면 도망치던 젊은 수도승이나, 부엌 머슴, 혹은 한 여자의 섹스 파트너는 아니었단 말인가? 넙치는 그것을 분명히 알고 있을 것이다. 만약에 마르가레테가 아버지들이라든가 친권이라는 말에 대해 그렇게 기회 있을 때마다 방귀나 뀌면서 조롱조로 나오지 않았더라면, 나는 기꺼이 그녀의 아버지 노릇을 했을 것이고, 어마어마한 덩치의 딸을 자랑스럽게 생각했을 것이다. 그녀가 나한테 대접한 것은 연민과 내장 국물뿐이었지만. 어쨌든 넙치는, 그녀가 염소젖을 떼는 즉시 그녀를 성 비르기트 수녀원의 신앙심 깊은 여인들에게 맡기라고 충고했다. 넙치는 나를 도와주고 싶던 것이다. 하지만 법정에서 엄한 신문을 당하자, 넙치는 다른 이유들을 둘러댔다.

"그러나, 존경하는 검사님 그리고 배석판사 여러분, 제발 부탁입니다. 그 가련한 바보를 도와주어야 한다는 단순한 사회적 감정 때문에 내가 그토록 엄청난 결과를 가져오는 충고를 해 준 것은 아닙니다. 진실을 말씀드리자면, 그 어린, 하지만 나중에 거대한 몸집의 여자로 성장하게 될 마르가레테를 수녀원으로 보냄으로써 나는 그녀에게 자유의 가능성을 주고 싶었던 것입니다. 만약에 그렇게 하지 않았더라면 그녀는 어떻게 되었을까요? 그녀는 아마 길드에 가입도 못 한 솥 제조공에게나 시집을 갔을 것입니다. 아이들을 키우고 힘든 집안 살림 하느라 녹초가 되어 버들가지 요새에서 신세 한탄이나 하면서 세월을 보냈겠지요. 부부의 잠자리는 그녀에게 어떤 감각적인 쾌락도 가져다주지 않고 그저 성급한 섹스로 금방 끝나 버렸을 것입니다. 그 시절 대부분의 여인들이 겪었던 운명이지요. 이른바 종교개혁 시대에 여자들은 부부 잠자리에서 정말 비참한 시절을 보냈습니다. 그들은 남편들에게 가톨릭 방식으로든 신교 방식으로든 그들의 작은 주머니를 내밀어야만 했으니까요. 그때 유일하게 자유로웠던 여자들은 수녀들뿐이었습니다. 그리고 어쩌면 수녀들처럼 나름대로 조직을 갖고 있던 후추 마을의 매춘부들도 자유로웠다고 할 수 있을 것입니다. 매춘부들은 그들 나름대로 수녀원장—나중에는 경멸조로 포주라고 불렀지만—을 뽑았습니다. 바가지나 긁고 항상 질투심에 사로잡혀 있는 가정주부들이 아닌 수녀들과 매춘부들이 오늘날 국회의 여성 위원회나 여성주의 전단에서 정당하게 요구하는, 단결된 여성들의 힘을 보여 주었던 것입니다. 나는 여성해방운동과 관련된 일에 끼어들고 싶은 생각은 추호도 없지만, 내가 고발당하는 영광을 누리게 된 이 최고 법정을 향해 비록 중세의 사창가에서는 아직 그렇지 못했지만 중세의 수녀원 생활에서는 놀랄 만한 정도의 여성해방이 이루어져 있었음을 인식해 주시길 간청하는 바입니다. 우직한 대장장이에게 해 준 나의 충고는, 마르가레테 루쉬 수녀의 인생 행로가 보여 주듯이, 여성들에게 자유의 영역을 열어 주었던 것입니다. 이러한 자유의 영역은 오늘날—여성 여러분, 솔직하게 말하면—여전히, 아니 또다시 닫혔습니다.

몇 가지 사실을 그 증거로 인용해 보이겠습니다. 마르가레테 루쉬 수녀는 어느 한 남자의 소유가 아니었습니다. 오히려 그녀는 한 다스가 넘는 사내들을 기분 내키는 대로 데리고 놀았습니다. 엄격한 것으로 알려진 수녀원의 규율—밀실 생활, 묵상, 침묵의 계율—이 그녀에게 마음의 여유를 가능케 해 주고 정신을 집중할 수 있게 해 주었으며, 그녀를 시끄러운 일상사로부터 격리시켜 주었습니다. 비록 그녀가 당시의 보통 여자들처럼 해산의 고통을 겪으면서 두 딸을 낳기는 했지만, 뚱보 그레트는 자식 양육 때문에 가정에 얽매이지는 않았습니다. 그녀는 어떠한 부권(父權)도 허용하지 않았습니다. 그 어떤 가부장적인 압박도 그녀에게는 통하지 않았습니다. 철그렁대는 열쇠 꾸러미를 허리춤에 달고 다니면서 잔소리나 늘어놓는 심술궂은 여자가 결코 아니었습니다. 그녀는 요리를 하면서, 육욕이 당기게 하는 식단을 짜면서, 또는 언제나 오로지 권력만을 추구하는 남성 위주의 독재 정치에 많지는 않지만 몇 개의 작은 민주주의의 불꽃을 꽂으면서 자신의 육체와 정신의 힘을 자유롭게 시험해 보았습니다. '카른코비아나 조례'를 한번 생각해 보십시오. 뚱보 그레트의 영향력이 아니었더라면 '카른코비아나 조례'도 길드 조합을 위해 아무런 권리도 보장해 주지 못했을 것입니다.

단적으로 말해서, 나의 충고로 그 모든 것이 성취된 것입니다. 만일 내가 그 어린 여자아이를 수녀원에 보내지 않았다면 우리들의 뚱보 그레트는 그렇게 성장하지 못했을 것입니다. 그리고 천상의 신랑과 수녀들의 약혼에 대해 말씀드리면, 16세기의 수녀원은 전성기 고딕 시기의 신비주의에서 해방되어 있었다는 제 말을 믿어 주시기 바랍니다. 무아경의 상태는 더 이상 없었던 것입니다. 하느님의 아들에게 일생을 바쳤던 수녀도 없었고, 있었다 해도 극소수였습니다. 채찍질 고행이나 맨발의 고행, 혹은 신경 발작과 같은 광적인 행위의 유행은 이미 사라지고 없었습니다. 몬타우의 도로테아처럼 벽 속에 유폐되어 여위어 가고 싶어 하는 여자는 아무도 없었습니다. 세속적인 사고의 영향을 받아 성 비르기트 수녀원의 수녀들은 재산을 불릴 줄도 알았고, 권력을 사용할 줄도 알았습니다. 또한 수녀들끼리 말다툼을 하고 대가리 싸움을 한 것도 분명 사실입니다. 그러나 루쉬 수녀가 수녀원장이 되고 나서부터 수녀들은 하나의 여성 연맹을 형성하여 자매간의 유대를 최고의 덕목으로 존중하고 실행했습니다. 하나가 된 그들은 강력했습니다. 도미니코회 수도사들은 아무런 불평도 하지 않았습니다. 비록 그들이 입방아를 찧는 바람에 뚱보 그레트의 죄 많은 행동에 대한 소문이 온 거리에 파다하게 퍼지기는 했지만 말입니다."

넙치의 일장 연설에 대해 지클린데 훈차 검사는 즉각 인상적인 말솜씨로 예리하게 다음과 같이 반격했다. 넙치는—물론 그녀 역시 약간은 수긍하지만—그가 여인들 사이의 미성숙한 유대감을 촉진시켰다고 주장하면서 자만심에 빠져 있다. 그는 모델을 하나 제시하고 있다. 정말 멋지게 꾸며 낸 모델이다. 사실대로 말하자면 마르가레테 루쉬 수녀는 정치적으로 기회주의자에 지나지 않는다. 넙치는 그 여자아이를 수녀원에 넣으라고 충고한 장본인이므로, 요리하는 수녀가 그녀의 자유를 오용한 것에 대해 책임을 져야 한다. 또한 잘 살펴보면 그녀도 내내 몸을 판 것에 불과하다. 페르버와의 거래가 그것을 명확하게 보여 준다. 수녀가 벌인 음탕한 스캔들을 가지고 어떻게 여성해방의 징표라고 말할 수 있는가. 오히려 이른바 루쉬 수녀의 자유라는 것은 용돈을 조금이라도 더 벌기 위해 콜걸 일을 나선 중산층 가정주부의 소시민적인 자유주의와 다름없다. 어쨌든 그 수녀의 성적 행동은 혁명의 시초로 평가될 수 있을 것이다. 비록 그것이 이기적인 육체 관계일 뿐이었으며, 가정에 얽매여 있는 의존적인 다른 여자들에게까지 퍼질 수 있는 것은 아니었지만 말이다. 넙치는 삼백오십 년 동안이나 남자들을 위해 일해 왔으면서도 여성들을 위한 공짜 조언자인 양 거드름을 피우고 있다. 그러나 루쉬 수녀를 모델로 삼기는 좀 어렵다. 수녀의 방귀는 여성들의 자의식 형성에 아무런 기여도 못 하고 있다. 그리고 기독교의 성찬을 위해 여인의 질을 성배로 오용한 것은 오로지 남성들의 성도착증의 한 사례로밖에 평가할 수 없다. 그 무슨 악취미란 말인가! 훈차는 무신론자로서 말하고 있다. 어떤 종교적인 감정을 상하게 할까 봐 두려워서 그런 것은 아니라고 했다.

끝으로 검사는 피고 넙치의 발언 시간을 제한해 줄 것을 요청했다. "수백만의 억압받는 여성들이 희망과 기대에 차서 주시하고 있는 이 법정이 가부장제의 선전 장소로 오용되는 것을 가만히 두어서는 안 됩니다."

그러나 이에 대해 법정 선임 변호사가 법 절차상의 이유를 들어 반대 의사를 표명했다. 대다수의 여성 배석판사들도 너무 서둘러서 판결을 내리고 싶어 하지 않았다. 특히 평소에는 오히려 느리다 못해 한발 늦게 반응을 보이던 배석판사 울라 비츨라프가 적극적인 태도를 보였다. "넙치에게도 공평한 기회를 주어야 해요. 남자들의 악명 높은 계급 재판의 전례를 받아들이는 것이 우리 여성들에게 무슨 도움이 되겠어요?"

그래서 — 검사의 이의 신청이 기각되고 — 모두 네 통의 감정서가 낭독되었다. 네 통의 감정서 모두 넙치가 법정 선임 변호사를 통해 권위 있는 역사가들에게 의뢰하여 작성한 것이었다.

첫 번째 감정서는 중세에 있었던 마녀들의 활동을 여성 해방을 위한 절망에 찬 시도로 규정하고 있었다. 마녀 재판에 대한 통계 자료는 15세기에는 화형당한 마녀 가운데 무려 32.7퍼센트가 수녀들이었으나 16세기에는 화형대에 올라간 수녀의 비율이 8퍼센트로 줄어들었음을 보여 주었다. 14세기에는 통계에 사용될 만한 자료가 하나도 없었다.

두 번째 감정서에는 왜 종교개혁의 세기에는 수녀원 마녀들의 숫자가 줄어들었는지, 그리고 어떻게 해서 일반 마녀들의 숫자의 증가가 수도원에 속하지 않는 여인들, 특히 수공업자 계층 아낙들의 비참상을 말해 주는지, 그 이유가 나와 있었다. 표면적으로는 가톨릭 교회와 굳건한 관계를 계속 유지하고 있는 것처럼 보이던 수녀원에서 종교개혁은 수녀들로 하여금 세속적 행위에 눈뜨게 만들었고, 유능하고 굳세고 꾀바르고 개화된 타입의 수녀들을 만들어 냈는데, 그 결과 종교개혁은 여성해방운동의 자극제 역할을 수행한 것과 같다고 적혀 있었다. 반면에 시민 계급의 여자들은 종교적인 광신도가 되거나 괴상한 마녀가 되어 현실 도피를 하고 있었다. 그다음에 출처 목록이 이어졌다.

세 번째 감정서는 중세 수녀원의 정치적 영향력을 다루고 있었다. 권력의 중심지로서의 수녀원 식당. 평화 조약 체결이나 반란 모의나, 방탕한 사교의 장소로서의 수녀원과 수녀원 식당. 감정서에는 수녀원이 부족한 여자들의 숫자를 잠시 동안이라도 메워 주는 역할을 한 시설이었다고 적혀 있었다.

네 번째 감정서는 콜럼버스라든가 바스쿠 다 가마 같은 여러 사람들에 의해 신세계가 발견되면서부터 수녀들의 시야가 넓어지게 된 사실을 다루고 있었다. 특히 이 감정서는, 마르가레테 루쉬 수녀원장이 순전히 식량 정책적인 이유에서 그녀의 맏딸 헤트비히를 뒷날 인도의 말라바르 해안에 무역 기지를 설치한 포르투갈 상인에게 시집보냈다는 넙치의 주장을 뒷받침해 주고 있었다. 그 상인은 장모에게 매년 두 차례씩 향료—카레 가루, 정향, 후추, 생강—를 책임지고 보내 주었다. 어쨌든 이 감정서를 통해서, 16세기 중엽부터 포르투갈의 상선들이 단치히 항구에 자주 입항했다는 사실이 입증되었다. 또한 그 감정서는 뚱보 그레트가 신세계와 서신 교환을 했다는 사실에는 의심의 여지가 없다고 밝혔다.

이어서 넙치가 다시 말을 시작했다. 넙치는 겸손한 말투로, 감정서의 성과를 거의 이용하지 않으면서, 어린 견습 수녀에서 요리 담당 수녀가 된 다음에 수녀원장의 직책에까지 오른

마르가레테 루쉬의 의식을 키우고 해방시키는 과정에서 자신이 한 역할은 지극히 미미한 것이었다고 말했다. 넙치는 우스꽝스러운 면을 과장해서 뚱보 그레트의 모습을 그려 보였다. 음담패설과 괴상한 에피소드들이 번갈아 나왔다. 예를 들면, 전도사 헤게가 우상을 파괴하자고 부르짖고 다녔을 때, 그녀가 그에게 속에 소시지를 가득 채워 라드유로 구워 만든 실물 크기의 성 니콜라스 빵을 꾸역꾸역 다 먹어 치우게 했던 일, 귀족 페르버의 물건이 풀이 죽었을 때 뚱보 그레트가 굴덴 은화와 브라반트 탈러로 수직의 탑을 쌓아 올려서 보여 주어 그의 물건을 다시 빳빳하게 일으켜 세웠던 일, 그녀가 올리바 수도원에 불을 질러 그 이글거리는 불로 하층민들을 위해 과자를 구워 주었던 일, 또는 뚱보 그레트가 바토리 암퇘지 등에 타고 왕의 진지로 들어가면서 암퇘지 위에서 거위 털을 뽑았던 일 등이 이야기되었다. 그 밖에도 더 많은 이야기들이 있었다. 이 이야기를 듣고 방청객들은 웃어 대기 시작했다. 여성 재판부는 잠깐 휴정한 뒤에—자문위원들이 해산할 뜻을 비쳤기 때문에—방청객들의 입장을 다시 허용했다.

신이 난 넙치는 이야기를 계속했다. "보세요, 엄정하신 숙녀 여러분, 이제야 웃는군요. 그처럼 구김살 없이 쾌활한 여성은 바로 요리하는 수녀 마르가레테였습니다. 그녀는 누구의 어떤 말에도 우울해지는 법이 없었으니까요. 우리는 그녀를 뫼동의 수도사 프랑수아 라블레의 누이라고 부르고 싶습니다. 그것은 마르가레테가 그와 나이가 같아서라기보다는 계몽된 생활 방식이 비슷하기 때문입니다. 아, 그가 그녀를 보았더라면! 확신컨대, 그는 가르강튀아와 짝이 될 만한 뚱보 그레트의 모습을 떠올려 당당하게 그의 책에다 집어넣었을 것입니다. 우리의 문학 작품에는 희극적인 성격의 여자 주인공이 부족합니다. 돈키호테나 트리스트럼 샌디, 팔스타프, 오스카 마체라트 등등, 절망적인 상황을 희극적으로 만드는 것은 모두 남자 주인공들입니다. 반면에 여자들은 끝없는 비극의 나락에 빠지고 맙니다. 마리아 슈투아르트나 엘렉트라, 아그네스 베르나우어, 혹은 노라 등은 모두 비극에 빠져 헤어나지 못하고 있습니다. 그렇지 않으면 처량하게 한숨만 쉬거나, 광기에 사로잡혀 늪 속으로 들어가거나, 죄책감에 괴로워하거나, 아니면 남자들의 눈먼 권력욕 속에서 파멸합니다. 맥베스 부인을 생각해 보십시오. 유머하고는 완전히 담을 쌓은 채 여인들은 고통의 하녀가 되어 있습니다. 성녀든, 창녀든, 마녀든, 아니면 이 세 가지 속성을 다 지닌 여자이든 말입니다. 혹은 그들은 고통으로 돌처럼 굳어 있습니다. 냉담하게 굳어서, 쓰라림을 겪으며 말없이 한탄만 하고 있습니다. 때로 그들은 오필리아처럼 머리가 돌아 앞뒤가 맞지 않는 시구나 중얼거릴 뿐입니다. 육체적 쾌락과는 거리가 먼 '우스꽝스러운 노파'나 어리벙벙한 하녀만이 흔히 '질겨 빠진 유머'라고 하는 여성적인 유머의 본보기로 인용되고 있을 뿐입니다. 그러나 늙고 우스꽝스럽건, 아니면 젊고 어리벙벙하건, 여성의 위트는 언제나 조연일 뿐입니다. 이제 우리는 우스꽝스러운 여주인공을 필요로 합니다, 정말로 절실하게 필요로 합니다. 영화의 경우에도 마찬가지입니다. 비극에서 코믹한 분위기를 살리는 역할이 왜 찰리 채플린이라든가 디크와 두프 같은 남자들에게만 주어지는 겁니까! 친애하는 여성 여러분! 나는 여러분에게 마침내 위대한 여성 코미디를 무대에 올리라고 요구하는 바입니다. 여성의 코미디가 승리하도록 만듭시다. 슬픈 표정의 기사에게 여자의 스커트를 입혀, 그로 하여금 남성적 편견의 풍차를 향해 돌진하게 합시다. 나는 여러분에게 요리하는 수녀 마르가레테 루쉬, 즉 뚱보 그레트를 제안합니다. 떠나갈 듯한 그녀의 웃음소리는 여자들에게 활동 공간과 자유를 가져다주었습니다. 바로 그 자유 속에서 유머가, 마침내 여성의 유머가 남성들의 유머와 마찬가지로 폭죽을 터트리며 음탕한 말을 마음껏 지껄일 수 있는 것입니다!"

넙치는 호의적인 박수갈채나, 아니면 적어도 그런대로 괜찮은 호응을 기대했던 것 같다. 그러나 그의 연설이 끝나자 장내에는 침묵만이 감돌았다. 간간이 들리는 헛기침 소리. 마침내 여검사가 입을 열었다. 넙치가 꺼낸 불쾌한 이야기를 대수롭지 않게 넘어가려는 듯 무시하는 듯한 말투였다. "피고 넙치, 당신은 지금 여기서 전 세계의 억압받는 여성들을 노리개로 삼아 문학적인 농담을 늘어놓고 있는데, 양심에 걸리지 않습니까? 그래, 맞아요, 우리들은 이른바 창조의 주인님들께서 남녀평등을 쟁취하려는 우리의 투쟁을 우습게 생각하고 있다는 사실을 너무나 잘 알고 있습니다. 그러나 그것은 우리에게는 아주 진지한 문제입니다. 피가 끓듯 감정적으로 그런 것이 아니라, 냉정하게 그렇다는 것입니다. 우리는 엘렉트라나 노라가 유감스럽게도 단순히 비극적인 인물로 평가절하되는 꼴을 가만히 지켜보고만 있지 않을 겁니다. 돈키호테 같은 여자가 부족한 적은 지금까지 한번도 없었습니다. 그러니 우리에게 배역을 떠맡길 생각은 접어 두시지요. 머지않아 당신은 우리에게 여자 파우스트 박사나 번쩍거리는 야회복을 입은 여자 메피스토를 팔아먹으려고 들 겁니다. 우리의 원래 주제로 돌아갑시다! 그 시대의 상황을 고려해 볼 때 당신이 말하는 요리하는 수녀는 우리에게는 너무나 중요한 인물입니다. 우리는 당신이 그녀를 곡해하도록 그냥 두지 않을 겁니다. 그러니까 마르가레테 루쉬는 두 남자를 오랜 계획 끝에 의도적으로 살해한 것입니다. 그 두 남자는, 그녀의 아버지인 대장장이 페터 루쉬가 1526년 4월 29일 사형 선고를 받고 참수형을 당하게 한 장본인들이었습니다. 그로부터 삼 년 뒤, 그녀는 단치히의 시장으로 사형 선고를 내린 뒤 곧바로 은퇴한 에버하르트 페르버와 침실에서 성교를 하던 중 그를 목 졸라 죽였습니다. 그때 그녀의 나이는 서른 살이었습니다. 수도원장 카스파르 예쉬케와는 동갑이었습니다. 그녀는 그로부터 오십삼 년 뒤에 그 올리바 수도원 원장 예쉬케를 돼지처럼 살을 찌워서 죽게 만들었습니다. 그런데 넙치 씨, 바로 그녀가 당신이 말하는 우스꽝스러운 뚱보 그레트요, 농담 잘하는 수녀 루쉬, 그리고 웃음이 헤픈 비곗덩어리입니다. 천만의 말씀이에요, 그녀는 진지하고 언제나 목적 의식이 뚜렷한 여인이었습니다. 원수들을 증오하는 방법을 아는 여자였습니다. 정치적으로 어쩔 수 없었던 그녀의 이중적인 행위를 위해 당신이 무엇을 했다는 말인가요? 당신의 그 수다스러운 충고로 마르가레테 루쉬의 그 숭고한 기억력을 도와주기라도 했습니까? 우리는 진실을 알고 싶습니다. 바로 진실, 그것뿐입니다. 그리고 코미디니 뭐니 하면서 다른 쪽으로 도망칠 생각은 말기를 바랍니다."

그때 넙치는 자신이 귀족 페르버뿐만 아니라 수도원장 예쉬케에게도 충고를 해 주었음을 시인했다. 사실—넙치는 자신있게 말했다.—페르버는 그의 충고를 따르지 않았다고 했다. 그 음탕한 늙은이는 뚱보 그레트의 손아귀에서 놀아났다는 것이다. 수도원장 예쉬케에게도 넙치의 충고는 아무런 효과도 보지 못했다고 했다. 그러나 이 늙은이가 나이 먹은 마르가레테에게 매달린 이유는 육체적 욕망 때문이 아니었다는 것이다. 그 무렵에는 포식과 후추를 즐기는 습성이 사람들 사이에 널리 퍼져 있었기 때문이라고 했다.

"그렇지만." 하고 넙치가 말했다. "1577년에 나는 그 늙은 바보에게 그들이 그의 수도원에 불을 지르려는 음모를 꾸미고 있으니 어서 도망치라고 충고했습니다. 그러나 아무리 호의적인 충고도 그의 포식 습관—그리고 그는 자신을 살찌워 죽이려는 루쉬 수녀의 음모를 알고 있었습니다.—을 막을 수는 없었습니다. 그렇습니다. 나는 이 두 번의 살인을 막아 보려고 노력했습니다. 민주주의의 진보를 위해 쌓은 루쉬 수녀의 위대한 업적이 해묵은 복수로 인해 먹칠되는 것을 보고 싶지 않았기 때문이었습니다. 그녀는—비록 헛되기는 했지만—아무런 힘이 없는 길드 조합원들을 위해 열심히 일했습니다. 그녀는 교묘한 술책과 요리 솜씨로 슈테판 바토리 왕으로부터 화평의 약속을 받아 냈습니다. 그리고 특히 그녀는 16세기의 수녀들을 위해 오늘날에도 추구할 만한 가치가 있는 자유를 부가해 주었습니다. 반면에 두 늙은이를 죽음으로 몰고 감으로써 그녀가 얻은 것은 아무것도 없었습니다. 유일하게 보람 있었던 것은 바로 여성해방운동입니다! 그리고 만약에 본 여성 배심 법정이 이번 재판을 통해 억압받는 여성들에게 도움을 주려는, 바라건대 조금이라도 도움을 주려는 의향을 갖고 있다면 경험에서 드리는 나의 충고를—비록 당신들이 그것을 따르지 않는다 하더라도—재판 기록에 적어 주시기를 부탁드립니다. 지금까지 여성들이 입은 손해가 마침내 보상되는 것을 보는 것이 우리 모두의 관심사가 아니겠습니까."

넵치의 요청은 받아들여졌다. 그래서 마르가레테 루쉬 사안의 최종 심리 기록에는 넵치가 다음과 같은 충고를 한 사실이 기재되었다. 국제 여성운동 단체는 세계 곳곳에 전적으로 세속적인 목적을 가진 수녀원들을 설립하라, 현재 전 세계를 지배하고 있는 남자들의 연대에 맞설 수 있는 막강한 경제력을 갖춘 대항 세력을 만들어라. 그렇게 해야만, 그러니까 경제적으로나 성적으로 독립된 상태에서만 여성들은 잊힌 그들의 일체감을 되살릴 수 있고, 또 그를 통해 남녀 간의 진정한 평등을 이루어 낼 수 있다. 오로지 그것만이 여성들의 의식의 모순된 구조를 정화시킬 수 있다. 이로써 여성에게만 부가된 결핍 상태가 사라지게 될 것이다. 그 결과는 정말 재미있을 것이다.

그러나 심리가 끝난 직후 방청객 중 몇 명의 여자가 수녀원장 자리에 지원했다는 넙치의 말은 재판 기록에 실리지 않았다. 휴정이 선언되었다.

하지만, 일제빌, 다음과 같은 일이 벌어진다고 가정해 봐. 처음에는 열 군데, 그다음에는 백 군데, 곧이어 천 군데에서, 슈바벤에서 홀슈타인에 이르기까지, 여성해방의 성격을 띤 수녀원들이 생겨나서, 거기에 소속된 오십만 명의 여자들이 결혼 자체를 기피하거나 그와 더불어 남성 위주로 되어 있는 섹스를 멀리한다고 가정해 봐. 그리고 당신네 여자들이 수녀원에 들어가서 당신들이 머릿속에 그리던 대로 자유를 구가하게 되고, 수천 년에 걸쳐 내려온 남자들의 소유권 요구와 부권적 관습과 남근처럼 변덕스러운 남자들의 기분과 살림살이에 드는 돈과 유행의 변화와 남자들의 일반적인 억압에서 벗어난다고 한번 가정해 봐. 그리고 만약 당신네 여자들이 여성해방과 관련된 일용품 산업을 일으키든지, 아니면 그렇지 않아도 (전혀 부지불식간이긴 하지만) 여자들에 의해 지배되고 있는 시장을 완전히 장악하여 기습적으로 경제적 세력권을 형성한다고 한번 가정해 봐. 그러면 비르기트 수녀원 원장 마르가레테 루쉬를 모범으로 삼아, 지배적인 남성 집단에 맞설 수 있는 반대극으로서 세속적인 수녀원들을 설립하라고 한 넙치의 충고가 1단계로 실천되어 성공하는 것이 아닐까?

일제빌, 또 이렇게 가정해 봐. 날로 늘어나는 여성해방 수녀원과 수녀원 소유의 생산 공장에서 여성들 간의 연대 의식이 점차 강화된다고. 그렇게 되면 옛날부터 있어 온 누가 더 예쁜가 하는 경쟁의 관습에 따라 여자들 사이를 이간질시키려는 남자들의 농간에 놀아나는 일이나, 남자들에 대한 여자들의 의존성을 계속 묶어 두기 위해서 남자들이 끊임없이 고안해 낸 인형 같은 미의 이상에다 여자를 남자들 마음대로 재는 일이 더 이상 불가능해질 거야. 그리고 일제빌, 이렇게 가정해 봐. 세계 곳곳에 여성해방 수녀원들이 생겨서 수녀원이 독자적인 경제권을 갖게 된다고. 전통적인 가부장적 혼인을 고수하는 사람들의 숫자가 점점 감소하여 극소수만 남게 된다고. 부권이나 그 밖의 다른 조건 없이 자유로운 선택에 의해 태어난 아이들이 그러한 수녀원에서 성장하게 된다고. 그리하여 자신들의 무력감을 깨달은 남성들에 의해 고무되어 여성들의 이성이 새로운, 수녀의 모권을 확립하게 된다고. 그 결과 남성 위주의 역사가 더 이상 존재하지 않게 된다고. 따라서 전쟁이 발생하지 않게 된다고. 남자들의 야망이나 광적인 진보 욕구가 무감각한 우주 공간으로 로켓이나 초(超)로켓을 발사하는 일을 그치게 된다고. 물가가 인간들을 위협하는 일이 더 이상 없게 된다고. 서로 상대방에게 예속되면 어쩌나 하는 불안감이 사라지게 된다고. 남성이나 여성 중 어느 누구도 더 이상 상대방을 소유하려 하지 않게 된다고. 남녀 간의 싸움을 그린 드라마를 보는 시청자가 더 이상 존재하지 않게 된다고. 오직 다정다감한 애정만이 증가하게 된다고. 잠자리에서의 승자가 더 이상 없게 된다고. 승리라는 것이 무엇인지 완전히 잊히게 된다고. 더 이상 그 누구도 시간을 재지 않게 된다고. 그리고 일제빌, 그 모든 것이 계산될 수 있고 증명 가능하다고 생각해 봐. 그리고 (나중에 가서는 남아돌게 될) 컴퓨터에 입력하여 이 모든 것을 새로운 질서로 산출할 수 있다고 한번 생각해 봐. 만약에 여성 배심 법정이 어제까지만 해도 피고였던 넙치의 말을 전폭적으로 지지하여 물고기 입에서 나온 충고를 받아들인다면, 넙치가 예언한 대로 곳곳에 뚱뚱한 마르가레테 루쉬 수녀원장을 기려 여성해방의 성격을 띤 수녀원이 번성한다면, 그리고 당신이 내일 당장 (나의 아이를 배 속에 3개월째 임신한 몸으로) 자유를 얻기 위해, 해방되기 위해, 더 이상 그 누구의 억압도 받지 않기 위해, 나 혹은 그 누구에게도 얽매이지 않기 위해 그런 수녀원으로 들어가게 된다면, 내가—이 모든 일이 일어난다고 가정할 때—그저 남자로서 잠깐 당신을 방문하는 것을 허락해 주겠어?

토끼 고기 스튜

나는 달리고 또 달렸다.
이정표들을 거슬러, 주린 배를 움켜쥐고
나는 역사의 산 아래로 달리고 미끄러지고 나뒹굴었다.
원래에도 납작한 것을 더욱 납작해지도록 짓밟고 달렸다.
나는 반대 방향으로 달리는 전령이었다.

쓸데없이 되풀이되는 전쟁들,
7년 전쟁과 30년 전쟁,

북구의 100년 전쟁 사이를 누비며 지치도록 달렸다.
습관적으로 뒤를 돌아보는 낙오자들은,
급히 방향을 바꿔 사라지는 나의 모습을 보았다.
그들은 나에게 경고했다. 마그데부르크는
불타고 있다!라고. 하지만 그들은 알지 못했다,
내가 아직은 온전한 그 도시를
웃으면서 지나가리라는 것을.
운명의 실이 아닌, 단지 기울기에 따라.
토막 난 것들이 다시 붙었고,
페스트의 수레에서 뛰어내렸고, 수레바퀴에 휘감겼다.
사그라져 가는 불구덩이에서 빠져나온
마녀들이 나와 함께 한 구간을 껑충대며 뛰어갔다.

아, 수년간 종교 회의가 지속되던 궁핍한 시절,
날짜가 지나가길 얼마나 고대했던가.
마침내 나는 그녀에게 달려갔다. 헐떡이며 기진맥진해서.

그녀가 냄비 뚜껑을 열고 수프를 휘저었다.
"무슨 요리야? 무슨 요리지?"
"토끼 고기 스튜 말고 뭐겠어요. 당신이 올 줄 알았어요."

그녀의 요리법을 따라 하고 싶은 사람

이를테면, 속을 채운 요리를 만들어 보고 싶다고 하자. 우리는 기대 속에 살아간다. 도무지 겨울이 올 것 같지 않다. 안개는 모든 것을 너무 가까이 끌어당겨 놓고, 어느새 가족끼리 지내는 성탄절이 바짝 다가와 있다.

"우리의 싸움은." 일제빌이 말한다. "접시 속에 흐물흐물하게 녹아 있어요. 우리 입맛에는 그게 맞아요. 그렇지만 우리는 왜 그런지도 모르고, 그게 뭔지도 몰라요."

내가 의미를 부여하려는 마지막 요리는 말린 자두로 속을 채워 맥주 소스를 친 소 염통이다. 이것은 루쉬 수녀가 도망 나온 수도사인 나에게 아무것도 묻지 않고 해 주었던 요리이다. 그러나 우리의 손님들—두 사람의 건축가와 한 사람의 사제—은 무슨 사건이 일어날 때마다 거기서 더욱 깊은 의미를 찾는다.

심장의 심실은 속을 채우기에 적당할뿐더러 또한 채워지기를 원한다. 소의 염통을 통째로 사서 한쪽 면만 길게 짼다. 거기서 흘러나오는 피를 빼내고, 서로 얽힌 힘줄을 떼어 내서 속이 텅 비게 한 다음, 지방막을 제거한다. 우리의 손님들이 정중하게 마지막 말을 건넨다.

"따뜻한 물에 담가 부드럽게 만든 말린 자두에서." 일제빌이 루쉬 수녀의 말투로 말한다. "씨를 빼서는 안 돼요." 만약 여기에 의미가 있다면, 그건 어떤 의미란 말인가?

그것을 살짝 익힐 때는 네모난 모양으로 자른 염통 기름을 사용한다. "그렇지만 거기에는 의미가 있어야 합니다." 사제가 관대한 말투로 말한다. "부정적인 의미라도 있어야 합니다. 의미가 없다면 어찌 우리가 그날그날 살아갈 수 있겠습니까?"

속을 넣고 투명한 실로 주둥이를 묶은 소의 염통을 센 불 위에서 골고루 구운 다음 그 위에 맥주를 뿌린다. (그것은—사제님—신학적으로도 이해되어야 합니다.)

그러나 건축가들은 예의 그 바우하우스 이론을 되풀이한다. 그들은 염통 요리를 족히 한 시간 동안 뭉근한 불에 끓인 뒤, 육두구와 후추를 넣는다. 그러나 루쉬 수녀가 그녀와 내가 살았던 시대에 적당하다고 생각했던 것보다는 적은 양이다. 크리스마스는 우리에게 덤으로 더 받는 이틀간의 유급 휴가를 의미한다. 아무런 의미 부여도 하지 못했지만 사제는 매우 기분이 좋은 모양이다. 그리고 신맛의 크림은 휘젓지 않아, 깊은 생각에 잠긴 듯 작은 섬 모양을 하고 있다. 지난날, 일제빌, 바스쿠 다 가마가 하느님을 찾아 나섰을 때…….

스칸디나비아 고기압이 뒤늦은 겨울을 몰고 와 하나의 의미를 만들려는 것 같다. "그 요리는 소금으로 간을 한 찐 감자와 함께 먹어야 해요." 일제빌이 말한다. "쇠고기 기름은 양고기 기름처럼 잘 굳으니까 접시를 먼저 따뜻하게 덥혀 놓는 게 좋죠."

옛날에 마흔일곱 마리의 새끼 양들이 살고 있었다. 그 새끼 양들은 풀이 무성한 소택지 지대인 샤르파우에서 팔백육십삼 마리의 어미 양들과 셀 수 없이 많은 다른 새끼 양들 틈에 끼어 풀을 뜯고 있었다. 그런데 이곳은 나중에 시장이 된 에버하르트 페르버 소유의 땅으로 그의 관리 아래 있었다. 이 새끼 양들은 어미 양들의 네 발 사이로 수평선까지 뻗어 있는 풀밭만이 온 세상인 줄 알았다. 목장의 풀 맛만으로는 누가 주인인지 알 수 없었다.

인도 항로가 발견되고 나중에 수녀가 된 루쉬가 태어난 해인 1498년까지는 시의회 의원인 앙거뮌데가 샤르파우 목장을 관리하면서 그곳에 빌붙어 살고 있는 어부와 농부, 목동들을 착취했다. 그러나 지루한 음모 끝에 모리츠 페르버와 앙거뮌데의 딸 사이의 약혼이 이미 재산 공유 증서까지 작성했음에도 불구하고 파혼으로 끝나고 나서, 페르버 형제는 각각 에름란트의 주교와 단치히 시장이 되었다. 두 사람은 각각 성직자들과 귀족들의 지지를 받았다.

페르버 형제가 앙거뮌데 일가를 샤르파우 목장과 디르샤우의 지사직에서 몰아낸 후, 샤르파우 목장의 양들이나 소작농들은 예전에 비해서 크게 달라진 것이 없음을 알았다. 양들은 양털을 깎이고, 도살당하고, 소작농들은 소작료를 착취당하고, 강제 부역에 내몰리고 예전과 달라진 것이 하나도 없었다. 그러나 1521년에 양들과 농부들은 봉기하지 않았다. 반면에 구시가지와 교황 직속 시가지의 동업조합원들뿐만 아니라 길드에 속하지 않는 버들가지 요새의 수공업자들은 페르버와 그의 교회 일당들에 반항하여 봉기했다. 교회에서는 촛불들이 꺼졌다. 돌멩이들이 성직자와 도미니코회 수도사들을 향해 날아갔다. 전단들에서는 인쇄 잉크 냄새가 풍겼다. 직조공과 재단사들을 페르버의 양 떼에 비유한 풍자의 노래들이 외다리 운각(韻脚)의 목발을 짚고 골목마다 절룩대며 뛰어다니고, 분노에 찬 사람들은 길드 작업장에서 발을 구르며 그 노래들을 불렀다. 여기에 덧붙여 열성적인 전도사 헤게는 어느새 성직자들을 통렬히 비난하는 설교를 하고 있었다.

그러나 샤르파우 목장과 티겐오르트, 칼테 헤르베르게, 피셔 바프케 목장, 또는 농부들이 양들보다도 형편없는 대우를 받고 있는 그 밖의 다른 장소에서는 아무것도 모르는 양 떼들이 평화롭게 부활절을 향해 살을 찌우고 있었다. 그 양 떼 중 마흔일곱 마리가 도살되어, 에름란트 주교를 축하하기 위하여 귀족 페르버 가문의 별장에서 이글거리는 숯불이 담긴 화로 위에서 구워질 운명에 놓여 있었다. 성 비르기트 수녀원의 요리하는 수녀는 에름란트 주교에게서 부활절 희생양의 마흔일곱 개의 염통과 허파를 성 금요일을 위해 새콤달콤한 소스로 요리해도 좋다는 허락을 받아 놓은 상태였다.

순진한 양의 내장은 단순한 고기가 아니며, 어린 양의 허파에는 샤르파우 목장에서 자란 백리향(百里香)의 향기가 순수하게 그대로 간직되어 있고, 예수 그리스도께서도 부활절 희생양의 염통과 허파가 성 금요일의 음식으로 승격되는 것을 보시면 기뻐하실 것이라는 점을 주교의 입맛에 확신시키는 일은 뚱보 그레트에게는 그리 어려운 일이 아니었다. 사실 요리하는 수녀는 사순절의 계율을 자유롭게 해석하려는 생각을 갖고 있었다. 그녀는 이렇게 말했다. "이 어린 양들은 한번도 죄를 지은 적이 없어요. 이것들에게는 한번도 욕망이 덤벼든

적이 없어요. 이것들을 어떻게 고기라고 부를 수 있겠습니까? 더욱이 이것들의 내장을 말입니다."

뚱보 그레트는 마흔일곱 마리 양의 온전한 허파와 반으로 가른 염통을 커다란 솥에 넣고 후추와 아니스를 뿌려 푹 삶은 후에 꺼내서 식힌 다음 잘게 다졌다. 그러고 나서 고기를 삶고 난 국물에 다시 한 자루의 불콩을 넣고 완전히 죽이 되지 않을 만큼 삶았다. 그다음에는 다진 허파에 식초를 치고 메밀가루로 버무리고 마지막으로 건포도와 마른 자두를 넣고 저었다. 그녀는 요리를 하면서 매번 많은 양의 후추와 건포도나 마른 자두를 사용했다.

바로 그 성 금요일의 식사 때 시장 페르버는 여섯 척의 군함을 이끌고 덴마크를 향해 진격하기로 결심했다. 나아가서 그는 덴마크에서 승리하고 돌아온 뒤 선원들에게 후한 보수를 주고서 그들의 힘을 빌려 길드 조합원들뿐만 아니라 루터 교회에 물들어 있는 시의회 의원들에게 본때를 보여 줄 작정이었다. 그러나 그의 계획은 아무것도 이루어지지 않았다. 전함들은 가을에 아무 전리품도 없이 돌아왔다. 전쟁에 들어간 비용은 새로운 세금을 징수하여 충당하기로 했다. 그것이 소요 사태를 불러일으켰다. 선원들마저도 페르버에게서 도망쳐 버렸다.

그러나 요리하는 수녀로서 나중에 수녀원장이 된 마르가레테 루쉬는 자신이 한번 만들어 낸 성 금요일 요리를 끝까지 고수했다. 해마다 그녀는 성 금요일이 되면 새끼 양의 달콤새큼한 허파 요리에 불콩을 곁들여 수녀와 견습 수녀들에게 전

채 요리로 내놓았다. 1529년부터 샤르파우 목장의 목동과 소작농과 어부 들은 성 비르기트 수녀원에 소작료를 바쳐야 했으며 부활절 새끼 양들을 수녀원 부엌으로 몰고 가야 했고 살아 있는 뱀장어를 바구니에 담아 갖다주어야 했기 때문이다.

강물에 들어 있는 화학 물질이 뱀장어들을 쫓아 버린 거야. 부글부글 거품이 이는 하수 때문에 그들의 엷은 색의 배와 등지느러미와 꼬리지느러미에 붉은 반점들이 생겼어. 그들을 보호해 주는 점막이 손상되었기 때문이지. 썰물 때마다 엘베강의 양쪽 기슭에서 드러나는 어살들은 내게 지난날을 떠올려 줄 뿐이야. 우리는 외국의 바다에서 잡힌 뱀장어들을 비싼 값을 주고 사들이고 있어. 스코틀랜드에서 수입한 냉동 뱀장어를 이곳에서 다시 녹이면 그놈들은 기적처럼 되살아나곤 하지.

나는 뱀장어에 대한 여러 가지 이야기를 알고 있어, 일제빌. 그놈들은 나무 꼬챙이에 꿰인 채 내 등을 세차게 때렸어. 그놈들의 여러 모습이 지금도 생생해. 그놈들은 나처럼 암소의 젖통 아래로 미끄러져 들어갔어. 그놈들은 넙치와 나이가 비슷했어.

일제빌이 말한다. "당신이 뱀장어를 잡아서 토막 내는 것을 왜 아이들이 보고 배우면 안 된다는 거죠? 나야 안 보는 게 좋겠지만 말이에요."

뱀장어를 살아 있는 채로 산다. "아니란다, 얘들아, 뱀장어들은 사실은 죽은 거야. 토막 낸 조각마다 신경이 들어 있어.

그것 때문에 팔딱거리는 거야. 그래서 대가리도 팔딱거리면서 바닥에 달라붙는 거야."

아이들은 이제 자기들이 먹고 있는 것이 뭔지 안다. 그 토막 낸 조각들을 식초에 삶아 푸른빛이 감돌게 한 다음, 이리저리 굴려 가며 밀가루를 묻혀서 거기에 샐비어 잎을 뿌린다. 이웃 사람이 어제 우리 집 식칼을 갈아 주었다.

예전에는 샐비어가, 지금은 굴착기로 파헤쳐져 없어진 시퇴르강 어귀의 한 정원에서 무성하게 자라고 있었다. 그 시퇴르강 어귀에서는 지금 여러 개의 수문과 거대한 도개교가 딸린 댐을 건설 중이다. 이 댐은 강의 물줄기를 바꾸어 봄의 만조 때 물이 엘베강으로 넘쳐흐르는 것을 막을 수 있을 것이라고 한다.

우리는 뱀장어 토막들을 뜨거운 기름에 나란히 넣고서 그 위에다 소금을 살짝 뿌린다. 아직도 살아서 프라이팬 속에서 꿈틀거린다. 이제 그 샐비어 덤불은 우리 집 정원에서 자라고 있다. 나무를 옮겨 심는 일을 도와주었던 이웃 사람은 도축업자였으며 지금도 여전히 월요일이면 마을에 있는 정육점에 고기를 대 주기 위해 도살을 한다. 그는 돼지 피로 나무에 거름을 주면서 계속 바닷가 사투리를 중얼거렸다.

샐비어 잎을 뿌린 뱀장어 토막들을 약한 불로 바삭하게 알맞게 굽는다. 그것은 가벼운 식사에 앞서 먹는 전채 요리이다. 샐비어 덤불이 겨울을 잘 나길 바란다.

누군가 충고를 원한다면, 굵고 기름기가 많은 것 말고 가느다란 뱀장어를 사라고 말해 주고 싶다. 대가리 바로 아래쪽을 열십자로 칼집을 내면 신경선이 차단된다고 한다. 껍질은 벗기지 않는다. 여기에 덧붙여 뱀장어의 내장을 꺼낼 때 쓸개를 조심해야 한다. 쓸개가 터지면 쓸개즙이 흘러나와서 맛을 쓰게 만들고 우리의 마음까지 우울하게 만든다. 우리는 지난날 전도사 헤게처럼 이 세상 어디를 가나 끈질기게 죄악과 부패의 맛을 느끼게 될 것이기 때문이다.

헤게! 그의 설교에 나는 말문이 막혔다. 아무것도 그의 입을 멈추게 할 수 없었다. 그에게는 말을 만드는 것보다 쉬운 일이 없었다. 뚱보 그레트만이 그에게 맞서 음절 스튜를 내뱉을 수 있었다. 만약 그가 "지옥의 수육! 죄악의 국물!" 어쩌고 하면서 설교를 늘어놓으려고 하면 그녀는 즉각 "잉크 분무기! 말만 앞세우는 갈라진 좆!"이라고 독설로 응수했다.

뚱보 그레트와 빼빼 마른 헤게. 뚱보 그레트는 물오리와 메추라기, 누른도요새, 도요새, 산비둘기 등의 작은 새들의 속을 채우고 줄줄이 꼬챙이에 끼운 다음, 그것들에게 우리엘, 오파니엘, 가브리엘, 보르비엘, 아리엘과 같은 천사들의 이름을 붙여 주었다. 반면에 헤게는 모든 종류의 쾌락에 대해 악마의 이름을 붙여 주었다. 아침 떠는 슈타우팍스, 뿔로 들이받는 블레스, 곰팡내 나는 하미아크, 젖꼭지에 집착하는 아스모데우스, 은빛 재물의 신 맘몬, 구린내 나는 그물우산버섯 베엘제붑 등. 그리고 요리하는 수녀가 마른 자두와 돼지고기 소시지로 속을 채운 거위를 천사 자드키엘이라고 미화하자, 염소 수염을 한 헤게는 모든 입속의 쾌락은 악마 벨리알의 군침일 뿐이라고 말했다.

수녀원장 루쉬에 의해 대개 지저분한 숫염소라는 이름으로 불렸던 헤게는 종교개혁이 시작되자마자 자구를 꼬치꼬치 캐기 좋아하는 신교의 언어를 단치히에 들여왔다. 재단사였던 그의 아버지는 슈바벤의 호숫가에서 이주해 왔다. 그러나 그의 어머니는 이곳 버들가지 요새 토박이라고 한다. 그녀는 소금 냄새를 풍겼고 물고기 같은 얼굴에 입은 비뚤어졌고 머리는 비늘투성이였다. 야콥 헤게의 내부에는 발트해의 수다스러운 파도 소리와 슈바벤 보덴제 호수의 재잘대는 물소리가 뒤섞여 있었다. 그는 심지어 엄지손가락을 빨거나 그보다 더 사소한 것을 즐기는 것까지도 죄악이라고 불렀다. 그래서 시민들은 그를 육 개월간 비텐베르크로 보냈다. 그들은 정말 선량한 신교도가 되고 싶었다. 그러나 칼뱅주의에 대한 헤게의 광신적 태도와 입에 거품을 무는 독설은 그들의 생활 방식 위에 잿빛 그림자를 던져 놓았다. 길드 조합에서 그의 여행 비용을 대 주었다.

비텐베르크에서 루터 박사는 헤게에게, 학대받는 인간들에게 오로지 성경을 통해 위로를 구하게 하고, 신도들에게 "당신의 자비로 우리에게 평화를 내려 주소서……."라는 찬송가를 부르게 하라고 충고해 주었다고 한다.

그러나 헤게는 종교적 열광과 독설로 가득 찬 설교 태도를 버리려 하지 않았다. 그의 마음속에서는 도망쳐 나온 도미니코회 수도승의 기질과 아버지로부터 물려받은 슈바벤적 정화에의 열망이 기묘하게 뒤엉켜 서로 충돌하고 있었다. 그는 비텐베르크에서 루터로부터 성실한 시민들에게 몇 점의 채색 성화나 이미 눈에 익숙한 목조 성상 정도는 허용해 주라는 간곡한 당부를 받았음에도 불구하고 어디서건 벽에 아무 장식도 못 하게 했다. 그가 루터 박사로부터 실생활에 도움이 되는 몇 가지 좋은 말들을 듣고 돌아왔는지는 모르지만, 그가 게르투르트 공동묘지에서 점점 불어나는 신도들을 향해 다시 설교를 시작하자 그의 입에서는 온갖 욕설이 마치 악마의 똥구멍에서 나오는 구더기처럼 우글대며 쏟아져 나왔다. 그러나 야콥 헤게는 자신이 오직 하느님의 순수한 말씀만을 가르치고 있다고 생각했다. 어쨌든 공동묘지의 보리수는 부드러운 그늘을 던져 주고 있었다.

헤게는 여행에서 돌아온 직후 살기등등한 군중들로 가득 찬 단치히의 성모 마리아 대성당의 설교단에서 이렇게 말했다. "잿빛 수도복의 수도승들은 허리에 끈을 묶고 다니지요. 차라리 그 끈을 목에 묶는 편이 더 좋을 것 같군요."

그 한마디는 그대로 실행에 옮겨졌다. 다음 날 몇 명의 도미니코회 수도사들이 자신들의 끈으로 목을 매달았다. 그리고 광신적으로 떠들어 대는 그의 입에서 나온 그 밖의 몇 마디 말도 실천에 옮겨졌다. 평소 성화(聖畵)와 성상(聖像)을 과격하게 비판해 온 그였지만, 그는 아주 적확한 비유의 힘을 빌려 이렇게 말했다. 모든 교회가 말끔하게 청소되고 하얗게 칠해진 모습을 보고 싶다고. 그러자 또다시 군중들은 그의 말에 따라 성 마리아 교회, 성 카타리나 교회, 성 요하니스 성당을 청소하러 몰려가 성화와 초상화와 목조 성상들을 때려 부수고, 제단은 거추장스러운 쓰레기일 뿐이라고 소리치며 부숴 버렸다. 그러고는 다시 구시가지에 있는 성 비르기트 성당을 대청소하러 몰려갔다.

헤게가 즐겨 쓰는 "그를 기둥에 묶어라!"라는 말을 그대로 실천에 옮기기 위해 어느새 두세 명의 비누 제조업자들이 성 비르기트 성당에서 니콜라우스 목조상을 끌고 나와서는 그 알록달록한 색깔의 성상을 시의 교수대 기둥에다 묶으려고 했다. 바로 그때 마르가레테 수녀원장이 스물일곱 명의 수녀와 견습 수녀들과 함께 달려들었다. 수녀들은 있는 힘껏 성상을 움켜잡았다. 이렇게 하여 니콜라우스 목조상은 위기를 모면했다. 그리고 헤게는 사로잡혀서, 변덕스러운 군중의 비웃음을 받으면서 근처에 있는 성 비르기트 수녀원으로 끌려갔다.

그날 밤 헤게가 그곳에서 무슨 일을 겪었는지 나는 모른다. 틀림없이 흔히 있는 일을 겪었을 것이다. 그러나 다음 날 그는 뚱보 그레트의 주방 규칙에 따라 벌을 받았다. 그레트는 손수 과자 반죽을 라드유에 튀기고 그것에 알록달록한 색설탕을 입힌 삼백열한 개의 과자를 끈끈하게 만들어 붙여서 그 목조상과 꼭 닮은 성 니콜라우스 상을 만들었는데, 헤게는 이 니콜라우스 상을 얇은 제병으로 만든 후광에서부터 시큼한 빵 반죽으로 만든 성상의 받침에 이르기까지 입에다 쑤셔 넣고 씹고 또 씹어 삼켜야만 했다. 게다가 수녀들은 후춧가루를 친 선지 소시지와 내장 소시지로 니콜라우스 상의 속을 채워넣었는데, 그는 이것들까지 하나도 남김없이 다 먹어야 했다.

사흘 동안 내내 헤게는 으드득으드득 깨물어 먹었다. 후추를 먹은 다음에는 물을 들이켰다. 그는 건포도를 넣어 맛을 낸 선지 소시지와 함께 과자를 쑤셔 넣고, 마요라나로 양념한 내장 소시지를 입에 넣은 다음 과자를 쑤셔 넣었다. 처음에만 해도 그는 아쇼마트로 시작해서 자로에에 이르기까지 모든 악마들의 이름을 하나하나 호명했지만, 이윽고 그 떠버리는 조용해졌다고 한다. 나중에 그는 배 속이 온통 기름 칠갑이 되고 후추투성이가 되어 그만 옷에다 똥을 싸고 말았는데, 선지 소시지와 내장 소시지가 씹히지도 않은 채 고스란히 똥에 섞여 나왔다고 한다. 그 일이 있고 나서부터는 그가 지옥의 악마의 이름을 가끔가다 한 번씩밖에 부르지 못했다고 전해진다.

다음 해에 폴란드의 지기스문디 왕이 팔천 명의 군대를 이끌고 와 반란을 일으킨 그 도시를 점령한 다음, 반란자들을 처벌하라고 명했을 때, 야콥 헤게는 여장을 하고 도망쳤다. 수녀원장 마르가레테 루쉬가 그가 도주할 때 도와주었다고 한다. 헤게는 그라이프스발트로 도피하여 그곳에서 평온하게 여생을 보냈다고 전해진다.

그때부터 매년 12월 6일이 되면 사람들은—신교도이거나 구교도이거나 상관없이—니콜라우스 성자 모양의 과자를—크기가 실물보다 훨씬 조그맣고, 속을 소시지로 채우지는 않았지만—라드유에 둥둥 띄워서 튀겨 먹게 되었으며, 루쉬 수녀의 과자 만드는 기술은 도시나 카슈비아의 시골이나 할 것 없이 어디서나 사람들에게 널리 알려지게 되었다.

오늘날 그녀의 요리법에 따라 요리하려면, 개똥지빠귀를, 이를테면 잿빛 머리의 지빠귀를 요리하려면, 먼저 그 작은 새들을 얇게 자른 베이컨 조각으로 싸고, 잘게 썬 간과 노간주나무 열매로 속을 가득 채운 후, 그중의 반인 여섯 마리를 활활 타는 숯불 위의 석쇠에 올려놓고 구워야 한다. 그러나 조류 애호가들을 식사에 초대해서는 안 된다. 도망쳐 나온 프란체스코회 수도사인 나 역시, 뚱보 그레트가 속을 채운 새고기를 바토리 왕의 연회에서 전채로 내놓았을 때, 맛있게 요리된 그 새들이 너무 불쌍하다고 생각했다. 요리를 만들면서 그녀는 내내 새 울음소리를 흉내 냈다. 이를테면 염소의 울음소리와 비슷한 울음소리 때문에 하늘의 염소라는 별명이 붙은, 늪새의 일종인 도요새 울음소리를 냈다.

그러나 꾸며 낸 이야기를 들어 줄 줄 아는 사람들이 당신의 손님으로 온다면 그들에게 다음과 같이 토끼 내장 스튜를 대접하라. 토끼의 다리와 반으로 가른 대가리와 갈비뼈와 너덜너덜한 간의 소엽(小葉)과 간장을 뚱보 그레트가 했던 것처럼 비계가 적은 베이컨과 함께 살짝 굽다가, 미리 물에 담가 둔 건포도를 한 줌 집어넣고 잠시 더 튀겨라. 으깬 검정 후춧가루를 뿌리고 전체를 가열하다가, 붉은 포도주를 부어 냄비를 식혀라. 그러고는 잠깐 끓이고 나서, 다시 물을 붓고 한 시간 동안 토끼 내장 스튜 요리를 중간 불로 푹 고아라. 혹은 손님이 너무 늦게 도착할 경우에는 좀 더 오래 고아라. 옛날에 레슬라우의 주교가 올리바로 오던 중에 너도밤나무 숲에서 길을 잃고 헤맨 적이 있었다. 그러다가 그는 허깨비를 만나 깜짝 놀란 적이 있는데, 나중에 그는 그 일에 대해 오히려 즐겁게 이야기했다. 그가 콧노래를 흥얼거리면서, 그렇지만 속으로는 온갖 형상들을 상상하면서 말을 타고 숲속을 지나가고 있었는데, 그때 갑자기 갈라진 나무 틈에서 토끼 한 마리가 튀어나오더니, 비록 카슈비아 억양이긴 하지만 흠잡을 데 없는 라틴어로 그에게, 오늘 중으로 또 한 마리의 토끼를, 그것도 포도주에 잔뜩 취해 있는 토끼를 만나게 될 거라고 예언했다는 것이었다. "그 토끼를 만나거든 내 안부 좀 전해 주세요! 꼭 좀 전해 주세요!"라고 라틴어를 할 줄 아는 토끼가 말했다는 것이었다. 그래서 바로 그 토끼의 부탁을 들어주느라고 레슬라우의 주교는 김이 모락모락 나는 내장 요리를 앞에 두고 진지한 정치 문제를 이야기하는 높은 분들의 모임에 늦게 도착하게 되었다는 것이었다.

그러나 손님들을 놀라게 하고 싶은 사람은, 뚱보 그레트가 폴란드 왕 슈테판 바토리에게 해 주었던 것처럼 요리하라. 1577년 12월 12일에 그레트가 돼지머리 속에 양 머리를 넣어 왕의 식탁에 차려 놓고 그것을 자르자 그 속에서 포위되어 마침내 항복한 도시의 열쇠가 복슬복슬한 털이 붙은 채 미끄러져 빠져나와 왕을 놀라게 했던 것처럼, 짤막한 칼로 우선 돼지머리를, 그다음에는 양 머리를 지방질 껍질이 상하지 않게 뼈를 발라낸 다음, 신선한 마요라나로 속을 미리 가득 채워 놓은 돼지머리 속에 양 머리를 집어넣고서 실로 잘 꿰매라. 그렇게 하면 손님들은 기겁을 할 것이다. 다시 말해 돼지머리 속에 양 머리를 넣고서 한 시간 반가량 구운 다음 오븐에서 꺼내

절개하면, 손님들은 "아!" 하면서 소리칠 것이다. 왜냐하면 무언가가 은은히 반짝이며 밖으로 떨어져 나올 것이기 때문이다. 무언가 낯설고 아름답고 단단하고 놀라운 것. 행복이나 그 밖의 다른 것을 뜻하는 이중적인 의미를 지닌 것. 이를테면 여러 번 포개서 접은 주택 자금 마련 저축 계약서나 또는 나의 일제빌이 그토록 갖고 싶어 하는 것이 담긴 금빛 작은 상자 같은 것 말이다.

그리고 아직도 뚱보 그레트의 요리법을 따라 요리하고 싶어 하거나, 옛날에 그녀가 겪었던 것과 비슷한 이유가 있는 사람은 다음의 요리법을 시도해 보라. 그것은 잠깐 동안 그녀의 잠자리 상대였던 내가 더 이상 욕망을 느끼지 못하고 그녀와 살을 섞고 싶어 하지도 않고 오직 물건을 축 늘어뜨린 채 세상만사의 의미만을 물으며 계속 빈둥거리고 있을 때 그녀가 만들어 주었던 요리이다.

먼저 닭의 볏을 열두 개 내지 열일곱 개 구해, 껍질이 잘 벗겨지도록 따뜻한 우유에 담가 놓았다가, 원래의 붉은 빛깔이 창백해져 새하얀 빛깔이 될 때까지 찬물로 씻어 내라. 그런 다음 마르가레테 루쉬가 오이 즙을 뿌렸던 것처럼 레몬 즙을 그 위에 뿌린 후, 풀어서 휘저은 달걀 속에 넣어 닭 볏들을 이리저리 굴려 옷을 입힌 다음, 양면을 모두 살짝 구워 내서, 버터에 살짝 익힌 셀러리 뿌리 위에 얹어 당시의 나 같은 증세가 있는 모든 소심한 남자들에게 대접하라. 당시의 나처럼 귀두를 축 늘어뜨릴 만한 충분한 이유가 있어 자신의 물건을 빳빳하게 세워 수탉처럼 으스대며 남성다움을 보여 주는 것이 곤란한 모든 남자들에게 말이다. 당시 내게는 물건을 축 늘어뜨릴 충분한 이유가 있었다. 왜냐하면 그녀의 그늘 속에서 사는 것은 쉽지 않았기 때문이다. 그 요리하는 여자는 게으름뱅이 따위는 인간 취급도 하지 않았다. 뚱보 그레트는 나의 절구 방망이를 자꾸만 일으켜 세웠다. 그녀의 요리법대로 해 보는 것도 괜찮을 것 같다.

마르가레테 루쉬 사안이 여성 배심 법정에서 심리되고 있는 동안 방청객들이 그녀의 요리법을 열심히 받아 적은 것은 분명 그 이유 때문이었던 것 같다. 내장 요리와 다진 허파 요리에 대한 이야기가 나왔을 때 웃은 사람은 배석판사 울라 비츨라프뿐이었다. 그녀는 오직 뚱보 그레트나 했을 법한 웃음을 내내 터뜨리면서 후추의 지나친 사용을 자제하라고 경고했다. 그녀의 말에 따르면, 후추는 사람에게 정상적인 열 이상의 열을 나게 만들며, 후추는 원래 자라는 곳에 그냥 머물러 있어야 마땅하며, 후추는 음식 맛을 나게 하는 것이 아니라 오히려 음식 맛을 압도해 버리며, 후추는 사람을 분주하게 만드는데, 특히 여자들을 성급하게 만든다는 것이었다…….

파이프 오르간 연주자인 울라 비츨라프는 루쉬 수녀처럼 침착한 성격을 지닌 여자이다. 그녀는 뤼겐 섬 출신으로 그 섬에 대한 이야기를 많이 알고 있다. 그녀의 선조 할머니들 중에 어부의 아내로서 외헤라는 작은 섬에서 샤프로데까지 조각배를 타고 간 한 할머니가 있었는데, 그 할머니가 화가 룽게에게 말하는 넙치 이야기를 바닷가 저지 독일어로 들려주었다고 한다. 울라 역시 바닷가 저지 독일어를 쓰고 있다. 그녀는 몸은 가냘프게 보이지만 뚱보 그레트의 역할을 충분히 해낼 것 같다. "이젠 지긋지긋해요!"라고 그녀는 말한다. 십이 년 동안이나 신교 예배를 보다 보니, 이제는 일요일마다 벌어지는 위선의 냄새가 파이프 오르간까지 올라오는 듯하다는 것이다. 그녀가 만나는 성직자들의 검은 예복만 보아도 이제는 신물이 난다는 것이다. 그들 중 한 사람은 헤게처럼 염소 수염을 하고 있는데 입에 거품을 물고 설교를 한다는 것이다.

얼마 전, 나는 일제빌과 — 크리스마스가 가까워지면서 — 파처럼 솟아나는 그녀의 소망들 때문에 지쳐서 또다시 집에서 뛰쳐나와 올라 비츨라프를 따라 그녀가 일을 하는 어느 신 고딕식 교회의 주일 예배에 참석했다. 울라의 전주에 이어 '주여, 우리를 불쌍히 여기소서.'라는 기도문이 낭송되고, 열광적인 신도들이 '주여, 내 마음의 문을 열어 주소서!'라는 찬송가를 부르기 시작했을 때, 우리는 성가대 위쪽 꼭대기에 있는 파이프 오르간 옆의 조그만 의자에 앉았다. 우리는 목소리를 죽인 채 넙치와 수녀원장 마르가레테 루쉬 시대에 벌인 넙치의 활동상에 관해 이야기를 나누었다. 아래쪽에서는 오늘날의 헤게가 설교를 시작했다. 울라가 털실로 기다란 모양의 편물을 뜨개질하고 있는 동안, 열성적인 염소 수염은 열일곱 명의 노파들과 맑은 영혼의 두 명의 십 대 소녀 앞에서 자신이 최근에 겪은 영적 각성 체험을 쏟아 내고 있었다. "사랑하는 성도 여러분, 얼마 전 내가 만원 지하철을 타고 가다가 겪은 일입니다. 사람들은 서로 밀고 밀리며 난리였습니다. '오 하느님이시여!' 나의 마음속에서 목소리가 소리쳤습니다. '당신의 사랑은 어디로 갔나이까?' 그러자 갑자기 내 귀에 예수님의 말씀 소리가 들려왔습니다……."

그때 울라가 뜬금없이 이렇게 말했다. "루쉬 수녀는 그녀의 수녀원에서 루터가 쓴 서문이 들어 있는 찬송가책으로 찬송가를 불렀을 게 분명해요."

나는 그녀의 말을 확인해 주었다. "야콥 헤게는 1525년 비텐베르크에서 돌아오면서 클루크 찬송가집의 초판을 한 권 가져와 뚱보 그레트에게 선물로 주었어요. 아마도 언제나 최근에 출판된 책에 대해서 잘 알고 있던 넙치의 권유에 따른 것 같습니다. 그리고 그 뒤부터 루쉬 수녀는 수녀들과 함께 매일 저녁 찬송가를 불렀습니다. '기뻐하라, 사랑하는 모든 기독교도들아. 우리 함께 기쁘게 뛰어오르자…….'"

그러자 울라가 말했다. "루쉬 수녀는 성 비르기트 성당 안이나 수녀원의 예배당에 건반이 한 단밖에 없는 것이기는 해도 아마 오르간을 한 대 갖고 있었을 거예요." 그러고 나서 울라는 뜨개질거리를 내려놓고는 오르간 의자에 가서 앉더니, 버튼들을 누르고 레버를 움직여서 음전(音栓)을 모두 조절한 다음 손과 발을 놀려 정식으로 연주를 시작했다. 아래쪽에서 열을 올리고 있는 설교자나 끝날 줄 모르는 그의 열변 따위는 전혀 개의치 않고, 그녀는 16세기 음악사에서 중요한 의미를 지녔던 클루크 찬송가집에 실린 곡을 쳐 주면서, 동시에 크고 기쁨에 넘친 목소리로—지난날 루쉬 수녀가 가톨릭 미사포를 쓰고 그랬던 것처럼—루터가 라틴어에서 번역한 독일어 찬송가와 루터가 직접 작사한 찬송가를 들려주었다. 맨 먼저 '평화와 기쁨으로 나는 왔네…….'를, 그다음에는 '우리가 이 인생을 살아갈 때…….'를, 그다음에는 '구원이 우리에게 다가온다…….'를, 그리고 마지막으로 '우리 주님은 튼튼한 성.'에서 '말씀은 영원하리라.'에 이르는 찬송가의 모든 구절을 옛 가락대로 불렀다.

울라가 질러 대는 떠나갈 듯한 찬송가 소리에 교회는 텅 비고 말았다. 파도처럼 밀려오는 그녀의 노래는 지금의 헤게나 그의 여신도들의 인내의 한계를 벗어나는 것이었다. 목사와 빵모자를 쓴 그의 여신도들은 화급하게 '아멘' 하고, 되는대로 축도를 드린 다음 차가운 12월의 공기 속으로 서둘러 나갔다.

오, 텅 빈 교회의 자선이여! 비츨라프는 거의 한 시간 동안 오로지 나만을 위해 파이프 오르간을 연주하고 노래를 불렀다. 그녀는 찬송가의 예를 통해서 수녀원장인 루쉬와 비르기트 수녀원의 수녀들이 어떻게 한편으로는 가톨릭교도이면서 어떻게 다른 한편으로는 훌륭하게 신교도의 역할을 했는가를 보여 주었다. 그녀는 그러면서 사이사이 내게 전례학(典禮學)과 찬송가학에 대한 기초적인 지식을 알려 주었다.

마지막 찬송가 '성령이여, 어서 내리소서.'가 끝나고 파이프 오르간이 최후 숨을 내쉬었을 때, 그 오르간 주자는 덥석 나를 끌어안았다. 내가 그 즉시 좁은 오르간 의자 위에서 그녀의 요구를 받아들이려 하자, 루쉬 수녀의 외양간처럼 따스한 침상을 떠올렸는지, 울라는 얼른 이렇게 말했다. "조금 있다가요. 그러면 훨씬 안락하고 편안할 거예요."

글자 그대로 우리는 한 몸이 되어, 옛날의 헤게와 지금의 헤게를 비웃어 주었다. 일이 끝난 뒤에도 울라는 나를 위해 남은 불콩을 내오고 동화 속의 넙치가 헤엄쳐 다니는 여러 편의 섬 이야기를 들려주었다.

여자 요리사가 키스한다

콧노래도 아닌 웅얼대기
좋아하는 입을 벌려, 그녀가
걸쭉한 죽이나 굵은 가루 경단이나
또는 양의 연한 목살이나 거위의 왼쪽 가슴을
숙달된 이빨로 한 조각 물어뜯어
내게—그녀의 침을 잔뜩 발라—
혀를 쑥 내밀어 건네줄 때면.

힘줄 있는 고기는 미리 씹어서 주고,
혹은 너무 질긴 것은 분쇄기를 돌린다.
그녀의 키스는 음식이다.
이렇게 옮겨 다닌다, 송어의 볼, 올리브,
호두와 그녀가 어금니로 으깬
자두 씨까지도,
맥주 한 모금에 적신 흑빵도

생 후추알도,

그리고 그녀가 키스하면서 자르는 치즈 조각.

건강을 잃어, 베개에 파묻힌 채,

열병과 구토와 잡념에 시달리다가

나는 그녀의 키스로 (거듭해서) 소생했다.

빈손으로 오는 적이 없는, 키스 이상인 그녀의 키스.

그래서 나는 그녀에게 갚았다,

굴과 송아지의 골과 닭의 염통과 베이컨으로.

한번은 우리는 강꼬치고기의 뼈를 발라 먹었다,

나는 그녀의 것을, 그녀는 내 것을.

한번은 우리는 새끼 비둘기도 바꿔 먹었다,

아주 조그만 잔뼈마저도.

한번은 (그리고 또다시) 우리는 콩을 잔뜩 물고 키스했다.

한번은, 우리가 늘 하는 말다툼이 끝난 뒤

(내가 집세로 술을 퍼마셨기 때문에)

순무만큼 벌어진 우리 사이를 순무가 메워 주었다.

그리고 한번은 절인 배추 속에서 카룸 씨앗들을 발견하고 우리는 기뻐했다.

우리는 그것들을 서로 바꾸고 또 바꾸었다, 더 많은 것을 바라면서.

부엌데기 하녀 아그네스가

죽어 가는 시인 오피츠에게 입 맞추었을 때,

그는 작은 아스파라거스 꼭지를 가지고 마지막 여행길에 올랐다.

넷째 달

배설물 검사

일제빌이 임신 4개월째에 접어들었을 때(그래서 갑자기 개암이 먹고 싶어 못 견디던 때), 자기는 부엌데기 하녀가 아니었다고 우기기도 하고 또 아주 직선적인 성격이라서 오히려 넙치를 고발한 여인들 중의 하나가 아닌가 싶은 그녀는 금을 씌운 값비싼 오른쪽 위 어금니를 잃어버렸다. 마치 두꺼비 수컷이 그녀 앞에 슬금슬금 나타나기라도 한 것처럼 그녀는 기절초풍하여 엉겁결에 금니를 꿀컥 삼켜 버렸던 것이다. 그러나 그녀가 뱉은 것은 속이 텅 빈 개암 껍질뿐이었다.

내가 말했다. "어떻게 됐어? 잘 찾아 봤어? 그래도 그게 금이라고."

그러나 그녀는 다음 날 아침 자기 대변을 자세히 살펴보지 못하겠다고 했다. 씻어서 다시 쓸 수 있는 포크로 헤집어 보는 일은 물론 말할 것도 없었다. 그리고 그녀가 경멸하는 투로 '배설물'이라고 부르는 그녀의 것을 내가 대신 파헤쳐 보는 것도 못 하게 했다.

"당신의 그 잘난 교양이라는 게 사실은 잘못된 거야." 내가 말했다. 우리가 배설한 대변을 우리는 중요한 것으로 받아들여야지 역겹게 생각해서는 안 되기 때문이다. 대변은 결코 낯선 남의 것이 아니다. 대변에는 우리의 체온이 들어 있다. 최근에는 대변이 책에서도 다시 등장하고 있고 영화에도 나오며 회화에서도 정물화의 대상이 되고 있다. 단지 그동안 잊혔던 것일 뿐이다. 왜냐하면 돌이켜 생각하거나 지난날을 뒤돌아보면, (내 안의) 모든 여자 요리사들은 자신들의 대변뿐만 아니라──내가 이 세상에 나와서 머물 때마다──내 것까지도 검사하곤 했기 때문이다. 나는 늘 그들에게 검사를 받았던 것이다.

예를 들어 뚱보 그레트는 수녀원장으로 있으면서 모든 견습 수녀들에게 그들의 요강을 내보이도록 했을 뿐만 아니라, 일자리를 찾아 그녀에게 온 주방 머슴들도 맨 먼저 자신들의 훌륭한 대변을 그녀에게 보여 주어 건강을 증명해 보여야 했다.

심지어는 검 제조공 알브레히트로서 내가 날마다 사순절 음식을 먹느라고 고역을 치르고 있었을 때도 나는 배설물 검사를 면제받지 못했다. 고기를 전혀 쓰지 않고 요리하는 나의 아내 도로테아는 금욕적인 생활 방식을 광적으로 추종했기 때문에 내게 기름기가 없는 음식을 만들어 주었는가 하면, 혹시 내가 다른 곳에 가서 기름기 있는 음식을 먹고 오지 않았는가도 검사했다. 그녀는 소화가 되지 않고 남아 있는 고기 힘줄이나 베이컨의 흔적, 혹은 내장의 섬유질을 찾아내려고 나의 대변을 샅샅이 뒤졌으며, 언제나 메마르고 초감각적인 창백한 빛을 띤 자신의 전성기 고딕 시대의 속죄하는 대변과 비교해 보았다. 반면에 나는 못된 짓을 하고 다녔다. 나는 길드 조합의 회식에서 대장장이와 검 제조공들 틈에 끼어 속에 기장을 가득 채운 새끼 돼지 요리를 잘라 먹거나, 내 친구인 목각 조각가 루트와 함께 때로는 몰래 숲속에서, 때로는 교외에 있는 성 베드로 성당의 건축 공사장 인부들의 판잣집에서 양의 콩팥과 살찐 양 꼬리를 모닥불에 구워 먹었다. 도로테아에게는 그 무엇도 숨길 수 없었다. 그냥 삼킨 연골이나 작은 뼈다귀가 먹은 그대로 대변으로 나오는 바람에 내가 뭘 먹었는지 들키곤 했다.

내가 라프 장군으로서 나폴레옹 치하의 단치히 공화국 총독이던 시절, 조피 로트촐이라는 여자 요리사가 있었는데, 그녀는 내가 그녀의 버섯 요리가 소화가 안 된다고 욕지거리를 퍼붓자, 대뜸 내가 눈 똥을 펼쳐서 은쟁반에 담아 가지고 와서 식탁에 내놓았다. 나는 군인 특유의 유머 감각으로 그녀의 대담한 불복종의 태도를 참아 넘겼다. 그런데 사실 그녀의 말이 맞았다. 나의 대변 속에는 시든 버섯 껍질도 없었고 버섯벌레 한 마리 남아 있지 않았다. 나의 입맛은 점점 더 예민해졌고, 나는 그물우산버섯, 등자느타리버섯, 이끼머리버섯, 살구버섯 따위가 정말 맛있다고 말하게 되었다. 나의 미각은 계속해서 발달해서 나는 모래가 좀 섞여 있기는 하지만 맛이 좋은 폴란드의 들살이버섯도 꺼리지 않게 되었다. 비록 총독의 대변에서 모래가 검출되는 한이 있더라도.

만약에 내가 나의 여섯 손님들—그중에는 폴란드 장교 세 명과 라인 동맹 장교도 한 명 끼어 있었다.—의 송별 식사를 위해 속을 가득 채워 내놓은, 조피의 송아지 머리에 들어 있는 버섯 요리를 먹었더라면 나폴레옹 통치 시절의 나의 마지막 똥이 어떤 모습을 보였을지 나는 감히 상상할 수조차 없다. 물론 독성이 강한 비단버섯의 끔찍한 효력에 대해서는 잘 알려져 있다.

실제로 나의 모든 여자 요리사들은 대변을 검사했고, 대변을 보고 앞으로 다가올 일들을 점쳤으며, 심지어 선사 시대에는 대변을 상대로 이교도적인 대화를 나누기까지 했다. 예를 들어 고트족 장수 한 사람이 파렴치하게도 우리 버들가지 요새 바로 옆에다 싸 놓은 아직도 김이 모락모락 나는 똥 무더기를 살펴보고 비가는 곧 민족 대이동을 시작할 고트족의 불길한 운명을 내다보았다. 우리의 원시 포메라니아어(오늘날의 카슈비아어의 원형)로 그녀는 고트족이 동고트와 서고트, 빛나는 고트와 숭고한 고트로 분열될 것을 예언했다. 에르마나리크 왕과 훈족, 로마에 간 알라리크 왕에 대해서. 벨리사리우스가 비티게스 왕을 포로로 잡게 되는지에 대해서 그리고 카탈라운 벌판 전투에 대해서. 그리고 기타 등등…….

이에 반해 나의 원조 여자 요리사인 아우아가 통치하던 신석기 시대에는 배설물 검사가 하나의 종교 제례였다. 우리 신석기인들은 식사 때뿐만 아니라 다른 모든 일에서도 지금과는 아주 다른 습관을 지니고 있었다. 우리는 각자 떨어져서 무리에서 등을 돌리고, 부끄러워하지 않고 말없이 깊은 생각에 잠긴 채, 오로지 씹는 데만 몰두하여 멍한 눈길로 식사를 했다. 그러나 우리는 대변을 볼 때는 모두 함께 둥글게 원을 그리고 웅크리고 앉아서 서로의 힘을 북돋워 주기 위해 소리를 질렀다.

집단 배설을 마치고 나서 우리는 모두 한결 마음이 가볍고 즐거워져 시끄럽게 떠들어 가면서, 우리의 최종 생산물을 서로에게 보여 주며, 모양을 그려 가며 지난번 것과 비교하기도 하고, 아직도 웅크린 채 헛되이 끙끙대고 있는 변비 증세가 있는 다른 동료들을 놀려 주기도 했다.

이와 같은 의식 중에 부가적으로 나오는 방귀 역시 하나의 사회적 사건이었음은 말할 필요도 없다. 오늘날 우리는 방귀라고 하면, 냄새가 지독하다면서, 군대 변소나 구멍을 파서 만든 간이 변소를 결부시켜 생각하기도 한다. 그래서 "여기 무슨 냄새나는 군대 막사가 있나!" 하고 말하기도 하는데, 그러한 방귀가 신석기 시대의 우리들에게는 자연스러운 것이었다. 왜냐하면 우리는 대변과 하나였기 때문이다. 우리는 우리가 배설한 대변 냄새를 맡으면서 우리의 냄새를 맡았다. 우리가 배설한 것은 우리와 다른 이물질이 아니었다. 식사가 필수적인 일이고 맛을 느끼게 하는 것이라면, 영양분으로 이용되고 남은 음식물을 배설한다는 것은 우리에게 기쁨을 주는 일이었다. 그래서 우리는 고마워하는 마음으로, 그러면서도 섭섭한 마음을 감추지 못하며 우리 몸을 떠나가는 배설물을 바라보았다. 그렇기 때문에 하루에 두 번씩 모여서 보는, 아니 무조건 모여서 봐야 하는 집단 배설을 끝낸 후 우리는 종교적인 제례를 끝내는 노래를 부르고, 감사의 말을 하고, 환호성을 질렀다. 그것은 찬양의 애도사였다.

우리의 여사제인 아우아는 (우리 부족의 요리사였기 때문에) 그 사이에 식어 버린 우리의 대변을 검사했다. 그녀는 정해진 순서 없이 원을 따라 걸으며 가장 똥을 조금 싼 사람까지 빼놓지 않고 평가의 말을 한마디씩 해 주었다. 그래서 우리는 대변을 보는 가운데 원초적인 민주주의를 깨닫게 된 것이다. 그 누구도 더 높은 자세로 웅크리지 않았다. 우리는 똑같이 그녀의 어린 자식들이었기 때문이다. 변비에 걸려 대변을 제대로 보지 못하는 사람은 훈계를 들어야 했다. 며칠이 지나도록 똥을 제대로 누지 못하는 사람에게는 오늘날에는 일상화되어 버린, 혼자서 대변을 보아야 하는 벌이 주어졌다. 그렇게 해도 잘록하고 단단한 조그만 소시지 같은 대변을 내보내지 못할 경우에는 깔때기로 항문에다 두꺼비 알을 집어넣었다. 아우아는 그때 그녀의 석기 시대 숟가락인, 주걱처럼 생긴 암고라니의 어깨뼈를 사용했다. 그렇게 하면 효과가 있었다!

인도주의적인 오늘날에는 정치범들이나 '인민의 적들'이 때때로 (다른 잔혹한 고문 방법 외에) 자신들이 싸 놓은 파시스트 똥이나, 공산주의자 똥, 무정부주의자 똥, 심지어 자유주의자 똥을 먹어야 하는 처벌을 받거나 고문을 당하고 있다. 우리 같으면 그 같은 처벌을 받는 것을 굴욕적으로 느끼지 않았을 것이다. 똥을 대하는 우리의 태도는 종교적이었을 뿐만 아니라 실용적이기도 했기 때문이다. 기근에 시달리던 시절, 우리는 똥을 먹었다. 물론 즐겁게 먹은 것은 아니었지만, 그렇다고 해서 구역질을 느끼지도 않았다. 오늘날에는 오직 아기들만이 자신들의 소화의 최종 결과물에 대해 그리고 신진대사의 즐거운 과정에 대해 자연스러운 태도를 유지하고 있다. 어른들은 이 신진대사 과정을 다양한 표현으로 둘러 말한다. '응가하다', '조그만 소시지를 만들다', '큰 일 또는 작은 일 보다', 혹은 '일 보러 가다', 혹은 '황제도 제 발로 걸어가야 하는 곳에 가다', '조용한 곳을 찾아 잠시 사라져야 하다'.

지나가는 말로 내가 넙치에게 아우아가 우리의 대변을 일일이 감정한다는 이야기를 하자 넙치는 "이런 야만인들 같으니라고!" 하며 소리쳤다. "돼지 새끼 같은 놈들!" 하고 넙치는 욕을 퍼부었다. "미노스 왕의 궁전에 가 보니 그곳 사람들은 벌써 수세식 변소를 쓰고 있었어." 넙치는 내게 수치심을 불어넣어 주려고 했다. 그래서 곧, 그것이 물론 이천 년 뒤의 일이지만, 나는 창피함을 느꼈고 다른 사람들처럼 나도 혼자서 똥을 누게 되었다. 넙치는 내게 문명과 문화에 대한 이야기를 해 주었다. 용변을 혼자서 보게 된 것이 문화적 발전 과정의 결과인지 아니면 문명적 발전 과정의 결과인지 정확히 알 수는 없었지만 어쨌든 나는 그의 말에 따랐다. 그렇지만 우리가 공동 배설밖에 모르고, 아우아가 매일 두 번씩 모음이 풍부한 찬가를 불러 주던 신석기 시대에도, 우리가 위생 문제에 무심했던 것은 아니다. 머위 잎사귀, 그것만 한 화장지는 없을 것이다.

(아, 우리에게 대가족용까지는 아니더라도 2인용 화장실이라도 있으면 좋을 텐데.) 솔직하게 말해 봐, 일제빌. 당신이 당신의 대

변을 헤집어 금니를 찾아내기를 꺼리고, (보통 사람들이 다 그렇듯이) 똥이라는 말을 이치에 어긋나게 다만 욕으로만 쓰고 있긴 하지만 말이야. 이것만은 인정해야 할 거야, 일제빌. 임신을 핑계로 댈 생각은 하지 마. 당신이 수줍음을 많이 타고 교양이 넘치는 여자이기는 하지만 당신 역시 뒤를 본다는 사실을 말이야. 내가 나의 냄새를 맡는 걸 좋아하듯이 당신도 자신의 냄새를 맡는 걸 좋아하고 있어. 그리고 내가 즐거이 당신의 냄새를 맡고 싶어 하고, 당신이 기꺼이 나의 냄새를 맡게 된다면, 그것이 바로 사랑이 아닐까? 그건 바로 사랑이야.

그래서 화가 묄러와 시인 오피츠에게 식이요법 식사를 만들어 주었던 요리사 아그네스 쿠르비엘라는 그녀가 사랑하는 남자들의 똥을 매일 살펴보면서 그것을 기리는 시를 썼다. 그녀에게는 언제나 유익한 시구가 떠올랐다. 그리고 페스트가 오피츠를 덮쳤을 때, 아그네스는 시인의 바지에 묻은 똥을 보고 그의 죽음을 예상하고는 나지막하게 이렇게 탄식했다.

"아, 사랑하는 주님이 내게 알려 주었던가.
구더기가 우글대는 시커먼 똥은
저지른 모든 죄의 대가로 죽음을 가져온다고."

속을 비우며 혼자서

바지를 내리고, 두 손은 기도하듯 모은 채,
눈길은 똑바로 한 곳에 고정시킨다.

위에서 세 번째, 오른쪽에서 여섯 번째 타일이다.
설사.
나는 나 자신의 소리를 듣는다.
이천오백 년의 역사,
지난날의 인식과 최근의 사고가
서로 핥고, 상쇄된다.

그것은 흔한 전염병이다.
붉은 포도주로 인해 생기기도 하고
혹은 계단 위에서 일제빌과의 말다툼으로도 생긴다.
불안은 시간의—내가 말하는 것은 시계다.—
만성적인 설사 때문에 생겨난다.

찔끔찔끔 싸는 것은 아침 식사의 문제.
그때는 똥이 단단하게 형태를 만들지 못하고,
사랑도 바닥 없는 나락으로 떨어진다.

그토록 많은 속 비움은
이미 기쁨이다. 변기 위에 혼자서
나만의 엉덩이와 더불어.
신, 국가, 사회, 가족, 정당…….
꺼져라, 모두 꺼져 버려라.
냄새를 풍기는 것은, 바로 나다.
차라리 이제 울 수 있다면.

고통스러운 시대의 짐

전쟁이 일어난 지 십육 년째로 접어들자 작센인들은 황제군과 담판을 벌이기 시작했고, 슐레지엔은 당장이라도 다시 함락될 위기에 처해 있었다. 그때 열여덟 살이었던 안드레아스 그리피우스는 불타 버린 고향 글로가우를 떠났다. 그는 단치히로 와서 시민들의 자녀들을 가르쳐 학비를 벌면서 역사와 신학, 천문학, 의학을 공부할 작정이었다. 그곳 시민들은 집의 정면을 수리해서 새롭게 고쳐 놓았는데, 기둥의 홈 주름이나 건물의 가로대, 그리고 그곳에 새겨진 글귀는 그들의 생의 풍요로움을 표현하는 것이었으며 또한 그들의 생에 깊은 의미의 장식을 붙여 주는 것이었다.

그 청년은 그때까지만 해도 라틴어로 영웅 서사시만을 써 왔다. 그러나 시학의 규칙에 대한 소책자를 읽고 나서부터 그는 독일어로 시를 쓰기 시작했다. 그의 독일어 시는 첫머리부터 문을 박차고 나가듯 박진감이 넘쳤으며, 그의 시에서 엿보이는, 고뇌에의 즐거운 탐닉, 모든 것은 헛되다고 외치는 분격, 넘쳐흐르는 슬픔 등은 당시 폴란드의 궁정 역사 편찬관으로 단치히에 머물고 있던 시학 규칙서의 저자인 오피츠의 눈길을 끌기에 충분했다. 보버펠트의 마르틴 오피츠는 어느 친구가 그에게 베껴 써서 보여 준 그리피우스의 시를 읽었던 것이다.

> 우리 인간은 도대체 무엇이란 말인가. 쓰라린 고통의 집.
> 거짓된 행복의 무도회, 이 시대의 도깨비불,

날카로운 고통과 가혹한 공포의 전시장.

순식간에 녹아 버리는 눈이요 다 타 버린 촛불!

그리하여 오피츠는 친구인 수학자 페터 크뤼거에게 그 젊은 시인을 한번 만나 보고 싶다는 뜻을 밝혔다.

서른여덟 살의 오피츠는 병들고, 끝날 줄 모르는 전쟁과 성과를 보지 못한 자신의 외교 활동에 지친 사나이였다. 분츨라우 출신의 정력적인 푸줏간 주인인 그의 아버지가 네 번째 결혼을 한 작년까지만 해도 그는 자신을 돌이켜 보며 다음과 같은 시를 쓸 수 있었다.

나의 정신은 이젠 타오르지도 않고

더 이상 하늘로 치솟지도 않는다.

친구와 적이 만들어 내는

굴종 때문에

나의 어깨는 짓눌리느니,

고통스러운 시대의 짐이여.

오피츠 혼자 살고 있는—반나절은 그를 위해, 반나절은 시 지정 화가 묄러를 위해 요리를 해 주고 있던 아그네스라는 이름의 별난 하녀를 제외하면—종교개혁파 전도사 니그리니우스의 집에서 1636년 9월 2일에 두 사람의 만남이 이루어졌다. 이 사실은 오피츠가 그의 출판업자인 휘너펠트에게 보낸 편지에 기록되어 있다. "나는 방금 신예 작가 한 사람을 만났습니다. 비록 시학의 규칙을 잘 알고 있지는 못하지만, 그는 언어에 천부적인 재능을 타고난 사람입니다. 그의 이름은 안드레아스 그리피우스라고 하며 글로가우 출신입니다. 그 사람의 모든 것이 나의 마음을 아프게 했습니다."

오피츠와 그리피우스는 날이 저물도록 대화를 나누었다. 창밖에는 늦여름 발트해의 따스한 빛이 서성이고 있었다. 이따금씩 들려오는 저녁 예배 종소리. 요리하는 하녀가 녹색과 노란색 에나멜이 칠해진 반짝거리는 석판 위를 맨발로 왔다 갔다 했다. 두 사람은 슐레지엔 억양이 약간 섞인 어투로 이야기했다. 그렇기 때문에 그것은 받아 적을 수가 없다. 그러다가 가끔 인쇄된 것처럼 이야기했는데, 그때 한 말은 인용으로 보여 줄 수 있다.

그리피우스는 동그스름한 동안(童顔)의 얼굴이었는데, 표정이 갑자기 어두워지면서 제 스스로를 파먹은 듯 푹 꺼질 때면 마치 격노한 대천사가 입을 빌려서 말하는 것 같았다. 예언자 같은 입. 공포에 질려 부릅뜬 눈. 혈색은 장밋빛으로 생기 넘쳐 보였으나 그 젊은 시인은 천성적으로 우울한 성격 같았다. 한편 나이가 더 많은 시인은 플랑드르 혹은 스페인 풍의 옷을 입고 몸을 꼿꼿하게 세우고 앉아 있었는데, 그의 시선은 눈꺼풀에 의해 닫혀 있었다. 그리고 말을 할 때마다 그는 손님한테가 아니라 자신에게 말하는 것 같았는데, 두들겨 맞은 개처럼 도망칠 구멍을 찾기라도 하는 듯 연신 방 안 구석구석을 두리번거렸다. 오피츠는 분명히 소음 때문에 신경이 거슬리는 것 같았다. 밖에서는 나무 통에 쇠테를 박는 통 제조업자들의 소리가 시끄럽게 들려왔다.

그리피우스는 처음에 좀 당황하는 것 같았으며, 대학생들이 흔히 하듯이 요리하는 하녀 아그네스에게 농담을 건넸다. 그러나 그녀는 아무런 대꾸도 없이 두 사람의 잔이 빌 때마다 젊은 시인에게는 향료를 친 포도주를, 나이를 더 먹은 시인에게는 말오줌나무 열매즙을 따라 주곤 했다. 그들은 이 항구 도시의 시끄러운 소음과 또다시 빼앗긴 슐레지엔에 대해 이야기했다. 그리피우스는, 그가 프라운슈타트에 있을 때 그의 후원자였던 카스파르 오토의 두 아들, 즉 그가 가르치던 라틴어 학생들이 페스트에 걸려 죽은 이야기를 했다. 그러고 나서 그들은 이곳 상인들의 오만한 태도를 비판하고, 두 사람이 모두 알고 있는 글로가우와 분츨라우 출신의 아는 사람들의 이름을 대기도 했다. 그러나 슐레지엔의 문학 서클인 '열매 맺음의 모임'을 조롱하는 말은 아직 하지 않고 있었다.

오피츠는 폴란드의 리사와 프라운슈타트에 있는 슐레지엔 난민들의 마지막 보호자였던 라파엘 레스츠진스키 후작이 죽었다는 이야기를 하더니 불쑥, 그리피우스의 몇몇 소네트에서 보이는 대담하면서도 때로는 자유분방하기까지 한 운율을 칭찬했다. 그러고 나서 그는 그런 시들에서 울려 나오는 고통의 거리낌 없는 표출이라든가, 고통에 찬 구슬픈 음조라든가, 그리고 이 세상의 모든 기쁨을 덧없는 것이라고 저주해 버리는 태도 같은 것은 너무 지나친 것 아니냐고 한탄했다. 그는 이렇게 말했다. 자기 역시 정처 없는 구도자로서 좌절이 무엇인지 잘 알고 있고, 젊은 시절에는 마찬가지로 우울한 시를 썼기 때문에 '물거품에 불과한 인간이 어떻게 더 견딜 수 있는가?' 같은 훌륭한 시구를 보면 고통스러울 정도로 마음이 끌리지 않는 것은 아니지만, 그렇다고 인간의 모든 행위를 '건초와 먼지, 재, 바람'과 같은 것으로 생각하여 내팽개치고 흘려버릴 수는 없다. 결국, 유용한 일은 지금까지 늘 행해져 왔다. 훌륭한 선업은 폐허 속에서도 영원히 살아남는다. 흔적은 남아 계속해서 새로운 것을 번식시킨다. 성실한 사나이의 용기는 그것이 비록 헛되이 끝나 버렸다 해도 오래오래 기억되는 것이다. 아무것도 헛된 것은 없다. 스웨덴의 재상 옥센스티르나가 그에게 정치 활동의 필요성을 납득시켜 주었다. 선(善)이란 아무 데서나 찾을 수 있는 것이 아니라 체로 걸러서 얻어야 하는 것이다. 온 세상을 눈물의 골짜기로 규정짓고, 건강이 한창 꽃피는 나이인데도 죽음과 무덤을 갈구하기에는 그리피우스가 너무 어리다. 앞으로 인생의 온갖 희로애락을 좀 더 겪어 봐야 한다.

그 말을 듣고 젊은 시인 그리피우스는 향료를 탄 포도주 잔을 들어 쭉 들이마시고는 잔 바닥에 남아 있는 정향과 육두구 향료를 골똘히 바라보더니 구약 성서에 나오는 예언자처럼 음울한 표정을 지었다. 그는 이제 더 이상 그의 잔에 포도주를 따라 주고 있는 요리하는 하녀에게 농담을 건네지 않았으며, 할 말을 미리 구상이라도 해 놓은 듯이 오른쪽 집게손가락으로 식탁 가장자리를 톡톡 두드리더니 다음과 같이 단호하게 말했다.

우선 그는 그의 세대의 시인들이 오피츠의 이론서를 읽으며 얼마나 고맙게 생각하고 있는지, 또한 그 자신을 비롯하여 젊은 시인들이 얼마나 굳은 마음으로 독일어 운율을 정착시키려고 노력하고 있는지, 그리고 라틴어로 미화하는 것에 대해 얼마나 역겹게 생각하는지를 확고하게 이야기했다. 그런 다음 그는 그때까지도 식탁 가장자리를 두드리고 있던 바로 그 손가락으로, 방금 전까지 칭송하던 그 거장을 노골적으로 가리키며 말했다. 즉, 능력이 탁월한 오피츠가 자신의 힘을 정치적인 일에 낭비했다. 황제로부터 꽃다발을 받고 귀족의 작위를 받느라 오피츠는 시학에 힘써야 할 자신의 본분을 망각하고 외교에 힘을 쏟았다. 규칙에 밝은 오피츠가 시의 운율을 맞추느라 인간의 모든 참혹상을 누더기 같은 언어로 덮어 버렸다. 언제나 바쁘신 몸인 오피츠가 전쟁 중에 이 사람 저 사람 돌아가며 여러 제후들의 깨끗하지 못한 사업들을 돌보아 주었고, 안전한 항구에 정착하게 된 지금도, 한편으로는 사소한 이익을 재면서 폴란드 왕 블라디슬라브에게 자문해 주는 편지들을 쓰고 있으며, 다른 한편으로는 스웨덴의 재상 옥센스티르나에게 황제군의 증강을 위한 프로이센의 용병 모집 상황에 대해 비밀 보고서를 보내는 일을 그만두지 않고 있다. 오피츠는, 또다시 가톨릭의 핍박을 받고 있는 불쌍한 슐레지엔 사람들을 배려하여 이 모든 일을 하고 있음에 틀림없다. 그러나 오피츠는 의심스러운 이중 스파이 행위와 약삭빠른 내통의 대가로 폴란드와 스웨덴으로부터 은화를 받고 있는 것도 분명한 사실이다. 따라서 이런 이중성으로 인해 오피츠의 말문이 막힌 것이다. 모든 것을 다 파괴하는 전쟁과 무력한 인간들이 겪는 마음의 고통은 시인으로 하여금 모든 것을 솔직하게 털어놓고 이야기하게 만드는 법인데도 말이다. 그러나 수완이 좋은 오피츠는, 그때그때 되는대로 프로테스탄트에 봉사하면서 동시에 예수회를 위해서 이단 추방 안내서를 독일어로 번역해 주었다. 그는 가톨릭 미사를 드리면서 위선적으로 무릎을 꿇기까지 했다. 마그데부르크가 함락되자, 그는 심지어 하느님을 경외하는 불행에 빠진 이 도시를 조롱하는 시—"그녀는 언제나 잠만 잤네, 그 순결한 늙은 하녀는……."—를 쓰기까지 했다. 그로 인해 프로테스탄트 교회로부터 저주를 받게 되었다. 또한 알다시피 그는 편력 도중 브레슬라우에 가서 두 처녀를 임신시켜 놓고는 양육비를 지불하지 않으려 한 적도 있다. 굽실거리기 잘하는 오피츠가 서민들의 피를 빨아먹는 도나 백작을 위해 시학의 규칙에 따라 지은, 온갖 미사여구로 장식된 고대풍의 찬양과 감사의 송가들—"당신은 나를 들어 올려 완전히 자유롭게 해 주셨나이다. 무기의 짐에서 해방시켜, 나를 뮤즈 여신에게 맡겨 주셨나이다."—은 고맙게도 그가 지은 독일 시학에 관한 소책자에서 우리가 배운 규칙에 따르자면 물론 대단히 훌륭한 것이기는 하다. 그러나 이 시들은 필연적인 감정이나 불타는 듯한 어휘가 없어 미적지근하게 느껴질 뿐이다. 그러면서 그리피우스는, 오피츠가 초기에 쓴 루마니아 북부 지방에 관한 시나, 분츨라우의 페스트에 관한 시를 암송할 수 있다고 말했다. 오피츠의 이러한 시들은 기교를 부리지도, 단어로 위장하지도 않으면서 절망적인 눈물의 골짜기의 모습을 직접적으로 고스란히 보여 주고 있다는 것이었다.

……그 사람은 어떤 고통을 겪어야만 했나,
이승과 작별하여 육체를 벗어던지기 전
병에 걸려 누워 있던 사람은? 전염된 피가/
뜨거운 불덩어리처럼 머릿속 곳곳으로 파고들었고/
두 눈을 점령하여 불을 질러 버렸다.
언어는 그를 떠나고 목구멍은 단단하게 묶여 버렸다.
허파는 헐떡거리고/ 병들어 누운 몸에서/
힘은 남김없이 빠져나갔다. 구역질 나는 악취가/
썩은 동물의 시체가 으레 그러하듯이
목구멍에서 풍겨 나왔다. 그의 불쌍하고 연약한 생명은
어느덧 문지방 위에 서서/ 이리저리 둘러보았다/
그 지독한 고통 속에서 뭔가 위안이 되는 것을 찾는 것일까?

잠시 후, 그러니까 요리하는 하녀 아그네스가 방을 가로질러 와서 주석 접시들을 식탁에 차려 놓고 나가고 밖에서는 항구 도시의 평범한 일상이 지나가고 있을 때—통들이 구르는 소리가 들려왔다.—나이를 더 먹은 오피츠가 젊은 그리피우스에게 이렇게 말했다. 맞는 말이다. 거의 모두 맞는 얘기다. 그는 전쟁과 관련된 여러 가지 복잡한 일들을 맡아보느라 정력을 소모했다. 그는 언제나 전갈을 전달하는 역할을 했고 중재를 위한 청원서나 원조를 요청하는 문서를 지니고 이리저리 뛰어다녔다. 그는 브레슬라우의 딸들과 재미를 보기는커녕 힘만 탈진했다. 그는 사실 예수회가 두려워서 제후들의 호의를 사려고 노력하지 않을 수 없었다. 그렇지만 그는, 그가 지금처럼 이렇게 파리에서 마주하고 앉았던 대학자 그로티우스처럼 자신을 화해론자나 평화주의자로 보고 싶다. 그것은 당파가 그를 지탱해 주고 있는 것이 아니라 모든 신앙에 대해 관대하고 싶은 소망이 그를 지탱해 주고 있기 때문이다. 그런 까닭에 그는 이미 전쟁에 넌더리가 났지만, 지금도 스웨덴의 재상 옥센스티르나에게 편지를 써서, 지금 황제 편이 허약하니 바너 원수가 지휘하는 군대를 강화시키라고 설득하고 있다. 그렇게 함으로써 스웨덴이 토어스텐손의 기병과 스코틀랜드의 레슬리와 킹의 보병 연대와 각각 힘을 합쳐서 황제군과 작센의 반역자들이 합세하지 못하게 하려는 것이다. 스웨덴의 왕자가 지나칠 정도로 어머니의 철저한 양육 방식에 따라 스톡홀름 성에서 자라고 있는 것을 보았기 때문에, 그는 합스부르크가에 대항하여 스웨덴과 폴란드의 블라디슬라브가 동맹을 맺게 하려고 애쓰는 것이다. 무엇보다도 폴란드 왕이 아직도 스웨덴의 왕위를 노리고 있기 때문이다. 그래서 그, 오피츠는 지난해에 폴란드 왕을 위한 찬양의 시를 짓기까지 했다. 그 시에서 그는 왕이 평화를 사랑하고 있으며 현명하게 휴전 상태를 유지하고 있다고 칭송했다. "……오, 블라디슬라브, 그는 전쟁 대신 평화를 선택했다……." 그렇지만 그는 시학에 좀 손해가 가더라도 언제까지나 슐레지엔의 참상에 대해 신경을 쓰지 않을 수 없다. 물론 그는 앞으로 좀 괜찮은 시를 써 보겠다는 생각으로 전쟁의 손길이 닿지 않는 곳에 거처를 정해 놓았다. 그것은 그에게는 오로지 시가 중요하기 때문이라고, 오피츠는 결론짓듯이 말했다. 그러면서 그는 젊은 그리피우스의 얼굴을 똑바로 바라보며 다음과 같은 몇 가지 사실을 일러 주었다. "앞으로는 모든 시가 강약격이나 약강격의 형태를 띠게 될 거요. 그리스어나 라틴어 시에서처럼 음절의 길이에 주의를 기울일 필요가 없어요. 우리는 강세와 억양에 비추어 어느 음절을 높여야 하고 어느 음절을 낮춰야 하는가를 구별하는 거요." 그리피우스가 막 격렬한 비난을 퍼부으려고 하는데, 요리하는 하녀가 언제나처럼 입가에만 미소를 띤 채 은쟁반에 그녀가 포무헬이라고 부르는 삶은 대구 요리를 담아 가져왔다. 그러고는 식탁 너머로 말을 했다. 그녀는 하느님의 이름으로 젊은 신사에게 말다툼을 이제 그만해 주면 좋겠다고 부탁했다. 그래야 위장 장애를 잘 일으키는 그녀의 주인 어른이, 우유를 넣고 끓여 서양자초로 맛을 낸 생선 요리를 편안한 마음으로 드실 수 있을 거라는 것이었다. 그녀가 "대구 요리를 앞에 놓고 싸우는 것은 사랑하는 하느님을 노하게 하는 일"이라는 짤막한 시구를 그 지방에서 널리 쓰이는 사투리로 제멋대로 억양을 넣어 가며 읊자, 방 안에는 고요한 침묵이 흘렀다. 생선마저도 부드럽게 살이 발라지고, 생선은 그 하얀 눈으로 아무도 쳐다보지 않았기 때문이다.

단지 아그네스가 읊은 시구 때문에 그들이 말없이 음식을 먹고 있었던 것만은 아니었다. 더 이상 감정 상할 일이 없었기 때문이었다. 반 마디 정도의 말밖에 남아 있지 않았다. 할 말은 다 한 것이다. 젊은 그리피우스는 왼손으로 생선을 집어 들고 무척 굶주린 듯 게걸스럽게 먹어 댔으나, 오피츠는 별로 입맛이 나지 않는 듯 최신 유행의 수저라며 몇 년 전 파리에서 구해 온 포크로 생선을 이리저리 쑤석거리고 있었다. 그리피우스는 등뼈를 빨기도 하고 또 대구 대가리의 눈구멍에서 끈끈한 액을 홀짝홀짝 들이마시기도 했다. 청맹과니 같은 두 개의 눈깔은 한쪽으로 치워졌다. 이제 대구의 몸에서 말끔한 등뼈와 다 핥아 먹은 꼬리지느러미, 등지느러미, 그리고 속이 텅 빈 머리만 남게 되자, 아그네스가 설탕에 절인 버찌를 넣고 끓인 달콤한 기장 수프를 내왔지만, 오피츠는 한 숟가락도 입에 대지 않았다. 그러나 젊은 그리피우스는, 먹고 놀기만 하는 동화 속 게으름뱅이 나라에 무슨 중요한 임무를 띠고 들어간 사람처럼 김이 모락모락 나는 기장 수프의 산을 이리저리 누비며 먹어 치웠다. 너무 이른 나이에 아버지를 여의고, 일찍 절망에 빠졌고, 슐레지엔 사람들이 보통 그렇듯이 지독한 굶주림을 맛본 그였다.

처음에는 젊은 시인이 쩝쩝거리는 소리만 들렸다. 그는 힘찬 언어로 죽음에 대한 동경과 모든 세속적 욕망을 부정하는 시를 써서 장차 유명하게 될 사람이었다. 손님이 앞에 있어서 더욱 신경이 쓰이는 듯 오피츠의 예민한 위가 부글부글 끓어오르면서 꼬르륵거렸고, 오피츠는 신트림을 했다. 내려뜨린 눈꺼풀 뒤로 그는 고통을 감추고 있었다. 다만 가끔씩 그는 그의 약한 턱을 감추기 위해 기른 스웨덴풍의 염소 턱수염을 잡아 뜯었다.

산더미 같던 기장마저 마침내 말끔히 먹어 치우고 나자, 젊은 그리피우스는 침묵을 깨고 이렇게 물었다. 선생께서 지금 진행 중인 일은 무엇인가, 앞으로 어떤 일을 할 계획인가, 어떤 위대한 작품을 구상 중인가, 소포클레스의 작품을 그렇게 훌륭하게 독일어로 번역했는데, 앞으로 독일의 비극을 위해 어떤 일을 할 생각인가? 그 말에 오피츠는 미소를 지어 보였다. 그러자 흉할 정도로 깊게 주름이 팬 그의 얼굴이 약간 찡그린 얼굴로 바뀌었을 뿐이다. 그러더니 그는 그의 가슴속의 불은 꺼진 지 너무 오래되어서 더 이상 뭉게뭉게 연기를 피워 올릴 수 없다고 말했다. 이미 꺼져 버린 아궁이를 쑤석거려 봐야 소용없는 일이라고 했다. 그는 고대 다치아에 대해 논리 정연한 글을 써 보려고 젊은 시절에 구상을 해 놓았지만, 이제는 그것도 잡초만 우거져 끝까지 쓸 수 있을지 모르겠다고 말했다. 독일 비극도 누군가 그리피우스처럼 아직 한창때의 사람이 써야 할 것이라고 말했다. 그렇지만 자신도 역시 다윗의 시편을 심혈을 기울여 독일어로 옮길 생각을 갖고 있다는 것이었다. 이 작업을 제대로 완수하기 위해 히브리어에 능통한 학자의 도움을 받아 히브리어 성경을 공부할 생각이라고 했다. 이 일을 끝내고 나면 그리스어와 라틴어로 된 경구들을 "우리말로 옮겨 이곳에서 책으로 낼" 예정이라고 말했다. 그리고 브레슬라우의 보물을 발굴해서 오래도록 잊혀 온 아노의 노래를 사람들에게 알려 영원히 살아남게 하고 싶다고 했다. 그 이상은 없다고 했다.

무슨 변명이라도 하려는 듯 오피츠는 손으로 빈 그릇만 남은 식탁을 가리키며 말했다. "보통 사람들이 먹고 쓸데없이 잡담하고 싸우느라 보내는 시간을 매력적인 연구에 바치고, 가난한 사람들은 처절하게 겪고 있으나 부자들은 거들떠보지도 않는 것들에 대해 우리가 신경 쓰지 않는다고 해서 그 누구도 우리를 나쁘다고 하지 않을 것입니다."

그의 이 말은 젊은 그리피우스를 향해서 더 이상 떠들지 말고 집에 가서 조용한 방에 앉아 열심히 공부나 하라는 권고를 담고 있는 것 같았다. 어쨌든 젊은이는 자리에서 일어나 황당한 표정을 지었다. 그렇게도 그가 존경하던 스승이 이렇게 형편없이 속이 메말라 버렸을까 하는 당혹감을 담은 표정이었다. 그리고 오피츠는—그 별난 부엌데기 하녀가 단조로운 톤으로 흥얼대면서 빈 접시들을 치우고 나가자—그녀의 뒷모습을 음흉한 눈길로 훔쳐보면서 이렇게 고백했다. 비록 이곳의 시 지정 화가와 공유할 수밖에 없는 형편이지만 그녀의 따뜻한 육체는 그에게 새로이 사랑의 감정을 북돋워 주었고 그를 소생시켰으며 기쁨을 가져다주었다고 말이다. 물론 때가 너무 늦었고 완벽하게 그녀를 다 차지한 것은 아니지만. 이 말을 들은 그리피우스는 역겨움을 느끼면서 상의의 단추를 채웠다. 그는 이제 그만 가 봐야겠다고 했다. 더 이상 방해하고 싶지 않다고 했다. 많은 것을 가르쳐 주어서 고맙다고 했다. 너무 오래 지체했다고 했다.

그렇지만 젊은 시인은 문 쪽으로 발을 내딛으려다 말고 한 가지 부탁을 했다. 그는 전혀 망설임 없이 대뜸 오피츠에게 훌륭한 출판업자가 있으면 한 사람 소개해 달라고 말했다. 책을 펴내는 것이나 사후의 명성을 얻으려 하는 것이 공허한 일이라는 것을 잘 알고 있었지만 그리피우스는 거짓된 광휘와 거짓 행복이 판을 치는 이 도시에서 쓴 그의 소네트들이 책으로 출간되는 것을 보고 싶었다. 바로 그의 소네트들이 그러한 공허함을 비판하는 내용을 담고 있었기 때문이다. 오피츠는 젊은 시인의 부탁을 듣고 잠시 생각에 잠겼다가 이윽고 호의적인 출판업자를 한번 찾아보겠다고 약속했다.

갑자기 오피츠는 유식한 라틴어로 말을 바꾸면서, 인용을 통해 말에 거리감을 두었다.(그러자 그리피우스도 라틴어로 응수했다.) 길이가 꽤 긴 세네카의 말을 인용하고 나서 마침내 오피츠는, 건강이 나빠서 관직에서 은퇴하여 한가한 생활을 하고 있는 한 황제 고문관을 알고 있는데, 그 사람이 예술에 관심이 아주 많다고 말했다. 황제 고문관이라는 칭호 때문에 너무 좋지 않게 생각하지 말았으면 좋겠다고 했다. 황제 측근이라고 해서 모두 나쁜 것만은 아니라고 그는 말했다. 그는 소개장을 한 통 써 주겠노라고 했다.

(그는 실제로 그렇게 해 주었다. 그리피우스는 쇤보르너라는 신사의 장원을 찾아가 그에게서 호의를 얻었고, 그의 아들들을 가르치게 되었으며, 이미 다음 해에는 그 황제 고문관의 재정적인 도움을 받아 리사에서 그의 소네트들을 책으로 출간했다. 그렇게 해서 그의 소네트들은 그가 죽은 뒤에도 살아남게 되었다.)

생선과 기장뿐만 아니라 슬픔을 포식한 후 마침내 젊은 그리피우스가 떠나고 나자, 부엌데기 하녀 아그네스는 두 개의 초에 불을 붙이고 종이를 펼쳐 놓은 다음 그 옆에다 갓 자른 거위 깃털을 하나 갖다 놓았다. 그러고 나서 손 닿기 좋은 곳에 오피츠가 편지를 쓰면서 즐겨 먹는 회향 열매를 조그만 접시에다 담아 놓았다. 그는 회향 열매를 손에 침을 묻혀서 먹곤 했다. 회향 열매를 즐기는 것은 그의 조그마한 한 가지 나쁜 버릇이었다.

그는 스웨덴 재상에게 보내는 편지에서, 마침내 토르스텐손의 군대와 스코틀랜드 보병 연대를 출동시킬 때가 왔다고 썼다. 오피츠 자신이 이 항구 도시에서 수집한—"단치히 시는 온갖 밀사와 궁정에서 파견한 사절들이 만나는 장소인 까닭에"—정보로 판단해 볼 때, 지금이야말로 황제군과 손을 잡지 못하도록 브란덴부르크에서 작센인들을 물리칠 수 있는 절호의 기회라는 것이었다. 또한 슐레지엔 사람들이 겪고 있는 고통이나 군사적 상황을 볼 때 결단을 내릴 때가 되었다는 것이다.

(그러고 나서 한 달 뒤인 1636년 10월 4일, 황제군은 작센군과 격리된 채, 하벨강의 지류인 도세강에 면한 비트스토크 근방의 삼림과 소택지 사이에서 벌어진 전투에서 바너 원수가 지휘하는 스웨덴군에게 패배했다. 이 전투에서 스코틀랜드의 레슬리와 킹 보병 연대는 결정적인 역할을 했다. 그러나 이 두 보병 연대가 입은 손실은 셀 수 없을 정도로 큰 것이었지만, 얻은 것이라고는 고작 군기(軍旗)와 대포, 그리고 말먹이뿐이었다. 그것이 전부였다.)

오피츠는 옥센스티르나에게 보내는 편지를 봉한 다음에도 잠시 더 촛불 아래 가만히 앉아 남아 있는 카룸 열매를 씹으면서 모든 소음을 잊고 부엌데기 하녀 아그네스가 오기만을 기다리고 있었다. 그러면 그녀가 곧 찾아와 모든 것을, 거의 모든 것을 보상해 줄 것이었다.

사탕무와 거위의 내장 요리

11월에,
나뭇잎 색깔이 바랠 때,
설거지물을 버리고,
그리고 거위 털을 뽑으면서,
정확히 성 마틴 축일에,
언제 무슨 요리를 해야 하는지
언제나 잘 알고 있는 아그네스는
살갗이 축 늘어진 모가지와 위와 염통과
두 날갯죽지를 요리했다. 거위의 내장 요리를 만들었다.
사탕무와 네모꼴로 썬 호박을 넣어
오랫동안 약한 불에 올려놓고,
다시 온다고 약속하고 떠난
악셀이라는 이름의 스웨덴 보병 장교를 생각하면서.
곧, 11월에 온다며 떠난.

요리할 때 함께 넣었다,
한줌의 보리와 회향 열매와 마요라나와
그리고 페스트를 예방한다는 약간의 사리풀을.

아그네스가 식탁에 차려 준 모든 것을
화가 묄러는 다 먹었다, 모래주머니는 잘근잘근 씹어 먹고,
날개뼈는 우드득 깨물어 먹고, 목뼈는 핥아 먹었다.
그렇지만 시인 오피츠는
부드러운 죽과 말랑말랑한 사탕무만
숟가락으로 떠먹으면서 아무 말도 하지 않았다.
사방엔 11월이 찾아오고,
흐릿한 국물 속을 거위의 염통이 떠다녔지만,
비교할 수 없는 모습으로.

넙치는 왜 꺼져 버린 두 난로에 불을 지피려고 했는가

여성 재판부가 아그네스 쿠르비엘라 사안을 심리하고 있는 동안, 이제 피고 넙치를 위한 안전 조치는 완벽하게 취해진 것 같았다. 그래도 여전히 넙치를 암살하려는 시도들(납치, 독극물 주입)에 대해서는 대비를 하고 있어야 했다. 넙치는 대개 방탄유리 통 안에서 발트해 모래 속에 몸을 파묻은 채 숨을 쉬고 있었다. 그렇기 때문에 그는 다만 그곳에 있는 걸로 추측될 뿐이었다. 툭 튀어나온 눈과 말을 하는 비뚤어진 주둥이만 밖으로 나와 있었다. 그러나 여검사가, 앞으로 처리해야 할 일들이 산더미처럼 쌓여 있기 때문에 그녀의 표현대로 아그네스 쿠르비엘라와 궁정 역사 편찬관 마르틴 오피츠 사이의 '꽤 심각한 관계'에 대해서만 논의를 국한하자고 주장하자, 넙치는

비로소 지느러미를 움직여 모랫바닥을 뒤흔들며 다음과 같이 항의했다.

"고명하신 여성 배석판사 여러분! 그렇게 시간을 아끼겠다고 하다가 결국은 아무것도 제대로 파악하지 못한 채 넘어갈 수도 있습니다. 젊은 아그네스는 두 남자를 상대로 이중적인 관계를 가졌던 것뿐만이 아닙니다. 그녀는 실제로 두 갈래로 분열되어 있었습니다. 그러면서도 그녀는 아무런 손상도 입지 않았습니다. 천성적으로 커다란 포용력을 타고났기 때문에 그녀는 요리사이자 정부로서 처음에는 화가 묄러를 위해서, 그다음에는 시인 오피츠를 위해서, 마지막으로는 두 사람 모두를 위해서 아무런 변덕도 부리지 않고 그들의 살림을 꾸려 주고, 그들을 위해 잠자리를 따뜻하게 해 주고, 그리고—어떻게 하면 경망스럽지 않게 표현할 수 있을까요.—그들의 난로에 다시 불을 지펴 줄 수 있었던 것입니다. 내가 묄러와 오피츠 두 사람 모두에게 충고를 해 주었음을 아예 처음부터 밝히는 편이 좋을 것 같군요. 그 두 사람은 발트해 해안의 평소 잘 찾아오던 곳으로 와서 나를 불러냈습니다. 나는 그들의 말을 듣고 나서 그들을 도와주었습니다. 북동쪽에서 뭍바람이 불던 어느 날이었습니다. 하지만 근엄하신 검사님께서 무슨 수를 쓰더라도 시간만 절약하려 하신다면—그렇다고 무슨 득이 될지 알 수 없는 노릇이지만—차라리 아그네스와 함께 나의 몸도 두 토막으로 갈라 주시기 바랍니다. 이 같은 무자비한 결정이 요즈음에 유행하는 풍조인 것 같습니다. 모든 일은 순식간에 결정해야 합니다."

넙치가 지금까지 계속해서 자신을 무시하는 태도를 보였기 때문에 우울한 표정을 짓고 있던 법정 선임 변호사인 폰 카르노 여사가 넙치의 이의 제기를 지지하고 나섰다. 그녀는 가늘고 높은 목소리로 말했다. "만약에 시간을 절약한다는 이유로 그 같은 결정을 내린다면 사람들은 이 법정에 대해 판결을 미리 내려놓고 허울뿐인 재판을 하고 있다는 인상을 받을 것입니다. 여성들은 결코 그런 방식을 취해서는 안 됩니다. 그것은 비열하기 그지없는 남자들의 방식이니까요!"

웅성대는 소리 때문에 방청객들이 어느 편을 드는 것인지 분명하게 알 수가 없었다. 배석판사들은 잠시 서로 의견을 나눈 다음 아그네스 쿠르비엘라 사안을 두 가지로 나누어서 다루기로 결정했다. 그러나 넙치는 재판부로부터 묄러의 예술 수업 여행이라든가 오피츠의 외교 모험에 대해서 너무 장황하게 늘어놓지 말고 요점만 말하라는 주의를 받았다. 그것은 재판부의 관심사가 아니라는 것이었다. 한마디로, 시 지정 화가인 안톤 묄러가 불과 열네 살밖에 되지 않은 아그네스를 그의 소유로 만들어 버렸을 때 그는 예순여덟 살의 노인이었으며, 오피츠가 그 사이에 열여덟 살이 된 아그네스를 그의 손아귀에 넣었을 때 그는 삼십 대 후반이었다는 것이었다.

"당신들은 내가 할 설명을 덜어 주는군요." 넙치가 말했다. "그들 두 사람 중 한 사람은 다른 사람의 아들뻘밖에 되지 않았지만, 두 사람 모두 늙고 병들고 쇠잔하고 완전히 소진된 모습이었습니다. 바로 그 때문에 나는 그 멍청한 녀석들에게 충고를 해 주었던 것입니다. 그들이 바이크셀강 하구의 얕은 물가로 나와 몇 년 간격을 두고 번갈아 가면서 이렇게 외쳤을 때 나는 그들이 너무 불쌍했습니다. '넙치님, 무슨 말씀 좀 해 주세요. 내 잠자리는 항상 한쪽이 허전해요. 나는 몸과 마음이 다 차갑게 느껴져요. 내 몸에는 찌꺼기만 가득하고, 차갑게 식어 버린 연기 냄새만 풍깁니다.' 그 말을 듣고 나는 이렇게 충고해 주었습니다. '젊은 것을 취해라. 생기를 되찾아라. 젊어지는 샘물을 마셔라. 여성의 몸으로 육신을 따뜻하게 하라. 다시 소생해라.' 왜냐하면 묄러나 오피츠에겐 영감, 즉 감각적 자극이 필요했기 때문입니다. 다시 말씀드려서 평범한 재능을 지닌 그들에게서 노년의 마지막 작품, 그러니까 마지막 남은 청춘의 번개를 우려 내려면 식어 버린 그들의 난로에 불을 당기는 일이 필요했던 것입니다. 소멸해 가는 이들 두 사람에게 필요한 것은 정신적인 인공호흡이었습니다. 우리가 자주 말하는 뮤즈 여신의 입맞춤이었습니다. 여기 차가운 이성을 자랑으로 내세우는 여성 여러분들이 나를 날카로운 눈길로 뜯어보며 시대에 뒤진 녀석이라고 비웃을지라도 나는 감히 이렇게 고백합니다. 나는 그 화가와 시인에게 나긋나긋한 아그네스를 뮤즈의 여신으로 추천했습니다."

넙치를 비웃은 것은 방청객뿐만이 아니었다. 쇤헤르 여사는 재판장 자격으로 이렇게 말했다. "정말 자상하시기 이를 데 없군요. 전체 여성들에게는 아니지만 적어도 아그네스라는 한 여자에게만이라도 요리사라는 직업과 탕파처럼 잠자리를 데우는 일 외에 또 하나의 역할을 마련해 주시다니 말이에요.

그렇게 해서 이제 그녀는 뮤즈의 여신이 되어, 어여쁜 입맞춤을 해 주고, 축축하고 따뜻한 토양을 기름지게 해 주고, 그리고 재능이 고갈된 예술가들에게 드높은 영감을 주어 웬만한 업적을 이루도록 도와줄 수 있게 되었군요. 만약에 그런 습속이 다시 행해진다면 이 시대의 늙어 가는 천재들에게 얼마나 큰 축복이 되겠어요. 게다가 그들은 그들의 뮤즈 여신에 대해서 세금 공제 혜택을 받을 수도 있을 테니까 말이에요. 그렇게 되면 어제까지만 해도 혁명적 성향을 띠었던 《쿠어스부흐》[9]가 내일은 고전적인 《노이어 무젠알마나흐》[10]가 되어 독자들의 사랑을 받게 될 수도 있겠지요. 제발 농담은 그만 집어치워요. 그렇다면 이 같은 노동의 분업으로 만들어진 생산물은 뭐가 있나요?"

"별로 없습니다. 유감스럽게도 너무 적습니다!" 넙치가 말했다. "임신한 아그네스의 모습을 그린, 좀 우스꽝스럽기는 하지만 그런대로 괜찮은 누드 스케치가 몇 장 있습니다. 묄러 노인은 그래도 만년의 정력을 증명해 보이려고 대단치는 않지만 몇 가지 작품을 완성했던 것입니다. 그러나 오피츠는 아그네스를 노래하는 소네트나 송가를 아무래도 짜낼 수가 없었습니다. 그는 그녀의 서양자초 정원마저도 약강격의 시로 지어 노래하지 못했습니다. 오히려 그는 잔뜩 시무룩한 얼굴로 옛날에 낸 자기 시집이나 다시 찍을 생각에만 빠져 있었습니다.

---

9) 1965년부터 시인 한스 마그누스 엔첸스베르거가 편집한 잡지.
10) 프리드리히 실러가 편집한 잡지.

그는 자신이 번역한 영국의 신파조 소설 『아르카디아』의 재판을 찍을 때마다 꼼꼼하게 교정을 보느라 정신이 없었습니다. 그가 번역한 다윗 시편은 정확하기는 했지만 영감을 담아 내지는 못했습니다. 그가 유일하게 수완을 보인 쪽은 주문을 받아서 쓴, 제후들에 대한 일상적인 찬양의 시였습니다. 추측컨대, 그는 아그네스를 임신시키지도 못했을 것입니다. 왜냐하면 맨 처음 낳은 딸이 죽은 지 삼 년이 지난 뒤 아그네스의 배가 다시 불렀을 때엔, 오피츠는 이미 오래전에 집을 떠나 토룬, 쾨니히스베르크, 바르샤바 등지로 이리저리 떠돌아다니느라 정신이 없었으니까 말입니다. 어쩌면 화가 묄러가 다 꺼진 잿더미 속에서 조그만 불꽃을 다시 살려 냈는지도 모릅니다.

그렇지만 존경하는 배석판사 여러분, 묄러나 오피츠나 둘 다 후세에 길이 남을 만한 원대한 예술 작품을 창조하는 데는 실패했습니다. 이를테면 오랫동안 마음속에 품어 온, 죄악의 도시 단치히를 배경으로 하겔스베르크 산상의 십자가에 못 박힌 예수의 수난을 묘사한 패널화도 만들어 내지 못했고, 분츨라우에 번졌던 페스트를 노래한 초기 시에 비견될 수 있는, 전쟁과 페스트와 눈물의 골짜기를 묘사한 충격적인 작품도 쓰지 못했습니다. 약간 멍청한 듯하면서도 사람을 호리는 매력을 지닌 젊은 아그네스가 예술의 싹이 돋아날 수 있는 약간 소요스러운 고요를 만들어 주었는데도 말입니다. 물론, 아그네스가 한쪽에서 닭고기 수프에 계란을 풀어 휘저으며 영체(靈體)처럼 투명한 모습으로 서 있을 때면, 종종 오피츠의 두 눈은 무엇인가를 꿰뚫어 보는 것 같았습니다. 그러나 오피츠는 웅얼대듯 시의 첫 몇 줄만을 그런대로 써 놓고, 제대로 된 시의 형태로 마무리 짓지는 못했습니다. 잽싸게 스케치를 해서 뭔가 대단한 작품이 나올 것 같았지만, 결코 아무것도 이루어 내지 못했습니다. 모든 것이 가능성만 내비쳤을 뿐이지요. 간단히 말씀드려서, 내가 선의에서 한 충고가 화가와 시인의 마음에 부싯깃이 되어 불을 당겨 놓았지만, 얼마 뒤 두 개의 난로는 싸늘하게 식고 만 것입니다."

방청석에서 나는 소리는 방탄유리 상자 안에서도 잘 들렸으므로, 넙치는 반쯤 털어놓은 자신의 고백에 대한 반응을 살피는 듯 잠시 침묵을 지킨 뒤 다시 새된 가성(假聲)으로 말을 이었다. "비아냥거리는 웃음소리가 들리네요. 여러분은 나를 조롱감으로 삼아 놀리는 데 정말 지칠 줄 모르는군요. 내가 괜시리 젊은 아그네스 쿠르비엘라의 뮤즈 여신으로서의 자질만 허비하게 했다는 점을 허심탄회하게 인정하는 바입니다. 헛된 희망을 품었다가 속아 넘어간 거지요. 정말로 나는 재능을 타고난 묄러와 뛰어난 이론가인 오피츠에게서 후세에 길이 남을 작품이 나올 거라고 생각했습니다. 아무래도 묄러는 여느 평범한 시 지정 화가와는 달랐으니까요. 그리고 오피츠가 없었더라면 독일 시는 정확한 압운과 규칙적인 리듬을 갖지 못했을 것입니다. 그래서 나는 배석판사 여러분에게 오피츠의 작품에 대한 나의 문학사적 평가에 귀를 기울여 주실 것과, 아무것도 모르는 방청객들에게 화가 묄러가 얼마나 전도유망하게 출발하여 얼마나 빨리 우의적인 그림을 그리는 일에 수완을 보이다가 재치 있는 그의 재능이 얼마나 급작스럽게 몰락했는가를 보여 줄 수 있도록 슬라이드를 통한 강의를 허락해 주실 것을 부탁드리는 바입니다. 그런 다음에야 여러분들은 여러 여성들로부터 엄하게 고발된 나 넵치의 행위가, 다시 말해 사양길에 접어든 두 예술가에게 뮤즈의 여신을 제공한 나의 행위가 범죄적이거나 그릇된 것이었는지, 아니면 정당한 것이었는지 판단할 수 있을 것입니다."

"저놈이 이젠 우리한테 뮤즈의 키스를 팔아먹으려 드는군!" "이제 알 거 같군. 넵치의 정체가 뭔지 말야. 빌어먹을 독문학자야!" 이러한 항의가 방청석으로부터 빗발쳤지만, 재판부는 피고 넵치의 청원을 받아들이기로 결정했다. 그런 결정이 내려진 것은 법정 선임 변호사인 폰 카르노 여사가 거친 몸짓을 해 대면서 정신이 나간 듯한 목소리로 변호인직을 사임하겠다고 을러댔기 때문이었다. (그녀는 약간의 눈물까지 흘렸는데, 그것이 효과를 보았다.)

먼저 묄러의 가장 잘 알려진 작품인 「최후의 심판」과 「공납전(貢納錢)」의 전체 사진과 세부 사진들이 법정으로 쓰이고 있는 영화관의 스크린에 비추어졌다. 이어서 그의 작품들 중 보다 대중적인 작품들이 비추어졌다. 한자동맹 도시풍으로 지어진 호화스러운 건물들의 정면을 배경으로 서 있는 단치히의 부르주아 부인들, 랑겐 브뤼케 다리 위에 서 있는 어부의 아내들, 한두 명의 통통한 소녀들, 그리고 교회에 가는 처녀들을 그린 그림들이었는데, 작품 속의 인물들은 모두 당시에 유행하던 의상을 입고 있었다. 네덜란드 출신의 한 예술사가가 나와 무명이던 그 지방 화가에 대해 여러 가지 설명을 했다. 쾨니히스베르크 궁정 이발사의 아들이 어떻게 이탈리아보다 네덜란드를 두루 여행하며 더 많은 미술 공부를 하게 되었는지, 그가 그린 뒤러의 모사품들이 소실되어 얼마나 안타까운지, 뒤러로부터 받은 많은 영향에도 불구하고 우리는 왜 그를 에피고넨이라고 매도할 수 없는지, 르네상스 말기와 초기 바로크 시대 사이에 등장한 재능 있는 젊은이들이 얼마나 많은 고생을 했는지, 가벼운 풍자가 가미되었음에도 불구하고 왜 묄러의 「최후의 만찬」이 그 시대의 중요한 작품으로 간주될 수 있는지, 1610년경에 이르러 묄러의 창의력이 쇠잔해지기 전까지만 해도 그는 얼마나 주목할 만한 화가였는지, 그리고 그림에 대한 그의 타고난 재능 때문에 사람들은 당시에 그에게 얼마나 커다란 기대를 품었는지 등에 대해서 말했다.

이어서, 저명한 문학사가들의 감정 결과가 낭독되었다. 오피츠는 그리피우스나 호프만스발다우에 비해 은유적인 표현력과 형식상의 세련미가 부족하다는 것이었다. 오피츠가 자신의 창작에 남의 글을 얼마나 능숙하게 이용했는가를 보여 주기 위해 몇 구절이 인용되었다. 그의 전기를 토대로 해서, 변화무쌍하고 모험적이었던, 이중첩자 활동으로 인해 점차 모호해져간 그의 인생의 사건들이 연대순으로 열거되었다. 그다음 유감을 표하는 언급이 이어졌다. "그렇지만 이러한 사실들 중에서 그의 시에 들어간 것은 별로 없다. 그의 시에서는 연애시에서조차 모든 것이 암호화되고, 정신화되고, 신화화되고, 교훈적인 경구가 되었다. 그의 오페라 대본이 아닌, 하필이면 그보다 훨씬 위대한 하인리히 쉬츠[11]의 음악이 소실되어 버렸다는 것이 정말 안타까운 일이다." 이어서 그의 시 중 몇 구절이 인용되었다. "……자유는 짓눌리고 억압받고 스스로를 문제 삼고 싶어 하네……." 이것은 어쨌든 그의 시 중에서 몇 구절은 살아남아 있다는 것을 알리려는 시도였다. "그는 타협의 사나이였다. 그는 외교관으로서 때로는 신교도 편에 서서, 때로는 가톨릭 편에 서서, 적대적인 두 종파 사이에서 중재 역할을 하려고 했다. 그는 이렇게 말했다. '폭력은 누구에게도 믿음을 심어 주지 못한다. 폭력은 기독교인을 만들지 못한다!'"

또 다른 감정 결과는 외견상으로는 기회주의자인 것처럼 보이긴 했지만 오피츠의 정치적 입장에는 변화가 없었다고 규정지었다. "30년 전쟁 중에도 그는 평화론자였다. 그리스어로 평화를 뜻하는 에이레네(Eirene)라는 말로 그를 규정지을 수 있다. 그의 인생의 좌우명은 관용이었다고 말할 수 있다. 그렇기 때문에 그의 문학에는 어떠한 당파적 열정이 아니라 균형 잡힌 예술적 감각이 나타나고 있다. 이것이 때때로 그의 문학의 약점이 되기도 한다. 대담하고 극단적이고 아름답기는 하지만 멍청하기 짝이 없는 메타포를 사용하기에는 그는 너무나 영리했고 합리적인 질서에 사로잡혀 있었다. 그 때문에 그가 단치히에 도착한 직후, 독일어를 구속에서 해방시키려고 노력한 젊은 시인 그리피우스와 만났던 것은 그에게 고통스러운 일이었다. 그 젊은 시인은 존경하는 스승을 향해 정치적인 활

11) 독일 최초로 오페라를 쓴 교회 음악의 대가.

동을 하느라고 정력을 빼앗겼으며, 이중첩자 노릇이나 하면서 보수를 받고, 소심한 나머지 자신의 속마음이나 고통을 솔직하게 내보이지 못한다고 비난했던 것이다. 그렇지만 그가 우리 문학에 끼친 영향은 지대한 것이다. 얼마 전에도 한 명망 있는 독문학자가 그리멜스하우젠의 『짐플리치시무스』에 나오는 도세강변의 비트스토크 전투 장면의 묘사가, 오피츠가 번역한 『아르카디아』의 전투 장면에서 적어도 영감을 받았음을 입증해 보였다. 아마도 그리멜스하우젠은 나무 꼭대기에 올라가 전투 장면을 지켜보면서 그것을 책 속에 인쇄된 메타포들과 비교해 보고 그것이 사실임을 깨달았을 것이다. 왜냐하면 문학 작품 속에 이미 쓰여 있는 대로 현실이 무시무시한 모습을 보였기 때문이다. 그는 현실에서 일어나는 모든 사건은 이미 문학 작품 속에 묘사되어 있다는 사실을 새삼스럽게 깨달았을 것이다."

그렇지만 모든 감정 결과가 입증하고 있듯이 오피츠의 남다른 업적은 그가 집필한 이론서인 『독일 시학의 서』에서 찾아볼 수 있다. 루터에 의해 창안되어 민중의 혀에나 맞고 기껏해야 4강음의 운문이나 지을 수 있던 언어를 개량하여 오피츠는 예술에 맞는 언어를 만들어 냈다는 것이다. 어떤 감정 결과에는 심지어 이런 평가까지 나와 있었다. "오피츠 덕분에, 수백 년간 계속된 라틴어의 예속에서 벗어나 높은 수준의 문학이 가능하게 되었다. 그는 실로 해방자의 업적을 이룩한 것이다."

여성 재판부는 그 모든 사실을 인정했으며, 만약 검사인 지클린데 훈차가 가시 돋친 질문으로 넙치를 자극하지 않았더라면 관대한 판결을 내렸을지도 모른다. 앉아 있는 자태만으로도 영웅의 풍모를 풍기는 그녀는 머리카락 끝까지 온통 시뻘겋게 물들이며 벌떡 일어서더니 목소리에 경멸의 빛깔을 가미하여 가느다란 집게손가락으로 방탄유리 상자 안에서 문학비평가들의 감정 결과에 흥이 나서 모랫바닥 몇 뼘쯤 위에서 모든 지느러미를 일렁이고 있는 넙치를 가리키면서 말을 시작했다. 아니, 기소된 넙치를 향해 갑자기 작센 사투리로 질문의 화살을 연달아 당겼다. 효과는 금방 나타났다. 넙치는 화살에 정통으로 맞은 듯 푹 고꾸라졌다. 넙치는 발트해의 모래를 파헤치며 그 속으로 몸을 숨겼다. 그러고는 꼬리지느러미를 파닥여 자갈이 박힌 듯 울퉁불퉁한 오래된 등짝에 모래를 뿌려, 충격은 막아줄 수 있지만 예리한 질문엔 속수무책인 통안의 물을 온통 희뿌옇게 만들어 버렸다. 그는 어디론가 감쪽같이 사라져 버린 것 같았다. 도망친 것 같았다. 이젠 그를 붙잡을 수 없을 것 같았다.

그렇지만 검사의 질문의 끄트머리는 결코 지적(知的)인 낚싯바늘처럼 휘어져 있지는 않았다. 그녀는 넙치 자체를 공격하고자 하지는 않았다. 검사 지클린데 훈차는 단지 다음과 같은 것을 알고 싶었을 뿐이다. "만약에 여자가 뮤즈를 직업으로 가질 수 있다면, 그런 직업을 가진 남자들도 있나요? 만약에 그렇다면, 어떤 남자들이 뮤즈의 역할을 했나요, 다시 말해 어떤 남자들이 유명한 여류 예술가들에게 영감을 불어넣어 주어 간접적으로 예술의 진흥에 이바지했나요? 혹시 피고 넙치는, 예술에서 여자의 역할은 기껏해야 거름이나 주고 봉사하는 수동적인 매개 역할에 불과하다고 생각하는 건가요? 우리 여자들은 오로지 남자들의 다 타 버린 영혼의 난로에 불을 지피기 위해 존재하는 건가요? 뮤즈로 활동하는 여자들은 시간제 임금을 지불받고 있나요? 넙치, 당신은 선심이나 쓰듯이 우리를 임금 협상 자격이 있는 가내 노동자로 등급을 매기고 우리에게 뮤즈 노동조합을 설립하라고 권하고 싶은 건가요? 대답해 주세요. 적절한 보수만 줄 수 있다면, 여자도 남자 뮤즈를 쓸 수 있나요? 혹시 피고 넙치는 미리 주문한 전문가들의 수다스러운 의견을 내세워 자신의 진의를 감추려는 것은 아닌가요? 당신의 속생각은 이런 것 아닐까요? 간혹 능력 있는 여자애들은 피아노를 멋지게 치기도 하고, 도예가로서 공예 분야에 대단한 열성을 쏟기도 하고, 실내 장식가로 인테리어 분야에서 상당한 재능을 보이기도 하고, 또한 사랑에 빠져 고통을 겪거나 오필리아처럼 미쳐 버리게 되면, 간혹 어렵지 않게 심장의 붉은 피나 질 분비물 또는 시커먼 쓸개즙으로 감동적이고 흡입력 있는 멜랑콜리한 시를 쓰기도 한다, 그렇지만 헨델의 「메시아」나 칸트의 '정언적 명령', 스트라스부르 대성당, 괴테의 『파우스트』, 로댕의 「생각하는 사람」, 그리고 피카소의 「게르니카」 같은 예술의 최고봉은 여자들의 손길이 닿을 수 없는 곳에 있다. 바로 그거죠, 피고 넙치?"

그 사이에 혼탁하게 솟구쳤던 발트해의 모래가 다시 가라앉았다. 넙치는 지느러미를 고정시킨 채 가만히 누워 있었다.

오직 보글보글 솟아오르는 물거품만이 넙치가 아가미로 숨 쉬고 있는 곳이 어딘가를 알려 주고 있었다. 이윽고 그의 비뚤어진 주둥이가 살아 움직이기 시작했다. "그래요, 맞아요." 넙치가 말했다. "유감스럽게도, 사실은 그렇습니다."

방청객들은 분노를 터뜨릴 생각조차 하지 못했다. 방청객들은 오로지 긴 한숨만 내쉴 뿐이었다. 오직 법정 선임 변호사인 폰 카르노 여사만이 "정말 끔찍하군요." 하고 낮은 목소리로 말했다.

침묵이 계속되자 다시 넙치가 말문을 열었다. "앞에서 내가 인정한 사실을 희석시키지 않으면서, 나는 여러분에게 아그네스 이야기를 들려줌으로써 뮤즈로서의 여성들의 특권을 칭송하고자 합니다. 그녀는 묄러와 오피츠를 합친 것 이상의 존재였습니다. 루벤스 같은 화가나 횔덜린 같은 시인도 그녀가 제공하는 것을 모두 남김없이 사용할 수는 없었을 것입니다. 이미 재능이 바닥난 두 사람을 그녀의 넘치는 풍요로움 속에 파묻은 것은 나의 실수였습니다. 물론 아그네스는 예술 작품을 창작하지는 않았습니다. 그러나 그녀는 모든 예술의 근원이었습니다. 그녀의 유연한 형식, 그녀의 서사시적인 침묵, 무(無)만을 말하는 그녀의 사고, 그녀의 모호성, 그녀의 촉촉한 온기 같은 것이 말입니다. 그녀는 오직 요리를 할 때만 창조적이었습니다. 그녀는 삶은 송아지 머릿골에 아스파라거스의 꼭지를 곁들여 병든 오피츠의 위를 달래 주곤 했지요. 특히 냄비 요리를 하면서 노래를 불렀기 때문에 정말 창의적이었습니다. 그녀는 언제나 똑같은 단조로운 음으로 노래를 불렀습니다.

그렇지만 그걸로도 충분했습니다. 그녀의 목소리는 어떤 멜로디보다 훨씬 풍요롭게 울렸으니까요. 대개 그녀는 스웨덴인들이 전쟁의 온갖 공포를 운을 맞추어 노래해 놓은 소곡(小曲)을 불렀습니다. 여기서 여러분은 1632년 봄 열세 살의 아그네스가 당시 헬라 반도에 주둔한 옥센스티르나 점령군의 일원이던 스웨덴 기병대에 의해 부모를 모두 여의고, 마치 옹이 구멍처럼 그들의 노리갯감이 되는 바람에 제정신을 잃게 되었다는 사실을 알아야 합니다. 가끔 그녀는 악셀이라는 사람의 이야기를 꺼내곤 했습니다. 그는 그 기병대 대원들 중 하나였음에 틀림없습니다. 그 사람만이 그녀의 가슴속에 절실하게 남아 있었던 것입니다.

존경하는 배석판사 여러분, 아그네스 쿠르비엘라에 대한 이야기는 이것으로 그치겠습니다. 사실은 아까 말씀드린 바와 같습니다. 다시 한번 그렇다고 말씀드리겠습니다. 아그네스는 생산하거나 창조할 필요가 없었습니다. 그녀는 창조적일 필요가 없었습니다. 그녀는 피조물이었으니까요. 완벽한 피조물 말입니다."

점차 나직한 오르간 소리를 내며 울려 퍼진 넙치의 발언이 재판부와 방청객들의 귀에 분명히 전달되었는데도 판결은 넙치에게 불리하게 내려졌다. 그의 죄목은 남자들이 일으킨 참혹한 전쟁으로 인해 그렇지 않아도 정신적 혼돈 상태에 빠진 어린 소녀를 이미 재능이 고갈된 두 사내의 자극제로 이용했다는 것이었다. 사내 뚜쟁이라는 말도 나왔다. 재판장은 판결문을 읽어 내려가던 중 마치 씁쓸한 편도에서 달콤한 맛을 느끼기라도 한 듯이 미소를 지으면서, 피고의 편협한 남성적 이해력을 참작하여 몇 가지 사항은 관대히 봐주어야 한다고 인정했다. "남자들은 어쩔 수 없습니다. 창조의 주인들 말입니다. 창조의 특권을 빼놓으면 그들은 시체입니다. 우리 여자들은 피조물, 그것도 완벽한 피조물이어야 합니다. 스웨덴의 기병대들에게, 특히 사악한 악셀이라는 사내에게 감사를 표해야 하겠군요. 그들이 바로 어린 아그네스를 예술에 도움이 되는 쪽으로 돌게 만들었으니까요. 살짝 돈 여자는 뛰어난 뮤즈가 될 자질을 갖춘 것이지요. 피고가 물고기로서의 사랑에 대해 진술할 다음번 재판이 벌써부터 기대되는군요."

넙치의 법정 선임 변호사가 변론을 펴기 위해 자리에서 일어나자 방청객 대부분이 소란을 피우며 예전에 영화관이던 건물을 빠져나갔다. 여성 재판부의 혁명적 성향의 자문위원들도 변호사인 카르노 여사의 말에 귀 기울이려 하지 않았다. 그리고 나 역시 언제나 징징대면서 찢어질 듯한 그녀의 단조로운 목소리를 견디기가 몹시 힘들었다. 물론 베티나—외모는 말쑥했지만, 내면을 보면 털이 몽땅 뽑힌 천사였다.—는 나의 아그네스와 닮은 데가 무척 많았다. 벌겋게 녹이 슨 듯한 빛깔의 고수머리, 한시도 쉬지 않고 깜박대는 두 눈, 그 무엇으로도 지울 수 없는 미소, 어린아이처럼 동그란 시원한 이마 등등.

불과 몇 안 되는 사람들만이 폰 카르노 여사의 시대착오적인 한탄에 귀를 기울였다. "그렇지만 여성의 입장에서 예술가를 위해 뮤즈요, 금 간 유리잔이요, 이끼 낀 토양이요, 원형이 될 수 있다는 것은 멋지고 보람 있는 일 아닐까요? 모든 위대한 것들은 바로 이렇게, 그러니까 영감을 심어 주는 여인들의 말 없는 도움의 손길을 통해서 생겨나지 않았나요? 우리 여성들은 이처럼 숭고한 봉사를 내팽개치고 예술의 원천을 막아 버리려 하는 것입니까? 헌신이야말로 여성이 지닌 힘에 대한 가장 훌륭한 증거가 아닐까요? 우리는 무감각해질 때까지 굳어버리고 싶은 건가요? 그렇다면 여러분에게 묻고 싶습니다. 영원히 여성적인 것[12]은 어떻게 되는 거지요?"

"됐어요. 그만하면 됐습니다." 넙치가 그녀의 말을 끊었다. "당신이 던진 그 소중한 질문들 때문에 눈물이 날 지경입니다. 그렇지만 존경하는 부인, 당신은 시대에 뒤떨어져 있어요. 여자에게 이보다 나쁜 것은 없습니다. 혹시라도 당신도 지금 이 법정에서 심리 중인 아그네스의 경우처럼 무조건적인 사랑에 빠지지 않을까 걱정되는군요. 아, 하느님! 오늘날 그런 것을 견딜 수 있는 사람은 아무도 없어요."

(나도 그때 그곳에서 빠져나왔다. 베티나 폰 카르노의 모습에 자꾸만 옛날 생각이 떠올랐지만.) 아, 아그네스여! 당신의 생선 요리. 아무 뜻 없는 당신의 미소. 당신의 맨발. 당신의 졸린 두 손. 듣는 사람을 졸리게 하는 당신의 목소리. 채울 수 없는 당신의 공허함. 우리 집에는 언제나 싱싱한 서양자초가 있었지. 그것은 끊임없이 자라고 또 자라난 당신의 사랑이었어…….

---

12) 괴테의 『파우스트』에 등장하는 말.

늦게

나는 제 모습을
보여 주는 한도 내에서만
자연을 안다.

손으로 더듬어 뜯으면
자연의 단편만을 볼 뿐,
결코 다 볼 수는 없다.
오직 행운이 찾아올 때만
온 모습을 본다.

이른 아침에
나의 똥 속에 모습을 드러낸
찬란한 아름다움이
무엇을 뜻하는지
나는 모른다.

그래서 나는 마지못해 잠자리에 든다.
꿈은 대상의 윤곽을 흐릿하게 하고
그것에 의미를 불어넣는 까닭에.

나는 깨어 있고 싶다.
어쩌면 돌이 움직이거나

아그네스가 찾아올지도 모른다.
나를 졸립게 하는 것을 갖고서,
회향 열매나 서양자초를 갖고서.

사랑과 시에 대한 넙치의 생각

넙치는 우리 남자들에게 온갖 감언이설로 사랑을 권유했다. (그리고 모든 일제빌들에게는 사랑을 평화의 복음으로 처방했다.) 왜냐하면 태초에, 아우아가 통치하고, 여자들은 모두 아우아라고 불리고, 남자들은 모두 에데크라고 불리던 그 시절에 우리는 사랑이라는 것을 모르고 있었기 때문이다. 그땐 어느 한 아우아를 특별한 여자로 여기려는 생각이 떠오르지 않았던 것 같다. 우리에겐 특별히 선택된 아우아는 없었다. 물론 나중에 우리가 모신(母神)으로 숭배하고, 모래에 그녀의 모습을 그리거나 진흙으로 그녀의 형상을 빚는 재주가 내게 있었기 때문에 언제나 나를 다른 사람보다 조금 더 아껴 준 우두머리 아우아가 있긴 했다. 그렇다고 해서 우리는 서로 사랑에 빠지거나 홀딱 반하거나 하지 않았다.

따라서 증오라는 것도 없었다. 우리 무리의 일상 생활 중에서, 어떤 터부를 어겨 혼자서 늪지대로 쫓겨나는 멍청한 녀석들을 빼놓고는 추방당하는 사람은 아무도 없었다. 터부란 이를테면 함께 식사를 할 때 시끄럽게 떠들어 댄다든가, 다른 무리와 어울리지 않고 혼자서 조용히 대변을 보는 행위 같은 것이었다. 그리고 분명히 우리의 우두머리 아우아는 두 남녀 사이의 사랑—만약 언젠가 그런 맹목적인 사랑이 우리들 사이에 나타났다면—을 엄격히 터부시했을 것이며 두 사람에게 추방령을 내렸을 것이다. 그런 일이 실제로 다른 곳에서는 일어났다고 한다.

우리들 사이에서는 일어나지 않았다. 우리에겐 개인은 중요하지 않았다. 아우아들은 모두 한결같이 뚱뚱했다. 그리고 우리 에데크들 역시 적당한 상황이 형성되기만 하면 어디서나 아우아들에 의해 받아들여졌다. 물론 약간의 차이는 있었고, 약간의 편애도 있었다. 그렇다고 해서 우리를 모양새도 제대로 갖추지 못한 신석기 시대의 무리로 생각해서는 안 된다. 우리 무리에는 연령에 따른 집단 구성뿐만 아니라 노동의 분업에 따른 구성원의 분할도 되어 있었다. 어떤 여자들은 버섯을 채집하러 나섰다가 너도밤나무 숲에서 원래는 곰 사냥꾼이지만 보통 땐 오소리를 창으로 찔러 잡는 일을 하는 남자들의 무리와 마주치기도 했다. 나는 물고기를 잡는 축에 속했으므로—터부는 아니었지만 혼자서 고기 잡으러 다니기를 좋아했기 때문에—버섯을 채집하는 여자들보다는 뱀장어 어살을 엮는 여자들이 더 많이 나를 이용했다. 그러나 이것은 사랑과는 아무 상관 없었다. 심지어 집단적인 사랑과도 아무런 관계가 없었다. 그렇지만 어떤 커다란 감정이 우리를 지탱해 주었는데, 그것은 보살핌의 감정 같은 것이었다.

지난날 내가 넙치를 잡았다가 금방 풀어 주었을 때 넙치는 내게 나의 부족 생활이 어떤지 물었다. 그는 여러 가지를 알고 싶어 했다. 유방이 세 개 달린 석기 시대 여자들 중에서 어떤 여자가 나를 가장 좋아하는지, 어떤 여자의 음부를 내가 가장 극진히 대해 주었는지, 바구니 짜는 여자나 그 밖의 다른 일에 종사하는 일제빌들 중에서 어떤 여자와 가장 사랑에 빠지고 싶은지. "어서 말해 다오, 내 아들아. 그 여자들 중에서 너는 어떤 여자의 혼을 빼 놓았느냐?"

넙치의 물음에 답하는 형식으로 나는 그에게 우리 무리에서 행해지고 있는 보살핌의 체계에 대해 설명해 주었다. "우리는 가장 우선적으로 우리의 어머니들과 어머니의 어머니들을 보살핍니다. 그다음으로는 우리 어머니들의 딸들과 그 딸의 딸들을 보살펴 줍니다. 그다음 우리는, 만약에 우리 남자들 중에서 일을 하다가 목숨을 잃는 사람이 생기게 되면, 우리 어머니들의 자매들과 그들의 딸들, 그리고 그 딸의 딸들을 돌봐 줍니다. 우리의 보살핌의 결과물──사냥으로 잡은 짐승, 물고기, 고라니의 젖, 벌집, 그 밖에 애써 채집한 것들──은 우두머리 아우아의 지시에 따라 어머니들의 어머니들에 의해 분배됩니다. 이렇게 해서 우리에게도 보살핌의 결과가 되돌아오는데, 가장 나이가 많은 남자들이 맨 먼저 보살핌을 받습니다."

이와 같은 원칙이 있었으므로 다른 사람보다 더 우대를 받는 아우아나 에데크는 없었다. 그렇지만 우리의 우두머리 아우아는 밤에 내게 젖을 줄 때마다 다른 에데크보다 좀 더 잘해 주었다. 우리가 누군가를 사랑했다면, 그것은 바로 그녀였다. 왜냐하면 우리는 "그렇다면, 너무나 사랑한 나머지, 사무치도록 사랑한 나머지 상징적인 의미로라도 통째로 삼키고 싶은 생각이 들 정도의 여인은 만나지 못했단 말인가?" 하고 물은 넙치의 질문에 대해 분명하게 이렇게 대답했기 때문이다. 어느 날 우리의 우두머리 아우아가 죽었을 때, 우리는 그녀의 몸을 제각각 나누어서 먹어 치웠다. 그러나 그것은 사랑 때문이 아니었다. 그녀가 죽으면서 관습대로 자신의 시체를 웅크린 자세로 늪에다 수장하지 말고 남김없이 먹어 치우라고 명령했기 때문이었다. 심지어 그녀는 세심하게 요리법까지도 유언으로 남겨 놓았다. 그녀는 (덧붙여, 나를 지목하여) 자신의 내장을 빼내고 야생 버섯과 노간주나무 열매를 곁들인 그녀의 심장과 간으로 속을 채워 달라고 했다. 그다음 그녀는 그녀의 몸에 엄지손가락 두께 정도의 질척한 진흙을 입힌 다음, 재를 뿌린 불 위에 올려놓고 재와 시뻘건 숯을 얹으라고 했다. 우리는 그녀가 주문한 대로 아우아를 구웠다. 저녁때쯤 되자 그녀의 몸은 완전히 구워졌다. 불에 구워진 진흙은 그녀의 몸에서 쉽게 떨어졌다. 이어서 똑같이 분배한 다음, 우리는 그녀의 몸을 먹었다. 나는 그녀의 목덜미 살과 왼손 집게손가락과 약간의 간과 시식용으로 그녀의 가운데 유방의 살점을 조금 얻었다. 맛이 그렇게 썩 좋지는 않았다. 늙어 빠진 암고라니의 맛과 비슷했다.

그렇지 않습니다, 넙치님, 너무나 사랑한 나머지 우리가 그녀를 먹은 것은 아닙니다. 그땐 길고 혹독한 겨울이 계속되는 바람에 강과 호수는 꽁꽁 얼어붙었고, 사탕무는 눈 속에 파묻혔고, 오소리와 멧돼지, 고라니도 모두 어디론가 사라져 버렸습니다. 저장해 둔 기장마저 다 떨어져 우리는 굶주림에 시달리고 있었습니다. 우리는 자작나무 껍질을 벗겨 씹어 먹었습니다. 우리에게 젖을 먹여 주던 여자들은 모두 죽고 없었습니다. 늙은 여자들만이 끈질기게 목숨을 부지하고 있었지요. 바로 그때 아우아가 자신의 몸을 내놓았던 것입니다. 나중에, 훨씬 나중에 가서야, 기근이 들지 않았을 때에도 우두머리 아우아가 죽으면 매번 전래된 요리법에 따라 구워서 먹는 것이 하나의 관습이 되었지요. 이것을 식인 풍습이라고 불러도 좋습니다. 실제로 그랬는지도 모르지요, 넙치님. 그렇지만 어쨌든 우리는 주고받는 사랑이나, 사랑의 아픔이나 사랑의 굶주림 때문에 상대방을 먹었던 적은 결코 없습니다.

또한 비가 시대나 그보다 훨씬 뒤인 메스트비나 시대에도 사랑 때문에 우리의 얼굴빛이 변하는 일은 없었다. 우리는 상대방을 바라보며 얼굴을 붉히거나 창백해지지 않았다. 내가 언제나 비가의 화부 노릇을 했다는 것과, 메스트비나가 나 대신 어부나 바구니 짜는 사내를 취하는 경우가 아주 드물었음은 틀림없는 사실이다. 그러나 두근두근 가슴이 터질 것 같은 숭고한 감정, 고동치는 맥박, 세상을 아니면 바로 옆에 서 있는 나무라도 얼싸안고 싶거나, 온몸을 다 바쳐 서로 하나가 되어 서로가 서로의 일부가 되고 싶거나, 둘이서 조그만 뼈다귀 하나를 함께 갉아 먹고 싶은 욕망, 사랑하는 여인이나 사랑하는 남자와 함께 정사(情死)하거나 사랑의 광기에 사로잡혀 차라리 죽어 버리고 싶은 어리석은 욕망, 이러한 모든 것, 형언할 수 없는 이 같은 감정의 충일, 황홀경에 빠진 두 영혼의 지저귀는 교합은 우리에겐 낯선 것이었다. 어쩌면 우리는 마음속으로도 그와 같은 것을 바라지 않았는지도 모른다.

우리에게 정열이 없었던 것은 아니다. 석기 시대가 한참 지난 뒤에도 메스트비나는 우리 남자들을 준엄하게 다스렸지만, 그녀는 같이 잠자리에 들면 내게 다정하게 대했으며 강꼬치고기를 넣은 경단을 만들고 나서는 흥겨워하기도 했다. 그리고 우리가 늙어 뼈마디마다 통풍(痛風)이 들고 더 이상 육체의 유혹에 넘어가지 않게 되자, 우리는 자주 말없이 움막 앞에 나와 앉아 숲 너머로 떨어지는 저녁 해를 물끄러미 바라보곤 했다. 어쩌면 우리는 떨리는 손을 맞잡고 두런두런 옛날을 회상하는 노후의 애정 생활을 즐길 수 있었을지도 모른다.

나도 사실 메스트비나와 더불어 그렇게 늙어 가고 싶었다. 우리는 서로를 소유하지 않았고, 봄이 되면 아무 데나 가서 벌렁 드러눕곤 했지만 함께 겨울을 보내는 일은 이미 습관이 되어 있었다. 사랑에 빠지는 일이 없었으므로 질투의 감정도 생겨나지 않았다. 3월이 되어 내가 양처럼 껑충대며 뛰어다니든, 그녀가 암말처럼 소리를 치며 다니든, 우리는 서로를 시샘하지 않았다.

이 모든 사정은 아달베르트 주교가 십자가를 들고 찾아온 시점부터 완전히 달라졌다. 어쨌든 넵치의 주장에 따르면, 메스트비나가 그 믿음 깊은 사나이를 위해 요리를 하고, 그로부터 얼마 안 되어 나뭇잎으로 만든 금욕적인 침대에서 그와 잠자리를 같이하고 나서부터 그녀의 두 눈엔 눈물이 어렸고 그녀는 우수 어린 미소를 짓는 일이 많아졌다고 한다.

"내 말을 믿어라, 내 아들아." 그 성자가 죽은 뒤 넙치는 이렇게 말했다. "비록 그녀가 그를 때려죽이긴 했지만, 그녀는 그를 사랑했던 거야. 그녀가 그를 무쇠 국자로 쳐 죽인 까닭은 그가 그녀의 사랑은 받아 주지 않고 하느님만을 사랑했기 때문이야. 그녀는 대답 없는 사랑에 몸부림치며 벌꿀술과 발효시킨 말젖을 마구 퍼마시기 시작했어. 아무튼 사랑이라는 것은 여자들로 하여금 자신들의 타고난 우월한 위치를 버리게 하는 그 무엇이야. 그들은 스스로를 낮추고 기꺼이 예속되고 싶어 하며 굽실거리며 다가오지. 그렇지만 무조건 복종하겠다는 그들의 뜻이 거절당하거나, 프라하 출신 아달베르트 주교의 경우처럼 사탄의 유혹으로 오해받는 경우 그들의 사랑은 광포한 살인으로 바뀌는 거야. 한마디로 말해서, 사랑이란 조심해서 다루어야 할 도구 같은 거야. 우리는 이제부터 그 취급 방법을 익히게 될 것이다, 내 아들아."

이어서 넙치는 여자들의 지배에 종지부를 찍을 수단으로서의 사랑이라는 자신의 이론을 다음과 같이 개진했다. 사랑은 사슬에 매여 있는 모든 감정을 해방시킬 것이다. 사랑은 누구도 대항할 수 없는 하나의 척도를 만들어 낼 것이다. 사랑은 자꾸만 칭얼대는 불만을 위해 젖을 물려 줄 수는 있지만 불만을 완전히 달랠 수는 없을 것이다. 사랑은 탄식의 언어를 만들어 낼 것이다. 환한 듯하면서 어두운 시를 말이다. 사랑은 낙엽과 흐르는 안개, 목재 속의 애벌레, 녹아서 사라지는 눈, 파릇파릇한 봄의 새싹과 동무가 될 것이다. 사랑은 현실에서 볼 수 없는 다채로운 꿈을 만들어 낼 것이다. 사랑은 이 세상을 고운 빛깔로 물들일 것이다. 사랑은 자신들이 상실한 권력을 보상받으려는 여자들로 하여금 온갖 탐욕스러운 요구를 하도록 부추길 것이다. 사랑은 모든 일제빌들에게 한없는 탄식의 동기가 될 것이다.

그런 다음 넙치는 다음과 같이 지시했다. 우리는 사랑을 상부 구조로 건설하여 그 믿음의 지붕 밑에서 소유를 확실히 하면서 실제적인 결혼 생활이 진행되도록 해야 한다. 왜냐하면 사랑과 결혼에는 공통되는 부분이 없기 때문이다. 결혼은 안정을 가져다주지만, 사랑은 오로지 고뇌만을 만들어 낼 뿐이다. 이와 같은 고뇌는 감동적인 시에서만 볼 수 있는 것은 아니다. 불행하게도 그것은 범죄 행위의 원인이 되기도 한다. 그 얼마나 많은 정부(情婦)들이 독살되거나 목이 졸려 죽거나 뜨개바늘에 찔려 죽었던가. 넙치는 계속해서 이렇게 말했다. 그러나 다른 한편으로 사랑은 섬세하게 나뉘어지고 늘어날 수 있기 때문에 제3의 또는 제4의 인물을 끌어들일 수 있으며, 연극 무대에서 감동적인 서너 장면을 연출할 수도 있고, 음악으로 만들어질 수도 있으며 영화화될 수도 있다. 또한 나아가서 여자들에게 복잡한 정신 질환을 일으키는 원인이 되기도 한다. (넙치는 식욕 부진부터 편두통과 거친 과대망상에 이르기까지 사랑과 관련된 모든 질환을 열거했다. 이런 질환들은 얼마 전부터 정신 질환 항목에 포함되어 의료보험 대상으로 인정되고 있는 것들이다.)

넙치는 중세 음유시인의 노래에서 몇 구절을 인용하는가 하면 심지어 비틀스의 노래에서도 시적인 구절을 가져오고 최근 유행가의 노랫말과 광고 언어를 빗대기도 하면서 자신의 논조를 다음과 같이 목표가 분명한 말로 끝맺었다. "먼저 여자들에게 사랑이란 구원하는 힘이며, 사랑받고 있다는 믿음은 정말로 크나큰 행복이라는 것을 넌지시 알려 주어라. 그러고 나서 여자로부터 사랑을 받더라도, 심지어 신으로 떠받들어질 정도의 사랑을 받더라도 그녀로부터 받은 것과 똑같은 사랑을 주지 마라. 가볍게 하는 일시적인 사랑이 영원히 계속되리라는 확신을 여자에게 심어 주지 마라. 여자로 하여금 남자가 자신을 사랑하고 있는지, 변함없이 사랑하고 있는지, 오로지 자기만을 사랑하고 있는지, 혹시 사랑이 식지는 않았는지, 더 이상 사랑하지 않는 건 아닌지, 이런 불안한 걱정에 평생 동안 시달리게 만들어라. 그로 인해 굴욕적인 고통에 시달리게 하라. 여자로 하여금 그와 같은 걱정의 노예가 되게 하라. 그렇게 된 후에야 비로소 모권(母權)의 지배 체계는 패퇴하고, 남근 상징이 승리를 거두어, 모든 여성 생식기의 우상은 힘을 잃게 될 것이며, 우리는 예로부터 전해 내려온 자궁의 어둠을 몰아내고 전제적인 아버지로서의 위치를 영원히 확보하게 될 것이다."

그래, 일제빌. 며칠 전에 넙치가 법정에서 자신의 이론을 떠벌렸을 때, 많은 여자들이 당신처럼 격분했어. 검사는 재판의 첫머리에서부터 넙치의 사랑을 몬타우의 도로테아 건과 관련시켜서 논의할 생각을 해 보았어. 그렇지만 도로테아가 검 제조공 알브레히트 슬리히팅을 사랑하거나 숭배하기는커녕, 오히려 넙치의 사랑론과는 반대로 검 제조공이던 내가 바보처럼 그 마녀 같은 여자에게 흠뻑 빠져 있었기 때문에, 검사는 아그네스 쿠르비엘라 건에 대한 심리가 시작될 때까지 그 알쏭달쏭한 논제를 보류하기로 했어.

아무튼, 사랑은 내게 자유는커녕 그 긴 머리 여자로 인해 불행만을 가져다주었어. 넙치는 내게 내가 사랑에 빠질 수 있는 여자와는 결혼하지 말라고 충고했지만, 나는 그 창백하고 귀여운 계집애와 결혼을 했어. 만약에 내가 귀족으로 태어났더라면 나는 그 당시 유행하던 기사도풍으로 기독교 광신자이던 그녀에게 이런 사랑시를 써서 바쳤을 거야.

"오, 이 세상에서 누구보다도 사랑스러운 여인이여……." 중세 연애 가인들이 부르던 애타는 갈망이 내가 이 세상에 머물던 전성기 고딕 시대까지도 남아 있었거든. 그 역겨운 노래를 듣고 나서부터는 평소에 목석 같던 독일 기사단원들도 사랑의 탄식을 늘어놓으며 사랑의 말이나 속삭이는 철부지가 되어 버렸어. 심지어 통통하게 살이 찐 시골 처녀를 보고도 사랑스러운 마돈나라고 떠벌렸거든. 지난날 건강했던 우리의 짝짓기 유희는 이젠 죄악에 물든 간음으로 매도되었어. 이제 사람들은 금지된 것에서만 욕정을 일으켰어. 연애 가요 속의 사랑은 초반에는 "내 생명 오로지 나의 사랑을 위해"라고 노래하며 영원한 순결을 약속하지만, 첫 두 절만 지나고 나면 정조대 열쇠가 발견되면서 육림(肉林) 속에서 나뒹구는 모습을 보여 주었어. 그렇지만 우리의 숙녀들은—나의 도로테아를 선두로 해서—하느님만을 믿으며 우리에게서 멀리 떨어진 채 누가 남자의 바짓가랑이 이야기만 꺼내도 얼른 두 눈을 감아 버리곤 했어. 다만 우리 남자들만이 어느 말 많은 물고기의 충고를 듣고서 여자들을 신혼의 침대에 묶으려고 마련한 줄에 매달려 버둥거리고 있었어.

도로테아! 그 쌀쌀맞은 계집에게서 조그마한 사랑이라도 얻어 내려고 나는 온갖 짓을 다 해 보았어. 그러나 그녀는 내게 몸을 맡겼을 때조차도 사랑을 거부했어. 나는 칭얼대 보기도 하고 어린애처럼 재잘대기도 하고 여왕의 난쟁이처럼 그녀 앞에서 재주를 부려 보기도 했지. 그렇지만 그녀는 꿈쩍도 하지 않고 그 힘겨운 참회의 고행을 계속하면서 오직 하느님의 사랑만을 원했어. 사랑하는 예수에게만 맹종하면서 그녀는 나를 깔아뭉개고 지저분한 걸레 꼴로 만들어 버렸어. 일제빌, 사랑이 내게 해 준 것은 고작 이런 것이었어. 넙치님, 당신이 남자들을 해방시키기 위해 한 일은 고작 이런 것이었소. 차라리 아우아와 비가와 메스트비나 시대에 머물러 있었더라면, 그들의 다정한 지배가 지속되었더라면 우리는 변함없는 따스함과 포근한 잠자리와 이끼 낀 촉촉한 바닥을 즐겼을 거야. 아우아와 그녀의 여사제들이 우리를 사랑으로 파멸시킨 적은 한번도 없었어.

마침내, 뚱보 그레트가 우리에게 요리를 만들어 주기 시작했을 때서야 비로소 압박은 누그러졌다. 그 사이에 시간이 흐르면서 소유를 보증해 주는 결혼의 관습이 확실히 자리를 잡았고, 여자들은 기사들이 내뱉는 사랑의 토로와 노심초사하며 정조를 지키는 일에 진절머리를 내고 적극적으로 결혼을 하려고 나섰다. 가정, 열쇠, 부엌에 대한 권한을 갖는 것만으로도 여자들은 만족스러워했다. 그들은 남편을 위해 정조를 지키고 항상 상냥하게 처신했다. 그리고 가정주부가 부정을 저지르면 채찍형이나 형틀형, 또는 추방 등의 엄벌을 받았으므로, 남자들은 아버지로서 아이들 양육을 아내에게 마음 놓고 맡겨 둘 수 있었다.

마침내 넙치의 사랑의 이론이 실제 가정 생활에 반영되기 시작했다. 여자들은 단 한 푼이라도 아끼려고 애를 쓰고, 이웃 일에 관심을 보이고, 이웃을 헐뜯고, 뚜쟁이 역할을 하고, 말다툼을 하면서 심술궂은 노파나 귀부인이 되어 갔다. 오직 창녀들과 수녀들만이 이런 일에 가담하지 않았다. 무엇보다도 수녀원장이 되지 않았더라면 포주가 되었을 뚱보 그레트가 그 대표적인 여자였다.

도로테아가 날마다 사순절 식당의 뒷문을 그녀의 하늘의 신랑을 위해 열어 놓고는 현실적인 결혼 생활을 거부한 반면, 마르가레테 루쉬는 애당초부터 고통 같은 것을 멀리했다. 물론 그녀 역시 수녀로서 하느님의 나라와 혼약을 맺고 있었다. 그렇지만 그녀의 튼튼한 육신은 지상의 사랑을 원했다. 그래서 그녀는 수녀원장으로서 젊은 수녀들에게 남자들—수도승이건 또는 떠돌이 가장(家長)이건 — 의 유혹에 넘어가지 말라고 가르쳤다. 넵치가 우리 남자들을 향해 여자들이 사랑을 갈망하도록 만들되 우리 자신은 연애 감정에 빠져 정신을 잃지 말라고 — 아니면 집에서 멀리 떨어진 곳에서 신중하게 하든지 — 충고했던 것처럼, 뚱보 그레트는 자유분방한 비르기트 수녀들에게 남자들의 어떤 유혹에도 넘어가지 말라고 충고했다. 그녀는 이렇게 말하곤 했다. "나를 화나게 하지 말아요. 여러분은 이미 모두 결혼한 몸이니까요." 그렇지만 두세 명의 수녀는 (종교개혁이 진행되고 있던 시절이었기 때문에) 성 비르기트 수녀원을 도망쳐 나와 암담한 결혼 생활의 굴레 속으로 들어갔다.

메스트비나는 마음속으로 성 아달베르트를 흠모했는지도 모른다. 그리고 일제빌은 그녀의 마음에 불을 붙여 줄 시동키를 찾으면서 나를 생각하고 있었는지도 모른다. 비록 한 다스의 남자들을 위해 정성을 다해 요리를 만들어 주긴 했지만, 뚱보 그레트는 — 확신컨대 — 어떤 남자도 사랑하지 않았다. 기껏해야 도망쳐 나온 프란체스코회 수도승이던 내게 모성애 같은 사랑을 베풀어 주었을 뿐이다. 그 당시 마르가레테는 탱탱한 삼십 대의 여인이었으며, 나는 열일곱 살의 수련 수도승이었다. 그녀는 내게 감정을 숨길 필요가 없었다. 나는 하찮은 존재였다. 계속해서 바뀌는 그녀의 부엌데기 중 하나에 불과했다. 뿌리를 잃은 수많은 수도승들이 그녀 주변에 몰려들어 은신처와 따스함과 어머니처럼 포근한 살결을 구했다. 마르가레테 루쉬는 그러한 것을 많이 갖고 있었다. 그리고 그녀는 자기 마음에 드는 모든 사람에게 그것을 나누어 주었다. 몇몇 남자들은 (이를테면 나처럼) 그것을 사랑으로 오해했을지도 모른다.

규정식(規定食)을 창안한 맨발의 상냥한 아그네스야말로 넙치가 물고기다운 계산으로 생각해 낸 위대한 사랑의 감정을 지닌 최초의 여자였다. 왜냐하면 아그네스 쿠르비엘라는 아무런 조건 없이 시 지정 화가이던 나 묄러를, 폴란드 왕을 위해 일한 시인이던 나 오피츠를 한 치의 오차도 없이 넙치가 주장하는 이론대로 사랑했기 때문이다. 우리는 그녀의 사랑에 대해 '헌신적인, 희생적인, 말없이 겸손한, 넘쳐흐르는 마음에서, 죽음을 초월하여, 자신을 버리는, 의심하지 않는, 불평하지 않는' 같은, 뒷날 사랑을 말할 때 관용구로 굳어진 표현들을 사용할 수 있을 정도이다. 게다가 그녀는 사랑을 받은 적이라고는 단 한 번도 없었고 오로지 이용만 당했을 뿐이다. 오피츠는 사랑의 감정에 집중하기에는 위장병이 너무 심했으며 지극히 자기중심적이었고 게다가 숱한 정치적 사건에 휘말려 있었으며, 화가 묄러는 오로지 기름진 먹을거리와 흥청망청한 술자리만을 좋아했다. 그러나 아그네스는 우리에게서 사랑의 응답을 바라지 않고 우리를 사랑했다. 그녀는 우리의 시중을 드는 하녀였다. 그녀는 우리가 고통을 쏟아붓던 양동이였다. 그녀는 우리의 식은땀을 닦아 내던 수건이었다. 그녀는 우리가 기어 들어가곤 하던 구멍이었다. 그녀는 우리의 이끼 베개, 우리의 탕파, 취침 전에 마시는 술, 우리의 저녁 기도였다.

아그네스가 묄러를 위해 육 년 동안이나 그의 똥 싼 바지를

코 한번 찡그리지 않고 갈아입혀 주기는 했지만, 묄러보다 오피츠를 조금 더 사랑했던 것 같다. 그 시인이 돈과 애정에 대해 인색하게 굴면 굴수록 그녀는 그에게 더욱더 깊은 사랑을 느꼈다. 페스트가 시인의 목숨을 앗아 갔을 때, 그녀는 시인이 임종할 때 누워 있던 돗자리와 땀에 흠뻑 젖은 침대 시트를 꽉 움켜쥐고 놓으려 하지 않았다. 병사들은 그녀가 손에 움켜쥔 천 조각을 빼앗기 위해 그녀를 두들겨 패야 했다. 그녀는 목숨을 바쳐 그를 사랑했던 것이다. 슐레지엔 출신의 또 다른 시인인 호프만스발다우가 작고한 오피츠의 유고(遺稿)를 가져가려고 단치히에 도착했을 때(그리고 지몬 다흐가 쾨니히스베르크에서 보낸 로베르틴 씨와 오피츠의 유고를 놓고 다투게 되었을 때), 아그네스 쿠르비엘라는 오피츠가 번역한 『시편』의 최종 원고와 한 꾸러미의 시작 노트, 젊은 시절 루마니아 트란실바니아 지방에서 교사로 일할 때부터 드문드문 써 온 『고대 다치아』의 미완성 원고, 오랫동안 스웨덴의 재상 옥센스티르나와 주고받은 편지들을 부엌 아궁이에 넣고 태워 버렸다고 한다. 그녀는 호프만스발다우에게 심지어 오피츠가 쓰던 거위 깃펜 하나도 넘겨주지 않았다. (일제빌, 당신은 앞으로 언젠가 내가 쓰던 낡은 휴대용 타자기에 기름을 치고 먼지를 닦아 내 가면서, 그것을 그런대로 소중하게 간직할 수 있겠어?)

넙치의 의견에 따르면 그처럼 조금도 흔들림이 없는 사랑은 이미 지배의 또 다른 형태이며 그가 생각한 사랑의 개념과는 사뭇 다른 것이었다. 그는 계속해서 이렇게 말했다. 아그네스 쿠르비엘라는 사랑의 응답을 받지 못했다고 해서 한순간도 괴로워한 적이 없었으며 눈물 젖은 손수건을 잘근잘근 씹지도 않았다. 오히려 그녀는 티 없는 기쁨을 발산했다. 사랑은 그녀를 남자에게 의존하는 노예 상태로 묶기는커녕 더욱더 강력하고 본래보다 더 큰 모습의 여인으로 만들어 주었다. 부엌데기 하녀가 거둔 이러한 승리는 그가 애당초에 생각했던 의도와 다른 것이긴 하지만, 그녀가 보여 준 관대함과 헌신, 인종(忍從)의 태도에 대해서는 존경하는 마음을 표하지 않을 수 없다는 것이었다.

그리고 여성 배심 법정에서 검사 측이 마침내 넙치의 사랑의 이론을 심리 사안으로 삼았을 때, 넙치는 다음과 같이 자기 변론을 늘어놓았다. "진정해 주시기 바랍니다, 엄중하신 배석판사 여러분. 내가 이미 시인했다시피, 일찍이 남자들이 여자들에게 예속된 상태여서 이를 억압이라는 말로 적절히 표현할 수 있던 시절부터 나는 사랑을 이에 대항할 힘으로 구상했습니다. 사랑은 지금까지의 불균형에 대한 보상으로서 남자에겐 특권을 주고 여자에겐 종속적인 위상을 만들어 내야 한다는 거지요. 그러나 그때 적지 않은 수의 여성들이 아그네스 쿠르비엘라의 뒤를 이어 내가—고소장에 적혀 있는 표현을 빌리자면—교묘하게 고안해 낸 억압의 수단을 여성의 영원한 위대성을 나타내는 상징으로 변형시키는 데 성공했습니다. 엄청난 극기력이여! 지독한 자기 희생이여! 이루 말할 수 없는 꿋꿋함이여! 모든 둑을 부숴 버리는 감정의 발산이여! 대단한 정절이여! 그 모든 위대한 사랑의 여인들이여! 그들이 없었다면 문학은 어찌 되었을까요? 줄리엣이 없었다면 로미오는 보잘것없는 존재가 되었을 것입니다. 디오티마가 없었다면 횔덜린은 찬가에서 그의 마음을 누구에게 쏟아부을 수 있었겠습니까? 아, "오, 나의 기사님!" 하고 외치는 '케트헨 폰 하일브론'의 사랑은 지금도 얼마나 우리를 감동시키는가요! 그리고 괴테의 『친화력』에 나오는 오틸리에의 죽음도 마찬가지입니다.

우리의 아그네스의 사랑은 이처럼 조용하고, 때로는 애처롭고, 언제 어디서나 빠지지 않고, 결코 잘난 체하지 않으면서도 강렬한 사랑이었습니다. 물론 나는 나를 심문 중인 이 법정의 엄중하신 부인들이 일부러 다른 태도를 취하고 있다는 것과 시대의 흐름과 발맞추지 않을 수 없다는 것을 잘 알고 있습니다. 이를테면 훈차 여사 같은 분은 분명 감정을 갖고 있지만 그 감정을 말로 표현하기에 앞서 먼저 합리적으로 따져 보고 있습니다. 그렇지만 나는 내가 직접 기력이 쇠잔해진 형편없는 두 사내에게 맡겼던 그 가엾은 아이에게 같은 여자로서 약간의 이해심을 보여 주십사 부탁드립니다. 나는 뮤즈로서의 아그네스의 능력에 대해서 말씀드렸습니다만, 여러분께 여자만이 지닌 이 자질에 대해 충분히 납득시키지는 못했습니다. 그러나 어쩌면 말수가 적은 아그네스가 나를 대신하여 말하는 데 성공한 것 같습니다. 예속적인 사랑을 만들려는 나의 나쁜 술책을 그녀는 오히려 순수한 감정으로 변환시켜 결국엔 여성의 사랑의 힘이 승리를 거두게 하여 남자들을 왜소하게, 정말 왜소하게 만들어 버렸습니다."

넘치는 변론을 마치면서 마지막으로 재판장과 배석판사들, 검사, 그리고 여성 재판부의 모든 혁명 자문위원들을 향해 마음을 너무 냉정하고 무감각하게 먹지 말고 아그네스 쿠르비엘라의 선례를 좇아 지난날처럼 다시 사랑으로 돌아가 달라고 부탁했다. "그것, 오직 그것만이 여러분이 갖고 있는 진정한 힘입니다. 그것을 갖고 있는 남자들은 없습니다. 정확하게 나를 꿰뚫어 보고 발가벗겨 유죄를 증명하고 논박한 당신들의 총명함이 아니라, 바로 당신들이 갖고 있는 사랑의 힘이 언젠가 이 세상을 바꾸어 놓을 것입니다. 내 눈엔 벌써 새로운 애정이 나타나고 있는 것이 보이는군요. 모든 남자와 모든 여자를 감싸안을 새로운 감정입니다. 빛나는 사랑의 광채가 온 세상을 밝게 비출 것입니다. 더 이상 바랄 것이 없는 수백만의 일제빌들. 사랑의 부드러움에 남자들은 부끄러움을 느끼면서 자신들의 권력과 영광을 포기할 것입니다. 오로지 사랑만이 남을 것입니다. 여러분들의 눈이 미치는 곳 어디든……."

바로 그때 넙치의 말이 잘렸다. 방탄유리 상자와 연결되어 있는 통화 장치가 차단된 것이었다. 넙치의 법정 선임 변호사인 폰 카르노 여사가 눈물을 흘리며 항의하고, 혁명 자문위원회가 (또다시) 분열되는 상태에 이르렀음에도—나중에 넙치당으로 불린 분파가 이때 처음으로 생겨났다.—불구하고 여성 재판부는 부엌데기 하녀 아그네스의 사랑이 여성해방에 기여했다는 점을 인정하려 들지 않았다. 휴정이 선언되었다. 전문가의 의견과 이에 대한 반대 의견. 파벌 간의 싸움들.

그러나 그 뒤에도 본격적으로는 아니지만 사랑에 대해서 가끔 논의되었다. 그것은 재판 과정에서 아만다 보이케 사건이 쟁점이 되어, 그녀가 럼포드 백작에게 보낸 편지들이 연애 편지로 평가되었을 때의 일이다. 그렇지만 사실 두 사람이 주고받은 편지들 속에는 감자 재배법이나 오래 타는 화덕, 빈민 급식소, 그리고 빈민 구호를 위한 럼포드의 수프 같은 이야기만이 적혀 있을 뿐이었다. 재판부가 혁명적인 삶을 살았다고 평가한 요리사 조피 로트촐에 대해 넙치는 그녀의 생은 처음부터 끝까지 비극적인 사랑으로 얼룩졌다고 말했다. 열네 살밖에 안 된 나이로 결국 그녀는 열렬히 사랑하던 프리츠를 그라우덴츠 요새로 넘겨줄 수밖에 없었고, 프리츠는 비밀 단체에 가입한 죄로 종신형을 받았다는 것이었다. 조피는 사십 년 동안 남자들의 온갖 유혹을 물리치며 살았고, 마침내 프리츠가 몸이 완전히 망가진 채 돌아왔다는 것이었다. 그렇지만 이것을 사랑으로, 아그네스만이 할 수 있는 사랑으로 인정해야 한다는 것이었다.

그리고 넙치는 가난한 사람들에게 음식을 만들어 주었던 레나 슈투베의 경우나, 비극적으로 남다른 사랑을 추구했던, 빌리라는 애칭으로 불렸던 지빌레 미일라우의 경우에서, 그리고 아직도 미해결 상태로 남아 있는, 조선소 노동자 식당 요리사인 마리아의 경우에서 사랑의 요소를 축소하려 하지 않았다. 사랑은 어디에서나 힘을 보여 주었다. 사랑은 많은 실타래를 뺀었다. 사랑은 굶주림과 페스트와 여러 차례의 전쟁에서 끈질기게 살아남았다. 사랑은 모든 경제적인 손익 계산을 초월했다. 사랑은 사랑에 빠진 여인을 여위게 만들었으며, 레나 슈투베에게 사랑은 말 없는 고통이었다. 사랑에 사로잡힌 조피는 얼굴에 잔주름이 생긴 노처녀가 되어서도 결코 희망을 버리지 않았다. 빌리는 다른 곳에서 사랑을 구했다. 아만다는 사랑을 편지 속에 은밀하게 담았다. 그리고 또한 사랑은 사람을 단단하게 만들 수도 있기 때문에 천천히 돌로 변해 갈지도 모른다.

"아닙니다!" 모래 속에 온몸을 푹 파묻은 채 넙치가 여성 재판부를 향해서 말했다. "내게 후회란 추호도 없습니다. 사랑이 없다면 이 세상엔 치통밖에 남지 않을 것입니다. 사랑이 없다면—나는 이 말을 물고기로서 말씀드립니다만—인간의 삶은 짐승보다도 못할 것입니다. 사랑이 없다면 어떤 일제빌도 제대로 살아갈 수가 없을 것입니다. 여기서 다시 한번 부엌데기 하녀 아그네스에 대해 간단히 말씀드리겠습니다. 그녀는 화가 묄러의 부은 간과 시인 오피츠의 민감한 위를 위해 정성껏 요리를 하는 가운데 '사랑은 위를 거쳐서 간다.'[13]는 어찌 보면 좀 멍청한 격언에 다정한 의미를 부여했습니다. 아, 그녀가 끓여 주었던 오트밀! 아, 그녀가 끓여 주었던 닭죽!

엄정하신 숙녀 여러분, 내 말에 조금만 더 귀를 기울여 주신다면, 유실된 오피츠의 시들 중에서 몇 줄을 인용하는 것으로 나의 말을 마칠까 합니다.

사랑은 내 마음에 불을 붙여 주는 그 무엇.

아, 사랑하는 이여, 서둘러요, 그렇지 않으면

---

13) 남편의 사랑은 부인의 요리 솜씨에 달려 있다는 뜻.

흰 우유에 절인 당신의 생선이 식탁에서 식어 버릴 테니.
당신이 내게 맛 좋은 생선을 만들어 주는 건 사랑 때문이지."

생선 요리를 하며 아그네스를 추억하다

'대구요! 대구!', 값이 쌌던
시절의 대구를 회상하며
나는 오늘 백포도주에 삶은
대구 위에다,
어느덧 우윳빛이 되어 버린
하얀 두 눈깔이 열병에 걸린 오피츠의
빈 종이 위를 굴러다니는 대구 위에다
먼저 얇게 썬 오이를 얹은 다음,
불에서 내려, 서양자초를 첨가했다.

대구 요리에다 나는 새우 꼬리를 뿌렸다.
서로 모르는 사이인 우리의 두 남자 손님은
앞날을 걱정하는 말을 주고받으면서
서서히 익어 가는 대구를
손가락으로 잡아 뜯었다.

아, 요리하는 여자여, 당신은 지켜보고 있구나,
납작한 숟가락으로 내가

부드러운 살코기를 저며, 금세 뼈를 발라내는 것을.
그러면 아그네스가 자꾸만 생각난다.

이제 두 신사는 서로 잘 아는 사이가 되었다.
나는 말했다, 오피츠는 우리 나이에 페스트로 죽었다고.
우리는 예술과 물가 이야기를 했다.
정치에 대해서 열을 내지는 않았다.
그런 다음 시큼한 버찌 수프를 먹었다.
그러면서 옛날의 버찌 씨들을 생각했다.
우리가 부자, 가난뱅이, 농부, 사제였던 그 시절…….

그 사내의 이름은 악셀

일제빌, 사랑은 아주 다른 거야. 사랑이란 넙치가 생각해 낸 동화 같은 것하고는 사뭇 달라. 오히려 사랑은 비가 내리는 것처럼 자연스레 존재하는 거야. 사랑은 라디오처럼 끌 수 있는 것이 아니고, 사랑은 생선 비린내를 풍기지 않으며, 영화관에서 상영되지도 않아. 사랑이란 우연치 않게 시작되는 거야. 이를테면, 어떤 여자가 버터밀크를 좋아하는데, 웃기게도 나도 버터밀크를 좋아하는 거야. 그러면 벌써 거기서 사랑이 싹트는 거야.

이제 당신은 임신 4개월이 되었어. 우리가 우리의 사랑을 표현할 방법을 찾다 보니 그렇게 된 거지. 이제 우리의 사랑에서 실제로 뭔가 분명한 것이 나타나겠지. 그렇지만 아이 낳는 것 자체가 목적이 될 수는 없어. 사랑은 더블베드보다 훨씬 더 넓고, 시간 따위에 구애받지 않고서 자라나는 거야. 사랑은 어디서나 고뇌하고, 뿔뿔이 흩어지기도 하고, 쪼개지기도 하지만, 그러면서도 언제나 하나인 거야.

그렇기 때문에 아그네스 쿠르비엘라에겐 묄러가 먹다 남긴 생선 요리에다 싱싱한 서양자초를 얹어서 오피츠를 위해 수프를 만들어 주는 일이 그렇게 어렵지 않았던 거야. 그리고 당신도 마찬가지로, 만약에 내가 음식을 먹다가 남기면, 그것을 가지고 집 밖에서, 그러니까 우리들 사이에 전화가 연결되지 않는 그 어디에선가 맛있는 음식을 만들어 내놓을 수도 있는 거야. 과거로 거슬러 올라가서 우리가 서로 만나면 안 될까? 이를테면, 도로테아 시절엔 코게 성문이라고 불렸던 그뤼넨 성문에서 말야. 아그네스는 시장에서 막 돌아오고 있는 중이야. 화가 묄러에게 요리해 주려고 털을 뽑지 않은 닭을 한 마리 사 가지고서 말야. 그 사이에 나는 (블라디슬라브 왕과 협상 중이기 때문에) 마음속으로 여러 가지 구상을 하면서 다른 작가들에게서 빌려 올 만한 인용문들을 생각하고 있어. 그녀는 임신 중이고, 때는 겨울철이야. 그녀는 질척한 눈길을 터벅터벅 걸어오고 있어. 그녀의 뒤뚱대는 걸음걸이. 그녀는 보이틀러 골목으로 접어들고 있어. 그녀가 넘어지지 않았으면 좋겠군…….

"변명이 참 많으시기도 하군요!" 하고 말하면서 당신은 차가운 눈길로 창밖에 펼쳐진 일월 풍경을 내다보고 있어. 그렇지만 핑계(도피) 없이 우리가 어떻게 살아갈 수 있겠어! 핑계(도피할) 거리를 찾는 것은 당신도 마찬가지야. 그렇기 때문에 아그네스는 한번도 문을 잠그지 않았던 거야. 문을 항상 반쯤 열어 놓았지. 그녀는 오고 가는 데 아무런 주저함이 없었어. 그녀가 자주 내게 와 있었지만, 나는 나만을 보았을 뿐이야. 반면에 어떤 사람은 (이를테면 묄러 같은 사람은) 그녀가 나와 함께 있을 때에도, 그녀의 모습을 보았어. 그녀의 사랑은 장소를 초월했던 거야. 그렇기 때문에 나는 그녀가 어디에 있는 건지 알 수가 없었어. 그러나 내가 애타게 그리던 것이 사실은 언제나 내 곁에 있었던 거야. 그리고 이 세상의 모든 것은 자신의 등뼈처럼 꼬리지느러미 쪽으로 갈수록 줄어든다는 생각을 갖고 있던 넙치조차도 어떻게 해서 그녀의 서양자초가 바닥나지 않는 건지 알 수가 없었어. 넙치는, 사랑이란 쥐덫처럼 찰칵 하고 닫혀야 한다고 생각했던 거야. 그렇게 해서 그녀가 묄러와 나의 덫에 잡혀야 한다는 거지. 그런데 네댓 명의 스웨덴 놈들 중 하나가 정말로 그랬어. 그들의 연대는 푸치히에 주둔하고 있었어. 그들은 가끔 말을 타고 해안의 모래언덕 너머로 토끼 사냥을 나오곤 했어. 바로 그 모래언덕에서 그들은 해안의 풀밭에 앉아 있던 곱슬머리의 아그네스를 발견했어. 그녀는 거위 떼를 돌보던 중이었어. 그때 갑자기 네 사내가 그녀를 덮쳤어. 하나씩 잇달아서 말야. 시간은 얼마 걸리지 않았어. 그렇지만 첫째 사내만이 그녀의 가슴속에 진정으로 남아 있었어. 그 사내는 나중에 그녀에게 다가온 묄러나 오피츠보다 훨씬 가깝게 느껴졌어. 그 사내의 이름은 악셀이었다고 해.

그리고 보송보송한 그 사내의 수염은 금발이었다는 거야. 그리고 그 사내의 거친 목소리가 그녀의 마음속에 여운처럼 남아서 그녀에게 명령을 내린다는 거야. 그 사내는 돌아오지 않았지만, 그녀에게는 언제나 그가 가까이 느껴졌어. 한편 나는 아그네스가 내 방으로 드나들 때, 백지 앞에 앉아 츨라트나의 추억을 더듬고 있었어. 나는 트랜실베니아에 있는 그곳에서 젊은 시절 교사로 있으면서 멍석 위에 앉아 있다가 느닷없이 나타난 한 처녀의 모습에 깜짝 놀란 적이 있어. 그녀는 내게 요리를 해 주던 처녀는 아니었어. 이건 말야, 내가 지금 여기 당신 옆에 있는데도 혹시 누가 오지 않나 당신이 귀를 기울이는 것과 똑같은 거야. 실제로 나는 한참 동안 다른 곳으로 사라지고 없는 거야, 담배나 피우면서 말야.

나의 변명들—당신의 변명들. 우리 말야, 시트러스 냇물이 라다우네강으로 흘러들고, 라다우네강물이 모틀라우강으로 흘러들며, 모틀라우강물이 바이크셀강으로 흘러들어 마침내 모든 물이 모여서 함께 발트해로 흘러드는 지점에서 만나기로 해. 그곳에서 당신에게 아그네스에 대한 이야기를 들려줄게. 일제빌, 내가 당신한테 다가가서 나도 모르게 당신을 아그네스라고 부르곤 하지. 그 때문에 우리 사이에 싸움이 벌어지곤 하는데, 내가 말해 주려는 아그네스가 바로 그 아그네스야.

아그네스 쿠르비엘라가 스웨덴 점령군이 주둔하고 있던 헬라 반도에서 시내로 들어왔을 때, 이미 몇 년 전부터 술독에 빠져 있던 늙은 화가 묄러는 그녀가 헬라 해안에서 가져온 유일한 물건인 조개껍질을 가지고 토비아스 교회의 뜰에서 아이처럼 놀고 있는 모습을 발견했다. 스웨덴 병사들은 그녀의 아버지와 어머니, 그리고 그녀의 거위들을 모조리 앗아 가 버렸다. (나중에 그녀는 부모를 먼저 잃었는지, 아니면 거위를 먼저 빼앗겼는지 제대로 기억하지 못했다.) 묄러는 깊은 생각에 잠긴 듯 고개를 갸우뚱하게 떨구고 있는 그녀의 모습을 보자 측은함이 느껴져 그녀를 카르펜자이겐 거리에 있는 그의 집으로 데리고 가 그녀에게 부엌일을 맡겼다.

아그네스가 삼 년 동안 시 지정 화가를 위해 장 보는 소녀로, 등짐을 진 카슈비아 처녀로, 엄숙한 표정의 레이스 짜는 여인으로, 또는 한껏 차려입은 부잣집 딸로 모델 노릇을 해 주고, 게다가 (그가 기름기 있는 음식을 좋아했는데도) 그를 위해 가벼운 음식을 만들어 주고 난 뒤, 그녀의 앞치마 자락이 서서히 들리기 시작했다. 드디어 그녀는 그를 위해 임신한 모델이 된 것이다.

빨간 초크로 수수한 모습의 스케치를 몇 장 그린 뒤 묄러는 그녀가 해산하기 직전에 자신이 아버지가 된다는 것을 증명이라도 하려는 듯 온갖 색깔의 초크로 그의 부엌데기 하녀의 불룩한 배에다 자신의 자화상을 그렸다. 그것은 살아서 움직이는 초상화였다. 태아가 위치를 바꾸거나 팔다리를 움직이기만 하면, 아버지로 추측되는 사람의 초상에 주름이 잡혔기 때문이다. 그는 눈가엔 웃음을 머금고 볼은 통통하며 입가엔 붉은 수염이 난 농부처럼 보였다.

그다음 묄러는 자신의 건강한 얼굴을 몸에 지니고 다니는 만삭의 아그네스를 충실하게 유화 캔버스에 담았다. 그렇지만 그는 캔버스의 오른쪽은 그냥 비워 두었다. 아이가 태어나자마자—계집아이는 채 일 년도 못 살고 죽었다.—그는 먼저 젊은 산모의 홀쭉해진 배 위에 자신의 모습을 초크로 그리고 나서, 간장병에 걸린 그의 병든 얼굴을 배에 담고 있는 아그네스의 모습을 유화 물감으로 캔버스의 오른편 비워 둔 공간에다 그려 넣었다. 바로 만삭의 그림(그 그림에는 익살스러운 그의 얼굴이 그려져 있었다.) 옆에다 그려 넣었다. 그렇게 해서 왼쪽에는 볼이 통통한 아버지가, 오른쪽에는 병든 얼굴의 아버지가 그려졌다.

화가 묄러는 자신의 두 모습을 바라보았다. 그에겐 모든 것이 알레고리였다. 좀 꾸민 면이 없지 않지만, 그럼에도 호감을 주는 성공적인 이 그림이 우리에게 전해지지 않은 것은 참으로 유감스러운 일이다. 갓난 야트비가가 죽은 뒤 묄러는 캔버스를 손으로 박박 긁어서 구멍을 내고 갈기갈기 찢어 버렸다는 것이다. 그렇게 해서 그는 자신을 이중으로 살해한 것이다.

우리는 통계상으로 여러 가지 경악스러운 기록과 함께 특별식을 먹는 유럽의 젖먹이들이 인도의 젖먹이들보다 아홉 배나 많은 단백질과 탄수화물 그리고 칼로리를 섭취한다는 (또는 마지못해 먹고서 제대로 소화시키지 못한다는) 사실을 읽을 수 있다. 아그네스 쿠르비엘라는 단백질이나 비타민에 대해 아는 것이 하나도 없었다. 로테르담의 에라스무스가 이미 (라틴어로) 모든 어머니들에게 아이들을 모유로 키우라고 간곡하게 권한 바 있지만, 아기를 낳은 지 며칠도 되지 않아 젖이 말라 버린 데다가 묄러가 유모를 쓸 생각조차 하지 않았기 때문에, 아그네스는 원래부터 병약한 갓난아이에게 처음에는 묽은 소젖을, 다음에는 오트밀을, 그러다가 마침내는 그녀가 우물우물 씹은 것을 먹였다. 그녀가 씹어서 먹인 것은 기장을 넣고 끓인 닭죽, 어린 순무와 함께 삶은 송아지의 뇌, 청어 알을 곁들인 시금치, 그리고 불콩 수프에 담근 양의 혀 같은 것들이었다. 이것들은 모두 화가 묄러가 먹고 남긴 것이었다.

그리고 그 뒤 언젠가, 나의 일제빌이 (서인도제도로) 여행을 떠났을 때 나 역시 아그네스와 똑같은 방식으로 우리 아이에게 음식을 먹였다. 한 통에 1마르크 50페니히에서 1마르크 80페니히 정도 하는, 진공 포장으로 되어 있어 뚜껑을 열 때 펑 소리가 나는, 내용물 분석표가 붙은 유리 용기에서 꺼내 먹였다. 그리고 삶은 쇠고기와 계란 국수에 토마토 소스를 쳐서 먹였다. 이 음식물은 단백질이 3.7퍼센트, 지방이 3퍼센트, 탄수화물이 7.5퍼센트, 그리고 100그램당 열량이 82칼로리였다. 이 용기의 총 중량은 220그램이었고, 그중에서 고기 무게는 28그램이었다.

주간 식단—신선한 달걀과 감자와 시금치 크림, 쌀밥과 칠면조 고기, 여러 가지 야채와 계란 국수와 햄—에 따라 식단을 운영하는 과정에서 균형 잡힌 섭생이 되도록 음식물의 수치는 조금씩 바뀌었다. 야채 소스와 감자가 들어간 대구 통조림의 내용물 분석표를 보면 단백질이 5.4퍼센트, 열량은 93칼로리였다. 대구의 함량은 49그램이었다. 그리고 또한 나는 일제빌이 여행을 떠나 있는 동안 (그리고 여행 안내서에 나오는 것처럼 그녀가 검은 피부의 사람들 틈에서 금발을 휘날리며 백사장을 거닐고 있는 동안) 날마다 한 차례씩 봉지에 든 이유식을 끓인 물에다 탔다. 이 이유식에는 우유와 식물성 기름과 거칠게 빻은 밀가루 외에 꿀과 설탕이 함유되어 있었다. 이 이유식에는 (겉포장에 적혀 있듯이) 또한 비타민도 첨가되어 있었다. 또한 나는 아침 6시 반과 정오에 우리 아이에게 영양분이 듬뿍 들어간 분유를 물에 타서 주었다. 그 전에 나는 일제빌이 시킨 대로 펄펄 끓는 물로 고무 젖꼭지를 소독해야 했다. (아, 내가 나의 아그네스에게 이웃에 사는 첸라인 부인을 유모로 얻어 주었더라면 얼마나 좋았을까!)

어린아이의 양육. 이것은 오늘날 홀아비에게도 더 이상 문젯거리가 되지 않는다. 모든 것이 다 갖추어져 있는 세상이기 때문이다. 흡수력이 좋은 일회용 기저귀, 연고와 분, 긴급할 경우에 사용할 수 있는 진정제, 의사와 약속을 정할 수 있는 전화번호 등 모든 것이 있다. 또한 실제의 경우를 위해 사용할 수 있도록 상세한 설명과 그림이 곁들여진 문고판들도 많이 나와 있다. 머지않아 남자에게도 믿고 아이를 맡길 수 있을 것이다. 머지않아 남자도 혼자 힘으로 해낼 수 있을 것이다. 머지않아 그는 따스한 손길을 베푸는 법을 배우게 될 것이다. 머지않아 남자는 생각보다 훨씬 어머니다운 면을 보여 줄 것이다…….

"걱정할 필요 없어. 그런 건 정말 누워서 떡 먹기야. 그런 일은 순식간에 해치울 수 있어. 남자라고 해서 혼자서 해내지 못하라는 법 있어? 그것을 여자만의 일이라고 할 이유가 어디 있어? 좋은 여행 되길 바라, 일제빌. 그리고 원기를 되찾도록 해. 해방감을 만끽해 봐. 그렇지만 우리를 잊지는 마. 그리고 가끔 나를 생각해 줘. 아무튼 당신 몸조심이나 잘 해. 그곳 바닷속엔 상어가 있다고들 하던데. 그 섬에서 우리에게 엽서 한 줄 써서 보내 줘. 우리는 잘해 나갈 테니까 걱정 말고."

도로테아가 첫돌도 안 된 계집애 쌍둥이를 포함하여 아직 살아남아 있던 네 아이를 내게 맡겨 두고 핀스터발데와 아헨으로 순례 여행을 떠났을 때는 모든 게 지금보다 훨씬 어려웠다. 캘커타에서 나는, 도로테아가 전성기 고딕 시대의 유행을 따라 나를 집에다 두고 떠났을 때처럼, 그리고 아그네스가 딸 야트비가를 위해 순무와 암탉의 가슴 고기를 잘근잘근 씹어 주었을 때처럼 (그녀에게 유모를 구해 주는 것을 단호하게 거절했던 묄러는 아이에게 음식을 씹어 주고 있는 그녀의 모습을 빨간 초크로 스케치했다.) 아이들에게 음식을 미리 씹어서 먹여 주는 어머니들을 보았다. 그러나 야트비가는 어머니가 씹어 준 음식을 받아먹으려 하지 않았고, 또한 먹을 수도 없었으며, 날이 갈수록 적게 받아먹다가, 아무것도 몸에 받아들이지 못했으며, 된똥을 누다가, 나중에는 소화도 시키지 못한 채 좍좍 묽은 설사를 했다. 그 아이는 보채며 신음 소리를 냈고, 나이답지 않게 늙어 보였으며, 기력이 쇠잔해지더니 마침내 죽고 말았다.

과거를 돌이켜 보는 통계들이 보여 주듯이, 그런 일은 당시에는 교외에 사는 무두장이네 집이나 농노의 집에서뿐만 아니라 어디서든 흔히 찾아볼 수 있는 것이었다. 쬐그만 마르타, 안나, 주먹만 한 군델. 슈티네, 트루데, 로비제. 내가 도로테아, 아그네스, 아만다와의 사이에서 낳은 수많은 아이들이 죽어 가면서 내게 이루 말할 수 없는 고통을 남겼기 때문에, 내가 우리의 갓난아이에게 살균 소독된 우유병을 건네주거나, 정확하게 잰 내용물들이 담긴 진공 용기 뚜껑을 펑 소리를 내면서 열거나, 거칠게 빻은 이유식을 뜨거운 물에 타서 아이에게 주고 잘 소화된 그 결과물—정말 그 냄새는 구수했지!—을 일회용 기저귀로 받아 낼 때면, 나는 정말 커다란 기쁨을 느꼈으며 중부 유럽의 유아식 산업을 칭송하지 않을 수 없었다. 물론 나는 우리 아이를 비롯한 다른 수백만의 귀여운 아이들이 매일매일 그처럼 잘 먹는 바람에 남아시아의 젖먹이들은 생존에 꼭 필요한 것마저 빼앗기고 있다는 사실을 알고 있다. 이보다 더 나쁜 것은 비타민을 첨가한 우리의 분유가 유럽 이외의 지역의 수많은 젖먹이들에게는 치명적이라는 사실이다. 그렇기 때문에 아프리카에서 새로운 분유 시장을 개척하려는 스위스의 한 대기업의 광고를 우리는 범죄 행위라고 불러 마땅하다. (아프리카의 엄마들이 자신들의 모유에 대해 갖고 있는 믿음을 손상시킨 것.) 그래서 넙치는 여성 재판부에서 유아식에 대한 논의가 계속되자 깊은 근심에서 우러나오는 목소리로 이렇게 말했다. "숙녀 여러분. 여기서 바로 여자들끼리의 연대가 필요하다고 생각합니다. 여러분들이 이미 지금까지 인스턴트 유아식을 써 왔다면, 이제 여러분은 아프리카에 사는 여러분의 자매들에게 도움을 줄 차례가 되었습니다. 그것은 이를테면 네슬레사에서 만들어 낸 예쁘게 포장된 상품들을 보이콧함으로써 가능합니다. 인구 과잉이라는 세계적인 문제가 유아사망률의 증가로 해결될 수 있다고 생각합니까? 여러분은 그렇게 생각하시나요?"

그러나 여성 방청객들은 큰 소리로 항의했다. 모두들 분유를 포기할 수 없다고 말했다. 혁명 자문위원회 위원들 역시 대다수가 진공 포장 용기에 담긴 유아식을 강력하게 옹호하면서 이렇게 말했다. 넙치가 돌아 버린 모양이다. 하필이면 어머니들에게 소비를 하지 말라고 말하다니! 직장이 있는 여성들에겐 유아식이 정말로 필요하다. 여성들이 가사의 부담에서 벗어날 수 있을 때 여성해방의 힘을 발휘할 수 있다. 그것을 포기할 수는 없다. 어쨌든 우리는 연대할 것이다. 그리고 아프리카로 안부의 전보를 보낼 것이다. 물론 네슬레사가 아프리카에서 저지른 짓은 파렴치한 것이다. (그런 다음 그들은 압도적인 지지로 결의문을 채택하여 방청객들의 서명을 받아 무게를 실은 다음 전 세계로 전송했다…….)

아기가 죽은 뒤 얼마 안 되어 아그네스는 다시 아기를 갖고 싶어 했다. 그러나 유모를 구해 달라는 그녀의 청을 거절한 화가 묄러의 아이를 갖고 싶어 한 것은 아니었다.

자신을 폰 보버펠트라고도 칭했던 마르틴 오피츠가 폴란드 왕국의 외교관으로 채용되어 단치히에 거처를 정했을 때, 그의 나이는 마흔 살이 채 못 되었던 반면에 화가 묄러는 이미 예순이 넘어 있었다. 단치히에 도착한 직후 그 시인은 한 귀족 가문의 처녀에게 반해 버렸다. 그러나 라틴어로 된 시도 암송할 줄 아는 그 처녀는 이미 그곳에 사는 한 상인의 아들과 약혼한 몸이었다. 니클라시우스 사제의 알선으로 곧 오피츠의 음식 시중을 들게 된 아그네스는 언제나 말없이 맨발 차림으로 그 시인의 옆에 붙어 있으면서 그 멍청한 처녀—그녀의 이름은 우르줄라였다.—를 그의 마음에서 쫓아내 버렸다. 그렇지만 그는 여전히 우르줄라를 애타게 그리워했으며, 그와 같은 애절한 마음을 라틴어 시로 노래했던 것 같다.

인간은 언제나 도망칠 궁리만 하는 법. 그러나 그는 영원히 그렇게 하지는 못했다. 아그네스는 그와 규칙적으로 잠자리를 함께한 첫 번째 여자였다. 푸줏간을 하던 그의 아버지는 첫 부인이 일찍 죽자 둘째, 셋째, 넷째 부인을 얻어서, 그 사이에서 차례차례 많은 아이를 만들었다. 그러나 그의 아들은 여자를 접할 기회가 그렇게 많지 않았다. 고작해야 궁정에서 일어나는 조그만 연애 사건이 전부였다. 그는 브레슬라우에 있을 때 한두 명의 일반 시민 아낙네들과 은밀한 관계를 가졌다가 돈만 물어 주고 그곳에서 줄행랑을 친 적이 있었다. 그가 베틀렌 가보르 영주 밑에서 젊은 교사로 일하고 있을 때 다치아의 한 하녀가 성교를 어떻게 하는 건지 생전 처음으로 그에게 직접 보여 주자 그는 소스라치게 놀랐다고 한다. 심지어 그의 평생 동안 계속된 전쟁조차도 스웨덴의 기병(기수 악셀) 누구에게나 섹스의 기회를 베풀어 주었지만 그에게는 그런 기회를 주지 않았다. 언제나 책이나 들여다보고, 짚요나 침대에서 못생긴 모습으로 혼자서 뒹굴 뿐이었다. 쑥 들어간 그의 턱을 보라. 새로 부임해 오는 제후들에게 시를 지어 바치거나 감사의 서한을 쓰는 게 그의 일이었다. 그리고 오피츠는 귀여운 우르줄라를 갖지 못하게 되자, 지치고 탈진하여 아그네스 쿠르비엘라와 그녀의 앞치마 속으로 파고들었다.

늘 풍요로움만을 느끼고 살던 아그네스는 그 무엇도 가지려고 하지 않았으며 언제나 베풀려고만 했다. 삼 년 동안이나 그녀는 그를 따스한 품속에서 보살펴 주었다. 그는 양쪽으로부터 보수를 받으면서 이곳저곳으로 열심히 첩보 편지를 썼지만, 정작 시를 쓸 때 그의 종이 위에 돌아온 것은 장황한 미사여구와 파란 잉크 빛깔의 공론뿐이었다. 아그네스가 묄러에게 요리해 주려고 거위를 잡을 때마다 깃펜을 만들어 오피츠에게 새로 선물해 주었지만 아무런 소용이 없었다. 반면에 나는 언제나 나의 일제빌을 위해 무엇을 해 줄까 하는 생각만 하고 있다. 그렇기 때문에 그녀는 동화 속에서처럼 자기가 원하는 것을 말하기만 하면 된다. 일제빌은 이것을 원한다. 일제빌은 저것을 원한다.

다행스럽게도 나는 그녀가 병에 걸렸음을 증명하는 데 성공했다. (나는 그 일을 할 수 있다.) 내 등 뒤로 옆방과 통하는 문이 조금 열려 있다. 그곳으로부터 그녀의 기침 소리가 내게 들려온다. 그 소리는 내게 다가와 저를 들어 달라고, 점과 선으로 그려 달라고 한다. 교살용 밧줄과 부드러운 윤곽의 새 둥지가 (신발을 중심으로 해서) 되는대로 내 종이 위에 자리를 잡는다. 바르는 연고에는 60밀리그램의 장뇌(樟腦)가 함유되어 있다. 서풍이 불어와 집을 때린다. 그리고 난방용 경유 값이 자꾸만 오르고 있다. (제발 그녀의 기침이 어서 그쳤으면 좋겠어!) 오늘 같은 날씨에도 아그네스는 아무렇지도 않게 나타나기 때문이다.

우리 둘과 부엌데기 하녀 아그네스 쿠르비엘라 사이는 정말로 전형적인 삼각관계였다고 넙치는 말했다. 내가 안톤 묄러로서 나의 아이를 임신한 아그네스를 그림으로 그린 장본인이기도 하고, 또한 내가 (얼마 뒤에는) 바로 그 아그네스를—내가 치명적인 병에 걸려 죽기 직전에—바로크 언어로 헛되이 묘사해 보려고 한 시인 오피츠이기도 했다는 것은 가능한 일이거나 사실이다. 그녀의 첫 아이가 영양실조로 죽은 뒤, 나는 넙치의 명령대로 나의 능력을 보여 주어야 했다. 그래서 나는 성공적이지 못한 시구 속에다 임신한 아그네스를 집어넣어야 했다. 당시에 그녀가 어떤 남자를 마음에 두고 있었는지는 생각지 않고. 그런데 그 사내의 이름은 악셀이었던 것 같다.

그 화가와 그 시인. 두 사람은 서로 상대방을 좋아하지 않았다. 오피츠는 묄러를 거칠다고 생각했고, 묄러의 눈에는 오피츠가 나약한 이론가로만 보였다. 그러나 아그네스는 두 사람을 위한 식단을 짜야 했고, 오피츠의 민감한 위와 술꾼인 묄러의 부은 간에 알맞은 요리를 만들어야 했다. 나는 화가이자 시인이고 싶었다. 빨간 초크를 손 가는 대로 휘두르면서 그리고 시의 운각(韻脚)을 하나하나 꼼꼼하게 따지면서.

우리가 아그네스에게 매력을 느낀 까닭은 그녀가 지닌 우의적인 공백 때문이었다. 우리는 그녀에게 우리가 원하는 모든 것을 투사할 수 있었다. 언제나 그녀는 우리가 부여하는 의미가 무엇이든 허용해 주었다. (그녀의 형체는 늘 불분명했다. 그녀는 대략적인 모습으로 보였다.)

그리고 날마다 식탁에는 달콤한 꿀을 가미하고, 두 사람의 건강을 생각하여 개암나무 열매를 넣은, 우유를 부어 끓인 기장 수프가 나왔다. 아그네스는 시인과 화가 모두의 내장에 자극을 주지 않는 음식이 무엇인지 알고 있었다. 그것은 시금치로 속을 채운 만두가 둥둥 떠 있는, 소뼈를 푹 고아서 우려낸 국물, 녹두를 곁들인 닭 가슴 고기, 또는 육두구와 계피로 맛을 낸 맥주 수프 등이었다.

그러나 룉러는 훈제한 베이컨과 기름진 양고기 껍질 요리만을 먹겠다고 우기면서 어서 내놓으라고 야단법석을 떨었다. 그리고 오피츠는 회향 열매를 야금야금 집어 먹었다. 그러다가 그는 그 열매에 중독되어 버렸다. 과량의 회향 열매는 마약 같은 작용을 하기 때문이다. 회향 열매를 많이 먹으면 푸른 희망으로 가득한 백일몽을 꾸게 되는 것이다. 그 꿈속에선 눈물의 골짜기가 다시 살 만한 장소가 되어, 뮤즈 여신과 님프들이 그곳에 살며 평화만이, 언제나 평화만이 승리를 거두는 여태껏 한번도 쓰여진 적 없는 노래를 부르는 것이다.

아그네스는 두 사람이 기름진 음식과 회향 열매에 탐닉하여 몸을 망치도록 내버려두었다. 마침내 한 사람은 위가 뒤집혔고, 다른 한 사람은 간이 주먹만 하게 부어올랐다. 그렇게 되고 나서야 그들은 다시 그녀에게 규정식을 해 달라고 부탁했다. 그녀는 두 사람에게 푹 삶아서 뼈를 발라낸 생선과 우유를 부어 끓인 기장 수프, 그리고 메밀가루로 만든 팬케이크를 해 주었다. 술꾼인 묄러와 민감한 체질의 오피츠, 이 두 사람을 위해 아그네스는 온갖 정성을 기울여 요리를 해 주었지만, 두 사람은 아주 색다른 맛만을 추구했으며, 실제로 그 맛을 찾아냈다.

문은 여전히 아까 그대로야. 그러나 부서질 듯한 소리를 내며 문이 열리면, 당신은 내게 싸움을 걸어오거나 아니면 "자동판매기에 쓰려는데 혹시 1마르크짜리 동전 두 개 있어요?" 하고 물으며 내게 동전을 찾도록 시키겠지. 그러나 옛날엔 문이 살며시 열리면서 아그네스가 들어와, 허리를 구부려 내 얼굴과 내가 아무렇게 끄적거려 놓은 것을 보면서 말장난을 걸어오곤 했어.

나는 이러한 불안이나 희망을 견디면서—여전히 문이 닫혀 있는 동안—점을 찍고 선들을 그리고 있는 것보다 더 멋진 것을 알지 못해. 여기서 내 모습이 드러날 수도 있어. 그렇지만 다는 아냐. 그리고 당신 역시 잠깐 들렀다가 갈 뿐이야. 당신은 이곳에 완전히 도착하기도 전에 가 버렸어. 언젠가 아주 오래전에, 아니 그보다 훨씬 옛날에 당신은 이곳에 와서 아주 짧은 시간 동안 머물렀어. 우리 둘 다 왜 그랬는지 그 이유는 알지 못해.

그리고 지난날 언젠가, 당신—아마도 아그네스였던 것 같아.—은 이 세상에 와서 아주 잠깐 동안이라도 내가 펜을 끄적거리는 소리를 듣고 싶어 했어. 한번 잘 생각해 봐. 내 이름은 마르틴이었지. 나는 분츨라우 출신이었어. 시학의 규칙을 세운 장본인이지. 그러나 당신은 내가 왜 그토록 오랫동안 가톨릭을 떠받들었는지, 왜 다시는 그 경건한 작곡가 쉬츠와 함께 세속적인 오페라를 만들지 않았는지, 그 까닭을 알고 싶어 하지 않았어. 당신은 오로지 내가 펜을 끄적거리는 소리만을 듣고 싶어 했어. 그러나 나는 죽어서라도 이 눈물의 골짜기를 벗어나고 싶었어. 이 세상에 왔을 때처럼 벌거숭이로 말야.

당신이 딸—아이의 이름은 우르줄라였어, 줄여서 우르젤이라고 불렀지.—을 낳은 후 내 뒤를 따라 열병에 걸려 죽게 될 줄 난들 어떻게 알았겠어. 그땐 페스트가 다시 번져 살아 있는 온갖 것들이 페스트로 죽어 나가던 해였지.

내가 거지에게 은화 한 닢을 주고서 인색하게도 잔돈을 거슬러 달라고 했기 때문에, 내가 병에 걸려 비참하게 죽어 가고 있을 때 아무도 나의 방문을 열어 보지 않았어. 성 베드로 교회의 설교사 니클라시우스만이 찾아왔지. 나중에 그는 내가 임종할 때 나의 죽음을 정화시켜 주었어. 혹시 그때 당신도 찾아왔었는데, 내가 문소리를 못 들었던 건 아닌가?

1639년 여름, 천성이 인색한 보버펠트의 마르틴 오피츠는 성 카타리나 교회 앞에서 손을 내밀고 구걸을 하던 한 거지에게 은화를 한 닢 주고는 그 거지에게서 동전을 거슬러 받으면서 거스름돈과 함께 흑사병까지 건네받았다. 그는 전혀 아무것도 할 수 없는 상태가 되기 전까지는 여전히 스웨덴의 재상 옥센스트리나뿐만 아니라 폴란드 왕 블라디미르에게 편지를 썼으며, 그의 부엌데기 하녀가 서양자초 소스를 쳐서 내온 대구 요리를 조금 입에 대기도 했다. (아그네스는 그의 베개를 털어 주었다. 아그네스는 그를 위해 땀을 닦아 주었다. 아그네스는 시커먼 대변이 묻은 침대 시트를 갈아 주었다. 아그네스는 그의 마지막 숨결을 들었다.)

오피츠가 죽고 나서, 그가 숨을 거둘 때 누워 있던 짚요와 그가 살던 집을 미처 연기로 소독하기도 전에 누군가가 시인의 방에 침입하여 그곳에 있던 물건을 몽땅 털어 갔다. 그런 까닭에 그의 원고들 중에서 일부가 (오늘날까지) 유실되고 없다. 다치아와 관련된 자료와 정치적으로 주고받은 모든 서간문이 거기에 포함된다. 스웨덴의 한 연대장이 두 명의 용병을 데리고서 바너 장군과 토르스텐손 장군의 문서들과 옥센스티르나가 보낸 편지들, 그리고 오피츠의 보고에 대해 폴란드 왕이 보낸 감사의 글을 손아귀에 넣었다는 설이 있다. 그 연대장의 이름을 알 수는 없지만, 부엌데기 하녀 쿠르비엘라가 스웨덴 왕실의 스파이였으며 그 장교와 접촉했을지도 모른다는 의혹이 오랫동안 제기되었다. 그녀는 이미 오래전부터 그들의 주문에 따라 행동했으며 서류들을 슬쩍했을지도 모른다는 것이었다. 그러나 아그네스의 혐의를 밝혀 줄 만한 증거물은 아무것도 없었다. 그리고 넙치 역시 여성 재판부를 향해 예의 그 특유의 모호한 말들만 늘어놓았다. "언제나 정확한 정보만을 원하는 숙녀 여러분, 우리는 너무나 아는 것이 적습니다. 옥센스티르나 연대 소속의 기병들이 열세 살 난 아그네스 쿠르비엘라에게 저지른 폭행이 어린 소녀의 뇌리에 너무나 강렬하게 아로새겨져, 그로 인해 그녀가 자신에게 폭행을 가한 네 사내들 중 한 사내—그의 이름은 악셀이었다고 합니다.—에게 깊은 연모의 정을 가슴에 품고 살았음은 분명한 사실입니다. 그렇지만 그녀는 시인의 죽음에 대해서는 모호한 태도를 보였습니다. 우리가 아는 한 가지 확실한 사실은 그의 부엌데기 하녀가 얼마 후에 계집아이를 하나 낳았다는 것뿐입니다. 그 두 모녀는 그 뒤로도 오래 살았습니다."

똥을 노래함

모락모락 김이 솟고, 주목받는다.
낯선 냄새를 풍기지 않으며, 봐 주기를 바라고,
제게 이름을 붙여 주길 바란다.
배설물. 신진대사 또는 배변.
똥. 고리 모양을 이루고 있는 것.

새끼 소시지를 만들어라! 새끼 소시지를! 엄마들이 외친다.
이른 아침의 반죽 덩어리, 부끄러움의 매듭,
그리고 불안의 잔해. 바지 속으로 흘러 들어간 것.

우리는 다시 알아본다. 소화되지 않은 완두와 버찌 씨,

그리고 삼켜 버린 이빨을.
우리는 놀란 표정으로 서로를 바라본다.
우리는 서로에게 무언가 할 말이 있다.
나의 분비물, 하느님이나 당신 또는 당신보다 가까운 것.

왜 우리는 문을 잠그고 앉아 서로 헤어지는가?
전날 한자리에 앉아 시끌벅적 완두콩과 햄을 시켜 먹던
손님들을 같이 들여놓지 못하고.

이제부터 우리는 (결정된 대로) 각자 따로 먹고
똥은 같이 누리라.
그러면 크게 트여 오리, 신석기 시대의 깨달음.

예언을 하고 죽음을 노래하는 모든 시는
피가 굽이치고 구더기가 우글대는
굳은 몸에서 떨어진 똥 덩어리.
페스트를 알레고리로 잘못 알고 썼던
시인 오피츠는 그렇게 바라보았으리,
그의 마지막 설사를.

진짜 마녀로서 화형당한 여자는 하나뿐이었다

당시엔 어디서나, 그러니까 모든 부엌에서 마법 행위가 벌어졌다. 요리사들은 누구나 퓌레나 수프, 그리고 육즙을 끓이는 비법을 알고 있었으며 그것을 후대에 전수시켰다. 그들이 만든 음식들은 걸쭉하거나 잿빛이거나 탁했는데, 사람의 몸을 붓게도 하고, 설사를 유발하기도 하고, 감각을 마비시키기도 했다. 태초부터 (아우아 때부터) 사리풀은 여러 가지 용도로 쓰였으며, 맥각은 다른 것들과 함께 사용되었고, (말린) 광대버섯은 가루로 빻아 우유에 타거나 암말의 오줌에 섞어 마셨는데, 이것들은 사람을 몽환 상태로 이끄는 데 아주 유용했다. 우리 남자들은 마치 마법에 걸린 것처럼 다른 뿌리채소들과 함께 만드라고라를 키우던 비가의 손길에서 조금도 벗어나지 못했다. 메스트비나는 우리에게 호박(湖泊)을 갈아 넣은 생선 수프를 만들어 주었다. (그리고 일제빌 역시—이건 틀림없는 사실이다.—내가 먹는 수프에다 그것을 넣고서 휘휘 젓는다.) 나는 지금까지 늘 마법의 세계 속에서 살아왔던 것이다. 그렇다고 해서 마녀가 없다는 말은 아니다. 그러나 지금까지 화형당한 것은 전부 가짜 마녀들뿐이었다. 머리를 깎인 채 활활 타오르는 장작더미 위에서 죽어 간 약초 캐는 아낙네나 처녀 그리고 귀부인 들은 진짜 마녀들이 아니었다. 그들은 고문에 못 이겨 빗자루를 타고 날았으며, 교회의 양초로 나쁜 짓을 했다고 말도 되지 않는 고백을 했던 것이다.

물론 발푸르기스의 밤[14]이나, 염소 다리를 한 호색한(好色漢), 그리고 악마의 반점이나 사악한 눈빛 같은 것은 없었다.

---

14) 마녀들이 무도회장으로 모이는 5월 1일 전야.

그러나 마녀의 부엌이나 마녀의 음료는 있었다. 나는 도로테아가 성체 병원에서 얻어 온 사산아(死産兒)의 비계에다 끈적끈적한 두꺼비 알을 넣어 함께 튀긴 다음, 거기에다 성 카타리나 교회에서 가져온 성수를 촉촉하게 뿌리는 것을 목격한 바 있다. 창백한 얼굴의 그 마녀가 어느새 다시 혼자 부엌에 들어가 새끼 염소의 발굽을 재가 되도록 구울 때면 그 냄새는 집안 곳곳에 진동했다. 그녀가, 썩은 관을 태워 만든 재뿐만 아니라 짐승의 뿔을 태워 만든 재까지도 사순절 수프에 넣고 휘저었음은 누구나 다 아는 사실이었다. 그녀가 페스트 환자들이 격리 수용된 병원을 경건한 얼굴빛으로 제 집 드나들 듯이 드나들면서, 그곳에서 나오는 구정물을 우리 부엌으로 직접 날랐다는 소문이 떠돌았다. 또한 그녀가 나병 환자들의 부스럼 딱지와 아이를 낳다가 열병으로 죽은 여인들의 식은땀을 작은 병에 모으고 있다는 소문도 있었다. 그리고 독일 기사단이 리투아니아로 원정을 떠나기에 앞서, 그녀가 그들의 쇠미늘 갑옷을 숫처녀들의 오줌에 넣어 삶았다는 소문도 떠돌았다. 그러나 그것들은 언제나 소문이었을 뿐이다. 이런 것들의 진상과 관련해서 그녀는 단 한 번도 조사를 받은 적이 없었다. 화형을 당한 것은 오히려 다른 여자들이었다. 그들은 남편들을 위해 열심히 요리를 했지만, 엉덩이와 젖가슴에 털이 돋은 반점이 있다는 이유로 낙인이 찍힌, 좀 머리가 떨어지긴 해도 평범한 이웃 아낙네들이었다. (내 생각으로는 육체에 아무런 흠이 없던 아그네스가 틀림없이 그녀의 도미니크회 고해신부에게 무슨 이야기를 했던 것 같다. 왜냐하면 가엾은 아낙네들과 귀족 부인들이 부끄러운 얼굴로 몰래 그녀를 찾아와 사마귀와 반점을 없애는 연고를 얻을 수 없느냐고 물었기 때문이다. 연고를 바르며 외울 주문까지도 요구했던 것 같다.)

그리고 뚱보 그레트 역시 마녀의 요리법을 알고 있었지만, 화형을 당하지는 않았다. 에버하르트 페르버 시장이 관직에서 물러나면서 남자로서의 정력을 잃었을 때, 그녀가 청어 젖과 도망쳐 나온 프란체스코회 수도승들의 정자로 그의 남성을 다시 일으켜 세워 주었다는 것과, 그녀가 늙은 수도원장 예쉬케 — 그가 정치에 대해 너무나 많은 것을 알고 있었던 까닭에 — 의 대변을 한 숟가락 떠다가 거기에다 후추 열매와 양귀비, 야생 꿀, 메밀가루를 가미하여 잘 버무린 다음, 강림절에 양념 과자로 구워 그에게 대접하여 그의 기억을 흐릿하게 만들었다는 것과, 그녀가 나한테도 마법을 걸곤 했다는 것을 기억하지 못할 사람이 어디 있겠는가. 그녀가 무엇을 사용하여 내게 마법을 걸었는지 나는 알지 못한다. 왜냐하면 그녀는 이것저것을 뒤죽박죽 섞었기 때문이다. 그녀는 맛만을 위해 요리하는 법이 없었다. 그녀는 거위 피에다 건포도를 집어넣고 휘저었으며 맥주 소스에 담근 말린 오얏으로 소 염통의 속을 채우기도 했다. 내가 그녀를 만나게 되어 한참 동안 그녀의 잠자리 손님 노릇을 했을 때, 그녀는 그녀의 음부 속에 넣어서 질액(膣液)으로 성유를 친 당근을 내게 먹여 주곤 했다. 그것도 전혀 부끄러워하지 않으면서 말이다! 그녀가 먼 곳으로 사람을 보내 인도산 향료뿐만 아니라 그 밖의 다른 것까지도 구해 왔다는 것은 누구나 다 아는 사실이었다. 자세한 것까지는 다 알려지지 않았지만 그녀가 그녀 밑에 있는 수녀들과 함께 식탁에서 마법을 벌이고 이교도의 제물을 제단에 바친다는 사실은 누구나 알고 있었다. 그녀와 그녀의 자유분방한 비르기트회 수녀들은 밀가루로 만든 여러 형상의 과자(아우아의 세 개의 유방 같은 것)를 먹은 다음 비텐베르크 찬송가집에서 "하느님께서 은총을 저버린 집……."이라는 찬송가를 부른다는 소문도 있었다.

그러나 그녀를 화형에 처하기 위한 장작더미는 쌓이지 않았다. 정작 화형을 당한 여자는 도로테아도 아니고 마르가레테 루쉬도 아닌 마음씨 고운 아그네스였다. 나는 차라리 내가 페스트에 걸려 죽은 뒤 아그네스가 내 뒤를 따라 한창 꽃다운 나이에 아이를 낳다가 죽었다고 생각하고 싶다. 그러나 넙치의 증언에 따르면, 그녀는 그로부터 오십 년이나 더 살다가 추악한 노파가 되어 죽었는데, 그것도 활활 타오르는 불에 타서 죽었다는 것이었다.

아니다, 나는, 불현듯 바람이 잠잠해지더니 구름에 구멍이 뻥 뚫려 비가 쏟아지면서 기적 같은 일이 일어난 것에 대해 쓰려는 것이 아니다. 우리가 다 알다시피 여성 재판부는 넙치의 설명을 받아들였다. 넙치의 말에 따르면, 시인 오피츠가 페스트에 걸려 죽고서 한참이 지난 뒤 정신 혼란 상태에 빠진 아그네스 쿠르비엘라는 역시 정신이 좀 돌아 버린 딸 우르줄라와 함께 횡설수설하면서 골목을 누비고 다니며 죽은 시인의 작품 중에서 몇 구절을 라틴어와 독일어로 떠들어 대곤 했는데, 그러다가 그녀는 1689년 초여름에 이른바 '냉혈 군주'로 불리는 또 다른 시인 쿠비리누스 쿨만[15]을 만났다는 것이다.

쿨만 역시 바로크 전문가들의 소견서를 통해 여성 배심 법정에 소개되었다. 넙치는 그를 표현주의의 선구자로 불렀다. 그러나 검사 측은 그의 괴팍스러운 천재성을 인정하려 하지 않았다. "쿨만은 파렴치하게도 헛된 공론을 펼쳐서 아그네스 쿠르비엘라에게 혼란만을 가중시켰습니다. 날이 갈수록 그는 불쌍한 그녀에게 자신이 갖고 있는 오만불손을 심어 주었습니다. 그는 또한 뮤즈로서의 그녀를 착취했습니다. 그는 위험스러운 망상을 지어내면서 그 늙은 여인을 자신과 함께 죽음의 세계 쪽으로 끌고 갔습니다."

기소자의 입장인 여성해방주의자들은, 아그네스 쿠르비엘라가 남자들의 헛된 망상의 희생물이 되었다는 사실, 그녀가 단치히에서 리가를 거쳐 러시아의 광대한 평원을 가로질러 모스크바까지 쿨만을 쫓아갔다는 사실, 그녀가 쿨만의 하녀가 되어 뵈메[16] 교단의 집회에서 영매 노릇을 했다는 사실, 그녀가 재판을 받거나 고문을 당하면서도 오피츠의 시구는 물론 폭포처럼 쏟아지는 쿨만의 말을 중얼거렸다는 사실, 그리고 그녀가 미쳐 버린 딸 우르줄라와 함께 마녀로 지목되어 화형당하는 동안 쿨만 역시 다른 두 이교도 사내와 함께 옆에 있는 장작더미 위에서 신성모독과 차르 정권에 대한 정치적 음모를 저지른 혐의로 화형당했다는 사실 따위를 오히려 기분

15) 바로크 시대의 예언자, 시인.

16) 독일의 신비주의자.

좋게 받아들였다. 통계가 보여 주듯이, 남자들 역시 얼마든지 화형에 처해질 수 있었던 것이다. 그러나 여성 재판부의 견해에 따르자면, 종교재판과 그에 따른 마녀재판은 끈질기게 싹트고 있던 여성들의 자유 의지를 꺾기 위한 전형적인 남성 지배의 도구였다. 여성 검사의 말을 그대로 옮기면 다음과 같다. "이른바 마녀라는 것은 남자들이 꾸며 낸 허구로서, 거기에는 그들의 소망과 불안이 투영되어 있는 것입니다."

그녀의 말이 맞을지도 모른다. 그러나 아그네스는 자유를 원하지 않았는데도 마녀로 지목되어 불에 타 죽었지만, 정작 자유를 원했고 실제로 자유를 획득한 몬타우의 도로테아와 마르가레테 루쉬는 결코 장작더미 위에 올라가지 않았다. 아그네스가 뮤즈 역할을 할 수 있었던 까닭은 그녀의 두뇌가 가벼운 시적 혼돈 상태에 있었기 때문이다. 오로지 뮤즈에 대해 적대적이거나 무관심한 세상 사람들만이 아그네스를 미쳤다느니, 뭔가에 홀렸다느니, 마법에 걸렸다느니, 사탄에 씌었다느니 하면서 떠들어 댔다. 심지어 사람들은 그녀가 서양자초를 키우던 조그만 정원에 혐의를 두기도 했다. 그것도 묄러와 오피츠의 시절까지 거슬러 올라가서 말이다. 그 당시 묄러와 오피츠는 그 불쌍한 처녀를 가톨릭교도뿐만 아니라 신교도로부터도 보호해 주어야 했다. 왜냐하면 마녀들을 화형시켜야 한다는 생각에 이르게 되자 두 교파의 광신도들은 마른 나뭇가지와 장작더미를 쌓아 올리는 것보다 더 빠른 시간 안에 연합 전선을 형성했기 때문이다.

그리고 마녀의 요리법을 잘 알고 있던 아만다 보이케도 그렇지만, 온갖 종류의 버섯에 대해 훤히 꿰뚫고 있던 조피 로트촐은 그야말로 기독교의 높으신 분들의 입장에서 본다면 화형에 처해 마땅한 여자였다. 그러나 아만다와 조피가 살던 당시엔 깔끔한 것을 좋아하는 혁명의 선봉장들은 이미 다른 희생물을 생각해 놓고 있었다. 그것은 바로 반(反)혁명분자들이라고 일컬어지는 자들로, 이들은 이성의 이름으로 단두대 아래서 목이 잘려 나갔던 것이다.

모래 위의 물에서 둥둥 떠다니면서 넙치가 여성 재판관들을 향해 다음과 같이 말했다. "여러분이 쪄 먹기도 하고 구워 먹기도 하는 맛있는 물고기 종류의 하나인 나의 입장에서, 불이 갖고 있는 정화의 힘이 논의될 때 내가 어떤 이야기를 해야 하는지 나는 잘 알고 있습니다. 친애하는 숙녀 여러분, 기뻐하십시오. 오늘날엔 마녀적인 것이 처벌받기보다는 오히려 장려되고 있다는 사실을 말입니다. 현대인은 격동(隔動) 현상[17]의 차원을 갈구하고 있습니다. 그러나 만약 여러분들이 그 당시에 살았더라면 어떻게 되었을까요? 친애하는 숙녀 여러분. 나로서는 모르겠습니다! 모릅니다! 내 눈길을 당신들에게 고정시켜 그 높은 곳에서 나를 굽어보며 재판하고 있는 모습을 보노라면, 당신들에게서 뻗쳐 나오는 고도의 진지함과 힘찬 집중력에서 지난날의 영매의 속삭임을 느낍니다. 한편에서는 힘찬 눈길이, 다른 한편에서는 부드러운 눈길이 자갈처럼 단단한 내 등

17) 건드리지 않고 물체를 움직이게 하는 심령 현상.

을 어루만지는군요. 그렇지만 얼굴들을 하나씩 따로 놓고 보면 모두 나름대로 독특한 아름다움을 간직하고 있군요. 열하나의 반항적인 자아. 설핏 스치는 미묘한 미소. 눈 깜박할 사이에 벌써 무언가에 동의했나요? 짧게 깎거나, 아프리카 흑인처럼 곱슬곱슬하게 볶거나, 마녀의 머리카락처럼 흩날려 불이 잘 붙게 생긴 머리카락의 열하나의 머리들. 간단히 말해, 나는 당신들 모두가 불에 타고 있는 장면을 보고 있습니다. 존경하는 재판장님, 배석판사 여러분, 그리고 친애하는 파시 부인, 나는 당신들이 쐐기풀 옷을 걸친 채 도축업자의 수레에 짐짝처럼 실려 호송되고 있는 장면을 보고 있습니다. 그동안 중세의 민중들은 멍하니 바라보고, 수도승들은 라틴어로 중얼거리고, 아이들은 콧구멍을 후비고 있군요. 솜씨 좋게 쌓아 올린 장작더미 위에 당신 모습도 보이는군요, 아름다운 지모나이트 양. 그리고 그 곁에는 눈부신 몸매의 비츨라프 부인이 있군요. 처음에는 짙은 연기로 뒤덮였다가 이내 불꽃에 휩싸이는군요. 저 속삭이는 듯한 절규! 저 한 덩어리가 된 황홀감! 열하나의 욕망이 제거된 뒤에 마침내 얻은 자유. 애는 많이 쓰고 있지만 어찌할 바를 모르고 있는 나의 법정 선임 변호사 폰 카르노 여사조차 저 시적인 불꽃 속에 몸을 던지고 싶어 합니다. 부엌데기 하녀 아그네스 쿠르비엘라의 조그만 정원에서 자라던 서양자초처럼 순진하기 짝이 없는 그녀가 말입니다. 나의 눈엔 당신들 모두가 하나도 남김없이 타고 있는 모습이 보입니다. 그리고 혁명 자문위원회의 대다수 위원들도 불에 타 마땅합니다. 그러나 훈차 부인만은 그렇지 않습니다. 검사인 훈차 부인은 마치 자매간인 것처럼 사순절 요리를 만들던 몬타우의 도로테아와 너무나 흡사하거든요. 초자연적인 아름다움과 창백함을 지녔던 그녀는 신비주의에 도취되어 세상과 절연된 생활을 했고 이미 너무나 수척했기 때문에, 불쌍한 아그네스처럼 육체의 정화를 할 필요가 없었습니다…….”

(잠깐 소나기가 지나간 뒤 마침내 그녀가 불길에 휩싸였을 때, 그녀의 중얼거림 속에서는 식이요법을 시로 읊는 소리만이 들렸을 뿐 정치적인 말은 한마디도 없었다. 이어서, 차르의 궁정에 스웨덴 대사로 파견되어 있던 악셀 루트스트룀 씨는 쿠르비엘라 사안의 종결을 알리는 서신을 스톡홀름 정부에 보냈다.)

일제빌, 당신이라면 어떻게 하겠어? 당신은 그 당시에 많이 사용되던 너도밤나무 장작보다 차라리 자작나무 장작이 더 마음에 들어? 나는 당신의 화형 준비를 도와주겠어. 나는 크라카우에서 찾아온 점잖은 도미니크회 신부 히야친트가 되겠어. 내 손에 들린 은장식의 공구 상자에는 특수한 도구들이 들어 있지. 당신을 향해 나는 한 발 두 발 더욱더 가까이 다가가는 거야. 잘 휘는 쇠막대기를 들고서 말야. 나는 신중하게, 당신의 팔다리 중 어느 하나도 잊지 않고, 구상(球狀) 관절들 하나하나를 그것들이 갇혀 있던 관절와(關節窩)에서 펄쩍 뛰쳐나오도록 하겠어. 그러면 그것들은 기뻐서 어쩔 줄 모르겠지. 희고 부드러운 등을 따라 펼쳐지는 당신의 탄탄한 살결. 아, 마음속에 품었던 생각들! 마침내 입 밖으로 튀어나왔군! 친절을 가장한 나의 당혹스러운 질문들. 아무것도 숨기지 않은 당신의 고백. 멀리서 내가 찾아온 까닭은 당신의 말문을 열어 주기 위한 거야. 우리가 듣고 싶은 것은 이거야. 부드럽게 속삭이는 소리 말야. 고통으로 일그러진 입술에서 읽어 내는 거야. "그래요, 나는 그렇게 했어요. 맞아요, 여러 차례에 걸쳐서요. 그렇지 않아요, 혼자서 하지 않았어요. 다른 일제빌과 함께 했어요. 그리고 나중에 또 다른 일제빌이 안개 속에서 찾아와 우리에게 동참했어요. 우리가 했어요. 날마다 밤만 되면 말이에요. 초승달이 뜨는 날이나 성 요한 축일에. 달마다 나오는 우리의 피로. 물건들과 문패마다 조그만 표시를 해 두었어요. 다리들의 교각이나 공장 시설에다, 원자력 발전소가 들어서게 될 농경지에다, 새로 프로그램 설치가 끝난 컴퓨터에다, 그리고 몇 대의 타자기에다 우리는 표시를 했어요. 그래요, 당신 것에도 표시를 했어요. 안쪽에다, 'I' 자판 밑에다가요……."

마침내 나의 일제빌의 몸에 불이 붙었으나, 그녀는 마지막 순간까지 자신의 아름다움을 포기하려 하지 않았기 때문에 나는 두건 밑으로 보이지 않게 눈물을 흘렸습니다. 넙치님, 그녀에게 그런 자유를 주면서 나는 마음이 아팠습니다.

불멸

내게 주어진 창문들을
사방으로 열어젖히면서
나는 분명하게 깨달았다,

죽으면 아무것도 볼 수 없다는 것을.

그러나 산뜻한 아파트들이 들어선
평평한 풍경을,
늙은 여자와 남자들이 밖을 내다보는
길 건너편 열린 창문을,
구름이 약간 낀 하늘을,
배나무에 앉아 있는 찌르레기들을,
버스가 내려놓은 학생들을,
은행의 신축 건물을,
시계가 달린 교회 건물을
나는 보았다. 1시 반이었다.

나의 불평에 대해 답변이 나왔다.
그와 같은 후생(後生)은 보통 있는 일이며
머지않아 끝날 거라는.

오랜 이웃들이 어느새 내게 인사를 보낸다.
그들은 자신들의 창문에서
실제로 나를 보았다고 주장한다.
그리고 저기, 일제빌이 짐을 잔뜩 들고
쇼핑에서 돌아온다.
내일은 일요일이다.

(2권에 계속)

세계문학전집 63

넙치 1

1판 1쇄 펴냄 2002년 5월 24일
1판 37쇄 펴냄 2023년 10월 13일

지은이 귄터 그라스
옮긴이 김재혁
발행인 박근섭, 박상준
펴낸곳 (주)민음사

출판등록 1966. 5. 19. (제 16-490호)
서울특별시 강남구 도산대로1길 62(신사동) 강남출판문화센터 5층 (우편번호 06027)
대표전화 02-515-2000 팩시밀리 02-515-2007
www.minumsa.com

ISBN 978-89-374-6063-0 04800
ISBN 978-89-374-6000-5 (세트)

세계문학전집 목록

1·2 **변신 이야기** 오비디우스·이윤기 옮김 서울대 권장도서 100선
3 **햄릿** 셰익스피어·최종철 옮김 서울대 권장도서 100선 | 미국대학위원회 선정 SAT 추천도서
4 **변신·시골의사** 카프카·전영애 옮김 서울대 권장도서 100선
5 **동물농장** 오웰·도정일 옮김 미국대학위원회 선정 SAT 추천도서 | 《타임》 선정 현대 100대 영문소설
6 **허클베리 핀의 모험** 트웨인·김욱동 옮김 《뉴스위크》 선정 100대 명저
7 **암흑의 핵심** 콘래드·이상옥 옮김 미국대학위원회 선정 SAT 추천도서 | 《뉴스위크》 선정 10대 명저
8 **토니오 크뢰거·트리스탄·베네치아에서의 죽음** 토마스 만·안삼환 외 옮김 노벨 문학상 수상 작가
9 **문학이란 무엇인가** 사르트르·정명환 옮김
10 **한국단편문학선 1** 김동인 외·이남호 엮음 국립중앙도서관 선정 청소년 권장도서
11·12 **인간의 굴레에서** 서머싯 몸·송무 옮김
13 **이반 데니소비치, 수용소의 하루** 솔제니친·이영의 옮김 노벨 문학상 수상 작가
14 **너새니얼 호손 단편선** 호손·천승걸 옮김
15 **나의 미카엘** 오즈·최창모 옮김
16·17 **중국신화전설** 위앤커·전인초, 김선자 옮김
18 **고리오 영감** 발자크·박영근 옮김
19 **파리대왕** 골딩·유종호 옮김 노벨 문학상 수상 작가 | 《타임》 선정 현대 100대 영문소설
20 **한국단편문학선 2** 김동리 외·이남호 엮음
21·22 **파우스트** 괴테·정서웅 옮김 서울대 권장도서 100선 | 미국대학위원회 선정 SAT 추천도서
23·24 **빌헬름 마이스터의 수업시대** 괴테·안삼환 옮김
25 **젊은 베르테르의 슬픔** 괴테·박찬기 옮김 논술 및 수능에 출제된 책(1998~2005)
26 **이피게니에·스텔라** 괴테·박찬기 외 옮김
27 **다섯째 아이** 레싱·정덕애 옮김 노벨 문학상 수상 작가
28 **삶의 한가운데** 린저·박찬일 옮김
29 **농담** 쿤데라·방미경 옮김
30 **야성의 부름** 런던·권택영 옮김
31 **아메리칸** 제임스·최경도 옮김
32·33 **양철북** 그라스·장희창 옮김 노벨 문학상 수상 작가 | 서울대 권장도서 100선
34·35 **백년의 고독** 마르케스·조구호 옮김 노벨 문학상 수상 작가 | 서울대 권장도서 100선
36 **마담 보바리** 플로베르·김화영 옮김 서울대 권장도서 100선
37 **거미여인의 키스** 푸익·송병선 옮김
38 **달과 6펜스** 서머싯 몸·송무 옮김
39 **폴란드의 풍차** 지오노·박인철 옮김
40·41 **독일어 시간** 렌츠·정서웅 옮김
42 **말테의 수기** 릴케·문현미 옮김
43 **고도를 기다리며** 베케트·오증자 옮김 노벨 문학상 수상 작가 | 서울대 권장도서 100선
44 **데미안** 헤세·전영애 옮김 노벨 문학상 수상 작가
45 **젊은 예술가의 초상** 조이스·이상옥 옮김 서울대 권장도서 100선
46 **카탈로니아 찬가** 오웰·정영목 옮김
47 **호밀밭의 파수꾼** 샐린저·정영목 옮김 《타임》 선정 현대 100대 영문소설 | 미국대학위원회 선정 SAT 추천도서 | 《뉴스위크》 선정 100대 명저 | BBC 선정 꼭 읽어야 할 책
48·49 **파르마의 수도원** 스탕달·원윤수, 임미경 옮김
50 **수레바퀴 아래서** 헤세·김이섭 옮김 노벨 문학상 수상 작가 | 국립중앙도서관 선정 청소년 권장도서

51·52 **내 이름은 빨강** 파묵·이난아 옮김 노벨 문학상 수상 작가
53 **오셀로** 셰익스피어·최종철 옮김 서울대 권장도서 100선
54 **조서** 르 클레지오·김윤진 옮김 노벨 문학상 수상 작가
55 **모래의 여자** 아베 코보·김난주 옮김
56·57 **부덴브로크 가의 사람들** 토마스 만·홍성광 옮김 노벨 문학상 수상 작가
58 **싯다르타** 헤세·박병덕 옮김 노벨 문학상 수상 작가
59·60 **아들과 연인** 로렌스·정상준 옮김 《뉴스위크》 선정 100대 명저
61 **설국** 가와바타 야스나리·유숙자 옮김 노벨 문학상 수상 작가 | 서울대 권장도서 100선
62 **벨킨 이야기·스페이드 여왕** 푸슈킨·최선 옮김
63·64 **넙치** 그라스·김재혁 옮김 노벨 문학상 수상 작가
65 **소망 없는 불행** 한트케·윤용호 옮김 노벨 문학상 수상 작가
66 **나르치스와 골드문트** 헤세·임홍배 옮김 노벨 문학상 수상 작가
67 **황야의 이리** 헤세·김누리 옮김 노벨 문학상 수상 작가
68 **페테르부르크 이야기** 고골·조주관 옮김
69 **밤으로의 긴 여로** 오닐·민승남 옮김 노벨 문학상 수상 작가 | 미국대학위원회 선정 SAT 추천도서
70 **체호프 단편선** 체호프·박현섭 옮김
71 **버스 정류장** 가오싱젠·오수경 옮김 노벨 문학상 수상 작가
72 **구운몽** 김만중·송성욱 옮김 서울대 권장도서 100선 | 국립중앙도서관 선정 청소년 권장도서
73 **대머리 여가수** 이오네스코·오세곤 옮김
74 **이솝 우화집** 이솝·유종호 옮김 논술 및 수능에 출제된 책(1998~2005)
75 **위대한 개츠비** 피츠제럴드·김욱동 옮김 《타임》 선정 현대 100대 영문소설
76 **푸른 꽃** 노발리스·김재혁 옮김
77 **1984** 오웰·정회성 옮김 《타임》 선정 현대 100대 영문소설 | 《뉴스위크》 선정 100대 명저
78·79 **영혼의 집** 아옌데·권미선 옮김
80 **첫사랑** 투르게네프·이항재 옮김
81 **내가 죽어 누워 있을 때** 포크너·김명주 옮김 노벨 문학상 수상 작가
82 **런던 스케치** 레싱·서숙 옮김 노벨 문학상 수상 작가
83 **팡세** 파스칼·이환 옮김
84 **질투** 로브그리예·박이문, 박희원 옮김
85·86 **채털리 부인의 연인** 로렌스·이인규 옮김
87 **그 후** 나쓰메 소세키·윤상인 옮김
88 **오만과 편견** 오스틴·윤지관, 전승희 옮김 미국대학위원회 선정 SAT 추천도서
89·90 **부활** 톨스토이·연진희 옮김 논술 및 수능에 출제된 책(1998~2005)
91 **방드르디, 태평양의 끝** 투르니에·김화영 옮김
92 **미겔 스트리트** 나이폴·이상옥 옮김 노벨 문학상 수상 작가
93 **페드로 파라모** 룰포·정창 옮김
94 **차라투스트라는 이렇게 말했다** 니체·장희창 옮김 국립중앙도서관 선정 청소년 권장도서
95·96 **적과 흑** 스탕달·이동렬 옮김 국립중앙도서관 선정 청소년 권장도서
97·98 **콜레라 시대의 사랑** 마르케스·송병선 옮김 노벨 문학상 수상 작가 | BBC 선정 꼭 읽어야 할 책
99 **맥베스** 셰익스피어·최종철 옮김 서울대 권장도서 100선 | 미국대학위원회 선정 SAT 추천도서
100 **춘향전** 작자 미상·송성욱 풀어 옮김 서울대 권장도서 100선
101 **페르디두르케** 곰브로비치·윤진 옮김
102 **포르노그라피아** 곰브로비치·임미경 옮김
103 **인간 실격** 다자이 오사무·김춘미 옮김
104 **네루다의 우편배달부** 스카르메타·우석균 옮김

105·106 **이탈리아 기행** 괴테·박찬기 외 옮김
107 **나무 위의 남작** 칼비노·이현경 옮김
108 **달콤 쌉싸름한 초콜릿** 에스키벨·권미선 옮김
109·110 **제인 에어** C. 브론테·유종호 옮김 BBC 선정 꼭 읽어야 할 책
111 **크눌프** 헤세·이노은 옮김 노벨 문학상 수상 작가
112 **시계태엽 오렌지** 버지스·박시영 옮김 《타임》 선정 현대 100대 영문소설 | 《뉴스위크》 선정 100대 명저
113·114 **파리의 노트르담** 위고·정기수 옮김 미국대학위원회 선정 SAT 추천도서
115 **새로운 인생** 단테·박우수 옮김
116·117 **로드 짐** 콘래드·이상옥 옮김 《뉴스위크》 선정 100대 명저
118 **폭풍의 언덕** E. 브론테·김종길 옮김 미국대학위원회 선정 SAT 추천도서
119 **텔크테에서의 만남** 그라스·안삼환 옮김 노벨 문학상 수상 작가
120 **검찰관** 고골·조주관 옮김
121 **안개** 우나무노·조민현 옮김
122 **나사의 회전** 제임스·최경도 옮김 미국대학위원회 선정 SAT 추천도서
123 **피츠제럴드 단편선 1** 피츠제럴드·김욱동 옮김
124 **목화밭의 고독 속에서** 콜테스·임수현 옮김
125 **돼지꿈** 황석영
126 **라셀라스** 존슨·이인규 옮김
127 **리어 왕** 셰익스피어·최종철 옮김 서울대 권장도서 100선 | 《뉴스위크》 선정 100대 명저
128·129 **쿠오 바디스** 시엔키에비츠·최성은 옮김 노벨 문학상 수상 작가
130 **자기만의 방·3기니** 울프·이미애 옮김
131 **시르트의 바닷가** 그라크·송진석 옮김
132 **이성과 감성** 오스틴·윤지관 옮김
133 **바덴바덴에서의 여름** 치프킨·이장욱 옮김
134 **새로운 인생** 파묵·이난아 옮김 노벨 문학상 수상 작가
135·136 **무지개** 로렌스·김정매 옮김
137 **인생의 베일** 서머싯 몸·황소연 옮김
138 **보이지 않는 도시들** 칼비노·이현경 옮김
139·140·141 **연초 도매상** 바스·이운경 옮김 《타임》 선정 현대 100대 영문소설
142·143 **플로스 강의 물방앗간** 엘리엇·한애경, 이봉지 옮김 미국대학위원회 선정 SAT 추천도서
144 **연인** 뒤라스·김인환 옮김
145·146 **이름 없는 주드** 하디·정종화 옮김
147 **제49호 품목의 경매** 핀천·김성곤 옮김 《타임》 선정 현대 100대 영문소설
148 **성역** 포크너·이진준 옮김 노벨 문학상 수상 작가 | 퓰리처상 수상 작가
149 **무진기행** 김승옥
150·151·152 **신곡(지옥편·연옥편·천국편)** 단테·박상진 옮김 《뉴스위크》 선정 100대 명저
153 **구덩이** 플라토노프·정보라 옮김
154·155·156 **카라마조프가의 형제들** 도스토옙스키·김연경 옮김
157 **지상의 양식** 지드·김화영 옮김 노벨 문학상 수상 작가
158 **밤의 군대들** 메일러·권택영 옮김 퓰리처상 수상 작가
159 **주홍 글자** 호손·김욱동 옮김 서울대 권장도서 100선 | 미국대학위원회 선정 SAT 추천도서
160 **깊은 강** 엔도 슈사쿠·유숙자 옮김
161 **욕망이라는 이름의 전차** 윌리엄스·김소임 옮김
162 **마사 퀘스트** 레싱·나영균 옮김 노벨 문학상 수상 작가
163·164 **운명의 딸** 아옌데·권미선 옮김

165 **모렐의 발명** 비오이 카사레스 · 송병선 옮김
166 **삼국유사** 일연 · 김원중 옮김 서울대 권장도서 100선
167 **풀잎은 노래한다** 레싱 · 이태동 옮김 노벨 문학상 수상 작가
168 **파리의 우울** 보들레르 · 윤영애 옮김
169 **포스트맨은 벨을 두 번 울린다** 케인 · 이만식 옮김
170 **썩은 잎** 마르케스 · 송병선 옮김 노벨 문학상 수상 작가
171 **모든 것이 산산이 부서지다** 아체베 · 조규형 옮김 《타임》 선정 현대 100대 영문소설
172 **한여름 밤의 꿈** 셰익스피어 · 최종철 옮김 미국대학위원회 선정 SAT 추천도서
173 **로미오와 줄리엣** 셰익스피어 · 최종철 옮김 미국대학위원회 선정 SAT 추천도서
174·175 **분노의 포도** 스타인벡 · 김승욱 옮김 노벨 문학상 수상 작가 | 《타임》 선정 현대 100대 영문소설
176·177 **괴테와의 대화** 에커만 · 장희창 옮김
178 **그물을 헤치고** 머독 · 유종호 옮김 《타임》 선정 현대 100대 영문소설
179 **브람스를 좋아하세요...** 사강 · 김남주 옮김
180 **카타리나 블룸의 잃어버린 명예** 하인리히 뵐 · 김연수 옮김 노벨 문학상 수상 작가
181·182 **에덴의 동쪽** 스타인벡 · 정회성 옮김 노벨 문학상 수상 작가
183 **순수의 시대** 워튼 · 송은주 옮김 《뉴스위크》 선정 100대 명저 | 퓰리처상 수상작
184 **도둑 일기** 주네 · 박형섭 옮김
185 **나자** 브르통 · 오생근 옮김
186·187 **캐치-22** 헬러 · 안정효 옮김 《타임》 선정 현대 100대 영문소설
188 **숄로호프 단편선** 숄로호프 · 이항재 옮김 노벨 문학상 수상 작가
189 **말** 사르트르 · 정명환 옮김
190·191 **보이지 않는 인간** 엘리슨 · 조영환 옮김 《타임》 선정 현대 100대 영문소설
192 **왑샷 가문 연대기** 치버 · 김승욱 옮김 퓰리처상 수상 작가
193 **왑샷 가문 몰락기** 치버 · 김승욱 옮김 퓰리처상 수상 작가
194 **필립과 다른 사람들** 노터봄 · 지명숙 옮김
195·196 **하드리아누스 황제의 회상록** 유르스나르 · 곽광수 옮김
197·198 **소피의 선택** 스타이런 · 한정아 옮김 퓰리처상 수상 작가
199 **피츠제럴드 단편선 2** 피츠제럴드 · 한은경 옮김
200 **홍길동전** 허균 · 김탁환 옮김
201 **요술 부지깽이** 쿠버 · 양윤희 옮김
202 **북호텔** 다비 · 원윤수 옮김
203 **톰 소여의 모험** 트웨인 · 김욱동 옮김
204 **금오신화** 김시습 · 이지하 옮김
205·206 **테스** 하디 · 정종화 옮김 미국대학위원회 선정 SAT 추천도서 | BBC 선정 꼭 읽어야 할 책
207 **브루스터플레이스의 여자들** 네일러 · 이소영 옮김
208 **더 이상 평안은 없다** 아체베 · 이소영 옮김
209 **그레인지 코플랜드의 세 번째 인생** 워커 · 김시현 옮김 퓰리처상 수상 작가
210 **어느 시골 신부의 일기** 베르나노스 · 정영란 옮김
211 **타라스 불바** 고골 · 조주관 옮김
212·213 **위대한 유산** 디킨스 · 이인규 옮김 서울대 권장도서 100선 | BBC 선정 꼭 읽어야 할 책
214 **면도날** 서머싯 몸 · 안진환 옮김
215·216 **성채** 크로닌 · 이은정 옮김
217 **오이디푸스 왕** 소포클레스 · 강대진 옮김 서울대 권장도서 100선
218 **세일즈맨의 죽음** 밀러 · 강유나 옮김
219·220·221 **안나 카레니나** 톨스토이 · 연진희 옮김 서울대 권장도서 100선

222 오스카 와일드 작품선 와일드·정영목 옮김

223 벨아미 모파상·송덕호 옮김

224 파스쿠알 두아르테 가족 호세 셀라·정동섭 옮김 노벨 문학상 수상 작가

225 시칠리아에서의 대화 비토리니·김운찬 옮김

226·227 길 위에서 케루악·이만식 옮김 《타임》 선정 현대 100대 영문소설 | 《뉴스위크》 선정 100대 명저

228 우리 시대의 영웅 레르몬토프·오정미 옮김

229 아우라 푸엔테스·송상기 옮김

230 클링조어의 마지막 여름 헤세·황승환 옮김 노벨 문학상 수상 작가

231 리스본의 겨울 무뇨스 몰리나·나송주 옮김

232 뻐꾸기 둥지 위로 날아간 새 키지·정회성 옮김 《타임》 선정 현대 100대 영문소설

233 페널티킥 앞에 선 골키퍼의 불안 한트케·윤용호 옮김 노벨 문학상 수상 작가

234 참을 수 없는 존재의 가벼움 쿤데라·이재룡 옮김

235·236 바다여, 바다여 머독·최옥영 옮김

237 한 줌의 먼지 에벌린 워·안진환 옮김 《타임》 선정 현대 100대 영문소설

238 뜨거운 양철 지붕 위의 고양이·유리 동물원 윌리엄스·김소임 옮김 퓰리처상 수상작

239 지하로부터의 수기 도스토옙스키·김연경 옮김

240 키메라 바스·이운경 옮김

241 반쪼가리 자작 칼비노·이현경 옮김

242 벌집 호세 셀라·남진희 옮김 노벨 문학상 수상 작가

243 불멸 쿤데라·김병욱 옮김

244·245 파우스트 박사 토마스 만·임홍배, 박병덕 옮김 노벨 문학상 수상 작가

246 사랑할 때와 죽을 때 레마르크·장희창 옮김

247 누가 버지니아 울프를 두려워하랴? 올비·강유나 옮김

248 인형의 집 입센·안미란 옮김

249 위폐범들 지드·원윤수 옮김 노벨 문학상 수상 작가

250 무정 이광수·정영훈 책임 편집 서울대 권장도서 100선

251·252 의지와 운명 푸엔테스·김현철 옮김

253 폭력적인 삶 파솔리니·이승수 옮김

254 거장과 마르가리타 불가코프·정보라 옮김

255·256 경이로운 도시 멘도사·김현철 옮김

257 야콥을 둘러싼 추측들 욘존·손대영 옮김

258 왕자와 거지 트웨인·김욱동 옮김

259 존재하지 않는 기사 칼비노·이현경 옮김

260·261 눈먼 암살자 애트우드·차은정 옮김 《타임》 선정 현대 100대 영문소설

262 베니스의 상인 셰익스피어·최종철 옮김

263 말리나 바흐만·남정애 옮김

264 사볼타 사건의 진실 멘도사·권미선 옮김

265 뒤렌마트 희곡선 뒤렌마트·김혜숙 옮김

266 이방인 카뮈·김화영 옮김 노벨 문학상 수상 작가 | 미국대학위원회 선정 SAT 추천도서

267 페스트 카뮈·김화영 옮김 노벨 문학상 수상 작가 | 국립중앙도서관 선정 청소년 권장도서

268 검은 튤립 뒤마·송진석 옮김

269·270 베를린 알렉산더 광장 되블린·김재혁 옮김

271 하얀 성 파묵·이난아 옮김 노벨 문학상 수상 작가

272 푸슈킨 선집 푸슈킨·최선 옮김

273·274 유리알 유희 헤세·이영임 옮김 노벨 문학상 수상 작가

275 **픽션들** 보르헤스 · 송병선 옮김 서울대 권장도서 100선
276 **신의 화살** 아체베 · 이소영 옮김
277 **빌헬름 텔 · 간계와 사랑** 실러 · 홍성광 옮김
278 **노인과 바다** 헤밍웨이 · 김욱동 옮김 노벨 문학상 수상 작가 | 퓰리처상 수상작
279 **무기여 잘 있어라** 헤밍웨이 · 김욱동 옮김 미국대학위원회 선정 SAT 추천도서
280 **태양은 다시 떠오른다** 헤밍웨이 · 김욱동 옮김 《타임》 선정 현대 100대 영문 소설
281 **알레프** 보르헤스 · 송병선 옮김
282 **일곱 박공의 집** 호손 · 정소영 옮김
283 **에마** 오스틴 · 윤지관, 김영희 옮김
284·285 **죄와 벌** 도스토옙스키 · 김연경 옮김 미국대학위원회 선정 SAT 추천도서
286 **시련** 밀러 · 최영 옮김
287 **모두가 나의 아들** 밀러 · 최영 옮김
288·289 **누구를 위하여 종은 울리나** 헤밍웨이 · 김욱동 옮김 노벨 문학상 수상 작가
290 **구르브 연락 없다** 멘도사 · 정창 옮김
291·292·293 **데카메론** 보카치오 · 박상진 옮김
294 **나누어진 하늘** 볼프 · 전영애 옮김
295·296 **제브데트 씨와 아들들** 파묵 · 이난아 옮김 노벨 문학상 수상 작가
297·298 **여인의 초상** 제임스 · 최경도 옮김 미국대학위원회 선정 SAT 추천도서
299 **압살롬, 압살롬!** 포크너 · 이태동 옮김 노벨 문학상 수상 작가
300 **이상 소설 전집** 이상 · 권영민 책임 편집
301·302·303·304·305 **레 미제라블** 위고 · 정기수 옮김
306 **관객모독** 한트케 · 윤용호 옮김 노벨 문학상 수상 작가
307 **더블린 사람들** 조이스 · 이종일 옮김
308 **에드거 앨런 포 단편선** 앨런 포 · 전승희 옮김 미국대학위원회 선정 SAT 추천도서
309 **보이체크 · 당통의 죽음** 뷔히너 · 홍성광 옮김
310 **노르웨이의 숲** 무라카미 하루키 · 양억관 옮김
311 **운명론자 자크와 그의 주인** 디드로 · 김희영 옮김
312·313 **헤밍웨이 단편선** 헤밍웨이 · 김욱동 옮김 노벨 문학상 수상 작가
314 **피라미드** 골딩 · 안지현 옮김 노벨 문학상 수상 작가
315 **닫힌 방 · 악마와 선한 신** 사르트르 · 지영래 옮김
316 **등대로** 울프 · 이미애 옮김 《타임》 선정 현대 100대 영문소설 | 《뉴스위크》 선정 100대 명저
317·318 **한국 희곡선** 송영 외 · 양승국 엮음
319 **여자의 일생** 모파상 · 이동렬 옮김
320 **의식** 노터봄 · 김영중 옮김
321 **육체의 악마** 라디게 · 원윤수 옮김
322·323 **감정 교육** 플로베르 · 지영화 옮김
324 **불타는 평원** 룰포 · 정창 옮김
325 **위대한 몬느** 알랭푸르니에 · 박영근 옮김
326 **라쇼몬** 아쿠타가와 류노스케 · 서은혜 옮김
327 **반바지 당나귀** 보스코 · 정영란 옮김
328 **정복자들** 말로 · 최윤주 옮김
329·330 **우리 동네 아이들** 마흐푸즈 · 배혜경 옮김 노벨 문학상 수상 작가
331·332 **개선문** 레마르크 · 장희창 옮김
333 **사바나의 개미 언덕** 아체베 · 이소영 옮김
334 **게걸음으로** 그라스 · 장희창 옮김 노벨 문학상 수상 작가

세계문학전집은 계속 간행됩니다.